액터베이티드

First published in English by Wise Wolf Books, February 2021

Published by arrangement with Nova McBee, through A+B Works, LLC

ACTIVATED

"The light will lead you"

노바 맥비 지음 **공민희** 옮김

사유와공감

사랑하는 부모님,

두 분의 믿음과 사랑, 지원이 제가 가진 가장 큰 보물입니다.

"우리는 소리와 빛의 파동처럼
살아있는 주파수의 속도를 늦추어 우주로 변모시켰다…."

- 알베르트 아인슈타인

"빛이란 따라가기에는 위험한 존재란다.
네가 알지 못하는 사이 세상 가장 어두운 모퉁이로 데려가거든."

- 레드

프롤로그

스위스 제네바, 유럽 연합 에너지 정상회담

튀니지 임무 18일 뒤….

정전이 어떤 징조처럼 느껴졌다.

내 숫자가 깨어난 후 프로디지 스텔스 설루션(PSS)에서 맡은 첫 번째 임무였다. 튀니지 사태 직후 업무에 복귀한 건 어리석은 선택일지 모르겠지만 어둠을 막는 일이 시작하기 좋은 선택지처럼 보였다.

시애틀로 온 뒤 난 밤을 새워 가며 그를 찾았다. 나의 낮을 밤으로 뒤바꾼 그 아이. 내 태양을 달로, 내 바다를 별로 바꿔 버린 장본인, 노블. 그가 떠나고 모든 게 엉망이었다. 그를 찾기 전까진 쭉 이렇겠지. 수학이라는 내 강력한 재능이 돌아왔지만, 아직 난 노블이 별에 새겨 둔 암호를 풀지 못하고 있었다.

오후 6시 32분, 유럽 연합 에너지 정상회담이 열리는 제네바에서의 마지막 밤이다. 우리는 콜로세움처럼 생긴 대강당에서 211명의 다른 이들과 같이 앉아 있었다. 유럽에서 가장 큰 전력망을 보유한 이곳 스위스에 30개국 전문가들이 모여 유럽과 세계 여러 곳에서 수백, 수천만 명을 암흑 속에서 떨게 한 산발적 정전 사태를 논의했다.

프로디지 스텔스 설루션 역시 극비로 초대받았다. 국방정보국(Defense Intelligence Agency, DIA) 재직 시절 테일러 대표의 전 상사이자 PSS의 정부 감독관인 라모스 요원이 우리의 눈과 귀로 직접 정상회담을 보고 들어 보라며 초대해 주었다. 요원은 정전 사태에 관한 다른 관점을 알고 싶다고 덧붙였다. 그래서 지금 이 자리에 온 것이다. 어쩐지 난 이 일이 노블을 찾는 데 도움이 될 것 같았다. 이처럼 대규모 정전 사태를 노블이 모를 리 없을 테니까.

서류상으로 우리는 일반 견학생 신분이다. 난 테일러 대표, PSS 팀원들과 나란히 앉았다. 우리가 앉은 뒷줄에는 기자들이 기사를 쓰고 카메라 감독들이 회담을 녹화하느라 분주했다.

전문가들은 정전의 원인을 정확히 알지 못했다. 과학자들 대부분은 최근 태양 표면의 폭발로 생긴 지구 자기 폭풍 때문이라고 여겼다. 태양 에너지가 급증하면서 전력망과 다른 전기 시스템에 심각한 피해를 줬고, 그로 인해 특정 위성에 기능 장애 혹은 고장이 생겼다고 보는 쪽이 단순한 정전 이상을 설명할 수 있기 때문이다. 난 해답, 어쩌면 그 너머의 해결책까지 찾을지도 모른다는 마음으로 이곳에 왔지만, 지금까지는 별다른 소득이 없었다.

튀니지에서 내 재능이 돌아온 뒤 무언가에 집중하려면 두 배로 노력해야 했다. 숫자가 새로운 차원에서 나타나 수많은 정보의 층을 구성해 진동하기에 똑바로 생각하기 힘들었다.

늘 숫자가 돌아오면 예전과 똑같을 거로 생각했지만 완전히 예상을 빗나갔다. 새로운 내 능력을 이해하려면 시간이 필요할 거라는 노블의 말은 농담이 아니었다. 운영체계는 새로 업그레이드가 됐는데 사용 설명서가 없는 꼴이다. 스토브 위에서 물이 끓어오르듯 재능도 서서히 커질 거라는 점을 그는 알려 주지 않았다. 의구심이 생겼다. 다 끓으면 어떻게 될까? 대답을 알아내려니 두렵다.

튀니지 바르도 박물관에서 노블을 만났을 때, 음파와 주파수를 측정하는 능력이 발동했고 그 능력은 날이 갈수록 커지고 있다. 인간이 만든 사물이든 자연이든 상관없이 인간, 동물, 전자 장비, 진동의 주파수를 파악할 수 있으며 사람의 눈에 보이지 않는 주변 에너지 맥동까지 측정할 수 있었다. 각 주파수가 어디서 나오는지 알아내는 데 시간이 걸렸다. 물론 내가 모든 주파수를 식별할 수 있다는 가정하에서 말이다.

보이지 않는 주파수는 상당히 본능적으로 다가와 피부나 귓가에 속삭임처럼 느껴졌다. 프랫에 살면서 이미 편집증이 생긴 터라 보이지 않는 주파수는 내게 위협과도 같았다. 미친 듯 빠른 속도로 계속 흘러나와 미처 다 읽지 못하는 수신용 테이프(ticker tape) 같았다. 다시 더블 에잇이 된 느낌을 받으며 난 계속 어깨 너머를 흘끔거렸고 머릿속에는 거짓 경보가 연신 울렸다.

한때 직접 재능을 통제하던 시절과 달리 지금은 완전히 다른 수준에서 쉴 틈 없이 정보가 밀려들었다. 7층짜리 쇼핑몰에서 길을 잃은 유아 신세다. 출구를 찾지 못하고 있는데 쇼핑몰이 점점 더 커지는 격이니. 그래서 강당에 앉아 정전에 대한 전문가의 견해를 듣는 지금 이 자리가 엄청나게 힘들 수밖에.

난 자리에서 들썩거리며 211명의 신장, 체중, 움직임, 자세, 의도에 관한 정보를 다운로드하느라 분주했다. 그런 다음, 강당의 치수와 구조를 살폈다. 마침내 이곳에서 울리는 모든 주파수를 파악했다. 목소리, 열 신호, 휴대전화 전파까지. 이 모든 정보를 입력하는 일과 별개로 머릿속에선 당면한 문제를 풀려고 노력하고 있었다.

과학자들과 전력 엔지니어들이 무대 패널 석에 앉아 있었다. 그들이 하는 말에 귀를 기울였다.

"인류를 석기 시대로 되돌릴 위협이 될 전 세계적 위기 상황을 피하려면, 우리의 주요 위성과 전력망을 꼭 보호해야 합니다."

미국 출신의 한 전문가가 과장하며 말했다.

"정전 사태가 장기화하거나 더 확산할 경우 재앙이 벌어질 겁니다."

프랑스 억양이 들어간 여성 전문가가 동의했다.

"사상자뿐 아니라 경제 손실만으로도 대부분 국가에 치명적일 테니까요. 프랑스는 이미 정전으로 수십억 달러의 임금 손실, 물품 손상, 생산 지연, 전력망 손해를 입었습니다. GPS가 작동하지 않아 유럽 전역에서 사고가 발생한 건 말할 것도 없어요. 다음번에 비행기 GPS 시스템에 문제가 생긴다면 어떻게 될까요? 정전이 몇 주씩 이어지면요? 혹은 몇 달이라면요? 겨울이 오고 있습니다. 이제 어떡해야 할까요? 사람들이 집에서 얼어 죽을지도 모릅니다."

불안감에 전문가의 목소리가 떨렸다.

다른 이들처럼 나도 어둠 속에서 해답을 찾으려고 더듬거리는 중이었지만, 정전에 관해서가 아니라 튀니지 이후로 달라진 내 인생과 씨름하고 있었다.

다리를 꼬집으면서 회담에 집중하려고 노력했다. 머릿속으로 라모스 요원이 PSS에 공유해 준 국제 전력망 도식을 떠올렸고 여러 가지 다른 해결책을 생각해 봤지만, 어디에도 몰두할 수 없는 이유는 이 자리의 무언가가 내게 영향을 미치고 있어서였다.

내 숫자가 알고리즘처럼 강단 전체를 살피며 얼굴과 진동을 분석하다가 음수를 내놓는 열네 가지 주파수를 파악했다.

잠시 멈췄다. 내 재능이 이 활동을 감지한 이유를 식별하기가 더욱 까다로워졌다. 이유가 있을 수도 있지만 타당한 변수 없이 결론을 내리는 건 엉킨 털실 뭉치에서 실 한 오라기를 뽑아내는 것과 같다. 열여섯 개의 방정식과 스물여덟 개의 가능성을 살핀 뒤에도 정상회담 혹은 이 군중들 속에서 무엇이 잘못되었는지 곧장 집어내지 못했고, 이 문제가 정전과 관련이 있는지도 알 수 없었다. 아니면 내 머리가 또다시 거짓 경보를 울린 것이거나.

갑자기 다른 주파수가 나타나 주의를 흩트렸다. 지금까지 한 번도 느껴본 적 없는 주파수다. 다시 한번 말하지만 이게 뭔지, 대체 어디서 나오는지 알 수 없었다. 나와 알 수 없는 근원 사이에서 은은한 소리를 내며 부메랑처럼 오갔다. 정체가 뭐든 날

얼떨떨하게 만들고 있었다.

PSS의 테일러 대표가 내 옆자리에 앉아 있었다. 그녀는 여러 연사의 의견을 집중해서 듣고 있었으나 숫자는 그녀가 내 불안을 느낀 듯, 날 의식하고 있다고 알려 주었다.

펜즈는 평상시처럼 사과 머리를 하지 않고 빨간 머리카락을 길게 늘어뜨리고 한 손으로는 메모를, 다른 손으로는 휴대전화로 무언가를 검색했다. 해리슨도 마찬가지로 멀티태스크 중이었다. 그는 정상회담에 초청받은 모든 연설자에 대해 찾고 정전과 관련된 전 세계 헤드라인을 싹 훑었다. 내가 해리슨을 만난 뒤 처음으로 그는 후드티나 청바지가 아닌 남색 정장 바지에 버튼 업 셔츠를 걸쳤다. 덥수룩한 금발 머리를 가르마로 단정하게 나누어 스타일리시하게 연출했다. 내가 본 적 없는 새로운 모습이었다. 아까도 해리슨에게 지금이 가장 천재처럼 보인다고 놀렸다.

요즘 해리슨한테 부쩍 붙어 있는 펠리시아는 반짝이는 검은 머리카락을 예쁘게 땋아 어깨 뒤로 넘겼고 흰 스커트와 분홍색 블라우스를 입으니 아주 청순해 보였다. 외모와는 달리 지금 그녀는 전력망 데이터베이스와 전 세계 지도자들의 휴대전화를 해킹 중이다. 우리의 발명왕 에디는 PSS 프로그램인 익스포즈를 써서 불법 기기를 사용하는 사람이 없는지 이 자리에 참석한 모든 이를 스캔했다. 게다가 언어 전문가이기도 해서 여기 온 뒤로 외국인들의 대화를 몰래 귀동냥했다.

난 계속 자리에서 불편하게 꼼지락거렸다.

해리슨이 삐져나온 금발 머리카락을 정리하며 낮은 목소리로 물었다.

“괜찮아? 얼굴이 창백해 보여.”

“잘 모르겠어.” 내가 대답했다.

재능이 돌아와서 너무 기뻤다. 다시 나로 돌아오니 상황을 살피는 일이 한층 수월해졌다. 그렇지만 다른 한편으로는, 모든 새로운 주파수와 등식의 의미를 파악하지 못하면 이번 업그레이드가 날 무너뜨릴 수도 있다는 생각이 들었다. 더 깊이 있게 사람들의 주파수를 살피는 일은 항상 명확하진 않았다. 가끔은 주파수가 부드러운 멜로디처럼 굽이치고 어떤 때는 쨍그랑거리는 심벌즈 같기도 했다. 너무 많은 주파수가 동시에 발생하니 정확히 어떤 주파수에 집중할 것인지가 관건이었다.

연갈색 머리에 187.96센티미터 신장의 핀란드 대표인 유호 살로넨 박사가 무대 위 패널 석에 합류했다. 숫자가 반딧불이처럼 그의 주변으로 반짝거렸다. 내 재능이 그를 강조하기에 관심이 생겼다. 그래서 해리슨 쪽으로 몸을 구부리고 조용히 물었다.

“저 사람은 누구야?”

“맙소사, 조. 저 사람이 누군지 모른단 말이야?”

당혹한 얼굴로 해리슨이 되물었다. 난 고개를 저었다.

“저 사람은 유명한 핀란드 항공 우주 엔지니어야. 위성 기술의 권위자로 국제 우주 협력체(International Space Collaboration, ISC)에 자금을 지원하는 회사인 스케일 테크의 CEO 겸 수석 과학자라고. 국제 우주 협력체가 뭔지는 알지?”

“물론이지.” 내가 대답했다.

뉴스에서 국제 우주 협력체에 대해 계속 떠들어댔다. 끝내주는 글로벌 나사 같은 기관이다. ISC는 10년간 공들인 다기능 '슈퍼 위성'의 출시를 앞두고 역사를 만드는 중이었다.

"그런데 스케일 테크는 뭐 하는 곳이야?"

"핀란드에 있는 민간 우주 기술 업체야." 해리슨이 말했다.

"작은 규모로 외딴 극지방에 본사가 있어. 하지만 죽여주는 기술을 갖고 있어서 이 업체의 가치는 수십억 달러에 이르지."

그 정보에 납득이 가서 난 고개를 끄덕인 다음 살로넨 박사의 말에 귀를 기울였다.

"국제 우주 협력체는 석 달 안에 첫 슈퍼 위성을 선보일 계획입니다. 이 위성을 성공리에 입증할 필요가 있는데 그렇지 않으면 지구 자기 폭풍이 지난 10년간의 업적을 파괴할 수도 있습니다…."

아까 느꼈던 열네 가지 부정적인 주파수가 다시 내 주의를 끌어서 박사의 말이 귀에 들어오지 않았다.

난 숫자가 가리키는 쪽으로 재빨리 시선을 돌렸고 얼굴 하나, 둘, 셋, 그렇게 열네 개 주파수 전부가 꼭 주인을 향하는 목줄처럼 한 남성과 연결된 모습을 보았다. 회색 정장을 입은 검은 머리의 남성이 무대 가까이 앉아 유호 살로넨 박사의 말을 주의 깊게 듣고 있었다.

남성의 얼굴은 보이지 않았지만, 그 움직임을 분석하자 내 몸이 떨렸다. 신중하게 정보를 파악하는 모습이 그가 이 주제에 대해 확실히 아는 사람이라고 알려 주지만 내가 보기엔 그는 겁먹은 이곳의 분위기를 즐기는 듯했다. 내 속에서 불편한 감정이 치솟았다. 에디에게 저 남성의 얼굴을 스캔해 달라고 하려다가 멈췄다. 그로 인한 결과가 어디로 향할지 알 수 없었고 지금 당장은 문제를 일으키고 싶지 않았다.

지난 18일 동안 내 머리는 세 번이나 거짓 경보를 울렸다. 숫자가 또다시 날 편집증 환자로 만들었다. 회의장 안 수많은 층으로 이루어진 주파수가 머릿속을 어지럽혔다. 땀이 나기 시작했다.

사람은 문제에 대해 각기 다른 방식으로 대응한다는 점을 논리적으로는 알고 있지만 주파수가 있으면 사람들이 그런 행동을 하는 이유를 알아차리기가 더 힘들다. 나중에 저 남자를 살펴야겠다고 머릿속에 메모했다. 우선은 신선한 공기부터 쐬어야 할 것 같았다. 그래서 테일러 대표에게 몸을 구부리고 말했다.

"그만 나가 볼게요. 호텔에서 다시 봬도 괜찮을까요?"

"그렇게 하세요."

그녀가 고개를 끄덕이고 우리 측 경호원 세 명 중 한 사람인 행크 윌슨에게 몸을 돌렸다. 그는 엄청난 근육질에다 콰다처럼 키도 커서 탱크라는 별명이 붙었다.

"탱크, 조를 데려다주세요."

탱크가 자리에서 일어났고 나도 따랐다. 팀원들이 걱정스러운 눈초리로 날 살폈다. 다들 내가 새로운 재능에 적응 중이라는 걸 알고 있다. 하지만 날 억누르는 건 재능만이 아니다.

밖으로 나오니 도시는 숫자와 함께 살아 움직였다. 12초 안에 내 숫자가 제네바 호수로 걸어가는 다섯 가지 길을 알려 주었다. 그리고 연립주택 다섯 채와 앙증맞은 유럽 상점의 창문 수도 셌다. 도로의 거리, 길을 건너는 데 21걸음이 걸린다는 점, 지나가는 차량이 9대, 보행자는 13명, 다른 언어 3가지를 포착해 기록했다. 이미 어둠이 내린 탓에 치수와 그래프로 이루어진 컴퓨터 홀로그램 속을 걷는 것 같았다. 내 일부는 거리를 둘러보길 원했지만 빌어먹을 편집증이 도져 난 곧장 호텔로 향했다. 탱크의 보폭에 맞추면 우리는 6분 안에 호텔에 도착할 것이다.

우리는 회화 속에서나 볼 법한 아름다운 유럽 풍경 같은 조약돌 길을 걸었다. 공기에서 푸른 주파수의 체취가 풍겼다. 자외선이든 뭐든, 많은 것이 날 자극했다. 프랫에서처럼, 위험한 남성들이 배회하고 있다는 기분이 들었다. 그 위협이 실제인지 상상인지 모르겠다. 경호원한테 말해도 됐지만 그러지 않았다. 일주일 전 해변을 거닐다 아빠를 겁먹게 하고 말았다. 누가 우리를 미행한다고 확신한 나는 아빠한테 서둘러 알카이 비치에서 나와 커피숍으로 들어가자고 재촉했고, 그사이 내 군용 등급 스마트워치인 K2가 감시망을 가동했다. 그런데 내가 틀렸다. 내게 와서 부딪히는 진동이라는 파도 너머로 너무 많은 유령을 본 것이다. 그런 나에게 필요한 건 새 재능을 가다듬고 노블을 찾는 일에 집중하는 것이었다.

호텔 입구까지 3미터 남았다. 갑자기 끔찍한 느낌이 온몸으로 퍼졌다. 감시와 미행이라는 기분 나쁜 느낌이 비처럼 쏟아졌다. 집중해 봤지만 차가 멈추고 사람들이 내리는 것 말곤 아무 일도 없었다. 난 괜찮다. 난 안전하다.

그런데 속으로는 주먹을 꽉 쥐었다. 누구든 내게 가까이 다가

오면 알아차릴 수 있다. 그 사람을 쓰러뜨릴 수 있다.

정신 똑바로 차려, 조.

스스로의 고삐를 단단히 조였다.

튀니지에서 있었던 일이 또다시 네 정신을 어지럽히는 거야. 카이가 네 눈앞에서 죽을 뻔했잖아. 잊을 수 없는 사건이었다. 하지만 지금 당장 혼란에 빠져서는 안 된다.

우리는 환하고 보안이 잘된 호텔에 도착했다. 사방에 감시카메라가 있고, 카메라와 경호원들로 북적였다. 거기다 탱크가 바로 내 옆에 있다. 엄지로 K2의 화면을 쓸었다. 모든 테이저건이 정상 기능 중이다. 내 호신용 귀걸이도 마찬가지고. 잘못된 건 아무것도 없었다.

탱크를 비롯한 다른 경호원들은 더 이상 내 방문 앞에서 나를 감시하지 않는다. 3층에 있는 방에 도착했을 때 그가 말했다.

"바로 옆방에 있을게요."

난 고맙다고 고개를 끄덕였고 그는 자기 방으로 걸어갔다.

방문에 열쇠를 꽂는데 아주 희미하지만 따뜻한, 강연장에서와 똑같은 주파수가 내게 왔다가 복도로 나갔다. 몸에 열이 올랐다. 잠시 내 재능이 또렷해졌지만 혼란스러운 건 여전했다. 그 주파수는 호텔 안 누구 혹은 어떤 사물과도 관련이 없었다. 그저 지도처럼 불을 밝히고 복도를 가리켰다. 그 방식이 꼭… 경고 같기도 하고, 초대 같기도 하고, 겨울 속에 있는 내게 여름이 손짓하는 것 같기도 했다.

그 느낌을 털어 버리고 호텔 방으로 들어가 안전하게 문을 잠그고 기뻐했다. 모든 게 정상이라 기뻤다. 누구도 날 따라오지 않았다. 의자에 털썩 주저앉아 창밖으로 호수를 바라보는데 따뜻한 주파수 진동이 다시 내 방 밖에서 나타났다. 마음이 갈팡질팡하다 결국 정체를 알고 싶은 쪽이 승리했다. 밤의 유령 같은 주파수를 따라가 보기로 마음먹었다.

방을 나서는데 파장의 길이 너무 빨리 움직여 그 속의 방정식을 읽을 수 없었다.

복도로 살금살금 걸음을 옮기니 가슴이 두근거렸다. 이미 머릿속에는 호텔 배치도가 새겨져 있다. 복도 끝에는 비상구가 있다. 분명 옥상으로 이어진다. 문에 경보 장치가 설치돼 있어서 그걸 부수지 않으면 울릴 게 뻔하다. 짜증이 났지만, K2를 이용해 제어 장치를 해킹한 다음 문의 센서를 껐다. 곧바로 비상구의 전기 체계가 꺼졌다. 확실히 내 주변 주파수 속 에너지가 급감했다.

계단실 세 층을 올라 옥상으로 나가는 문을 열었다. 따뜻한 주파수가 날 이리로 이끌었다고 확신했는데 누구도, 아무것도 보이지 않았다. 밤이지만 날씨가 좋았고 옥상은 처음 바르도 박물관에서 노블을 만난 일을 떠올리게 해 주었기에 난 그 자리에 머물렀다. 차츰 마음에 안정이 찾아왔다.

옥상에 앉아서 머릿속으로 별, 프랙털, 번개가 만든 퍼즐을 조합해 보았다. 그런데 몸속 아드레날린이 타오르며 곧바로 가슴을 관통하더니 차분한 순간이 사라졌다. 날카로운 따끔함이 몸으로 퍼지며 엄청난 전기 주파수가 찾아와 마음을 빼앗더니 찰나의 순간 뒤에 흔적도 없이 사라졌다. 이내 그 이유를 알게 됐다. 도시 전역의 불빛이 꺼졌다.

놀라서 앞으로 몸이 쏠렸다. 칠흑처럼 어두운 옥상에 웅크리고 있는 3분이 영원처럼 느껴졌다. 갑자기 불이 다시 들어왔고 계단을 오르는 발소리가 났다. 급격한 인간의 에너지가 날 향해 달려오고 있었다. 건물 안 침묵 경보기(silent alarm)가 울렸다. 사람들이 날 향해 올라오고 있다. 이게 편집증이든 아니든 분명 누군가 오고 있었다.

엘리베이터, 크고 단호한 발걸음들, 더 많은 발소리, 불빛, 민첩함. 무기에서 나는 소리가 소란스러웠다. 엄청난 주파수의 따끔거림이 내가 있는 이곳으로 집중됐다. 난 자갈이 드문드문 있는 옥상 서쪽으로 재빨리 움직였다. 지붕 위로 환기구 여러 개가 튀어나와 있었다. U자형 동굴처럼 생겼고 하나의 높이가 78센티미터다. 난 그 그림자 안으로 기어들어 갔다. 몸을 돌릴 때 무심결에 팔꿈치로 수직 환기구를 쳐서 팡하는 소리가 났다. 어째서 각도를 계산하지 못했을까?

K2가 성난 말벌 떼처럼 손목에서 진동하며 해리슨이 보낸 메시지를 보여 주었다.

"네 방으로 들어가면 안 돼! 호텔에서 당장 나와!" 하지만 대답할 시간이 없었다. 얼른 워치를 무음으로 바꿨다.

옥상으로 들어오는 문이 쾅 하고 열렸다. 사람 형상이 잔뜩 튀어나왔고 발자국이 사방으로 퍼졌다. 난 훅 숨을 참았다. 발이 아홉 쌍이다.

테이저건을 쓰려고 K2를 들었는데 맞출 확률이 그다지 좋지 않았다. 수적으로 열세인 데다 비좁은 알루미늄 환기구에 몸을 웅크리고 있는 상태니까. 난 막다른 골목에 갇혔다.

어째서 낯선 주파수를 따라 여기까지 왔을까? 이 분명한 전술적 오류에 스스로를 탓했다. 그들의 움직임이 지붕 전체로 확대됐다. 소리로 판단해 볼 때 훈련을 잘 받은 팀이다. 전문가들이다. 환기구에서 2.59미터 반경에 있었다. 주파수가 드릴처럼 날 관통해 계산하지 못하게 만들었다. 그때 검은 부츠 한 쌍이 내 앞으로 오더니 한 목소리가 외쳤다.

"조!"

숫자가 얼른 날 현실로 되돌렸다. 익숙한 사이즈와 형태, 소리가 수도꼭지를 튼 것처럼 콸콸 쏟아져 나왔다. 난 안도의 숨을 내쉬었다. 우리 경호원 세 사람이다. 테일러 대표와 PSS 팀원들이다.

"무사해서 다행입니다. 당신과 헤어진 뒤로 얼마 지나지 않아 경보기가 울렸어요."

탱크가 헐떡거리며 놀라움에 고개를 저었다.

"어쩌다 여기 와 있는 거예요?"

얼른 따뜻한 주파수를 살피니 이제 유령처럼, 망상처럼 흐릿해지고 있었다.

"무슨 일이에요?" 난 완전 혼란에 빠진 채 물었다.

테일러 대표가 내 어깨를 감쌌다.

"탱크가 당신을 데려다준 직후 당신 방에 누가 침입했어요. 우리는 에디가 방에 설치해 둔 게이트키퍼 기술로 알람을 받았어요."

에디가 몸을 구부렸다.

"네 짐을 모조리 뒤적거리거나 가져갔어. 감시카메라에는 침입자의 흔적이 전혀 남아 있지 않아."

"우리가 도착하기 전에 이미 종적을 감췄어요." 테일러 대표가 살짝 떨며 말했다. 그 표정을 보니 실감이 났다.

"당신도 사라졌죠. 우리는 당신이… 납치당한 줄 알았어요."

흥미로운 건 테일러 대표의 말에도 내가 전혀 겁을 먹지 않았다는 점이다.

CHAPTER 1

워싱턴 주 시애틀, 리버스 가족의 집

튀니지 임무 34일 뒤….

이건 내 기억이었다. 그렇지만 숫자가 없기에 꿈이라는 걸 알 수 있었다. 레드가 내 앞에 서서 벽에 하얀 분필로 중국어를 적고 있다는 점이 현실이 아니라고 알려 주는 또 다른 부분이었다.

얇은 바닥 매트에 책상다리로 앉아 차가운 팔을 비비며 지난 시절 내가 했던 선택에 대해 그가 해 줄 이야기를 들을 준비를 했다. 내 사연을 털어놓을 때, 나는 그의 표정을 보고 이런 기회가 올 걸 알았다.

창고에서 킹과 작업하면서 함께 일하는 폭력배들에 대해 알

기회가 여러 번 있었다. 어쩌면 거래를 멈출 방도가 생겨 무언가를 바꾸고 누군가를 구하는 일로 이어졌을지도 모른다. 하지만 난 그냥 내 안전만 생각했다. 그래서 아무 행동도 하지 않기로 마음을 정했다.

"내게 고해성사라도 하는 거니?" 레드가 깊은 눈빛 너머 흥미로운 표정으로 물었다.

"난 너한테 킹의 사업을 막으라고 시키지 않았어. 나한테 말해야겠다고 느낀 이유가 있을까?"

"그건…." 갑자기 이상하게 가슴이 무거워지는 걸 느끼며 내가 말을 이었다.

"킹이 알아차리지 못할 만큼 영리한 방법을 찾아 대략 계산해 뒀는데 전 실행에 옮기지 않았고 기회의 문이 닫혀 버렸어요. 그리고 10분 뒤 몇 주간 봐 왔던 것보다 더 많은 현금이 문밖으로 나가 제 상상 이상으로 나쁜 짓에 쓰였고요. 모든 건 제가 몸을 사리고 아무 조치도 취하지 않아서예요."

레드가 날 보며 음, 하고는 모르는 한자 목록을 쭉 적었다.

"이 단어들을 익힌 뒤에 다시 오렴." 난 공책에 한자를 받아 적은 다음 내 방으로 돌아갔다.

다음 날 저녁 킹과의 업무를 마친 뒤 레드를 찾아갔다. 재소자 대부분은 자고 있었지만 레드는 여전히 깨어 있었고, 가드산이 그에게 준 메모지에 뭘 적고 있었다. 레드의 독방 안 조명은 늘 흐릿했으나 꿈속처럼 몽롱한 정도는 아니었다. 그 빛은 어쩐지 밝고 생기가 넘치고 이상하게 반짝이며 공간을 채워 주었다. 말이 안 되지만, 어차피 꿈이니까.

난 그 앞에 놓인 매트 위에 무릎을 꿇고 앉았다.

"다 외웠어요."

"아, 좋아. 그래 어디 보자." 레드의 생전 목소리가 꼭 어제처럼 머릿속에서 생생하게 울려 퍼졌다.

"이건 무슨 글자지?" 그가 한자어 '웨이'와 '지'를 합쳐 웨이지(weiji 危機)로 읽는 단어를 가리켰다.

"위기예요."

내가 자신 있게 대답했다. 레드가 익히라고 알려 준 단어 10개 말고도 어느 재소자가 놔두고 간 낡은 잡지에 나오는 중국 단어를 추가로 100개 더 외웠다.

레드가 24초 동안 세 번 길게 심호흡하는 걸 보며 내가 무언가를 빠트렸다는 점을 알아차렸다.

"일부만 맞다고 할 수 있겠구나." 그가 말했다.

"위기란 뭐지?"

난 어깨를 으쓱였다.

"뭔가 끔찍한 거겠죠."

"아하, 숙제를 제대로 하지 않았구나." 그가 인상을 썼다.

난 고개를 저었다.

"평소대로 할아버지가 말씀하신 글자를 모두 서른 번씩 받아 적었어요. 개별 의미뿐 아니라 획 순서도 다 파악했다고요."

당연히 사이사이 킹의 수많은 주식 보고서를 작성하고 가드산과 체스도 뒀지만, 아무리 그렇다고 해도 이건 아니지.

"나는 너한테 글자 쓰기 연습을 시킨 게 아니란다. 글자를 익히라고 했지. 둘은 차이가 있어. 지식과 지혜 사이에 공백이 있는 것처럼 말이야. 처음부터 난 네게 뻔한 것 그 이상을 보라고 가르쳤어. 통찰을 얻기 위해선 더 깊이 살피고 이해를 추구해야 한단다. 단어는 시간이 흐르며 바뀌고 의미를 잃어. 그래서 가끔 우리는 현재의 쓰임을 이해하기 위해 과거로 돌아가서 원래의 의미를 기억해야 하기도 한단다."

레드가 한숨을 쉬더니 '위기'의 첫 글자를 가리켰다.

"웨이는 '위험'을 뜻한단다. 지는 '기회'를 말하고."

"그러면 위기란 위험한 기회라는 뜻인가요?" 내가 물었다.

주름진 그의 얼굴에 옅은 미소가 피어올랐다.

"네가 어떻게 생각하느냐에 달렸지. 영어에서 위기라는 말은 중요한 혹은 결정적인 순간이라는 그리스어에서 따왔어. 변화가 반드시 찾아오는 순간 말이야. 그러니 위기는 '뭔가 끔찍한 것'이 아니야. 행동할 때라는 의미지. 모든 위험한 사건에는 그 사건을 보고 행동하는 누군가가 상황을 바꿀 기회가 숨어 있단다."

레드는 목록에 나온 다음 단어로 '안전'을 뜻하는 안췐(an quan)을 가리켰다.

"안은 평화를, 췐은 완전함을 의미하지. 그러니까 안전이라는 단어는 '위험에서 벗어난다'라는 의미가 아니라 '완전한 평화'에 가깝단다."

그가 천천히 고개를 끄덕였다. 그의 눈빛이 칼날처럼 내 영혼을 파고들어 날 꼼짝 못하게 만들었다.

"우리는 위험할 수 있지만 마찬가지로 완전히 평화로울 수도 있어. 평화가 우리의 안전을 알려 주지. 자, 그러니까 우리는 평화가 어디로 이끌든 그 길을 따라야 해."

"이런 걸 알려 주시는 이유가 제가 킹을 막을 어떤 행동도 하지 않아선가요?" 손가락으로 시멘트 바닥을 두드리며 내가 물었다.

내 말에 레드가 분필을 내려놓았다.

"왜냐면… 손녀야, 세상은 위험을 알아볼 사람이 더 필요하지 않단다. 그보다 우리에게 필요한 건 기회를 포착할 수 있는 사람이야."

CHAPTER 2

∞

워싱턴 주, 샌 후안, 오르카스 섬, 도 베이

튀니지 임무 52일 뒤….

아빠와 나는 샌 후안 섬 해안에서 3.7킬로미터 떨어진 보트 위에 있다. 다음 PSS 임무에 들어가기 전에 여길 오자며 아빠는 날 달달 볶았다. 어둠 속에서 너무 많은 시간을 보낸다면서, 아빠는 내 걱정을 많이 했다. 뭐 틀린 말은 아니다.

내 무한대가 돌아왔지만 그 속에는 천 가지 질문, 수많은 방정식, 산산이 부서진 심장이 들어 있고 어둠은 내가 대답을 얻을 장소였다. 노블의 별 암호를 해석한 다음 내 안에서 벌어지는 난리 통을 해결할 거다. 내 심장은 한 사람을 원하는데 어째서 머릿속은 다른 사람을 떠올리는지.

보트가 바다의 패턴에 맞춰 잔잔히 흔들리는 동안 차가운 갑판에 등을 대고 누워 드넓은 겨울 하늘에 시선을 고정했다. 에디가 만든 PSS의 망원경은 성능이 아주 뛰어나서 손을 뻗으면 은하수를 만질 수 있을 것 같았다. 별의 고속도로 같은 궤도를 계산해 어디로 가는지 알고 싶었지만, 우리 보트 3미터 아래에서 올라오는 주파수 때문에 그럴 수가 없었다. 내 머릿속 방정식 하나가 거기에 집착했다.

움직일 때의 소리와 진동에 따르면 대략적인 길이는 우리 보트 정도인 6.4미터고 무게는 5.44톤 정도다. 이 해역에서 흔히 볼 수 있는 밍크고래로 추정되는데 어째서 혼자인지, 왜 우리 보트 아래서 헤엄치고 있는지 모르겠다. 12분 전부터 우리 보트 밑에 있었고 줄곧 떠나지 않았다. 그 점을 알고 있는 나도 이상하다. 정상이 아니다. 하지만 다시 생각해 보면, 재능이 돌아온 뒤로 정상인 건 아무것도 없지 않나.

재능이 돌아온 지 52일이 지난 지금까지 난 여전히 마구 짖어대는 숫자들을 길들여 우리에 넣으려는 상태인데… 적어도 그 속에 고래도 들었나 보다. 그렇지만 별에 새긴 노블의 암호를 푸는 일은 진전이 없었다. 그가 뭘 기록했는지 전혀 감을 잡을 수가 없었기 때문이다.

순간 채찍으로 세게 두들겨 맞듯 피부가 따끔해지며 복부로 충격이 밀려왔다. 난 놀라 자리에 벌떡 일어나 앉았다. 이 느낌을 안다. 또 다른 정전 사태가 오고 있다. 주위 주파수들이 전파 방해를 받는 걸 가만히 지켜보았다.

때마침 불이 하나둘씩 꺼지더니 해안가 전체가 어둠에 휩싸였다. 온몸이 뻣뻣해졌다. 27초가 흐른 뒤 전기가 깜박거리며 다시 들어왔다. 그제야 숨이 쉬어졌다. 일시적인 전기 수급 문제로, 피해가 생길 만큼 긴 시간이 아니었다. 아직도 벌어지는 이 불가사의한 정전 사태로 인해 피부가 따끔거리는 걸 무시하며 난 다시 드러누웠다.

아빠가 객실에서 나와 갑판으로 올라와 뱃머리로 다가왔다. 그리고 내게 울 담요를 덮어줬다. 자정 이후에 10도 이상 온도가 떨어졌지만 난 여전히 안으로 들어가고 싶지 않았다. 어둠은 내 안식처로, 밤이면 난 그와 더 가까이 있는 것 같았다.

"마라 언니와 릴리는 자요?" 아빠에게 물었다.

"응."

아빠는 내가 오늘 밤, 별 기록을 마치기 전까지 자지 않을 걸 알아채고 벤치 옆에 앉았다.

"아직도 고래가 우리 배 밑에 있니?"

난 눈을 감고 고래의 주파수를 찾으려고 진폭 층을 헤쳐 나갔다. 처음에는 고래의 압도적인 크기에 놀랐지만, 그 잔잔한 리듬을 계산한 뒤로 고래가 우릴 해치려고 여기 있는 게 아니라는 걸 알았다. 비록 볼 수는 없지만 수면 아래 거대한 생명체가 있다는 사실에 난 매혹됐다. 고래는 모든 사물이 전기로 인해 위협받는 것은 아니라고 상기해 주는 아름다운 존재였다.

아직 수면 위로 한 번도 모습을 드러내지 않은 고래가 살짝 움직였다. 난 몸을 떨었다.

"네, 그놈은 여전히 근처에 있어요." 고래의 존재가 느껴지자, 속이 벌렁거렸다.

"고래가 수컷인 걸 어떻게 알아?" 아빠가 웃음을 터트리며 날 쳐다봤다.

"이제 네 숫자가 그런 부분까지 예측할 수 있다고 말할 건 아니지?"

"아직은 아니에요."

난 미소를 지었다가 그만 푸, 웃었다. 그래, 나는 웃어야 한다. 새로운 렌즈 사용법을 익히느라 최근까지 너무 진지하기만 했으니까. 날 걱정하는 사람은 아빠뿐만이 아니었다. PSS 팀원들도 자주 이야기했다. 좀 더 현실에 충실하고 싶은 내 바람과는 달리 두뇌는 자기 여정을 이어갔다. 설명할 수는 없지만, 어둠 속에 길이 있고 숫자가 불을 밝혀 교차로로 이끌어 주었다. 난 그 길을 따라야만 했다.

한편, 노블을 찾는 일은 날 갉아먹었고 카이에 대한 꿈은 갈수록 심해졌다. 심지어 고래조차 두 세상을 상기시켰다. 내 위에 있는 한 명과 내 아래 있는 한 명. 양쪽 다 미지의 삶과 신비로 가득 차 있다. 내 머리는 마음과 마찬가지로 무엇을 먼저 계산해야 할지 몰랐다. 하늘일까, 아니면 바다일까.

보트 옆쪽으로 손을 내렸는데 어찌 된 일인지 고래는 내가 자신을 향해 손을 뻗은 걸 알았다. 가능한 일이긴 했다. 어둠을 제외하고 모든 것에는 주파수가 있으니. 각 주파수를 구별해 내는 일이 힘들 뿐이다. 제네바에서 느꼈던 것처럼 사방에서 전파처럼 나타났다 사라지는 식별할 수 없는 주파수인 유령 주파수도 있다. 그 정체에 대해서 PSS 팀과 난 의견 일치를 보지 못했다. 조사를 담당한 에디는 해답이 양자물리학에 있다고 믿었다. 그리고 오늘 밤, 유령 주파수가 물 위에 7초간 나타났다가 사라졌다. 마치 내게 풀어야 할 또 다른 미스터리가 있다고 알려 주듯이.

아빠가 보온병을 열어서 따뜻한 차를 한 잔 따라줬다.

“네 주변에 있는 것들을 그런 식으로 안다는 게 어떤 느낌인지 아빠는 상상할 수가 없구나.”

아빠가 신중하게 날 응시했다. 내가 말하지 않았다면 고래가 우리 보트 밑에 있다는 것도 아빤 알지 못했을 거다.

난 자리에 앉아 찻잔을 받았다. 컵에서 올라오는 연기를 쳐다보다가 잔을 내려놓고 고개를 돌렸다. 이 단순한 행동조차도 내 머릿속에서 한 무리의 숫자를 일으켰다…. 외부 온도가 8.89도니 차가 연기가 날 정도로 끓으려면 87.78도여야 한다.

“익숙해지려면 확실히 시간이 좀 걸릴 것 같아요.” 마침내 내가 입을 열었다.

“무엇이 위협이고 무엇이 아닌지 잘 구별해야 하거든요. 제네바에서 그랬던 것처럼요.”

“위협이라….” 아빠가 내 말을 따라 했다.

“말이 나와서 말인데 왜 요즘 제네바에서처럼 안전한 척하는 거니?”

의도적으로 한 말이 아닌 걸 알지만 아빠의 말이 내 가슴을 후벼팠다. 제네바에서 있었던 일을 잊으려고 했으나 그 일은 여전히 날 괴롭혔다. 중국을 벗어난 이후 처음으로 내 본능을 무시했고, 정상회담에서 봤던, 열네 사람의 소름 끼치는 주파수를 이끌던 검은 머리 남성에 대해 알아보지도 않았다. 심지어 내 방에 도둑이 들기까지 했는데. 하지만 아빠는 호텔 방에 도둑이 든 상황을 말하는 것이 아니었다.

난 팔꿈치를 괴고 아빠 쪽을 쳐다봤다.

"무슨 뜻이에요?"

"PSS의 특별팀을 부활시키자는 국방정보국의 제안을 네가 거절했다고 마리골드가 그러던데." 아빠가 눈썹을 찡그리며 말했다.

내 시선이 곧바로 아빠의 표정을 계산했다. 테일러 대표, 즉 마리골드가 아빠한테 국방정보국의 제안에 대해 말했다니 놀랍다. 튀니지에서 귀국해 시애틀에 도착했을 때, 테일러 대표는 내게 정부와 협력하는 부서를 운영해 특별한 사례들을 해결했었는데 일이 잘못되어 PSS 소속 천재 소녀인 레인 카터가 사망했고 그 뒤로 부서를 폐쇄했다고 이야기해 줬다. 그런데 지금 나 때문에 그녀가 다시 그 팀을 재개하려 했다.

난 제안을 거절했다. 이제 막 재능이 되돌아온 참이었고, 카이가 죽을 뻔한 광경을 지켜본 데다 이후 그와 헤어졌다. 거기다 노블이 맨델이었다는 사실을 알게 됐다. 또 새로운 내 재능에 집중하고 내 안에서 무슨 일이 벌어지는지 알 시간도 필요했다.

그런데도 아빠가 보여 준 반응에 난 충격을 받았다. 아빠는 국방정보국이 다루는 특별한 사례들이 안전과는 거리가 멀다는 사실을 알아야 한다.

"테일러 대표님의 생각이 아빠에게 영향을 미쳤나요?" 난 웃으며 물었다.

두 분이 함께 많은 시간을 보내는 사이라는 건 익히 알고 있었다.

"그 특별한 작전들은 우리가 지금 하는 일보다 확실히 더 위험해요. 최근에 우리가 했던 임무에 대해 아빠가 알고 있다고 생각했어요."

전체적으로 봤을 때 일반적으로 PSS에서 다루는 임무는 평범한 건 아니지만 상당히 무해한 편이라 핑거팁스 같은 손가락 폭탄도, 정치나 경제 위기, 혹은 테러리스트를 만날 일도 없었다. 그저 인류를 돕는 일이라 편안하다.

"제네바처럼 안전하니?" 아빠가 한쪽으로 입을 쭉 내밀었다.

"있잖니. 아빠는 네가 가능하면 안전하게 있어 줘서 감사해. 하지만 요즘 넌 너답지 않아. 수학적 재능이 돌아왔는데도 말이야."

아빠의 말에 움찔했지만 부인해 봐야 아무 소용이 없다. 그 말은 사실이었다. 난 계속 머뭇거렸다. 하지만 안전이라는 말에 소름이 돋았다. 피를 보지 않고는 절대 만질 수 없는 아름다운 꽃에 난 가시처럼 느껴져서다.

"지금은 노블을 찾는 일이 가장 중요해요." 내가 단호하게 말했다. 그리고 어두운 물을 향해 시선을 돌렸다.

"그에 관해 점점 더 나쁜 소문이 퍼지고 있다고요."

튀니지에서 돌아온 뒤로 미디어는 위성에 침투하고 정부 파일을 건드린 위험한 해커에 대한 소문에 분통을 터트렸다. 국제 우주 협력체가 첫 번째 슈퍼 위성 발사를 한 달 앞두고 있었고, 항공 우주국과 외국 정부들이 나사 티퍼의 진짜 의도에 대해 걱정하는 목소리를 내기 시작했다. 그래서 지금 그를 찾으라는 지시가 떨어졌다. 노블이 그저 도우려고 했다는 점을 난 알지만, 세상 사람들은 더 이상 확신하지 못했고 그게 내가 그를 먼저 찾아야 하는 이유이기도 하다.

나사 티퍼에 관해 동요하는 언론들과 더불어 우리 쪽에서도 새로운 가시가 생겼다. 캐리 마인즈라는 아주 유명하고 성가신 저널리스트가 PSS의 실체를 폭로하기로 결심했다. 튀니지에서 돌아온 이후로 그녀는 우리의 여행에 따라붙고 우리가 교환 학생 일이라고 부르는 임무를 조사하기 시작했다. 난 테일러 대표가 그렇게 화내는 모습을 처음 봤다. 그녀의 최우선 목표는 늘 PSS를 드러나지 않도록 해 천재들을 보호하는 일이었다. 그래서 이제 우리의 교환 학생 일에는 지역 대학에서 강연하며 신빙성 있는 알리바이를 만드는 작업도 포함되었다.

덕분에 우리 쪽 경호원 수도 늘어났다. 그중 두 사람이 우리가 임무 중일 때 내 옆에 찰싹 붙어 있다. 내가 가는 곳에는 언제나 그들이 함께했다. 다행히 아직 난 어느 쪽에도 테이저건을 발사하지 않았다.

아빠가 재킷 지퍼를 여미고 차를 한 모금 마셨다.

"너무 아빠 입장만 내세우는 말 같겠지만 그래도 노블이 왜 너한테 자기를 찾도록, 그 모든 일을 하게 만들었는지 이해가 가지 않는구나. 그가 널 신경 썼다면 지금 여기 너와 같이 있어야지."

가슴이 조여 왔다. 아빠의 목소리에는 비난이 아닌, 걱정이 가득 담겼다. 내 연애사를 털어놓을 때면 아빠는 최대한 공정하게 들으려고 애썼지만, 숫자가 내게 아빠는 전적으로 카이 편이라고 알려 주었다.

솔직히 난 노블이 연락하지 않은 부분에서 상처받은 걸 넘어 화가 났다. 어렸을 때 그는 날 이해하는 것 같았다. 내가 어떤 아이인지, 그에게는 설명할 필요가 없었다. 설령 그가 본명을 알려 주지 않았다고 해도 우리는 교감했고 아니, 교감하고 있다. 난 튀니지에서 함께 보낸 5일 동안 서로를 숫자로 살피면서 느낀 감정과 시뮬레이션에서의 만남을 머릿속에서 반복 재생했다. 그에 대한 내 감정이 무엇인지 알아야 했기에 포기할 수가 없었다. 노블의 마음이 별에 새겨져 있고 그는 내가 찾아낼지 궁금해하고 있다. 나도 궁금하다.

"노블은 절 신경 써요." 내가 입을 열었다.

"그냥 그는 좀 느릴 뿐이에요."

그리고 노블이 직접적으로 말했든 안 했든 그는 내게 카이를 잊을 시간을 주었다. 내 꿈이 무언가를 알려 주는 징조라면 난 아직 아무것도 아는 게 없었다. 여전히 카이가 어디 있는지, 뭘 하는지, 괜찮은지 궁금하다. 몇 주 동안 난 해리슨의 세계 뉴스 보고서를 훑으며 혹시 카이가 어떤 사건에 연루되지 않았는지 살폈다.

카이가 어떤 인물이든 그는 안전하게만 있으려고 하지 않는다. 세상을 더 나은 곳으로 만들기 위해서라면 전적으로 자신을 내던진다. 그래서 내 숫자가 카이는 요원 업무를 해야 한다고 명확하게 결론을 내린 것이다. 내가 그를 놔줘야 한다고. 이제 카이는 장장 3년간 사라지고 없었다.

바람이 보트를 흔들어 난 생각에서 깨어났다. 아빠가 담요를 더 건넸다.

"이른 시일 안에 알게 될 거야. 넌 세계 경제를 구하고 쿠데타도 막았으니 이 일도 해낼 수 있을 거란다. 다음 임무를 위해 언제 떠난다고 했니?"

"내일 저녁이요." 내가 대답했다.

"우리의 일곱 번째 PSS 출장 임무예요. 사우디아라비아에 더 많은 전력망을 세우는 작업이에요. 그 일이 끝나면 나미비아로 가요."

망원경을 조절하고 하늘을 올려다보려는데 강한 주파수가 아래에서 수면으로 올라와 내 머릿속이 계산으로 정신없어졌다. 난 난간을 붙들고 주변 에너지의 변화를 추적하려고 애썼다.

아빠의 외침에 놀라 자리에서 일어나 재빨리 보트 측면으로 갔다. 물이 철썩거리기 시작했다. 고래가 우리 아래에서 거세게 빙 돌았다. 머릿속에 그래프가 튀어나왔다. 물속에서 미친 듯이 수많은 숫자 진동이 일어났다. 물살이 더 빨라지면서 내 머리가 파장의 에너지와 주파수를 측정했다.

방정식의 맹공격이 너무 엄청나서 난 고래의 몸통이 우리 보트를 전복시킬 거로 생각했는데 물속에서 미친 듯이 치솟던 거대한 주파수 덩어리가 해체되더니 잠잠해졌다. 음파는 없었다. 내 재능이 돌아온 뒤로, 내가 별을 기록하기 시작한 뒤로 봐 왔던 방정식이다. 하지만 머리 위가 아니라 아래에 있었다. 퍼뜩 한 가지 생각이 스쳤다.

"아빠, 보트 시동을 걸어 주세요." 난 바다에서 시선을 떼지 않고 말했다.

"물을 휘저어야 해요."

아빠는 머뭇거리지 않았다. 36초 안에 보트가 움직이기 시작했다. 아빠는 주변을 돌았고 모터가 반응을 유발했다. 마법 같은 현상이다.

난 경이로워하면서 웃었다.

"아빠, 이리 오세요. 이걸 보셔야 해요."

아빠가 선장석에서 얼른 내려왔다. 앞을 내다본 아빠가 탄성을 지르고 재빨리 카메라를 찾으러 갔다. 난 그냥 쭉 응시했다. 사방이 빛 천지다. 물속에서 반짝이는 푸른 파동이 아름다운 에너지 조류가 되어 흘렀다. 생물 발광이다. 그와 더불어 근사한 방정식이 주변으로 파도처럼 펼쳐졌다.

아빠는 현상해도 안 나올 플랑크톤 사진 열여덟 장을 찍은 다음, 날 쳐다봤다.

"아름답구나."

"빛이에요." 내가 웅얼거렸다.

내 아래서 벌어진 현상은 주파수로 떠들썩한데 머릿속은 계산하느라 정신이 없었다.

"바다 생물의 90퍼센트 이상이 체내에서 발광하는 능력을 지녔어요. 심지어 해저에서도요."

근사한 빛이 내게 오니 황홀해 숨이 막힐 지경이었다. 빛에는 주파수가 있다. 주파수는 식별할 수 있고 측정도 가능하다. 52일 동안 내가 풀려고 애쓰던 미스터리한 방정식은 목소리도, 음파도, 별의 패턴이나 소행성도 아니었다. 바로 우리 주변에 보이지 않는 빛의 파장인 전자기 스펙트럼 속 주파수였다.

고래는 플랑크톤을 먹느라 우리 배 밑에 머문 것이다.

"아빠, 제 가방 좀 주실래요? 망원경의 설정을 바꿔야겠어요."

난 장비를 뒤적거리며 에디가 만든, 지구 대기를 넘어 X 레이, 자외선, 적외선까지 감지할 수 있는 렌즈를 찾았다.

난 웃었고 이제 주변에 있는 패턴을 살폈다. 이전까지 보지 못한 이유가 뚜렷해졌다. 내 주변의 방정식은 각기 다른 파장을 측정했다. 좌표는 하늘에 찍혀 있다. 넓은 강에 디딤돌 하나를 막 놓은 기분이 들어 가슴이 두근거렸다.

"방금 노블의 암호를 알아냈어요." 난 아빠를 향해 고개를 돌렸다.

"바로 빛이었어요."

CHAPTER 3

∞

나미비아, 스켈레톤 코스트, 스펜서만의 오타비 난파선

현재

튀니지 임무 98일 뒤….

오늘 밤, 난 죽음에 대해 생각하는 중이다.

지금 있는 이곳에 딱 어울리지 않을까 싶다. 아프리카에서 인구가 적은 나라 중 한 곳인 나미비아에서 보내는 마지막 밤이라, PSS 팀과 나는 수백 척의 배가 좌초되고 그 주위로 여전히 수 척의 배를 먹고 싶어 허기진 사구가 유령 도시처럼 남은 스켈레톤 코스트에 캠프를 세웠다.

하지만 내 머릿속에 떠오른 죽음은 상당히 다른 모습이다. 대체로 무언가가 수명을 다하면 그 주파수도 죽기 마련이다. 하지만 별은 그렇지 않다. 초신성이 폭발하는 순간, 태양보다 밝은 색이 빛으로 튀어나와 상상도 못 할 많은 에너지와 주파수를 내뿜고 빛의 파장은 별이 소멸하고도 한참 뒤인 수백 년 동안 퍼져 나간다.

이 주파수들이 내가 풀어야 하는 하늘에 있는 메시지다. 우주에서 가장 복잡한 의사소통 형태를 만든 남자아이가 써 둔 메시지. 난 그에게 그 이하를 기대하진 않았다.

오래된 난파선을 탐험하면서 낮을 보낸 뒤 난 빨리 해가 져서 별이 나타나기만 기다렸다. 다른 사람들은 모두 나미비아 연합 에너지 건이 잘 끝난 걸 자축하고 있지만 난 중국에서 소식이 끊어진 오랜 친구 라파엘에게서 모호한 문자를 받은 터라 계산을 멈출 수가 없었다. 저 난파선들처럼 부정적인 예측이 엄습해 왔다.

– 밀라. 네 도움이 필요해. 급한 일이야. 페르 파보레(Per favore 부탁이야). 연락 줘.

뭔가 큰일이 벌어지지 않은 이상 라파엘이 내게 연락할 리가 없었다. 도통 이해도 가지 않았다.

일 년 전, 이탈리아에 있는 마담의 수하들에 대해 체사레가 제보한 뒤로 라파엘과 그의 아버지 체사레는 바이 요원이 프라이빗 글로벌 포스(PGF)를 통해 고스트 마커스라고 부르는, 최대 보안을 자랑하는 증인 보호 프로그램의 보호를 받고 있기 때문이다. 속에서 안달과 걱정이 뭉근하게 끓기 시작했다. 라파엘은 문제를 일으키지 않을 거라고 나와 약속했다.

곧바로 메시지에 답장을 보냈지만 시도하는 모든 번호가 불통이었다. 라파엘은 어디서도 찾을 수 없었다. 그를 찾을 만한 장비를 나미비아로 가져오지 않아서 난 바이 요원에게 문자를 보냈는데 아직 답을 받지 못했다. 카이와 내가 헤어진 후로 바이 요원은 내 메시지에 답변을 늦게 했다. 그러니 좋든 싫든 기다릴 수밖에. 노블의 메시지를 해독하는 쪽이 내 우선순위라 기다린다고 해도 상관없었다.

3미터도 채 떨어지지 않은 곳에서 해리슨, 펜즈, 에디, 펠리시아가 모닥불 앞에 웅크리고 앉아 도란도란 이야기를 나누었다. 별로 신경 쓰지 않고 있는데 내 이름이 이리저리 들렸다. 마찬가지로 노블의 이름도 나왔다. 지구 자기 폭풍으로 위성이 고장 나고 사방에서 최악의 정전이 발생한 이후 그의 이름이 사람들의 입에서 오르내리는 일이 빈번해졌다. 국제 우주 협력체에서 8일 안에 그들의 슈퍼 위성을 쏘아 올릴 것이고 모두가 똑같은 질문을 하고 있었다. 어째서 나사 티퍼는 세상이 그를 가장 필요로 할 때 조언해 주지 않을까? 세상이 노블의 의도에 대해 논쟁을 벌이는 동안 난 그가 괜찮은지 알아야 했다. 이것이 내가 오늘 밤, 이 메시지를 해독해야 하는 또 다른 이유이기도 하다.

커다란 캠핑카 밖에 쿠션이 좋은 캠핑용 의자를 펼치고 온열 침낭을 깔았다. 오른쪽에는 모래를 막아주는 테이블 위로 커다란 망원경이 놓여 있고 컴퓨터와 연동해 내가 프로그래밍한 대로 상호 참조 알고리즘에 따라 24시간 일주일 내내 에너지와 주파수의 모든 가능한 패턴을 기록하고 있다. 이곳은 내가 다닌 세계 어느 곳보다 빛 공해가 적었다. 오늘 밤 방정식을 풀고 나면 하늘에 적힌 메시지를 읽고 노블이 어디 있는지 알 수 있겠지.

해가 수평선 아래로 완전히 가라앉자 내 시야는 어느새 어둠에 익숙해졌고 주변 소리에 귀가 더 예민하게 반응했다. 모래언덕 위로 회오리바람이 일어나 머리가 그 패턴을 따라 움직였다. 먼바다의 조류가 북반구를 향해 반시계 방향으로 돌았다. 아직 밟아 보지 못한 드넓은 땅과 지도에 빠진 부분들이 내게 공백을 채워 달라고 애원하는 것만 같았다.

마음만 먹으면 아무도 찾을 수 없는 곳에 숨을 수 있다는 점에서 해외에 있을 때면 어떤 황홀감에 사로잡히곤 한다. 피난처 중 한 곳으로 몸을 숨길 때 노블도 이런 감정을 느꼈을까?

3분 뒤, 기대감이 고조된 상태로 난 망원경을 들여다보았다.

내 이론이 옳다면 노블은 초신성에 비할 만큼 엄청난 양의 엑스레이, 감마선, 자외선을 방출하는 고에너지 사건을 추적하고 있을 것이다. 또한 태양의 활동을 기록하고 오로라의 입자를 살필 테지. 사람들이 '별 코딩'이라 부르는 건 실제로는 빛이 방출하는 에너지를 활용하는 새로운 방식에 관한 방정식이다. 노블의 아이디어로 우주 탐험, 여행, 통신, 에너지 등을 비롯해 역사까지 바꿀 수 있다.

그가 숨어 있는 건 어쩌면 당연했다. 노블의 능력을 누가 알아차리기라도 한다면 다들 그를 찾을 거고 그의 부모님이 그랬던 것처럼 수학적 재능을 이용하고 학대할 테니까.

망원경은 아직 방정식을 찾지 못했고 난 배낭에서 연구용으로 사용하는 PSS의 낡은 야간 투시경을 꺼냈다. 사람의 눈은 너무 작아서 어둠 속에 숨은 더 큰 빛을 파악할 수 없다. 투시경이 그 역할을 해 주지만 무게가 제법 나가는 데다 사용하기 불편하다. 난 투시경을 쓰고 살피지 않은 쪽 숨은 별의 으스스한 흔적을 따랐다. 제대로 된 렌즈로 보니 근사했다.

갑자기 진동이 느껴져 팀원들이 이쪽으로 오고 있음을 알았다. 한참 노력한 끝에 드디어 난 우리 팀 같은 여러 사람을 그들의 주파수에 따라 한꺼번에 식별할 수 있게 되었다. 노블이랑 같이 있을 때는 한 명뿐이라 파악이 쉬웠지만 사람들의 목소리, 숨결, 움직임, 심박, 피부 속에서 약동하는 생명력, 펌프 작용에 따른 혈액 순환, 전자의 움직임까지 각기 다른 위치에서 수백 가지 주파수를 해석하려니 엄청난 집중력이 필요했다.

펜즈가 내 옆에 웅크리고 앉아 긴 빨강 머리를 하나의 매듭으로 묶었다.

"정전 사태 이후로 컴퓨터 백업을 해 뒀어?"

난 야간 투시경을 쓴 상태로 그녀를 올려다보았고 얼굴에 몰린 열로 인해 생긴 아름다운 빛깔에 매혹됐지만 그녀의 뺨에 난 주근깨를 세진 않았다. 너무 신경이 쓰여 안경을 벗었다.

"응, 우리 시스템은 정상 작동 중이야."

머릿속에서 아직 풀지 않은 방정식이 웅성거리는 통에 난 잠시 멈췄다. 아직 이 정전 사태가 이해되지 않았다. 거기에는 실제로 어떤 패턴도 없었다. 오늘 밤 정전은 1분간이었지만 모든 걸 재부팅하기까지는 8분이 걸렸다. 제네바에서 느낀 죄책감이 계속 내 속에서 움찔거렸고 왠지는 몰라도 정전이 아직도 일어나는 건 내 잘못 같았다.

"노블이 어디 있는지 뭐라도 찾은 게 있어?"

우리 팀 최고의 해커인 펠리시아가 기대하며 물었다. 실력이 너무 뛰어나 그녀가 하는 일은 사전에 정부의 계약서에 서명하고 진행해야 했다. 그런 펠리시아조차도 노블이 어디 있는지 알지 못해서 마음을 썼지만, 노블은 오직 나만이 자신의 암호를 풀 수 있다고 주장했다.

펠리시아의 물음에 난 속이 뜨끔했다.

"곧 찾을 거야."

"네가 그를 찾으면 그다음에는?" 펜즈가 과감하게 물었다.

"PSS를 떠날 거야?"

몇 달 동안 펜즈는 노블에 대한 내 감정을 끌어내려고 애썼다. 하지만 그렇게 간단하지 않았다. 적어도 나한테는 그랬다.

"잘 모르겠어." 난 해리슨에게 몸을 돌렸다.

"뭐 중요한 뉴스라도 있어?"

해리슨은 내가 나사 티퍼에 관한 기사를 묻는다는 걸 알았다.

"네 남자에 관한 건 없어. 우주 공동체 전체에 실망스럽게도, 그는 조용히 종적을 감췄어. 다른 비극적인 뉴스로는 스케일 테크의 CEO인 유호 살로넨 박사의 아내가 갑자기 의식불명 상태가 되었다는 발표가 난 것과 국제 우주 협력체의 슈퍼 위성 작업을 하던 과학자 세 명이 여전히 행방불명 중이라는 거야."

해리슨은 머리를 긁적이며 화제를 돌렸다.

"그리고 사라진 네 이탈리아 친구에 관해 흥미로운 걸 발견했어."

해리슨이 자신의 스마트워치로 홀로 그래픽 화면을 띄우자,

내가 중국을 떠나고 얼마 뒤의 날짜가 적힌 신문 기사가 나타났다.

"유명 이탈리아 범죄 두목 체포."

기사에 실린 남성의 얼굴은 잊으려 해도 잊을 수가 없었다. 올백 스타일로 넘긴 검은 머리와 그늘진 미소. 라파엘의 꼴 보기 싫은 아버지인 체사레 디 수사가 마담의 악명 높은 밀수 조직에 붙잡혔다는 내용의 기사였다. 난 속으로 민망해했다.

"이건 옛날 뉴스야."

"너한테는 그렇겠지." 해리슨이 콧방귀를 꼈다.

"네 이탈리아인 친구가 이탈리아 범죄 조직 두목의 아들이라는 말은 안 했잖아."

펜즈와 펠리시아가 대답을 요구하듯 날 쳐다봤다.

난 겸연쩍어서 어깨를 으쓱였다.

"미안, 말하자면 길어. 하지만 라파엘은 아버지와는 달라."

내 생각은 그랬다. 그러길 바라고.

"파고들지 말라고 했잖아. 바이 요원과 그 팀이 그가 나한테 보낸 메시지를 지금 감식 중이야. 그쪽이 이 사건을 담당하고 있다고."

해리슨이 생 금발 머리를 귀 뒤로 넘기고 후드티의 모자를 썼다.

"조. 사물을 살피는 게 말 그대로 내 업무야. 난 뉴스를 파악하는 사람이라고. 이런 걸 찾아내야 해. 솔직히 내가 아는 조라면 그를 찾아 벌써 나미비아를 떠나고도 남았지."

해리슨의 말이 가슴에 와 박혔다. 하지만 탓할 순 없었다. 저 말이 맞으니까. 라파엘의 녹색 눈동자, 부드러운 갈색 곱슬머리, 보조개가 떠오르자 가슴이 죄책감으로 욱신거렸다. 프랫에서 그는 레드가 해 주지 못한 방식으로 내 인생에 희망을 가져다주었다. 라파엘은 날 믿었고, 킹을 쓰러뜨리는 일을 도왔다. 우리가 함께 나누었던 순간은 내가 마냥 무시할 수 없는 역사의 한 부분으로 기록돼 있다.

"이 기사는 어디서 찾았어?" 내가 물었다.

"난 이름을 알려 준 적 없고 그들에 관한 모든 정보는 인터넷에서 다 내리게 되어 있는데."

"어렵지 않았어. 펠리시아와 내가 마담과 관련한 중국 범죄 조직에 대해 삭제된 목록을 해킹했지. 그러니까 기사가 나오더라고."

해리슨이 말을 멈추고 입술을 깨물었다.

"라파엘과 체사레가 실종된 날이 제네바에서 네 호텔 방에 도둑이 든 날과 같은 날이라는 걸 너도 눈치챘겠지?"

온몸 깊이 전율이 흘렀다. 우리 팀은 날 너무 잘 알아서 내 숫자가 그런 사소한 부분을 놓칠 리 없다는 점을 파악했다. 특히 그날 밤 사건이 벌어졌으니 더더욱. 그렇지만 내가 그 부분을 팀원들에게 공유하지 않은 건 노블을 찾는 일에 집중해야 해서다. 고맙게도 팀원들은 속상해하지 않았다.

난 침낭을 열고 안으로 들어갔다.

"나도 눈치챘어. 바이 요원의 연락을 기다리는 중이야. 그의 팀이라면 이 건을 해결할 수 있어."

난 그렇게 말하고 시선을 피했다. 라파엘의 메시지가 내 신경을 곤두서게 했고 더 안달 나게 했다. 그들이 새로운 삶을 시작할 수 있도록, 할 수 있는 걸 전부 다 했는데 라파엘의 아버지가 곤란한 상황에 빠졌다면 좋은 일일 리가 없다. 무엇보다 PSS가 다시 내 과거의 범죄자 친구를 찾을 이유가 없다. 우리는 또다시 튀니지와 같은 사건에 연루되길 원치 않았다.

해리슨은 다른 아이들과 눈빛을 주고받더니 계속 말해 봐야 소용없다는 듯 어깨를 으쓱였다.

"바이 요원 이야기가 나와서 말인데…." 펠리시아가 대화 주제를 바꿨다.

"넌 아직 챈의 협력 단체 일을 해?"

그 말에 움찔했다. 나에게서 어색한 웃음이 튀어나왔다.

"협력 단체 같은 거 아니야."

장난감을 등 뒤에 숨긴 아이를 보듯 팀원들이 날 쳐다봤다.

난 황당해서 눈을 굴렸다.

"그래, 뭐 조금. 하지만 그 일도 지금은 끝났어."

카이가 위장 수사에 들어간 뒤로 챈과 나는 서로에게 그의 이야기를 나눌 수 있는 유일한 상대였다. 챈과 이야기하는 것만이 카이가 죽을 뻔한 뒤 안전 가옥에서 그와 주고받았던 대화가 생각날 때면 느껴지는 엄청난 고통을 가라앉힐 수 있었다. 처음에 우리는 항상 똑같은 대화를 했다. 챈은 자기 아들 걱정을 했고, 난 카이가 무사할 거라고 그에게 말했다. 챈은 그렇게 오래 잠복 수사하는 일에 지원한 아들의 결정에 화를 냈다. 난 그런 그에게 카이가 그 일을 해야만 했다고 말했다. 챈은 카이가 절대로 나 같은 여자를 다시 만나지 못할 거라고 했다. 나도 동의했다. 그러고 나면 우리의 기분은 일주일 동안 괜찮았다. 그리고 다시 그 모든 이야기가 듣고 싶어질 때 다음 통화가 시작되었다. 지금 우리는 서로 연락하며 사업 이야기를 나눈다.

해리슨이 내 캠핑 의자로 와서 앉았다.

"무슨 말인지 알아. 우리도 카이가 보고 싶어." 해리슨이 내 어깨를 툭 쳤다.

"쿵후 마스터 스파이를 아는 사람이 또 누가 있겠어? 그렇지만 넌 천재인 나사 티퍼에게 옮겨 갔지."

이 혹독한 사막만큼 강렬한 생각이 내 본능을 마구 집어삼켰다. 내가 정말 옮겨 간 걸까? 그렇다고 해도 난 확신할 수 없었다. 내가 걱정하는 모든 일이 석 달 동안 한곳에 머물지 못한 나처럼 허공에 붕 떠 있었다.

에디가 내 표정을 알아차리고 해리슨의 어깨를 주먹으로 때렸다.

"입 다물어, 인마."

난 모닥불의 주황색과 파란색 불빛에 시선을 고정했다. 묵묵히 들어줄 뿐 참견하지 않는 에디를 제외하고 난 누구에게도 내 감정에 관해 이야기하지 않았다. 그래, 난 카이를 놔줘야 했고, 마찬가지로 노블을 찾아야 한다. 내 감정보다 노블을 찾는 일이 더 중요하다. 숫자라는 길이 날 앞으로 이끌고 내 머릿속을 헤집는 교차로가 그 어느 때보다 나에게 가까이 다가왔다. 내 재능에 벌어진 일을 이해하는 열쇠를 노블이 쥐고 있다. PSS 친구들이 이해할 거라 기대하지 않는다. 하지만 내가 어떤 방향을 선택할지 알기 전까진 경솔한 행동을 할 순 없다.

"걱정하지 마. 난 괜찮으니까." 내가 에디에게 말했다.

"다시 전갈이 득실거리는 야외에서 자려는 건 아니지?" 해리슨이 물었다.

"우리가 전갈에 관해 한 연구는 근사하긴 했지만, 걔네는 여전히 세상에서 가장 치명적인 독을 가진 생물이야."

나미비아 전갈의 외골격이 자외선 불빛 아래 반짝이길래 우리는 새로운 추적 기술을 만들어 볼 희망에 차서 전갈 연구에 들어갔는데, 해리슨은 기어 다니는 것이라면 질색했다. 난 해리슨을 향해 고개를 저었다.

"여기서 전갈에게 물려 죽을 확률을 계산해 봤어. 요약해서 말하자면, 내 인생이 그렇게 끝날 것 같진 않다고 장담해. 어찌 됐든 걱정해 줘서 고마워."

펜즈가 내 어깨에 팔을 둘렀다.

"해리슨이 한 말은 튀니지 이후로 네가 부쩍 잠을 못 잔다는 뜻이야. 넌 밤에는 별을 보느라 시간을 다 보내거나 아니면 죽은 천재에 대한 자료를 읽잖아."

난 퍼뜩 고개를 들었다.

"내가 그녀를 살피는 걸 어떻게 알았어?"

모두가 에디를 쳐다봤고 그는 아랫입술을 깨물더니 입을 열었다.

"레인 카터의 파일을 네가 가져간 걸 테일러 대표님까지 알고 계시는걸. 솔직히, 우리 모두 대표님에게 그녀에 관해 묻고 싶었는데 한 번도 이야기를 꺼낸 적이 없으셔."

에디가 잠시 말을 멈췄다.

"게다가 대표님이 특별팀을 살리자고 제안했는데 네가 거절했다고 알려 주셨어. 그런데 넌 라모스 요원의 국방정보부 의뢰 업무 목록을 해킹했잖아."

"나한테 비밀은 사치구나." 내가 고개를 절레절레 흔들었다.

"숨기려는 의도는 아니었어."

"그럼 대체 무슨 생각인 거야?" 펜즈가 물었다.

헬리콥터 안에서 본 카이의 피 묻은 얼굴, 두즈의 모랫바닥에 내동댕이쳐진 노블, 튀니스에서 우리 팀이 마주한 위험. 상황은 더 끔찍해질 수도 있었다…. 책임감이 내 어깨를 무겁게 짓눌렀다.

중국에서 돌아온 이후로 싸움은 내 안에 늘 자리 잡고 있었다. 튀니지에서 그런 내 일부가 드러났고 카이가 옳았다는 걸 증명했다. 난 골칫덩어리라고. 위기는 내가 어디로 가든 상관하지 않고 따라다녔다. 어째서 모든 길이 위협, 위험, 어둠으로 이어지는지 알고 싶다. 솔직히 특별팀에 대해 생각해 보긴 했다. 하지만 내가 내 발로 몇 년간 도망치려 했던 곳으로 다시 들어갈 이유가 있을까? 어째서 내가 레인 카터의 전철을 밟고 죽음으로 삶을 끝내야 하는 거지?

"아무것도 모르겠어." 난 어깨를 으쓱이며 대답했다.

"게다가 파일에는 레인 카터에 관한 실질적인 정보는 하나도 없었어." 난 밤하늘의 별을 올려다보았다.

"잠시만." 펠리시아가 뭔가 다른 생각이 떠오른 듯 눈을 반짝였다.

"너희 아버지가 대표님이랑 데이트하는 사이라서 그러는

거야?"

맙소사. 내가 해답을 찾기 일보 직전인 오늘을 하필 애들이 날 몰아세우는 날로 정하다니.

"아니야." 난 대답하며 고개를 저었다.

"테일러 대표님과 우리 아빠는 잘 어울려. 아빠가 PSS 이사회에 참석했을 때 좀 낯설게 느껴진 건 인정할게. 하지만 우리 아빠의 애정사가 내 인생을 훨씬 수월하게 해 줬어. 아빤 이제 내 걱정을 심하게 하지 않으시거든. 그 어느 때보다 건강해졌고 새로운 사업에 완전히 몰두하고 계셔. 그러니까 얘들아, 진짜 아무것도 걱정하지 마."

"알았어." 펜즈가 자리에서 일어났다.

"내일 아침 일찍 월비스베이에서 비행기를 타야 해. 그러니까 좀 자 둬. 브라질에 도착하면 이번에 네가 리우 수학 연구소에서 학생들에게 강의할 차례야. 그럼 난 이만 자러 갈게."

"알려 줘서 고마워."

난 탄식했다. 이번이 내 차례라는 걸 잊고 있었다. 사실 그쪽 경제학자들을 만날 일만 기대했다.

펠리시아가 해리슨을 툭 치니 둘이 자리에서 일어났다.

"아, 그리고 네가 아까 못 들었을 테니까…." 펠리시아가 하품하며 말했다.

"우리의 미치광이 저널리스트 마스코트가 뤼데리츠에서 목격됐어. 분명히 우릴 뒤쫓고 있는 관계로 뒷길을 이용해 공항으로 갈 거야."

"알았어."

내 안의 보호본능이 바짝 긴장했다. 해리슨의 말에 따르면 마인즈가 PSS를 무너뜨리려고 시도한 일은 이번이 처음이 아니었다. 대체 이 저널리스트는 테일러 대표에게 무슨 악감정이 있는 걸까? 몇 주간 난 레인 카터가 어쩌다 사망했는지 테일러 대표에게 묻고 싶었다. 그런데 그 이야기는 참 꺼내기 힘든 주제였다.

다른 아이들도 자리에서 일어나 기지개를 켰다. 시간이 늦었다. 나는 다들 나처럼 어둠 속에서 많은 시간을 보낼 거라 기대하지 않았다.

"잘자." 머릿속에 생각이 가득 들어찼다.

에디를 제외한 모두가 PSS 캠핑카로 자러 갔다.

그가 자리에서 일어났다.

"가서 차를 좀 가져올게. 얼마 안 걸릴 거야."

에디가 가고 3초도 채 되지 않아서 K2가 바이 요원의 전화를 알렸다.

"받아 줘." 내가 명령했다.

"조."

지난번 통화 때와 마찬가지로 바이 요원의 목소리는 심드렁했다.

"바이 거(오빠)." 난 중국어로 인사했다.

"연락해 줘서 고마워요. 제 메시지 받았죠?"

그가 내 연락에 답을 해 온 이유는 PSS에서 새로 업데이트한 추적 불가능한 바이오 태그를 프라이빗 글로벌 팀에게 선물로 주었기 때문일 거다.

"당신 문자를 받고 라파엘 부자를 찾아봤어요."

"그래서요?"

바이 요원은 지금 얼른 말해 주고 다시 자신을 들볶지 못하게 하려는 듯 한숨을 쉬었다.

"두 사람이 사라졌어요. 고스트 마커스 보호 팀은 그들이 어디에 있는지 알지 못해요." 그가 퉁명하게 말했다.

"괜한 걱정이죠. 체사레 디 수사는 이탈리아 내 악질적인 인물들과 관련이 있으니. 지금 우리 쪽 최고 요원들이 살피는 중이에요."

페르 파보레(Per favore 부탁이야), 밀라.

라파엘이 내게 연락한 이유 그 이상에 대한 다양한 가능성을 계산해 보니 내 심장을 짓누르는 무게가 더욱 무거워졌다. 그가 실종된 주에 문제가 생길 가능성을 더해 봤다. 그의 폭력배 아버지가 중요 요인이고 빨리 찾지 못한다면 무슨 일이 벌어질지 모른다. 상황이 좋지 않다. 집중하려고 눈을 꼭 감자, 눈 너머로 작은 불씨 같은 것이 일렁였다. 하지만 바이 요원이 알아서 하도록 놔둬야 한다.

"정보 고마워요." 내가 말했다.

"뭘 찾게 되면 알려 주겠지만 시간이 좀 걸릴 거예요. 2주 동안 임무를 수행해야 해서. 괜찮죠?"

바이 요원이 전화를 끊으려는데 내가 붙들었다.

"바이 거, 잠시만요. 그는 지금 어디 있어요? 괜찮은 건가요?"

바이 요원은 내가 더 이상 라파엘 이야기를 하는 게 아니라는 걸 알고 있고 고분고분 대답해 주지 않을 걸 나도 알고 있다. 그렇지만 물어볼 수밖에 없었다.

"잘 있어요. 당신 근처에는 얼씬도 하지 않고 근무 중이니까." 그의 말에 가시가 잔뜩 서 있었다.

카이와의 문제를 두고 그와 말을 나누지 않은 지 벌써 몇 달이 흘렀다. 더 이상 감당이 안 됐다.

"그냥 속에 있는 말을 톡 까놓고 하지 그래요?"

바이 요원은 5초, 10초간 말이 없었다. 침묵은 잔인했다. 이 회선을 통해선 그의 주파수를 정확하게 느낄 수 없지만 그럴 수 있었다면 모든 소수가 불안으로 곱절이 될 거다.

"당신은 성인이잖아요, 조." 마침내 그가 입을 열었다.

"당신이 알아서 결정을 내린 거겠죠. 하지만 지취(jiche 機車 젠장)! 카이가 당신 때문에 죽을 고비를 얼마나 많이 넘겼는데. 그런데 당신은 그를 떠났고 완전히 망가뜨렸어요. 파리처럼 내팽개쳤죠. 이유도 말해 주지 않고서. 심지어 전화도 못 하게 하고! 그렇게 떠나는 건 명예롭지 못해요. 그에게 엄청나게 깊은 상처였고…. 그가 강하기에 망정이지."

고통이 내 가슴을 마구 헤집어 놓았다. 덩달아 내 결정에 의구심이 생겼다. 하지만 숫자는 대낮만큼 또렷했다…. 난 카이를 놔줘야만 했다.

"결코 상처 주려고 했던 건 아니에요. 내 생각엔…."

"당신 생각이 뭐든 잘못된 거였어요. 이제 내 사촌은 가고 없어요. 영원히."

온몸에 소름이 돋았고 내장이 출렁이는 파도 속으로 내려앉은 것 같았다.

"무슨 뜻이에요?"

"안 좋은 일이 생긴 뒤에 다른 요원들한테서 그런 눈빛을 본 적이 있어요. 체념, 단호한 결심. 이제 카이는 November Romeo(11월의 로미오)라고요! 절대 멈추지 않을 거예요."

난 긴장했다.

"November Romeo가 무슨 말이에요?" 좌절하며 물었다.

"전 첩보원 용어는 모른다고요."

"'Never Returns(절대 돌아오지 않음)'를 뜻해요. 그런 사람들은 한 업무에서 다음 업무로 쉬지 않고 넘어가죠. 임무가 곧 삶이고 다른 건 없으니까. 절대 집으로 돌아오지 않아요. 카이가 떠나기 전에 간간이 당신을 챙겨달라고 부탁하더군요."

바이 요원이 코웃음을 쳤다.

"그래서 부탁을 들어주는 거예요. 사고 치지 말고 조용히 있어요."

난 눈을 꼭 감고 가슴으로 손을 가져갔다. 더 할 말이 없었다.

"하오(Hao 好 알았어요). 고마워요."

전화를 끊은 뒤 멍하니 하늘을 쳐다봤다. 팀원들은 내가 왜 특별팀을 맡길 거절했는지 알고 싶어 한다. 날 둘러싼 끊임없는 위협을 그들에게 보여 줄 수 있다면 좋으련만. 1,000분의 1초, 1밀리미터 단위로 우리는 간신히 재앙을 비껴가고 있다. 문제를 일으키지 않고 조용히 있어야 팀원들을 보호할 수 있다. 현재로서는 튀니지에서 카이처럼 치명상을 입었거나 죽은 사람이 없다. 이번에는 숫자가 또렷하다. 내가 올바른 길에 붙어 있지 않는 한, 이런 확률은 얼마 가지 못할 것이다.

CHAPTER 4

∞

공기 중에 진동이 느껴지더니 신장 175.26센티미터인 사람의 발걸음이 내 방향으로 왔다. 에디가 양손에 찻잔을 들고 느긋하게 걸어왔다. 저 애가 야행성이라 다행이다. 지금 당장 친구를 이용할 수 있으니까.

에디가 다가오자, 우리 경호팀 이인자인 마일스가 캠프 가장자리로 걸어 나가 둘만 있게 배려해 주었다. 에디가 내 옆자리에 앉았다.

그가 따뜻한 차를 건넸다.

“널 주려고 직접 만들었어. 한동안 깨어 있어야 하잖아.”

잔에서 김이 모락모락 올라왔다. 연기에 얼굴을 대며 달콤하고 진한 향을 들이마셨다. 이 지역에서 흔하게 마시는 루이보스 차다.

“고마워, 에디.” 난 보초를 서는 경호원들을 슬쩍 쳐다봤다.

"넘버 2를 어떻게 자리에서 나가게 한 거야? 새 무기라도 만들어 주기로 한 거야?"

내 농담에 그는 비단 같은 검은 머리를 옆으로 넘기며 씩 웃었다.

"네 수학적 재능 때문에 몸 안 방사선 수치가 높아서 네 옆에 장시간 앉아 있으면 건강에 안 좋을 거라고 했지." 우린 웃었다.

"아니, 솔직히 그렇게 말하는 건 미쳤다고 생각하지만, 사실이라고 했어. 넌 내 친구고 너랑 단둘이서만 이야기하고 싶으니까."

"괜찮지? 이건 진짜야."

에디가 동정 어린 표정인 걸 보니 내가 불편한 얼굴을 했나 보다.

"우리 팀은 걱정하지 마, 알았지? 다들 그냥 네 걱정을 하는 거야."

"알아."

지난 한두 달 사이 난 에디를 더 잘 알게 되었다. 다른 애들이 자러 간 뒤에 우리는 서로의 과거 사연과 상처를 나누었다. 내 비밀스러운 부분을 이해하는 누군가가 가까이 있다는 건 좋은 일이었다. 에디는 많은 악마와 싸워 이겼다. 자신을 납치한 사람들과 맞설 정도까진 아니지만, 그는 기회가 생길 때면 100퍼센트 좋은 일을 했다.

캠프장 주변으로 경호원 세 명이 마지막 교대 근무를 마친 뒤 탱크가 우리 쪽으로 왔다.

"주변은 안전해요, 조. 우리가 쉬는 동안 BFG를 고용해요."

그가 해리슨이 에디의 발명품에 붙여 준 이름을 말하며 웃었다.

“고마워요, 탱크.”

난 오른팔을 들고 전기 파동에 진동하는 4분의 1인치 크기의 금속 볼 열두 개로 된 전자기 팔찌를 흔들었다.

“K2!” 내가 명령했다.

“BFG에 경비를 서라고 해줘.”

작은 금속 볼은 전자기 에너지로 가득 찬 미니 드론으로, 전자기 펄스(EMP)처럼 작동한다. 또한 필요할 때 테이저건으로 활용할 수 있다. 팔찌는 내가 한 체인 목걸이에 달린 좀 더 큰 금속 볼과 한 세트인데 목걸이의 금속 볼은 손목에 찬 것보다 100배 더 강력하다. 물론 비상용이다. 기술적인 명칭이 있었는데 해리슨이 이 목걸이를 다람쥐의 도토리라고 불렀다. 며칠간 놀림 삼아 불렀던 이 터무니없는 이름이 그대로 자리를 잡았다.

명령을 내리자 작은 드론들이 날아올라 캠프 반경 500미터로 완벽한 대형을 이루었다. 빅 프렌들리 게이트(The Big Friendly Gate, BFG)는 이름과 달리 친절하지 않다. BFG는 본질적으로 우리 주변 혹은 내가 혼자일 때 내 주변으로 전기 담장을 형성한다. 해당 반경에 무언가가 걸리면 상당히 센 전기에 감전된다. 제네바에서 내 호텔 방에 괴한이 침입한 사건이 터지자 테일러 대표는 아직 실험 단계인 이 팔찌를 항상 착용하도록 했다. 처음 썼을 때 우린 밤새 벌레들이 타 죽는 소리를 들어야 했다. 그 탓에 다들 잠을 못 잤고, 그 후 설정을 변경했다.

“오늘 밤이라고 확신해?” 망원경을 만지작거리며 에디가 물었다.

난 고개를 끄덕였다. 목소리가 떨렸지만 속에서는 들뜬 기분이 새어 나왔다.

“오늘 밤이 바로 그날이야, 그가 어디 있는지 알아낼 날. 소통에 사용하는 빛의 방정식을 해독할 만큼 내 패턴이 충분히 완성될 거거든.”

저절로 지어지는 환한 미소를 감추려고 난 입술을 꾹 닫았다. 하늘에 있는 이 메시지를 풀어 노블이 한 말을 듣기 위해 98일을 기다렸다.

내 속에서 감정이 휘몰아쳤다. 맨델, 아니 노블을 다시 만나는 일은 오랫동안 유일한 목표였다. 그가 자길 찾으라고 보물 지도를 내게 쥐여 줬고, 드디어 난 지도에 표시된 ‘X’ 지점에 도착했다. 이제 거기에 뭐가 있는지 알아내면 된다. 그 일 역시 두렵긴 마찬가지다. 그 과정에서 숫자는 날 도와주지 않을 테니. 내 앞에 놓인 모든 것이 수학적으로는 풀 수 없는 미스터리한 동굴이니까.

에디가 커다란 야간 투시경을 집어 들었다.

“세상에, 이건 정교함이랑은 거리가 멀잖아.” 그가 말했다. 우리 둘 다 웃었다.

“시애틀로 돌아가면 제일 먼저 바이오 렌즈 작업을 마쳐야겠어.”

그가 고글을 내 가방에 던져 넣었다. 에디가 요즘 담당하는 나노 테크 프로젝트는 적외선을 넘는 빛의 파장까지 감지하는 야간 투시 콘택트렌즈를 만드는 일이다.

“언제든 네가 편할 때 해. 어떤 천재도 널 따라잡을 수 없을 테니까.”

“별소릴.”

그가 살짝 미소를 지었다. 겸손한 에디의 태도가 내 기분까지 맑게 해 주는 느낌이다.

“아직도 그런 꿈을 꿔?”

“응…. 점점 더 심해지고 있어.” 내가 설명했다.

숫자가 돌아온 뒤 내 꿈은 더 이상 꿈이 아니다. 기억이다. 그래서 한번 꾸고 나면 회복하기까지 며칠이 걸렸다. 프랫에서의 삶, 챈의 풀하우스, 내게 닿던 카이의 손길…. 난 몸서리를 쳤다.

“아빠는 그 꿈들이 트라우마를 처리하는 과정이라고 생각하셔. 재능을 되돌리려고 내가 했던 노력… 사랑하는 사람들을 잃은 일들처럼 말이야. 엄마가 세상을 떠났을 때 아빠도 똑같은 일을 겪었다고 했어.”

“그 말이 사실일지도 모르지만 내 생각엔 그 이상인 것 같아.” 에디가 말했다.

“네가 네 주파수 능력을 살필 때마다 점점 더 두뇌의 잠자는 부분을 활성화하는 것 같거든. 네 연구에 따르면 넌 뇌파를 ‘감마’ 상태로 증진하는 가장 높은 주파수를 골라. 그래서 네 두뇌가 더 긴장하고 기억을 잘 회상할 수 있게 해. 이 점이 네 꿈속이 현실을 재생해 보여 주는 이유가 아닐까 싶어. 반면에, 네가 ‘델타’와 ‘세타’ 상태와 연결된 낮은 주파수 파장에 집중한다면 긴장을 늦추고 수면의 질을 높일 수 있을 거야. 두뇌의 생체 전위 진동은 효과가 엄청나서 네 머릿속이 과부하를 일으키는 거거든."

"와, 대단해. 다시 하버드에서 공부하는 어린애가 된 기분이야."

난 찻잔을 내려놓으며 인간의 두뇌가 가진 능력에 새삼 감탄했다. 테일러 대표도 비슷한 의견을 냈다.

이상한 일이 아니에요.

주파수를 포착하는 내 능력에 대해 털어놓았을 때 그녀는 이렇게 말했다.

결국, 인간의 두뇌는 현재의 주파수를 감지하는 기기로 만들어졌으니까요. 우리는 가끔 사물을 보기 전에 알게 되기도 하잖아요.

주파수가 나타난 뒤로 주파수는 항상 거기 있다는 사실을 쉽게 받아들였지만 뭐가 뭔지를 살필 렌즈가 내게 없었다. 여전히 이해가 안 가는 점은 중국에서 잃어버린 재능을 튀니지에서 다시 찾았다는 거다. 이게 대체 무슨 의미일까?

23분간 이런저런 이야기를 나누다 에디가 하품했다.

"난 그만 자러 갈게." 그가 미소를 짓고 내 어깨에 손을 올렸다.

"다른 애들은 우리가 겪은 일을 전부 이해하지 못한다는 거 알아. 하지만 넌 내게 회복하는 법을 알려 줬어. 있는 그대로의 내가 될 수 있도록. 너도 그럴 거야."

마침내 난 아프리카의 밤하늘 아래 혼자 남았다. 손을 아래로 내려 차가운 모래알을 만져 보았다. 튀니지보다 이곳의 모래 입자가 더 고왔고, 그 탓에 모래알이 사방에 다 들러붙었다. 모래가 붙은 내 신발, 머리카락, K2, 그 점이 튀니지를 떠올리게 했다.

유령 주파수가 공중으로 튀어나왔지만, 너무 빨라서 계산할 수 없었다. 테일러 대표와 마찬가지로 레드도 우리는 보이지 않는 것을 발견하도록 설계되었다고 믿었다. 비록 그는 과학과는 거리가 멀었지만. 잠시 난 무한대에 집중했고 다른 어떤 것도 신경 쓰지 않았다.

라파엘과 PSS 팀에 대한 걱정이 사라졌다. 노블을 찾은 뒤에 라파엘이 어디 있는지 알아내는 데 집중할 거다. 어찌 됐든 노블에게는 안면 인식 소프트웨어가 있으니까.

망원경을 통해 하늘을 올려다보았다. 빼곡히 들어선 별들이 하늘에 우유를 쏟은 것처럼 새하얗게 빛났다. 최근 태양 표면의 폭발로 인해 과학자들은 수년간 보지 못했던 근사한 오로라를 관찰하게 됐고 덕분에 내 연구에도 속도가 붙었다.

노블의 소통 암호는 복잡함을 넘어섰다. 이 고도의 별 에너지 사태 속 파장과 주파수를 활용하는 새로운 형태의 모스 부호랄까. 오늘 밤 활동과 좌표를 모은 다음 알파벳순으로 배열해서 측정치를 글자로 변환할 거다.

부지런히 연구하면서 노블이 숨은 장소를 알아내는 데 필요한 좌표의 87퍼센트를 모았다. 오늘 밤 모자란 나머지 부분을 채울 것이다.

지구가 자전하는 속도만큼이나 데이터가 고통스러울 정도로 느리게 나타났고 고장 난 수도꼭지처럼 한 번에 숫자가 하나씩 떨어졌다. 난 각각을 받아 적으며 다른 데이터와 비교했다. 망원경의 다이얼을 돌려 가며 메모와 꼼꼼히 비교하니 마침내 X 표시된 지점이 나타났다. 데이터가 일치했다. 북극 오로라에서 말이다.

심장이 빨리 뛰기 시작했다. 지금 나에게는 지구 반대편 한 지점의 위도와 경도 좌표가 있다. 노블은 북극 주변 지역에 숨어 있었다.

이 정도는 알아차렸어야 했는데. 스케일 테크가 운용하는 유명한 북극 우주 연구소가 그 지역에 있다. 그들의 위성과 데이터 센터가 전 세계 과학 공동체에 큰 파장을 일으키는 중이다. 게다가 ISC의 본사도 핀란드 헬싱키에 있으니, 노블은 분명 자기만의 연구를 위해 그들의 위성을 사용하는 것이다. 모두가 그를 찾을 때 그는 바로 코밑에 숨어 있었다.

속에서 안달이 났다. PSS의 브라질 건이 끝나면 얼른 비행기를 타고 노블을 찾으러 갈 작정이다. 정확한 장소는 몰라도 지역 전반을 살필 데이터는 충분하니까.

손가락이 너무 떨려서 유성처럼 떨어지는 방정식을 해독하는 펜을 잡고 있기 힘들었다. 이 메시지를 보려고 어둠 속에서 98일을 보냈고, 마침내 결실을 얻었다. 난 입이 찢어질 정도로 함박미소를 지었다.

머릿속에서 숫자가 하나씩 변환되었다. 마지막 데이터 층을 판독한 다음 숨을 쉬었다. 방정식이 글자가 되었고 메시지가 나타났다. 그런데 읽는 순간 내 미소가 사라졌다.

그럴 리 없다. 다시 가슴이 두근거리기 시작했다. 혹시 방정식을 잘못 풀었을까 봐 두 번, 세 번 확인했다. 하지만 다르지 않았다.

내 가슴에 블랙홀이 열리며 희망이 사라졌고 마지막 방어벽도 무너졌다.

메시지는 분명했다.

날 찾지 마.

CHAPTER 5

이번 꿈에선 주파수는 없지만 빛이 입자처럼 어둠의 여러 층 사이에 떠다니더니 저녁 일찍 본 초신성(超新星)이나 오로라, 얇은 파장처럼 방 안으로 흘러 들어왔다.

오늘 밤은 꿈을 꾸길 바라지 않았다. 숫자가 날 지배하지 않는 세상으로 되돌아가서 아무것도 모르는 상태로 쉬고 싶었다. 꿈이 더 이상 꿈 같지 않으니까. 재능이 돌아오고부터는 항상 그랬다.

내 앞에서 레드가 심하게 기침했다. 그 소리를 듣는 내 폐가 아프게 느껴질 정도였다. 또렷이 기억한다. 레드가 죽던 날 밤이다.

이 밤을 버텨 낼 자신이 없어 난 고개를 좌우로 돌리며 꿈에서 깰 출구를 찾았다. 하지만 그를 내버려두고 갈 수도 없었다. 그날 밤 난 몸의 감각이 사라질 때까지 울었고 그와 한 시간만 더 있게 해달라고, 그의 눈에서 빛이 사라지기 전에 한 번만 더 그를 보게 해달라고 빌었다.

"손녀야…. 내가 뭘 가르쳐 줬니?"

레드의 쉰 목소리가 울려 퍼져 그의 방이 아니라 복도 아래쪽에서 나는 소리 같았다. 대답하고 싶었고 이번에는 제대로 말하고 싶었지만, 난 가만히 서서 지켜보기만 했다. 그의 눈동자에서 불꽃이 타올랐다. 그가 죽어가고 있는 마당에 집중이 될 리 없었다. 그의 빛은 차츰 어두워져야 했다. 그런데 오히려 더 밝고 환해서 실제 같았다. 초신성이 죽고 난 뒤처럼. 계속 쳐다보면 내 눈이 멀고 말 것 같았지만, 고개를 돌릴 수가 없었다.

뒤에서 들리는 그의 말은 내가 잘 아는 글귀다. 그는 내가 납치당할 거라고 알려 주었다. 그리고 내게 새로운 이름을 지어 주었다. 난 그와 눈길을 마주하고 밧줄을 잡듯 시선을 붙들었다.

"피닉스."

"레드 할아버지."

내가 여기 있다는 걸 레드가 알았으면 좋겠다. 그는 내게 전부니까. 그가 아니었다면 난 아마 죽었을 것이다. 가장 어두운 밤에 갇힌 내 영혼을 끄집어낸 건 그다. 바로 그가 나를 있는 그대로의 내 모습으로 돌아가게 해 주었다.

지금 그는 다시 내 앞에서 죽음을 맞고 있었다. 느껴지지 않아도 눈물이 얼굴을 타고 흘렀고 그의 얼굴에서 뿜어져 나오는 빛 때문에 눈물 따윈 신경 쓸 겨를이 없었다. 그에게 더 가까이 다가가야 한다.

손가락이 철제 침대에 닿을 때까지 조금씩 앞으로 나갔다. 그의 가슴에 머리를 대고 느려지는 심장 박동에 귀를 기울였다. 위아래로 요동치는 가슴의 움직임이 아주 희미해질 때까지 계속 그러고 있었다. 꿈이 끝난 건지 난 알지 못했다. 그를 붙들고 선 그가 없는 나와, 이 세상에서 다시 그를 볼 수 없다는 사실에 슬퍼했다.

난 실눈을 떴다. 빛이 모닥불처럼 따뜻했다. 꿈속에서도 차가운 내 몸을 데워 주었다. 가능한 한 오래 곁에 있고 싶지만 마지막으로 한 번만 더 그의 얼굴을 보고 싶었다. 이 꿈이 곧 끝날 거로 생각하니 두려움이 밀려왔다.

난 가까이 몸을 구부렸다. 레드의 눈동자에서 빛이 나올 때 난 더 춥다고 느꼈다. 몸이 떨렸다. 그의 죽은 얼굴을 내 쪽으로 돌릴 만큼 가까이 섰는데 그때 그의 마지막 숨이 입으로 새어 나왔고 빛이 희미해졌다. 그의 눈을 들여다보는 순간 난 놀라 입을 턱 벌리고 손을 놓았다. 철제 침대에 누워 있는 사람은 레드가 아니었다.

바로 카이였다.

놀라 잠에서 깼을 때 유령 주파수가 재빨리 날 지나쳐 동쪽으로 향했다. 새벽의 추위가 배신자처럼 날 덮쳐 와 몸서리를 치며 얼른 자리에서 일어났다. 제네바에 다시 와 있다는 생각이 가장 먼저 들었다. 익숙한, 마음을 어지럽히는 두 개의 주파수가 공중에 있었지만 난해한 빛이 모래언덕 위로 간간이 드리워 내가 여전히 나미비아에 있다고 확인시켜 주었다.

희미한 소리와 함께 동쪽으로 향하는 유령 주파수를 따라갔더니… 적어도 두 명이 타고 있는 차 한 대가 보였다. 우리는 도로에서 아주 멀리 떨어진 외딴곳에 와 있기에 우연히 누군가와 마주치기란 불가능에 가깝다. 난 눈을 감고 집중했다.

PSS 캠핑카에서 3.66미터 떨어진 캠핑 의자에서 발열 침낭 안에 몸을 감싸고 있는데도 실외 기온은 영하를 한참 밑돌았다. 분명 기온 이상 현상 때문이겠지. 그래야 내 몸이 부들부들 떨리는 지금 이 사태가 말이 된다. 아직 수정할 버그가 많지만, BFG를 찾아 더듬거렸다. BFG는 주변에 사람이 있다고 알려 주지 않았다. 제대로 작동하는지 K2를 켜 봤다. 스마트워치도 되지 않았다. 또다시 일어난 정전이 원인일 것이다.

침낭에서 나와 잠귀가 밝은 경호원에게로 재빨리 갔다.

“탱크, 일어나요. 근처에 사람이 있어요. 근데 BFG가 작동하지 않아요.”

내 말에 그가 곧장 깨어났다.

탱크가 주변을 살피고 돌아왔을 때 내 BFG도 다시 켜졌다.

“걱정할 거 없어요.” 그가 말했다.

“관광객이었어요. 스펜서 베이의 난파선을 보러 왔다더군요. 날 보고 겁을 먹은 것 같아요. 차에 다시 올라타더니 서둘러 떠나더군요.”

목구멍이 타들어 가는 느낌이 들었다. 해도 뜨기 전에 난파선을 보러 온 관광객이라고? 아니면 제네바에서 원하는 걸 찾지 못해 그걸 가지러 온 사람일까?

“고마워요.”

난 몸을 떨면서 얼른 캠핑카로 들어가 몸을 녹이며 상황을 살펴보았다. 누가 우리를 공격하려던 건 아니다. 하지만 내가 깨어 있지 않았다면? 유령 주파수 덕분에 난 깨어날 수 있었다.

따뜻한 캠핑카로 들어가니 모두 자고 있었다. 어젯밤 짐으로 싸둔 망원경이 테이블 위에 놓여 있었다. 그걸 본 순간 눈시울이 붉어졌다.

움직이는 기척을 느꼈다. 2층 침대에서 에디가 눈을 뜨고 날 쳐다봤다.

“그의 메시지를 봤어? 낭만적인 도피를 계획하는 거야?”

난 고개를 저으며 목에서 올라오는 감정을 숨기려고 입술을 깨물었다.

“그런 거 아니야.”

CHAPTER 6

브라질, 리우데자네이루, 국립 수학 연구소(IMPA)

이틀 뒤….

오늘 난 바람잡이다. 위장 수사 중이고 팀을 위해 희생하는 역할이다. 외국 강의실에 서서 스스로에게 이렇게 되뇌었다.

총 481명의 학생이 모였다. 94명은 반쯤 졸았고, 139명은 휴대전화를 봤고, 98명은 메모하거나 낙서하고, 144명만 진지하게 집중했으며 나머지 남학생 6명은 강의하고 있는 내게 끼를 부렸다. 실제로 한 명은 윙크까지 했다. 이런 상황에서 강의실에 있는 모두가 각자 주파수를 뿜어댔다. 여기서까지 주파수에 골머리를 앓고 싶지 않았다.

집중해서 강의를 끝내려고 애써 눈을 감고 내 재능에 자리를 내주었다. 봄날의 폭포처럼 정보가 연속적으로 흘러내렸다. 지금 벌어지는 일을 막을 방법이 없기에 날 압도하도록 내버려두었다. 사방에 방정식이 나타났고, 그 속에서 난 입에서 나오는 말에 집중했다.

"빛에는…." 내가 강연을 이어갔다.

"주목할 만한 역사가 있어요. 인류는 수백 년에 걸쳐 빛이 실제로 무엇인지에 관해 새로운 발견을 하고 돌파구를 찾아냈어요. 그럼에도 우리는 여전히 빛에 대한 진정한 정의와는 멀리 있는 상태랍니다. 빛은 한 가지 이상의 방식으로 기능할 수 있어요. 파장, 입자, 광자, 광선으로요."

난 한숨을 쉬고 스크린을 가리켰다.

"일반적으로, 빛은 과학의 말썽꾼으로서 계속해서 우리가 보는 우주의 법칙을 깨트리고 있어요. 자체적인 속도에 따라 움직이니 우린 결코 그 속도를 따라갈 수도, 자유 공간에서 빛의 속도를 늦출 수도 없어요. 무지개의 일곱 빛깔은 태양에서 여기로 도달한 동일한 빛에서 비롯되었다고 처음 주장한 사람이 뉴턴이었죠. 그는 프리즘을 통해 우리가 빛의 색을 보기 위해 구부리거나 굴절할 수 있다는 사실을 입증했어요. 물을 통해서 볼 수 있는 것처럼요."

난 다음 슬라이드를 가리켰다.

"그리고 윌리엄 허셜이 무지개 속 색상이 각기 다른 온도 혹은 에너지 수준을 가진다는 점을 밝혀냈어요. 그런 뒤에 우리는 보이는 색의 외부에 더 많은, 보이지 않는 광선이 있으며 각각 다른 파장과 주파수로 우리 주변에 존재한다는 점을 알게 되었지요. 그것들이 엑스선, 적외선, 자외선, 감마선, 무선과 마이크로파로 가정용 기기와 관련이 있지만 실제로 이 빛의 파장은 전자기 스펙트럼에서 나오는 거예요. 여기서 좋은 소식은 우주가 보이는 것처럼 어둡지 않다는 거죠. 우리는 마침내 우리가 보는 대상과 보는 방식이 사용하는 렌즈에 따라 달라진다는 점을 알게 되었답니다."

내 눈길이 한 사람의 얼굴을 찾아 군중 속으로 움직였다. 이 안에 있는 모든 사람과 그들의 주파수를 계산하고 기록해 두면 새로운 인물이 들어왔을 때 알아차릴 수 있다.

곧장 스포츠 재킷에 로퍼를 신은 나이가 좀 든 남성에게 시선이 꽂혔다. 그는 PSS에서 선물로 준 스마트워치를 보다가 슬쩍 날 보고 가볍게 목례했다.

라모스 요원이다. 국토 정보부 출신의 PSS 감독관이자 특별팀의 부서장이고 테일러 대표의 좋은 친구다. 세상에. 그는 늘 PSS에 새로운 일자리를 제안하고 난 그걸 거절한다. 시애틀이 아닌 장소에서 날 만나면 대답이 달라지리라고 생각하는 건지 궁금하다.

시계 소리에 맞춰 나도 말을 이었다.

"빛이 5D로 이루어져 있다고 말하는 이유가 뭘까요? 어째서 해양 생물 대부분이 파랑과 초록빛을 낼까요? 인간도 빛을 낼 수 있을까요? 실제로 그렇답니다. 우리의 몸은 태양처럼 적외선 파장을 방출하고 있어요."

강연장 벽에 부딪혀 울리는 내 목소리는 무시당하거나 누군가에게 수신되었다. 강의가 끝난 뒤 난 새로운 경제 프로젝트를 진행하는 팀원들에게 합류할 예정이다. 다들 남아프리카의 최고 경제학자들과 이 지역 암호화폐 규제를 두고 논의 중이다.

PSS가 은밀하게 활동하는 관계로 이런 강의를 해서 알리바이를 만드는 일은 꼭 필요했다. 튀니지에서 쿠데타 상황이 심해지기 전까지 교환 학생 신분이었던 우리는, 관광지인 카르타고가 아닌 국토방위군 사무실에 갔다가 카메라에 포착됐다. 지금 하는 일을 계속하려면 우리의 행적을 위장해야 한다는 점이 한층 뚜렷해졌다.

"결론적으로…." 내가 말했다.

"지구상 혹은 우리 우주에서 빛의 완전한 스펙트럼이 없이 기능하는 건 아무것도 없습니다. 매번 인류는 빛에 대해 새로운 발견을 해내며 말 그대로 세상을 바꾸고 있어요. 한번 생각해 보세요. 우주여행, 의학, 통신. 우리가 수학, 과학에서 새로운 차원을 인식하는 방법을요. 우리의 현실까지도요. 이번 주말에 각자 연구해 보고, 깊이 탐구해 보세요. 저에게 질문이 있으면 워싱턴 대학교로 곧장 연락해 주시고요. 오브리가도 아 토도스(Obrigado a todos 모두 감사합니다)."

라모스 요원은 784개의 발걸음이 자신을 지나칠 때까지 침착하게 기다렸다가 자리에서 일어나 내게로 왔다. 학생들이 지나가며 내게 감사 인사를 건넸다. 아까 윙크했던 남자애들이 내 쪽으로 오다가 탱크가 주변에 있자 마음을 바꿨다. 경호원을 둔 특혜가 이런 것인가 보다.

"리버스 교수님." 라모스 요원이 내게 인사했다.

그는 넓은 어깨에 다부진 체격의 소유자로 나이에 비해 엄청

동안이었다. 새치를 찾아볼 수 없는 갈색 머리칼과 강인한 갈색 눈동자가 반짝였다.

“라모스 요원님. 절 만나러 남아프리카까지 날아오신 거예요? 여기 오신 이유가 그거라면 제 대답은 바뀌지 않는다고 말씀드리고 싶네요.” 수첩을 챙기며 내가 말했다.

DIA의 현 국장이니 그에게 친절하게 굴었어야 했다. 그의 호의 덕분에 PSS가 DIA 산하에서 활동할 수 있었다. 게다가 PSS의 기술을 검토하고 공공재와 민간용으로 승인을 내거나 블랙리스트로 처리하는 일도 그쪽에서 담당한다. 우리가 하는 일 모두가 그들을 통한다.

“아뇨, 난 강의를 들으러 왔어요. 그건 그렇고 참 매력적이군요.”

그는 내가 빛의 속도에 대한 방정식과 태양 복사에 관해 적어 둔 칠판을 가리켰다.

“그러세요?” 난 눈살을 찡그리며 물었다.

“요원님이 기하 광학 이론에 관심이 있는 줄 몰랐어요.”

라모스 요원이 웃었다.

“아, 있죠. 당신이 아는 것 이상으로.”

그는 지금 날 놀리고 있다. 하지만 아무것도 감추지 않았다. 보디랭귀지와 표정이 그의 비밀을 고스란히 보여 주고 있으니까. 한편으로는 의도적인 듯했다. 어쩌면 그래서 더 이상 현장 요원 일을 하지 않는 것일지도 모르지만.

난 숨을 내쉬었다.

“뭘 아시는군요. 저한테 말해 줄 건가요?”

요원이 잠시 날 살폈다.

"우리가 당신을 활용할 수 있는 일에 대해 드디어 듣고 싶어진 건가요?"

난 씩 웃었다. 그는 여러 번 이런 시도를 했다. 그때마다 난 똑같이 대답했다.

"때가 되면 들을게요."

"그 '때'라는 게 당신 생각보다 빨리 올지도 몰라요." 그가 고개를 저었다.

뭘 알고 있는지 모르지만 숨기려고 엄청나게 애쓰고 있었다.

"알겠지만 마리골드가 수년에 걸쳐 우리에게 많은 주도권을 넘겨줬어요. 우리는 함께 수많은 사례를 해결했죠. PSS가 그 일을 다시 하는 걸 보고 싶군요."

난 그를 주시한 채 사첼 백을 챙겼다.

"PSS는 이유가 있어 그 부서를 해체한 거라고요."

"두려움이 해체의 원인이죠."

"보호 불능이 아니라요?"

우리는 3초간 마주 보았다. 그가 내 눈빛을 읽게 놔뒀다.

라모스 요원이 목청을 가다듬었다.

"마리골드는 훌륭한 리더지만 천재를 한 명 잃은 뒤로 부서를 폐쇄한 탓에 그 과정에서 우리가 살릴 수 있었던 많은 기회가 사라졌어요. 그런데 어쩐 일인지 그녀는 다시 부서를 열 준비가 되었더군요. 난 그게 당신 때문이라고 생각해요."

"절 모르시잖아요."

"당신 같은 부류를 알아요."

"제가 어떤 부류인데요?"

"그 부서가 다룰 일은 단순히 당신의 허기를 채워 주는 일이 아니에요. 그 이상이란 말입니다. 균형을 조절하는 일이죠. 눈금을 맞추면서." 그가 날 쳐다봤다.

"당신은 전쟁도 막을 수 있는 사람이에요. 그럴 의지만 있으면."

난 굳게 입을 다물었다. 내가 긁을 수 없는 곳의 가려움처럼 내 안에서 열기가 뿜어져 나왔다. 그래서 스스로를 통제한 채 숫자가 그의 목소리를 분석하고 움직임을 파악하도록 놔두었다. 그가 말할 때 그의 근육에는 열 가지 방식으로 힘이 들어갔다가 이완됐다. 자기 행동을 제어하려는 침착한 방식이다. 내 84퍼센트는 무엇에 대항하려는지 묻고 싶어 했다. 그의 주파수는 그에게 어떤 고민이 있음을 알려 주었다…. 그리고 어쩌면 내게도 있을지 모르겠다. 하지만 내 다른 16퍼센트는 물러섰다. 노블의 메시지가 지난 48시간 동안 벽돌 벽으로 돌진하는 자기 부상 열차처럼 계속 내 머릿속을 강타해서였다.

"저도 그랬으면 좋겠군요."

그 말이 상한 우유처럼 쓰게 입 밖으로 튀어나왔다.

"납치당한 뒤로 전 몸을 낮추고 도울 수 있는 범위에서만 돕고 아빠를 보살피고 수학을 가르치며 살고 싶어요."

라모스 요원이 여전히 방정식으로 가득한 칠판을 가리켰다.

"광자를 가르치면서, 튀니지의 교환 학생 때처럼요?"

음. 그러니까 그때 일을 안다는 말이다. 속에서 올라오는 뿌듯함을 도로 삼켰다.

"네, 광자요. 우린 빛에 대해서 아직 배울 게 많으니까요." 그렇게 우리는 원점으로 돌아갔다.

"뉴턴의 법칙과 프리즘을 공부하는 건 괜찮지만 난 스넬의 법칙(Snell's law)이 더 마음에 들어요."

"근사하네요. 따님한테도 그걸 가르쳤나요? 컬럼비아대학교에서 물질 물리학을 공부한다죠?" 내가 치아를 환히 드러내며 웃었다.

라모스 요원이 눈썹을 들썩였다. 그는 자기 딸을 아주 잘 숨겨 왔다. 성을 분리하고 연락처에 등록도 하지 않았다.

"그래서 우리가 잘 어울리는 거예요, 조. 우리 둘 다 숙제를 좋아하니까. 그리고… 마리골드와 당신 아버지도 그렇죠?"

그가 내게 미끼를 던졌다. 자신이 얼마나 많이 알고 있는지를 내게 보여 주면서.

"완벽한 한 쌍은 날마다 탄생하는 법이죠."

"그리 놀랄 일도 아니군요." 그가 말했다.

"당신 아버진 근사한 남성이니. 건강도 전에 없이 좋아졌고. 몇 달간의 안정기를 거치면서 고위험 투자에 결실이 있다는 걸 증명했죠. 세상에서 가장 큰 벤처 업계에서 스스로 박차고 나오면서요. 크게 보살펴야 할 사람처럼 보이지 않는데."

"모든 사람이 보살핌을 필요로 해요. 아빠는 성공해야 마땅했고요. 앞날을 볼 줄 아니까요. 아마 당신도 그렇겠죠." 난 잠시 말을 멈췄다.

"그건 그렇고 몰디브 휴가는 어땠나요? 스케일 테크 사건과 시기가 겹친 게 놀랍죠. 아니면 그저 우연이었던가요? 재미있네요. 제가 스케일 테크에 PGF를 추천했고 일주일 뒤에 당신의 DIA 팀이 모조리 거기로 갔으니."

"혹시, 당신이 내 요점을 증명했다는 걸 깨닫진 않았나요?" 그가 웃으며 말했다.

그리고 그가 날 잡았다. 뭔가가 있다. 내가 부정하고 싶은 무언가가. 내 일부는 싸우길 원했다. 일단 뛰어들고 보라고. 일선에 서라고. 그런데 심지어 난 지금도 물러나고 있었다.

라모스 요원이 코웃음을 쳤다.

"바이 요원은 좋은 친구지만 PGF는 우리가 가진 모든 정보가 없어요."

그가 명함을 꺼내 내게 건넸다. 난 받지 않았다.

"우리 문제가 아니라 당신 남자 친구, 아니 옛날 남자 친구에 대한 정보가 이따금 들어와요. 챈 다오 카이 맞죠?"

그의 이름을 들으니 마음속에서 대폭발이 일어났다. 오늘 밤 내 꿈은 절대로 근사하지 않을 테지.

속이 울렁거렸고 나는 나도 모르는 사이 그의 손에 있던 명함을 낚아챘다. 분명, 라모스 요원은 날 어떻게 꼬여 낼 수 있는지를 제대로 알았다.

명함을 주머니에 넣으며 내가 말했다.

"이제 진짜 여기 온 이유를 말해 보세요."

"당신을 집까지 호위하려고."

"집이요? 우린 이제 막 브라질에 왔는걸요. 이번 일은 일 주일짜리라고요."

"당신 팀을 대체할 팀이 이미 도착했어요. 당신은 오늘 밤 시애틀로 돌아가야 해요."

그 순간 텅 빈 강의실 문을 활짝 열고 해리슨이 들어왔고 그 뒤로 당황한 팀원들과 다른 경호원들이 줄을 이었다. 다들 내 짐을 든 채였다. 간단한 일이었을 거다. 짐조차 풀 시간이 없었으니까.

"무슨 일이야?" 내가 해리슨에게 물었다.

"우리가 떠나야 한다는데?"

"사실이야. 한 시간 전에 테일러 대표님에게 연락받았어. 우리 비행기가 준비됐대."

"왜?"

난 두 사람을 쳐다봤다. 라모스 요원은 대답하지 않았고 이번에는 그의 눈빛에서 답을 얻지 못했다.

해리슨이 고개를 갸우뚱하고 어깨를 으쓱였다.

"우리도 확실히 몰라. 대표님이 이런 적은 처음이니까."

가방을 챙기는데 죽어가는 불길에 산소를 투여한 것처럼 내 안의 힘이 세차게 불타올랐다.

"뭐 그렇다면…." 내가 말했다.

"얼른 가서 알아보지 뭐."

CHAPTER 7

워싱턴 주, 웨스트 시애틀, 리버스 가족의 집

내 몸은 잠들었지만 내 마음은 깨어 있었다.

브라질에서 밴을 타고 비행기에 올라 총 34시간 58분을 이동한 뒤 난 시애틀에 있는 내 침대에 곧바로 드러누웠다. 그러나 꿈속에서 기억이 마치 어제 일처럼, 영화처럼 펼쳐졌다. 난 지구 맞은편 상하이에서 카이와 함께 있었다. 내가 납치당한 뒤 처음 시애틀로 돌아가기 하루 전이었다.

이 꿈이 놀랍진 않았다. 이 장면을 머릿속에서 수없이 재생해 왔고 특히 98일 동안 별을 보면서도 그랬으니까. 그날이 처음이었다, 재능을 잃은 뒤로 처음 별을 올려다본 날이. 그날을 어떻게 잊을 수 있을까?

부릉.

발밑에서 오토바이 엔진이 드릉거렸다. 난 카이의 허리를 꽉 붙들고, 다리는 오토바이 본체에 딱 붙였다. 헬멧을 썼는데도 카이와 내가 도시를 벗어날 때 내 머리카락은 사정없이 얼굴 여기저기를 때렸다.

오토바이가 도로의 모든 커브를 돌았다. 재능이 없어도 매번 오토바이가 방향을 틀 때마다 두려움이 심장을 찔렀다. 소중한 계산 능력이 없는 상태에서 나는 무방비로 위험에 노출돼 있었다. 내 숫자가 있었다면 다이얼, 미터, 각도, 속도, 방향, 힘이 어떤지 도로 앞 상황도 다 알 수 있을 텐데. 그래서 카이가 안전하게 운전하는지 판단했을 텐데. 하지만 내 재능은 벌써 2주째 소식이 없었고 재능 없이 기능하는 법을 배우려는 치열한 노력은 아직 완성되지 않았으며 가족을 되찾은 뒤로 내가 느끼는 감정까지 더해져서 더욱 힘들었다. 오늘 밤 난 레드 이후 내 삶 속 안정적인 단 한 사람인 카이를 믿을 수밖에 없다. 그렇게 생각하는 순간 마음이 차분해졌다.

"우리 어디 가는 거야?"

바람을 뚫고 내가 크게 외쳤다. 카이가 오른쪽으로 고개를 돌렸다.

"가 보면 알아. 거의 다 왔어."

상하이 외곽 산들은 그리 높지 않았지만 상쾌한 공기와 다채로운 나무들로 이루어져 도시에서 멀리 떨어진 곳에 와 있다고 상상하기 충분했다. 그가 오토바이를 멈춘 뒤 내 손을 잡았다. 손길을 통해 따스함이 온몸으로 전해졌다. 마담이나 킹을 걱정하지 않고 외출한 지 고작 세 번째인데 우리 둘만 남게 되면 난 늘 가슴이 두근거렸다.

카이가 헬멧을 정리할 동안 난 오토바이에서 내렸다.

“쉬셔산(Xi She Shan 西佘山)에 온 걸 환영해, 셔산 서쪽이란 뜻이야.”

그가 설명해 주고 신선한 소나무 향을 듬뿍 들이마셨다.

진입로에 표지판이 있었다.

“천문대라고?”

난 놀라 눈썹을 잔뜩 들어 올린 채 카이에게 물었다. 이 애는 늘 날 놀라게 했다.

“단순한 천문대가 아니야. 중국에서 가장 오래된 곳이라고. 수백 년 동안 사람들이 별똥별을 보려고 여기 왔었어.”

아주 자신감에 넘치면서도 상당히 사려 깊은 카이의 미소가 내게로 파고들었다.

“중국에서의 네 마지막 기억은 당연히 행복한 것이어야지.”

비가 와서 일주일 내내 집에만 있던 꼬맹이한테 카이가 갑자기 해가 나오게 마술을 부린 것처럼 내 가슴이 부풀어 올랐다. 내게 필요한 선물이라는 걸 몰랐다. 그를 확 안아 주고 싶었지만, 꾹 참았다. 속에서 간질거리는 두근거림이 아직 낯설다. 그 감정이 순수한 즐거움이라는 가느다란 선으로 이어지며 자제력을 상실하게 했다. 난 얼른 정신 줄을 잡았다.

“버려진 공장과 좁은 레스토랑에서 경제 위기와 밀수꾼들에 대해 이야기하던 우리의 데이트가 불행했다고 말하는 건 아니지?” 내가 농담조로 물었다.

카이가 웃었다.

"너와 함께했던 모든 순간이 행복했지만 그 시간을 데이트로 쳐야 할진 모르겠어. 서로를 알아가는 단계였지…. 아주 흥미로운 방식으로 말이야." 그가 농담으로 받아쳤다.

"송 밸리로 네 스승님을 뵈러 갔던 건?" 내가 물었다.

"그건 일종의 데이트였잖아."

"데이트가 될 수 있었는데 그러다 우리가 킹의 창고에서 붙잡힐 뻔하다 도망쳤고 그 이후로 넌 2주간 나한테 말도 걸지 않았잖아." 카이가 날 향해 고개를 저으며 웃었다.

난 빨개진 얼굴로 헛기침했다.

"맞아. 그럼, 오늘이 우리의 공식적인 첫 데이트네?"

"네가 원하는 대로 불러. 지금부터 난 모든 걸 너랑 같이할 거야." 카이가 내 손을 잡았다.

"오늘 밤은 일종의 선물이기도 해. 일전에 네가 숫자 때문에 별을 보지 않는다고 말했잖아. 이제 새로운 방식으로 별을 볼 기회가 찾아왔어. 평범한 사람들처럼. 그 역사적인 순간을 함께하고 싶었어."

그가 날 가까이 당겼고 우리가 나란히 걸을 때 팔로 날 감싸줬다.

상하이의 여름은 여전히 이곳에서도 덥게 느껴졌지만 도시와 달리 공해가 적었다. 별을 볼 수 있을 만큼 밤하늘이 깨끗했다. 카이가 준비해 온 담요를 펼쳤고, 우린 나란히 누웠다. 그리고 난 그만 숨이 막혔다.

별자리를 세거나 지구의 축과 회전을 계산하는 내 재능이 없었다. 시간이 늘 앞으로 흐른다고 알려 주는 숫자도 없었다. 그저 감정만 있었다. 진중하고 아름답게 부딪히는 감정들. 웅장함의 무게, 신비와 경이로움의 무게까지 느낄 수 있었다.

처음으로 숫자 없이 하늘을 쳐다보니 그 강렬함이 내 마음을 강타했다. 이토록 아름다운 광경을 숫자가 보지 못하게 막았다는 생각을 해 본 적조차 없었다. 그러나 지금 난 어떤 필터도 거치지 않고 볼 수 있었다. 레드가 별의 아름다움에 한 사람의 영혼을 열리게 하는 방법이 들어 있다고 말한 적이 있었다. 그의 말이 옳았다.

내가 평범하게 살아가는 데 필요한 것은 경제 위기의 위험을 없애거나 중국을 떠나는 것도 아닌, 재능을 잃는 것인지도 모르겠다. 그렇게 생각하자 내 눈에서 물줄기가 흘러내렸다. 그렇다. 별을 본다는 건 이런 느낌이었다. 보통 사람들은 이 아름다움을 어떻게 감당했을까?

어두운 탓에 카이는 감정으로 가득 찬 내 눈동자를 보지 못했지만 바로 눈치채고 나에게 가까이 다가왔다. 그가 내게 팔을 두르고 자기 가슴으로 내 머리를 끌어안았다.

"근사하지?" 카이의 목소리가 끝없는 파도처럼 내게 밀려왔다.

"심지어 별조차 우리가 함께할 운명이라고 말해 주잖아."

난 놀랐다. 그가 이런 말을 할 줄 예상하지 못했다.

"정말로."

심장이 세 배로 빨리 뛰는 걸 느끼며 내가 물었다.

"어떻게 알아?"

"간단해." 카이가 한층 자신이 넘치는 목소리로 말했다.

"수십억 개의 별과 행성이 있지만 결국 우리는 같은 곳에 있어. 수십억 인구가 사는 나라에 있지만 결국 우리는 같은 도시, 같은 회사, 같은 집에 있잖아. 그리고 불가능한 것처럼 들리겠지만 네 의붓할아버지는 알고 보니 내 외삼촌이셨고." 그가 씩 웃었다.

"그러니 확률적으로 우리는 결국 늘 같은 곳에 있게 되는 거야."

난 그 말에 홀라당 넘어갈 뻔하다가 카이가 막 입사한 프라이빗 글로벌 포스라는 새 직장에 대해 생각해 봤다.

"네가 현장 요원으로 훈련을 받게 되더라도?" 내가 물었다.

"그 가능성은 우리 사이에 그렇게 좋은 영향을 줄 것처럼 보이지 않는데."

카이가 더 가까이 다가왔고, 그의 체온이 따뜻한 담요처럼 날 감쌌다.

"너에 관한 거라면 난 항상 확률을 이길 방법을 찾을 거야."

∞

한 무리의 갈매기가 내 창문 밖에서 울어대는 통에 놀라 잠에서 깼다. 온몸에 힘이 들어갔고 숨을 참듯 지난 이틀을 붙들었다. 눈을 감은 채 지금이 몇 시인지, 실제로 얼마나 적게 잤는지, 기억이 꿈이라는 명목으로 몇 번이나 찾아왔는지 계산에 들어갔다. 이번이 다섯 번째다. 노블의 메시지를 해독한 이후 꿈은 더욱 끔찍하게 느껴졌다.

난 반창고를 떼어 내듯 밤을 벗어던진 뒤, 나 자신에게 PSS의 중요한 회의 때문에 시애틀로 돌아온 거라고 다시 알렸다. 새로운 도전에 대한 기대가 동력이 되어 주었다.

플란넬 시트에 다리를 비비며 깨끗한 리넨에서 나는 신선한 라벤더 향을 맡았다. 사막의 캠핑 의자에서 일주일 내내 몸을 싸고 있던 비늘로 뒤덮인 침낭과는 차원이 달랐다.

침실 창문으로 들어오는 부드러운 겨울 햇살에 시차증에 걸린 무거운 눈을 떴다. 머릿속에서 희미한 열 파장을 감지했고 2.3초 뒤에 사라졌다. 짐이 담긴 내 더플백은 바닥에 그대로 있었지만, 옆 책상에는 필요한 모든 게 갖춰져 있다. 내가 신뢰하는 PSS 컴퓨터와 레드가 가르쳐 준 속담과 수업을 기록한 공책까지.

어느 밤, 난 그를 잊어버릴까 봐 두려움에 빠졌다. 끔찍한 생각에 마구 동요가 일었다. 모든 걸 기록해 두라는 건 카이의 아이디어였다.

네가 레드를 잊게 두지 않을게.

그가 약속했다. 그 말이 옷에 새로 긁힌 자국처럼 내 신경을 빼앗았다.

이젠 카이가 날 도울 수 없다. 그는 사라졌다. 그가 사라지고 싶어 했다. 튀니지에 가기 전부터 그는 날 보러 올 때마다 예정보다 일찍 시애틀을 떠났고 자신이 해야 할 일을 하려는 열망에 차 있었다.

다크 로스트 커피 향이 쿵쿵거리는 리듬과 함께 내 방으로 들어왔다. 아빠가 일어났나 보다. 슬쩍 손목시계를 봤다. 아직 새벽 6시도 되지 않았다. 난 몸을 일으켰다. 밤새 내 마음을 갈기갈기 찢은 기억의 집중 공세는 분명 앙갚음하러 다시 돌아올 테니 벗어나야 했다. 지금은 내가 돌아온 이유에 집중할 필요가 있었다.

리우에서 라모스 요원은 테일러 대표가 우릴 불러들인 이유에 내가 흥미를 보일 거라며 자신만만해했다. 그의 도전적인 목소리가 내 구미를 당겼다. 하지만 난 그의 데이터베이스를 해킹해 왔다. DIA의 작전 대부분이 일종의 위기로 운영된다는 것쯤은 알고 있다. 내가 골치 아픈 문제에 끌린다는 듯 자료를 읽을수록 숫자가 치솟는 게 정말 싫다.

스웨트셔츠를 걸치고 두꺼운 울 양말을 신었다. 따뜻하고 햇살 좋은 남반구에서 몇 주를 보낸 뒤에 흐리고 눅눅한 태평양 북서쪽에서 맞이하는 겨울은, 22.78도로 난방을 틀어 놓은 방 안을 더욱 춥게 느껴지게 했다.

조용히 방에서 빠져나왔다. 마라 언니와 릴리의 방문은 아직 닫혀 있다. 공중으로 숙면 중인 둘의 주파수가 흘렀다. 두 사람이 얼른 깨어나서 얼굴을 볼 수 있으면 좋겠다.

살짝 열린 아래층 주방 창문을 통해 상쾌한 바다 향이 집 안으로 들어왔다. 퓨젓사운드의 회색 파도를 응시하며 길게 숨을 들이마시고 내쉬었다. 집에 오니 참 좋았다.

뜨거운 커피 한 잔을 따르고 골방을 지나 차고로 이어지는 익숙한 두드림 소리를 따랐다. 가 보니 아빠가 카이가 가르쳐 준 쿵후를 여전히 열심히 연습 중이었다. 어째서 카이를 떠올리게 하는 것들이 사방에 가득한 거지? 가슴속에서 올라오는 고통을 무시하며 작업대에 걸터앉았다.

커버를 씌운 두카티 오토바이가 차고 한구석에 안전하게 놓여 있었다. 저걸 왜 샀는지 모르겠다. 예전 시뮬레이션이 어떤 지표였다면 오토바이는 안전할 리 없다. 하지만 그래서 내가 원한 건지도 모르겠다. 헬리콥터를 몰 수 있다면, 재능이 돌아온 지금은 오토바이는 식은 죽 먹기라는 걸 입증하려고, 혹은 어쩌면 카이를 떠올리게 해 주는 물건이라 샀던 건지도 모르겠다. 어느 쪽이든 지금은 타지 않고 그냥 내버려둔 상태다.

문을 닫는 소리에 아빠가 내 쪽으로 고개를 홱 돌렸다.

"잘 잤니, 조. 돌아왔구나."

아빠는 내가 반가웠는지 밝고 기운이 넘쳐 보였다. 아침에 일어나서 제일 먼저 보는 사람이 경호원이 아닌 점이 신선하고 좋았다.

"좋은 아침이에요, 아빠."

난 아빠를 살폈다. 숫자들이 아빠가 엄청나게 달라졌다고 알려 줬다. 이제 강인하고 탄탄해진 아빠의 팔뚝은 땀으로 번들거렸다. 길에서 싸움이 붙어도 이길 거라 장담할 수 없지만 제대로 움직일 건 확실했다. 아빠가 정말 자랑스럽다. 제대로 식사하고 매일 운동하는 것도 그렇지만 무엇보다 몇 년 새 가장 활동적으로 되었으니까. 새로운 여성이 아빠의 인생에 들어온 일과 관련이 있을 것 같다. 사랑은 그 자체로 에너지를 발산하니 말이다.

"전 신경 쓰지 마세요." 난 그렇게 말하고 아빠한테 운동을 계속하라는 제스처를 취했다.

“아직 잠이 덜 깼거든요.”

“몇 분만 더하면 끝난단다.” 아빠가 알려 주었다.

“그런 다음에 같이 아침을 준비하자꾸나. 우리의 큰 회의까지 한두 시간 여유가 있잖니.”

우리라니. 아무리 가장 큰 투자자 중 한 사람이라지만 아빠가 PSS 회의에 들어오는 건 여전히 낯설었다. 그러나 사무실에서 아빠를 보면 늘 긍정적인 느낌이 들었다. 그래서 좋은 쪽으로 받아들였다. 난 과정을 믿는 법을 배우는 중이다.

“제가 일찍 돌아올 걸 알고 계셨죠?”

아빠의 손목에 고전적인 K2의 모습 그대로지만 성능을 높인 스마트워치가 보였다. 아빠가 찬 D3는 내 PSS 첫 공식 출장 이후 테일러 대표가 선물로 준 것이다. 이 스마트워치에는 내 심박을 보고하는 K2와 연동하는 기능이 들어 있다. 원하면 내 쪽에서 끌 수도 있지만 그러지 않았다. 어쨌든 이제 아빠는 거의 확인하지 않으니까.

“맞아.” 아빠가 고개를 끄덕이고 다시 주먹으로 샌드백을 치고 발로 찼다.

내 머리가 아빠의 몸을 힘과 가속도의 방정식으로 변화시켰다. 아빠의 덩치에 운동의 법칙이 결합해 그 움직임을 따라 몇 곱절 늘어났다. 힘이 솟아 나와 곧장 샌드백으로 향하는 방식, 체중이 실리면서 샌드백을 무너뜨리는 과정, 숫자가 발차기에 최대한의 힘을 주기 위해 다리를 구부리는 자세와 몸에서 나오는 날숨까지 계산했다. 익숙하고 안정적인 가속을 보였다. 차고의 주파수는 에너지로 넘쳐 공기를 들썩였다. 아빠의 에너지 방

춤은 분명하고 힘이 있었다. 나도 그렇게 하고 싶은 마음에 몸이 절로 아빠 쪽으로 기울었다.

긴 밤 비행을 마친 터라 몸은 그러고 싶지 않았지만, 마음은 그와 별개로 움직였다. 육체적 한계를 극복하는 건 엔도르핀을 방출하고, 머릿속을 정리하고 긴장을 이완하는 좋은 방법이다. 그리고 어쩌면 마음이 진정되어 지난 한두 달의 일에 대해 제대로 생각할 수 있을지도 모른다.

난 커피를 내려놓고 벤치에서 일어났다.

"해 봐도 돼요?"

아빠가 고개를 들더니 내가 운동 그 이상을 원한다는 걸 안다는 표정을 지었다.

"그러렴, 조. 샌드백을 제대로 맞추는 건 엄청 힘들 거란다. 아빠가 발차기 판을 잡아 줄게." 아빠가 옆으로 비켜서 타월을 집었다.

난 카이와 상 형제가 가르쳐 준 대로 자세를 잡았다. 싸움꾼은 아니지만 카이랑 몇 번 대련한 적이 있었고 그가 하는 걸 백 번도 넘게 봤다. 우선 무릎을 구부리고 샌드백에 집중했다. 그 다음에 눈을 감고 머릿속으로 방식을 재생해 봤다. 모든 움직임이 방정식이 되는 내 안에서 수학적 리듬이 켜졌다. 난 신체 역학의 시나리오를 읽는 중이다. 일련의 움직임과 기본 루틴이 머릿속에 장착됐다.

눈을 번쩍 뜨고 샌드백을 공격했다. 수년간 연습한 사람처럼 혹은 수년간 다른 사람의 수련을 봐 왔던 사람처럼 팔다리가 저절로 느낌을 잡았다.

카이의 몸에 대한 기억이 생생하다. 속으로는 그에게 집중하고 겉으로는 그 움직임을 실행했다. 내 주먹, 팔뚝, 다리가 완벽한 대형을 이루며 샌드백을 쳤다. 힘이 약했고 고통이 느껴졌지만 내 몸이 좋다고 아우성쳤다. 더 하라고. 나에게 필요한 건 방출이었다.

튀니지 출장 이후 보낸 101일이 고스란히 쏟아져 나왔다. 모든 혼란, 이해할 수 없는 패턴과 교차로, 풀지 못한 계산식과 끝도 없는 주파수, 카이와의 이별, 노블을 찾던 여정, 그 모두가 주먹과 다리에서 나와 샌드백으로 향했다.

기억이 머릿속에서 잽을 날렸다. 사막에서 노블이 자기가 맨델이라고 고백했다. 나한테 자길 찾지 말라고 했다. 카이가 세상에서 사투를 벌이는 덕분에 난 잠을 잘 수 있다. 난 멈추지 않고 계속 샌드백을 때렸다.

머릿속이 빙빙 돌았다. 프랫에 있던 레드의 얼굴이 카이의 얼굴로 바뀌었다. 튀니지의 사막에서 피범벅이 된 그의 모습, 헬리콥터에서 날 사랑한다고 했던 그의 목소리. 노블이 내게 등을 보이고 사라졌다. 별의 암호를 풀던 지난 몇 달, 거절…. 이윽고 마담과 킹이 나타나 날 비웃었다. 후계자와 로열리스트도 그 자리에 있었다. 내 목뒤에 난 상처가 뜨겁게 타들어 갔다. 입안으로 물이 가득 들어왔다. 날마다 우리 주위를 에워싼 모든 위협이 내게 공격을 퍼부었고 그걸 모조리 멈춰야 한다.

계속 때리고 차고를 반복했다. 몸에 열이 올랐다. 모든 관절에서 고통이 느껴졌지만 멈추지 않았고 그러다 날카롭고 따뜻한 주파수가 날 쳤다. 그래서 스윙 중에 멈췄다. 주파수에 동력이 되는 열기는 내 체온이 아니었다. 두 손이 어깨로 내려와 내 몸이 반사적으로 반응했다.

나도 모르게 상대에게 주먹을 날렸다. 곧바로 주먹이 살과 뼈에 닿았다.

"어이쿠!"

얼른 뒤돌아보니 아빠가 비틀거리며 뒷걸음질 치는 모습이 눈에 들어왔다. 아빠는 한쪽으로 고개를 숙이며 코를 붙잡았다. 셔츠로 피가 마구 흘렀다.

"방금 그 주먹은 정말, 정말 아프구나, 조."

난 걱정되어 얼른 앞으로 다가갔다.

"아빠, 정말 죄송해요. 아빠 때문에 놀랐잖아요. 이러려던 건 아닌데…. 괜찮으세요?"

"그건 아빠가 너한테 묻고 싶은 말이란다."

아빠가 타월로 코를 감쌌다. 경각심이 담겼지만 걱정과 인내심도 가득 찬 눈길로 아빠가 날 살폈다. 아빠의 콧등이 찢어졌다. 싸움에 대해 내가 아는 바로는 저 자리에 멍이 들고 눈까지 멍이 퍼질 수 있다는 점이다.

"무슨 일이 있었어?"

난 숨을 헐떡거리기만 했지, 대답할 수 없었다. 샌드백을 치던 날 멈추게 한 그 열기가 다시 느껴졌기 때문이다. 유령 주파수가 가까이에서 부메랑처럼 내게로 돌아왔다. 시간, 공간, 거리를 무시한 듯, 전혀 이해가 가지 않는 패턴이었다.

"K2!" 내가 스마트워치에 말했다.

"반경 4.57미터의 모든 걸 살펴줘. 온도, 소리, 열, 에너지, 주파수, 진동까지.”

K2가 곧바로 응답했다.

“시스템이 모니터링합니다.”

너무 희미한 열기라 계산하기 힘들었다.

아빠가 코를 잡은 채 차고 주변을 둘러보았다.

“왜 그러니?” 비음이 섞인 목소리로 아빠가 물었다.

난 아빠를 무시하고 재빨리 차고에서 나와 뒷마당과 해변으로 이어지는 잔디 길을 걸었다. 바다에서 습한 찬 공기가 올라왔다. 아빠가 뒤쫓아 왔다. 난 두리번거리며 주변을 살폈다. 멀리서 차 세 대가 지나갔다. 바다 위에 보트 두 척이 떠 있었다. 먼바다에서 페리 선이 고동을 울렸다. 갈매기 세 마리, 30.48미터 밖에서 수다 떠는 사람 여섯 명, 그들에게선 전혀 위협이 감지되지 않았다. 그러다 주파수가 희미해지기 시작했다. 사라졌다. 언제나 그랬던 것처럼.

난 아빠를 돌아보며 크게 한숨을 쉬었다.

“또 그 이상한 주파수가 나타났어요.”

“유령 주파수 말이니?” 아빠가 추운 겨울 공기에 몸을 떨며 물었다.

난 여전히 살짝 숨이 찬 상태로 고개를 끄덕였다.

“브라질에서도 있었어?” 아빠가 물었다.

“네.”

난 계속 주시하며 122.53미터 떨어진 해변의 구부러진 지역을 쳐다봤다.

“제네바, 양곤, 산티아고에서도요. 그리고 나미비아에서는 매일 느꼈어요. 대부분의 주파수보다 빠르고 온도가 높아요. 그게 뭔지 아직도 모르겠어요."

난 몸을 구부려 모래를 한 움큼 담아 꽉 쥐었다. 손바닥에서 모래시계처럼 모래알들이 흘러내렸다. 몸이 안정을 찾았다. 기분이 나아졌는데 아빠의 코를 다치게 했다는 점이 기억났다.

"때려서 정말 죄송해요." 난 사과했다.

아빠가 피 묻은 타월을 손에 든 채 내 옆에 웅크리고 앉았다.

"괜찮아. 널 방해하지 말았어야 했는데. 근데 솔직히 아빠는 몇 달 동안 실제로 싸움이 어떤 느낌일지 궁금하긴 했어. 맛보기를 알려 줘서 고맙구나." 아빠가 웃음을 터트렸다.

딸한테 한 방 맞아도 쾌활해하는 모습에 난 고마움을 느꼈다.

"자, 그럼 아빠한테 차고에서 네가 그렇게 한 이유를 말해 주지 않겠니?"

아빠는 유령 주파수 이야기를 하는 것이 아니다. 목소리 톤에서 내 '마음 진찰'을 하려는 게 느껴졌다. 어떤 애들은 아빠와 자기 연애나 감정에 관해 이야기하길 꺼린다. 처음에는 나도 그랬다. 하지만 아빠가 묵묵히 듣고 모든 부분을 살피는 걸 보며 더 많이 털어놓아도 되겠다는 확신이 들었다. 게다가 아빠는 내가 들어 보지 못했던 엄마와의 사연도 들려주었다. 엄마한테 반했던 사소한 에피소드들은 절대 끝나지 않을 이야기보따리 같았다. 물론 우리는 마리골드에 관해서도 이야기를 나눈다. 두 사람은 급속도로 가까워졌고 그 부분이 그녀에게 PSS의 과거를 묻기 머뭇거려지는 이유이기도 하다. 아빠의 여자 친구에 관해 더 많은 걸 알고 싶지만 내 상관이다 보니 이상한 기분이 드는 게 사실이다.

난 모래를 털어 내고 고개를 들었다.

"그냥 똑같은 고민을 하고 있었어요."

아빠가 숨을 들이마셨다.

"노블의 암호를 해독하는 일 말이니? 오늘 회의가 끝난 뒤에 마리골드가 저녁을 먹으러 올 거고, 아직 날이 쌀쌀하지만, 그때쯤에는 하늘이 갤 거란다. 우리가 망원경을 밖으로 가져나오면 돼. 다 같이 우주의 패턴을 상호 점검해 보면 어떨까? 오늘 밤 그를 찾을 수 있을지도 모르잖니."

그 말에 몸이 굳어지면서 가슴 깊은 곳이 아려왔다.

"다 끝났어요, 아빠." 난 목이 메 해변으로 고개를 돌렸다.

"무슨 일이 있었니?" 아빠의 목소리가 차분해졌다. 숫자들이 폭풍을 막아주는 지붕처럼 아빠 주변을 감쌌다.

"나미비아에서 노블의 메시지를 읽었는데…." 속에서 뭐가 올라와 말을 멈췄다.

크사 두즈에서 자신이 맨델이라고 밝힌 노블을 떠올리면 아직도 등이 서늘해지는 느낌이 든다. 석 달 동안 난 눈송이, 프랙털, 해마를 비롯해 어린 시절부터 함께했던 지독한 교감에 빠져 살았다. 모든 일을 겪고 나서 그가 나만큼 우리 사이에 오가는 것이 무엇인지 알고 싶을 거로 생각했다. 자신을 완전하게 바라보는 누군가를 진정으로 알게 되는 느낌이 어떤지 말이다. 어쩌면 그사이 그가 마음을 바꿨을지도 몰랐다. 아니면 내가 모르는 뭔가를 알고 있거나.

감정 말고도 내 재능에 대해 그에게 묻고 싶은 질문이 한 트럭이다. 나한테 일어난 일을 다른 누구에게 설명할 수 있을까?

"조?" 아빠가 거리를 좁히고 따뜻한 팔로 날 감쌌다.

"메시지에 뭐라고 적혀 있었니?"

난 모래를 한 줌 떠서 대답하기 전에 꾹 쥐었다.

"저더러 자길 찾지 말래요."

입 밖으로 말하니 실감이 났다. 날카로운 아픔이 속으로 파고 들었지만 밀어냈다. 난 난관을 딛고 일어서는 법을 배웠다. 이번에도 그렇게 할 거다.

"웃기지 않아요?" 내가 고개를 저었다.

"저한테 남자가 두 명 있다고 생각했는데, 알고 보니 아무도 없었어요."

아빠가 날 꽉 안아 줬다.

"그럴 리가 없어, 얘야. 아빤 노블을 모르지만 그건 말이 안 되는 것 같구나. 그가 정말 천재라면 너 같은 여자애를 놓치면 엄청난 실수라는 걸 알 텐데."

"그럴까요?" 내가 물었다.

"지난번 카이가 죽을지도 모르는 아주 치명적인 상황에서 절 따라왔다가 관계 당국에 체포될 뻔했어요. 그리고 제 재능이 돌아오지 않았다면 카이는 목숨을 잃었을 수도 있고요."

난 머리를 붙잡으며 탄식했다.

"게다가 아빠 말처럼 그도 저처럼 천재예요. 우린 다른 사람과 달리 가능성을 계산할 수 있어요. 우리가 잘되지 않을 이유를 그가 계산해 낸 거예요. 그게 뭔지, 그 이유를 그에게 듣고 싶어요. 하지만 그는 저한테 그럴 기회조차 주지 않았어요."

입 밖으로 꺼내진 않았지만 내가 아직 카이를 생각하는 걸 노블이 아는지도 궁금했다.

"튀니지에서 그와의 경험이 네게 강렬했다는 거 아빠도 안단다." 아빠가 말했다.

"넌 어릴 적 친구를 만났어. 거기다 카이를 잃었지. 재능이 돌아왔고. 그런데 위험천만한 상황이 늘 일상적인 관계에 영향을 미치는 건 아니란다. 너흰 5일을 같이 보냈어. 인생을 바꿀 결정을 내리기엔 길지 않은 시간이야."

"알아요." 내가 한숨을 쉬었다.

노블은 튀니지에서 내게 보여 준 것보다 확실히 더 많은 뭔가를 품고 있다. 과거와 미래에 대해서. 그렇지만 그에게 무슨 일이 생기길 바라지도 않는다. 국제 우주 협력체의 슈퍼 위성 발사일이 코앞으로 다가왔고 모두가 그에게 주목하고 있다.

찬바람에 얼른 정신을 차렸다. 욱신거리는 관절을 손으로 주무르며 아빠를 쳐다봤다.

"이제 안으로 들어가요."

그만 포기하려는 날 위로해 줄 거로 생각했는데, 아빠의 표정이 바뀌더니 손으로 무릎을 탁, 쳤다.

"아빤 네가 노블을 찾는 일을 포기하지 않았으면 좋겠구나."

난 놀랐다.

"아빠가 그런 말을 한다니 놀라워요." 내가 대꾸했다.

"아빠가 누구 편인지 알거든요."

아빠는 정체를 들킨 사람처럼 손을 위로 들어 올렸다.

"거짓말을 하진 않을 거야. 아빠는 카이를 좋아하고 그를 믿어. 그 아이는 항상 너한테 열려 있고 솔직하니까. 아빤 너랑 같이 있는 사람을 좋아했어. 솔직히 노블에 대해서는 아는 게 없구나. 하지만 네가 그에게 뭔가 느끼고 있는 건 분명해. 네가 스스로에게 말했잖니, 노블은 네가 풀어야 하는 방정식이라고. 해답이 네게 중요하다면 쉽게 물러서면 안 된단다."

아빠가 미소를 지었다.

"그리고 공식적으로, 아빠는 네 편이야."

감동이었지만 내가 물러선 게 아니다. 그가 제 발로 떠난 것이 문제지.

"고마워요, 아빠." 난 고개를 저었다.

"그렇지만 제가 그를 놔줘야 할지도 몰라요. 카이에게 그랬던 것처럼요. 석 달 동안 질질 끌었는데 그건 대체 뭘 위해서였을까요? 지금부터 전 앞에 놓인 문제에만 집중할 거예요. 이를테면 오늘 있을 회의라든가."

파도가 차곡차곡 밀려들었다. 내 머리는 빛의 속도로 상하이가 있는 동쪽으로 향했다. 그쪽 바다에서 이곳을 꿈꿨던 시절이 꼭 어제처럼 느껴졌다. 그러다 조짐도 없이 튀니지 이후 내가 탄 모든 비행길이 내 머릿속을 헤집어 놓았다. 모든 마을, 모든 경로. 난 지도로 가득 찼지만 머물거나 가야 할 분명한 목적지가 없었다.

퓨젓사운드에서 불어오는 칼바람이 온몸을 덮쳤지만 난 떨지 않았다. 그 바람이 프랫에서의 추웠던 시절 내 몸을 기억나게 내버려두었다. 곧바로 강인함이 찾아왔다. 한 사람이나 장소가 절대로 날 정의할 수 없다. 지금은 그래선 안 된다.

“어서 회의 준비를 해요.” 난 자리에서 일어나 아빠를 일으켜 세웠다.

“테일러 대표님이 왜 우리를 불러들였는지는 얘기했어요?”

“아니, 나한텐 전부 말하지 않았단다…. 아직은.” 아빠는 의미를 알 수 없는 미소를 지었다.

다시 차고로 들어갔을 때 K2가 PSS 본사에 이미 도착한 해리슨에게 전화가 왔다고 알려 주었다.

“일찍 갔네.” 내가 전화를 받았다.

“새벽 4시부터 여기 있었어. 시차증에다 베일에 싸인 회의가 너무 궁금해서. 최대한 빨리 이리 와줄 수 있어? 이야기 좀 해. 네 이탈리아 친구에 대해 더 많은 정보를 찾았는데 그 부분에 대해 논의가 필요하거든…. 다른 애들도 오고 있어. 조, 네가 어떤 사람들이랑 어울렸는지 더 자세히 이야기를 들어야만 할 것 같아….”

난 전화를 끊고 샌드백을 쳐다본 다음 멍이 들어 퍼렇게 된 관절을 내려다봤다. 튀니지에서 쓴 폭탄 때문에 손끝에 작게 난 상처도 살폈다. 샌드백을 치며 감정을 발산하니 기분이 나아졌다. 지난 석 달간 내가 얼마나 꾹꾹 참았는지 알지 못했다. 이제 더는 그러지 않을 거다. 옷을 갈아입으러 가기 전에 난 두카티의 커버를 벗기고 열쇠를 챙겼다.

아빠를 쳐다봤다.

“PSS에 일찍 가봐야 할 것 같아요. 절 놀라게 할 여러 가지가 기다리고 있나 봐요.”

CHAPTER 8

워싱턴 주, 시애틀, 워싱턴 대학교

미행이나 감시를 당할 때면 또렷하게 감이 온다. 반경 152.4미터 내에 있는 모든 사람을 셀 수 있는 경우에는 더더욱.

난 캠퍼스 주차장에 두카티를 세웠다. 숫자와 주파수가 날 미행하는 사람이 있다고 알려 주었지만 내 감각을 고조시키는 뭔가가 더 있었다. 공중에서 느껴지는 으스스한 분위기. 누가 숨어 있는지 몰라도 길 건너 32.92미터 거리가 아닌 바로 뒤에 있는 것 같았다.

내 방정식이 이곳의 새로운 사람 60명, 지나는 차 4대, 전기장치 22개를 추가했다. 그런데 PSS로 가는 내 루트와 일치하는 게 하나 있었다. 주차장에서 캠퍼스 안뜰로 날 따라 오는 주파수가 느껴졌다. 어쩌면 내 편집증이 도진 걸 수도 있지만, 오늘 만큼은 무시할 수 없었다.

세이버리 회관으로 이어지는 빨간 벽돌과 자갈길로 들어가기 전에 걸음을 멈췄다. 호신용 귀걸이와 전자기 펄스-테이저건이 장착된 팔찌가 잘 작동하는지 확인했다. 그런 다음 스마트워치에 말했다.

"K2! 반경 36.58미터 안 사람들의 얼굴을 스캔해 줘. 중요한 인물을 찾아봐."

사진 하나가 K2 화면에 떴다. 난 그걸 보고 탄식했다. 캐리 마인즈, 저 끈질긴 저널리스트가 5개국째 우리를 쫓아다니고 있다. 진작 알았어야 했는데. 그녀에게는 안타까운 일이지만 오늘은 날 괴롭힐 수 없을 것이다.

테일러 대표는 그녀와 마주쳐도 무시하라고 일렀다. 하지만 마인즈가 날 따라오거나 PSS팀을 스토킹한다는 건 그녀가 내 영역에 들어와 있다는 뜻이었다. 그냥 넘어갈 수 없다. 특히 일하다 말고 고국으로 불려 온 이 시점에선.

무시하는 대신 난 속으로 급격히 전투력을 충전한 뒤 그녀가 숨어 있는 쪽으로 다가갔다. 내가 오는 걸 보자 그녀는 도망치지 않고 구석에서 나와 대담하게 마주했다. 아, 강단이 있는 사람이구나.

내가 성큼성큼 다가가니 숫자가 그녀를 제대로 스캔했다. 키가 작은데도 자세에서 자신감이 넘쳤다. 차고 있는 전자 기기는 사양이 좀 떨어지지만, 대화를 녹음할지도 모르니 말조심해야겠다고 마음먹었다.

"마인즈 씨, 또 사람 뒤꽁무니나 쫓아다니는 건가요? 상을 받을 만하네요. 뭘 찾을 수 있을 거라고 기대하는 거죠?" 내가 물었다.

"조세핀 리버스 양. 중국에서 재능을 잃어버린 예전의 천재."

마인즈가 의기양양한 얼굴로 날 위아래로 훑었다.

"잘 알겠지만, 테일러는 천재 아이들을 쓰는 일을 오래전에 그만뒀다고 주장하고 있어요. 그러니 당신은 지금 그녀 밑에서 일하는 게 아닐 테고, 지금 사무실로 가는 것도 아니겠군요."

목소리에서는 앙심이 느껴지지 않았으나 늘 원하는 걸 얻고 자란 철부지 같은 느낌이 들었다.

"늘 그렇듯, 테일러 대표의 말이 맞아요. 전 여기서 수학을 가르치는 교수고 STEM(Science, Technology, Engineering, and Mathematics) 프로그램의 하나로 전 세계를 돌며 강의를 주관하죠."

나도 자신 있게 대꾸했다. 어쨌거나 사실이니까. PSS의 균형을 유지하려면 상당한 연기력도 필요하다.

"저기요." 마인즈가 코트 자락을 펄럭이며 말했다.

"당신이 학생을 가르친다는 거짓 타이틀이 제대로 먹힐지 모르겠군요."

그 말에 난 지겨운 척했다.

"열두 국가에서나 문서로 남겼고 좋은 평가도 받았답니다."

그녀가 손사래를 치며 방금 내가 말한 모든 걸 물거품으로 만들었다.

"당신이 튀니지에 교환 학생으로 갔을 때 쿠데타와 선거가 마지막 순간에 해결된 건 단순한 요행이었나 보군요. 당신의 STEM 강의가 칠레의 새로운 지진 기술 건과 일정이 맞아떨어진 건 순전히 우연이었고, 미얀마의 경기 호전과 나미비아의 갑작스러운 자연 자원의 발전도 마찬가지로 우연이겠군요. 더 읊어줄 수도 있는데."

그녀가 날 구석구석 살폈다.

"내 기사를 읽었겠죠. 내 주장도 알 테고. 당신 같은 천재들은 근사한 발전 뒤에 숨어 있죠. 당신이 한 일에 대한 명성을 얻고 싶지 않나요?"

난 그녀의 기사를 읽었다. 그녀 스스로가 말하는 소위 팩트에는 가정이 엄청나게 많이 들어 있었다.

"어머, 방금 제가 한 방 먹었군요." 난 웃으며 허리춤에 손을 올렸다.

"아니면 당신이 조사를 제대로 하지 않았던가. 지난 한두 달 사이 전 세계에서 일어난 비약적인 과학계의 발전은 서른 건이 넘어요. 좀 전에 언급한 사례보다 더 중대한 것들이죠. 지금 벌어지는 의학적 발견도 깜짝 놀랄 정도예요. 중동에 삶을 변화시킬 평화가 찾아왔고요. 환경 현상도 있고 유전적인 발전도 있어요. 자기 물리학과 광학에도 엄청난 성과가 있었어요. 우리에 관해 다른 기사를 쓰고 싶다면 이런 것들을 좀 더 연관시켜 주면 좋겠어요."

내가 고개를 저었다.

"우린 정말 몸 둘 바를 모르겠어요, 마인즈 씨. 우리가 똑똑할지언정 슈퍼히어로는 아니라 동시에 사방에 있을 수 없어요. 우리 STEM 프로그램 이야기를 기사로 쓰고 싶으신 거라면 더 자세히 들려드릴 의사가 있답니다."

마인즈는 아무 말도 하지 않았지만, 그녀의 보디랭귀지는 한 가지 자세를 고수했다. 확실히 자기 입장을 포기하지 않았다. 난 어이가 없어서 눈을 굴렸다. 이 여자랑 노닥거릴 시간이 없다.

“그럼 안녕히 가세요, 마인즈 씨.”

“다른 이야기가 듣고 싶지 않나요?” 그녀가 외쳤다.

“당신의 수학적 재능이 돌아왔죠. 아니면 애초부터 떠난 적이 없는 거였나요? 챈황롱이 중국에 임박한 경제 위기를 발견하고 그걸 예방할 천재적인 해결책을 내놓은 방식을 보며 전문가들은 당혹했어요. 그 직후 당신은 그의 아들과 데이트를 시작했고 수학적 재능을 잃었다고 주장했죠. 좀 수상쩍다고 생각하지 않나요?”

잠시 내 귀에는 그의 아들과 데이트를 시작했다는 말밖에 들리지 않았다. 난 몸을 돌려 그녀를 노려보았다. 그녀는 그의 이름을 말하지 않았다. 다분히 의도적으로.

새로운 각도에서 보니 챈은 경제를 구하러 뛰어든 유일한 인물이었다. 그는 ‘슈퍼본드’를 해결책으로 내놓아 크게 칭송받았다. 모든 공이 자신에게 오길 바라지 않았지만 날 위해 그렇게 해 줬다. 날 보호하려고. 테일러 대표가 천재들을 보호하기 위해 최선을 다하는 것처럼 그도 그랬다.

“난 재능을 잃은 게 맞아요.”

그건 사실이었다. 하지만 재능이 다시 돌아왔다는 걸 그녀가 알 필요는 없다. 노블, 우리 가족, 카이, PSS 팀원을 제외하고 내 재능이 돌아온 사실을 아무도 모른다.

“뭐, 난 못 믿겠어요. 당신은 자기 재능을 임의로 조종할 수 있나 보죠. 그러면서 각국 정부를 돕는 것 같고요. PSS가 여전히 활동 중이고 테일러가 자기 마음대로 재능을 가진 아이들을 쥐락펴락하는 위험한 사람이라는 걸 내가 반드시 증명해 보일 거예요."

그녀가 어깨에 핸드백을 걸쳤다.

"난 절대 멈추지 않아요."

마인즈가 그저 추측하는 거라고 숫자가 알려 주었다. 그녀에겐 증거가 없다. 난 그녀를 쳐다봤고 내 재능이 그녀 눈의 모든 각도와 주파수를 추적했다. 내가 자길 때리기라도 할 것 같았는지 그녀가 뒤로 물러났다. 샌드백의 기억이 되살아났다.

난 꼿꼿하게 서서 한숨을 쉬었다.

"당신이 진짜 원하는 게 뭐예요, 마인즈 씨?"

"진실이죠." 독을 내뱉듯 그녀가 말을 뱉었다.

"사람들은 우리가 보여 주지 않으면 세상을 제대로 보지 못하니까요."

"세상에는 더 큰 문제가 있어요." 난 사라진 체사레 디 수사, 제네바, 정전 사태를 생각하며 말했다.

"당신이 정말 우릴 걱정한다면 더 나쁜 사람들을 쫓아 보세요."

내 말에 마인즈가 코웃음을 쳤다.

"더 나쁜 사람이라는 건 주관적인 관점이죠. 테일러가 한 무리의 아이들에게 세상의 문제를 해결하라고 위험으로 내몰았다면 사람들은 그 사실을 알아야 해요."

내게 확신을 주었다고 생각한 듯 그녀가 잠시 말을 멈췄다.

난 시계를 살폈다.

"유감이지만 시간이 다 됐군요." 그녀에게 예의 바르게 웃으며 작별 인사를 전했다.

"그만 갈게요."

난 걸음을 옮겼고 숫자가 안테나처럼 높이 섰다. 마인즈가 내 재능이 돌아왔다고 의심한다면 다른 이들도 그럴 것이다. 제네바의 내 호텔 방에 누가 침입했던 일과, 라파엘과 그의 아빠가 실종된 사건이 머릿속에 떠올랐다. 내가 피해 왔던 관점이 머릿속에서 나타났다. 두 사건이 연관이 있다면 우리는 마인즈보다 더 큰 문제를 안고 있는 셈이다.

CHAPTER 9

워싱턴 주 시애틀, PSS 본사

PSS의 본사 문을 여니 온통 혼란스러운 주파수뿐이었다. 일반적인 천재들의 윙윙거리는 뇌 활동은 감지되지 않았다. 누가 보면 영화배우라도 오는 줄 알겠다. 오늘 회의에서 어떤 소식을 듣게 되든 분명 PSS를 들썩이고도 남을 큰 건일 테지.

열두 개의 새로운 전기 주파수, 고조된 프로토콜, 안절부절못하는 대화들이 모퉁이마다 벌어졌다. 보통 이 시간에는 조용히 모니터만 보고 있는 분석팀조차 불안해하며 이야기를 나눴다. PSS의 카운슬러이자 기술 매니저인 베리어스 씨와 그 비서인 옌 씨는 PSS의 베일 프로그램으로 캠퍼스 전체를 덮어버리기라도 한 듯 불안한 얼굴을 하고 있었다. 난 팀원들을 보길 기대하며 로봇 커피 머신인 레저에 갔다.

"좋은 아침이에요, 조." 십 대 분석가 몇몇이 내게 인사했다.

"여러분까지 소환하다니 정말 예상 밖이에요. 혹시 무슨 일인지 알아요?"

"아직 몰라요."

레저가 내게 진한 트리플 샷 에스프레소에 우유를 좀 섞어 줬다. 회의실에서 서성대는 사람들을 보니 내 손도 불안하게 덜덜 거렸다. 모두가 기대감에 사로잡혔다.

해리슨이 금발 머리를 복도 쪽으로 내밀고는 날 보고 서두르라며 손짓했다. 얼른 커피를 챙겨 그쪽으로 갔다.

안으로 들어가 보니 모두가 잘 차려입고 나왔다. 하지만 다들 잠을 잔 것 같진 않았다.

"와! 다들 신수가 훤하네." 내가 팀원들에게 인사했다.

해리슨의 리서치와 뉴스룸 주변이 주파수의 교차 지점이었다. 모니터 세 곳에 해리슨이 하루 혹은 일주일 단위로 프로그램한 대로 쉴 새 없이 정보가 올라오고 기록되었다. 내가 들어가자, 그가 문을 닫았다.

"그럼…." 펜즈가 입을 열었다.

"우리가 두 시간 더 자는 걸 포기할 만큼 중요한 일이란 게 뭐야?"

"그걸 질문이라고 해?" 해리슨이 신나서 말했다.

"테일러 대표님이 우릴 불러야 하는 임무라면 분명 엄청 중요한 일일 거야. 우리가 작전 중에 중단한 적은 거의 없었잖아."

펜즈가 한숨을 쉬었다.

"이건 임무나 작전이 아니야. 일이라고 해리슨. 튀니지에 다녀온 뒤로 넌 우리를 무슨 비밀 요원이라고 생각하는 것 같아."

해리슨이 군인처럼 남성적으로 눈빛을 번뜩였다.

"펜즈. 진짜 모르겠어? 조 리버스와 함께 있는 한 우리는 기본적으로 스파이야. 아니면 적어도 순수하게 그쪽과 관련이 있다고 봐야겠지. 특히 이걸 찾은 이후라면 말이야."

해리슨이 버튼을 클릭하자 라파엘의 아버지 체사레 디 수사의 또 다른 기사가 화면에 나타났다. 커다란 갈색 눈동자는 부패로 찌들었다.

"체사레는 이탈리아와 아시아에서 아주 영향력이 큰 인물인 팔레르모 리치와 관련이 있어. 리치는 아시아 최대 규모의 의료 관광 센터와 유럽 통신사를 장악한 거물이야. 챈과 비슷하지."

난 고개를 앞으로 숙였다.

"이름을 들어 본 적이 있어. 저 사람이 왜 중요한데?"

"알고 보니 체사레와 팔레르모는 세계 역사상 가장 전설적인 이탈리아 마피아 네트워크인 이탈리아 리베라타의 후계자였어. 체사레가 차세대 보스가 될 예정이었지. 체사레가 자리에 오르기 전 조직이 발각됐지만 새롭고 더욱 비밀스러운 네트워크가 우리의 레이더에 걸렸어. 바로 테라 리베라타야. 그들이 연관돼 있다고 생각해. 이제 널 통해 우리도 연관이 있지. 그럼, 여기서 우리가 누구냐고? 내가 아는 가장 근사한 천재 팀이지."

펜즈가 입술을 옆으로 말아 올리며 말했다.

"아니면 가장 구린 팀이거나."

난 팔짱을 낀 채 그의 말이 틀리길 바랐다.

"체사레는 모든 범죄 연락처를 넘겨줬어. 그리고 증인 보호 프로그램에 들어갔지. 그가 테라 리베라타를 운영할 리 없어. 날 믿게 만들려면 더 많은 증거를 보여줘 봐."

"그래. 체사레의 예전 동료들이 우리가 머물던 그 주에 제네바에 있었어." 해리슨이 말했다.

"그리고 이상하게도 라파엘과 그의 아버지는 ISC의 주요 과학자 세 명이 슈퍼 위성 작업에 나타나지 않은 때와 얼추 같은 시기에 실종됐지. 조, 어제 헬싱키의 들판에서 과학자 두 명의 시신이 발견됐어."

해리슨이 한층 진지해졌다.

"이것보다 더 많은 증거가 있어야 해?" 그가 허공에서 손가락으로 딱 소리를 냈다.

그건 마음에 걸리는 소식이었다. 라파엘에게 메시지를 받은 뒤로 머릿속에서 다른 사건을 상호 참조해 왔다. 분명 관련이 있지만, 숫자로 이어진 끈은 노블을 가장 많이 가리켰다. 분명 그에게 너무 집중한 탓에 내가 더 중요한 걸 보지 못했던 거다. 내가 끼어들려는데 그들의 얼굴이 내게 이야기가 더 남았다고 말해 줬다.

"또 뭐가 있는데?"

펠리시아가 몸을 구부렸다.

"우리가 스케일 테크의 재정 보고서를 해킹했어. 체사레 디 수사와 그의 아들이 그 회사 최대 주주야. 그뿐만이 아니야. 체사레는 세계 전역 수십 군데의 민간 우주 연구소에 지분을 가지고 있어. 수년 전 팔레르모 리치가 스케일 테크의 체사레 주식을 매수하려고 했어. 체사레가 거절했지. 그 일이 있고 나서 체사레가 중국으로 넘어간 거야."

펠리시아가 회사 목록을 건네주었다.

"넌 늘 우연 같은 건 믿지 않는다고 했잖아?"

메스꺼움이 온몸을 덮쳤다. 새로운 일련의 변수가 내 머릿속 계산기로 들어왔다. 체사레 같은 남자는 위성이나 우주 기술에 투자한 다음 중국으로 넘어와 무식하고 자잘한 범죄를 도울 위인이 못 된다.

"팔레르모 리치는 어떤데? 체사레가 지금 그 사람과 연락하고 있어?"

"팔레르모는 깨끗해. 오래전 체사레와 손절했어. 그는 자신의 주요 사업 기반인 아시아 의료 관광지를 통해 역외 금융을 하고 있어. 그런데 최근에 팔레르모가 유호 살로넨 박사에게서 스케일 테크를 매수하려고 구애를 펼치고 있어. 사방에 그 소식이 퍼졌지."

난 손가락으로 콧잔등을 눌렀다. 무언가 아주 잘못되었다. 내 숫자가 제네바에서 살로넨 박사와 스케일 테크를 가리켰는데 국제 우주 협력체가 그의 자금으로 세워진 거라는 점은 그리 놀랍지 않았다. 체사레가 어떤 부분에서 스케일 테크에 흥미를 보이는지 모르겠지만 좋은 일일 리 없다. 지금 그는 도망자 신세고 그가 다시 라파엘을 연루시켰다. 그 점이 내 피를 끓게 했다.

"조, 내가 이탈리아 범죄 두목에 대해 잘 아는 건 아니지만…." 펠리시아가 말했다.

"나한테는 규칙이 있어. 누군가 한 회사에 엄청난 주식을 보유하고 있고 그 회사 이익과 관련된 엄청난 사건이 생기기 직전에 사라졌다면… 이 두 가지는 연관이 있어."

난 고개를 끄덕였다. 부정적인 계산이 쌓였고 제네바에서 봤던 검은 머리의 남성과 열네 개의 주파수가 맨 위로 올라왔다.

"라파엘의 현재 위치에 관한 정보는 없어?" 내 머리가 가능성의 수로 요동쳤다.

해리슨이 고개를 저었다.

"전혀."

"그들은 레이더를 피해 새로운 고스트 마커스 프로그램의 보호 아래서 새 삶을 시작하기로 되어 있는데."

속으로 체사레를 믿은 나 자신을 욕했다. 그가 형량 협상을 할 수 있었던 건 내 탓이었다. 그가 킹에게 불리한 증언을 하고 이탈리아에 있는 마담의 연락책을 넘겨줬다. 자기는 범죄에서 빠져나가고 싶다고 주장했고, 난 그를 믿었다.

"아니면 유감스럽게도 그들은 이미 물고기 밥이 됐을지도 모르지…." 해리슨이 침울한 표정을 지었다.

해리슨의 말이 맞았다. 라파엘의 메시지를 받았을 때 더 열심히 그를 찾아봤어야 했다. 스케일 테크와 제네바에서 있었던 일들도 자세히 알아봤어야 했다. 어쩌면 아직 그럴 기회가 있을지도 모른다.

"이제 어쩔 거야?" 해리슨이 물었다.

"바이 요원은 지금 국외에 있지만, 우리 회의가 끝난 뒤에 PGF에 연락해 볼게. 체사레가 제네바 건과 관련이 없길 바라보자고. 우선은 집중해야 해. 3분 뒤면 회의 시작이니까."

펜즈가 시계를 쳐다봤다.

"조의 말이 맞아."

우리는 초조한 10대 무리가 되어 세련된 사무실에 다시 모였다. 아빠가 레저 옆 커피 테이블에 앉아 있었다.

펠리시아가 소리쳤다.

"어머, 리버스 아저씨!"

그녀가 아빠에게 손을 흔들고 내게 속삭였다.

"지난주에 해리슨과 내 문제로 너희 아버지한테 조언을 받은 게 있어서 감사드려야 해. 완전히 적중했거든. 이제 우린 전보다 더 가까워졌어. 너희 아버지는 연애 박사 같아. 넌 참 운도 좋지."

"그래…."

내가 웅얼거렸다. 다른 이들의 연애가 잘 풀린다니 기뻤다. 난 아빠가 펠리시아와 이야기를 나누는 모습을 슬쩍 살폈다. 이내 아빠의 얼굴이 환해졌다. 이유를 알아볼 필요가 없었다. 테일러 대표가 안으로 들어왔으니까. 그녀의 주파수가 아빠의 주파수와 뒤섞였다. 유심히 그녀를 살펴봤다. 아빠와 데이트를 시작한 뒤로 테일러 대표는 헤어스타일이 더욱 세련되어졌고 한층 대담한 컬러의 옷을 선택했다. 그녀가 펜슬 스커트의 자락을 펼 때 두 사람이 몰래 눈빛을 주고받았다. 그리고 테일러 대표는 우리가 아는 사령관으로 변신해 우리 쪽으로 몸을 돌렸다.

"팀 여러분, 때가 왔습니다." 테일러 대표가 시계를 두드리며 말했다.

"회의실로 가죠. 손님이 와 있습니다."

다들 기대감에 부풀어 평소보다 두 배는 빠른 보폭으로 복도를 걸었다. 팀원들이 한 명씩 안으로 들어갔다. 해리슨은 인기 스타를 본 사람처럼 입을 턱 벌렸다. 펠리시아가 팔꿈치로 툭툭 찌르고서야 그가 입을 다물었다. 에디와 펜즈는 아무 말도 하지 않았다. 안으로 들어가자마자 난 우리를 기다리고 있는 네 사람의 얼굴부터 스캔하기 시작했다.

숫자가 폭발하면서 심박도 빨라졌지만, 팀원들과 같은 이유에서가 아니었다. 손님은 내가 예상한 인물이 아니었고, 그 말은 내가 이 회의에 대해 어떤 생각을 했든 완전히 빗나갔다는 뜻이다.

분명한 것은 라모스 요원이 리우에서 말했던 카이에 대한 정보는 그저 미끼에 불과했다.

CHAPTER 10

∞

국제 우주 협력체 위원들이 지금 이 회의실에 와 있어서는 안 됐지만, 그들은 여기 있었다. 슈퍼 위성 발사가 며칠 안 남은 상황에서 누군가의 집 앞에 그저 나타날 리 없는 인물들이니. 그 말인즉 문제가 있다는 거다. 그것도 아주 큰.

테이블 주변에 수석 과학자인 나사의 버나드 박사와 시스템 엔지니어 두 사람, 유럽 우주협회(ESA) 소속의 키비 박사, 일본 항공 우주 탐험 협회(JAXA)의 사토 박사를 비롯해 그다지 우호적이지 않은 얼굴을 보아하니 사업 관계로 온 것 같은 남성이 있었다. 난 그가 그들의 변호사라는 데 판돈을 걸겠다.

"환영합니다."

테일러 대표가 입을 열었다. 우리 모두 그들이 누군지 알았지만, 방문객들은 한 명씩 자기소개를 했고 마침내 마지막 남성의 차례가 되었다. 당연하게도 그는 나사 소속 백 명의 변호사 중

한 명이자 국제 우주 협력체의 대표 변호인인 프랭크 켈리였다.

그들은 어두운 태도와 굳은 몸에도 지친 마음을 감추려 애썼다. 서로를 바라보는 방식과 시계를 만지는 모습에서 빨리 회의가 시작되길 기다린다는 걸 알 수 있었다. 분명 할 일이 너무 많고 시간이 부족하겠지.

나사와 관련된 일은 모두 미국 정부의 안건, 특히 DIA의 일이다. 라모스 요원은 이 자리에 없지만 분명 우리가 특별팀을 다시 가동하길 원했고 시간을 낭비하지 않길 바랐다. 그는 천체물리학과 항공우주공학이 우리의 전문 분야가 아니라는 걸 안다. 당연히 우린 천재지만 주로 싱크탱크 역할을 한다. 그런데 어째서 ISC를 우리에게 데려왔을까? 우리가 저 사람들에게 뭘 해줄 수 있다고?

다른 팀원들 모두 같은 생각을 하고 있었다. 아직도 침을 흘리고 있는 진정한 소년 팬 해리슨만 빼고. 해리슨은 100퍼센트 우주에 집착하고 있기에 노블을 우상처럼 여기는 것이다. 오늘은 해리슨이 태어난 이후 가장 즐거운 날이 될 것 같았다.

테일러 대표가 바로 본론으로 들어갔다.

"이런 때에 여러분이 와주셔서 몸 둘 바를 모르겠다는 말로 저희의 심정을 대변하겠습니다. 여러분이 원하시는 대로 해 드리죠. 말씀하세요."

"저희를 위해 일정을 조정해 주셔서 감사드립니다." 사토 박사가 길게 숨을 들이마셨다.

그녀는 길고 검은 머리를 어깨 뒤로 넘기고 테두리가 넓은 안경을 추켜세웠다.

"아주 특이한 상황이란 걸 알지만 저희와 관련된 곳 밖에서 해답을 찾고 싶어서요. 최근 발생한 정전 위기에 관한 겁니다."

테이블 아래에서 내 손가락이 무릎을 두드리기 시작했다. 위기는 위험한 기회다. 도전 정신이 불씨를 밝혔고 내 안에서 경고가 울렸다.

"지금부터 저희가 할 이야기는 국제 안보가 달린 일입니다."

키비 박사의 설명에 회의실의 분위기가 무거워졌다. 테일러 대표는 주의 깊게 듣고 있었지만 내 숫자가 튀어나온 걸 느낀다는 듯 그녀의 주파수가 내 쪽으로 윙윙거렸다.

키비 박사가 버튼을 클릭하자 가상 스크린이 나타났다.

"아시겠지만, 지구 자기 폭풍이 여전히 위성 통신과 전 세계 전력망을 방해하고 있습니다." 버나드 박사가 설명했다.

"태양 표면의 폭발이 크다면 전력망에 영구적인 손해를 입힐 수 있고 그로 인해 도시와 지역 전체의 전기가 끊어질 수 있습니다. 수백수천만 명이 며칠 혹은 몇 주, 심지어 몇 달 동안 전기 없이 살아야 하겠지요. 이 사태가 건강과 안전, 교육과 상업에 어떤 영향을 미칠지는 쉽게 상상이 가실 겁니다. 경제를 회복하는 데는 수년이 걸리겠죠. 뉴욕시에 단 하루만 전기가 끊겨도 10억 달러의 손실이 발생합니다. 몇 주나 몇 달간 전기가 없다고 생각해 보세요. 결과는 끔찍할 겁니다."

그 가능성을 생각하니 몸이 떨렸다.

키비 박사가 다른 그래프를 보여 줬다.

"그래서 다가오는 ISC 위성 출범이 아주 중요한 겁니다. 우리의 슈퍼 위성은 전력망에 전류를 균형적으로 공급하도록 설계

되어 있고 또한 극심한 태양 표면의 폭발과 지구 자기 폭풍에도 견딜 수 있습니다. 아직 많은 부분을 알려드릴 수 없지만, 우리의 위성은 다른 위성과 같은 전력으로 움직이지 않고, 다른 위성들이 최근에 그랬던 것처럼 이런 자연 현상에 타협하지도 않습니다. 그렇지만 새로운 도전 과제가 생겨 버렸죠."

그녀가 한숨을 쉬고 사토 박사를 쳐다봤다.

"우리 슈퍼 위성의 프로그래밍에 이상한 오류가 발생했는데 제어용 소프트웨어가 해킹당한 것 같습니다. 모든 부분이 정상으로 확인되어서 그럴 일은 불가능에 가깝긴 하지만 말입니다. 전 세계에서 모인 ISC 과학자들이 몇 주간 이 문제를 살폈는데 해답을 찾지 못하고 있습니다."

"오류는 언제 발생했나요?" 에디가 물었다.

"정전이 시작된 직후입니다."

내 머리가 잽싸게 움직였다. 순간 스치고 지나가는 생각이 있었다. 노블이 이 일에 아주 가까이 있다. 너무 가깝다. 그래서 나한테 찾지 말라고 한 걸까? 자신이 위험에 처해 있어서?

난 머릿속 다이얼로 기억을 돌려 보면서 손톱으로 허벅지를 후벼팠다. 숫자들은 아무 이유 없이 특정한 세부 사항을 끌어내지 않는다. 제네바에서 숫자는 스케일 테크와 검은 머리 남성을 주목했는데 난 아무 조치도 취하지 않았다. 내가 제대로 움직이지 않은 부분에서, 내 행동을 더욱 후회하고 있다.

키비 박사가 테이블 위로 두 손을 올렸다.

"이 두 가지가 서로 연관이 있는지 모르겠습니다. 오류가 발생했는데도 ISC 위원회는 저희에게 발사 일정을 재조정하도록 허락하지 않았습니다. 그래서 여러분에게 온 겁니다. 발사 전에 잠재적인 위험을 제거해서 ISC의 노력이 수포가 되지 않도록 만들고 싶습니다.”

그녀가 타임라인을 가리켰다. 나흘이 남았다.

테일러 대표의 눈동자가 진지하고 안정적으로 날 바라보며 번뜩였다.

사토 박사가 버튼을 클릭하자 스크린에 핀란드 헬싱키에 있는 국제 우주 협력체 본사의 모습이 실시간으로 나타났다. 건물 밖으로 깃발이 보였고 사람들이 모여 있었다.

“역사상 가장 바쁜 한 주입니다. 헬싱키는 이미 사람들로 북적입니다. ISC는 세계 유명 과학자들과 혁신가들을 초청해 연회를 주최할 거고 역대급 축하 행사가 될 겁니다. 이 역사적인 순간을 보기 위해 수천 명의 시민이 헬싱키로 올 거고, 취재를 위해 전 세계 기자들 수백 명이 날아올 예정입니다.”

박사가 연회 이야기를 했을 때 내 숫자가 어두운 거리의 가로등처럼 환하게 켜졌다. 지난 석 달 동안 머릿속에서 계속 흘러나오던 숫자의 교차로가 지금도 마찬가지로 나타나서 연회가 올바른 방향이라고 내게 안내하는 듯했다.

버나드 박사가 우리에게 ISC 로고가 찍힌 작은 책자를 건넸다. ‘축하용 로켓’ 홍보 책자였다. 슈퍼 위성 발사는 프랑스령 기아나의 적도 근처에 있는 외딴 우주선 기지에서 이루어지기 때문에 시민들에게 안전하고 상징적인 91.44센티미터짜리 미니어처 로켓이 대기하고 있다가 슈퍼 위성이 궤도를 통과하면 헬싱키 중심가에 있는 원로원 광장에 마련된 차폐 무대에서 발사될 예정이었다. 이 미니 로켓은 152.4미터 상공에서 자동으로 해체될 것이다.

“이 오류에 대해 스케일 테크의 살로넨 박사에게 자문하셨나요?” 펜즈가 물었다.

그 질문에 다들 움찔했다.

“살로넨 박사가 위성 프로그램을 살폈고 그는 별달리 걱정하지 않습니다. 우리가 위성을 전적으로 통제할 거라고 확신하고 있어요. 스케일 테크 측은 예정대로 발사를 진행해야 한다고 주장하고 있습니다.” 사토 박사가 대답했다.

“그건 말이 안 되는군요.” 내가 말했다.

“예산이 줄어든 관계로 많은 우주 관련 업체들이 자금을 위해 민간 회사와 억지로 파트너십을 맺고 있습니다. 스케일 테크는 저희의 주된 재정 파트너사로 그들에게 이래라저래라 할 처지가 아닙니다. 예전에는 살로넨 박사와 좋은 관계를 유지했었습니다. 안타깝게도 그의 아내가 혼수상태가 되고, 실종된 과학자 두 명이 시신으로 발견되면서 많은 부분이 바뀌었습니다.”

버나드 박사가 털어놓았다.

“그렇지만 살로넨 박사는 슈퍼 위성 프로젝트의 대표로 ISC 연회에 참석할 겁니다.”

살로넨 박사의 이름이 내 머릿속에 맴돌았다. 팔레르모 리치가 살로넨 박사에게 구애 중이라면 체사레와의 관련성이 더욱 짙어진다.

“ISC 연회에 또 누가 참석하나요?”

내가 좀 강한 어조로 물었다. 숫자가 내게 지금은 대담해지라고 말했다. 이 질문을 하지 않으면 후회할 걸 알았다.

그들이 은밀하게 눈길을 주고받았다.

“이건 관계자 전용 연회입니다. 많은 저희 쪽 민간 투자자와 유명한 과학자들과 정부 관리들이 이 기회를 통해 이번에 참여하는 국제적인 업체들과 인맥을 쌓으려고 하겠지요. ISC 연회는 우주 산업에 종사하는 위대한 과학적 정신과 민간 업체가 함께하는 자리입니다. 연회 바로 다음 날 원격 발사와 축하가 있기에 그 전에 대답을 얻어야 합니다.”

“당연하죠.” 내가 대답했다.

미소를 지었지만, 속에서 숫자들이 몇 달간의 퍼즐을 흩트려 버렸다. 회의장 안에 출렁거리는 흥분한 주파수들이 너무나도 급박해서 자리에 가만히 있을 수가 없었다. 팀원들은 내가 불편해하는 걸 단번에 알아차렸다.

펜즈가 양손으로 열심히 기록했다. 에디는 그들이 하는 모든 말을 분석하지 않는 척했다. 펠리시아가 윙크하고는 탁자 아래로 벌써 내게 문자를 보냈다.

– 작업 중이야. 누가 연회에 참석할지 알아보자고.

마음속이 요동쳤다. 어째서 체사레가 스케일 테크에 지분이 있는 걸까?

해리슨이 헛기침을 했다.

“그러니까 정리하자면 여러분은 저희가 위성에 생긴 오류의 원인을 파악해 예정대로 발사하길 바란다는 말씀인 거죠?”

키비 박사가 몸을 돌리자, 실내의 무거운 분위기도 움직였다.

“꼭 그런 건 아닙니다. 우리에게 확실히 도움을 줄 수 있는 사람을 찾는 일에 여러분의 도움이 필요합니다. 여기 온 건 여러분이 그 인물과 연락할 수 있다고 해서고, 저희는 그 사람과 꼭 이야기해야 하기 때문입니다."

내 가슴이 요동쳤다. 그들이 그의 이름을 말할 필요조차 없었다. 모두가 똑같은 사람을 찾고 있으니. 내 쪽을 보는 팀원들의 눈길을 피했다. 대신 나는 우리를 찾아온 손님들에게 집중했다. 그들이 말하는 것보다 더 많은 걸 알고 있을 가능성이 있었다.

키비 박사가 곧장 날 쳐다봤다.

"우리가 나사 티퍼를 찾을 수 있게 당신이 도와줬으면 합니다."

CHAPTER 11

∞

내 시야 뒤편에서 프랙털이 마구 분출했다. 어쩌면 이건 운명, 아니 재앙일지도 모르지만 내 앞으로, 어둠으로 가는 길이 보였다. 내가 그를 찾아야 한다고 말하는 숫자에서 벗어날 수가 없다.

브라질에서 라모스 요원이 내게 제안했을 때, 이런 걸 기대하지 않았다. 노블을 찾는 일이라니, 웃음이 터질 뻔했다. 그러나 그를 찾는 일은 이제 단순히 나와 우리의 관계를 정립하는 문제가 아니었다.

그런데 라모스 요원은 노블과 PSS의 연관성을 어떻게 단박에 알아차렸을까?

난 재빨리 테일러 대표를 살폈다. 그녀는 안정적인 눈빛으로 아무것도 피하지 않았다. 그녀가 튀니지 경찰에게 위험한 해커를 찾았다고 알렸고 그가 도망쳤다는 소식이 지역 경찰에 퍼졌으나 이름이나 특정한 세부 사항은 없었다. 이런 일이 생길 걸 미리 안 것 같진 않았다.

솔직히 나도 마찬가지다. 라모스에게 내가 나사 티퍼를 안다고 정보를 발설했을 유일한 인물이 있다. 바이 요원. 그는 튀니지에서 노블을 만났다. 바이 요원이 라모스에게 노블의 정체를 말한 게 아니라면, 그가 알아차릴 만큼의 충분한 단서가 있었을 것이다. 하지만 지금 내가 걱정하는 건 그게 아니다. DIA가 이 일에 개입했다면 이 자리에 있는 모든 사람이 추가 정보를 감추고 있다는 뜻이니까.

테일러 대표를 제외한 모든 팀원이 날 쳐다봤다. 대놓고 그러진 않았지만. 친구들에게 보디랭귀지를 숨기는 법을 알려 줘야겠다.

당연히 ISC 과학자들의 눈길도 내게로 쏠렸다.

“그럼 그 말이 사실인가요?” 사토 박사가 내게 직접적으로 물었다.

“당신이 그와 개인적으로 연락하는 사이라는 게?”

“남성이라는 걸 어떻게 아시나요?”

난 방어적으로 물었다. 그들이 누구든 상관없다. 노블에게 해를 끼칠지도 모르는 정보를 줄 생각은 없으니까.

키비 박사는 부끄러워했다.

“우리 분석가가 언어 활용 방식을 통해 남성이라는 점을 알아냈어요. 우리가 틀렸을 수도 있습니다.”

내가 저들을 돕는다면 다시 노블을 위험에 빠트리는 꼴이 된다. 무슨 일이 벌어질지 그가 알았다면 도와주길 바랐을 테지만. 이건 그의 전문 분야고 인류를 돕는 일은 결국 그에게는 중요한 일이니까. 하지만 노블은 이미 이 상황을 알고도 도움을 주기 위해 개입하지 않았으니, 거기에는 분명 무슨 이유가 있을 것이다. 어느 쪽이든 난 그를 찾아야 했다.

튀니지에서 노블의 가족들이 운영하던 텐트에 머물던 기억이 떠올랐다. 노인들과 웃으며 이야기하던 콰다의 모습, 환하게 웃으며 따뜻한 차를 건네주던 친절한 파라, 노블에게 주목받으려고 안달이던 아이들, 우리 사이에 쌓였다고 생각했던 신뢰…. 그런데 별에 적힌 메시지는 내 가슴을 찢어 놓았다.

날 찾지 마.

난 마음을 단단히 먹었다.

"전에는 연락했었어요." 이마의 주름을 문지르며 내가 솔직하게 말했다.

"어떻게 연락할지, 제가 그 방법을 알지도 모르지만 어떤 장담도 할 수 없어요. 나사 티퍼가 자기 정체를 드러내고 싶어 하지 않을 때면 찾기가 아주 힘들거든요."

"이해합니다. 최근까지도 나사 티퍼가 상당히 중요한 정보를 활발히 제공해 주었어요." 키비 박사가 말했다.

"솔직히 우린 그처럼 훌륭한 인재를 본 적이 없습니다. 그래서 여러 차례 일자리를 제안했어요. 그런데도 그는 절대로 대답을 내놓지 않더군요. 돈 문제라면 그가 요구하는 만큼 보상할 수 있습니다. 그걸로 설득할 수 있다면요."

노블이 돈을 밝힌다고 생각하니 속이 메슥거렸다.

"그가 돈을 바라지는 않을 것 같네요." 그는 그런 식으로 생각하지 않는다.

“그렇다면 정부 위성과 암호를 걸어 둔 파일을 해킹한 죄로 얽혀 있는 30건의 소송과 5년 형의 구금을 면제해 준다면요?”

변호사인 프랭크 켈리가 강경하게 끼어들었다.

“그 정도면 충분한 동기가 될까요?”

회의실 안이 조용해졌다.

“그러려고 우리가 온 건 아니에요.” 키비 박사가 목소리를 누그러뜨렸다.

“하지만 켈리 씨의 말에도 일리가 있어요. 나사 티퍼는 하늘에 있는 거의 모든 위성을 들여다봤습니다. 정부 기관과 민간 업체를 해킹하지 않고서는 불가능한 일이고 이는 국제적인 범죄입니다. 하지만 우리 쪽에서 살핀 바로는 그가 허가 없이 우리 시스템에 접속했을 때 데이터를 가져가지 않고 시스템을 개선했더군요.”

버나드 박사가 목소리를 냈다.

“과학계와 논의한 뒤에 우리는 그가 어떤 보상도 없이 시제품, 설계, 문제해결 부분을 개선한 관계로 소송은 미루기로 했습니다. 지금까지 어떤 것도 잘못 사용되거나 암시장에 나오지 않았어요.”

“그렇다고는 하나….” 켈리가 다시 끼어들었다.

“그에게는 법적 책임이 있고 수많은 법을 위반했어요. ISC를 돕지 않고 발사에 차질이 생긴다면 그는 자기 행동의 결과가 어떤지 알게 될 겁니다.”

아빠가 고개를 들고 쳐다봐 내 시선을 끌었다. 아빠가 이 자리에 있다는 걸 거의 잊어버리고 있었다. 지금 아빠가 노블에 대해 어떻게 생각할지 궁금했다.

"그가 슈퍼 위성을 해킹한 사람이라고 예측하는 우리 동료도 있어요." 사토 박사가 말했다.

"이런 다기능 위성을 해킹하거나 재프로그램할 수 있는 기술적 지식을 가진 사람은 전 세계에 몇 되지 않습니다. 나사 티퍼가 그중 한 명이고요."

그들의 반발에 찔리는 감정을 숨기려고 난 등을 곧게 폈다. 튀니지에서 아이들을 가르치던 노블의 이미지를 얼른 지워 버리고 고개를 저었다.

"그는 그렇게 하지 않을 겁니다."

"확실한가요? 당신은 그를 얼마나 잘 아나요?"

변호사의 날카로운 눈빛이 날 몰아세웠다. 피부로 경고 신호가 울렸다. 레드는 꿀을 훔치는 사람이 결국 벌에 쏘이는 법이라고 말했고 이 변호사는 머릿속으로 이미 노블을 범법자 목록에 올리고 기소하고 있었다.

난 상관없다는 듯 어깨를 으쓱였다. 모두의 이목이 쏠리다 보니 내 감정이 날 배신할까 봐 두려웠다. 사실 난 노블에 대해 속속들이 알지 못한다. 그가 누군가에게 해를 끼치지 않을 사람이라는 정도만 알뿐이다.

"뭐든 확신할 수 있는 사람은 아무도 없죠." 난 예전 비즈니스 회의 때의 톤으로 말했다.

"하지만 그의 패턴은 그런 조짐을 전혀 보이지 않습니다."

테일러 대표가 날 구하러 나섰다.

"동의합니다." 그녀가 좀 빳빳하게 말했다.

"그가 위성을 해킹해 특정 코드를 확인했고 어쩌면 그게 그가 묵묵부답인 다른 이유일지도 모르겠군요. 미국 미디어의 절반이 정전 사태의 해결책을 알아내지 못했다는 이유로 나사 티퍼를 악마로 만들어 버렸습니다."

버나드 박사가 스크린을 향해 몸을 돌렸다.

"그가 우릴 도와준다면 여론을 돌릴 수 있어요. 그래서 우리가 여기 온 겁니다. PSS가 리드해 주면, 저희 쪽에서 그를 찾을 겁니다."

내 머릿속에서 핀란드의 좌표가 불이 타 구멍이 되었다. 시간이 많지 않았다.

키비 박사가 고개를 저으며 변호사를 쳐다보더니 가만히 있으란 표정을 지었다.

"우린 나사 티퍼를 고발하려고 여기 온 것이 아닙니다. 이 일이 아니더라도 모두 그를 만나고 싶어 했습니다. 공교롭게도 지금 그를 찾는 게 긴박할 뿐입니다."

ISC의 과학자들은 노블에 대해 순전히 감탄하고 있지만 그들의 변호사를 기준으로 본다면 다른 부류는 그의 행동을 비난하길 주저하지 않을 것이었다.

난 사토 박사를 쳐다봤다.

"나사 티퍼가 ISC를 도울 거라 장담할 수는 없습니다. 적어도 여러분이 예상하는 방식으로는요."

난 무거운 마음으로 말했다. 고통으로 가슴이 일그러졌다. 다른 사람들과 달리 난 그를 찾을 수 있으리라고 생각했다. 그래서 3개월간 기다리며 애썼건만 결국 모든 노력이 그와 멀어지기 위함이었다니.

"이해합니다."

내가 오른손을 펼쳤다.

"그렇다면 좋습니다. 나사 티퍼를 찾는 일에 최선을 다해 볼게요."

내 다른 손은 테이블 아래서 무릎을 두드리며 회의에서 건드리지 않은 영역을 살폈다. 라모스 요원이 알고 있는 정보를 더 얻어야 했다.

내 계산이 정확하다면 정전은 단순히 지구 자기 폭풍과 전력망, 위성 고장에 의한 결과가 아니었다. 누군가 슈퍼 위성을 음해하려는 시도였다. 이 일의 배후가 누구든 너무 늦기 전에 막아야 한다.

그러니 노블이 싫어하든 말든 난 그를 찾으러 가야 했다.

CHAPTER 12

∞

테일러 대표와 우리 아버지가 ISC 과학자들을 배웅하러 나섰고 나와 내 팀원들은 뒤쪽에 가만히 있었다. 우리는 문이 닫힐 때까지 말없이 서로를 흘끔거렸다.

"혹시 아직도 멍한 사람 있어?" 여전히 눈이 반짝거리고 충격에 휩싸인 해리슨이 물었다.

"미항공우주국, 일본우주항공연구개발기구, 유럽 우주국이 우리의 본거지에 모여서 우리에게 엄청난 기밀 임무를 줬어. 수년간의 과학적 발전과 수많은 국가의 미래 번영에 잠재적인 손실을 주지 않을 살짝 더 나은 상황이었으면 좋았을 텐데."

해리슨이 얼굴을 찌푸렸다.

"이건 재앙이야." 에디가 한탄했다.

그와 나는 1.6킬로미터 떨어진 곳에서도 비리의 냄새를 맡을 수 있는 탓이었다.

"PSS가 존재하는 이유가 이거지." 펠리시아가 허리를 세우고 손가락 마디를 풀었다.

"당연히 그들은 조가 노블을 찾길 원하지만 난 다들 뭔가 다른 일이 벌어지고 있다는 걸 안다고 생각해. 우리의 전략은 뭐야?"

난 눈썹을 찡그렸다. 당장 제일 빠른 비행기를 찾아 노블에게 달려가고 싶었지만, 제네바 사건과 스케일 테크의 정보와 체사레 디 수사와의 관련성이 내 머릿속을 어지럽혔다. 더 이상 그 부분을 간과할 수 없었다. 라파엘은 이유가 있어 내게 메시지를 보냈고, 그 말은 내가 체사레가 어디 있는지 알아야 한다는 뜻이었다.

키비 박사는 전 세계 저명인사와 유명 기업들이 ISC의 헬싱키 연회에 참석할 거라고 말했다. 연회 자리에서 모두가 한곳에 모일 것이다. 내 예측이 맞는다면 팔레르모 리치도 그 자리에 참석할 가능성이 큰데, 그는 스케일 테크에 상당한 관심을 보여 왔기 때문이다. 그와 체사레는 가족이고 난 그가 체사레의 행방에 대해 안다고 생각한다. 게다가 내겐 살로넨 박사를 자세히 살필 기회가 생길 것이다. 그리 나쁜 전략은 아닌 것 같다. 우선 헬싱키로 빨리 가야겠지만.

"연회 초청 명단은 해킹했어?" 내가 펠리시아에게 물었다.

"당연히 했지." 그녀는 홀로그램 스크린을 열었고, 우리는 이름을 살폈다.

"세상에!" 해리슨이 환호성을 질렀다.

"이럴 수가. 제대로 특권층만 모았네."

"맞아…. 한 가지 문제가 있는 걸 제외하면." 펠리시아가 놀라 말했다.

"참가자 전원의 이력을 살폈는데 그리 좋지 않아. 목록에 올라온 인물 절반이 범죄 기록과 불미스러운 관계가 있어. 그런데 어떻게 초대를 받았을까?"

"조?" 에디가 탄식했다.

"여러 명의 이름이 체사레 디 수사의 전 동료와 일치해."

난 인상을 잔뜩 쓰고 생각에 잠겼다. 그 사실은 내가 가야 하는 이유를 더 확신시켜 줄 뿐이었다.

"팔레르모 리치가 거기 올까?" 내가 물었다.

에디가 고개를 끄덕였다.

"좋았어. 팔레르모 리치와 유호 살로넨 사이에서 난 체사레, 라파엘, 그리고 노블을 찾을 거야."

그러자 의문이 생겼다. 이번 일에 팀원들을 어디까지 개입시켜야 할까?

도움을 간절히 바라며 그들을 쳐다봤다. 하지만 이번 일은 내 몫이다.

"잘 들어, 얘들아. 노블이 위성의 오류를 해결할 수 있을 거야. 그런데 우선 내가 그를 찾아야 해."

"걔가 자길 찾지 말라고 한 걸 잊지 마." 펜즈가 어색하게 말했다.

"그에겐 선택의 여지가 없어." 난 방어적으로 대꾸했다.

"널 위해서 찾지 말라고 한 거면 어쩌려고?" 펜즈가 반박했다.

“무슨 말이야?” 얼굴로 열이 올라오는 걸 느꼈다.

펜즈가 불안하게 입술을 깨물었다.

“그가 ISC의 문제를 모른다는 건 말이 안 돼. 하늘에 있는 모든 위성을 다 만질 줄 아는 사람이.”

“지금은 그가 아는지 모르는지가 중요한 게 아니야. 더 위태로운 일이 있어. 상황이 얼마나 심각한지 내가 설명하면 노블도 이해할 거야.” 난 손가락으로 다리를 두들겼다.

석 달 만에 처음으로 머릿속의 길이 날 확연하게 지도 속 한 장소로 이끌었다. 핀란드로, 해답을 찾을 교차로로.

매 순간 내가 밤하늘을 찾아 헤매던 일이 정당성을 얻었다. 노블의 암호를 해독하지 못했다면 ISC를 돕지 못했을 테지. ISC의 의심이 전적으로 사실이 아니라는 걸 제외하면. 제네바에서 내가 본능에 충실했다면 지금 우리는 여기까지 오지 않았을 수도 있다. 그 생각을 하니 입이 굳게 다물어졌다. 일을 망친 건 나였고 그 실수를 지금 만회하는 것도 내 책임이다.

“얼른 털어놔.” 펜즈가 말하며 눈길로 재촉했다.

“지금 네 머릿속에서 뭔가 돌아가고 있다는 것 정도는 우리도 다 알거든.”

난 상황을 분석하느라 잠자코 있었다. 단순한 위성 기능 이상이 아닌 꽤 큰 건이다. 내 숫자가 끔찍한 무언가를 가리켰다. 또 다른 위험한 일에 친구들을 끌어들여야 할까?

해리슨이 길게 숨을 들이마셨다.

“조, 튀니지에 갔다 온 다음 네가 본 진실을 우리한테 말해 주기로 약속했잖아.”

난 무겁게 숨을 내뱉었다.

“노블이 핀란드에 있고 정전 사태의 원인도 거기 있어. 왜 그런지는 모르겠지만 체사레 디 수사도 이 일에 얽혀 있고. 난 그 이유를 밝혀야 해. 제네바에서 우리가 에너지 정상회담에 참석했을 때 말인데, 그때 내가 뭘 봤어. 한 무리의 남성이 모두 객석에 있던 한 남성과 연결돼 있었지. 난 그 사람이 누군지 몰라. 미묘하지만 사악한 행동을 계산했으니 미리 말이라도 꺼냈어야 했는데….”

내가 머뭇거렸다.

“그러지 않았어. 내 방에 도둑이 들고 난 뒤에도 아무런 행동도 하지 않았지. 나미비아에서도 느꼈던 주파수가 그때와 같은 거라고 꽤 확신해.” 난 고개를 저었다.

“그래서 가능한 한 빨리 핀란드로 가야겠어. 연회에 참석해서 체사레 디 수사가 어디 있는지 알아낼 거야. 그런 다음 노블을 찾아야지.”

노블의 이름을 말할 때 속으로 움찔했다. 그를 찾는 일이 망가진 위성과 실종된 체사레보다 더 두렵게 느껴졌다.

펠리시아가 두 손을 비볐다.

“그럼, 다음 여행지로 가 보자고!”

난 책상에 손을 포개고 창백한 얼굴로 친구들을 쳐다보았다.

“잠시만, 너만 간다고?” 펜즈가 내 표정을 읽었다.

“우리가 한 팀이라는 사실을 잊었어?”

난 침을 꿀꺽 삼키며 계산해 보았다.

“너흰 최고의 정찰 팀이 되겠지만 이번 일엔 끼면 안 돼.”

"우리끼리 이미 이야기를 나눴어, 조." 해리슨이 말했다.
"우릴 위해 결정을 내려 주지 않아도 돼."
"조!" 에디가 끼어들었다.
"후회를 품고 사는 사람은 너뿐만이 아니야. 중간에 뭔가 잘못되면 나도 멈출 기회를 얻고 싶어."
"네가 가면 우리도 다 가는 거야." 펠리시아도 거들었다.
난 팀원들을 살폈다.
"우리가 다 움직인다는 게 무슨 의미인지 알지. 교환 학생 프로그램 같은 걸 할 시간이 없어."
"있잖아…." 해리슨이 의자에 몸을 기대고 턱을 긁었다.
"네가 연회장으로 가려면 위장용으로는 그게 딱 맞을걸."
"어째서?"
"헬싱키 대학 STEM 팀은 유럽에서 가장 혁신적인 기술팀이야. 지난해 그들에 관한 기사를 읽었어. 그들은 천재야. 초고성능 나노 위성을 만든 장본인들이지. 게다가 스케일 테크와 파트너십을 맺었던 전적도 있고. 그들이 도움이 될 수 있을 거야. 우리가 그들의 시스템을 이용할 수 있으니까. 적어도 그들과의 교환 학생 프로그램이라면 훌륭한 알리바이가 될 뿐만 아니라 그들과 만나면 즐거울 거니까." 해리슨이 눈썹을 들썩였다.
난 모두를 살폈다. 다들 내가 무슨 말이라도 더 하면 죄다 반박할 기세였다. 한숨이 절로 나왔다.
"알았어. 그쪽에 연락하자." 내가 말했다.
"테일러 대표님은 이런 위장용 이야기를 알면 좋아하실 거야. 누가 지켜볼 경우를 대비해서 말이야." 해리슨이 주먹을 쥐었고 다들 의기양양하게 미소 지었다.

"그러니까 넌 체사레가 헬싱키에 있을 거로 생각하는 거지?" 에디가 의구심 어린 표정으로 물었다.

자연스럽게 에디는 내 생각의 파장에 올라와 있었다. 우리가 비슷한 과거를 가졌기 때문이었다.

"아니." 난 결심을 굳히며 대답했다.

"하지만 그를 찾는 데 필요한 모든 인물이 거기 있을 거야."

해리슨이 휘파람을 불었다.

"아, 얘들아. 이번 일은 우리가 생각한 것보다 더 힘들지 몰라."

그가 내게 자기 휴대전화를 보여 주었다.

"연회에 참석할 티켓 가격이 한 사람당 몇십만 달러인데 그건 우리에게 닥친 문제 중 가장 낮은 수준이야. 유명한 투자자, 사업가, 업계 전문가만 티켓을 구매할 수 있어."

"난 전에도 이런 일을 해 왔어. 돈은 큰 문제가 아냐." 내가 말했다.

이번은 좀 다를 거다. 하지만 감당할 수 있을 거라고 확신한다.

"더 있어. 참석자는 백만 혹은 십억 달러 이상의 수입을 가진 엘리트로 〈포천〉지 선정 500대 기업의 소유주나 최고 경영자여야 해. 진짜 제대로 특권층만 불렀다고 내가 말했잖아?" 해리슨이 말을 이었다.

"그런데 참석자가 파트너로 '한 명'을 데려갈 수 있어."

에디가 목을 꺾으며 초청 명단을 가리켰다.

"조, 이건 평범한 연회가 아니야. 내 말 무슨 뜻인지 알 거야."

그는 어두운 과거 혹은 비리에 가담한 사람들을 말하는 거였다.

문이 열리고 테일러 대표와 아빠가 다시 회의실로 들어왔다.

"완벽해." 난 문을 흘끗 쳐다보며 말했다.

"어쩌다 보니 이 조건에 부합해서 나와 파트너를 해 줄 사람을 알게 됐으니까."

"뭐라고?" 해리슨이 실눈을 떴다.

"그게 누군데?"

난 몸을 돌렸고 코에 밴드를 붙인 아빠가 휘둥그런 표정으로 서 있었다.

"우리의 새로운 이사진이지."

CHAPTER 13

지금보다 어릴 적, 난 아빠에게 최고의 사업 파트너였다. 우리는 중요한 회의에 참여했고, 아빠가 협상할 동안 난 더 나은 거래 조건을 얻어 내는 방법을 계산하고 아빠한테 몰래 신호를 보냈다. 아빠는 내 작은 신호를 완벽하게 알아차렸고 그 한 번의 작은 움직임으로 우리는 정상에 올랐다. 주식 시장에서도 마찬가지였다. 당시 우리는 아빠가 내부자 거래 의혹을 받아 고소당하고 재판에 넘겨질 거라는 점을 몰랐다. 결국 법정에 서고 난 뒤에야 내부자 거래 혐의를 벗었지만, 여전히 몇몇 사람들은 아빠의 이름을 모략하고 있다. 알고 보니 그 경험이 헬싱키에서 우리를 꽤 잘 도와줄 수 있을 것 같았다.

"저기…." 아빠가 어색하게 웃으며 물었다.

"어째서 다들 날 쳐다보는 거야?"

우리는 테일러 대표와 아빠에게 계획을 설명했고 두 사람은 침착하려고 애쓰는 부모처럼 끝까지 이야기를 들어주었다.

"그래, 어떠세요?" 내가 물었다.

"부녀지간에 팀을 꾸리는 게? 예전처럼?"

"혹시 잊었니? 예전에 비슷한 일로 감옥에 갈 뻔했잖아." 아빠는 확신하지 못하는 얼굴이었다.

난 슬쩍 테일러 대표를 쳐다보고 다시 아빠에게로 눈길을 돌렸다.

"이번에는 달라요."

아빠가 의자에서 몸을 들썩였다.

"국제적인 재앙을 계획할 수 있는 범죄자들과의 만남에서 내가 잘 해낼 거로 생각하는 거니? 아빤 위성에 대해 별로 아는 것이 없어."

"알 필요까진 없어요. 위성에 관한 연회가 아니니까요. 제어에 관한 거죠. 이번 정전 사태는 보이는 그 이상의 뭔가가 있어요. 체사레를 찾기만 하면 그가 우리에게 답을 알려 줄 거예요."

난 모두를 둘러보았지만 다들 확신하지 못했다. 그들은 내가 보는 걸 보지 못하기 때문에 이해하기 힘들 걸 알았다. 재능이 돌아와도 내 생각을 사람들에게 설명하는 일이 더 편해지지는 않았기에 노블을 찾고 싶다는 마음이 더 강하게 들었다. 그라면 내가 보는 것을 이해할 수 있을 거다. 날 믿어줄 테고. 난 평생 그런 누군가를 기다려 왔다.

"있잖아요, 아빠. 사람을 속이는 일이 처음은 아니잖아요. 우린 훌륭한 팀이에요. 아빠는 고위험을 감수하는 투자자고요. 그들이 원하는 인물이라고요."

"조, 너랑 같이 일하는 걸 나도 아주 좋아한다만 아빠는 이제 막 다시 명성을 쌓는 중이야. 사기꾼이 득실거리는 연회에 나타나는 게 아빠한테 안 좋은 영향을 끼칠 것 같진 않니? 만약 일이 잘못된다면? 그러니까, 확률이 어떤지 알려 주렴."

"그래서 제가 잘될 거라고 말하는 거예요. 아빠가 다시 사람들의 레이더에 들어왔어요. 모두가 아빠의 복귀에 관해 이야기하고요. 게다가… 아빠한테는 궁금할 만한 재정적인 과거가 있잖아요. 그들이 사기꾼에다 우리가 찾는 인물이라면 아빠한테 끌릴 거예요. 기분 나쁘게 듣진 마세요. 아빠에게 있었던 일 때문에 그럴 확률이 높다는 얘기니까요."

여름의 작열하는 태양에 두들겨 맞듯 팀원들이 강한 눈길로 뚫어져라 쳐다보는 통에 아빠에게서 조금도 시선을 뗄 수 없었다. 하지만 그것뿐만이 아니다. 난 한번 시작하면 끝을 봐야 직성이 풀린다. 피부 아래로 따끔거리는 느낌이 아침부터 쑤시던 내 관절을 어루만졌다. 잘못을 바로잡고자 하는 욕망은 레드가 내게 가르쳐 준 것처럼 내 안에서 커져만 갔다. 어깨를 쫙 펴고 이 세상의 모든 킹과 마담을 잡는 걸 목표로 하는 내 일부에게 기댔다. 그들이 밖에 나와 있다면 나도 그렇게 해야 한다.

아빠의 시선이 테일러 대표와 마주했다.

"마리골드, 당신은 어떻게 생각해요?"

대표가 어깨를 으쓱였다.

"솔직히 나쁜 계획은 아니에요."

아빠를 고려하느라 그녀의 강렬한 눈동자가 부드러워졌다. 그녀가 아빠와 연인관계라 지금 상황이 쉽지 않겠지만 테일러 대표는 아빠보다 한 수 앞섰다.

"제이슨, 당신은 내가 믿음으로 위험을 감수하는 편이라는 걸 알 거예요. 하지만 난 전략적이기도 해요. 당신은 이런 유형의 작전에 대비해 완벽하게 훈련받지 않았어요. ISC는 우리에게 연회에 참석하라고 하지 않았죠. 나사 티퍼를 찾아달라고 부탁했지."

테일러 대표가 아빠를 쳐다봤다.

"ISC와 이번 만남을 주선한 DIA 측 사람이 우리에게 다른 어떤 것도 요구하지 않았어요. 그래서 우리가 선을 넘을 수도 있어요." 그녀가 입을 꾹 다물었다.

"하지만 조가 가능성을 물었을 때 전 동전의 다른 면을 보게 됐죠. 전 우리 천재들을 믿어요. 조는 석 달 동안 이런 업무를 받아들인 적이 없었어요. 그녀가 가야 한다고 말한다면 들어주는 편이 좋을 것 같아요."

테일러 대표의 목소리는 강했지만, 눈빛 너머로 새로운 걱정이 드리웠다. 우리 아빠에 대한.

"하지만 제이슨, 당신과 조가 할 일이 중대한 만큼 그에 걸맞게 준비할 필요가 있어요."

아빠의 표정이 내가 잘 아는 것으로 바뀌었다. 어릴 때 자주 봤던 결단력 넘치는 얼굴, 자신이 무얼 원하는지 아는 사람의 얼굴이다. 아빠가 손으로 머리를 쓸어 넘겼다. 고심하고 있었다.

테일러 대표가 아빠의 어깨에 손을 올렸다.

"조는 이 분야의 전문가예요. 조가 알아서 할 거예요. 당신은 위장을 잘해 주면 돼요."

"참석하는 다른 투자자의 명단이 여기 있어요." 에디가 말했다.

"모두가 의심스러운 이력을 가진 건 아니에요. 아주 명망 높은 사람들도 참석해요."

아빠가 명단을 살폈다.

"솔직히 여기 있는 사람 한두 명은 알아. 와, 세상에 팔레르모 리치도 오는구나." 아빠가 놀랍다는 듯 고개를 끄덕였다.

회의에 앞서 팔레르모에 관한 이야기를 나눴던 탓에 팀원들의 얼굴이 창백해졌다. 그런데 그 이름을 듣고 테일러 대표의 얼굴에까지 공포가 드리울 걸 난 예상하지 못했다.

테일러 대표는 많은 기밀 정보를 알지만, 보통은 무표정으로 일관했다. 보아하니 내가 미뤄 둔 허심탄회한 대화를 생각보다 일찍 해야 할 것 같다.

그녀가 표정을 감추며 말했다.

"이 일에 대해 더 생각해 봐야 할 수도 있겠어요."

희미하게나마 그녀의 목소리에서 감정을 포착할 수 있었다. 두려움이다.

"시간이 없어요." 내가 말했다.

난 훼방꾼을 싫어했고 두려움은 내가 제일 싫어하는 훼방꾼이었다.

위험한 기회. 그 단어가 내 안에서 깜박였다. 레드는 이유가 있어 날 자신과 같은 방식으로 훈련시켰다. 그는 내 일부를 이해했다. 심지어 라모스 요원조차 '당신 같은 부류를 알아요….'라고 했으니. 레드는 내가 프랫 밖에서 이룬 성과를 전혀 보지 못했다. 하지만 카이는 보았다. 그는 내 마음속 가려운 부분을 모조리 알았고 그래서 날 골칫덩어리라고 불렀다. 우리 아빠 역시 내 눈 속에서 그 점을 알아차렸다.

"있잖아? 그녀 말이 맞아." 아빠가 가슴 가득 든 숨을 내뱉었다.

"참여할게. 할 수 있어."

펜즈가 마우스를 클릭했다.

"알았어요. 그러니까 정리하자면 우리가 내일 헬싱키로 간다는 거죠? 연회까지 48시간이 채 안 남았으니까요."

모두가 동의했다.

"해 보는 거야."

"서로 다른 비행편으로 하죠. 마인즈가 우리의 일거수일투족을 감시하고 있으니." 테일러 대표가 입술을 두드렸다.

아빠가 날 쳐다봤다.

"내가 ISC 연회에 등록하면 네가 같이 가는 거지? 그러니까 두 자리를 예약해야 할까?"

잠시 머릿속으로 가능성을 생각해 봤다. 핵심 인물들에게 어떻게 다가갈 것인가, 팔레르모와 라파엘에게. 노블도 찾아야 한다. 유동적인 부분이 너무 많아서 모든 변수가 어떻게 작용할지 살피는 일이 쉽지 않았다. 아빠가 성공하지 못할 수도 있다.

"혹시 모르니 한 자리 더 예약해 주세요."

모두가 고개를 갸웃했다.

"또 다른 손님이 누군데?"

"백업용이야." 난 깊은 생각에 잠겼다.

"아, 그리고 연회에선 제 본명을 쓰지 말아주세요. 전 거기 아빠 딸로 참석하는 게 아니에요. 아빠의 조수로 가는 거죠. 가명으로."

"그래서 무슨 가명을 쓸 건데?" 펜즈가 물었다.

"밀라."

CHAPTER 14

시애틀, 알카이 비치, 리버스 가족의 집

저녁 식사가 끝났다. 난 다시 어둠으로 들어가 앉았다.

아빠, 마리골드, 내 자매들은 실내 벽난로 옆에서 휴식을 취했고 그사이 난 바닷가 발코니에 나와 북서쪽의 겨울 해가 태평양 서쪽으로 지는 광경을 지켜보았다. 서쪽은 아시아로 이어지고 상하이까지 9,231.19킬로미터다. 거기서 41.84킬로미터만 더 가면 챈의 빌라에 도착한다. 내가 이 바다의 반대편에서 동쪽을 바라보던 때가 있었다. 그땐 얼마나 이 해안을 그리워했던가.

열기와 함께 유령 주파수가 파도 위로 올라왔다가 눈 깜짝할 사이에 바다 위로 흩어졌다. 나노초로 아주 빨리 튀어나와 뇌리에 박혔다. 하지만 난 짠 바다 향을 들이키며 안정을 찾았고 모든 숫자를 받아들이다 마라 언니의 주파수를 감지했다.

문이 스르륵 열렸다.

“자, 받아.” 언니가 따뜻한 찻잔을 들고 밖으로 나왔다.

“고마워.”

언니가 내 옆에 와서 웅크렸다.

“오늘 밤 아빠가 몇 번이나 마리골드 아줌마의 눈을 쳐다봤는지 넌 알 것 같아서.” 언니가 어깨로 장난스럽게 날 툭 쳤다.

“아빠가 이렇게 행복한 모습을 보이는 건 오랜만이잖아, 안 그래?”

“겨우 서른두 번 쳐다봤는걸.” 내가 웃었다.

“하지만 맞아, 진짜 보기 좋았어.”

동쪽에서 커다란 파도가 한가득 밀려드는 걸 보니 목에 뭔가 걸리는 느낌이 들었다.

“그래, 너랑 아빠가 내일 헬싱키에 간다고?” 마라 언니가 물었다.

난 아빠와 마리골드가 릴리와 함께 소파에 앉아 이야기하는 걸 창문으로 흘끗 본 다음 다시 마라 언니를 쳐다봤다. 상당히 평화롭고 안정적이다. 덕분에 내가 왜 이 추위에, 발코니에 홀로 나와 이탈리아 범죄 두목과 내가 찾아오길 바라지 않는 남자애를 찾으러 북극권으로 떠날 준비를 머릿속으로 하고 있는지 궁금해졌다.

난 한숨을 쉬고는 마라 언니에게 시선을 돌렸다.

“아빠랑 내가 같이 가는 걸 어떻게 생각해?” 내가 물었다.

“언니한테 먼저 이야기했어야 했는데.”

마라 언니가 내 담요를 자기 쪽으로 당겼다.

"중국과 튀니지 이후 난 네 숫자 본능을 믿는 법을 배웠어." 언니가 웃었다.

"네가 얼마나 잠을 못 자는지 걱정되는 것만 빼면." 언니가 단호한 표정을 지었다.

"비행기에서 자면 돼."

"딱히 그럴 것 같진 않은데…." 언니가 잠시 말을 멈추고 아랫입술을 깨물었다. 다음에 올 말을 어떻게 꺼내야 할지 고민하는 눈치였다.

"아빠가 노블의 메시지에 대해 말해 줬어. 유감이야."

날 선 추위가 내 안으로 파고들었다.

"언니한테 말하려고 했어…."

파고든 추위가 엄청나게 아팠다. 마음속 문제는 파도와도 같았다. 어떨 땐 맹렬하고 어떨 땐 침착하지만 결코 움직임을 멈추지 않았고 밤에도 예외란 없었다.

"그래서 노블이 핀란드에 있어?" 언니가 물었다.

"지금 그를 보면 어떤 기분이 들 것 같아?"

난 고개를 들었다. 노블 때문에 밤하늘은 더 이상 별과 은하수가 있는 근사한 곳이 아니다. 빛과 언어와 암호와 심장이다. 그렇게 덩어리가 이어져 수백만 개의 메시지가 되었다. 한숨이 나왔다. 내 마음은 균형을 잡지 못하고 두 사람 사이에서 불안하게 서성였다.

"언니는 누군가를 사랑하는 만큼 고통도 심하게 느껴본 적이 있어?"

"사랑과 고통이 함께하냐고?"

언니는 내가 납치당한 이후 처음 상하이에서 날 봤을 때의 표정과 비슷한 얼굴이 되었다.

"너한테 무슨 일이 일어난 거야, 조? 바보 같은 말은 하지 마. 넌 천재야, 알지?"

난 천재인지 몰라도 마음에 있어선 멍청이다.

"노블을 찾는다는 건 카이와의 끝을 의미해."

목이 메지 않고 할 수 있는 말은 그것뿐이었다. 재능이 돌아온 뒤로 난 카이의 고통을 느꼈고… 그는 내 고통을 느꼈다. 내가 어떻게 그걸 아는지 확신할 수 없지만 아무튼 그랬다. 난 침을 삼키며 목소리를 가다듬었다.

"사랑한다는 걸 깨닫자마자 그를 보내야 했어."

튀니지 안전 가옥에서 본, 사랑에 빠진 그의 얼굴이 눈앞에 반짝하고 나타났다.

"지금 날 사랑하지 않는다고 해도, 난 기다릴 거야…." 그가 말했다.

내가 사랑한다고 고백한 뒤 나눈 키스가 우리의 마지막이 될 줄은 몰랐다. 키스가 기쁨이었는지 고통이었는지 카이는 기억하지 못할 텐데. 내가 그에게 스웨이를 썼기 때문이다. 이 기억은 나 혼자 감당해야 하는 기억이자 상처다. 지금쯤 아마 날 증오할지도 모른다. 적어도 나 때문에 선택하지 못했다는 후회는 남지 않았겠지만.

"그를 놔줄 필요는 없었어." 마라 언니는 역시 예리했다.

"네가 그러기로 선택한 거야."

"언니, 내 안의 모든 숫자가 카이가 그 업무를 해야 한다고 말했어. 생사가 달린 일이야. 그의 인생이 달린 일이라고. 그는 이 일을 해야 할 운명이야. 카이가 시애틀에 올 때마다 일찍 떠나고 더 오래 나가 있는 이유를 찾았어. 그는 안달했었지. 내가 기회를 놓치는 걸림돌이 되고 싶지 않았어."

난 고개를 들었다.

"하지만 그건 단편적인 이야기일 뿐이야…. 어릴 때 내가 노블을 어떻게 생각했는지 언니는 알잖아. 우리가 어릴 때 언니가 직접 말했어. 노블과 내가 천생연분이라고. 튀니지에서 그를 만나고 모든 게 달라졌어."

"그러니까 넌 노블을 사랑한다는 거야?" 언니가 속삭임에 가까울 만큼 조용히 물었다.

"그렇겠지? 아마도? 모르겠어. 사랑은 내게 그렇게 단순한 게 아니잖아." 내가 말했다.

그 단어를 입 밖으로 내기만 했는데도 몸을 떨렸다. 내가 아는 거라곤 모든 게 날 그에게로 이끌고 있다는 점뿐이다.

마라 언니가 한숨을 쉬었다.

"그렇다면 노블을 찾아서 해답을 얻어 봐." 언니가 내 손을 꼭 잡았다.

마리골드가 긴 재킷을 감고 발코니로 나왔다.

"마라, 잠시 조와 이야기를 나눠도 될까요?"

"그러세요." 언니가 내게 윙크하고는 안으로 들어갔다.

테일러 대표가 날 쳐다봤다. 눈빛을 통해 무슨 말을 할지 쉽게 예측할 수 있었다. 이제 허심탄회하게 이야기할 때가 됐다.

CHAPTER 15

테일러 대표가 옆에 앉더니 담요를 들치며 말했다.

"같이 덮어도 될까요?"

"물론이에요."

난 담요를 그녀 위로 펼쳐 줬다. 내 가슴은 따뜻하지만 굳게 닫혀 있기도 했다. 아주 가까이서 모성이 느껴졌지만 내 일부는 그녀를 받아들이길 머뭇거렸다. 내게 긴밀한 관계로 이어지는 일이란 쉽지 않다. 특히 테일러 대표가 우리 아빠랑 데이트를 시작한 뒤로는.

"그래, 나한테 궁금한 게 있을 테죠."

그녀가 부드러운 목소리로 말했다. 사무실에서의 목소리 톤과는 전혀 달랐다.

"헬싱키에 가기 전에 풀고 가는 게 좋을 것 같군요."

처음 아빠와 테일러 대표 사이에 뭔가가 있다고 알아차렸을 때 그녀에게 물어보길 피했다. 그런데 미얀마에 다녀온 뒤에 마리골드가 먼저 그린레이크로 함께 산책하러 가자고 했다. 그때 보았던 호숫가의 프랙털은 지금도 가슴속에 새겨져 있다.

"조, 당신 아버지와 난 정말 가까워졌어요." 호숫가를 돌 때 그녀가 입을 열었다.

난 얼굴이 달아올랐다.

"아빠가 말해 줬어요."

"알아요, 하지만 나한테서도 직접 들어야 하잖아요." 그녀가 곧바로 본론으로 들어갔다.

"난 당신 아버지를 상당히 존경하고 존중해요. 혁신적이고 온화하고, 친절하고 잘생겼죠." 그녀가 세심하게 날 살폈다.

"난 당신도 존중해요, 조. 당신을 우리 팀의 일원으로 택한 건 당신을 믿어서예요. 물론 그땐 이런 관계가 될 줄 몰랐어요. 당신과의 관계에 문제가 생길 일은 그 어떤 것이라도 하고 싶지 않아요."

난 마른침을 삼켰다. 우리가 거쳐야 하는 많은 절차가 사라졌지만 그럼에도 여전히 우리 사이에는 틈이 있었다. 내 감정이 분명치 않지만, 진심을 담아 대답했다.

"대표님은 엄마가 세상을 떠난 이후로 아빠가 곁을 내준 첫 여성이에요. 아빠는 아무나 고르지 않아요. 전 대표님도 마찬가지일 거라고 확신해요."

그렇게 지금 그녀는 내 발코니에 앉아 있었다. 실제로 우리 가족의 일부가 되었고 나만 아직도 그녀를 '테일러 대표님'이라고 불렀다.

그러나 호칭 때문에 그녀가 지금 여기 앉아 있는 건 아니었고 우리는 이야기를 빙빙 돌릴 시간이 없었다.

“전 레인 카터에 대해서, 그리고 마인즈라는 저널리스트가 PSS를 폐쇄하려는 이유를 알고 싶어요.” 아까 본 그녀의 날카로운 표정이 머릿속에 떠올랐다.

“게다가 대표님은 팔레르모 리치를 아시는 거죠?”

테일러 대표가 길게 한숨을 쉬었다.

“맞아요. 그런데 다른 질문들부터 대답하기로 하죠.”

그녀는 숨을 들이마시고 이야기를 시작했다.

“프로디지 스텔스 설루션은 처음부터 이름에 ‘스텔스’가 들어가지는 않았어요. 처음 일을 시작할 때는 프로디지 설루션이었어요. 우리는 공개적으로 운영됐고 알다시피 DIA와 협력관계였고요. 내가 프로디지 설루션을 시작한 이유 중 하나는 레인 카터라는 뛰어난 소녀 때문이었어요. 그녀는 날마다 나와 함께 일하는 여러 천재 중 한 명이었죠. 하지만 레인은 특별했어요. 인체 해부학, 생물학, 줄기세포 연구, 뇌 기능, 최첨단 의료와 바이오 테크 발명 분야 전문가였거든요. 열두 살이 채 되기 전에 의사들에게 조언해 줄 정도였어요….” 테일러 대표가 잠시 말을 멈췄다.

“게다가 레인에게는 가정에서의 삶이 없었어요. 난 그녀의 절박함을 간과했던 거예요.”

“대표님은 프로토콜을 따르지 않은 건 레인이라고 하셨잖아요. 무슨 일이 있었나요?”

“프로디지 설루션에 대한 뉴스가 퍼지자, 매스컴에서 우리 프로젝트와 천재들의 정체를 위태롭게 만들고 말았어요. 너무 많은 곳에서 레인을 원했죠." 테일러 대표가 숨을 들이마셨다.

"난 천재라고 무작정 팀으로 데려오지 않아요. 내가 고른 천재들은 똑똑하지만, 또한 성장의 요인을 가지고 있어요. 대담함, 독립심, 강인함 같은 것들이죠." 그녀가 멀리 바다를 쳐다보았다.

"그런데 주목과 압박이 엄청났어요. 레인과 함께 비밀리에 일을 진행하면 어떻겠냐고 논의했고 그녀는 강하게 반발했어요. 그런 그녀의 바람에도 난 사설 기관으로 바꿀 계획을 진행해 나갔어요. 그로 인해 우리 사이의 감정의 골이 커졌어요. 내가 자기를 믿지 않는다며 불평했죠. 그리고 더욱 일에만 몰두했어요. 그 변화를 알아차리자마자 곧장 그녀를 열외로 해야 했는데. 내 계획이 완성되기도 전에 팔레르모 리치의 의료 센터 중 한 곳에 근무하는 의료 기술 연구 집단이 우리에게 일을 의뢰했어요. 레인은 그 일을 하고 싶어 했지만, 우리가 정해 둔 프로토콜을 벗어나는 일이었죠. 팔레르모의 보안팀은 내 요건을 수용하지 않았어요. 그래서 난 그 일을 거절하겠다고 말했어요. 그런데 팔레르모가 몰래 따로 레인에게 연락했어요. 그녀는 자신이 그 일을 할 수 있다고 확신했고 내 허락을 받지 않고 일을 하기로 했어요. 일주일 뒤에 의료 연구소에서 끔찍한 폭발이 있었어요. 세 사람이 목숨을 잃었어요. 그중 한 명이 그녀였죠."

테일러 대표가 고개를 저었다.

"경찰이 팔레르모에게 물었을 때 그는 연구실의 폭발 사고가 레인의 잘못이라는 증거를 내놓았어요. 그게 3년 전 일이에요.

당시 레인은 고작 열다섯이었어요."

테일러 대표가 한숨을 쉬었다.

"마인즈는 프로디지 설루션과 레인의 죽음에 관한 이야기를 보도한 기자로, 십 대에게 그런 일을 시킨 나를 엄청나게 비난했어요…." 대표가 잠시 입을 다물었다.

"난 레인을 내 딸처럼 아꼈어요. 실제로 5년간 그녀를 키우기도 했고. 그녀가 살아 있었다면 의료 업계에 혁명을 가져왔을 거예요, 세상을 바꿨을 테죠. 그런데 나 때문에 목숨을 잃고 말았어요. 다시는 똑같은 실수를 반복하고 싶지 않아요."

테일러 대표의 표정이 일그러졌다. 그녀의 움직임은 후회와 수심으로 가득 찼다. 이 이야기에 누군가가 빠져 있는 것처럼 그녀가 팔짱을 꼈다.

"당신 아버지와 비슷해요. 난 수많은 밤을 내 선택에 후회하며 보냈어요." 그녀가 목이 멨다.

"조, 난 거짓말을 하지 않아요. 당신을 만나기 전까지 레인에 대적할 만한 사람을 보지 못했어요. 그래서 당신에게 특히 조심하라고 말하는 거예요. 팔레르모 리치는 원하는 부분에서는 앞뒤를 가리지 않고 덤벼요. 지금까지도 난 레인에게 벌어진 일에 다른 이유가 더 있으리라는 걸 알아요."

그녀가 날 쳐다봤다.

"그렇지만 레인이 실패한 곳에서 당신은 성공할 거라 확신해요."

테일러 대표의 말이 내 과거라는 거대한 도랑을 갈라놓았다. 그녀의 말은 내 과거의 거대한 방어막을 허물어뜨렸다. 눈을 감으니 속에서 불길이 타올랐다. 레인을 알지 못하지만, 그녀의 죽음을 애도했다. 테일러 대표가 프로디지 '스텔스' 설루션을 철저히 비밀리에 붙이고 수많은 프로토콜과 부모에게 위험성을 알리는 이유가 이해가 갔다. 그런데 궁금증이 생겼다.

"기회가 있다면 노블과 같은 남자애도 선택할 건가요?" 내가 물었다.

"노블은 흥미로운 천재죠. 똑똑하고 심성이 고와요. 유명세에 집착하지도 않죠. 하지만 그가 규칙을 잘 따라 줄지는 모르겠어요. 헬싱키에서 어떻게 될지 한번 알아보도록 해요."

그녀가 누그러진 표정으로 날 쳐다봤다.

"가끔 당신은 날 한계에 도전하게 만들어요, 조. 그 점은 인정할게요. 하지만 우리가 무슨 일을 하든 안전이 최우선이에요. 난 또다시 천재를 잃거나 죽는 모습을 볼 수 없어요."

목구멍에 덩어리가 걸렸다.

"그런 일은 벌어지지 않을 거예요."

가까스로 대답했지만 내가 생각하는 안전의 정의가 그녀의 것과 같은지 장담할 수 없다. 마찬가지로 죽음에 대한 정의 역시 그랬다. 내 경험에 빗대어 봤을 때 죽는다는 건 단순히 생을 다했다는 의미가 아니니까.

CHAPTER 16

∞

난 침실에서 8분 안에 짐을 챙겼다. 몸의 너무 많은 신경이 진동하느라 잠을 잘 수 있을지 모르겠다. 대략 12시간 36분 뒤에 난 노블과 같은 나라에 있게 될 테니.

이제 내 머리는 금발이고 5센티미터 짧아졌다. 일자로 눈썹 바로 위까지 내려오는 앞머리에 에디가 날 위해 만들어 준 빙하처럼 반짝이는 푸른빛의 콘택트렌즈를 꼈다. 북극권 한계선이라는 장소와 영하의 날씨에 잘 어울리는 색상이었다. 에디는 팀을 위해 내게 필요한 다른 장비를 전부 가져오기로 했다.

침대에 앉는데 생각이 머리 위 별에서 바다 밑바닥으로 내려갔다. 마치 심장 아래로 천천히 헤엄치는 고래에게 가서 내가 계산할 수 없는 조류를 따르는 느낌이 들었다. 카이, 그는 늘 그곳에 있었다.

눈을 감으니 감정이 홍수처럼 차올랐다. 카이에게 작별 편지를 보낸 뒤 난 절대 뒤돌아보지 않았다. 그는 수도 없이 내게 전화했지만 난 그의 목소리를 감당할 자신이 없었다. 모든 방정식이 카이와 통화하면 내가 다 되돌릴 거라고 경고했다. 이런 식으로 우리의 관계를 끝내는 건 전혀 명예롭지 못하기에 바이 요원이 날 싫어하는 것이다.

그것도 모자라 내가 인식한 주파수들이 전에는 알지 못했던 것들을 느끼게 하는 능력을 높여 주었다. 카이의 고통이 몇 주 동안 내게 고스란히 전달되었고 더 끔찍한 건 그 역시 내 마음을 느낄 수 있다는 거다.

'이별은 고통스러운 거야.' 난 스스로에게 말했다. 엄마를 잃었을 때는 다시 마음을 잡기까지 수년이나 걸렸다.

그러나 노블을 찾는 것이 카이를 놔주는 마지막 행동이라면 궁금증이 생긴다. 카이가 내게 연락해 올까? 한때는 카이의 사진을 보고 싶다는 생각조차 거부했지만 지금 난 알고 싶었다. 그가 내게 마지막 메시지라도 남겼을까?

책상에서 슬쩍 내 PSS 컴퓨터로 접속해 우리의 예전 비밀 포털 사이트 너머 월 스트리트의 주식 시장을 열었다. 가슴이 요동쳤다. 카이가 임무를 위해 떠난 걸 알았지만 몇 달 동안 이 포털을 열 엄두가 나지 않았다. 그는 늘 규칙을 깨고 내게 연락해 왔기 때문이다.

지금 난 일련의 암호를 넣은 다음, 기대하며 메시지 함으로 들어갔다. 클릭하는 순간 가슴이 내려앉았다. 그가 다녀갔다는 흔적이 없는 데서 끝나지 않았다. 모든 것이 삭제됐다.

우리의 예전 채팅창은 에러가 뜬 페이지로 변했다. 우리의 뒷문이 평범한 웹사이트로 교체됐다. 카이가 전부 삭제했다. 조금 더 살펴보았다. 챈의 회사로 된 그의 계정이 사라졌다. 사실 그는 이 포럼 어디에도 남아 있지 않았다. 한때 그가 협력하던 디지털 플랫폼에서조차 흔적을 찾을 수 없었다. 그의 이름을 어디에서도 발견할 수 없었다. 내 PSS 레이더 검색도 소용없었다. 카이와 관련된 것들이 전부 사라졌다. 온라인에서 카이는 존재하지 않았다.

바이 요원이 말했듯이. 11월의 로미오. 절대 돌아오지 않음.

난 몸을 떨며 어깨 위로 흘러내린 낯선 금발 머리만 물끄러미 바라봤다. 머리카락을 귀 뒤로 넘기고 눈을 감았다. 어쩌면 바이 요원의 말이 맞을지도 모르겠다. 카이는 영원히 사라졌다. 그 점을 받아들일 수밖에 없다. 어쨌든 카이와 나는 절대 함께해서는 안 될 사이니까. 절대 하나가 될 수 없는, 두 가지의 다른 세상이니까.

컴퓨터를 끄고 침대로 들어가 따뜻한 이불속에 잠겨 베개에 얼굴을 파묻었다. 창밖 주파수 하나가 바다 위에서 밀려오며 자장가가 되어주려고 했다. 하지만 잠들어 꾸는 꿈이 썩 좋지 못할 거란 사실을 안다.

마지막으로 한 번 더 카이를 생각했다. 오래전 난 그에게 약속했다. 이제 그 약속을 깨트릴 때가 됐다.

CHAPTER 17

꿈속인데도 난 노크 소리에 두려움을 느꼈다. 새벽녘의 상하이다. 빌라의 내 방 침대 안에 있었는데 잔 것도, 그렇다고 깨어 있던 것도 아니었다. 뒷문을 두드리는 소리에 숨도 못 쉬고 벌떡 일어났다. 숫자가 없으니, 방향 감각을 잃어 행동이 더욱 굼떴다.

맨발에 닿는 차가운 바닥을 느끼며 손에 휴대전화를 꼭 쥐고 누구인지 보려고 창가로 향했다. 노크 소리가 세 번 더 나더니 조용하지만 심란한 목소리가 쿵쾅거리는 내 심장으로 전해졌다.

"조? 집에 있어?"

카이였다. 안도감이 밀려들면서 곧바로 모든 감각이 살아났다. 새벽에 어쩐 일로 온 거지? 무슨 일이 생긴 걸까?

재빨리 잠금장치 세 개를 풀고 문을 열어 주었다. 이른 아침

햇살이 안으로 쏟아지면서 꿈속을 밝혔다. 카이가 헝클어진 머리에 충혈된 눈을 하고 서 있었다. 밤새 잠을 못 잔 사람처럼 보였다. 그가 두 팔을 펼치고는 날 자기 쪽으로 끌어당겼다. 그가 강하게 숨을 내쉬었다.

"여기 있구나. 다행이야. 괜찮아?"

그의 가슴이 살짝 떨렸다. 풀잎에 이슬이 맺힌 이른 아침 반소매 차림이라 추워서 그러는 건지 다른 일이 있어서인지 알 수 없었다.

"난 괜찮아. 왜 그래?"

손가락으로 그의 매끄러운 검은 머리를 쓸면서 체취를 들이마셨다.

"악몽을 꿨어. 네가…." 카이가 혼미한 상태로 웅얼거렸다.

"그냥 네가 안전한지 확인하고 싶었어. 이제 그만 자러 가도 돼. 깨워서 미안."

카이는 지난 한두 달간 나 때문에 많은 일을 겪었다. 프랫, 마담, 킹, 엑스포, 골든 앨리. 지금 그의 머릿속에 어떤 그림이 펼쳐지고 있는지 궁금했다.

"가지 마." 난 카이를 집 안으로 잡아끌었다.

"어떤 악몽을 꿨는지 여기서 나한테 들려줘."

우리는 소파에 앉아 따뜻한 담요를 덮었다. 해가 떠오르고 빛이 창문을 통해 들어오며 사방에 활기찬 빛을 만들었다. 카이는 내 손을 꽉 잡고 놓지 않았다. 어느 정도 진정된 그의 입에서 예상치 못한 말이 튀어나왔다.

"널 사랑하는 건 두려운 일이야."

카이는 늘 용감했기에 그의 말에 난 깜짝 놀랐다. 마담과 킹은 사라졌다. 더 이상 위협적인 존재는 없다. 우리는 앞으로 두어 달 시애틀에서 지낼 계획을 막 세운 참이었다. 무엇 때문에 그런 생각을 하게 됐을까?

손으로 카이의 턱을 쓸어내리자 우리의 눈길이 마주쳤다. 애정 어린 커다란 갈색 눈동자가 날 똑바로 응시했지만, 그 속에는 내가 너무 잘 아는 뭔가가 스며 있었다. 두려움.

“어째서 그런 말을 하는 거야?” 내가 물었다.

“무슨 일이 있었어?”

카이가 고개를 저은 뒤 자세를 고쳐 앉았다.

“바보 같은 거야. 잊어버려. 피곤해서 그런가 봐. 그냥 악몽이었어.”

새벽 햇살이 카이의 얼굴 뒤편을 밝혔고 난 그의 얼굴을 보려고 실눈을 떴다.

“바보 같지 않아. 두려움은 입 밖으로 꺼내야 그 힘이 사라지게 돼. 괜히 어둠 속에서 키우지 말고.”

카이가 몸을 구부렸고 다시 강인한 팔이 날 감쌌다. 안전한 그 품 안으로 들어갔다. 산꼭대기의 신선한 공기 같은 체취가 내 감각을 채웠다. 꿈속이지만 가슴이 두근댔다.

카이가 헛기침했다.

“엄마를 잃은 것처럼 널 잃게 될 것 같다는 생각이 머릿속에서 떠나지 않아. 어느 날 자고 일어나면 네가 사라지고 없을 거 같아.”

그가 눈을 감고 숨을 깊이 고르더니 털어놓았다.

"엄마 말고 넌 내가 사랑한 유일한 여자야."

카이가 입을 굳게 다물었고 그 모습으로 피복이 벗겨진 전선처럼 그의 감정이 도드라졌다. 카이를 만난 뒤로 두려워하는 모습을 본 적이 없다. 챈이 이야기해 준 소년은 어머니를 잃고 반항하며 성장하고 그러다 강해졌고… 날 만났다. 이것이 그의 두려움일까? 언젠가 내가 자기 엄마처럼 죽거나 다시 사라져 버릴지도 모른다는 거?

두 팔로 그의 허리를 감쌌다. 햇살이 거실을 밝혔다. 그 빛이 너무 환해서 꼭 현실처럼 느껴졌다. 그의 목 곡선에 내 얼굴을 파묻었다.

"난 당분간 사라지거나 죽을 생각이 없어."

"죽음은 마음대로 되는 일은 아니야, 조. 난 봐 왔어. 나쁜 놈들이 나쁜 일을 하고 착한 사람이 착한 일을 하는 것과는 달리 죽음은 그냥 일어나는 거야. 게다가 넌 내가 아는 가장 안전하지 않은 사람이고."

"시애틀로 가면 난 안전할 거야." 그렇게 대답하고 그의 머리카락을 만지작거렸다.

"더 이상 스스로를 위험에 빠뜨리지 않을 거야. 그런 일과는 영영 안녕이라고. 난 불 속에서 살아남았어. 다시는 그 속으로 뛰어들지 않아."

"위험해진다는 게 네가 생각하는 그런 방식이 아닐 수도 있어." 카이의 얼굴에 걱정이 가득 서렸다.

"내 숫자도 사라졌잖아." 내가 속삭였다.

"그러니 문제를 일으킨다는 건 말이 안 돼."

"네 숫자가 널 정의하지는 않아, 골칫덩어리." 카이가 정색했다.

"조, 난 널 알아. 넌 싸움에서 물러서지 않을 거야. 어둠도 널 겁먹게 하지 못하고. 그래서 내가 널 사랑해. 하지만 우리가 떨어져 있을 때, 네가 무슨 일을 하든 몸조심하겠다고 약속해 줘."

혈관을 타고 흐르는 혈액처럼 생생하고 강렬하게 햇살이 거실로 쏟아졌다. 내 대답을 기다리는 그의 심장 박동이 유난히 크게 들렸다.

"약속할게."

난 대답했지만 이제 너무 눈이 부신 햇살 탓에 카이를 제대로 볼 수 없었고 그를 찾아 팔을 뻗었을 땐 그가 사라진 뒤였다.

CHAPTER 18

∞

핀란드, 헬싱키, 라이언 지구

헬싱키는 아름다운 흰색 가운을 걸친 가로등 기둥과 성당으로 이루어진 도시였다.

공항에서부터 눈 덮인 나무들이 쭉 펼쳐진 평온한 길을 달려 우리는 전통 유럽 건축 양식에 최신 유행과 도시의 풍경이 적절히 어우러진 시내 중심가에 도착했다. 눈송이라는 렌즈를 통해 난 보이는 모든 걸 흡수했다. 사람들로 북적이는 상점과 분수대가 있는 도시의 공원, 창가에 환히 불을 밝힌 파스텔색 주택들을 배경으로 서 있는 대관람차. 시장 광장 근처 차가운 항구에 정박 중인 보트를 보니 여름에 저 배의 주인들이 다시 이곳을 찾을 거란 생각이 들었다.

내 스마트워치인 K2가 목적지에 도착했다고 알려 줬고 운전자가 확인해 줬다.

“라이언 지구에 오신 걸 환영합니다.”

우리는 헬싱키 주요 광장 한 곳의 도롯가에 차를 세웠다.

원로원 광장은 대략 59×116미터 너비로 헬싱키 중심가에서 가장 상징적인 곳에 자리했다. 독창적인 제국 양식 건물들이 광장의 경계를 감싸고 있는 라이언 지구는 핀란드에서 가장 중요한 정부 회견이 일어나는 곳들이 모여 있다. 정부 왕궁, 헬싱키 대학교, 핀란드 국립 도서관, 헬싱키 대성당이 광장에 쭉 늘어서 있는데 지금은 눈을 덮고 순백색으로 빛났다.

우리 경호원들이 먼저 차에서 내려 아빠와 내게 문을 열어 주었다. 발을 내디디니, 차가운 2도의 공기에 코가 찡해져 눈물이 났다. 난 재킷을 여미고 장갑을 끼고 모자를 썼다. 사방에서 주파수가 몰려들면서 숫자가 머릿속을 채웠다.

건물의 외부 기둥 개수 18개를 새는 걸 시작으로 내 재능이 발동했다. 광장에 서 있는 가로등 기둥 22개, 길을 오가는 트램과 자동차의 속도, 광장을 걸어 다니는 사람들의 발걸음에서 오는 진폭. 광장을 향해 나 있는 창문은 475개고, 각 건물을 살피면서 머릿속에서 숫자가 자동으로 올라갔다. 그중에 188개에만 불이 켜져 있었다.

광장은 경이롭고 아름다웠지만, 눈 때문에 정확한 수치를 알 수 없어 마음이 불안했다. ISC 로켓 발사 행사를 위해 가림막을 친 8×8미터 크기의 무대와 거길 지키는 경찰 다섯 명을 봤을 때, 난 아이처럼 안절부절못했다. 그곳이 내 숫자에 불쾌감을 주었는데 그 이유를 산출할 수 없었다.

그러나 나와 반대로 아빠는 눈을 반짝였다. 이곳에 와 있어서 행복해 보였다. 신이나 휘둥그레진 눈으로 아빠가 내 옆으로 왔다.

"여긴 엄청 춥구나. 그래도 너무 좋다!" 아빠가 아이처럼 말했다.

"저걸 좀 봐." 아빠가 모자를 귀까지 내려쓰며 이곳의 상징과도 같은 헬싱키 대성당을 가리켰다.

"아름답지? 흰 눈에 덮이니 모든 게 아주 깨끗해 보이는구나."

교회는 원로원 광장 북쪽 일련의 계단 맨 위에 웅장하게 자리잡았다. 대성당의 외관은 티끌 한 점 없는 눈과 어울려 겨울 하늘 아래서 한층 더 큰 위용을 발산했다. 그런데 난 계단의 숫자를 셀 수 없었다. 46개? 47개? 눈에 덮여 있어서 확실히 알 수가 없었다. 끔찍한 문제는 아니었지만, 신경이 곤두섰다.

"그렇네요." 아빠의 말에 대꾸했다.

눈이 일상의 평범함을 마법과 같은 환상의 나라로 바꿔 주었지만, 그 속에 다른 측면이 있다고 내 얼얼한 뺨이 알려 주었다. 눈도 바다처럼, 야생 동물처럼 위험한 부분이 있다. 안전하다고 생각하는 순간 물거나 끌고 들어가니까. 그래도 솔직히 여기가 매력적인 곳이라는 점은 인정했다.

파발이 거리를 가로지르듯 한 주파수가 갑작스러운 열 파장처럼 내 가슴으로 들어왔다. 유령 주파수다. 이곳에서 더 강하게 느낄 수 있었다. 난 목을 쭉 빼고 근원지를 찾았다. 내가 추적하기 전에 사라졌지만 내 감각은 그 주파수가 깨어 있을 때 한층 더 민첩해졌다.

어둠이 내려앉자, 우리에게서 1.82미터 떨어진 곳에 있는 3.65미터 높이의 가로등에 불이 들어왔다. 불빛 덕분에 하늘에서 떨어지는 모든 눈송이가 반짝거렸다. 난 장갑을 벗고 작은 프랙털이 손바닥으로 떨어져 녹는 과정을 지켜보았다. 눈 폭풍에 휘말린 듯 가슴이 요동쳤다. 노블이 이곳을 근거지로 삼은 이유를 알 것 같았다. 겨울이 오면 오로라와 프랙털을 마음껏 연구할 수 있을 테니.

얼른 실내로 들어가서 PSS 팀과 만나고 싶었다. 팀원들은 나와 같이 있는 모습을 들키지 않으려고 어젯밤 늦게 야간 비행기로 먼저 들어왔다. 팀원들은 오늘 계획을 위한 준비를 마쳐야 했다. 대학에서 있을 STEM 강의와 ISC 연회 감시까지. 그런데 아빠는 나더러 항구로 이어지는 길로 가자고 손짓했다. 일단 아빠를 따라갔다.

걸어가면서 머릿속으로 새로운 지도를, 그리고 주변의 상점, 사람들과 도시의 일상을 기억하면서 퍼즐 조각을 채워 나갔다. 길거리 간판은 핀란드어와 스웨덴어로 적혀 있었다. 핀란드 단어는 아주 길어서 내 호기심에 불을 지폈다. 곧바로 단어를 끝맺는 방식과 방향을 지시하는 방식에 관한 패턴이 나타났다. 인간이 세계 구석구석에서 아주 다른 언어를 생각하고 구축했다는 점은 늘 날 감탄하게 만든다. 게다가 지금 이곳에 인류가 모여 하나의 프로젝트를 함께 하고 있지 않는가.

“저길 보렴.”

아빠가 감탄하며 항구를 가리켰고 일부 장소들은 꽁꽁 얼어 있었다.

"거의 영하에 가까운 날씨인데 사람들은 여전히 돌아다니며 쇼핑하고 있구나. 여기서 겨울은 사람을 움츠러들게 하지 않아. 우리 동네와는 참 다르지?"

난 고개를 끄덕였다. 아빠가 날씨를 걱정하는 사이 난 헬싱키 항구가 시애틀, 상하이, 튀니스를 떠올리게 한다고 생각했다. 전부 바닷가에 자리했다. 나와 항구는 무슨 관계일까? 내 머리가 늘 탈출 루트를 생각하듯 어쩌면 도시로 들어오고 나가는 길이 있다는 걸 안다는 부분에서 위안이 되는 것일지도 모르겠다.

아빠와 내가 다시 광장으로 돌아와 밴에서 짐을 챙기는데 한 차례 휘몰아치는 주파수에 난 잠시 멈췄다. 추적해 보니 차량 두 대 근처에 한 무리의 남성들이 보였다. 이제 막 도착한 게 분명했고, 그들 중에는 제네바에서 온 사람도 끼어 있었다.

일반적인 전기 에너지 그 이상이 뿜어져 나온다는 느낌이 들었다. 다만 날씨가 방해해서 확신이 들지 않았다.

"안 가니?" 아빠가 물었다.

몸이 굳어지며 정확한 초점이 잡혔다.

"아빠, 잠시만요."

목을 쭉 빼자 숫자가 사방으로 발사되어 개인을 살피고 각도를 측정했다. 라이언 지구 북쪽에, 키에 비해 상당히 두꺼운 코트를 걸친 남성 여섯 명이 순찰하듯 서 있었다. 내 편집증이 재발한 것일지도 모르지만 그들이 저 코트 아래 무기를 숨겼다면? 그들의 행동 하나하나가 수상쩍었다. 광장 오른쪽에 주차된 자동차 네 대는 핀란드 번호판이 아니다. 헬싱키 대학교가 있는 서쪽에는 창문이 없는 밴 밖에 세 사람이 서 있다. 뒷골목으로 가는 남쪽에 비슷한 겨울 옷차림을 한 남성 다섯 명이 건물 주변을 서성였다. 이 블록은 포위당했다. 난 그것이 어떤 의미인지 알았다. 누가 책임자인지 모르지만 자기 계획이 실패하길 원하지 않는 것이다.

어쩌면 내가 알아차린 부분이 ISC 연회용 보안 직원들이거나, 아니면 추가로 경호원을 늘린 조심성 많은 거물이거나 혹은 어느 대도시에든 볼 수 있는 그냥 하층 인생을 사는 범죄자들일지도 모른다. 그러나 자리에 맞지 않는 각 무리의 배치가 너무 체계적이라 함정 안으로 걸어 들어가는 기분이 들었다. 그들이 연회에 참석하는 체사레의 어둠의 동료라면 내가 알아야 한다.

난 검은색 타운카 두 대에서 내리는 남성들을 주의 깊게 살폈다. 그들은 광장의 문 닫은 판자 건물 쪽으로 걸었다. 이내 광장을 에워싼 다른 무리도 그리로 모이기 시작했다. 전에도 그들의 존재를 느꼈지만, 다행히 그들은 나처럼 주파수를 알아차리지 못한다. 그들은 내가 여기 있다는 걸 모른다. 마찬가지로 난 주파수 중 하나가 걱정되었다. 저 작은 판자 건물 뒤편에서 휴대전화로 통화하고 있는 사람, 제네바 정상회담 때 본 검은 머리 남성이다.

가슴이 두근거리는 걸 느끼며 앞으로 걸었다. 그사이 탱크와 마일스가 몇 미터 뒤에서 날 따랐다. 자갈로 된 길을 건너 옆 간판에 키오스키라고 적힌 문 닫힌 건물로 향할 때 카운트다운이 시작됐다.

목줄을 쥐고 있는 사람이 누구인지 알아볼 때가 되었다.

CHAPTER 19

핀란드, 헬싱키, 원로원 광장

미식축구에서 10미터를 남겨뒀을 때, 터치다운 패스를 가로채기 당하는 것 같은 상황이 펼쳐졌다. 한 남성이 부딪힐 듯 바로 내 앞으로 와 키오스키로 가는 걸 막았다. 그가 팔을 펼쳐 날 멈춰 세웠는데 꼭 가슴 앞으로 갑자기 철봉이 나타난 것 같았다. 아빠와 경호원들이 내 뒤로 바짝 붙었다.

"내 말 들어요." 남성이 말했다.

"여긴 당신이 가고 싶은 곳이 아닐 테니까, 특히 혼자서는."

난 손을 밀치며 대꾸했다.

"라모스 요원!" 내가 짜증을 냈다.

"당신도 헬싱키에 있군요. 이렇게 놀라울 데가."

내 눈길이 재빨리 키오스키로 향했다. 남성들은 이제 가 버렸고 기회도 사라졌다.

라모스 요원이 뒤로 물러서며 우리 사이에 거리를 두었다.

"동감이지만 이미 어젯밤에 당신 팀이 온 걸 봤어요. 나사 티퍼를 찾아야 하지 않나요? 여긴 왜 왔어요?"

"연회에 참석하려고요."

내 숫자가 비밀로 가득한 그의 눈길을 꿰뚫어 보았다. 그는 레이저에라도 맞은 듯 뜨끔해 했다. 내 숫자가 이런 식으로 침범할 때면 사람들은 대부분 그런 반응을 보였다.

"세기의 이벤트를 놓칠 순 없잖아요?"

내 말에 라모스 요원이 웃었다.

"재미있군요. 나도 연회를 놓치기 싫지만 이미 표가 동났더라고요. 그렇지만 당신은 방법을 찾은 것 같네요." 그가 아빠를 가리켰다.

아빠는 추워서인지 확실히 얼어붙어 있었다. 라모스 요원이 아빠와 인사를 하고 우리를 차가 주차된 건물 쪽으로 데려다주었다.

"연회가 DIA에 그렇게 중요하다면…." 내가 말했다.

"당신은 국제 우주 협력 엔지니어들이 우리에게 말한 것 이상을 알고 있다는 거군요."

내 말에 그가 잘난 척 미소를 지었다.

"당연하죠. 더 많이 알아야 하는 게 내 직업이니까. 하지만 극비사항이에요. 당신한테 말한 건 꼭 알아야 하는 기본 정보 정도죠." 그가 날 쳐다봤다.

"그런데 당신도 그 이상을 안다는 느낌이 드는군요."

"난 수학적 추론을 통해 정보를 모아요." 내가 지적했다.

"당신이 더 많이 아는 건 바이 요원이 말해줘서겠군요. 그건 그렇고, 나사 티퍼를 찾는 일자리를 줘서 고마워요."

라모스 요원이 입술이 씰룩거렸다.

"바이는 동료예요. 그와 난 기본 정보만 가지고 일해요. 나사 티퍼가 수배 중이라는 거, 이게 기본 정보고요." 그가 목을 양쪽으로 꺾었다.

"그런데 난 당신이 그를 찾을 거라 장담해요. 이미 그의 이름과 소재를 안다고도 장담하고."

"그를 찾는다고 해도 그걸로 충분할까요?" 내가 물었다.

"그 말은 드디어 당신이 PSS의 특별팀에서 활동할 준비가 되었다는 말인가요?" 그가 물었다.

"나사의 안전에 관한 일이라면 무엇이든 미국 정부가 우선순위에 있고, 그 말은 DIA 관할이라는 뜻입니다."

원칙적으로 내 머릿속에서 무슨 일이 벌어지든 난 입을 꾹 다물고 모든 면에 귀를 기울인다. 바보처럼 보이지 않는 가장 단순한 방법이라고 레드가 말해 준 적이 있었다. 게다가 라모스 요원은 국방정보국과 협력하는 내 위치를 잘 알았다.

"너무 좋아하지 말아요." 그가 끓어오르는 긴장감을 줄이려고 말했다.

"이미 테일러 대표와 마주쳤으니까. 그들이 우릴 기다리고 있어요. 게다가 DIA를 별로 좋아하지 않는 사람들을 위해 내가 당신이 빠져나갈 구멍을 찾아 줄지도 모르잖아요. PSS가 이 업무에서 우리를 도와주는 동안에."

빠져나갈 구멍이라니 참으로 편리하다.

“알았어요, 그렇다면 체사레 디 수사와 스케일 테크에 대해 당신이 아는 정보를 알려 줘요.” 내가 사정을 살피며 말했다.

“와우!” 라모스 요원이 감탄했다.

“당신들은 많이도 알고 있군요.”

“당연하죠, 그게 우리의 직업이니까.” 아까 그가 한 말을 그대로 따라 했다.

“우리가 함께 일한다면 당신과 팀원들에게 브리핑해야겠군요.” 그의 눈길이 진지하게 날 쳐다봤다.

“연회 20분 전 라이온 지구 엠파이어 룸에서 만나요. 당신이 알아야 할 게 많아요.”

CHAPTER 20

헬싱키, 소피앙카투 거리, 시수 덴

진갈색 머리칼의 핀란드인 집주인이 호화로운 아파트에 딸린 안 건물로 이어지는 커다란 정문 앞에서 우리를 기다리고 있었다. 테일러 대표가 우리 팀을 위해 시수 덴이라는 이름이 붙은 개인 아파트를 빌렸다. 시수(Sisu)는 특별한 내면의 힘 혹은 다양성을 마주하는 회복력을 의미하는 단어였다. 테일러 대표는 그 발음을 좋아했다. 게다가 수많은 유명 음악가가 이곳에 머물렀고, 집주인은 테일러 대표가 요청한 보안 요구를 요령껏 들어주었다. 또한 광장만 가로지르면 라이언 지구와 헬싱키 대학으로 갈 수 있어 편리했다.

"파이바. 테르베투로아(Paivää. Tervetuloa 오늘 와 주셔서 감사합니다. 환영합니다)." 주인이 인사했다.

"따뜻한 옷을 챙겨오셨길 바라요. 오늘은 50년 만의 최저 기온이랍니다."

건물로 들어가는 문을 열자 열기가 우리를 덮쳤고 다들 고마워하며 한숨을 돌렸다. 탱크가 내 앞에서 걸었고 뒤로는 다른 두 경호원인 마일스와 알렉스가 바짝 붙어 있어 질식할 것 같았다.

"여러분, 좀 떨어져 줄래요?" 난 의도치 않게 투덜거렸다.

"죄송합니다, 리버스 양." 마일스가 하나도 죄송하지 않은 목소리로 말했다.

"저희는 일하는 중이라서요."

"여긴 지구에서 가장 안전한 나라 중 한 곳이에요." 내가 따지고 들었다.

"게다가 우리는 이 아파트와 라이언 지구에 관해 미리 다 확인했잖아요. 헬싱키에서 머물기 가장 안전한 장소예요. 특히 이번 주에는 원로원 광장 주변의 경계가 삼엄하니까요."

우리 팀이 이곳의 개미 한 마리까지 모조리 쓸어버렸다는 걸 알지만, 난 나대로 계산하고 싶었다. 각 복도를 살피고 어떤 주파수가 나오는지. 그런데 경호원들이 자꾸 거치적거리며 방해했다. 한숨이 나왔다. 내 뒤꽁무니를 졸졸 따라다니는 새 경호원들에게 이골이 났다. 시간을 들여 날 살피고, 내가 누군지 파악하는 그런 경호원을 간절히 바라지만 당장은 불가능할 듯싶었다. 그리고 내가 이 일을 계속하길 원한다면, 당연히 그렇게 할 거지만 경호원에 익숙해져야 했다.

다행히 테일러 대표는 북극에 경호원을 데려가지 않아도 된다는 내 의견에 동의했다. 그냥 아빠랑만 갈 예정이다. 노블은 모르는 사람 혹은 못 믿는 사람이 자기 문 앞에 나타나는 걸 좋아하지 않을 테니까. 그가 우리 아빠는 예외로 쳐 줄 거라는 희망을 품기로 했다.

시수 덴으로 들어가니, 이 아파트가 사생활 보호가 잘 되는 훌륭한 거점이 될 거라는 점에 절로 수긍이 갔다. 커다란 침실 여섯 곳, 공용 거실 두 곳, 욕실 세 곳, 광장을 내려다볼 수 있는 창문이 많았다. 근사하게 개별 포장한 형형색색의 울 양말인 빌라수캇(villasukat)이 담긴 선물 바구니도 놓여 있었다.

거실엔 이미 PSS 장비가 세팅을 마쳤고, 소파에 늘어진 팀원들이 보였다.

빈방을 찾아 돌아다니는데 꽃과 흙 향기가 코를 자극했다. 서랍장 위에 보라색 난초 화병이 놓여 있었다. 열기가 깜박이며 내게로 전해졌다. 아빠를 빼면 나한테 꽃을 선물한 사람은 카이뿐이었다.

난 보라색 꽃에서 떨어져 짐을 내려놓았다. 아빠와 난 기운을 좀 차리고 옷을 갈아입은 뒤 복도로 나갔고, 경호원들이 라이언 지구에 있는 엠파이어 룸으로 우릴 데려다주려고 대기 중이었다.

엠파이어 룸 입구에서 직원이 우리를 맞이하며 복도를 따라 안내해 주었다. 라이언 블록 안의 룸들은 제국 시대 양식을 반영했다. 1800년대와 1900년대의 아름다움이 반짝이는 샹들리에와 비싼 리넨 커튼이 드리워진 3미터 크기의 창문, 아름다운 흰 왕관 몰딩으로 꾸며진 둥근 천장이 대표적이었다. 그러나 고

전적인 매력도 사방에서 뿜어 나오는 엄청난 전파를 멈추진 못했다. 내가 감지한 바로는 이 건물은 최첨단 장비와 경호 시스템이 가동 중이다.

엠파이어 룸은 호화로움의 극치였다. 금 테두리로 된 거울, 커다란 회화 작품들, 벽에 달린 나뭇가지 모양의 촛대, 섬세한 몰딩으로 이루어진 벽난로, 팀원들이 모여 있는 긴 테이블이 있었다.

테일러 대표가 한 모퉁이에서 금발 머리 여성과 따로 이야기하고 있었다. 아빠가 그녀 쪽으로 걸어갈 때 난 테이블로 향했다.

테이블 위에는 장비들이 한가득 늘어서 있었다. 천재들이 우리의 일반 장비에 추가로 나노 감시용 장비까지 가져왔다.

"안녕!"

내 목소리에 친구들이 몸을 돌리더니 놀라 헉하고 입이 벌어졌다. 난 일자 앞머리를 내린 금발을 흩날리며 뽐냈다. 몸에 걸친 건 원래 입던 옷과 거리가 멀었다. 어쨌든 지금 난 조가 아니니까. 난 밀라 아볼라다.

해리슨이 눈을 두 번 깜박이며 확인했다.

"와, 네 헤어스타일과 메이크업, 거의 못 알아보겠어."

"도착했구나." 에디가 일어나 반겨주었다.

"소감이 어때?"

그는 노블 이야기를 하는 거였다.

"만날 준비가 됐어." 내가 숨을 들이마셨다.

해리슨이 나한테 앉으라고 손짓했다.

"우린 핀란드를 정찰 중이야. 너도 같이해."

새로운 도시를 정찰하는 해리슨의 아이디어는 보통은 별로 도움이 되지 않는 정보들을 아무렇게나 내놓지만 다들 좋아했다. 나도 들었다. K2가 내게 설명하며 지치게 하도록 내줄 시간이 없었다.

"핀란드는 세계에서 가장 행복한 도시로 유명하지. 이런 별명이 있어. '1,000개의 호수로 이루어진 국가'라고. 정확히 말하면 187,888개가 있지만." 해리슨이 내게 윙크했다.

"게다가 훌륭한 교육 시스템, 엄청나게 깨끗한 공기, 차보다 더 많은 사우나, 엄청난 순록과 산타로도 알려졌지. 또한 당시 마이크로소프트를 훨씬 앞섰던 기술 선구 업체인 노키아의 본거지였어. 그래서 마이크로소프트가 이 업체를 인수했어."

해리슨이 프레젠테이션을 계속했다.

"이걸 봐." 그가 웃었다.

"헬싱키의 스카이휠은 각 객차 안에 사우나가 있는 최초의 대관람차야. 다섯 명이 탈 수 있대. 우리도 가 볼까?"

"그 사우나는 꼭 해 봐야겠다." 펜즈가 말했다. 펠리시아도 찬성했다.

난 얼른 그들에게로 고개를 돌렸다.

"ISC를 돕고 난 뒤에?" 내가 말했다.

"그래, 넌 라플란드에 대해 뭘 알고 있어?"

"어디 보자." 해리슨이 몇 페이지를 넘겼다.

"핀란드의 4분의 1이 북극권 한계선 안에 있어. 여름에 라플란드는 73일간 연속해서 해가 지지 않고 겨울에는 51일 동안 해가 뜨지 않아. 사람들은 그걸 극야라고 해. 약 두 달간 어둠 속에서 지내는 거야. 생각에 빠지기 딱 좋겠지."

해리슨이 추운 듯 팔을 비볐다.

"준비됐어, 조?"

"준비되든 안 되든 갈 거야."

그렇게 말했지만, 생각만 해도 몸이 떨렸다. 내일 아침이면 난 평생 가장 춥고, 외딴, 어둠의 장소에 가게 된다. 노블은 자신을 쉽게 찾지 못하는 외딴곳을 좋아했다. 어쩌면 그래서 스케일 테크가 자신들의 우주 연구소를 거기에 둔 건지도 모르겠다. 레이더에 잡히지 않고 엿보는 시선에서 벗어나 홀로 있을 수 있으니.

"연회까지 한 시간이 남았어." 내가 말했다.

"라모스 요원이 지금 이리로 오고 있어. 그가 도착하기 전에 우리가 살펴볼 게 있을까?"

"응. 우리의 지독한 꼬리가 헬싱키까지 따라붙었어." 펠리시아가 말했다.

모두가 탄식했다.

"아, 안 돼. 마인즈 말이야?" 난 얼굴을 찌푸렸다.

"그 기자가 밖에 있어." 에디가 말했다.

"연회에 참여할 티켓은 없지만 다른 기자들과 함께 복도를 어슬렁거릴 거야. 그녀가 우리를 보지 못하게 정말로 조심해야 해." 에디가 PSS 팀과 테일러 대표를 가리켰다.

"그래서 우리가 연회와 같은 시간에 강의를 잡아둔 거야." 펠리시아가 말했다.

“조, 넌 시선을 돌리기 위해 강의에 나타나야 해. 한 5분, 10분 정도. 우리가 네 얼굴을 패널에 올릴 거고 그런 다음 넌 연회로 돌아가면 돼. 대학은 바로 길 건너에 있으니 편리하잖아.”

“알았어. 연회는 몇 시간 동안 이어지고 크게 세 부분으로 나뉘어져. 기본적으로 에피타이저를 먹으며 친목을 다지는 시간, 그리고 저녁 식사와 디저트 타임이지. 잠시 몰래 빠져나오는 건 문제 없을 거야.”

내가 건물 주변을 에워싼 주파수에 대해 말하려는데 라모스 요원이 걸어 들어와 문에서 날 불렀다.

“분명 당신은 백업 계획도 세웠겠죠, 조. 그리고 그 백업 계획이 여기 있군요.” 그가 감탄했다는 눈길로 날 쳐다봤다.

그 찰나, K2가 내게 손님이 홀에 도착했다고 알렸다. 속에서 깊은 감정이 올라왔다. 난 자리에서 일어나 문 쪽으로 향했다.

PSS 팀이 날 따라 밖으로 나왔고, 건장한 남성이 내 쪽으로 다가왔다. 걸음걸이는 자신감에 넘쳤고 절대로 서두르지 않으며 항상 주변을 잘 파악했다. 어쩌면 그 점을 아들이 물려받았나 보다.

기억이 홍수처럼 머릿속으로 밀려들었다. 열띤 토론, 신뢰와 성장을 둔 싸움, 경제 위기와 슈퍼본드, 체스 폰과 갱단. 지금 그의 얼굴은 내게 또 다른 고향을 떠올리게 해 주었다. 내가 존중하는, 심지어 가족으로 여기는 사람이다. 몇 달 만에 직접 만나게 되니 가슴속에서 올라오는 감정이 이 순간이 얼마나 압도적인지 알려 주었다. 내게 이 남성은 자유를 얻게 해 준 필수적인 한 부분이다. 비록 처음에는 그가 고집을 좀 부렸지만 말이다.

해리슨은 쉽사리 반해버렸고, 곧장 자세가 흐트러졌다. 그가 입을 턱 벌리고 소리쳤다.

"말도 안 돼! 이번 주에 PSS가 맞는 두 번째 경사야, 난… 난…."

그가 믿을 수 없다는 듯 고개를 흔들었다. 해리슨은 늘 광팬이었다.

"네 특별 위장 업무를 위해 아시아를 이끄는 억만장자를 헬싱키까지 초대한 거야?"

모두가 얼빠진 듯 한 사람을 바라보았다. 분명 내가 초대한 손님은 이들이 예상한 인물이 아니었다.

난 그 남성에게 다가갔고 더 이상 라펠에 꽃을 꽂아 두진 않았지만, 손가락에 반지를 낀 그의 눈빛은 반짝였다. 아빠와 비슷하게 그도 인생에 링 박사가 들어온 이후로 활력이 넘치고 빛이 났다.

챈은 해리슨을 무시하고, 내 금발 머리도 무시한 채 다가왔다. 우리의 눈이 마주했고 백만 가지 순간이 스친 뒤 우리는 불길을 통해서 이룩한 미소를 서로에게 지어 보였다.

"하오 지우 부 지엔(Hao jiu bu jian 好久不見 오랜만이야), 어린 피닉스."

몇 달간 장거리 통화를 하면서도 내가 얼마나 그를 그리워했는지, 그를 보면 얼마나 좋을지 깨닫지 못했다. 어떤 점에서 그는 내 또 다른 아버지와도 같았다.

"저도 만나서 기뻐요, 챈."

CHAPTER 21

∞

챈과 나, 둘 다 많이 달라졌지만 바뀌지 않은 한 가지가 있었다. 그와 나는 포옹을 좋아하지 않았다. 그런데 어떤 이유에서인지 우리는 포옹했다. 생각만큼 어색하지 않았다.

챈이 목청을 가다듬었고 부드러웠던 눈빛은 이내 평소의 비즈니스 모드로 바뀌었다. 하지만 난 그 속에 감춰진 진실을 알고 있다. 휴대전화로 몇 시간씩 통화하면서 우리는 새로운 방식으로 서로를 이해하게 되었다. 카이의 부재가 여전히 우리의 근심으로 남아 있지만 우리는 그가 하는 일과 그를 믿기로 서로 약속했다.

아직도 챈은 레드가 지어 준 이름으로 날 불렀다. 물론 내게 미리 양해를 구했다. 중국어로 '어린'이란 단어에는 철없이 나댄다는 뉘앙스는 없고 그냥 나이가 어리고 별명으로 부를 만큼 가까운 사이에서 쓴다.

아빠가 다가와 악수를 청했다.

"다시 뵙게 돼서 반갑습니다, 챈 씨."

"아, 리버스 씨. 얼굴 뵈니 좋군요."

챈이 대꾸하며 아빠의 손을 꽉 잡았다. 그는 아빠의 코에 붙은 밴드를 슬쩍 살폈다.

"어쩌다 그랬나요?"

아빠가 날 쳐다보고는 챈에게로 시선을 돌렸다. 난 침을 꿀꺽 삼키고 고개를 돌렸다. 반면 챈은 내가 부러뜨린 적 있던 자기 코를 만지더니 질문을 도로 주워 담듯 손사래를 쳤다.

"설명 안 하셔도 됩니다."

난 당혹해 얼굴이 빨개졌다.

챈이 다시 기침하고 주변을 둘러보았다. 슈퍼본드가 수년간 그를 아시아 최고 부호로서의 입지를 굳건히 만들어 주었고 그는 어딜 가든 영웅 대접을 받았다. 물론 그보다 중요한 건 챈이 내가 무슨 일을 하려는지 안다는 점이다.

그런 챈과 아빠가 나란히 서 있으니 내 숫자가 요동쳤다. 숫자는 또한 날 걱정하기 시작했다.

"당신이 오는 걸 본 사람이 있나요?" 내가 물었다.

"아니. 난 옆문으로 들어왔어. 하지만 ISC 연회에 참석하는 내 얼굴을 보도하지 않을 거라곤 장담 못 해."

난 고개를 끄덕였다. 마찬가지로 챈도 용감해졌다. 링 박사의 새로운 프로젝트는 상하이에서 제대로 진행 중이었다. 우리가 꾸린 안전 가옥은 마약 밀매에 동원된 수많은 여성의 자립을 돕고 있다. 이제 링 박사와 챈은 제대로 팀을 이루고 일을 진행해 나갔다.

챈은 회의장 맞은편에서 자신을 바라보고 있는 PSS 팀에게 시선을 돌렸다.

"이 사람들이 네가 그렇게 자랑하던 대단한 팀이니?" 그가 물었다.

난 그들에게 슬쩍 눈길을 보낸 뒤 속으로 한숨을 쉬었다. 해리슨은 얼른 자기소개하고 싶어 안달이 나 실실 웃으며 몸을 비비 꼬았다. 펜즈는 우리가 지금 자기를 보는 줄도 모르고 챈을 배경으로 셀카를 찍었다. 펠리시아는 그에게 어색하게 인사했는데 중국식이 아니라 한국식에 가까웠다. 에디는 챈이 중국 주석이라도 되는 양 잔뜩 긴장한 채 서 있었다. 무엇보다 다들 무슨 록스타라도 본 사람들처럼 얼이 빠졌다.

"네. 저희 팀이에요."

챈이 비즈니스 모드로 들어갔다.

"내가 알아야 할 게 뭐지?"

"많아요. 우선 한 가지 주의 사항을 알려드릴게요. 전 새 이름을 써요. 이번 주에는 절 밀라라고 부르셔야 해요."

"왜 놀랍지 않을까?"

그가 투덜거리고는 슈퍼맨에게 다가가는 어린애처럼 자신을 향해 달려온 해리슨에게로 고개를 돌렸다.

"선생님, 만나 뵙게 되어 영광입니다. 비즈니스 업계의 동력이죠. 아시아 은행과 경제 건에서 보여 주신 업적은 굉장했습니다. 완전 스타세요. 그러니까, 정말 대단하세요."

"고맙습니다." 챈이 겸손하게 말했다.

"만나서 반갑습니다."

"전 선생님의 아들 카이도 알아요." 해리슨이 말을 이었다.

"시애틀에 왔을 때, 저한테 쿵후를 가르쳐줬습니다." 해리슨이 눈을 반짝이며 허공으로 주먹을 날렸다.

"우리 애가 그랬나요? 잘됐군요." 챈이 살짝 고개를 떨궜다.

난 그가 무슨 생각을 하는지 이해할 수 있었다. 항상 카이가 보고 싶고, 살아있는지 궁금하겠지. 챈이 테일러 대표를 쳐다봤다.

"테일러 대표님이시군요. 지우양 싱후이(Jiuyang, xinghui 久仰, 幸会 만나 뵙게 되어 기쁩니다)."

"동감입니다. 와 주셔서 감사합니다. 이리 앉으시죠. 저희도 막 시작하려던 참입니다." 테일러 대표가 테이블 상석으로 가서 팀원들을 불렀다.

"보안을 점검해 주세요. 시간이 됐습니다."

에디가 우리 쪽이 아닌 전기 주파수를 없애는 새로운 기기인 스캐터로 회의실을 훑었다. 내 새로운 능력 덕분에 우리는 물에 연속으로 자갈을 던지듯 주파수를 흐트러뜨리는 새로운 방식을 고안할 수 있었다. 그렇게 궁극적인 도청 방지 장치가 탄생했다. 주파수 이야기가 처음 나온 건 바르도 박물관에서 노블에게 어떻게 전파를 막았는지 물었을 때였다. 그 대화를 토대로, 재능이 돌아오고 한두 주 뒤에 나는 내 전용 도청 방지 기기를 만드는 법을 깨우쳤다.

"깨끗합니다." 에디가 자리에 앉았다.

라모스 요원이 내 눈길을 포착했다.

"아시겠지만 우리는 최근 정전 사태와 위성 전파가 차단되는 일이 단순한 지구 자기 폭풍의 결과가 아닌 경우를 살피고 있습니다." 그가 잠시 말을 멈췄다.

"그렇지만 우리에게는 증거가 없습니다. 다만 우리의 레이더에 걸린 사람들 전부가 지금 헬싱키에 있고 그들이 ISC 연회에 참석할 거라는 점은 확실합니다. 범죄 조직의 일당들도 포함해서요. 무슨 일이 벌어지든 ISC가 중심에 있는 듯합니다."

그가 날 향해 인상을 찌푸렸다.

"우리의 첫 번째 목표는 이틀 후에 있을 ISC의 위성 발사를 안전하게 마무리하는 것입니다. 두 번째 목표는 이 정전 사태의 원인 혹은 배후를 찾는 일입니다."

"그래서 우리 쪽 작전은 뭔가요?" 내가 물었다.

"우리가 주목할 두 사람은 스케일 테크의 CEO인 유호 살로넨 박사와 팔레르모 리치입니다. 살로넨 박사는 ISC가 슈퍼 위성을 구축할 수 있게 도와준 뒤에 아내의 혼수상태를 이유로 공식 석상에서 사라졌습니다. 리치는 스케일 테크를 매수하려고 적극적으로 나서고 있고요. 팔레르모 리치는 무자비한 기업 사냥꾼으로 악명이 높습니다. 회사들이 협조하지 않으면 재정적으로 망가뜨리는 인물이죠."

해리슨과 난 눈빛을 교환했다.

"만일 팔레르모가 이번 발사에 인류를 위한 과학 발전이라는 선의 이상의 관심을 두고 있다면 이유가 무엇인지 알아야 합니다." 라모스 요원이 한숨을 쉬었다.

"모든 카드가 테이블에 나왔고 어마어마한 돈이 얽혔으며 마피아가 개입한 경우, 그들은 돈을 챙기려고 무슨 짓이든 다 할 겁니다. 내일 아침 팔레르모가 연회의 가장 큰 거물 일부와 개인적으로 약속을 잡았다는 정보를 입수했습니다. 아주 특별하고 강력한 인물들만 팔레르모와의 만남의 자리에 참석할 수 있어요. 누가 참석하는지는 모릅니다. 이 자리가 그의 연줄과 잠재적 위협요인을 알아낼 기회가 될 수도 있습니다. 안타깝지만 우리 쪽에서는 연회에 발을 들여놓는 데 실패했습니다. 그런데 두 분이 여기 와 계신 걸 알게 되었습니다."

그가 챈과 아빠를 가리켰다.

"어쩌면 그 만남의 자리에 참여할 기회가 있을지 모릅니다. 그렇지만 여전히 위험한 일이지요."

아빠가 전에 회의에서 그랬듯 턱을 긁적였다. 하지만 챈은 무표정한 얼굴로 상황을 살폈다. 그가 곁눈질로 날 쳐다봤다.

"조의 예전 상사로, 전 귀중한 교훈을 얻었습니다. 사람들을 돕는 일에 다 써도 모자랄 만큼 인생이 짧다는 것을요." 그가 라모스 요원의 눈을 똑바로 바라봤다.

"제가 그 자리에 갈 수 있을 것 같습니다." 챈의 시선이 다시 내게로 왔다.

"그리고 준비도 해왔어요. 제 고문과 이야기를 나누고 나니 갑자기 스케일 테크를 비롯해 다른 우주 및 통신 기업에 투자하고 싶은 마음이 커졌습니다. 어떤 방식인지 살필 때 그들의 탐욕을 충분히 보았습니다. 저 사람들에게는 돈이면 다 먹히겠더군요."

챈의 말을 들으니 너무 뿌듯했다. 카이가 이 이야기를 들을 수 있다면 좋을 텐데. 진실을 영예롭게 하는 길에 계속 발을 두고, 옳다고 생각하는 일을 하면 실제로 세상이 바뀐다는 걸 보여 주는 산 증인이 바로 챈이었다.

그리고 난 그가 주식에 관한 내 메시지를 읽어 기뻤다. 또 다른 작은 백업 계획이 생긴 것이다.

아빠의 얼굴이 굳어졌다.

"저도 챈 씨에게 동의합니다. 제가 할 수 있는 일을 하겠어요."

"두 분 다 제가 거기 있을 거라는 사실을 잊으셨나 보네요. 제 위장 침투를 도와주시는 분들인데, 너무 깊이 개입하는 걸 원치 않습니다." 내가 말했다.

"그리고 제가 체사레 디 수사를 찾으면 우리에게 필요한 정보를 그가 가지고 있을 겁니다."

"알겠습니다." 라모스 요원이 시계를 살폈다.

"모두 함께 일한다는 건 알지만 연회장에 들어가면 각자 움직여 주시길 바랍니다." 그는 특히 내 쪽을 보고 말했다.

챈이 자리에서 일어나 문을 쳐다봤다. 해리슨이 재빨리 움직였다.

"벌써 가시면 안 됩니다. 우선 장비를 세팅해 드릴게요!"

CHAPTER 22

에디가 얼른 챈에게 갔다.

"저희 팀이 지구상에서 가장 정교한 감시 장비를 달아드릴게요. 장착한 장비가 발각될 확률은 제로에 가깝습니다."

"저한테 단다고요?" 챈이 당혹해하며 물었다.

"도청 장치 정도만 하는 줄 알았는데."

"그건 구식이에요, 이제 아무도 그렇게 안 한답니다." 에디가 말했다.

"선생님의 귀와 눈에 맞춘 초소형 기기입니다. 체온과 인체 주파수에 연동되어 있어요. 조가 아니면 감지할 수 없습니다."

챈이 상당히 놀란 표정으로 에디를 쳐다보며 나한테는 걱정스러운 눈길을 보냈다.

"100퍼센트 안전해요." 내가 확답해 줬다.

"그런 걸 차고 있는 것조차 잊으실 거예요. 주로 우리 팀이 당신이 보고 듣는 걸 살피는 용도니까요. 물론 허락하신다면요."

"하오(Hao 알았어)."

그가 앉은 자세에서 허리를 더 곧게 세웠다.

"아, 제가 동의했으니 계속하시죠."

애들이 장비를 달 동안 챈은 같은 취급을 당하고 있는 아빠에게로 몸을 구부렸다.

"제가 위장 잠입을 하는 날이 올 거란 생각을 해 본 적이 없어요. 훠 다오 라오, 쉐 다오 라오(Huo dao lao, xue dao lao 活到老, 学到老 배움의 길은 끝이 없군요). 늙은이가 새로운 기술을 못 배운다고 누가 그랬던가요?" 그가 조용히 웃었다.

"카이가 지금 절 보면 뭐라고 할까요?" 그가 날 향해 고개를 저었다.

아빠가 챈에게 눈썹을 들썩였다.

"저도 같은 처지입니다. 처음이란 항상 있기 마련이죠. 조는 우리가 자기 위장용이고 혼자 다 알아서 할 거라고 했죠. 어떻게 생각하세요? 우리가 저 애를 믿어도 될까요?"

"믿어도 되냐고요? 글쎄요. 제가 믿어야 할까요?" 그가 날 쳐다봤다.

"미덥지 않더라도 그래야죠."

"절 믿으시면 대가가 있을 거예요." 내가 교활한 미소로 대꾸했다.

"대가는 벌써 치렀어. 네 가설 때문에 밤새 주식 거래를 했으니까."

"그러니 제 직관이 맞길 바라요. 결국 한두 푼밖에 못 건질 수도 있지만 우주로 가는 첫 여행을 예약할지도 모르잖아요."

챈이 웃었다.

"하오 더(Hao de 好的 좋아). 그 이상은 기대하지 않을게."

그가 자세를 똑바로 고쳤고 단호한 결심이 뿜어져 나왔다.

"너랑 있으면 뭘 갖게 될지 종잡을 수가 없어. 한땐 글로벌 선적 회사를 인수했고, 지금은 우주 공학과 위성이라니." 잠시 그가 진지해졌다.

"돈을 잃어도 괜찮아, 어린 피닉스. 나한텐 평안이 있거든."

장비 세팅이 끝나자 챈이 시계를 보고 자세를 고친 후, 내가 상하이에서 일할 때 봤던 철두철미한 사업가로 변했다. 자기가 하는 일을 늘 정확히 알고 있는 사람으로, 아들의 좋은 본보기이자 자신감을 물려준 아버지로.

"제이슨, 밀라, 준비됐나요?"

우리 둘 다 고개를 끄덕였다.

모든 길이 날 이리로 인도했다. 핀란드와 이 위기 상황으로, 노블이 숨은 곳으로. 이제 이유를 알아낼 시간이다.

마침내 우리 모두 준비가 되었다. 내 앞에 서 있는 두 남성을 보니 다른 평행 우주로 들어선 기분이 들었다. 믿기지 않았다. 내가 챈황롱과 우리 아빠와 함께 첩보 작전에 들어가다니.

CHAPTER 23

핀란드, 헬싱키, 라이언 지구 연회장

마피아들과 어울릴 시간이 되었다.

난 대담한 레드 립스틱과 거기에 어울리는 레드 드레스를 걸치고 내 몸에서 뿜어져 나오는 보이지 않는 주파수에 반응하는 장비를 그 어느 때보다 인식하며 복도를 걸었다. 입구에서 검정 정장을 입은 호스트가 문을 열어 주기에 안으로 들어갔다.

호화로운 연회장은 마법의 공간 같았다. 정교한 장식이 돋보이는 테이블에 핀란드의 미식 요리들이 쭉 세팅되어 있었다. 겨자로 간을 한 발트해 청어, 핀란드 맥아 빵과 막 절인 오이를 곁들인 훈제 강꼬치(pike) 구이, 순록고기와 연어, 고급 치즈와 야생 딸기가 담긴 접시도 보였다.

다른 테이블에는 고급 와인이 즐비했다. 높은 칵테일 테이블 근처로 턱시도를 입은 남성들이 금 테두리를 두른 와인 잔을 들고 아름다운 드레스를 입은 여성들과 건배했다. 테이블마다 작은 얼음 조각이 놓여 있었고, 무엇보다 눈길을 끄는 건 넓은 연회장 저녁 식사 자리를 장식하는 로켓과 위성 모양의 거대한 얼음 조각상이었다.

내 계산이 연회장을 자세하게 살피고 결과물을 내놓았다. 천장에서부터 실내를 감시하는 카메라 12대, 출구 8곳, 경호원 16명, 테이블 25개, 사람 120명, 통로 108개, 문으로 19쌍의 발이 들어와서 내 숫자가 다시 계산했다.

문에서 끽, 소리와 함께 공기가 바뀌었다. 몇 달간 사막에서 길을 잃고 방황하던 사람처럼 갑자기 몸에서 열이 나고 갈증이 느껴졌다. 근처에 물이 있지만 마시지 못했던 것처럼.

유령 주파수가 여기 있어. 난 주변을 샅샅이 살피며 빛보다 빠른 등식을 붙잡으려고 애썼다. 그러나 언제나처럼 주파수는 연회장 안으로 부메랑처럼 퍼졌다가 눈 깜짝할 사이에 사라졌다.

머릿속으로 초대자 명단을 떠올리며 연회장을 살피고 모든 사람을 세 분류로 나누었다. 전 세계 우주 관련 기관에서 온 전문가들, 유능한 사업가와 투자자들, 그리고 상어처럼 어슬렁거리는 인간쓰레기들. 내 재능이 놀라울 정도로 쉽게 그들을 포착했다. 그 점을 뿌듯해해야 할지 말아야 할지 확신이 들지 않았다.

일이 수월하게 진행될 듯싶다. 그저 몇몇 범죄자들에게 체사레를 아는지 물으면 될 거고 그사이 챈과 아빠가 리치와 살로넨 박사와 이야기를 나눌 테니. 아직 팔레르모 리치를 보지 못했지만, 연회장 뒤쪽에 인파가 모여 있고 각기 다른 모퉁이에도 무리가 있었다. 초조함과 의구심을 풍기는 이용하기 쉬운 남성을 포착했다. 그쪽으로 가려는데 내 뒤에서 떠들던 여성의 입에서 흘러나온 두 마디가 이목을 끌었다.

나사 티퍼.

얼른 돌아봤다. 참석자 명단에 있고 ISC 위원이기도 한 핀란드 과학자 카이사 란타 박사가 음료 테이블에 서 있었다. 우선 마피아가 아닌 쪽부터 접근하기로 마음을 바꿨다. 한 무리의 여성들이 있는 곳으로 걸어가 내 소개를 했다.

"란타 박사님!" 난 조잡한 이탈리아 억양으로 말했다.

"전 밀라 아볼라예요. 박사님의 엄청난 팬입니다."

"고맙습니다, 아볼라 양. 헬싱키에 잘 오셨어요."

그녀의 핀란드 억양은 부드럽고 마음을 편하게 해 주는 느낌이었다.

"무슨 일을 하시나요?"

"전 광학 공학자로 미국과 중국에서 일하고 있어요."

내 입에서 나오는 말에 스스로 놀라지 않으려고 조심했다. 당연히 난 전문가는 아니지만, 노블의 암호를 연구한 덕분에 이 연회 정도는 거뜬히 소화할 만큼 지식을 가지고 있다.

"방금 나사 티퍼라고 말씀하셨죠. 다들 그 사람을 잘 아시나요?"

"물론이죠. 모르는 사람이 있을까요? 이 연회장에 있는 모두가 그에게 일자리, 돈을 제안했을 테죠. 그것 말고 또 뭘 더 제공했을지 누가 알까요?"

박사는 비밀을 알려 주려는 듯 몸을 구부렸다.

"자랑하려는 건 아니지만 나사 티퍼는 핀란드 스케일 테크와 일부 혁신적인 조언을 공유하고 있답니다. 그는 우리를 가장 좋아하나 봐요. 그가 범죄자로 밝혀진다면 참 안타까울 것 같아요."

그녀가 왼쪽과 오른쪽을 번갈아 보며 지나가는 사람들에게 인사했다. 난 인상을 쓰지 않으려고 애썼다. 그녀는 노블을 그저 트로피로 취급하고 있다.

"그는 범죄자라기보다는 수수께끼에 가깝죠."

내가 가짜 이탈리아 억양으로 말했다. 언제 마지막으로 그에게 연락받았는지 물으려는데 해리슨이 내 귀에 속삭였다.

"노블 이야기는 그만하고 체사레를 찾아. 우린 지금 강의하러 가는 길이야. 거기서 만나."

"만나서 반가웠습니다. 잠시 실례할게요."

난 복잡한 군무를 추듯 모여 있던 사람들을 살피고, 이야기를 엿듣고 분석하다가 근사한 양복을 걸친 범죄자 다섯 명에게 접근했다. 내 재능이 그중 한 사람을 가리켰다.

탄산수가 든 잔을 들며 그들 중 한 명에게 다가가 마담이라면 좋아할, 역겨울 만큼 다정한 목소리로 내 소개를 했다.

"당신은 누구시죠?"

남성이 단호한 표정으로 3초간 날 머리부터 발끝까지 훑어보더니 대답했다.

"마테오 비앙코예요." 그가 움찔하면서 동공이 확장됐다.

거짓말이었다. 실명이 아니니 난 바로 본론으로 들어갔다.

"오, 이탈리아노? 제가 운이 좋아서 이탈리아 사람인 당신을 만났군요." 난 미끼를 던지며 그의 반응을 기다렸다.

"혹시 체사레 디 수사라고 아세요? 전 그분 밑에서 일하고 있어요. 오랜 친구 사이죠."

내 말에 남성은 연회장 안으로 유령이 걸어들어온 걸 본 사람처럼 얼굴이 창백해졌다. 그리고 불안하게 고개를 저었다.

"전혀 알지 못하는 이름이군요. 스쿠자(scusa 유감입니다)."

그는 서둘러 연회장 다른 편으로 갔다. 이런 부분에서 숫자가 내 편인 점이 기쁘다. 저자가 체사레가 누구인지 알 확률이 98퍼센트고 그 사실을 인정하길 거부하는 점이 우리의 이론에 무게를 실어주니까.

난 두 번째 마피아에게 접근했다. 녹색 눈동자가 인상적인 남성이 이탈리아 항공 우주국에 대해 격렬하게 몇 분간 이야기를 주도하고 있었다. 그 역시 신분을 속이고 있었다. 그래서 시간 낭비하지 않고 바로 이름을 언급했다.

"체사레 디 수사가 여기 어딘가에 있을 텐데요. 그는 스케일 테크와 인연이 깊잖아요. 전 그 사람과 이야기를 꼭 나누고 싶어요."

남성의 몸이 굳고 시야가 좁아지면서 녹색 동공에 불안함을 내비쳤다.

"저도 만나고 싶은 사람 같네요." 그가 낮은 목소리로 말했다.

"그 사람을 찾으면 저한테도 알려 주세요."

남성이 자리를 피할 때 내 숫자가 마구 날뛰었다. 그 역시 체사레가 누군지 정확히 알았다. 내 계산이 맞는다면 그는 수년간 체사례를 보지 못했고, 분명 보고 싶어 하는 것이다. 남성이 다른 남성 무리에 합류했고, 그가 무슨 말을 했는지 그 사람들이 내 쪽을 쳐다봤다. 사냥개 같은 그들의 눈빛에 등줄기가 서늘해졌다. 그러나 내 계산은 명확했다. 내가 이 안에 있는 한 저들은 아무 짓도 할 수 없다. 무리의 나머지 인간들에게 물어봐야 시간 낭비다. 누구도 이야기하지 않을 거다. 그러니 내 다음 대상을 팔레르모 리치로 잡아야겠다.

K2를 통해 이름표와 얼굴을 스캔한 다음 연회장을 누볐다. 손님별로 K2가 정보를 알려 주었고 천체물리학, 항공 우주 역학, 광학 물리학, 음파 기술, 각종 공학 학위가 다 있었다. 한곳에 이렇게 많은 천재가 모인 건 처음 봤다. 대화는 슈퍼 위성 발사와 정전 사태에 관한 이야기가 주를 이루었다.

난 이리저리 다니며 모조리 흡수했다. 노블이 세상에서 종적을 감추기로 결심하지 않았다면 지금쯤 이곳에 와 있을 텐데. 그는 이 자리에 완벽하게 어울리는 데다 그간 발견한 것들로 모두를 놀라게 했을 것이다.

마침내 난 란타 박사에게로 돌아가 도움을 청했다.

"스케일 테크에서 일하는 분을 아세요? 혹시 팔레르모 리치는요?" 내가 물었다.

"그럼요." 그녀가 내 뉘앙스를 눈치챘다.

"두 군데서 모두 일했던 사람 몇몇이 이 자리에 있어요."

란타 박사가 날 몸에 딱 맞는 검정과 금색 드레스를 입은 한 아시아 여성에게로 데려갔다.

"히토미 박사님, 이쪽은 아볼라 양이에요, 광학 전문가시죠.

히토미 박사님은 스케일 테크에서 일하셨어요."

일본 엔지니어가 날 반겨줬다.

"안녕하세요. 제가 도와드릴 일이라도?"

"동료들과 전 스케일 테크의 향후 프로젝트에 아주 관심이 많답니다." 내가 입을 열었다.

이 대화에서 체사레의 이름을 꺼낼 수도 있지만 이미 아무것도 얻을 수 없다는 걸 알았다. 모든 숫자가 그녀는 아무것도 모른다고 귀띔해 줬다. 난 스케일 테크에 관해 한두 가지 형식적인 질문을 던졌고 그녀가 별 소득 없는 대답을 내놨다. 팔레르모 리치한테 내 소개를 해야 하는데.

히토미 박사가 이야기하는 동안 뒤쪽 먼 구석에 있는 남성이 내 시야에 포착됐다. 그는 날 등지고 서 있었고, 너무 많은 사람이 그를 에워싸서 숫자가 그를 제대로 분석하지 못했지만 내가 한 번도 보지 못한 방식으로 그에게서 주파수가 화살처럼 쏟아져 나왔다. 저 사람도 강렬한 전기 신호를 내뿜는 기기들로 무장한 걸까?

K2를 확인해 봤다. 조용히 빠져나가 강의하러 가기까지 시간이 그리 많지 않았다. 난 히토미 박사에게로 몸을 돌려 대뜸 물었다.

"팔레르모 리치가 여기 왔나요? 그렇다면 소개를 좀 받고 싶은데요."

테일러 대표는 팔레르모에게 얼씬도 하지 말라고 했지만 모든 위기 상황엔 언제나 기회가 있기 마련이다. 숫자가 날 여기로 데려온 이유가 있을 테니까. 제네바에서 그랬던 것과 똑같은 실수를 저지르지 않을 것이다.

히토미 박사가 인상을 썼다.

"방금 리치 씨가 연회 디너 전까지 도착하지 못할 거라는 말을 들었어요." 패배를 인정하려는데 박사의 표정이 밝아졌다.

"하지만 당신은 운이 좋군요. 리치 씨의 조수가 바로 저기 있잖아요."

그녀가 사람들에게 둘러싸인 남성을 가리켰다. 그에게서 주파수가 마구 흘러나왔다.

빙고! 팔레르모의 조수라. 난 박사에게 미소를 지으며 강한 이탈리아 억양을 장착했다.

"그를 정말 만나고 싶군요."

우리가 연회장 뒤쪽으로 가는데 따뜻한 느낌이 날 덮쳤다. 연회장의 다른 쪽으로 가까이 갈수록 꼭 어릴 때 하던, 물건을 숨겨 놓고 근접할수록 뜨겁고, 멀어질수록 차갑다고 알려 주며 찾는 핫 앤 콜드(Hot and Cold) 게임을 하는 것 같았다. 걸음을 내디딜 때마다 점점 더워졌다.

히토미 박사가 립글로스를 덧바르려고 멈춘 다음 미소를 장착했다. 난 대담한 피닉스로 변신했다. 무슨 일이 있더라도 이 남자에게서 대답을 얻어 낼 셈이다.

"오늘 만난 사이예요." 히토미 박사가 흥분해서 말했다.

"그는 뛰어나고 매력적인 사람이에요. 업체들 대부분이 자신들의 프로젝트를 자랑하러 오는데 그는 달랐어요. 다른 사람들의 최신 개발품에 아주 관심이 많더군요."

어쩌면 그게 그의 목적인지도 모른다. 나처럼. 아무튼 난 그녀에게 고개를 끄덕였다.

"진정한 팀 플레이어네요. 근사해요."

모인 사람들 틈을 비집고 들어가는데 연회장에 핵폭탄이 터진 것처럼 내 숫자가 치솟았다. 강렬한 에너지가 주변으로 흘렀다. 난 갑자기 수백 개의 주파수가 나타나 내게서 아주 밝은 빛을 내며 폭발해 휘청거렸는데 휙! 연회장 안에 있던 모든 주파수가 흐려지더니 내 바로 앞의 하나를 제외하고 알 수 없는 연무만 남긴 채 사라졌다.

대체 무슨 일이 벌어진 것인지 알 수 없었다. 방금 내 재능이 엄청나게 방해받았다. 한쪽으로 치워 뒀던 방정식이 다시 나타났다. 전혀 이해가 가지 않은 상황에서 모인 인물들이 갈라졌고, 난 처음으로 팔레르모의 조수를 흘끔 보았다.

히토미 박사가 그의 어깨를 가볍게 쳤다.

"밍 씨, 소개해 드리고 싶은 사람이 있어요."

남성이 절제하면서도 자신감 넘치는 몸짓으로 날 향해 돌아섰다. 히토미 박사가 내게로 팔을 뻗었다.

"이쪽은 광학 엔지니어링 전문가인 밀라 에볼라 양이에요. 스케일 테크에 관심이 많고 리치 씨를 만나고 싶어 해요. 혹시 그녀의 몇 가지 질문에 대답해 줄 수 있을까요?"

더 이상 내 귀에 아무 소리도 들어오지 않았다. 그녀의 말이 납덩이처럼 바닥으로 떨어졌다. 난 똑바로 서 있으려고 애썼다. 날 바라보고 선 남성의 자제력만큼. 하지만 완전히 균형을 잃어버렸다. 우리를 제외한 방 안의 모든 주파수가 잠잠해졌다. 마치 우리 사이에서 초신성이 십억 개의 색을 내뿜으며 폭발한 것 같았다. 항상 우리의 주파수는 어떤 식일지, 어떤 느낌일지 궁금했다. 이제 알게 되었고 주파수는 날 사정없이 찢어 놓았다.

하지만 분명 그는 영향을 받지 않은 듯했다. 날 알아보는 기색이 전혀 없었다. 그는 날 처음 본 사람처럼 행동했다.

"만나서 반갑습니다."

10억분의 1초 안에 그가 내 금발 머리를 흘끗 보더니, 손을 내밀었다.

"어셔라고 부르세요."

목구멍이 타들어 가는 탓에 마른침을 삼켰다. 손을 내밀었고 악수할 때 열기가 점화되어 심장으로 타고 흐르며 온몸을 감전시키려고 했다. 이 순간 내 이름이 밀라이듯, 그의 이름은 어셔였다. 하지만 그 밖의 다른 것들, 난초, 오토바이, 싸움, 시는 그대로다. 그도 느낄 수 있을까? 이곳의 에너지가 급증한 사실을?

첫 번째 계획은 잘 안될지도 모르겠다. 왜냐면 팔레르모의 오른팔이 카이였기 때문이다.

CHAPTER 24

∞

이 상황을 예상하지 못했다고 하면 내 감정을 최대한 절제한 표현이 되겠지.

짐작했어야 마땅하지만 카이가 위장 수사를 하고 있다고 생각할 때마다 늘 폭력배, 지하 조직, 마담과 전 세계의 쿠데타가 떠올랐다. 카이가 자기 아버지 회사 같은 사무실로 파견 갔을 거라곤 생각지도 못했다. 물론 일리가 있지만. 학벌이 좋고 다국어를 구사하는 억만장자의 아들은 단순히 싸울 줄 아는 예쁘장한 남자애가 아니니까. 카이는 늘 똑똑했고 열두 살부터 주식 거래를 했다. 그는 논리적이고 수학과 과학에서 과톱인 데다 이미 수년간 아버지 회사에서 일한 경험이 있다. 당연히 그에게 이 일을 맡겼을 거다. 하지만 팔레르모의 조수 역할로 그가 해야 하는 임무가 정확히 뭘까? 위장 수사 장소가 여기라면 팔레르모는 어떤 사람인 거지? 카이도 우리와 같은 이유로 연회에 온 걸까?

난 얼른 충격을 삼키고 대답했다.

"만나서 반가워요."

상냥하게 대꾸했지만 진짜 내 목소리가 아니다. 가슴이 마구 요동쳤다. 그래서 더 강하게 억양을 썼다.

카이가 앞에 서 있으니 그를 쳐다보기만 하면 됐다. 젠장. 이 연회장에서 한방에 모두를 꼼짝 못 하게 할 준비를 하고 들어왔는데, 한순간에 상황이 역전돼 버렸다.

내 손을 잡은 그의 손길이 너무 익숙하고 안정적이라 놓고 싶지 않았다. 하지만 카이가 손을 놨다. 손만 놓았을 뿐 아니라 나와 악수해서 손이 더러워진 것처럼 털었다. 심지어 한 걸음 물러나더니 적을 대하듯 날 살폈다. 얼굴로 열이 쏠리고 병균에 감염된 사람처럼 멍한 상태가 전신으로 퍼졌다. 다시 난 할 말을 잃었다.

카이가 뻣뻣하게 미소를 짓고 대화를 주도해 나갔다.

"성함이 밀라라고 했는데 이탈리아어로 1,000을 뜻하는 단어가 맞나요?" 그가 물었다.

"영리한 작명이군요. 이름을 지어 준 분과 아주 가까운 사이였나 봐요."

카이는 목소리에 가면을 씌운 것처럼 날카롭고 낯설게 말했다.

내가 어떻게 밀라가 됐는지 카이도 사연을 안다. 라파엘도 만났고. 지금 카이는 날 가지고 놀면서 여기 온 이유를 캐내려는 것이다. 그게 아니면 내가 왜 이 이름을 썼겠는가? 카이는 라파엘이 어디 있는지 알까? 숫자로 판단하자면 그런 것 같다. 그 말은 카이가 여기 있는 이유를 나도 알아내야 한다는 뜻이다. 내 감정과 상관없이 우리 둘은 게임을 하게 되었다.

심장을 찌르는 바늘 같은 감정은 무시하고 그에게 미소로 화답했다.

"고마워요. 이름처럼 제 과거가 좀 화려해서요. 안타깝게도 이름을 지어 주신 분은 제 바람만큼 가까운 사이가 아니지만 관계가 달라지길 바란답니다."

내 목소리의 떨림이 커졌고 카이의 눈빛이 살짝 일그러졌다. 내가 라파엘을 찾는다는 점이 그의 마음에 걸렸지만, 그는 대화가 지루한 척 한숨을 쉬었다. 하지만 이 대화에서 따분할 건 아무것도 없다. 팔레르모는 라파엘의 가족이니 카이는 내게 필요한 모든 해답을 가지고 있을 테니까.

"당신도 이탈리아어를 좀 하는군요. 리치 씨와 일하기 때문인가요? 그분은 좋은 상사인가요?"

난 카이의 눈동자에서 답을 찾으려고 했지만 그는 팔레르모에 대한 내 간접적인 질문을 깡그리 무시했다.

"전 여행을 많이 다니거든요." 카이가 말했다.

"그리고 맞아요. 최근에 일 때문에 이탈리아에 좀 있었어요. 이 시기에 여행을 권하고 싶지 않군요. 핀란드에 너무 오래 머무는 것도 마찬가지고요. 여긴 상당히 추운 곳입니다. 제가 보기에 당신은 좀 더 건조하고 따뜻한 환경, 이를테면 사하라 같은 곳을 좋아할 것 같네요."

카이의 목소리 톤이 한 옥타브 낮아졌다. 난 얼굴이 빨개졌다.

"제게 다른 궁금한 점이 있으신가요? 그렇다면 얼른 해 주세요. 제가 좀 바빠서."

목이 막힐 뻔했다. 히토미 박사도 우리의 대화에 상당히 혼란스러워하는 듯 보였다. 나도 마찬가지였다. 하지만 이 애는 카이다. 바로 본론으로 들어가서 내가 뭘 찾는지 알게 할 수 있다. 카이는 가능한 선에서 날 도와줄 게 확실하니까.

"팔레르모 리치 씨가 스케일 테크 매입에 관심을 보이는 부분에 대해 더 자세히 알고 싶어요." 난 대담하게 말했다.

"제가 모시는 투자자 여러분이 그분과 대화하고 싶어 하세요. 저도 리치 씨와 관련이 있는 스케일 테크 주주분을 찾고 있고요."

카이는 내가 전달하려는 메시지를 모두 이해한 듯 눈을 두 번 깜박였다.

"아볼라 양." 카이는 예의 바르지만 차가운 목소리로 말했다.

"우린 이렇게 공개적인 장소에서 사업 계획에 관해 이야기하지 않습니다. 특히 모르는 사람이나 신뢰가 없는 사람들과는요."

신뢰라는 말이 화살이 되어 내게 꽂혀 아팠다. 가슴이 발밑으로 철렁 내려앉았다. 가라앉은 기분을 겨우 억누르며 난 더 꼿꼿하게 섰다.

"당연히 그러면 안 되죠. 그렇지만 상호 공통된 목표가 있을 것도 같은데."

내가 카이에게 호소했다. 그라면 내가 대의를 위해 이 자리에 있는 걸 알 것이다.

"양 당사자들 사이에 생길 일종의 파트너십에 관해서 이야기를 좀 나눌 수 있을까요?"

난 그의 얼굴을 빤히 쳐다봤다. 진갈색 눈동자가 내게 안정감과 대담함을 상기시켜 주었다. 오래된 습관처럼 그의 숫자를 따뜻한 담요처럼 두르고 싶었지만, 그를 알게 된 후 처음으로 그럴 수가 없었다. 카이의 보디랭귀지는 내가 넘을 수 없는 3미터 높이의 장벽과 같았다. 그가 구사하는 말과 제스처가 내게 새로운 방어벽을 쳤다고 확실히 알려 주었다. 한때 내 안식처였던 곳 바깥에 난 내동댕이쳐졌다.

가슴에서 고통이 밀려 나왔다. 하지만 정신을 똑바로 차리고 상황을 다시 살폈다. 카이가 이러는 건 우리가 헤어져서일까, 아니면 임무 때문일까? 지금은 위장 수사 중이고 우리 둘 다 서로가 여기 있는 걸 보고 놀란 상태다. 그런데 그런 식으로 느껴지지 않았다. 튀니지에서 우리는 여전히 소통했다. 그는 영리하게 내게 말을 걸 방법을 찾았다. 하지만 이 포커페이스는 내가 본 적이 없는 얼굴이다. 11월의 로미오, 바이 요원이 했던 말이 생각났다.

카이가 절대 돌아오지 않을 사람으로 완전히 변해 버렸다니 잘못된 것 같았다. 프랫에 갇혀 세상이 레드를 보지 못하는 것처럼.

"안타깝지만…." 그가 내 눈길을 깨트리고 말했다.

"저흰 아무나하고 파트너 관계를 맺지 않습니다. 한번 협력 관계가 되면 다른 곳들처럼 쉽게 갈라서지 않습니다. 자, 전 다른 약속이 있어 이만 실례하겠습니다."

지금 내가 보는 카이의 태도와 심박수는 그에게서는 보기 드문 거였다. 가만히 서서 날 쳐다보고 있는데도 꼭 누군가와 육탄전을 벌이는 중인 것 같았다. 자신이 사랑했던 사람, 그의 악몽에서처럼 작별 인사도 없이 떠나버린 사람과 마주하면서. 나는 그의 이런 모습을 한 번도 본 적이 없었다.

그런데 카이의 말이 눈사태처럼 내게 몰려들었다. *다른 약속이 있다.* 난 놀라 헉하고 숨을 내뱉었다. *그의 아빠가 여기 있다.* 카이가 엄청 화를 낼 거다. 챈은 나처럼 모른 척할 준비가 되지 않았을 텐데. 챈이 그를 본다면 게임 끝이다. 무슨 수를 쓰든 카이에게 챈과 우리 아빠를 보지 못하게 알려야 한다.

"어셔, 잠시만 기다려 주세요."

나는 그를 불렀다. 입에서 나온 낯선 이름에서는 이상한 맛이 났다.

"혹시 제가 모시는 분인 챈황롱 씨를 아실까요? 그분과 미국 사업 파트너인 아이비전의 제이슨 리버스 씨가 이번 연회와 ISC 위성 발사 축하 자리에 참석하려고 이곳 헬싱키에 오셨습니다. 스케일 테크가 상당히 인기라 두 분 다 투자하길 바라십니다. 혹시 나중에라도 생겨날 잠재적 파트너십에 관해 이야기를 나눌 수 있을까요?"

카이의 얼굴은 내가 본 이래 처음으로 빨갛게 달아올랐다. 하지만 그는 금방 대처했다.

내가 아무도 아니라는 듯 그가 고개를 살짝 까닥했다.

"호의는 감사합니다만, 그건 불가능할 것 같습니다. 이번 주에는 저희 쪽 일정이 꽉 차 있어서요. 만나서 반가웠습니다."

그가 인상을 쓰며 내 눈을 들여다보았다. 눈빛에서 강렬한 분노와 상처가 흘러나왔다. 그러나 웃고 있는 입은 어느 때보다 더 매력적으로 보였다. 카이는 어쩜 이럴 수 있을까? 난 왜 그러지 못할까?

"남은 연회를 즐겁게 보내세요." 그가 말했다.

"원하는 걸 찾으시길 바랍니다."

카이는 시간 낭비를 하지 않았다. 사람들을 지나쳐 문 쪽으로 걸었다. 그의 주파수가 퍼졌고 이상한 흐릿함도 사라졌다. 이내 실내의 다른 모든 주파수가 돌아왔다. 난 고개를 젓고 숨을 내쉬었다.

히토미 박사는 우리의 어색한 대화를 쭉 보았고 미친 사람 보듯 날 멍하게 쳐다봤다.

난 얼굴을 붉히며 그녀에게 몸을 돌렸다.

"저 사람은 늘 저런 식이예요?"

그녀가 동정 어린 표정을 지었다.

"잘 모르겠어요. 저번에는 아주 상냥했거든요." 그녀는 대화 주제를 바꾸려고 애썼다.

"우리끼리라 하는 말인데요. 너무 미남 아닌가요? 아주 강인하고요."

"맞아요. 아주 강하네요."

난 연회장을 떠나는 그를 지켜보며 말했다. 내 걸음걸이는 아무런 문제도 없는 것처럼 굴었지만 그의 손길에 대한 기억 때문에 내 팔에 소름이 돋았다.

"도움 감사해요, 히토미 박사님. 잠시 실례할게요. 가봐야 할 곳이 있어서요."

난 숨을 고르며 문으로 발길을 돌렸다. 난초와 시를 사랑하고, 한때 날 사랑했던 쿵후 소년이 이곳에 있다. 하지만 그 점이 전혀 좋지 않다.

상황이 더 복잡해지기 전에 단둘이 이야기할 방법을 찾아야 했다. 그렇지 않으면 우리 둘 다 서로의 정체를 폭로하게 될 테니.

CHAPTER 25

연회장의 출구를 향해 빠르게 걸을 때 내 숫자가 자동 조종 모드로 들어갔다. 집중할 수가 없었다. 가슴이 두근거렸다. 난 이곳에 카이가 아닌, 노블을 찾으러 왔다. 카이와 마주치는 건 계획에 없던 일이라 머릿속이 엉망진창이 되었다. 하지만 방 안의 모든 숫자도 날 뿌리치던 그의 굳은살이 박인 손, 아주 차갑고 멀게 느껴지는 어두운 눈빛에서 벗어나지 못하고 있었다. 그는 싸울 준비가 된 듯 모든 부분에 방어벽을 쳤고, 내가 위협적인 존재인 양 적대적으로 대했다.

내 계산이 이유를 파악하려고 애썼다. 우리가 헤어진 점이 날 향한 그의 경계심을 높일 거로 생각하지 못했다. 하지만 카이가 하는 모든 첩보 활동은 엄청나게 위험한 일이고, 난 그의 정체를 위태롭게 하고 있었다. 그래서 제일 먼저 그와 헤어지기로 마음먹은 것이다. 카이의 성공 여부에 사람들의 목숨이 달렸으니까. 지금도 여전히 그렇고. 따라서 헤어지는 건 올바른 결정이었다. 카이가 아무리 나한테 화가 났다고 해도 체사레를 찾고 팔레르모 리치가 무슨 꿍꿍이를 가졌는지 알아내야 하는 내 일은 변함이 없다. ISC가 우리를 믿고 있으니.

출구 근처에 자리한 한 무리의 첼리스트와 바이올리니스트를 지나는데 남성 세 사람과 여성 한 명과 편안하게 대화를 나누는 챈의 모습이 눈에 들어왔다. 아들이 이 건물에 있다는 걸 알면 모든 게 달라지겠지. 그에게 말할 수 없다, 내가 먼저 따로 카이와 이야기하기 전까진. 챈은 강인한 사업가일지 몰라도 카이와 마주친다면 자신의 반응을 억제할 수 없을 것이다. 음악에 맞춰 내 다리가 16-8비트 리듬으로 움직였다. 카이가 여기 올 거라는 사실을 라모스 요원이 미리 알면서도 내게 말하지 않은 거라면 우리의 파트너십은 이걸로 끝이다. 내게 그 점은 '꼭 알아야 할' 정보니까.

K2가 메시지로 알람을 보냈다.

곧 강의가 시작됩니다. 어서 여길 나가세요.

연회의 식사 시간까지 52분이 남았다. 이번은 에디가 강의할 차례라 난 광장을 가로질러 대학으로 가 사람들을 만나고 인사만 하면 됐다. 자기소개하고 몇 가지 질문을 할 시간만 있겠지만 지금은 그 일이 가장 하기 싫었다. 라플란드로 떠나기 전에 카이와 이야기해야 하지, 학생들 강의에 낭비할 시간이 없다. 하지만 PSS의 안녕이 걸린 일이니, 우리의 알리바이를 확실히 해야 했다. 게다가 팀원들에게 카이에 대해서도 알려 주어야 한다. 분명 펠리시아의 해킹 능력이 그를 찾는 데 도움이 되겠지.

카이가 똑똑하다면 날 먼저 찾아올 것이다.

문을 향해 걸어갈 때 탱크가 뒤에 바짝 붙어 따라왔다. 마일스는 내가 갈아입을 옷을 들고 밖에서 기다렸다. 난 머릿속 숫자 지도를 따라 사람들을 지나치다 아빠를 보았다. 곧바로 팔에 털이 곤두섰다. 아빠가 남성 두 명과 이야기하고 있다고 내 재능이 알려 줬다. 비록 마피아 단원과 어울리고 있지만, 아빠는 즐거워 보였다. 한숨이 나왔다. 아빠와 챈은 내가 없어도 30분은 괜찮을 거다. 이곳은 경계가 아주 삼엄하니까.

난 복도로 나갔다가 갑자기 멈췄다. 익숙한 주파수가 내게 말을 걸었다. 치가 떨렸다. 마인즈다. ISC 행사를 단독 보도하는 기자단이 연회장 밖 로프가 쳐진 구역에서 12미터 떨어진 곳에 있었다. 긴 에메랄드빛 새틴 재킷을 걸친 마인즈에게 들키지 않고 여길 빠져나가기란 불가능했다. 탄식이 절로 나왔다. 기자들은 연회장에 들어올 수 없지만 그래도 건물 안까진 진입할 수 있었나 보다. 정말 귀찮은 존재들인데 대학으로 얼른 가야 하는 상황이라 더욱 짜증이 났다.

난 경로를 바꿔 그녀의 시야에서 벗어났다. 키가 큰 스웨덴 남성 두 명이 복도에 마련된 바 테이블에서 술을 마시고 있길래 그들 뒤로 몸을 숨겼다. 탱크가 재빨리 복도를 살피고 마인즈를 봤다. 특종에 굶주린 그녀의 눈길이 연회장 문을 뚫어져라 살폈다. 그녀가 날 보지 못하게 할 방법이 없었다. 그녀는 모든 일과 모두에게서 사연을 찾는 저널리스트다. 하지만 그녀가 찾는 건 일자 앞머리에 진한 메이크업을 한 금발의 조세핀이 아니다. 내가 이렇게 차려입은 모습을 본 적이 없으니 날 알아볼 확률은

50퍼센트다. 그리 높은 확률은 아니었다.

상황을 살피느라 1분이 흘렀다. 저 여자가 다른 기자와 이야기를 나눈다면 우리가 나갈 수 있을 텐데. 하지만 그녀는 그러지 않았다.

시간이 다 되어가는데 유령 주파수가 내게로 오더니 복도를 가로질러 그녀 바로 옆을 지나쳤다. 곧바로 난 더 자세히 보려고 숨어 있던 곳에서 나왔고 그때 내 방어막이던 키 큰 남성 두 명이 복도를 따라 걸음을 옮겼다. 숫자가 날카로워지면서 다시 계산을 시작했다. 그녀가 날 알아보지 못할 확률이 53퍼센트로 높아졌다. 난 손가락 관절을 풀었다. 그 정도면 해볼 만하다.

"이제 가요. 지금요." 내가 말했다.

탱크가 고개를 저었다.

"기자가 당신을 알아볼 겁니다."

"고작 47퍼센트 확률인걸요." 내가 웅얼거렸다.

"네?" 그가 물었다.

"아무것도 아니에요."

난 자신 있게 앞장서서 한 걸음 한 걸음을 계산했고, 그녀의 시선이 스웨덴 남성들에게 갔다가 탱크와 마일스 그리고 마침내 내게로 오는 걸 지켜봤다. 그녀가 우리 쪽을 쳐다볼 때 내 팔을 잡은 탱크의 손에 힘이 들어갔다. 경호원들은 보폭을 유지했고 숨소리도 조용했지만, 그들의 주파수는 증폭됐다.

그녀가 날 알아보지 못할 추가 3퍼센트의 확률에만 집중했다. 내 드레스를 보는 그녀의 시선을 계산하니 내가 안전하다는 걸 알 수 있었다. 그녀는 남성 네 명의 얼굴을 살피는데 5초라는 긴 시간을 할애하느라 날 보는 시간이 최소한으로 줄어들었다. 그리고 그녀는 열악한 선택을 했다. 그녀의 눈길이 내 드레스와 몸매를 먼저 살피느라 내가 자기 옆을 지나기 전까지 얼굴을 볼 겨를이 1초가 채 되지 않았다. 그 정도로는 날 알아보지 못한다. 난 턱을 꼿꼿이 들고 자신 있게 그녀를 지나쳤다.

마인즈의 눈길이 촉수처럼 내 등에 머물러 있는 걸 감지했다. 하지만 그녀는 움직이지 않았다. 작은 성취지만 난 감사히 받아들일 거다.

∞

계단에 도착했을 때 탱크가 날 여성 파우더 룸으로 안내했다. 마일스가 가방을 건네줬고 난 얼른 들어가 옷을 갈아입었다.

무릎 위까지 올라오는 부츠를 신고 얇은 레드 드레스 위로 두꺼운 회색 스웨터 원피스를 걸쳤다. 여기에 파란 오버핏 파카와 스노보드용 비니를 쓰고 책가방을 들었다. 겨울에 중무장한 평범한 학생처럼 보이길 바랄 뿐이다.

해리슨에게 문자를 보냈다.

– 지금 가고 있어.

우리는 사자의 문장이 밤을 밝히는 연회장에서 빠져나왔다. 눈을 말끔히 치워 두었지만, 계단은 여전히 미끄러웠다. 얼마 지나지 않아 꽁꽁 언 땅을 걷는 일이 쉽지 않다는 걸 깨달았다. 길에는 가로등이 켜졌고 눈이 빛을 반사해 반짝였다. 아주 근사하지만 난 변장한 채 헬싱키를 몰래 누비고 있었으므로 즐길 여유가 없었다.

대학을 향해 가는데 로켓 발사 축하용 야외무대가 또다시 내 시선을 사로잡았다. 무대 위치가 이치에 맞지 않았다. 길거리와 너무 가깝다. 분명 저기 설치한 이유가 있을 텐데. 나중에 광장에 대해 자세한 사항을 K2에 물어보리라 마음먹었다.

팀원들과 우리 쪽 핀란드 담당자 민투가 주 출입구에서 기다리고 있었다. 그녀는 '조 리버스 교수님'이라고 적힌 푯말을 들었다. 6미터를 남겨 두고 내가 손을 흔들었다.

담당자는 근사한 와인색 코트에 멋진 부츠와 퍼 모자를 걸쳤다. 그렇게 꽁꽁 싸맸는데도 근사해 보였다. 우리 시애틀 팀은 겨울 패션에 대해 완전 무지했다. 그녀는 이 눈과 얼음판에서 미끄러져 목이 부러질 걱정 없이 잘 걸어 다니는 법도 알았다.

"리버스 교수님!"

민투가 미소를 지으며 날 반겼다. 말투에 미세하게 특유의 억양이 있는 그녀는 내 예상보다 열정적이었다.

"열다섯에 박사 학위를 딴 천재 소녀. 만나 뵙게 돼서 정말 기쁩니다."

"감사합니다. 안타깝지만 이제 천재 소녀가 아니네요."

그 말은 내가 헤쳐 온 모든 일을 없는 셈 치는 것과 같았지만, 그녀에게 그렇게 말한 이유는 내가 중국에서 돌아온 직후에 한 기자회견에서 '수학적 재능을 잃었다'라고 말한 것에 부합하기 위해서였다. 모두 내 동영상을 본 건 아니지만 내 이름을 검색해 본 사람이라면 영상을 봤을 확률이 92퍼센트다. 민투의 현재 표정으로 봐선 그녀가 동영상을 봤을 확률이 96퍼센트다.

그녀가 물 흐르듯 대꾸했다.

“교수님의 과거에 대해 대충 알고 있어요. 그렇게 멋진 재능을 잃다니 유감입니다. 그래도 여전히 수학을 사랑하고 과학에 열정적으로 공헌해 주셔서 감사해요.”

난 고개를 끄덕이고 입술을 깨물었다. 과학에 열정적으로 공헌하는 게 꼭 이번 여행의 목적이라 할 수 없으니까. 어쨌든 난 그럴 거지만.

“이쪽으로 가시죠. 20분 뒤 강의가 시작될 예정입니다.” 그녀가 말했다.

담당자를 따라 강의실을 지나칠 때 벽에 걸어 둔 학생들의 설계 작품들을 살폈다. 더 가벼운 로켓과 크기를 줄인 위성에 관한 최신 아이디어를 엿볼 수 있었다.

강의실로 가려고 모퉁이를 돌았는데 PSS 팀원들과 마주쳤다. 민투가 듣지 못하도록 펠리시아, 에디, 해리슨을 한쪽으로 데리고 갔다.

“문제가 생겼어.” 다들 눈이 동그래졌다.

“카이가 연회장에 있어. 위장 수사 중이라고!”

“맙소사.” 해리슨이 치아를 딱딱 부딪쳐 소리를 냈다.

“그러면 곤란한데.”

“곤란 그 이상이지.” 내가 펠리시아를 쳐다봤다.

“그의 위치 정보가 필요해.”

펠리시아가 고개를 끄덕이고 얼른 PSS 보안 휴대전화를 살폈다.

“10분만 기다려.”

우리는 신고전주의 풍의, 인상적인 강의실로 들어갔다. 9미터 높이의 천장과 사방에 난 창문, 벽을 장식하는 기둥, 이미 하얀 실내를 더욱 밝히는 근사한 샹들리에 여섯 개, 700명을 수용할 수 있는 진빨강 좌석.

우리가 들어가자, 학생 두 명이 재빨리 다가왔다. 키 큰 갈색 머리에 커다란 푸른 눈동자를 가진 소년과 빨강 머리로 염색하고 큰 안경을 쓴 소녀가 인사하고 싶어 안달하며 기다렸다.

"이쪽은 캐스페리예요."

민투가 웃을 때 보조개가 생기는 남학생을 가리켰다.

"위성에 다는 초분광 영상 카메라를 작업 중이고 우주 로봇 공학에도 깊이 관여하고 있어요. 이쪽은 아아다입니다. 기후 변화를 줄여 주는 도구로서 우주 공학에 관한 논문을 막 끝낸 참이랍니다."

우리는 모두 인사를 나누었다.

해리슨은 이 특별한 팀의 일원이 된 걸 진지하게 받아들였다. 난 이미 그들에게 홀려 버린 펜즈를 쳐다봤다. 그녀는 실제로 캐스페리를 보며 침을 흘리고 있었다.

"와우!" 펜즈는 내가 한 번도 들어 보지 못한 가식적인 목소리로 캐스페리에게 말했다.

"동시에 아주 많은 일을 할 수 있겠군요. 어떻게 그렇게 하나요?"

그가 아랫입술을 살짝 깨물었다.

"항상 머릿속으로 두 가지 프로젝트를 동시에 진행하고 있어요. 그 방식이 더 잘 맞는 것 같아서요." 캐스페리가 말했다.

펜즈가 킥킥대며 머리카락을 만지작거렸다.

"강의가 끝난 뒤 제가 작업 중인 다른 설계를 보여드려도 될까요?"

그녀가 활짝 웃었고, 난 펜즈가 우리가 헬싱키에 온 목적을 잊어버렸다고 확신했다.

"당연히 좋죠." 펜즈는 그를 따라 앞줄로 갔다.

난 펠리시아에게 찾은 게 있는지 눈짓으로 물었다. 그녀가 고개를 저었다. 난 입을 꾹 다물었다가 담당자에게 미소를 지으며 내 역할을 진행했다.

"여러분의 팀에 나노 위성의 진화에 대해 강의하게 돼서 기뻐요."

난 그렇게 말했고 이 학생들이 하는 연구에 상당히 감명받았다. 내가 이 강의를 함께 들을 일은 없겠지만.

담당자가 미소를 지었다.

"저희는 에드워드 주의 양자물리학 연구에 대해 똑같이 느끼고 있어요."

"그가 가장 좋아하는 주제니까요."

난 에디를 쳐다봤다. 그는 아아다와 이야기하느라 바빴다.

"에디의 연구 분야는 광범위하죠. 아직 어리지만, 이 분야 전문가랍니다."

민투가 우리를 좌석으로 안내했다. 핀란드 학생들도 돌아다니며 자리를 찾아 앉았다. 우리는 일정을 검토했다. 10분 뒤에 강의가 시작된다. 에디가 45분간 강의할 동안 나머지 팀원들이 계속 감시를 이어간다. 난 에디가 강의하는 동안 몰래 빠져나가 연회의 저녁 식사 자리로 돌아갈 것이다.

민투가 내게 몸을 기울였다.

"솔직히 학생 교류 건을 제안하셨을 때 전혀 예상하지 못했어요. 이번 주에 열리는 국제 우주 협력단 행사 때문인가요?"

"그런 이유도 있죠. 모두가 슈퍼 위성 발사에 신났지만, 그것만이 유일한 이유는 아니에요. 우리는 한동안 당신 팀의 연구를 보면서 꽤 좋은 인상을 받았거든요." 난 해리슨이 준 정보를 그대로 읊었다.

"자체적으로 나노 위성을 설계해서 우주로 발사했다죠? 그건 상당한 공적이잖아요."

"감사합니다." 그녀가 부드럽고 예의 바른 목소리로 말했다.

"스케일 테크가 아니었다면 꿈도 못 꿨을 거예요. 우리 학과는 수년째 그 업체와 긴밀히 협력하고 있답니다. 정전 사태가 일어난 뒤로 스케일 테크와의 파트너십이 중단되어 슬프지만요."

정신이 번쩍 들었다.

"스케일 테크는 한동안 제 흥미를 자극했어요. 어떻게 그렇게 작은 북극 우주 연구소가 북극 데이터와 날씨용 위성에 집중해 강력한 업체로 성장할 수 있었을까요?"

내 말에 민투가 웃었다.

"겉으로 보기에 스케일 테크는 평범할지 몰라도 작은 것과는 거리가 멀어요. 12만 평도 넘는 규모의 연구소, 데이터 센터, 망원경과 전파 탑이 있고 그 모든 게 인피니티 돔으로 보호받고 있어요."

"무슨 돔이요?"

내 머릿속에서 숫자가 이미지를 구상했다.

"인피니티 돔은 전자기로 충전한 구역으로 부지 전체의 울타리로 기능해요. 통과할 수도, 부술 수도 없어요. 허락 없이는 누구도 출입할 수 없죠."

그녀가 자랑스럽게 고개를 흔들었다.

"핀란드 사람들이 나긋나긋하게 말할지 몰라도 설계에는 그렇지 않아요. 확실히 스케일 테크의 설계는 평범함과는 거리가 멀죠. 심지어 나사 티퍼가 살로넨 박사에게 팁을 줬으니까요."

그녀는 연회장에서 만난 과학자와 같은 정보를 내게 읊으며 미소 지었다.

"살로넨 박사는 다음 세대로의 멘토링을 중요하게 여겨서 저희 팀이 그의 팀과 함께 돔 설계를 도왔답니다. 박사님이 돌아온 첫날 저희가 거기 있었어요. 엄청나게 절제해서 말하자면 나노 위성 프로그램이 끝났을 때 저희는 굉장히 아쉬웠답니다."

12만 평이 넘는 부지에 전자기 보호를 받는 연구소라니, 흥미로웠다.

"상상이 가네요."

난 머릿속 시계를 보았다. 이 시간이 끝나기까지 7분 더 남았다.

"스케일 테크에 관해 질문 한두 가지만 해도 괜찮을까요?"

"그럼요, 뭐든 물어보세요." 그녀가 말했다.

미소가 절로 나왔다. 강의에 참석하는 자리가 전혀 시간 낭비가 아닐지도 모르겠다.

CHAPTER 26

∞

헬싱키 대학교, 원로원 광장

에디가 무대로 걸어 나갔고, 곧이어 강의가 시작됐다. 팀원들과 나는 다른 교수와 학생들이 있는 줄에 앉았다. 2분 안에 여길 빠져나가야 하기에, 펠리시아 옆 끝자리에 앉았다.

숫자가 강당 안 모든 사람과 실내 각도를 측정한 뒤 분석했다. 펠리시아가 헬싱키의 CCTV 모니터를 뒤져 카이의 소재를 찾겠다고 했던 10분이 거의 다 되어간다. 전혀 진전이 없다면 내가 알아서 해야 할 것이다. 하지만 잠시나마 오늘 저녁 그 어느 때보다 긍정적인 기분이 들었다. 아직 체사레의 위치도 파악하지 못했으면서. 다 합쳐서 7분이 채 걸리지 않은 시간 동안 민투가 스케일 테크와 살로넨 박사에 관한 정보를 잔뜩 쏟아냈다. 핀란드 STEM 팀은 스케일 테크의 시스템에 접속할 수 있고, 그 말은 펠리시아가 스케일 테크의 데이터가 담긴 그들의 학과 파일을 해킹하면 스케일 테크를 해킹할 충분한 정보를 얻을 수 있으니 한층 편리해진다는 뜻이다.

스케일 테크의 북극 연구소에 관한 정보를 공유하는 것 말고도 대학 STEM 팀은 축하 로켓 발사 작업도 도울 예정이었다. 정전 사태가 나기 전 살로넨 박사가 '떠오르는' 다음 세대라는 테마를 행사의 일부로 채택하도록 ISC에 권장했다. 살로넨 박사가 체사레와 팔레르모와 공모한 게 아니라면 난 그를 좋아하게 될지도 모르겠다.

강의가 시작되자 피부가 따뜻해졌다. 유령 주파수다. 가까이에 있다. 어두운 안뜰이 내려다보이는 창문을 슬쩍 살폈다. 보이지 않는 사물의 파장을 나타내는 등식이 빛의 속도보다 빠르게 빙그르르 돌더니 사라졌다. 너무 빨라서 누가 봤다면 나뭇가지를 스치는 바람이라고 착각할 정도였다. 그걸 보니 연회장으로 돌아가야겠단 생각이 들었다.

난 펠리시아를 향해 몸을 구부렸다.

"시간이 다 됐어."

"방금 뭘 찾았어. 믿기 어렵겠지만 지금 카이가 이 건물 밖에 있어. 남쪽 주차장 출구 근처에."

그녀가 내게 지도를 보여 주었다. 작은 충격이 온몸으로 퍼졌다. 카이가 날 찾아왔다.

"고마워." 난 대꾸하고 모자를 집어 들었다.

"마지막으로 하나만 더. 대학 STEM 학과 데이터베이스로 들어가 스케일 테크에서 나온 파일을 추적할 방법을 찾아 줘. 우린 그들의 메인 서버에 접속해야 해. 연회가 끝난 뒤 라이언 지구 뒤편에서 보자."

펠리시아가 고개를 끄덕였다.

난 자리에서 일어나 조용히 강의실을 빠져나갔다. 세 걸음 걸었더니 탱크와 마일스가 뒤따라왔다.

"리버스 양, 연회장까지 저희가 동행해야 하는 거 아시죠?"

"물론이죠."

난 대답했지만, 내 안의 숫자가 부풀어 올랐다. 아빠와 함께 노블을 찾으러 내일 아침 북극으로 떠나기 전 카이를 만날 다른 기회가 없을지도 모른다. 이 기회를 잡아야 한다. 하지만 카이는 나와 함께 있는 모습을 보여선 안 되고, 게다가 내겐 경호원이 둘이나 딸려 있다. 공공장소에서 그를 만나는 건 위험부담이 크다. 하지만 다른 사람도 아닌 카이인데.

정문으로 걸어가면서 건물을 살폈다. 경호원들이 뒤를 바짝 따랐다. 난 주변에서 다른 진동을 감지했고 나머지는 전부 걸러버렸다. 내 뒤쪽에서 움직임이 있다. 적어도 9미터 뒤편에 있는 자동차다. 대학 지하에 차고가 있나? 그렇다면 몰래 카이를 만나고 연회장으로 돌아갈 수 있다. 내 경호원에게 테이저건을 쏘지 않고서도.

계단 꼭대기에 올라갔을 때, 난 여성이 그려진 '화장실' 표시 앞에 섰다. 표시는 아래층을 가리켰다. 화장실이라니, 완벽하다. 차고로 가는 길이 있다면 이 길은 막다른 곳으로 이어지지 않을 테니까.

"여기서 좀 기다려 줄래요?" 내가 말했다.

"여자 화장실이 아래층에 있어요. 다시 드레스로 갈아입어야 해요."

탱크와 마일스가 표지판을 보고 고개를 끄덕였다.

"그러세요, 리버스 양."

이제부터 내가 하려는 일에 마음이 쓰였지만, 연회장으로 가면서 그들에게 문자를 보내 내 위치를 알려 주면 된다.

"금방 올게요."

그렇게 계단을 내려갔다.

"K2, 주차장으로 가는 길을 보여 줘."

내 스마트워치가 건물 지도를 보여줬고 빙고, 다른 계단으로 이어지는 길이 나타났다.

차 한두 대밖에 보이지 않는 한산한 주차장으로 내려왔다. 내가 읽을 수 없는 표지가 사방에 있었다. 30미터마다 굳게 잠긴 문들이 터널처럼 이어져 있었다. 내 숫자가 문들이 아래로 이어진다고 예측했다. 몸이 떨렸다.

"K2, 대체 이 도시 아래서 무슨 일이 벌어지는 거야?"

남쪽 출입구로 가면서 스마트워치에 물었다.

K2가 보고서를 읊었다.

"화강암 위에 세운 도시인 헬싱키에는 40킬로미터가 넘는 지하 터널, 주차장, 쇼핑몰, 도보, 벙커가 있습니다. 벙커는 전시에 만들어진 것으로 지금은 리모델링되어 비상시에 75만 명을 수용할 수 있는 시설을 갖추고 있습니다."

40킬로미터에 달하는 지하 터널이라.

가슴으로 공포가 날아와 꽂혔다. 과거의 트라우마를 자극하는 요소들을 꽤 많이 극복했지만, 지하로 들어가는 일은 여전히 날 실수투성이로 만들었다. 빨리 땅 위로 올라가야 한다. 하지만 카이를 찾아야 하고 펠리시아는 그가 여기 어디에 있다고 말했다.

걸음을 옮기기 전에 긴 울 코트를 걸치고 이마를 잔뜩 찡그린 단단한 돌벽 같은 남성이 내 앞에 섰다.

"옷 갈아입으러 간다면서요?" 탱크가 물었다. 잠시 뒤에 마일스가 나타났다.

난 웃었다. 경호원을 따돌리는 걸로 유명한 내 전적이 방해 요인으로 작용한 게 분명했다. 설명하려는데 갑자기 주파수가 우리 쪽으로 마구 밀려들었다.

닫힌 콘크리트 터널을 통과하며 숫자들이 지독스럽게 흘러나오더니 서두르는 발걸음 소리가 나타났다. 남성 두 명이 시야에 들어왔고 이내 네 명, 여섯 명이 되었다. 어둠 속에서 곱절이 된 그들은 우리 쪽에 호의적으로 보이진 않았다. 내 뒤에서 탱크와 마일스가 긴장하며 반다나로 코 위까지 얼굴을 가렸다.

검은 옷을 입은 남성들이 곧바로 우리를 쫓아왔고 그들의 주파수는 따뜻하지도, 부드럽지도 않았다.

그들이 접근할 때 주파수 세 개가 두드러졌다. 하나는 라모스 요원이 내가 키오스키로 가지 못하게 막았던 원로원 광장에서, 두 번째는 연회장에서 본 범죄자 중 한 사람에게서, 세 번째는 제네바에서 느꼈던 그 주파수다. 다른 세 주파수가 새로 나타났지만, 그 모두에게는 공통점이 있었다. 위험하다는 것.

잠긴 문을 열려고 애쓰듯 이 주파수를 살피고 싶다는 욕망이 마구 솟아올랐다. 하지만 지금은 때가 아니다. 카이부터 찾아야 한다.

탱크가 저녁 식사용 접시처럼 커다란 손으로 조심스럽게 날 자기 뒤로 보냈다. 우리는 다른 터널 입구 쪽으로 후퇴했다.

"거기 꼼짝 마."

마일스가 네 걸음 가다가 멈췄고 그들과 우리 사이에 공간을 두었다. 그는 널따랗게 섰고 자세가 분명한 메시지를 전달했다.

누구든 나 먼저 쓰러뜨려야 지나갈 수 있을 거야.

그들이 접근하면서 천천히 부채꼴로 퍼졌다. 재킷 아래에서 접이식 바통을 꺼냈다. 손목을 휙 움직이자 쇠 막대기가 쨍 소리를 내며 길어졌다. 일이 순조롭지 않을 전망이다. 하지만 내가 도망치기에 완벽한 타이밍이기도 했다, 탱크와 마일스는 괜찮을 테니까. PSS 경호팀은 빈틈이 없다. 저 작자들은 테이저건을 맞고 결박당하고 끝장나겠지. 경호팀은 얼굴을 드러내지 않고 쉽게 해낼 수 있을 것이다.

출구 표지를 보고 나는 조용히 그 방향으로 속도를 높였고 그 사이 탱크와 마일스는 남성들을 상대했다.

터널이 심하게 왼쪽으로 꺾어지기 직전, 나는 길 앞에 죽은 듯 멈췄다. 똑같은 어두운 재킷을 입은 남성 여섯 명이 재빨리 내가 있는 쪽으로 걸어왔다. 얼른 차 뒤에 숨어서 그들의 얼굴을 자세히 살폈다. 숫자가 다시 움직였고 내 뒤로 6미터 거리에 지하로 이어지는 문이 있다고 알려 주었다. 난 고개를 저었다. 지금 지하로 들어가고 싶지 않았다. 난 미친 듯이 손가락을 두들겼다.

머릿속에서 남성들의 구두 굽 소리, 신장, 체중, 체격을 비롯해 다른 치수를 알려 줬지만 내게 필요한 정보는 없었다. 그들이 입을 열어서 내가 억양, 언어, 목소리 주파수를 읽을 수 있다면 좋으련만. 하지만 날 향해 오는 사람들은 침묵했다. 그들은 차를 타러 오는 것 같았다. 여긴 사람들이 항상 드나드는 주차장, 즉 공공장소였다. 지금쯤 모두 의식을 잃고 결박당했을 다른 여섯 명의 짐승과 똑같은 옷을 입었다는 것만 빼면 평범한 일이었다.

난 이마 아래로 모자를 더 눌러쓰고 재킷 지퍼를 끝까지 올렸다. 어깨에 백팩을 멨다. 이 동네 학생처럼 보이도록. 마인즈를 피했던 확률처럼 그들이 날 찾는 거라면 날 알아보지 못할 확률이 50퍼센트다. 그들은 경호원을 달고 다니는 여자애를 보길 예상할 테니까.

그러다 그들이 주차장으로 들어왔고 난 그들과 등진 자세로 자동차 사이드미러를 통해 살폈다. 이제 내가 움직일 때다. 곧바로 걸어서 그들을 지나치거나 지하로 가야 한다. 난 위험을 감수하는 쪽을 택했다. 걸어 나가 그들 쪽으로 고개를 들고 눈으로 주차장 출구를 응시한 채 빛을 따라 움직였다. 그러나 마인즈와는 달리 저 남성들은 내 얼굴을 1초, 2초, 3초간 쳐다봤고 4초가 될 때 그들의 시선이 너무 강렬해 슬쩍 그들을 쳐다보고 말았다. 그들의 눈동자가 커졌다. 내 눈도 마찬가지였다.

그들은 내가 누군지 안다.

곧바로 몸을 돌린 다음 맞은편 터널을 향해 있는 힘껏 뛰었다.

남성들이 진지하게 의도적으로 움직이기 시작하자 공기의 진동이 달라졌다. 몸을 구부린 각도, 그들의 가속도가 이번에는 내가 오해한 게 아니라고 알려 주었다. 그들은 날 쫓아오고 있었다.

좋든 싫든 지하로 내려가는 방법밖에 없었다. 문 하나로 뛰어가 손잡이를 돌렸다.

잠겼다. 이제 남성들이 진입로 한 곳만 제외하고 모든 길을 막아섰다. 난 계속 움직였다.

경호원을 놔두고 혼자 나선 게 좋은 생각이 아니었나 보다. 저 문들이 모조리 잠겼다면 이 방향은 막다른 끝이 될 테지. 내 재능은 일반적으로 그런 부분을 예상한다. 함정일 것 같은 곳으로 날 이끈 적이 거의 없었다.

이제 난 더 빨리 달리면서 모든 문을 확인했지만, 모조리 잠겼다.

가이-스(Gai si 该死 빌어먹을)!

열린 문을 찾지 못하면 빠져나갈 확률이 시시각각 줄어든다.

내가 다시 납치당할까 봐 걱정하는 아빠의 두려움이 머릿속에 가장 먼저 떠올랐다. 오랫동안 그 두려움을 느끼지 못했다. 지금 다시 기어 나오려고 하는 걸 내가 막았다. 숫자가 이 길을 알려 주었다. 내 수학적 두뇌는 내가 모르는 무언가를 알고 있다.

주파수가 사방에서 튀어나왔다. 내 마음의 일부는 도와달라고 소리치고 있지만, 공중에서 윙윙거림이 느껴진다. 어쩌면 유령 주파수일까? 그게 무엇이든 날 앞으로 갈 수 있을 만큼 안정시켜 주었다.

"널 연회장에서 봤어." 그들 중 한 명이 소리쳤다.

"우린 그냥 잠시 너랑 이야기하고 싶은 것뿐이야."

"사람 잘못 봤어요." 난 술래잡기 놀이를 하듯 자동차 뒤로 숨으며 소리쳤다.

"전 그냥 평범한 학생이라고요."

"넌 평범하지 않아."

185.4센티미터 키에 체중이 92킬로그램인 남성이 짙은 이탈리아 억양으로 말했다.

7.6미터 앞에 마지막 문 하나가 남았다. 남성들이 점점 가까워지고 있었다. 저 문이 열리지 않으면 난 갇힌 신세가 된다. 숫자가 그라피티처럼 문을 뒤덮었다. 대체 무슨 뜻인지 모르겠다. 하지만 위험을 무릅쓰지 않으면 가망이 없다.

벽에 등을 대고 걷는데 문에서 갑자기 끽, 하는 소리가 나더니 열렸다. 뒤에서 공기의 진동이 느껴졌고 그 너머로 주파수가 움직였다.

카이?

확신할 수 없지만 여기서 뭉그적거리는 것보다는 나았다.

난 달려가 열린 문을 당겼다. 장갑을 낀 손이 내 입을 막고 날 지하의 깊은 수렁으로 끌고 갔다.

CHAPTER 27

∞

헬싱키 지하 터널

어둠에는 주파수가 없다. 하지만 공포에는 있다. 평화도 마찬가지다. 카이의 맥박이 연회장에서와 마찬가지로 공중에 퍼졌다.

남성들이 문에 도착했을 때, 그의 강인한 손이 문을 닫고 굳게 걸어 잠갔다. 난 벽에 기대고 서서 거친 숨을 몰아쉬었다.

문 뒤로 사방이 칠흑 같은 어둠이었다. 내가 여기로 뛰어든 거다. 단순한 어둠이 아니라 지하의 어둠 속으로. 가슴이 미친 듯 뛰어서 진정하려고 호흡을 길게 골랐다. 이제 괜찮겠지.

어스름한 불빛이 천천히 눈에 들어왔다. 왜곡된 불빛 아래 방어 태세를 취한 상태에서도 카이의 익숙한 외형을 보니 마음에 위안이 찾아왔다. 그가 3미터 물러났다.

“니러(Ni le 你了 야)! 경호원은 어디에다 뒀어?” 카이는 분노를 숨기지 않았다.

난 아랫입술을 깨물고 주머니에 케이블타이를 넣은 채로 주먹을 날리는 마일스와 탱크를 생각했다.

“그들은 할 일이 좀 있어서.”

카이가 고개를 저었다.

“뭐 어쨌든. 내 알 바 아니니까.” 카이의 목소리가 단호해졌다.

“이쪽이야.”

우리는 조용히 복도를 지나고 다시 한 층 아래로 내려가는 문을 통과했다.

“어디로 가는 거야?” 내가 물었다.

“아래로.”

목이 막혔다.

“기억할지 모르지만….” 난 이미 상한 공기에 목이 멨다.

“지하는 딱히 내 취향이 아니야.”

“여기가 가장 안전한 출구야.” 그가 말하고는 계속 앞으로 걸었다.

난 멍하니 카이 쪽을 바라보며 억지로 움직였다. 한 걸음, 또 한 걸음 그렇게 발을 내디딜 때마다 센티미터를 세면서.

해수면에서 12미터 아래로 내려온 순간 폐로 물이 밀려들 듯 퀴퀴한 공기가 날 덮쳤다. 천천히 호흡하려고 애썼지만 소용없었다. 프랫의 낡은 소음이 귓가를 울렸고 가슴속에서 공포가 로켓처럼 솟아올랐다. 그래서 걸음을 멈추고 벽에 몸을 기댔다.

잠시 시간이 필요했다. 카이는 아랑곳하지 않고 계속 갔다.

그냥 움직여. 난 스스로에게 말했다. 하지만 공포는 마음대로 어찌할 수 없는 존재다. 한 번에 한 걸음. 결국, 카이가 내 상태를 보러 왔다.

"내가 이 건물에 있는 걸 어떻게 알았어?"

공포에 질려 떨리는 목소리를 티 내지 않으려고 애쓰며 내가 물었다.

"쉽잖아. 헬싱키의 STEM 강의 프로그램을 검색해 봤어. 네가 나갈 때 신호를 주려고 했는데 네가 나오지 않았고 그 남자들이 들어와서… 어쨌든 널 찾아다녔어."

"고마워."

터널은 좁았고 내 생각의 범위도 협소해졌다. 호흡이 짧아졌다. 걸음이 다시 느려지자 카이가 멈춰서 몸을 돌리고 어두운 빛 아래서 날 천천히 살폈다. 그가 눈살을 찌푸렸다. 그의 몸 모든 근육에는 긴장이 들어갔지만, 이겨내려고 애쓰며 내 쪽으로 다가왔다.

카이가 내 어깨에 손을 올렸다.

"날 봐." 그가 말했다. 나도 그러고 싶었지만, 머리가 빙빙 돌았다.

"조, 날 보라고." 이번에는 더 강한 목소리로 카이가 말했다.

난 고개를 들었다. 그의 갈색 눈동자 속으로 내 시선이 빨려 들어갔다. 잠시 난 정신을 잃었고 그 이상한 에너지의 폭발이 다시 일어났다. 급격히 퍼지는 불길처럼 주파수가 100퍼센트로 증가해 전기 폭탄처럼 범람하더니 완전히 흐려지고 우리 사이의 공간에는 그와 나의 심박을 제외하고 침묵만 남았다. 난 시선을 떼지 않았다.

“넌 안전해, 조.”

쌀쌀맞은 목소리였지만 찰나의 순간 눈동자가 부드러워져 거친 외모 속에 숨은 소년의 감성을 보여 주었다.

“여긴 프랫이 아니야. 이 길로 널 라이언 지구까지 데려다줄게, 알겠지?”

카이의 목소리, 심박, 내 어깨 위에 올라온 손. 프랫이라는 망상이 사라졌다. 몸이 안정을 찾았고 머릿속은 정오의 햇살에 구름이 싹 갠 하늘처럼 맑아졌다. 상하이 혹은 시애틀에서 카이는 내가 트라우마에 사로잡힐 때마다 늘 알아차렸다.

한번은 길거리 가판에서 화상을 입은 소녀를 보았다. 머릿속에 떠오른 불에 탄 살냄새와 소녀의 비명이 너무 심하게 날 자극해 내 목에 다시 불이 난 줄 알았다. 풀하우스 뒤에 숨어 목의 흉터를 긁던 나를 카이가 찾아냈다. 그는 날 찾으려고 일찍 퇴근까지 했다. 그리고 날 빌라 안으로 데리고 가서 진정될 때까지 안아 주었다. 나중에 그에게 뭐가 잘못되었는지, 날 어디서 찾을지 어떻게 알았냐고 묻자 카이는 그저 어깨를 으쓱였다.

“너한테 무슨 일이 생기면 항상 알게 되더라고.”

지금 내 어깨에 올라와 있는 그의 손을 쳐다봤다. 그날 밤 빌라에서와는 상당히 다른 상황이다. 내 몸에 손을 대기까지 카이는 엄청나게 노력했을 것이다.

난 고개를 끄덕였다.

“알았어. 이제 괜찮아. 고마워.”

카이가 곧장 손을 치우고 앞으로 걸어서 긴 출구를 지나 커다란 공간으로 데려갔다. 숫자가 프랫보다 더 현대적이고 넓은 이곳을 계산했다. 우리는 사실상 농구장에 있는 것과 다름없었다. 벙커와 락커가 앞쪽에 보였다. 이곳은 지열 에너지를 활용했다.

카이의 낮은 목소리가 공중으로 흩어지면서 음파와 익숙한 숫자들이 내게 와 부딪혔다.

"헬싱키는 재해를 대비할 수 있도록 도시 아래 광범위한 터널과 지하 벙커가 있어. 예술 작품에 가까운 이곳은 전쟁을 견딜 수 있도록 설계됐어. 이 중 어느 것도 공공재가 아니야. 여긴 접근 제한 구역이라고."

난 조용히 카이를 따르며 그가 이 터널에 대해 어떻게 알고 있는지, 이유가 뭔지 궁금증이 생겼다. 우리는 라이언 지구로 돌아가는 길을 이리저리 누볐고 커다란 공기와 물 정수 시설을 지났다. 난 감탄했다. 이곳의 독창성과 설계는 대상감이었다. 핀란드의 STEM 팀이 했던 말대로 핀란드의 설계는 소극적이지 않았다. 킹이 이런 지하의 근사함을 알았더라면, 그는 프랫을 재빨리 팔아버렸을 것이다.

우리가 지나가자 LED 동작 감지 센서로 작동하는 불이 켜졌다. 1~2분 뒤에 우리는 위로 올라가는 계단실 앞에 도착했다. 계단을 올라가니 개인 차고가 나왔다.

내 계산이 정확하다면 이곳은 라이언 지구에서 80미터도 채 떨어져 있지 않으며, 축하용 로켓 발사 무대 바로 아래다. 카이가 몸을 돌려 날 쳐다봤다. 카이는 두껍고 긴 검은 가죽 재킷에 부츠 차림이다. 눈을 대비한 겨울옷을 입은 그의 모습은 처음

보지만 내게 부정적인 영향만 주었다. 눈은 노블을 떠올리게 하니까. 분열 등식이 내 머리를 쪼개며 카이와 나 사이를 더 멀어지게 했다.

우리는 12초간 아무 말 없이 서 있었다. 그에게서 흘러나오는 진동이 긍정적이지 않았다. 그의 주파수 일부는 우리에게 익숙한 노래처럼 들렸다. 다른 일부는 내 전자기 펄스 팔찌와 목걸이를 합친 것과 비등한 위력을 가진 채 요동쳤다.

난 그에게 다가섰다.

"더 가까이 오지 마."

카이가 손을 앞으로 내밀었다. 목소리에 담긴 경고를 듣고 멈췄다. 언제부터 내가 그에게 위협이 됐을까? 몸에 카메라라도 달려 있나? 감시당하고 있거나 정말로 날 믿지 못하거나 둘 중 하나다. 숫자는 거짓말을 하지 않는다.

"알았어." 내가 대답했다.

"ISC와 팔레르모에 관해 이야기하자."

"난 아무것도 말해 줄 수 없는 거 알지."

카이의 목소리가 2, 4, 6의 특이한 주파수로 커지다 다시 모두 사라졌다. *내 재능에 무슨 일이 생긴 걸까?* 정신이 하나도 없었다.

"아무것도 말해 줄 수 없는데 어째서 날 찾았어?" 내가 물었다.

"우선, 여길 떠나라고 말하려고."

지금 그를 쳐다보니 나한테 크게 화가 난 것이 분명했다. 내 작별 편지가 떠올라 얼굴이 달아올랐다.

"카이, 미안해…."

"입도 뻥긋하지 마. 우리 이야기를 하려고 여기 있는 게 아니잖아. 다 끝났어. 사람은 마음이 변해, 밀라. 나도 알아들었어."

그의 목소리는 지하수처럼 차갑고 불신으로 가득 찼다.

"그런 게 아니야…."

"그래, 더 끔찍하지." 카이가 고개를 저으며 이마를 비볐다.

"넌 우리 아버지를 헬싱키로 불러냈어."

"누군가 ISC의 슈퍼 위성을 파괴하려고 해." 내가 말했다.

"이미 알고 있어. 지금, 난 우리 아버지 말고 아무것도 신경 쓰이지 않아."

카이가 주변을 둘러본 다음 고개를 저었다.

"어떻게 우리 아버지를 이 일에 끌어들일 수 있어?" 그의 말투가 거칠어졌다.

"내가 도시를 떠났는데도 넌 어떻게 내가 가장 아끼는 사람을 위험에 빠뜨려?"

카이의 말이 내 숨을 멎게 했다.

내가 가장 아끼는 사람….

하지만 그의 말이 맞았다. 난 카이가 3년간 떠나 있다고 생각해서 그의 의견은 고려하지 않았다.

"난 절대 너희 아버지를 위험하게 만드는 일을 하지 않아." 내가 말했다.

"수치로 다 확인했어. 지금 우리와 함께 스케일 테크 수사를 돕고 계셔. 경제 위기에 글로벌 해운에서 했던 작업과 같은 식이야."

나는 그의 얼굴에서 공통의 이해를 찾으려고 했다. 하지만 카이의 신경은 날카로워지기만 했다. 여기서 잘못되면 무슨 일이든 일어날 수 있다는 걸 그는 안다. 특히 카이와 챈이 한 공간에 있는 걸 누가 본다면 말이다.

"너희 아버지한테 아무 일도 일어나지 않게 하겠다고 약속할게."

"네 약속은… 내가 그걸 믿어야 하는 거야?" 카이가 말하고 입을 꽉 다물었다.

그의 주파수가 백 개의 불덩이가 되어 내게 날아왔다.

난 상처받지 않은 척하려고 가만히 있었다. 그 대신 숫자가 그의 고통을 파헤치고 병 속에 모래처럼 차곡차곡 모았다. 내가 뭐라고 말할 수 있을까? 약속을 깬 쪽은 나다. 그래야 했으니까. 그를 위해 내가 희생할 차례였으니까.

카이가 고개를 저었다.

"지금 어떤 장비를 걸치고 있는 거야. 좀 신경 쓰이는데." 카이가 내 주변으로 손짓했다.

내 몸을 내려다봤다. 아무것도 분명하지 않다. 하지만 거리낌 없이 말해 줬다.

"평소와 같아. 거기에 전자기 펄스 테이저 장신구가 살짝 더 있어."

난 새 팔찌, K2를 흔들고 모자를 위로 올려 귀걸이를 보여줬다. 다람쥐의 도토리가 달린 목걸이는 너무 많은 옷 속에 파묻혀 있었다.

"왜 그래?"

카이가 물러서서 혼란스러운 눈길로 날 살폈다.

"너한테 또 다른 장치가 붙어 있는 게 확실해." 아주 이상한 표정으로 카이가 날 쳐다봤다.

"사람들에게 의심을 사지 않으려면 고치는 쪽이 좋을 거야, 그리고 사방에서 감시하고 있다는 거 잊지 마." 카이가 투덜거리고 손을 내렸다.

"저들이 어떤 인간인지 알기나 하는 거야?"

"정확히는 몰라." 내가 대답했다.

"하지만 전에도 날 미행한 적 있어."

카이가 움찔했다.

"저들은 엄청난 엘리트에다 진화한 마피아야. 두 파 사이의 전면전이 일어나기 직전이라고."

"스케일 테크와 관련이 있어?" 내가 물었다.

"스케일 테크가 그 중심에 있어. 그리고 우리 아버지들과 네가 연회에 나타나 내 정체를 들통나게 하면 나도 그렇게 되겠지."

"네가 여기 올 줄 알았다면 참석하지 않았을 거야."

연회에서 날 대하던 카이의 태도가 내 판단을 흐리게 했고 내 목소리는 단호해졌다.

"그리고 네 임무에 크게 방해가 된다면 지금처럼 저 사람들한테서 날 구하지 말았어야지."

카이가 휙 고개를 들었다.

"아니, 그래야 했어. 이 일을 한다고 내 정체성이 없어질 거로 생각하는 거야? 난 가능하다면 누구도 위험하게 두지 않을 거야. 그건 내 일부고 절대로 바뀌지 않아."

우리는 시선을 마주했고, 아 맙소사. 이 사람은 내가 본 적이 없는 카이였다. 엄마가 세상을 떠난 뒤 챈이 말했던 소년이 보였다. 이번 일은 상처보다 더 깊겠지. 난 이 감정을 알아차렸다. 배신감이다. 지금 카이는 날 그렇게 보고 있다. 내가 자기를 배신했다고. 바이 요원이 한 말이 내 귀를 울렸다.

그렇게 떠나는 건 명예롭지 못해요.

내 숫자가 계산할 수 없는 것들이 있다…. 이를테면 타인의 감정이라든가. 난 카이의 상처를 계산했지만, 배신은 계산하지 못했다. 죄책감이 내 안에서 뿌리를 내렸다.

우리 관계를 끝내기로 했을 때, 카이한테 말해야 했을지도 모르겠다. 자신의 운명을 자유롭게 헤쳐 나가도록 하는 대신 그의 가장 끔찍한 두려움을 내가 몸소 보여줬다. 내가 떠나는 일, 마치 그의 악몽이 전조였다고 알려 주듯이. 어느 날, 그가 잠에서 깼는데 내가 사라져 버린 것이다. 자기 엄마 때와 똑같이.

카이의 악몽을 생각하니, 그에게 더 가까이 가고 싶었지만 그럴 수 없었다. 이것이 내가 헤어진 직후 그를 보지 않기로 한 이유다. 난 카이에게 공평하지 못하니까. 내 일부는 그에게 달려가 이야기하고 싶어 했지만 내 마음 뒤편에서 노블이 번개처럼 반짝이고 어린 시절과 튀니지의 기억이 밀려들며 이 새로운 일련의 욕망을 휘저었다. 내 심장이 갈라졌다. 바이 요원은 명예를 입에 올렸다. 그래, 노블을 생각하면서 카이를 명예롭게 할 수는 없었다. 지금도 마찬가지로 그럴 수가 없다.

직관에 반하는 행동이었지만 난 뒤로 물러났다. 카이의 임무가 최우선이다. 그가 분명하게 알려 주었다. 그리고 내 임무도 분명하다. ISC는 날 의지하고 있다. 난 이곳에 체사레, 라파엘, 노블을 찾으러 왔다. 그리고 카이가 말한 마피아 전쟁을 막는 데 도움을 줄 수 있다면 그렇게 할 거다.

카이가 시계를 살폈다.

"저기, 밀라. 난 시간이 별로 없어. 모든 일이 끔찍하게 변하기 전에 동의해야 할 게 있어."

카이가 잠시 말을 멈췄다.

"아마 너도 알겠지만 이건 단순히 스케일 테크와 국제 우주 협력체만의 일이 아니야. 그보다 더 큰 일이지. 팔레르모는 자신이 할 수 있는 게 뭔지 연회에서 자랑할 거야. 그래서 더 부유한 범죄자 후원자들을 자기편으로 끌어들이겠지. 네가 능력이 있다는 건 알고 네가 여기 온 목적을 달성해도 좋지만, 우리 아버지는 이 일에서 당장 빼줘. 라모스 요원이 너한테 뭐라고 했든 상관 안 해. 우리 아버지가 팔레르모와 함께 어떤 개인적인 만남에도 참석하게 해선 안 돼. 평생 아버지에게 족쇄가 될 거야. 그리고 일이 끝날 때까지 내가 여기 있다는 걸 아버지가 알아서도 안 되고. 감당하실 수 없을 테니까. 넌 최대한 빨리 여길 떠나."

카이는 분명 떨고 있었다. 이 위장 수사 일은 카이의 예상보다 더 힘든가 보다. 아니면 우리를 봐서 내가 예상한 것보다 더 심각하게 그를 엉망으로 만들었거나. 카이는 항상 강했다. 그런데 지금은….

난 카이에게 시선을 고정했고, 숫자들이 계산과 예측을 하였다. 무엇보다 내 안의 시계가 이미 저녁 식사 자리의 절반을 놓쳤다고 알려 주었다.

"내 말 들었어?" 카이가 차가운 눈빛으로 물었다.

난 고개를 끄덕였다.

"응. 가서 너희 아버지를 빼내 올게. 하지만 우린 아직 떠날 수 없어. 아빠와 난 내일 아침에 북쪽으로 떠나. 내가 해야 할 일이 있어."

카이에게 스케일 테크의 북극 연구소에 관한 정보가 있다면 그의 반응을 통해 알 수 있을 것이다.

카이가 거칠어진 눈빛으로 날 쳐다봤다.

"북쪽이라고? 안 돼." 그가 고개를 저었다.

"거긴 헬싱키보다 더 끔찍해. 가지 마. 이번 주는 안 돼."

"미안해. 이 일은 물러설 수가 없어."

노블을 찾는 일이 얼마나 중요한지 깨달으면서 내가 말했다. 모든 교차로가 그곳을 가리키고 있다. 숫자는… 내가 북쪽으로 가지 않으면 이번 일을 끝낼 거란 보장이 없다고 알렸다.

카이가 주먹을 꽉 쥐고 탄식했다.

"그래. 누가 거기 있는지 내가 깜박했네."

카이가 이를 악물었다. 무슨 말을 하고 싶은 마음이 굴뚝 같아 보였지만 그는 하지 않았다.

얼굴이 붉게 달아올랐다. 카이는 노블이 거기 있다는 걸 아는 걸까? 어떻게 아는지 묻고 싶어도 그럴 수가 없다. 지금은 안 된다.

이를 악문 채 카이의 눈빛이 내게 간청했다.

"저기, 네가 굳이 개입할 필요는 없잖아. 팔레르모는 네가 생각하는 사람이 아니야. 더 끔찍하다고."

내 숫자가 쌩쌩 움직였다. 카이는 팔레르모를 언급하지만 체사레는? 내가 물어보려는 찰나 이쪽으로 오는 주파수 두 개가 감지됐다. 난 경각심에 사로잡혔다.

"누가 오고 있어." 내가 말했다.

"12초 안에 모퉁이를 돌 거야."

습관적으로 난 그에게 다가갔는데, 그가 물러섰다.

"반경 1.5미터 내로 다가오는 건 안 돼."

"어째서?"

내 입에서 고통스러운 속삭임이 흘러나왔다.

카이의 눈빛이 얼음처럼 차가워졌다.

"더 이상 널 믿지 않아."

숫자들이 차갑고 무겁게 날 때렸지만, 그의 말이 열 배는 더 끔찍했다.

"어둠 속으로 돌아가서 오른쪽 문으로 가. 그러면 라이언 지구로 갈 수 있어."

난 어둠 속으로 후퇴했고 닫힌 문틈으로 슬쩍 살피니 남성과 여성 한 명이 막 주차장으로 들어갔다. 남성이 입구 쪽으로 갔고 그사이 여성은 주차장 안으로 달렸다. 카이가 여긴 출입제한 구역이라고 하지 않았나? 저 사람들은 어떻게 여기 들어왔지?

"어셔?" 불안한 한 소녀의 목소리가 들렸다.

"여기예요." 카이가 차들 사이에서 걸어 나왔다.

"여기 있었군요." 젊은 여성이 거친 숨을 몰아쉬었다.

"연회장에 없어서요. 대체 무슨 생각이에요? 당신이 안 보여서 걱정했잖아요."

"전 괜찮아요. 제가 처리해야 하는 사소한 문제가 있어서요. 하지만 다 끝났어요." 카이가 말했다.

"우리 일정에는 지장이 없는 거죠?"

"그럼요. 준비가 거의 다 됐어요."

여성이 카이의 팔짱을 끼고 그의 어깨에 머리를 기댔다. 그 모습을 보니 몸이 경직되었다.

"전 연회로 돌아갈 수 없어요." 카이가 그녀에게 말했다.

"어째서죠?" 여성이 물었다.

카이는 잠시 말없이 계획을 생각했다. 여성이 그의 재킷을 살짝 잡아당겼다.

"어셔, 난 믿어도 돼요."

카이의 숫자를 읽는 건 내게 두 번째 본능과도 같은 일이다. 내 계산이 튀니지의 후계자와 있을 때 카이에게서 봤던 모습처럼 그가 진짜 의도를 감출 거라 예상했지만 내가 틀렸다. 그의 몸은 편안했고 그 여자 옆에서도 안정적이었다. 카이가 대답할 때 난 손으로 입을 막았다.

"당신을 믿어요."

CHAPTER 28

∞

라이언 지구, 연회장

카이가 길을 알려 준 덕분에 난 안전하게 라이언 지구로 돌아갈 수 있었다. 마인즈조차 마주치지 않았다. 다시 드레스로 갈아입고 화장도 한 뒤 연회장에 들어갔지만 카이가 했던 말이 여전히 귓가를 울렸다.

더 이상 널 믿지 않아.

우리 아빠가 날 사랑하지 않는다고 했던 마담의 말 이후 내가 들은 최악의 말이었다. 특히 그 직후 카이가 그 여자애한테 한 말을 고려한다면.

말에는 무게, 뼈, 질감, 주파수가 있다. 레드는 잘못된 말이 머릿속에 생각났을 때 진실만이 그 말을 대체할 수 있다고 늘 말했다. 그러나 지금, 이 순간 난 무슨 말을 들어야 할지 감이 오지 않았다.

카이가 내게 말해 준 마피아 전쟁, 스케일 테크, 팔레르모에 새롭게 집중하면서 다시 연회장으로 입장했다. 카이가 더 많은 정보를 주지 않은 점이 마음에 걸렸다. 더욱이 체사레의 행방은 여전히 오리무중인 데다 팔레르모는 이 연회장에 나타나 자기 능력을 과시할 테지. 그게 뭐든 좋은 쪽일 리 없다.

갑자기 PSS 사무실에 찾아온 국제 우주 협력체 건이 더 급박하게 느껴졌다. 노블을 못 찾으면 ISC의 발사가 성공할 거란 보장이 없고 난 아직 카이가 이 일에서 어떤 역할을 하고 있는지 모른다.

그러니 플랜 B로 넘어가야 한다. 우선, 가능한 한 빨리 아빠와 챈을 여기서 내보내 카이의 정체가 탄로나 업무를 망치지 못하게 막아야 한다. 그다음 라모스 요원을 찾아 목을 비틀어 버릴 거다.

두 분은 어디 계시지?

내 숫자가 연회장 안에 비처럼 쏟아지며 남은 마피아 조직원들을 더 쉽게 찾아 주었다. 다만 이번에는 그들의 움직임에 내가 멈칫했다. 그들의 두목이 이 자리에 있었다. 검은 머리 남성. 상황이 위험했다면 카이가 내게 연회장에서 빠져나가라고 경고해 줬겠지. 하지만 그러지 않았다. 그저 팔레르모가 그의 권력을 과시할 거라고만 말했다. 그러니 분명하다. 팔레르모가 목줄을 쥐고 있는 자다.

머릿속에서 내가 라모스 요원의 모든 행동을 막을 수 없다는 예측을 내놨고, 해야 할 일련의 행동이 생겼지만 아직은 때가 아니었다. 난 앞머리를 흩트리며 눈을 숨긴 채 숫자가 일하도록 놔뒀다.

제이슨 리버스는 살로넨 박사와, 챈황롱은 팔레르모 리치와 만나기로 되어 있다. 챈과 우리 아빠는 제대로 일을 해냈다. 두 사람은 평생을 이어갈 정도로 강렬한 인상을 남겼고 협상에 몰두했다. 난 이를 갈고 주먹을 꽉 쥐었다. 어떻게 내가 우리 아버지들을 이런 위험에 빠지게 했을까? 어째서 노블을 찾으러 곧바로 북극으로 가지 않은 걸까? 혼자서 그쪽으로 바로 갔어야 했다. 그러나 내 재능이 가리킨 방향이 생각났고 그 길이 날 여기로 이끌었다. 그러니 믿어야 한다.

사람들은 칵테일 테이블 주변이 아니라 둥근 연회 테이블에 자리 잡고 앉아 식사하며 웅장한 얼음 조각을 감상했다. 탱크도 연회장으로 돌아왔다. 그는 날 보고 안도했지만 계속해서 째려봤다. 난 눈길을 피했다. 나중에 사과할 거다.

머릿속에 떠오르는 숫자가 알려 주는 길을 따라 테이블들을 지나쳤다. 날렵한 턱선에 어깨가 벌어진 웨이터가 내게 다가왔다.

"좌석을 안내해 드릴까요?" 그의 억양이 음악처럼 실내에 흘렀다.

"키토스(Kiitos 고마워요)." 내가 핀란드어로 감사를 표했다.

터널에서 남성들이 날 알아봤으니 지금 내게 시선이 몰리면 안 된다. 웨이터가 리넨 테이블보가 덮인 원탁으로 날 데려갔다. 다른 여덟 명이 거기 있었다. 구운 뿔닭, 삶은 적양배추, 부드러운 페퍼 소스가 담긴 접시가 나왔고 튀긴 북극 곤들매기와 철갑상어알, 렌틸 스튜, 라플란드식 감자 퓌레가 담긴 다른 접시도 딸려 왔다. 엄청 푸짐한 저녁 식사였다.

주변에서 슈퍼 위성과 축하 로켓 발사에 관해 즐거운 대화들이 오갔다.

연회장의 주파수는 내가 대학 강의실에 다녀온 뒤로 달라졌다. 지금은 위협이 느껴진다. 대체 팔레르모는 여기서 뭘 보여주어 사람들을 자기편으로 만들까? 그리고 그는 누구 편일까? 본능적으로 싸한 기분이 들었다.

마침내 챈을 찾았을 때, 그는 이미 검은 머리 남성과 마주하고 있었다. 팔레르모 리치가 그의 식사 자리 맞은편에 앉아 있고 다른 남성 두 명이 그의 양옆을 지켰다. 그들의 보디랭귀지가 그들이 알파 수컷 둘처럼 서로를 탐색하고 있다고 알려 주었다. 상호 존중이 오고 갔다. 그들은 서로를 이해했다.

난 냅킨을 챙기며 슬쩍 귀걸이를 만졌다.

"해리슨, 챈의 오디오로 연결해 줘." 내가 속삭였다.

곧바로 챈의 목소리가 내 귓속 마이크를 통해 흘러나왔고, 중국에서 한층 중요한 회의 때 여러 번 들었던 톤이 들려왔다.

"리치 씨, 드디어 제가 그토록 뵙길 바라던 분이 여기 오셨군요." 챈이 고개를 까딱했다.

"주변 모두를 능가하는 분이죠. 중국에서는 그런 분을 미래를 아는 사람이라고 부른답니다."

팔레르모가 천천히 격식을 차리며 웃었다. 안다는 의미인지 입술이 말려 올라갔다.

"제가 오히려 영광입니다. 챈황롱이란 이름은 그 자체로 명성을 뜻하니까요. 그러니 말씀해 주세요, 챈."

팔레르모가 그를 유심히 살폈다.

"어쩐 일로 ISC 연회에 오셨습니까?"

챈이 당당하게 미소를 지었다.

"당연히 미래를 위해서입니다. ISC의 발사는 역사에서 엄청나게 중요한 일이고… 성공한다면…."

챈이 생각에 잠긴 듯 고개를 기울였다.

"ISC가 제대로 일하긴 했지만 스케일 테크의 위성에 대한 향후 비전이 한층 더 인상적이었습니다. 미래를 창조하는 회사를 보면 함께하고 싶어지더군요. 선두에 오르려면 문이 열리기 전에 들어가는 방법을 알아야 합니다. 지금 이 자리에 오르기까지 제가 어떻게 했을 것 같나요?"

그의 미소가 일그러졌다.

안 돼…. 난 긴장됐다. 챈은 내 기억보다 훨씬 거짓말에 능했다. 게다가 내 계산보다 한층 공격적으로 문을 열려고 했다. 내가 그렇게 해달라고 요구했다. 그가 했던 말이 아직 기억난다.

이런 남자들을 상대해 본 적 있어. 거기 속해서 먼저 꼭대기를 차지하지 않으면 되레 당하게 되지.

난 의자에 기댄 채 챈의 본능을 믿으라고 나 자신에게 되뇔 수밖에 없었다. 분명 그는 자기가 하는 일을 잘 알고 있다. 이 일이 게임이라면, 그는 내가 알려 준 대로 플레이하는 중이고, 상대가 그를 의심하지 않는다면 곧 선두에 올라설 것이다. 걱정하던 카이의 얼굴이 떠올랐다. 난 움찔했다.

팔레르모가 더 강렬한 눈빛으로 그를 쳐다보았다.

"우리 회사는 단순히 자본 그 이상을 필요로 하죠." 그가 숨김 없이 말했다.

"스케일 테크에 대한 제 비전은 세계로 뻗어나가는 혁신과 장기적 안목입니다. 그래서 협력사를 아주 신중하게 고르지요. 한 번 함께하면 평생을 같이하게 될 겁니다."

"같이 살고 같이 성공하고 같이 죽는군요." 챈이 웃었다.

"진정한 비전을 이룩하려면 그 모두가 필요한 일이 많지요."

팔레르모가 웃음을 터트렸다.

"시, 베로(Si, Vero 네, 그렇죠). 챈, 시내에는 얼마나 머물 예정인가요?"

"축하용 로켓 발사를 보고 상하이로 돌아갈 겁니다. 시간이 충분하다는 뜻이지요."

챈이 본심을 꺼냈다.

팔레르모는 고개를 거의 움직이지 않았지만, 그의 시선은 챈의 다음 움직임을 계산하고 있었다. 그리고 그의 주파수가 구부러지며 믿는 쪽으로 기울었다. 그가 몸을 앞으로 숙였다.

"내일 ISC 발사 전, 다른 투자자들과 사적인 만남의 자리가 있을 겁니다."

팔레르모가 명함을 내밀었다.

"참여하시죠."

챈이 양손으로 명함을 받는 걸 보며 내 얼굴에서 피가 모조리 빨려 나가는 기분이 들었다.

"내일이군요."

그가 아주 살짝 눈썹을 들썩였다. 내가 요청한 그대로 할 일을 정확히 끝낸 관계로 카이의 부탁과는 정반대가 되었다. 아까까지는 카이가 날 싫어하는 걸로 끝이었지만, 이제 그는 날 절대 용서하지 않을 것이다. 챈이 그 자리에 참석한다면 평생 범죄의 타깃이 되겠지. 어느 때보다 그를 더 위험한 곳으로 내몰고 말았다.

팔레르모가 더러운 미소를 지었다.

"디저트와 쇼를… 즐기세요. 이 밤을 달콤하게 해 줄 겁니다."

그러고는 자리에서 일어나 연회장 뒤편에 있는 다른 테이블로 향했다.

주변을 살피다 난 아빠를 보고 오늘 두 번째로 심장이 내려앉았다. 챈과 마찬가지로 아빠도 주요 타깃과 대화를 나누고 있었다. 유호 살로넨 박사와, 그것도 대화를 주도하면서. 그들이 어떤 결과를 낼지 확신은 없지만 지금 우리는 전보다 더 복잡한 상황에 놓였다.

저녁 식사 접시가 비워지고 디저트가 담긴 접시가 모든 테이블로 나왔다. 구스베리가 풍부히 들어간 과일 무스, 솔티드 캐러멜과 크랜베리가 올라간 작은 초콜릿 파이. 난 파이를 먹으며 아빠를 살폈다. 해리슨이 내 신호를 알아차렸고 이내 난 아빠의 음성을 들을 수 있었다.

아빠는 자기가 좋아하는 주제인 혁신과 비전에 관해 이야기했다. 아빠가 살로넨 박사에게 질문했고 테이블의 다른 사람들도 귀를 기울였다. 아빠의 열정이 모두를 주목시켰다. 아빠가 전혀 불안해 보이지 않는 부분이 오히려 날 불안하게 했다. 어쩌면 아빠가 자신이 여기 온 이유를 잊어버렸을지도 모르기 때문이다.

하지만 아빠가 살로넨 박사를 살피는 방식을 보니 단순한 기우였단 걸 알 수 있었다. 살로넨 박사가 새로운 프로젝트에 관해 설명할 때 아빠는 주의 깊게 들었다. 두 사람 역시 더 깊이 있게 교감하는 것 같았지만 챈과 팔레르모와는 상당히 다른 모습이었다.

아빠는 늘 다른 사람의 비전을 믿었다. 그 생각에 인피니티 돔이 떠올랐고, 노블이 알고 있는지 궁금해졌다. 전자기 주파수 조작에 관한 그의 암호를 해킹한 덕분에 내가 전자기 펄스 팔찌인 BFG를 만들 수 있었다는 사실을. 난 한숨을 쉬었다. 지금 이 자리에 노블이 왔어야 했는데. 외딴 피난처에 숨어 있을 게 아니라.

"… 아이비전은 늘 제대로 된 파트너를 찾고 있습니다…." 아빠가 살로넨 박사에게 설명했다.

"저희는 진정한 비전을 지닌 인물을 지지하는 회사라 돈에 크게 관심을 두지 않습니다."

"동의합니다." 살로넨 박사가 고개를 끄덕였다.

"당신의 과거가 아주 인상적이군요, 제이슨. 그리고 기적적으로 회생한 점도요."

옆에서 웨이터들이 커피와 차, 와인과 샴페인을 들고 들어왔다. 모두가 디저트를 먹으며 한껏 고조됐다. 그러나 난 최대한 경각심을 가지고 지켜보았다. 그리고 기다렸다.

"ISC 발사 뒤에 스케일 테크는 슈퍼 위성으로 된 자체 별자리를 출범하는 거죠?" 아빠가 살로넨 박사에게 물었다.

"스케일 테크의 진짜 비전은 무엇입니까?"

살로넨 박사는 목에 뭐가 걸린 사람처럼 살짝 인상을 썼다. 그는 아빠의 말을 생각한 뒤에 목소리 톤을 한 옥타브 낮췄다.

"설명하기 복잡한 부분입니다."

1분 뒤 펜즈가 내 귀에 속삭였다.

"우리가 도와줄 일 있어? 너희 아빠를 불러낼까? 그건 그렇고 네가 탱크와 마일스를 버리고 간 일로 테일러 대표님이 너한테 몹시 화가 났어."

귀걸이를 터치하며 그렇게 해달라고 말하려다 마음을 바꿨다.

"아니."

우리는 여기 좀 더 오래 있어야 한다. 디저트를 다 먹은 뒤에 일어설 거다.

실내에 있던 남성 일곱 명이 동시에 움직였다. 얼른 그들에게 주목했다. 그들은 한곳으로 모였다. 꼭 카운트다운이 시작된 것처럼 긴장됐다. 대체 뭐지?

잠시 뒤, 연회장 샹들리에 불빛이 흐려지더니 깜깜해졌고 이내 얼음 로켓 조각 위로 밝은 빨강, 초록, 황금, 파랑 불빛이 반짝이며 무지개가 춤을 추었다.

실내 곳곳에서 탄성이 터져 나왔다.

"불빛 쇼야!"

아름다운 스트로보 불빛이 근사한 장관을 연출하자 사람들이 박수갈채를 보냈다.

그러나 내겐 모조리 잘못된 느낌뿐이었다. 피부가 따끔거리고 숫자가 길길이 날뛰었다. 제일 먼저 실내 온도가 떨어졌다. 그리고 에너지 손실이 일어났다. 공기 중 주파수가 뒤엉키면서 사방에서 찌르다가 갑자기 꺼졌다. 난 무엇이 올지 알지만 다른 이들은 전혀 짐작하지 못했다.

난 의자에서 빠져나와 벽으로 가며 완전히 어둠에 잠식되기 전, 이곳을 기억에 넣어두었다. 빛이 깜박이기 시작했다.

난 몸을 감쌌다.

3.

2.

1.

전기의 조류가 실내를 휩쓸었고 일시에 모든 전기가 나갔다. 연회장 안은 어둠 속에 갇혔고 빛이 있던 곳에는 불안정한 잔상만 남았다. 천 개의 주파수가 희미해졌다.

사람들은 근사한 퍼포먼스의 마무리라 생각했는지 사방에서 박수가 터져 나왔다. 그들은 이게 무슨 일인지 모른다. 하지만 나는 안다.

머릿속에서 숫자가 날뛰고 위험 요인들의 흔적에 심장이 요동쳤다…. 카이가 옳았다. 팔레르모는 쇼가 뭔지 확실히 아는 인물이다.

CHAPTER 29

∞

사방이 깜깜하고 조용했다.

불이 나간 게 쇼의 일부가 아니라는 점을 사람들이 이해하기까지 2분이 걸렸다. 하지만 이 정전은 태양 표면의 폭발로 인해서가 아니었다. 계획된, 분명한 힘의 시현이었다. 팔레르모가 어디든, 언제고 자연스럽게 정전을 일으킬 수 있다면 그는 내 상상보다 훨씬 위험한 무기를 제어할 수 있다는 의미다.

"다들 진정해 주시길 바랍니다." 연회장 안 3개의 언어가 반복해서 알렸다.

"곧 전기가 들어올 예정입니다."

의구심이 생겼다. 팔레르모가 이 순간을 시험으로 이용하는 거라면 그는 사람들이 불편하게 느낄 만큼만 시간을 끌 것이다. 어둠 속에서 보내는 1분은 영원처럼 느껴지기 마련이니까.

나를 제외한 모두가 자리에서 꼼짝하지 않았다. 내 기기들도 먹통이 됐지만, 숫자는 살아서 움직였다. 이미 난 실내의 상황을 파악했다. 어둠 속에서도 테이블과 불안해 쭈뼛거리는 사람들 사이를 지나 몰래 챈과 아빠에게로 갔다. 곧바로 라모스 요원과 이야기해야 한다. 그러나 아빠와 챈은 여기 남아야 할 거다. 지금 자리를 뜨면 의심을 살 테니까.

연회장 안에서 겁에 질린 목소리들이 수군거렸다.

"봐요! 휴대전화도 안 터져요."

"태양 표면의 폭발이 갈수록 심해지고 있나 봐요." 한 여성이 괴로운 목소리로 말했다.

연회장을 가로지르는데 희미한 전기 주파수 열 개가 느껴졌다. 그 말은 누군가는 전력을 잃지 않았다는 뜻이었다.

난 챈을 데리고 아빠에게 갔다.

"불이 다시 들어와서 디저트를 다 드시면 엠파이어 룸으로 가세요. 전 지금 가 봐야 해요. 다른 누구와도 거래하면 안 돼요, 아셨죠? 조심하세요."

카이를 생각하니 내 목소리가 떨렸다. 그는 이런 일이 일어날 걸 알았다.

"네 목소리가 이상하구나." 아빠가 걱정하며 물었다. 챈도 몸을 구부렸다.

"무슨 일이니?"

챈이 이 정도에서도 날 걱정한다면 자기 아들이 팔레르모와 일하는 걸 알면 어떻게 될까?

"전 괜찮아요. 그냥 라모스 요원과 이야기해야 해서요." 내가 대꾸했다.

두 사람을 다시 자리로 보낸 뒤 난 연회장을 빠져나왔다. 여전히 어두운 상태에서 난 사람들이 칠흑 같은 어둠 속에서 움직이길 두려워하며 한곳에 모여 있는 복도를 요령껏 통과했다.

ISC 주최자의 목소리가 벽에 달린 인터컴을 통해 울렸다.

"양해 말씀드립니다." 여성이 말했다.

"태양 표면의 폭발이 이번 주 내내 일시적인 정전을 일으키고 있습니다. 그래서 슈퍼 위성 발사가 무엇보다 중요합니다. 기다려 주셔서 감사합니다."

그들은 얼마나 아는 걸까?

ISC가 뭘 알든, 그쪽 수석 과학자들이 PSS로 찾아왔을 땐 이유가 분명하다. 슈퍼 위성은 실패해서는 안 됐다.

CHAPTER 30

라이언 지구, 엠파이어 룸

엠파이어 룸으로 들어가니, 불빛이 깜박거리고 외부 주파수가 되돌아왔다. 오디오가 살아나고 전기가 복구됐다. 조명과 장비가 다시 켜졌다.

팀원들이 라모스 요원과 같이 모여 있었다. 테일러 대표와 두 경호원은 상당히 경계하고 있었다.

라모스 요원이 테일러 대표에게 말했다.

“방금 새로운 소식을 들었어요. 또 다른 위성이 고장 났답니다. 3대 더 기능 이상을 일으켰어요. 통신 위성이 세게 충돌했다는군요. 이란은 지금 영국을 비난하고 있어요. 핀란드뿐만이 아닙니다. 지금 6개국에서 정전 사태가 벌어지고 있어요. 러시아의 북서쪽 작은 전력망까지 다 탔다고 합니다.”

테일러 대표가 근엄하게 고개를 끄덕이고 내 쪽으로 눈길을 돌렸다.

“조세핀, 돌아왔군요.” 그녀가 내게 딱딱한 미소를 지었다.

“경호원을 버리고 갔다고 들었어요. 타당한 이유가 있겠죠?” 대표의 기분이 좋지 않았다.

난 이를 갈며 라모스 요원을 찾았다.

“아주 타당한 이유가 있어요. 제가 바란 한 가지가 꼭 알아야 할 정보에 들어 있지 않더군요.” 난 살벌한 눈빛을 번뜩였다.

“카이가 여기 있어요, 팔레르모와. 그자는 자신에게 어떤 능력이 있는지를 방금 효과적으로 보여 준 참이고요.”

테일러 대표의 얼굴이 창백해졌다. 그러나 라모스 요원은 그리 놀란 눈치가 아니었다.

난 두근대는 심장을 안고 그에게 성큼성큼 다가갔다.

“그가 여기 있을 걸 알았다면 날 초대했을 때….”

라모스 요원이 양손을 들어 올렸다.

“워워. 진정해요. 당신이 알았을 때 나도 알게 된 거니까. 그래서 주차장에서 당신과 마주치지 않게 하려고 요원을 보냈어요. 그가 도착했을 땐 당신은 어디에도 없었죠.”

“날 카이와 만나지 못하게 하는 이유가 뭐죠?” 내가 반문했다.

“카이가 여기 있다면 우리는 그 이유를 알아야 하고 그렇지 못하면 모든 일, 관련된 모두를 망칠지도 몰라요. 그는 정전과 스케일 테크에 관한 정보를 안다고요!”

라모스 요원이 벌떡 일어났고 얼굴에 놀란 빛이 스쳤다.

"그가 아는 걸 당신한테 말했어요? 당신과 협력하겠답니까?"
난 테이블 위에 놓인 울 매듭 세 개에 시선을 보냈다.
"그렇지는 않아요."
라모스 요원이 가만히 있었다.
"바이 요원이 내게 들려준 말에 상당히 의구심을 품고 있던 참이었어요."
그는 입을 꾹 다물고 날 자세히 살폈다. 그리고 다음에 할 말을 고심했다.
그는 정보를 충분히 갖고 있었다. 이제 내가 그를 압박할 차례다.
"지금이 아니면 기회가 없어요, 라모스 요원님."
라모스 요원이 눈을 크게 뜨고 날 쳐다봤다.
"바이 요원은 카이가 이 일을 제대로 해낼지 확신하지 못하고 있어요. "
"제대로 해내다니 무슨 말이죠?" 내가 물었다. 그건 어떤 의미든 될 수 있으니까 말이다.
"카이는 다른 임무에선 엄청나게 집중을 잘 해왔는데 이번 건은 달랐어요. 정신이 다른 데 가 있었죠. 자잘한 실수를 자주 저질렀어요. 무슨 일에서나 균형을 유지하고 엄청나게 집중하던 모습이 사라졌어요."
라모스 요원이 팔짱을 낀 뒤 숨을 들이마셨다.
"난 오랫동안 이 일에 매달려 왔어요, 조. 카이는 훌륭하지만, 위장 수사에서 성공하려면 자신을 가혹하게 몰아붙이고 감정을 완벽하게 조절해야 해요. 원래보다 더 많이. 그런데 당신을 다시 보면 카이의 불균형이 더 심해질지도 몰라요. 그러면 두 가지 결과가 생기겠죠. 그가 붙잡히거나 무너지거나. 무너진다면 다른 누군가로 변하겠죠. 사악하고 폭력적이고 집착하는 누군가로. 당신이 알아볼 수 없는 사람이 될 거예요. 진짜 모습은 오랫동안 수면 위로 올라오지 않을 테고, 어쩌면 다시는 나타나지 않을지도 몰라요. 잡힌다면 저들이 그를 살려두지 않을 겁니다. 더 많은 실수를 저지를 경우, 케인 국장이 그를 임무에서 제외할 거예요."

카이, 11월의 로미오… 절대 돌아오지 않는….

이건 내 잘못이다. 튀니지에서 그가 인정했다.

"내 중심은 너야. 날 살아 있게 해 주는 사람이 너니까…."

카이의 가슴 주변으로 뛰던 흐릿한 주파수가 내 속으로 파고들었다.

"카이는 실패하지 않아요."

예전에는 그 말을 자신 있게, 수없이 했었다. 하지만 지금은 의심이 한 방울 들어갔다. 지금 카이는 본래의 모습이 아니었다. 그 점만큼은 분명하다. 그렇게 된 원인은 나다.

난 감정을 제쳐 두고 지하에서 카이가 알려 준 팔레르모, 스케일 테크, 앞으로 있을 마파아 전쟁에 대해 기계적으로 설명했다. 북쪽으로 가는 일에 관해 그가 한 말을 발설할 준비가 되진 않았다. 그 말을 하면 날 보내 주지 않을 테니까.

내가 말하는 동안 누구도 입을 열지 않았다. 펜즈는 메모했다. 에디는 걱정스러운 표정으로 날 살폈다. 해리슨은 모니터 위로 여러 마피아 무리의 머그 숏을 띄웠다. 펠리시아의 입술이 뒤틀리며 내게 불법으로 뭔가를 해킹했다고 알려 줬다.

테일러 대표가 방 안을 걸었다. 라모스 요원은 여전히 날 쳐다봤다.

"카이가 요청을 해 왔어요." 내가 말했다.

"챈이 그가 여기 있다는 사실을 알아선 안 돼요. 그러면 정체가 탄로 날 테니까."

"동의합니다." 라모스 요원이 말했다. 그리고 그가 나에게 가까이 다가와선 낮고 단호한 목소리로 말했다.

"다시 카이를 보게 되면 자리를 피해요. 그가 자기 일을 하게 내버려둬요. 개입하거나 관여하지 말고. 과거를 들추지도 말아요. 그가 이 일을 해결할 수 있도록. 알겠죠?"

카이의 목소리가 내 머릿속을 울렸다.

사람은 마음이 변해, 밀라….

피하긴 좀 늦었지만, 라모스 요원이 그렇게 말하는 이유는 분명했다.

"알았어요." 난 대답했다.

라모스 요원이 손에 들고 있는 워키토키 같은 장비가 지직거렸다. 그가 거기에 대고 말했다.

"통과시켜." 그가 목청을 가다듬었다.

"챈과 당신 아버지가 돌아왔어요."

방 안은 조용했고, 아빠는 함박웃음을 지으며 걸어 들어왔다. 챈은 아빠만큼은 아니지만 마찬가지로 의기양양한 미소로 돌아왔다. 두 사람의 으스대는 모습은 한 가지를 의미했다.

"우리가 해냈어요." 아빠가 말했다.

"유호한테서 스케일 테크로 견학 오라는 개인적인 초대를 받았어요."

"난 팔레르모가 주최하는 만남의 자리에 초대받았죠. 내일입니다." 챈이 말했다.

두 사람이 서로를 보며 승리를 자축할 때 내 가슴은 바닥으로 내려앉았다.

라모스 요원이 숨을 크게 들이마셨다.

"다른 요원들도 못 하는 일을 해내셨군요."

카이를 제외한 다른 요원들이라고 난 생각했다.

"제이슨?" 테일러 대표가 팔짱을 꼈다.

"살로넨 박사의 인상은 어땠어요?"

"착한 사람이에요." 아빠가 한숨을 쉬었다.

"살로넨 박사는 CEO일지는 몰라도 이 쇼를 진행하는 주체는 아니에요. 그는 비전도 회사도 잃었죠. 힘이 없어요. 불법적인 일에 관여했다면 자발적으로 그런 건 아닐 겁니다."

"확실해요?" 내가 물었다.

"조, 난 모든 걸 잃어버린 사람이 어떤 모습인지 안단다."

아빠의 목소리 속 주파수가 떨렸다. 아빠가 아이비전, 명성, 날 잃었을 때를 굳이 떠올리게 할 필요는 없었다. 마음이 무거웠다.

내가 고개를 끄덕였다.

테일러 대표가 챈 쪽으로 몸을 돌렸다.

"팔레르모 리치에 대한 인상은요?"

"상어의 눈과 뱀의 혀를 가진 자였어요." 챈이 말했다.

"그곳에 있던 모든 사람이 그의 수하였어요. 하지만 그들의 자금은 아니었어요. 그는 엄청난 권력을 가졌어요. 오늘 밤이 그의 독무대였죠."

난 움찔했다. 카이는 자기 아빠를 여기서 빼달라고 했지만 난 그가 더 깊이 들어가도록 도운 꼴이었다. 내가 자리에서 일어났다.

"두 분 다 아주 잘해 주셨어요. 지금부턴 이 일을 이어갈 다른 사람을 찾아야겠어요. 저들은 우리 생각보다 훨씬 위험한 인물이니."

"아니, 일은 끝내야지." 챈이 단호한 결의로 말했다.

"난 사람을 볼 때 전략적으로 살펴. 팔레르모의 눈빛을 들여다봤어. 그가 하는 일이 뭐든 막아야 해. 우리에겐 내일까지 준비할 시간이 있잖아."

아빠가 고개를 끄덕이곤 챈의 등을 두드렸다.

"나도 챈과 같은 의견이야. 누군가가 살로넨 박사의 회사를 빼앗았어. 다시 찾아 돌려주고 싶어."

지춰!

속에서 중국어로 욕이 튀어나왔고, 이를 너무 꽉 문 나머지 턱이 아팠다. 이제 두 아빠 모두 곤란하게 됐다. 두 사람은 마피아의 거래에 초대받았고, 내가 무슨 말을 해도 둘을 막을 수 없었다.

CHAPTER 31

∞

헬싱키, 소피앙카투 거리, 시수 덴

머릿속 어둠 사이로 빛나는 길이 나타났다. 내 방정식이 날 여기로 이끌었다. 이곳 헬싱키로, 마피아에게로, 카이에게로, 엉망인 상황으로…. 노블을 찾으면 이 상황이 해결되길 바란다.

우리의 프라이빗 스위트룸의 창문은 북쪽으로 나 있다. 난방이 들어오는 바닥에 맨발로 서서 밖을 내다보았다. 치수와 비율이 프랙털이 되어 광장 위와 아래에서 이루어지는 모든 것에게 쏟아졌다. 터널에 가 봤으니 내 마음도 터널과 그 위 광장의 규격에 맞춰졌다. 다면적인 관점에서 마치 땅속을 훤히 들여다보는 것 같았다. 축하용 로켓 무대의 위치가 여전히 내 속을 끓였다. 카이와 난 오늘 밤 바로 그 아래를 지나쳤다. 머릿속에서 교차하는 숫자의 횡단보도는 늘 퍼센트지만 지금 내게 분명하게 보이는 건 북극으로 이어지는 또 다른 점선 길이다.

크게 한숨을 내쉬고 뜨거운 찻잔과 지도를 챙겼다. 소파에 앉아 우리가 갈 북극권 한계선과 외딴 황무지를 살폈다. 지금은 헬리콥터가 적격일 것 같다.

아빠가 노크하고 슬쩍 안을 살폈다.

"라플란드로 가는 비행기가 준비됐단다. 아침 일찍 출발할 거야."

"알려 줘서 고마워요, 아빠." 난 머릿속에 든 알람을 맞췄다. 아빠가 계속 그 자리에 서 있었다.

"다른 할 말이 있으세요?"

아빠가 두 손을 포갰다.

"마리골드랑 이야기를 했는데… 카이가 여기 있으면 분명 일에 방해가 되겠지? 아빠는 상상도 못 하겠어. 그 애는 어때 보였니?"

난 찻잔을 내려놓았다. 카이와 나 사이에 오가던 흐린 주파수가 다시 밀려들었다. 그의 멀어진 눈빛, 고통스러웠던 주파수. *어땠더라?* 거대하고 위로가 되었고 동시에 혼란스러웠다. 대답하려는데 아빠가 날 막았다.

"있잖니, 나중에 말해 주렴. 에디가 왔어."

아빠와 난 아파트의 거실로 나갔다. 에디가 테이블 위에 모든 장비를 늘어놓았다.

"북극 여정에 앞서 장비를 착용할 시간이 돌아왔어."

난 옅은 미소를 지었다.

"내가 제일 좋아하는 시간이야."

에디에게 카이의 주파수에 대해 말하고 내가 본 것에 관한 그의 관점을 듣고 싶지만 내가 생각하는 모든 걸 몇 분으로 어떻게 요약할지 막막했다. 내가 뭘 알아낼지에 달렸겠지만 돌아오면 에디에게 말해야겠다.

“중요한 것 먼저.” 에디가 말했다.

“테일러 대표님 앞으로 누가 나사 티퍼에 대한 중요한 정보를 갖고 있다며 연락해 왔어. 대표님이 그 사람과 접촉해 보려고 해. 우리가 뭘 알게 되면 너한테도 알려 줄게. 그다음, 마인즈가 네 아빠와 챈 씨를 봤어. 그 기자가 우리 팀을 본다면 또 다른 이론을 만들어 낼 공산이 높아.”

난 작게 신음했다.

“그래, 이제 시작해 보자.”

에디가 우리에게 북극 장비를 건넸다. 단열재가 들어가고 얼음에 미끄러지지 않도록 방지 날이 달린 부츠, 내가 나미비아에서 쓰던 침낭과 똑같이 얇지만 밝은 소재로 된 북극용 작업복. 방수, 방풍 기능이 있고 영하의 온도에서도 옷을 입은 사람이 편하게 움직일 수 있도록 설계됐다. 고글, 안면 보호구, 장갑, 모자, 침낭으로 키트가 완성됐다.

“체감 온도에 유의해. 몇 분 안에 사람을 위험하게 할 수 있으니. 네 호신용 귀걸이도 빼는 게 좋겠어. 금속은 귓불에 동상을 일으킬 수 있거든. 안면 보호구를 써. 아주 낮은 온도에서는 숨쉬기가 고통스러울 거야. 아, 드론 온도는 미지근하게 유지해 줘. 이 장비들은 훌륭한 거니까.”

에디가 말했다.

"솔직히 안심은 안 돼. 우린 아직 북극 날씨에서 최종 테스트를 해 볼 시간이 없었어. 전부 시제품이고 추위로 인해 장비가 먹통이 될 수도 있어. 난 최선을 다했지만, 날씨가 어떤 영향을 미칠지는 미지수야."

나미비아에서 내가 쓰던 침낭이 떠올랐다.

에디가 계속 말을 이었다.

"센서가 배터리와 연결되어 있는지 확인만 잘하면 제대로 작동할 거야."

그가 소매 칸을 가리켰다.

"필요할 때 쓰라고 충전기를 거기 넣었어. 하지만 여기에 새로 만든 특별 바이오 테크 등급 단열재로 보강해서 일반용보다 10배 더 따뜻하고 가벼워. 그러니까 적어도 충전기가 부서지면 네가 곧바로 죽진 않을 거야."

에디가 어색하게 웃었다.

아빠가 코웃음을 쳤다.

"그것참, 다행이구나." 아빠는 에디에게 고맙다고 한 뒤 테일러 대표를 찾으러 갔다.

"마지막으로, 너한테 줄 선물이 있어."

에디가 케이스를 열었다. 미세하게 그래프 같은 표시가 있는 작은 콘택트렌즈였다.

"바이오 렌즈야? 진짜 준비가 된 거야?" 내가 물었다.

"아직 시제품이야. 하지만 유용할 수도 있잖아. 물론 조심해야 해. 야간 투시경보다 한 단계 나아졌지만 밝은 빛이 들어오면 일시적으로 눈이 보이지 않는 단점이 있어. 그러니 꼭 필요할 때만 작동시켜."

"고마워, 에디." 내가 미소 지었다.

"펜즈 말로는 네 강의가 근사했다던데. 돌아가서 얼른 듣고 싶어."

에디의 표정이 굳었다.

"테일러 대표님은 경호원 없이 너와 너희 아버지만 보내기로 정하기까지 정말 고민을 많이 하셨어. 특히 터널에서 일이 벌어진 뒤에."

난 탄식했다.

"이번 일에는 경호원이 같이 갈 수 없어. 그 가능성도 이미 계산해 봤다고."

핑계 삼아 한 말이 아니었다. 위험을 충분히 인지하고 있고 난 지금 차분한 상태다.

"그냥 노블을 찾으러 가는 거야. 그게 다야."

에디가 한숨을 쉬었다.

"그를 찾으러 가는 소감이 어때?"

난 어깨를 으쓱였다.

"지금은 그게 유일하게 옳은 일이라는 느낌이 들어."

난 슬쩍 창문을 쳐다봤다. 노블을 찾으면 내 머릿속 길이 마침내 이해가 가겠지.

에디가 장비를 챙겼다.

"K2를 통해 우리와 대화할 수 있어. 필요한 게 있으면 언제든지 알려 줘. 알았지?" 에디가 살짝 웃었다.

"나머지는 너한테 달렸어. 노블을 찾고 해답을 얻는 것…. 다른 사람들을 위해서도." 에디가 멋쩍어했다.

난 가슴이 쪼그라들었지만 그래도 웃어 보였다. 그렇게 쉽게 일이 해결될 것 같지 않았다.

"노블이 어둠으로 들어간 이유가 그거야." 내가 말했다.

"지금은 이유를 모르지만, 곧 알아낼 거야."

"몸조심해."

똑. 똑.

문을 여니 챈이 있었다.

"얘기 좀 할까?"

CHAPTER 32

∞

챈은 내가 가기 전에 꼭 봐야 할 사람이었다. 그에게 곧장 여길 떠나야 한다고 확신시켜야 하니까. 카이를 위해서라도 그렇게 해야 한다. 자기 아버지에게 무슨 일이 생겼다간 그가 결코 날 용서하지 않을 것이다.

에디가 나간 뒤, 난 찻잔에 뜨거운 물을 따랐고 챈과 나란히 의자에 앉았다. 챈은 무릎 위에 가만히 양손을 올렸다.

"오늘 고마웠단다." 그가 말했다.

"뭔가를 해 볼 기회를 줘서."

가슴이 쥐어짜는 것같이 아팠다. 맙소사. 이런 그에게 손을 떼라는 말을 어떻게 하지?

챈이 말을 이었다.

"그 자리에서 난 오랫동안 보지 못했던 걸 봤어. 팔레르모 리치는 절박해 보이지 않았어. 그는 자기 계획을 두고 자신에 차 있었어. 그러니 우리가 그를 막아야 하는 거야."

"그러니 그만 돌아가 주세요." 내가 말했다.

"제 숫자가 이번 일이 우리가 원래 생각했던 것보다 상당히 많이 위험하다고 알려 줬어요. 전 당신이 안전하길 바라요. 링 박사님과 카이도 그러길 바랄 거고요. 당신한테 무슨 일이 생기도록 놔둘 수 없어요."

그가 결심한 듯 단호한 눈빛을 번뜩였다. 빌라에서 나란히 앉아 레드에 관한 이야기를 들려줬을 때와 같은 얼굴이다.

"네가 날 위해 결정을 내린 게 아니야. 내 스스로 내렸지. 그로 인한 대가를 이미 고려했고." 그가 목청을 가다듬었다.

"이건 내가 할 일이야, 피닉스." 챈이 내 옛날 이름을 불러 더욱 가슴이 아팠다.

"내가 회사에서 마주해야 했던 상황이 기억나니? 저 남자들도 다르지 않아. 다른 게 있다면 저들은 내게 주눅이 들었다는 거야. 내부로 들어가는 일에 있어서 최고의 적임자는 나야. 내심 난 늘 이런 일을 꿈꿔 왔어."

그 말에 내가 놀라 눈썹을 들썩였다.

챈이 웃었다.

"딱 한 번만이야. 너무 좋아하진 마. 나한텐 집에서 기다리는 링이 있잖니. 난 카이가 아니니 불필요한 위험을 무릅쓰진 않을 거란다. 그렇지만 내가 또 다른 재앙을 막을 수 있다면 그렇게 해야겠지."

"당신에게 무슨 일이 생기면 어떡해요?" 내가 물었다.

"DIA에게 일 처리를 맡기는 편이 좋겠어요."

"DIA가 너한테 찾아왔잖니." 챈이 말했다.

"네가 해결할 거라고 난 믿어."

난 그에게 간청하는 눈빛을 보냈다.

"카이가 절대로 절 용서하지 않을 거예요. 당신이 절 골칫덩어리라고 부른 덴 다 이유가 있었어요. 그가 절 부르는 것처럼요. 두 사람 다 맞았어요. 전 골칫덩어리예요."

챈이 시선을 내렸다.

"넌 좋은 친구야. 카이의 엄마와 레드도 골칫덩어리였지. 카이도 마찬가지고. 하지만 카이가 늘 말했듯 넌 좋은 쪽으로 골칫덩어리란다."

그는 내 기분을 나아지게 하려고 애썼지만 그럴수록 더욱 끔찍해졌다. 챈이 여기 온 건 내가 그를 이 위험한 수렁으로 이끌었기 때문인데 그는 지금 내게 고마워하고 있었다. 그는 최악의 부분을 전혀 알지 못하고 있다. 카이가 여기 있는데.

연회장에서 본 카이의 얼굴이 떠올라 머리가 빙빙 돌았다.

절 어셔라고 부르세요. 카이의 목소리가 물속에서 흘러나오는 노래처럼 메아리쳤다. 깊고 아름답지만 닿을 수 없는. 그의 난파선에는 보물이 잔뜩 실려 있지만, 상어 떼가 지키고 있어 접근할 수 없다. 챈이 내 표정을 알아차렸다.

"젠머 러(Zenme le 怎么了 무슨 일 있어)?" 챈이 목소리를 낮췄다.

"속상해 보이는데. 꼭 나한테 경제 위기를 설명하던 그날처럼 말이야."

난 눈을 꼭 감았다. 한숨이 절로 나왔다.

"카이가 절 미워해요."

챈이 고개를 저었다.

“무슨 터무니없는 소릴 하는 거니? 그 애는 한 번도 널 미워한 적이 없어. 내 말 믿어. 내 아들을 근사한 아가씨들과 맺어 주려고 부단히 애써봤어. 그 애는 널 만나기 전까지 아무에게도 관심을 보이지 않았지. 아들이 자기 엄마 같은 여성을 고를 걸 내가 알았어야 했는데. 카이가 왜 그렇게 오래 걸리는 임무를 택했는지는 몰라도 그 애는 자기 의지로 그렇게 한 거야.”

난 챈에게 사정을 털어놓지 않았다. 카이가 떠나기로 한 게 아니라 내가 헤어지자고 한 거라고. 달랑 쪽지 하나만 남기고, 그의 전화를 차단하고…. 카이가 챈에게 이 사실을 말할 줄 알았는데 그는 그러지 않았다. 카이가 임무를 위해 떠난 뒤로 구구절절한 부분은 중요치 않았는데 지금 그 일이 날 괴롭히고 있었다.

“카이가 다시 돌아오지 않으면 어떡하죠?” 내가 물었다.

“카이는 자기 일, 이런 인생을 좋아해요. 솔직히 그는 시애틀에 절 보러와서 지루해했어요. 올 때마다 더 일찍 돌아가려고 했고 오래 떨어져 있으려고 했어요. 임무도 차츰 길어졌고요. 평범한 삶은 카이에게 어울리지 않아요.”

“네가 원하는 게 평범한 삶이란 거니? 이곳 헬싱키에 와 있는 널 좀 보렴. 지난주에 넌 갈색 머리였어. 오늘은 금발이지. 내일 넌 북극권 한계선으로 떠날 거고.” 그가 테이블 위에 놓인 장비를 가리켰다.

“그리고 튀니지 건도 있었잖아.”

그 말에 내 볼이 빨개졌다.

“그 일을 아세요?”

“내 자식들을 잘 알 뿐이지. 너와 카이가 쿠데타 때 같은 지역에 있었는데 기적적으로 상황이 회복됐다고? 난 네가 뭔가를 했다고 생각했어. 다행히 많은 사람이 진짜 너나 카이의 모습을 모르지. 너희 아버지와 내가 뭐 때문에 여기 왔을 것 같니? 우린 자식을 보호하는 부모 역할을 하려는 거야.”

가슴이 따뜻해져 왔지만 카이도 이런 식으로 이해해 줄지 확신이 들지 않았다. 카이가 얼마나 가까이 있는지 챈이 알면 좋겠지만…. 난 가만히 있었다.

“이거 받아. 네 방에 온 이유가 이거야. 너한테 선물을 주려고.”

챈은 들고 온 가방에서 상자 하나를 꺼냈다.

“카이는 시애틀에 널 보러 갔을 때 지루해하지 않았어. 일찍 떠나려 한 것도 아니고. 너한테 깜짝선물을 주려고 이걸 만들고 있었단다.” 챈이 미소를 지으며 내 앞에 상자를 놓았다.

“사실 그 애는 네가 있는 시애틀로 이주하려고 했는데 내가 아직 아들을 보낼 준비가 되지 않았어. 그래서 날 위로해 주느라 중국에 머물렀고 그때 이 아이디어가 떠오른 거야. 카이는 네가 일기장에 적힌 레드의 기억과 말을 수집한다고 알려 주더구나. 그래서 그 애는 링에게 마구 캐물었단다. 알고 보니 가족의 모든 소유물은 그들이 고향을 떠난 뒤에 송 밸리에 숨겨 두었고 거기에는 레드가 프랫에 가기 전에 쓰던 물건들도 있었어. 카이가 너한테 줄 선물로 의미 있을 법한 걸 찾아 샅샅이 뒤졌단다.”

챈이 내게 상자를 건넸다. 안에는 오래된 편지들, 붉은 실로 만든 무한대 모양의 전통 매듭, 낡아 빠진 체스 세트가 들어 있었다. 그 아래로 커다란 가죽 일기장 옆에 작은 흰색 일기장과 '조세핀 리버스에게, 챈 다오 카이가'라고 손 글씨로 적힌 메모가 있었다. 내 가슴이 두 동강 나며 고통에 휩싸였다.

"레드가 납치당하기 전에 썼던 일기장이랑 그의 물건들이란다. 작은 흰 일기장은 카이 거야. 그 애가 널 위해 기록해 뒀어. 난 읽어 보지 않았단다."

양손으로 상자를 받았다. 잘못된 추정의 냄새가 내 감각을 자극했다.

"카이는 우리 집에 있을 때 이걸 작업했지. 네 생일이나 프랫에서 나온 기념일에 줄 거로 생각했단다. 자세히는 기억이 안 나는구나. 그 애가 떠나기 전에 내가 이걸 어쩔 거냐고 물었어."

챈이 숨을 내쉬었고 난 그가 무슨 말을 할지 예상했다.

"카이는 자기 일기장은 내다 버리고 레드의 물건은 링에게 주라고 하더구나. 하지만 난 그러지 않았어. 둘의 관계에 무슨 일이 있었든 널 위해 썼다는 걸 알았으니까. 카이는 늘 좀 과한 면이 있어. 충실함과 사랑에서도. 그 부분에서 날 닮았거든…."

그가 어깨를 으쓱였다. 챈의 지갑 속에서 봤던 사진이 떠올랐다. 수년 동안 그는 아내 몰리의 사진을 갖고 다녔다.

"하지만 네 말이 맞아. 우리가 그 애를 언제 다시 볼 거란 보장이 없지." 챈이 한숨을 쉬었다.

난 회색 털의 바닥 매트로 눈길을 돌렸다. 내가 아는 거라곤 카이가 옆방에 있을지도 모른다는 점이다. 하지만 바이 요원의 말도 일리가 있었다. 오늘 밤 다시 카이의 눈빛을 본다면, 어쩌면 그는 11월의 로미오가 될지도 모르겠다.

“당신이 아들을 보지 못하는 이유가 저라면요?” 내가 물었다.

“카이는 성인이야. 자기 스스로 결정을 내려, 조. 네 숫자가 동의한다면 난 말이 안 된다고 해도 믿을게. 내가 보지 못했을 때 네가 믿어달라고 했던 거 기억나니?”

그는 경제 위기 때의 상황을 말했다.

“그 일을 어떻게 잊겠어요. 당신을 믿게 만들기까지 엄청 시간이 걸렸는데.”

그가 웃었다.

“그때 이후로 많은 걸 배웠단다. 우린 서로를 믿어야 하고 가끔은 상황이 나아지기 전에 더 나빠질 수도 있지. 하지만 두 번째 기회가 찾아오니까.”

그가 미소를 짓고 손가락에 낀 반지를 쳐다봤다. 난 그와 링 박사의 관계를 생각해 봤다. 내일 무슨 일이 일어나든 지금은 기분이 한결 가벼워졌다.

“시에시에(xiexie 고마워요).”

“그래.” 챈이 내 어깨에 손을 올렸다.

“이제 링한테 전화해야겠어. 내 연락을 기다릴 테니까.”

그를 문까지 배웅하며 잘 자라고 인사했다.

상자를 가만히 쳐다봤다. 안에 들어 있는 레드의 일기장을 손가락으로 쓰다듬으며 가죽의 감촉을 느끼고 체취를 음미했다. 그런 다음 작은 흰색 일기장을 집어 들어 그걸 여는 대가를 치르기로 했다. 내일 갈 곳이 어딘지, 누굴 찾아야 하는지 생각하면 오늘 밤, 이 일기들을 열어볼 준비가 되지 않았다는 걸 알지만.

난 두 일기장을 가방에 넣은 다음 부드러운 이불 안으로 들어갔다. 눈이 무겁게 감겼다. 어떤 꿈을 꿀지 두려웠지만 그렇게 잠에 빠져들었다.

CHAPTER 33

∞

“태양은 끝도 없이 많은 비밀을 품고 있단다.”

꿈은 프랫에서 레드와 내가 함께 밖으로 나갔던 흔치 않은 날로 돌려놓았다. 그날 일찍 비가 내렸는데 날이 개고 해가 떠서 습한 회색 구름 사이로 빛을 뿌렸다. 우리는 더러운 바닥에 놓인 마분지 쪼가리 위에 앉아 아무것도 상관 안 하고 그저 등을 데워주는 햇살과 신선한 공기에만 신경 썼다.

레드는 언제나처럼 즐거워했고 난 기분 좋게 그의 말을 들었다.

“우린 태양을 똑바로 바라볼 수 없지만, 태양이 없으면 아무것도 볼 수가 없단다. 그 힘의 상당 부분은 우리의 시야 너머에서 작용하나 여전히 우리가 비밀을 발견할 공간을 남겨 두었지.”

그리고 그가 이마에 챙을 만들 듯 손바닥을 대서 하늘을 살폈다.

“뭘 찾으세요?” 내가 물었다.

“오랫동안 보지 못했던 빛의 길. 비밀은 우리의 등에 닿는 햇살과 대기 중의 수증기에서도 드러날 수 있단다.” 레드가 웃었다. 그리고 그가 화살처럼 손가락을 쏘았다.

“아하, 칸칸(kan kan 看看 보렴)! 이 다오 차이홍 가오가 티엔콩(Yi dao caihong gaogua tiankong 一道彩虹高挂天空 무지개 길이 하늘에 걸려 있구나).”

난 몸을 앞으로 내밀고 실눈을 떠서 살피다가 마침내 프랫의 버려진 건물과 등대 위로 희미한 색을 보았다. 무지개도 예뻤지만 레드가 문장을 구성할 때 쓰는 언어가 더욱 흥미를 끌었는데, 그가 일주일 내내 새로운 문법 수업을 하며 내게 질문 공세를 퍼부은 덕분이다.

“어째서 표준 중국어에서는 무지개를 설명할 때 다오(Dao 道)를 써요?”

“다오는 ‘길’ 혹은 ‘통로’를 의미한단다. 사물에는 다 길이 있지. 무지개조차도.”

레드가 다리를 꼬고 비의 체취가 묻은 공기를 길게 들이마시며 흐뭇하게 하늘을 바라보았다.

레드의 말이 희망을 불러왔어야 마땅했지만 난 오히려 심통이 났다. 킹이 돌아오면 난 항구에서 있을 회의 자리에 나가야겠지. 난 고개를 숙이고 닳은 부츠로 먼지를 찼다.

“무지개는 전자기 스펙트럼의 한 부분일 뿐이에요.”

레드에게 그렇게 말하며 난 그가 전하려는 심오한 의미를 털어버렸다.

"그건 비밀이 아니에요. 물에 빛이 반사되어 우리에게 색상으로 보이는 거라고요."

레드가 날 쳐다보며 웃었다.

"그래, 과학은 우리 앞에 놓인 사물을 설명할 수 있도록 도와주지. 하지만 빛은 이름이 붙기 훨씬 전부터 거기 있었어. 손녀야, 그냥 느긋하게 앉아서 우리에게 온 이 빛을 즐기렴."

난 레드를 쳐다봤다. 그는 이제 눈을 감았다. 구름 사이로 내린 빛이 그의 몸을 비췄다. 그는 가만히 있었고 난 쉴 새 없이 손을 옆으로 두들겼다.

"그렇게 간단하지 않아요." 내가 대꾸했다.

"할아버진 색의 길을 보죠. 하지만 저한테는 숫자밖에 안 보여요."

콧노래를 흥얼거리던 레드의 검은 눈동자가 날 쳐다봤다.

"네 수학은 재능이지만 그게 네 길을 이해하는 일을 늘 도와주진 않을 거란다. 그렇지만 빛은 그럴 수 있어. 너도 이미 봤겠지만, 길을 알려 주는 건 빛이잖니. 그러니까 빛이 널 인도해 줄 거야. 하지만 무지개와 마찬가지로 이미 네 앞에 있는 걸 보기 위해서는 네가 조금 몸을 굽힐 필요가 있을 거야."

난 숨을 내쉬고 다리를 가슴으로 당긴 다음 빨강에서 보라로 이어지는 색을 살폈다.

"할아버지는 어떤데요?" 여전히 속상하고 자기 연민에 빠진 상태로 내가 물었다.

"빛이 할아버지를 프랫으로 인도했나요?"

일주일 내내 난 그의 과거에 대해 들어 보려고 애썼지만 쉽지 않았다.

레드가 길게 한숨을 쉬었다.

“빛이란 따라가기에는 위험한 존재란다. 네가 알지 못하는 사이 세상 가장 어두운 모퉁이로 데려가거든.”

CHAPTER 34

∞

핀란드, 로바니에미, 라플란드, 북극권 한계선

라플란드로 날아가는데 로바니에미가 어두운 겨울 왕국의 크리스마스트리처럼 밝게 빛났다. 우리는 아침나절에 시내에 도착했다. 눈이 내려앉은 풍경을 넋을 잃고 바라보다 헬싱키에 비해 이곳의 주파수가 얼마나 적은지 깨달았다. 하지만 내 생각이 뿌리내린 곳은 거기가 아니었다. 난 북극에 있었다. 내가 아끼는 두 남자가 오지 말라고 했던 장소에.

아빠와 내가 숙소의 호스트를 만나러 걸어가는데 살을 에는 바람이 거리를 가로지르며 거세게 울부짖었다. 난 모자를 더 내려쓰고 목도리도 바짝 당겼다. 영하 21도는 확실히 눈과 코에 적합하지 않았다. 하지만 속에 온열 작업복을 입어 배는 따뜻하고 건조해, 발가락까지 열을 보내주었다.

놀랍게도 도시는 추위 따윈 개의치 않아 보이는 관광객들로 북적거렸다. 사람들은 스노모빌, 순록 썰매, 오로라 투어, 북극 사우나 체험 등 다채로운 탐험 광고들을 살폈다.

숫자가 주파수와 눈에 찍힌 발자국과 융합했다. 하지만 전체적으로 도시는 상당히 고요했다.

우리가 대여한 오두막은 이곳에서 80킬로미터 이상 떨어진 곳에 있는데, 노블이 숨어 있는 곳과 가장 가깝다고 계산한 지역에 있었다. 물론 그는 지구상에서 가장 외딴 극지를 선택해야 했을 것이다. 아빠와 난 차로 오두막까지 간 다음 스노모빌을 타고 주변 지역을 탐색할 예정이었다. 오전 나절이지만 우리가 그를 찾을 햇빛이 세 시간밖에 남지 않았다. 그리고 내일은 ISC 발사일이다.

"저기 모퉁이를 돌면 운전자가 있단다."

아빠가 반쯤 정신이 나간 상태로 말했다. 아빠는 오른쪽 왼쪽을 살피기에 바빴다.

"아, 저길 보렴. 얼음 성과 개 썰매, 산타클로스 마을이 있어! 12월에 온 게 아니라 아쉽네. 아니면 내년에 우리 넷이 다시 오자."

난 어색한 미소로 대답했다. 중국 이후 아빠의 첫 해외여행이다. 지금까지 난 아빠에게 마피아를 소개하고 우리 둘 다 죽일지 모르는 극한 날씨가 있는 장소로 데려온 건데 그건 순전히 ISC를 상대로 한 계략을 밝히고 마피아 전쟁을 막기 위해서였다. 적어도 아빠는 즐기고 있는 듯 보였다.

발을 디딜 때마다 뽀드득거리는 눈을 밟으며 축제 같은 거리와 조명을 환하게 밝히고 따뜻한 시나몬 와플 굽는 냄새를 풍기는 카페를 지나쳤다. 북극의 하늘이 내 위로 드넓게 펼쳐져 있지만 구름이 잔뜩 낀 게 꼭 내 마음속 같았다.

모퉁이로 가니 키 큰 핀란드 호스트가 영하 추위를 견디는 장비로 무장한 채 차에서 나왔다.

"파이바(Päivää 안녕하세요). 테무라고 합니다." 마음을 누그러뜨리는 핀란드 억양으로 남성이 말했다.

"두 분이 사미 하우스를 빌리셨나요? 사진가인가요?"

"네. 저희가 빌렸어요. 사진가는 아니고 그냥 관광객이에요." 아빠가 가슴을 내밀며 들뜬 목소리로 대꾸했다.

"준비를 잘하고 오셨길 바랍니다." 남성이 우리의 얇아 보이는 옷차림을 살피며 말했다.

"사미(Sámi) 하우스는 가장 외딴곳에 자리한 오두막이에요. 거긴 눈이 꽤 쌓여 있죠. 오로라가 아름답지만 도움이 필요할 때 사람이 도착하기까지는 시간이 좀 걸릴 겁니다."

아빠는 내게 확인하는 듯 눈길을 보낸 뒤 남성을 쳐다봤다.

"우린 완전히 준비를 마쳤어요." 아빠가 온열 작업복을 살짝 들어 보여 주었다.

"휘바(Hyvä 잘됐네요)." 그가 미소 지었다.

"스노모빌을 포함해 요청하신 모든 물품을 준비해 두었고 장작도 추가로 넉넉하게 채워뒀습니다. 오로라는 오늘 밤 강하게 움직일 겁니다. 지구 자기 폭풍우로 관광객이 몰려와서 좋긴 하지만 그 탓에 이번 겨울은 꽤 무서워졌어요. 이번 주에도 엄청난 폭설이 내릴 예정이거든요. 그래도 오늘 밤하늘은 두 분에게 근사한 쇼를 선사할 겁니다. 자, 이제 서둘러 가 보죠."

호스트가 지구 자기 폭풍우를 언급해서 난 움찔했지만, 이번 정전 사태는 그로 인한 것이 아니다. 전 세계에 특정 전력망이 이미 손상을 입었고 사람들은 겁에 질렸다. 그래서 그들은 교회를 찾아가고, 물건 사재기를 하며, 난방용 연료로 나무를 때기 시작했다. 이 일을 해결하기까지 우리에게 남은 시간은 하루였다.

테무가 우리의 장비를 SUV에 실었고 난 위험한 요인이 없는지 사방을 살폈다. 지금까지 걱정스러운 건 전혀 감지되지 않았다. 하지만 아직 이르다. 왼편에서 신난 한 무리 여행객들이 아이스 호텔 광고판이 달린 스노 버스에 올라탔다. 10분간 난 벌써 21가지 다른 언어를 파악했다.

차량에서 사미 하우스에 관한 안내 책자를 봤다. 순록 한 무리와 알록달록한 전통 의복 차림을 한 남성의 사진이 눈길을 끌었다.

"사미가 무슨 뜻이에요?" 문화적 차이에 관한 내 호기심이 걱정보다 앞섰다.

"사미는 핀란드 북부에 사는 소수 민족의 이름이에요. 그들은 순록 떼를 키우는 유목민이었죠. 지금은 많은 관광객이 그들과 썰매 타는 걸 즐긴답니다."

가는 길에 그는 아빠에게 북극 생존에 관해 이야기해 주었다.

"혹시 볼지 모르겠지만 핀란드 북극 전역에 라부(Lavvu)라는 피난처가 있어요." 그가 설명했다.

"모든 기본적인 시설을 갖추고 있어요. 일부는 사우나도 완비

돼 있어요."

"사우나가 기본 시설인가요?" 내가 웃으며 물었다.

"핀란드에는 이런 말이 있어요 *'사우나, 담배, 술로 치료할 수 없다면 죽는 병이다.'*" 그가 씩 웃었다.

"북극에서 가장 위험한 건 꽁꽁 어는 것이니, 사우나는 중요한 게 맞아요."

차 안은 따뜻했으나 난 차가운 유리창에 코를 대고 얼얼함이 내 감각을 일깨우도록 놔뒀다. 매시간 우리는 노블에게 가까워지고 있었지만, 아직 이 여정은 내 가슴을 즐겁게 하지 못했다. 시간이 흐르고 있다. ISC는 노블의 도움이 필요하다. 체사레와 라파엘은 여전히 실종 상태다. 하지만 난 그를 보기 위해 석 달이나 기다렸다. 가슴이 조여 왔다.

한 시간이 또 지나고 구름이 갈라졌다. 우리는 사설 도로를 통과했고 갑자기 바다에서 파도가 밀려와 부딪히듯 주파수가 급증했다. 얼음처럼 차가운 공기 속에 주파수와 아드레날린이 뒤섞였다. 위협이 사방에 깔렸다.

이 지역을 지나갈 때 왼쪽에서 오른쪽으로 고개를 돌리며 살폈다. 나무에 숨은 카메라와 센서들이 보였다. 부자연스러운 불빛의 반짝거림이 주파수와 함께 튀어 올랐다. 이곳은 경계가 삼엄하다. 하지만 테무와 아빠는 전혀 알아차리지 못했다.

내가 몸을 앞으로 구부리고 물었다.

"테무, 여긴 어디예요?"

"스케일 테크의 북극 연구소와 데이터 센터가 이곳에 있답니다. 한땐 방문객을 받기도 했는데 지금은 아니에요." 그가 한숨을 쉬었다.

내버려둔 힘이 내 안의 사자를 일으켜 다시 생명을 불어넣고 포효하게 했다. 난 덮칠 준비가 끝났다. 경호원들은 날 성급하다고 하고, 다른 이들은 충동적이라고 할지 모르지만 난 헤쳐 나가는 길을 알려 주는 숫자를 볼 수 있다.

헬싱키를 생각해 봤다. 카이는 이해했다. 그는 위험이 무언지 알았다. 위험이 없는 일은 없다. 위험이 없는 날은 하루도 없다. 하지만 그는 자신이 누구고 뭘 원하는지도 안다. 그런데 나는? 우리가 헤어진 지 석 달이 지났고, 아직도 내가 뭘 원하는지 모르겠다. 그 점이 내게 챈이 팔레르모와의 만남에서 돌아왔는지 알고 싶다고 생각하게 했다. 곧바로 해리슨에게 문자를 보냈다.

– 해리슨: 아직이야. 마음 단단히 먹어.

– 나: 알았어.

마음을 굳게 먹고 숨을 길게 들이마셨다. 확신이 없었다면 챈은 이 일을 맡지 않았을 것이다. 그 점을 믿어야 한다.

테무가 나무가 들어선 좁은 길로 진입했고, 최근에 청소한 것 같은 숲속 오두막의 깨끗한 진입로에 들어섰다. 차에서 짐을 내릴 때 난 발작하듯 다리를 떨었고 테무는 집 안의 기본적인 부분을 설명했다. 더 필요한 게 없다고 확인시켜 준 뒤에야 그가 자리를 떴다.

내 머릿속은 생각으로 뒤죽박죽이었다. 우리는 탐험에 필요한 장비가 든 배낭을 빼고 모든 걸 안으로 들여놓았다. 그리고 스노모빌이 주차된 차고를 열었다.

"어서요, 아빠. 제 계산에 의하면 앞으로 한 시간 안에 그의 집을 찾지 못하면 우린 오늘 밤 눈 속에서 자야 해요."

"온열 작업복이 있어 참 다행이야." 아빠가 말했다.

좌표를 확인한 다음 우리는 스노모빌에 올라타고 속도를 냈다.

내 숫자가 완전히 주도권을 잡자 차량이 얼음 위로 유령처럼 조용히 움직였다. 하늘이 어두워지고 온도가 더 떨어지면서 우리를 감싼 숲에서 유령 주파수가 울려 퍼지며 차갑고 상쾌한 공기 너머로 진동했다. 그러나 내가 찾는 건 이 주파수가 아니다. 우울한 콧소리가 공중에 퍼져 있었고 점점 강해졌다. 잠시 뒤 난 속도를 늦췄다. 내 안의 나침반이 요동쳤다.

난 노블의 주파수를 느꼈다. 그를 느꼈다.

내가 속도를 늦추자 아빠도 내 옆으로 왔다.

"여기서 멈춰요." 내가 아빠에게 말했다.

"스노모빌을 버려야 해요. 여기서부터 걸어가요." 노블에게 경각심을 주고 싶지 않았다.

"조, 날이 어두워지고 있단다. 스노모빌이 필요할지도 몰라."

"여기서 가까워요." 난 배낭을 더 꽉 멨다.

"다시 타러 오면 돼요. 어서 가요."

어느 때보다 더 따뜻함을 느끼며 눈 위를 걸었다. 하지만 몸이 떨렸다. 아빠가 내 옆으로 다가왔다.

"괜찮니? 네 얼굴이 꼭…."

"괜찮아요." 괜찮지 않았지만 그렇게 말했다.

내 마음은 혼란스럽고 상처받았다. 이제 곧 노블을 볼 텐데 멀리서 부정적인 주파수가 풍겼다.

우리는 숲속을 걸어 나무에 둘러싸인 공터 앞에 도착했다. 기억의 불꽃이 일기 시작했다. 여기 와 본 적이 있다. 눈송이 시뮬레이션 때. 시뮬레이션에서 내가 가고 싶어 했던 나무 너머의 지역이 지금 눈앞에 펼쳐졌다. 이곳의 구조까지 알아볼 수 있었다.

내가 해냈다. 노블의 피난처를 찾았다.

CHAPTER 35

난 늑대처럼 길을 좇아갔다.

어둠이 주변 풍경을 바꿨으나 노블이 날 위해 만들어 준 시뮬레이션과 흡사했다. 따뜻함과 두려움이 속에서 뒤섞였다.

우리는 조심스럽게 눈 덮인 언덕을 올라 나무를 지나쳐 공터로 들어갔다. 쭉 늘어선 나무 뒤로 삐져나온 지점에 작은 건물들이 들어서 있었는데, 그 한가운데 아름다운 나무 오두막이 있었고, 그곳에 이글루처럼 생긴 유리 돔 구조물인 커다란 오로라 돔이 연결되어 있었다.

난 고개를 저었다. 당연히 노블이라면 오로라 돔 정도쯤은 차리고 있을 것이다. 이상한 연기 같은 물질이 굴뚝에서 솟았다. 내가 보기엔 바이오연료다. 지붕에는 태양열 패널이 쭉 덮여 있었다. 한눈에도 이 건물의 모든 부분이 직접 설계, 제작되었고 백 년의 혹한을 견딜 수 있도록 업그레이드 중인 것을 알 수 있었다.

우리는 눈을 헤치고 첫 번째 구조물을 지나쳤다. 아빠가 문을 여니, 안이 따뜻하고 훈기가 있었다.

"이걸 보렴." 아빠가 말했다.

"최소한 여기서 자도 되겠다."

내가 다가가 슬쩍 안을 살폈다. 바질과 토마토 냄새가 감각을 자극했다. 여긴 온실이었다… 북극에 있는. 하지만 내가 아는 온실처럼 생기지 않았다. 독특한 열 램프가 다양한 색상으로 빛을 내뿜었다. 그는 우주에서 채소를 재배하는 방식을 모방해 실험하고 있었고, 효과가 좋았다. 각종 채소, 나물, 허브가 있었다.

난 계속 걸었다. 막 떨어진 눈이 바닥의 흔적을 지웠지만, 발 사이즈가 다른 두 개의 족적이 있었다. 다행히 이곳이 노블의 집인 걸 알기 위해 족적을 파악할 필요가 없다. 난 정문으로 갔다. 큰 석산호 조각이 눈을 맞으며 문간에 놓여 있었다.

노크했다. 아무도 대답하지 않았다.

내가 오는 걸 감지하고 그가 건물을 떠났을 거란 생각이 들었지만 믿지 않았다. 그는 여기서 날 기다리고 있을 거다.

문을 열어봤지만 잠겼다. 노블을, 아니 난 이미 그의 감시 체계를 건드렸다. 하지만 문손잡이로 볼 때 열쇠가 없이 들어갈 방법이 있었다.

물론 그는 이중 어느 건물에도 있을 수 있지만, 이 집이 그가 시간을 보내는 장소가 분명했다. 혼자 여기로 들어가고 싶었다.

"잠겼어요." 내가 아빠에게 말했다.

"다른 건물에서 열쇠를 찾아봐 주실래요? 전 여기 들어가는 방법을 알아볼게요."

아빠가 내 말에 수긍했다. 아빠는 나와 같은 생각을 가졌다. 이제 어두워졌고 우리는 밤이 되기 전에 이 건물 중 한 곳으로 들어가야 한다. 그렇지 않으면 얼어 죽을 테니까.

내가 무단으로 침입한다고 해도 노블이 신경 쓰지 않을 걸 꽤 확신했다. 그도 내 시뮬레이션에 침입했었으니까. 그러니 이 일로 화를 내지 않을 거다. 게다가 난 빨리 온열 작업복을 충전해야 했다.

가장 큰 산호 조각을 집어 들었다. 그의 열쇠 스타일이 어떨지 대강 눈치챘다. 산호를 돌려 보니 자성을 입힌 게 분명했다. 문손잡이에 대니 진동이 흘러 웃음이 났다. 이내 딸각 소리가 나더니 열렸다. 난 마음을 단단히 먹고 안으로 들어갔다.

우선 사하라 사막의 그림이 걸려 있고 프랙털 패턴으로 뒤덮인 의자가 놓인 머드 룸이 있었다. 그리고 다른 문이 보였다. 잠겨 있지 않았으니 그가 근처에 있을 수도 있다. 방문객이 그리 많지 않을 테지.

오두막을 누비며 난 조용히 웃었다. 두즈의 텐트가 떠올라서다. 아름다운 나무 벽과 테이블, 고급 러그와 부드러운 울 담요, 모든 것이 호화롭고 아름답고 유용했다.

거실은 따뜻했다. 천장은 북극광, 별, 달을 관찰할 수 있도록 채광창을 냈다. 이 안에 들어오니 피부가 얼얼했다. 아주 친숙하면서도 아주 딴 세상 같았다. 노블은 뭔가 기발한 것을 만들어 냈다. 항상 그랬다. 이 소파에 앉아 따뜻한 담요로 몸을 휘감고 유리 돔을 통해 오로라를 관찰하고 싶은 마음뿐이었다. 테무가 오늘 밤에 오로라 쇼가 있을 거라고 말했다…. 그런데 불현듯 현실이 날 덮쳤다. 내일 ISC 슈퍼 위성 발사가 있다. 팔레르모가 무언가를 계획했다면 우리는 잠재적으로 치명적인 그 위기를 피할 시간이 충분하지 않다.

생각에 몰두하며 난 더 안으로 들어갔다. 노블이 우릴 도와주지 않으면 어쩌지? 내가 여기 와서 그가 화를 내면 어쩌지? 어쨌든 노블은 내게 오지 말라고 했다.

욕실을 지나쳤다. 그의 체취가 풍겼지만, 주파수는 없었다. 소지품이 별로 없었다. 주로 책, 장비들, 일기장이 다였다.

집 안을 더 살펴보았다. 다른 작은 방은 운동실로 꾸며졌다. 바닥에 무술책이 펼쳐져 있었다. 쿵후 훈련용 바가 바닥에 차곡차곡 쌓였다. *맙소사.* 내가 좋아하는 타입의 사람이 어떤지 분명해 보였다.

마침내 기술 텐트처럼 보이는 곳을 찾았는데 튀니지에서 보던 텐트와는 상당히 달랐다. 비디오, 계획, 청사진, 주파수 차트, 수많은 방정식, 각종 렌즈와 망원경, 안면 인식 소프트웨어도 설치돼 있었다. 감시용 화면 다섯 개가 동시에 나왔다. 오디오도 녹음 중이었다.

한 화면을 확대하니 튀니지에서의 내 모습이 보였다. 새벽녘 사막의 모래언덕에 앉아 일출을 살피는 모습이다. 그의 정체를 알기 전에 찍힌 것이다. 내 인생이 복잡해지기 전에.

난 눈을 감았다. 소리는 들리지 않았지만, 한 주파수가 방 안으로 들어왔고 뒤이어 훈제와 카르다몸 냄새가 풍겼다. 숫자가 내 뒤에서 폭포처럼 흘러내렸다. 천천히 몸을 돌리니 방 맞은편 어둠 속에서 한 형상이 보였다.

내가 그토록 듣고 싶던 목소리가 어둠 속에서 말했다.

“안녕, 숫자야.”

CHAPTER 36

∞

콰다와 함께 날 고속도로 진입로에 떨궈준 지 3개월 하고 5일, 28분, 41초간의 기다림 끝에 그토록 보고 싶었던 소년이 내 앞에 있었다.

노블이 앞으로 다가올 거로 생각했지만 그러지 않았다. 그는 바르도 박물관에서처럼 어둠 속에 가만히 있었다. 그림자는 사람을 읽는 숫자의 능력에 영향을 미친다. 나한테 뭘 숨기는 걸까?

"날 찾았구나."

그는 방 맞은편에 가만히 서서 어둠을 커튼처럼 둘렀다. 발이 러그 위를 서성이며 내 새로운 모습을 받아들였다.

"이럴 필요는 없었는데. 내가 오지 말라고 했잖아."

숫자는 내가 비명을 지를지, 아니면 울거나 웃을지 모르는 듯 오류를 냈다. 어째서 숨어 있는 거냐고 묻고 싶었다. 노블에게 묻고 싶은 게 백 가지도 넘었다. 하지만 난 그저 얼굴만 붉혔다. 이 자리에 선 내가 얼마나 부끄러울지 예상하지 못했다. 누군가를 찾아 헤매는 일이 얼마나 사람을 연약하게 만드는지, 특히 상대가 원하지 않는 경우에는 더더욱. 우리가 얼마나 똑똑하든 강인하든 상관없었다. 가슴이 늘 규칙을 따르는 건 아니었다.

내가 노블에게 느끼는 진짜 감정이 무엇인지 모른다고 해도 여기 온 이유는 그가 날 제대로 안다고 생각하기 때문이다. 아니면 세상에 그가 필요하기 때문일 수도 있다. 어느 쪽이든 난 얼굴이 다 보이도록 빛에 가깝게 섰다.

"널 찾아서 먼 길을 왔어."

그의 숨소리가 가빠졌지만 움직이지 않았다.

난 한 걸음 더 다가갔다.

"어째서 나오지 않고 거기 있는 거야?"

내가 물었다. 노블은 대답하지 않았다. 난 어둠 속을 가만히 응시했다.

"얘기 좀 해. 뭐가 잘못되었어. 난 널 찾으러 왔어. 네 도움이 필요해서."

그가 움직이기 전에 난 동작을 감지했다. 그리고 다시 목소리가 들렸다.

"날 찾아온 유일한 이유가 그거야?"

"아니…."

내가 말꼬리를 흐렸다. 2초 안에 방 안의 진동이 달라졌다.

"이러고 난 뒤에는 놀라지 않겠지…."

노블이 말하고 그의 모습이 나타나면서 그림자가 희미해졌다. 이내 우리는 서로를 마주하며 빛 아래 섰다.

그리고 우리는 서로를 보았다. *정말로 서로를 보았다.* 우리만이 할 수 있는 방식으로. 지난번 만났을 때처럼 그을린 피부가 아니라 창백한 갈색이라 그의 마호가니 빛 눈동자가 더욱 짙어 보였다. 갈색 머리는 길게 자라서 턱선에 닿았다. 우리가 처음 만났을 때처럼 굉장히 매력적이었지만 이번에는 그의 아름답고 풍만한 입술에 튀니지에서 보지 못했던 슬픔이 서려 있었다.

우리의 숫자가 서로의 움직임을 추적하고 서로의 의도와 반응을 파악했다. 그가 옳았다. 우리가 더 이상 서로에게 놀랄 건 없었다. 내가 한 걸음 옮기기 전에 그가 알아차릴 거다. 난 그의 어느 부분이 먼저 움직일지, 팔인지 다리일지 알 거다. 지금 내가 생각할 수 있는 거라고는 그의 온몸이 내게 집중하는 방식뿐이다. 노블은 내 쪽으로 몸을 기울이고 싶어 했다. 우리의 감정이 두려움과 뒤섞여 있지만, 우리 사이의 미스터리는 실재했다.

따뜻한 집 안은 밖과 엄청난 대조를 이루어서 곧 온열 작업복을 벗어야 할 것 같았다. 유령 주파수가 잽싸게 머릿속을 가로질렀다. 그리고 내 안에서 따뜻한 열처럼 고동치더니 갑자기 사라졌다. 노블은 전혀 알아차리지 못하는 듯했다.

유령 주파수가 노블의 표식이라고 믿고 있었는데 그의 앞에서 있으니 그에게서 나온 게 아니라는 걸 알았다. 나는 그의, 혹은 이 방 안의 방정식을 볼 수 있었다. 하지만 튀니지에서 봤던 노블의 익숙한 주파수 말고는 아무것도 없었다.

내가 한 걸음 가까이 갈 때 그도 똑같이 했다. 내가 손을 내밀었지만, 그가 먼저 내 손을 잡았다. 꼭 게임 같다. 우리가 한 번도 하지 않았던 게임. 우리는 살짝 떨며 웃었다.

방 안에는 숫자가 있지만, 노블은 최대한 모든 걸 감추려고 하는 중이다. 그는 가까이 다가오면서도 평가하는 내 능력을 밀어내려고 했다. 방정식의 회오리바람, 감정의 폭풍, 은근한 슬픔을 그는 건물의 외벽으로 자신을 감싸듯 감추려 했다.

대체 무슨 일이지?

어릴 때 우리의 재능은 서로를 끌어당기는 매개였다. 다른 누구도 할 수 없는 방식으로 서로를 읽을 수 있는 두 사람은 아무것도 감추지 않고 받아들였다.

노블은 내 딜레마를 감지하고 자기 안에 숨어 있는 두려움을 털어버리고 똑바로 섰다. 내 작업복에서 열기가 나오고 있지만 난 다시 몸을 떨었다.

아빠가 밖에 있다. 나가서 아빠를 찾아 노블을 발견했다고 알려야 한다. 그런데 그러지 않고 난 그에게 한걸음 가까이 다가갔다. 동시에 내 머리 뒤쪽 어딘가에서 카이에 대한 생각이 일어났으나 노블이 얼굴로 흘러내린 머리카락을 쓸어 넘길 때 사라졌다. 그의 숫자가 한층 크고 분명해졌다.

노블의 시선이 내 얼굴을 따라 눈썹에서 입술로 향했다. 숫자가 필요 없는 소녀는 그의 다음 움직임이 무엇인지 알 거다. 그는 내게 키스하고 싶어 한다. 그렇게 생각한다는 걸 알고 나니, 가슴속에서 심장이 방망이질 쳤다.

이제 우리는 서로 얼굴을 마주 보고 섰지만 둘 다 살얼음을 디디는 사람들처럼 조심했다. 노블이 손가락으로 내 입술을 부드럽게 만졌다. 튀니지에서 그의 번개가 내 인생을 찢어놓은 것처럼 번개와 별빛의 주파수가 날 강타했다.

노블이 너무 가깝게 다가와 내 등이 이제 벽에 닿았다.

"어쨌든 네가 여기 와서 기뻐." 아주 가쁜 숨을 내쉬며 그가 말했다.

"나도 마찬가지야." 내 목소리는 속삭임에 가까웠다.

"위성에 대해 너한테 묻고 싶은 것이 있어…."

숫자가 혼란을 일으키며 내게 날아와 다가오는 발소리가 있다고 경고했는데, 난 노블의 숫자 안에 갇혀서 반응하지 못했다.

그가 내 턱을 기울였다.

"이 시간만을 아주 오래 기다렸어."

따뜻한 손이 내 얼굴을 감쌌고, 우리를 쥐고 있는 숫자를 철저히 무시했다. 카이의 목소리가 머릿속 어딘가에서 울렸고 다른 방에서 삐걱거리는 바닥 소리가 들렸는데…. 하지만 그 순간에는 우리 둘뿐이었다.

노블이 몸을 구부렸고 입술이 내 입술과 아주 가까워졌다. 난 눈을 감았고 숫자가 날 강타했다.

우리를 강타했다.

우리는 얼른 눈을 떴다. 차가운 바람과 더불어 두 남성이 방 안으로 들어왔다. *두 남성?*

내가 아는 남성이 얼른 내 쪽으로 왔다.

"조!"

아빠의 손이 노블의 어깨를 잡고 그를 떨쳐 냈다. 잠시 난 아빠가 카이의 쿵후를 그에게 써먹으려는 줄 알았다. 난 탄식했다. 중요한 순간이 살얼음처럼 깨졌다. 엄밀히 말하면 아빠는 내가 벽에 붙어 있는 걸 봤을 뿐인데….

“괜찮니?” 아빠가 물었다. 노블이 뒤로 물러섰다.

“네, 아빠.” 내 얼굴이 벌겋게 달아올랐다.

아빠가 상황을 살피더니 이해한 듯 표정이 바뀌었다.

“아, 음, 그렇구나.”

아빠는 지금 주목받고 서 있는 소년에게 눈살을 찌푸렸다.

“네가 노블이구나.”

노블이 얼굴이 빨개진 채 헛기침했다.

“네, 아버님. 만나 뵙게 돼서 반갑습니다.”

내가 말하려는데 아빠 뒤에 있던 남성이 앞으로 나왔고 난 놀라 입이 턱 벌어졌다.

그를 못 알아볼 뻔했다. 그의 검은 머리는 헝클어져 있었다. 지난번에 봤을 때처럼 매끈하게 뒤로 넘기지 않았고 숱도 줄었다. 콧수염은 사라졌다. 턱수염도 깔끔하게 면도했다. 녹색 눈동자는 똑같았지만 내가 기억하는 차가운 빛은 없었다. 그는 내게 일그러진 미소를 지은 다음 손을 쫙 펼치며 가진 패를 다 보여 주었다.

“챠오(ciao 안녕), 밀라. 킹의 행운의 소녀. 다시 만났구나.” 남성이 짙은 억양으로 말했다.

난 비틀거리며 물러섰고 이 남성의 아들과 지하 프랫에서 나눈 기억이 눈앞에 펼쳐졌다.

내 시선이 곧장 노블에게 갔다.

“그가 왜 여기 있는 거야?”

그의 정체는 바로 체사레 디 수사였다.

CHAPTER 37

체사레를 처음 만난 날, 상하이 부두 사방에선 악취가 났고 그중 그가 최악이었다. 그의 모공에서 분노의 숫자가 뿜어 나왔고 긴장감이 사방에 퍼졌다. 그는 눈도 깜박하지 않고 킹이 지시한 각종 나쁜 일을 다 처리하면서도 결코 이유를 묻지 않았다. 그래서 급전이 필요한 겁쟁이라고 생각했는데 오늘 밤 다시 보니 그는 확실히 그런 부류가 아니다.

지금 날 쳐다보는 체사레의 예리한 갈색 눈동자는 우리가 프랫에서 킹을 쓰러뜨리던 날처럼 단호하게 빛났다. 우리는 인터폴과 강도 높은 대화를 나눴다. 형량 거래 조건으로 그가 알고 있던 모든 연락처를 넘기고 다시는 범죄에 손을 대지 않겠다는 데 합의했다. 당시 난 그를 믿었다. 그런 그를 구금한 것도, 그때부터 쭉 그를 담당한 것도 바이 요원이었다. 난 바이 요원에게 이 일을 설명할 단 한 번의 기회를 줄 것이다.

체사레가 장갑을 벗는 동안 내 숫자가 정보를 얻으려고 그에게 달려들었다. 주황색 파카와 고무 부츠에 묻은 눈을 보니 아빠가 그를 찾기 전부터 이미 밖에 있었던 것 같다. 마시멜로처럼 부푼 밝은 주황색 탐험용 작업복 차림이라 내가 중국에서 만났던 위협적인 범죄 조직의 두목이라기보단 상한 자몽처럼 보였다. 하지만 제대로 옷을 껴입지 않으면 몇 초 안에 목숨을 잃을 수 있는 혹한의 날씨에선 외모까지 신경 쓰긴 힘들다. 그의 거친 입술이 미소로 말려 올라갔다. 이 남자의 얼굴에서 기뻐하는 기색을 본 적이라고는 없었는데, 처음으로 이 인간 말종이 아들 라파엘을 떠올리게 해 줬다.

나는 그에게 성큼성큼 다가갔다.

"체사레 디 수사! 당신이 여기 있으면 안 되잖아요. 당신 아들도 마찬가지고요." 난 짜증을 드러내며 쏘아붙였다.

"안타까운 내 과거의 위험한 잔재 때문이지…." 체사레가 입을 굳게 다물었다.

"불운한 상황이지만 널 보니 좋구나. 내 아들이 보낸 메시지를 받았나 봐?"

"라파엘은 어디 있어요?"

나는 무기를 찾는 경찰처럼 즉각적인 위험이나 함정을 계산하려고 마음먹었지만, 잘못된 생각과 씁쓸한 후회만 감지될 뿐이었다.

체사레의 시선이 재빨리 노블에게 갔고, 그가 씁쓸하게 웃음을 터트렸다.

"벽난로로 가서 앉아." 그가 불안하게 말했다.

"커피를 좀 내올게. 마시면서 얘기하자고."

"커피 따윈 필요 없어요. 난 대답을 원한다고요." 이제 난 그를 정면으로 쳐다봤다.

"당신 아들이 나한테 도움을 청했어요. 그리고 우린 거래했잖아요. 당신은 약속을 어겼고요. 지금은 그보다 더한 걸 깰 작정인가 보네요. 당장 바이 요원에게 연락하겠어요."

체사레가 날 보며 인상을 썼다.

"지금 요원한테 연락하면 라파엘과 다른 이의 피를 네 손에 묻히게 되는 거야."

방 안의 긴장감은 밖의 어둠만큼이나 짙어졌고 그러다 아빠가 끼어들었다.

"안녕하세요, 체사레. 당신이 바로 밀라의 이탈리아인 친구 아버지군요." 아빠가 말했다.

"처음 뵙겠습니다. 난 제이슨 리버스라고 합니다."

체사레가 침착함을 유지했고, 다시 신사가 되었다.

"씨(Si 네), 당신이 누군지 압니다. 밀라의 아버지죠. 유명한 사업가고. 내부자 거래 혐의를 받았던." 체사레가 아빠에게 윙크했다.

아빠가 목청을 가다듬고 곁눈질로 날 살폈다.

"맞습니다. 다행히 혐의는 벗었고요." 아빠는 제대로 노블을 살피려고 그에게로 몸을 돌렸다.

"딸한테 이야기 많이 들었어. 튀니지에서 우리 애와 카이를 도와줘서 고맙네."

아빠가 카이를 언급하자, 난 급격히 얼굴색이 안 좋아졌고 노블의 눈빛은 일그러졌다. 카이의 이름이 우리 사이의 금기어인 것처럼 노블과 내 주파수가 튀었다. 아빠가 방금 무슨 짓을 저지른 건지 믿기지 않았다.

노블이 어깨를 으쓱이고 아빠에게 미소를 지었다.

"당연히 해야 할 일이었어요. 따님은 저한테 의미가 큰 사람이니까요."

그가 잠시 말을 멈추고 등 뒤로 손을 모았다.

"라플란드에 오신 걸 환영합니다. 전, 그게… 아버님이 오실 거라곤 생각 못 했어요."

"그래, 그런 것 같더군." 아빠가 정색하며 경고를 분명히 했다.

아, 어쩌지.

노블의 자세에서 그가 나이 든 남성을 믿지 못한다는 점이 드러났다. 불과 1~2초밖에 걸리지 않았지만, 그의 숫자가 아빠를 계산했다. 자세야 어떻든 노블은 아빠가 위협이 아니란 걸 알만큼 충분히 정보를 수집했다. 친구가 필요한 아이를 저버리지 않는 정 많은 아버지란 것밖에 찾지 못할 테지. 그런 점에서 아빠는 콰다와 비슷하다.

그런데 이와 대조적으로 노블이 체사레와는 아주 편안해 보여서 둘이 처음 만난 사이가 아니라는 점을 알 수 있었다. 그들은 이미 눈빛을 두 번 교환하면서 서로 이해도 오고 갔다. 이건 중요한 실마리였다. 또한 내 속을 끓어오르게 했다. 나한테 자기감정을 고백하고 달아난 노블이 나더러 자길 찾으라고 했다. 그래서 찾았더니, 이리로 오지 말라고 했다. 어둠 속에서 석 달을 보내고 국제적인 위기와 그를 찾기 위해 북극으로의 여정을 마다하지 않았는데, 지금 나한테 바라는 게 고작 키스라니. 무엇보다 모든 문제의 발단일 공산이 큰 체사레를 노블이 재워 주고 있다는 점에서 화가 났다.

"비밀 따윈 내 취향과 거리가 멀어요." 내가 날카로운 목소리로 말했다.

"현재 상황에 대한 설명이 많이 필요할 것 같은데 시간이 별로 없군요. 누구부터 할래요?"

노블이 손을 움직였다. 내가 가만히 있으면 그의 손이 내 팔에 닿겠지. 그의 손길이 내 팔꿈치에 닿자 마음이 누그러졌다. 노블이 미안한 표정을 지었다.

"네가 아는 것보다 상황이 한참 복잡해. 그리고 방금 더 나빠졌고."

"더 나빠졌다고? 내가 지금 여기 와서 그렇다는 뜻이야?"

급박함과 상처가 뒤섞인 감정으로 내가 물었다.

"왜냐하면 저기 헬싱키와 전 세계 다른 나라에서 정전이 발생하고 있고, 마피아가 ISC 연회를 노리고 있어. 누구도 원치 않는 두 가지 사태야. 온 세상이 널 찾고 있어 노블…. 그런데 넌 범죄자랑 노닥거렸다니."

체사레가 싸늘한 표정으로 날 노려봤다.

"전과자야." 그가 웅얼거렸다.

어이가 없어 그를 향해 눈썹을 들어 올렸다.

"전과자인지, 범죄자인지는 두고 봐야 알겠죠. 프라이빗 글로벌 포스가 당신과 라파엘을 찾고 있어요. 팔레르모의 수하들도 마찬가지고요. 그리고 나도 당신을 찾았고요."

말이 계속 튀어나오면서 얼굴로 열이 달아올랐다.

"어디 가는지 아무한테도 얘기 안 하고 그냥 그렇게 없어지면 곤란하잖아요!"

내 말은 체사레를 향한 것이었지만 감정은 그렇지 않았다. 노블이 똑똑히 알아들었다.

내 팔을 잡은 그의 손길이 애원으로 바뀌었다. 마음의 준비가 되지 않은 상태로 난 몸을 돌렸다. 노블의 눈동자 속에 사막의 드넓고 끝없는 하늘이 숨어 있었다. 난 분명 이 순간을 다른 식으로 상상했다. 더 끔찍한 건 난 노블의, 노블은 나의 보디랭귀지를 읽을 수 있다는 사실이다. 우리의 재회가 이런 식이 될 걸 그도 상상하지 못했다. 입 밖으로 나오지 않은 말들이 여전히 우리 사이에 떠다녔다. 우리끼리만 있고 싶은 마음은 분명했다. 이야기를 나누고 침묵을 숫자와 낭비한 지난 석 달의 사연으로 채우면서. 그러나 아빠가 내 왼쪽에, 전직 이탈리아 범죄 두목이 내 오른쪽에 서 있는 지금으로서는 불가능한 일이었다.

3초가 지난 뒤, 아빠가 팔꿈치로 날 슬쩍 치면서 우리의 눈싸움을 깨트렸다.

"할 일이 있잖니, 안 그래?"

난 조금 더 그렇게 있다가 눈길을 돌렸다. 아빠 말이 맞다. ISC 위성 발사는 십 대 천재 두 사람의 애정사를 해결할 때까지 기다릴 여력이 없다. 그리고 마침내, 내가 체사레를 찾았다. 팀이 날 기다리는 데다 날 원하지 않는 카이도 헬싱키에 있으니 상황이 이리저리 꼬였다.

아빠가 노블의 어깨를 두드렸다.

"근사한 집이구나. 오늘 밤 두 사람을 재워 줄 공간이 있으려나?"

"물론입니다." 노블이 긴장을 풀었다.

아빠가 체사레에게 몸을 돌렸다.

"커피를 준비한다고 하셨죠? 전 한잔 꼭 마셔야겠습니다. 어느 쪽인지 알려 주세요."

"베네(bene 좋습니다). 마침내 센스있는 분을 만났군요." 체사레가 아빠를 주방으로 안내했다.

여전히 좀 머뭇거리던 노블이 마침내 씩 웃어 보였다.

"아버지와 함께 와서 더 잘된 일인지도 모르겠어." 그가 고개를 젓더니 날 주방으로 데려갔다.

CHAPTER 38

핀란드, 북극권 한계선, 노블의 은신처

노블의 커피에서 나는 카르다몸 향이 집 전체로 퍼졌지만 체사레의 커피는 그렇지 않았다. 그가 만든 커피는 겨울철 이곳 북극의 해만큼이나 짧고, 쓰고, 어두웠다.

노블이 아빠와 나에게 컵을 건넸고, 우리는 어두워지는 하늘 아래 거실 벽난로 가장자리에 자리를 잡았다. 노블의 눈길이 소파 내 옆자리로 갔다가 아빠를 살폈다. 그는 모퉁이 자리를 골랐는데 쿠션이 잔뜩 놓인 모양이 꼭 둥지 같았다.

이 공간을 흐르는 긴장감이 사면체가 되었다.

난 커피 잔을 내려놓았다.

"최근 당신에 대해 알게 된 부분이 있는데 이해가 좀 필요해서요." 내가 체사레에게 말했다.

"당신이 스케일 테크의 최대 주주더군요. 게다가 팔레르모 리치의 사촌이고, 동맹이 깨지기 전까지 마피아 일가의 차기 보스가 될 사람이었다면서요. 그 동맹 문제가 다시 불거졌다죠."

체사레가 헛기침했다.

"씨(Si)…. 모든 게 엉망이야. 우리 가문은 길고 복잡한 사연이 있어. 그래서 곧장 중국으로 건너간 거야, 다 벗어나려고. 그렇지만 내 명성은 여전히 남아 있었고 결국 킹과 엮였지. 예전의 삶이 날 놔 주지 않으려고 해서 마지막으로 한번 더 과거를 청산해야 할 필요가 있었던 거야."

난 잠시 생각하곤 말했다.

"증인 보호 프로그램으로 새로운 인생을 살면 됐잖아요." 내가 말했다.

"그건 우리 가문을 몰라서 하는 소리야." 체사레가 대답했다.

"가문의 유산은 그렇게 쉽게 사라지지 않아. 재판 이후 몇 주 만에 팔레르모가 우릴 찾아냈어. 라파엘과 날 재소자 취급하면서 석방해 줬지. 그리고 파트너 관계를 제안했어. 우리 가문의 위대한 유산을 새로이 이어받는 제1단계가 시작된 거지."

"그게 뭔데요?" 내가 물었다.

"내 할아버진 자신의 시대가 곧 끝날 걸 아시고 새로운 방식으로 미래를 개척할 계획을 세우셨어. 그걸 '자유로운 대지'라는 뜻의 테라 리베라타라고 부르셨지. 엘리트와 진화한 마피아가 산업을 독점하고 권력을 행사하는 거야. 총 5단계로 이루어져 있어. 할아버지는 언젠가 우리가 전부 갖게 될 거라고 약속하셨지. 군수, 의료, 환경, 디지털, 통신까지 모조리. 그러면 권력과 독과점은 우리 것이 될 거였어. 테러처럼 들리겠지만 합법적인 방식이야."

"당신 할아버지는 언제 그 비전을 세웠어요?" 내가 물었다.

"체포되기 수년 전에." 그가 설명했다.

"할아버지는 정치인을 협박할 비밀을 수집했고 피 묻은 돈으로 사방에 투자하셨어. 할아버지의 유언에 따라 재산은 우리에게 골고루 분배되기로 했는데 임종 직전에 할아버지가 날 자신의 뒤를 이을 후계자로 지목하신 거야. 난 가족 중 규칙을 지키지 않는 인물이었거든. 위험을 감수하면서 말이야. 미운 오리 새끼였지. 할아버지는 그 점을 보고 나라면 일을 더 무자비하게 진행할 수 있을 거로 생각하셨어. 알고 보니 내가 지키고 싶지 않은 규칙은 할아버지의 규칙뿐이더라고."

그가 한숨을 쉬었다.

"할아버지의 비전은 내게 너무 벅찼고, 팔레르모에게는 너무 소박했어." 체사레가 커피를 한 모금 마셨다.

"그 사람 이야기 좀 해 주세요." 내가 말했다.

아빠가 몸을 숙이며 집중했지만, 노블은 편하게 있었다. 확실히 이 이야기를 이미 들었던 듯했다.

"브릴리안테 에 브루탈레(Brillante e brutale 잔인하기가 이루 말할 수 없지). 우리 할아버지처럼 팔레르모도 권력에 집착하는 스타일이고 너처럼 머리가 비상해. 테라 리베라타를 내 선에서 끝내겠다고 선언하자 팔레르모는 자신이 차기 우두머리가 되겠다고 주장했어. 가족 절반이 그를 따랐어. 나머지 절반은 내게 충성했지. 하지만 그리 오래 가지 못했어. 통신, 위성, 전기 분야의 독과점 형성인 1단계가 시작됐지만, 우리 할아버지의 재산 대부분은 내 명의로 되어 있었지. 팔레르모는 의료 회사뿐이라 내게 접근해 스케일 테크의 주식을 사 가려고 한 거야. 기술 분야에서 영향력을 얻어 테라 리베라타를 발전시키는 데 활용하고 싶었던 거지. 난 거절했어."

체사레가 고개를 저었다.

"팔레르모는 '싫다'라는 대답은 받아들이지 않아. 일 년 뒤 다시 요구하더라고. 그때 내가 거절하자, 그는 내 아내를 죽이고 아들을 위협했어. 그 일이 있고 나서 난 미련을 버렸어. 중국으로 떠났지."

그가 양손으로 다리를 문질렀다. 중국에 있을 때 그에게서 느껴진 분노가 이제 이해가 갔다.

"수년간 그를 무시하려고 애썼어." 체사레가 말을 이었다.

"고개를 돌리고, 엮이지 않으려 했어. 그런데 정전 사태가 일어나고 팔레르모가 스케일 테크를 인수하려고 혈안이 되었다는 소문이 들리길래 바이 요원에게 알렸지. 그가 조사해 본 바, 팔레르모에게는 전과 기록이 전혀 없었어. 다행히 프라이빗 글로벌 포스 측이 날 믿어 줘서 요원을 보냈더라고."

"카이…." 내가 속삭였다.

노블의 눈길이 곧장 내게 향했다.

"카이를 본 거야?" 얼굴이 흙빛으로 변하며 그가 물었다.

난 고개를 끄덕였다.

"헬싱키에서…." 당황해서 말이 새어 나왔다.

"어쩌다 우연히 마주쳤어. 그는 팔레르모를 상대로 위장 수사 중이었어."

"그렇구나." 노블은 내가 알아차리지 못하게 감정을 숨기며 말했다.

"그가 뭐라고 했는데?"

"북쪽으로 가지 말라고 했어." 내가 대답했다.

노블은 다시 숫자를 숨기느라 뻣뻣해졌다. 자기가 무슨 생각을 하든 내가 알길 바라지 않았다.

"마피아 전쟁이 곧 시작될 거라고도 했어."

체사레가 이를 갈았다.

"내가 팔레르모에게 반대하는 유일한 인물이라 그가 라파엘을 데려간 거야. 그놈이 하는 일이 그거야. 사람을 납치하고 위협하고. 살로넨 박사의 아내가 식물인간 상태라는 이야기 들었지? 팔레르모가 자기 의학 연구실에서 만든 약으로 그녀를 그렇게 만들어 버린 거야. 과학자 세 명은 왜 실종됐을까? 팔레르모가 그들의 배우자를 인질로 삼고 자기 밑에서 일하라고 협박했고, 그중 두 사람은 살해당했어. 한 명 남은 과학자는 라파엘과 스케일 테크의 북극 연구소에 인질로 잡혀 있고. 그 과학자가 무기를 완성하고 슈퍼 위성에 사용할 수 있을 때까지 붙잡아 놓겠지. 팔레르모의 정전 무기는 미완성이야. 지금까지는 결함이 있는 설계로 제작한 나노 위성을 실험용으로 써 왔어. 그의 진짜 무기는 슈퍼 위성 안에 있어."

체사레가 한숨을 쉬었다.

"내가 크로아티아에 쭉 머물렀거나 입을 뻥긋했다면 이미 죽은 목숨이 됐을 거야. 우리 세계에서 그런 일은 라 파밀리아

(la famiglia 가족)라는 핑계로 벌어지지. 그래서 내게 충성하던 식구들을 이리로 불러들인 거야. 힘을 합쳐서 팔레르모를 막으려고."

아하. 마피아 지원군이 더 오는구나. 맙소사.

"테라 리베라타의 계획은 뭐예요?"

내 머릿속은 이미 이 사실들을 입력하고 기억하며 예측을 구성하고 있지만, 정보가 더 필요했다.

"ISC의 슈퍼 위성 발사가 역사상 가장 큰 정전이 벌어지는 데 악용될 거야. 전례 없는 혼란이 찾아오겠지. 증거들은 거대한 지구 자기 폭풍이 원인이라고 가리키겠지만 그건 사실이 아니야. 슈퍼 위성을 무기로 이용하면서 팔레르모는 지구 궤도를 도는 위성 200개를 파괴하고 양의 우리에 들어간 늑대처럼 아수라장을 만들 거야. 테라 리베라타는 엄청난 데이터를 확보할 수 있게 돼. 은행 계좌, 미사일 코드, 정부 파일과 극비사항까지. 그렇게 그들은 천하무적이 될 거야. 정전 자체로 생기는 죽음과 피해는 말할 것도 없고. 우리가 막지 않으면 결과는 예측할 수 없을 정도로 무시무시할 거야."

체사레의 말에는 수천 톤의 무게가 실려 있었다.

"스케일 테크에 어떻게 들어갈 계획이에요?" 머릿속에서 숫자가 윙윙거렸다.

"부지 전체에 감시 카메라가 있고 무장한 경호원들이 쫙 깔렸던데. 게다가 스케일 테크는 연구실을 보호하려고 투과 불가능한 전자기 돔도 갖췄잖아요."

"그래서 내가 저 애와 여기 있는 거야." 체사레가 노블을 가리켰다.

“저 애가 우리가 잠입할 방법을 아니까.”

노블의 주파수가 치솟았지만 내 눈길을 피했다. 나도 집중하려고 감정을 다스렸다.

“그렇게 안으로 들어가는 데 성공하면 그다음은요?” 내가 물었다.

“노블이 남쪽 게이트를 열어 주면 내 부하들이 대기하고 있다가 들어갈 거야. 그쪽이 감시가 제일 소홀하거든. 우리가 진격해 팔레르모를 막는 거지, 라파엘도 구하고. 노블이 슈퍼 위성의 프로그램에 접속해 모든 설정을 돌려놓으면 정전이 실행되기 전에 막을 수 있어. 피니토(finito 그걸로 끝이지).”

“참 쉽게 말하는군요.” 내가 의견을 냈다.

“카이는 그걸 전쟁이라고 불렀어요. 팔레르모는 분명 당신이 온다는 걸 알 거예요.”

“내게 뭔 꿍꿍이가 있다고 의심은 하겠지만 그에겐 증거가 없잖아. 물론, 네 말이 맞아. 피를 보게 되겠지.”

그때 배에서 꼬르륵 소리가 났고, 그가 배를 문질렀다.

“저녁부터 먹을까?”

CHAPTER 39

체사레가 노블의 온실에서 가져온 허브와 채소로 파스타를 만드는 동안 우리는 내일 계획을 계속 이야기했다.

난 체사레를 향해 코를 찡긋했다.

“프라이팬에 마늘을 볶으면서 피와 마피아 전쟁과 국제 테러를 멈추는 이야기를 진짜 하고 싶은 거예요?”

“뭐 어때, 마피아라고 다 어두운 지하실에 모여 담배나 피우고 그라파(grappa)를 마신다고 생각하는 거야?” 그가 웃었다.

“우리는 저녁을 직접 해 먹어. 난 배가 고프고. 단지 말을 안 했을 뿐, 너도 그럴 거라 장담해.”

허기를 못 느꼈는데 공중에 퍼지는 마늘 향을 맡으니 배가 고파지긴 했다.

“좋아요. 피에 대해서 뭐라고 했었죠?”

“피를 보는 일을 피할 수 없다고. 우리 가문에는 두 종류의 피가 있어. 지키는 쪽과 흘리길 좋아하는 쪽. 어릴 때 난 차이를 못 느꼈어. 하지만 존경하는 사람이 한 방식을 고수하면 어떤 것이 진실인지 제대로 보기 힘들지. 그래서 피의 혈투가 있을 거라는 거야. 난 가족인 팔레르모를 배신했으니까. 그래도 우리가 똑똑하다면 흘리는 정도를 줄일 수 있을 거야."

체사레가 프라이팬에 양파를 집어넣었다.

피라는 말에 겁을 먹어야 마땅한데 난 그러지 않았다. 유혈 사태를 막을 거다. 체사레와 노블에게 위성 탈취와 정전을 막을 계획이 있다는 데 안심이 됐다. 하지만 너무 단순한 계획이라 내 숫자가 그걸로 부족하다며 비명을 질러댔다.

"언제 스케일 테크로 잠입할 거예요?"

챈이 팔레르모의 사적인 만남의 자리에 참석한 걸 생각하며 내가 물었다.

"새벽에, 정문에서 내 부하들과 만날 거야." 체사레가 말했다. "팔레르모는 정오까진 거기 오지 않거든."

그 소리에 난 아랫입술을 깨물었다.

"스케일 테크 회사 지도가 있나요? 좀 봐야겠는데."

노블이 입을 굳게 다물며 꺼렸다. 우리 같은 천재가 지도를 보면 어떤 일이 벌어지는지 알기에. 그래도 노블은 스케일 테크 연구소의 12만 평이 넘는 부지의 상세 지도를 내게 보여 주었다. 난 모든 부분을 살폈다. 도로, 강줄기, 호수, 작은 집들과 라부, 스케일 테크의 거대한 본관과 수십 개의 연구동까지.

내가 지도를 가리키며 물었다.

"인피니티 돔이 이 지역 모두를 감싼다고요?"

너무 놀라웠다. 노블이 고개를 끄덕였다.

"돔을 비활성화할 방법은 없어?" 노블이 고개를 저었다.

"안전하거나 쉬운 방식은 없어. 상당히 많은 전력이 필요하거든."

눈과 추위를 인수 분해 하니, 머릿속에 장소와 사물이 명확하게 정리됐다. 이제 한 가지 질문만 남았다.

"두 사람은 어떻게 만난 거야?" 스토브 앞에 서 있는 체사레를 가리키며 노블에게 물었다.

노블이 곧바로 대답했다.

"간단히 말하면 한동안 스케일 테크를 주시하다가 그와 알게 됐어."

절반만 진실이다. 튀니지에서 내게 그랬던 것처럼 그는 거짓말을 할 줄 안다. 알지만 일단 놔뒀다. 나중에 물어봐도 되니까.

"중요한 건…." 노블이 말을 이었다.

"혈투 없이 내가 체사레의 수하들을 인피니티 돔으로 진입하게 할 수 있다는 거지."

이 계획엔 허점이 많았다. 나도 본능적으로 느낄 만큼.

"네가 뭘 보고 있는지 모르겠어." 그의 숫자에 대한 내 생각을 말했다.

"너한테 우리의 도움이 필요할 것 같아."

노블이 눈썹을 찡그렸다.

"아니, 내 계산은 그렇지 않아. 넌 스케일 테크 근처에도 가면 안 돼."

노블의 눈빛에는 천 개의 비밀과 수치가 정확하지 않은 고통이 담겼다. 그의 시선이 재빨리 우리 아빠를 살폈다.

"날 쳐다봐야 소용없어." 아빠가 말했다.

"이번 작전을 지휘하는 건 조세핀이거든."

아빠 역시 돕고 싶어 하는 표정이었으나 아빠는 우리의 임무가 노블을 찾아 ISC의 기기 이상과 위성 문제를 해결하도록 설득하는 일이라는 걸 잘 알았다. 아빠와 난 마피아 전쟁을 막으러 여기 온 게 아니다. 소식을 기다릴 테일러 대표도 이 이야기를 들으면 좋아하지 않을 것이다. 그렇지만 숫자는 계속해서 그 방향을 가리켰다.

내가 노블을 쳐다봤다.

"ISC 측에서 슈퍼 위성에 이상이 생겼대. 그 사실에 대해 네가 아는 건 뭐야?"

순간 노블이 인상을 썼다.

"숨은 프로그램이야. 내가 내일 해제할 거야."

그의 대답은 너무 짧고 추상적이었다. 뭔가 명확하게 딱 떨어지지 않았다.

"미안하지만 우리는 너랑 같이 가야 해." 그 부분에 대해 생각하며 내가 말했다.

"라파엘이 내게 연락한 건 이유가 있어서야."

"맞아. 그리고 팔레르모의 수하들이 네 정체를 아는 이유도 그 때문이고." 노블이 발끈하며 말했다.

"그는 너한테 연락하지 말았어야 했어." 노블이 창밖으로 고개를 돌렸다. 난 체사레를 쳐다봤다.

"걱정하지 마." 체사레가 말했다.

"너와 내 아들에 대한 건 이미 노블한테 말했으니까." 그가 윙크했고 난 겁에 질렸다.

"딱히 말할 것도 없잖아요." 난 속으로 잔뜩 위축된 채 말을 이었다.

"우린 그냥 친구 사이예요."

"친구라고?" 체사레가 웃었다.

"너희 둘은 아주… 카리노(carino 귀여워). 서로 말을 더듬고, 어색하게 쳐다보고 그랬잖아. 하!"

난 속에서 마구 올라오는 부끄러움을 숨기려고 경직된 미소로 일관했다. 어쨌든 완전히 틀린 말은 아니니까. 프랫에서 무슨 말을 하고, 하지 말아야 하는지 난 몰랐다. 하지만 라파엘과 나는 신뢰, 유대감, 내게 필요한 우정을 키웠고 그 덕분에 내 삶이 정상으로 돌아갈 수 있을 거라는 희망도 생겼다.

체사레가 파스타 위로 조심스럽게 버터가 든 허브 소스를 부은 다음 흰 접시 네 개에 나눠 담았다. 그리고 앞치마를 벗었다.

"라 체나 에 프론다(La cena è pronta 저녁 식사가 준비됐습니다)."

우리는 유리로 된 천장 아래 작은 나무 테이블에 둘러앉았다. 하늘에 별이 빼곡했다.

"보통 때는 와인을 같이 내는데…." 체사레가 양해를 구했다.

"저 애가…." 노블을 가리키며 말했다.

"술을 안 마셔."

손에 포크를 쥐자, 목이 엄청나게 마른 걸 깨달았다. 테이블 위에 있는 물병을 집으려고 손을 뻗기도 전에 노블이 레몬이 담긴 물을 따라줬다. 내 맞은편에 앉은 그의 입가로 수줍게 미소가 번졌다.

"고마워." 그 말을 할 때 내 숫자가 치솟았다.

포크로 파스타를 한 바퀴 감아 입에 넣었더니, 놀랍게도 맛있었다. 난 체사레를 향해 몸을 돌렸다.

"제가 또 뭘 도와주면 될까요?"

"라파엘을 지켜 줘. 착한 아이야. 이런 운명에 얽히게 하고 싶지 않아." 그가 한숨을 쉬었다.

마치 방정식을 지우듯 노블이 인상을 찌푸렸다.

"조, 부탁이야." 그가 걱정스러운 목소리로 말했다.

"스케일 테크 근처에 얼씬도 하지 마."

"노블, 우린 할 수 있어. 튀니지에서처럼." 내가 말했다.

"내가 없었다면 절대로 카이한테 홀로썸을 전달하지 못했을 거야, 안 그래?"

그 말에 노블이 포크를 내려놓았다.

"튀니지?" 표정이 좋지 않았다. 뭔가 계산을 하고 있었다.

"이곳 상황은 튀니지보다 훨씬 끔찍해. 통과할 수 없는 전자기 감시망, 마피아 간의 전쟁, 게다가 범죄 조직 두목이 널 찾으려고 혈안이 되어 있어. 전 세계 정전 사태는 몇 달간 지속될지도 몰라. 근사한 워치와 핑거팁스로 무장하고 나쁜 놈들을 멈추기 위해 걸어 들어가는 일이 아니야. 여기선 그런 게 안 먹힌다고."

난 자기 증폭 팔찌를 만지작거렸다.

"그건 네가 새로운 변수를 고려하지 않아서야. 아빠와 내가 너와 체사레에게 힘을 보태고, 카이가 이 일에 관여하고 있다는 내 지식도 더해야지."

"그 부분을 고려한다고 해도 넌 인피니티 돔이나 스케일 테크의 감시 시스템에 익숙하지 않아. 난 몇 달을 공부해 왔고. 이 문제를 해결하는 방법은 한 가지 뿐이야. 넌 내가 보는 것 전부를 보지 못해."

난 몸을 구부리고 한층 강한 목소리로 말했다.

"그러면 나한테 보여 줘 봐."

"그럴 수 있으면 좋겠어." 노블이 좌절에 빠졌다.

"이 부분에 있어선 내 말을 좀 믿어 줘."

"너도 날 믿으면 되잖아." 발끈한 내 목소리에 서운함이 묻어났다.

"이 모든 일에 대해 좀 더 일찍 알려 줬다면 이렇게까지 엉망이 되지 않았을지도 모르잖아."

5분 동안 테이블에 정적이 흘렀다….

"파스타 더 드실 분?" 침묵을 깨고 아빠가 말했다.

"맛있군요, 체사레."

내 접시 위 채소는 눅눅해졌고 스파게티는 퉁퉁 불었지만 난 천천히 다시 먹기 시작했다.

금세 노블의 숫자가 식사 자리의 소소한 부분까지 살폈다. 내가 다시 갈증이 난 걸 파악하고 물을 더 부어 주었다. 후추가 필요한 순간 그가 먼저 내게 가져다줬다.

"자." 그는 앞머리로 얼굴을 가리고 날 쳐다봤다.

"고마워."

후추를 받으면서도 이게 노블의 사과하는 방식인지, 자신이 옳다고 입증하는 방식인지 판단이 서지 않았다. 내 숫자가 체스를 두듯 몰입했다.

노블이 빵을 더 먹으려고 할 때 내가 빵이 담긴 바구니를 앞으로 밀어줬다.

"버터 소스도 줄까?"

좀 있다 파스타를 더 뜨려고 할 때 내가 어색하게 끼어들어 퍼 주었다.

"괜찮아." 노블이 조용히 말했다.

"내 자리에서도 닿아." 그가 고개를 돌렸고 주파수가 불규칙적으로 출렁거렸다.

가슴이 철렁 내려앉았다. 튀니지에서 내 재능은 그의 주위로 잠시 반짝였다. 고작 1~2분 정도만. 그런데 이번에는 강렬했다. 꼭 누가 더 빨리 예측하는지 내기하는 것 같다. 노블일까, 나일까. 저 애의 숫자에 반응하면서 내 머릿속에서 숫자가 계속 흘러나와 어지러웠다.

두 아버지는 서로의 움직임을 예측하는 우리의 능력을 알아차리고 재미난 구경거리처럼 지켜보았다. 이런 식일 줄 몰랐다. 노블은 더 이상 놀랄 일이 없을 거라고 했다. 너무 많은 걸 알면서 서로를 돕는 방법을 배우기란 예상보다 힘들었다.

체사레와 아빠가 로바니에미와 북극에 대해 재미있게 이야기하는 걸 들으며 노블과 나는 어색하게 눈빛만 주고받다가 식사를 마무리했다. 두 사람은 실제로 함께 있으니 즐거워했고 나도 노블과 그러고 싶었다. 분명 그도 같은 마음일 거라고 확신했다.

저녁 식사를 마친 뒤, 노블이 체사레에게 감사 인사를 하고 내게로 몸을 구부리며 다시 부드러운 목소리로 말했다.

"잠시 같이 걸을래?" 약속한 듯 그가 내 눈을 들여다봤다.

"보여줄 게 있어."

노블과 단둘이 있게 된다고 생각하니 가슴이 두근거렸다. 어쨌든 이러려고 여기 온 거니까. 내게 노블이 어떤 의미인지 알아보려고. 난 고개를 끄덕이고 냅킨을 내려놓고 테이블에서 일어났다.

"아빠!" 내가 부르니 아빠가 고개를 들었다.

"금방 올게요. 노블과 산책 좀 하고요."

"지금? 이렇게 어두운데?" 아빠가 의자에서 꼼지락거렸다.

"밖은 영하 28도야."

체사레가 웃음을 터트렸다.

"라가치(Ragazzi 젊은이)는 둘만 있으면 절대 춥지 않아요."

"둘만이라고?" 아빠가 반문했다.

"괜찮습니다." 노블이 침을 삼켰다.

"집에서 멀리 가지 않을 거고 저흰 안면 보호구도 쓸 거라…." 그가 헛기침했다. 다시금 내 뺨이 달아올랐다.

"전 괜찮을 거예요." 내가 아빠의 어깨를 두드렸다.

아빠가 믿는다는 표정을 지었다. 내가 몇 달 동안 이 순간만을 기다려 왔다는 걸 아빠는 알았다.

노블이 장비를 챙길 동안 난 배터리가 50퍼센트 남은 흰 눈옷을 입었다. 이 정도면 산책하러 가기에는 충분했다.

우리는 현관에서 만났다. 노블이 겨울 핵전쟁에서 살아남기 위해 만든 것 같은 장비로 무장하고 나왔다. 머리에는 두꺼운 모자를 푹 눌러썼다. 그가 북극용 장갑을 낀 손을 내밀었다.

"프랙털의 들판에서 핫초코 한 잔 어때?"

난 그의 손을 잡았다.

"좋아."

CHAPTER 40

∞

보름달이 설원을 비추어 어두운 지역을 환히 밝혔다. 동공에 와 닿는 북극의 공기가 시리도록 차가웠다. 언 땅 전역에 조용한 메아리가 울려 퍼졌다.

"이쪽이야."

노블이 내 손을 이끌고 집과 돔을 지나 나무 사잇길로 들어섰다.

선선한 바람에 가지가 움직이며 눈 위로 다양한 그림자를 만들었다. 시뮬레이션에서 이곳에 와 봤다는 사실이 신기하게 느껴졌다. 길은 익숙하지만, 완전히 새로웠다. 시뮬레이션과 달리 어둠이 풍경을 바꿔 놓았다. 게다가 걸을 때마다 뽀드득 소리가 나서 차갑고 건조한 눈이 실감 났다.

길을 따라 걸으며 노인처럼 서 있는 눈 덮인 앙상한 나무들을 지났고 서리로 뒤덮인 다른 사물들은 겨울 무도회에 예쁘게 꾸미고 나온 여성들 같았다. 내 숫자가 노래를 흥얼거렸다.

4분 뒤 우리는 언덕을 돌았다. 시뮬레이션에서처럼 테이블과 의자 두 개가 놓여 있었고 그 옆으로 작은 금속 화덕이 보였다. 노블이 주머니에서 초소형 기기를 꺼내 화덕을 겨냥하자 연기도 없이 불이 피어올랐다. 그는 주머니가 잔뜩 달린 옷 한 곳에서 작은 보온병과 컵 두 개를 꺼냈다.

"북극에 있는 내 집에 온 걸 환영해."

노블이 얼은 작은 연못을 가리켰고, 거길 쳐다보니 달빛을 받아 근사한 패턴이 잔뜩 생겨 있었다. 그가 의자에 쌓인 눈을 쓸어냈다.

"보이는 것처럼 이곳에서 난 원하는 만큼 많은 프랙털을 더 근사하게 살필 수 있어."

노블이 도시의 불빛에 오염되지 않은 밤하늘을 올려다보았다.

나도 고개를 들었다. 반짝이는 저 많은 별의 무게로 인해 하늘이 곧 내게 무너져 내릴 것만 같았다.

"아름다워."

"맞아." 노블이 내 안면 보호구를 내리고 자신의 것도 내렸다. "아름다워."

그의 수줍은 미소와 코에 난 주근깨를 보니, 숨이 가빠왔다. 아니면 차가운 공기 때문일지도.

"안면 보호구를 계속 착용해야 하는 줄 알았는데." 살짝 도전적인 목소리로 내가 말했다.

우리 둘만 있는 지금, 그의 숫자가 더 정중해졌다. 그래서 내 마음이 더 떨렸다.

“그래야지….” 노블이 말을 이었다.

“화덕 앞으로 가기 전까진.” 노블이 개구쟁이처럼 웃었다.

우린 서로 어떤 의자에 앉을지 아는 상태로 자기 자리에 앉았다. 내 쪽에서 먼저 웃음이 터졌다.

“새롭지 않아?” 내가 분명한 부분을 지적했다.

“이런 식으로 서로 같이 있는 거 말이야.”

“내 예상 그대로야. 전혀 놀랍지 않은걸.” 노블은 씩 웃어 보일 뿐 말이 없었다.

사하라 사막에서와는 달랐다. 그땐 서로 더 잘 이해했는데…. 그것도 자연스럽게. 이곳에서는 이제 막 만난 사이에 억지로 같이 춤을 춰야 하는 고등학생이 된 느낌이 들었다. 춤은 금방 끝나니 다르긴 하지만. 레드는 시간은 우리의 적이 아니라 우리가 앞날을 보도록 돕는다고 했다. 하지만 스케일 테크와 팔레르모가 근처에 있는 현재로서는 앞날이 그렇게 밝아 보이지 않았다.

불길이 깜박이며 내 뺨에 열을 전했는데, 그것과는 완전히 다른 에너지파가 내게 쏟아졌다. 익숙한 방정식의 유령 주파수가 바람 속에서 나타나 내게로 몰아친 다음 사라졌다. 그게 신경에 거슬렸지만 덕분에 내 재능에 관해, 내 안에서 점점 쌓이는 숫자에 관해 노블에게 물어야 하는 모든 질문을 다시 떠올릴 수 있었다.

노블이 핫초코를 따라 줬다. 난 잔을 들었다. 그가 경계를 좀 늦췄고 우리 둘 다 살짝 몸을 꼼지락거렸다. 이제 우리 숫자를 막을 수 있는 건 없었다. 우리의 숫자가 소통하는 방법을 보기 위해 수많은 날을 기다렸다. 내 가슴을 갈라놓는 이 감정을 해결하려고. 난 머릿속에서 카이의 얼굴을 지우고 다른 누구와 달리 날 이해할 수 있는 소년인 노블에게 집중했다. 그런데 그렇게 하자마자, 노블은 집 안에서처럼 다시 긴장 상태가 되었다. 이유를 알 것 같았다. 진짜 질문에 대답해야 한다. 어쩌면 우리는 대답이 무엇인지 모르는 것일 수도 있다.

난 얼어 가는 코끝을 비볐다.

"바보 같은 짓이겠지." 내가 말했다.

"잠시 평범한 남자와 여자가 되어 평범한 질문을 해 보는 편이 어떨까?"

"우리한테 평범함이 가능키나 해?"

노블이 농담하더니 핫초코를 홀짝이고, 난처한 표정을 애써 감추려고 노력하는 얼굴을 했다.

"그래, 첫 번째 질문이야. 카이를 잊었어?"

날씨가 추운 게 아니라면 질문이 차가운 거겠지.

"뭐라고?"

난 놀라 시선을 피했다. 뭐라고 대답할지 모를뿐더러 그가 내 얼굴을 보고 뭐라도 알아차릴까 두려워서였다. 목구멍에 걸린 돌덩이를 삼키고 대답하려고 했다.

노블이 탄식했다.

"미안해, 조. 이건 공평하지 않겠네. 내가 한 질문은 잊어 줘."

자신이 망쳐 버렸다는 듯 그가 고개를 흔들었다.

"말했듯이, 난 평범한 건 젬병이야." 그는 금방 털어버리고 주제를 바꿨다.

“새로 질문할게. 네 재능에 대해 오랫동안 궁금한 부분이 있었어. 나와 비슷하게 움직이냐는 거.”

내가 너무 묻고 싶던 주제인 내 재능에 대해 그가 이야기한 게 안심이 되어 한숨을 쉬었다.

“어디 보자. 정체가 무엇인지 식별할 수 없어도 날마다 새로운 주파수를 감지하느냐고 묻는 거라면 내 머리는 빛의 속도로 반응해. 숫자가 쭉 늘어서고, 날짜와 방정식을 조합하고, 그것들이 계속 쌓이고 마치 폭발할 것처럼 차츰 두꺼워진다고 할까? 비슷한 것 같아?”

노블이 알겠다는 듯 고개를 끄덕였다.

“아주 비슷해. 나도 그 과정을 겪었어.”

“내가 미친 게 아니라는 걸 알게 되어 기뻐.” 이런 사람이 나뿐만이 아니라서 다행이다.

“에디는 주파수가 우리 두뇌의 활동을 중단한 영역을 활성화한다고 했어.”

“에디는 똑똑한 녀석이야.” 노블이 말했다.

“우리 두뇌는 눈으로 보는 것보다 더 많은 부분을 알아차릴 수 있어. 활동이 중단된 그 영역들에 전구처럼 불이 짜잔, 하고 들어와 우리가 그저 꿈꿔 왔던 능력을 활성화하고 우리가 가진 수학적 재능과 결합하는 거야.”

“평생 커가는 걸까?” 내가 물었다.

“난 그렇지 않았어. 한동안 쌓여 가는 시기가 있다가 아주 분명하게 강화돼. 그러다 네가 말한 것처럼 ‘폭발’한 다음 주파수가 균형을 찾았어.”

"강화된다는 게 무슨 의미야?" 내가 물었다.

노블이 눈썹을 들어 올렸다.

"내 경우는 내 재능을 흐릿하지만, 엄청난 에너지로 치솟게 하는 어떤 소리를 들었어. 그런 다음 하루 이틀 뒤에 내가 결코 잊지 못할 광경으로 에너지가 분출됐지. 눈 속 광수용기가 내 수학적 재능과 파트너가 되었다고나 할까. 몇 분 동안 난 야행성 동물이나 기계만 볼 수 있는 것들을 알아차릴 수 있었고, 인간이 방출하는 빛도 봤어. 몇 분 뒤에 그런 현상이 사라지고 균형을 잡았지. 네가 아직 겪지 않았다면 곧 일어날 거야."

"폭발을 일으키게 한 소리는 뭐였어?"

연회장에서 카이에게 달려갈 때의 상황을 떠올리며 내가 물었다. 난 시선을 피했다.

"목소리." 노블이 진지하게 말했다.

"누구 목소리?" 내가 물었다.

그가 입을 굳게 다물었고, 눈썹 아래에 어둠이 드리웠다.

"예상외의 인물." 숨으려는 아이처럼 노블의 주파수가 옅은 안개구름 속으로 말려들어 갔다.

"우리 아버지."

내 안에서 보호본능이 솟아올랐다.

"너한테 연락하신 거야?"

난 추워서가 아니라 몇 년 전 노블의 부모가 저지른 학대와 절대 자식을 이해하지 않고 천재적 재능만 이용하려 했던 사연이 떠올라 몸을 떨었다.

"아버지와 어머니 두 분 다 연락이 왔어. 내가 전에 쓰던 오래

된 앱에 음성 메시지를 남겼더라고." 노블이 화덕을 쳐다봤다.

"알고 보니 날 찾고 계셨어."

"노블…. 정말 엄청난…." 난 그의 눈빛에서 사태의 무게를 계산했다.

"답장했어?"

"아니, 아직 안 했어. 그런데 내 숫자는 내가 빨리 연락하지 않으면 다시 기회를 얻지 못할 거라고 알려 줬어." 노블이 부츠로 얼음을 걷어찼다.

우리 둘 다 말이 없었다. 내가 그의 집 앞에 나타나기까지 고민한 무게만큼이나 지금 노블도 고심하고 있었다.

"팔레르모 건이 끝난 뒤에 부모님 일을 더 명확하게 생각해 볼 거야."

노블의 목소리 톤이 어색했다. 주제를 바꾸고 싶은 마음을 확실히 드러내듯 그가 눈을 꼭 감았다.

"난 항상 이곳에서 널 보고 싶었어. 최적기는 아니지만, 안 그래?"

"네 암호를 해독하게 만들지 말고 그냥 날 초대했으면 더 빨리 왔을 거야." 감정이 섞인 내 목소리가 떨렸다. 노블이 씩 웃었다.

"네가 해독할 줄 알았거든." 그가 화덕을 쳐다봤다.

난 우리 앞에 놓인 아름다운 수수께끼를 살폈다. 노블은 너무 많은 걸 안고 있었고 그로 인해 내가 상처를 받을 정도다. 그래서 난 대화를 진전시키기로 마음먹었다.

"어째서야? 어째서 그렇게 오래 내가 널 찾게 만든 거야? 뭘 감추고 있는 건데? 그보다 더 중요한 건 뭐야?" 다음에 할 말이 부끄러웠지만 어쨌든 입 밖으로 뱉었다.

"넌 튀니지에서 꽤 엄청난 고백을 했잖아…." 이 말과 함께 내 얼굴이 화끈거렸다.

그가 평범한 데 젬병이라면 난 사랑에 젬병이었다.

"그런데 지금 내가 네 앞에 있는데도 넌 내가 여길 있길 바라지도 않잖아."

내 말에 노블이 고개를 들었다.

"미안해, 전혀 그렇지 않아. 난 네가 여길 오길 바랐어. 하지만 상황이 내가 바라는 방식대로 진행되지 않았어." 그가 다시 불길로 눈을 돌렸다.

"내가 숨기려고 엄청나게 노력 중이라는 걸 넌 알거라 확신해." 후회로 노블의 목소리 톤이 낮아졌다.

"제발 그러지 마." 내가 속삭였다.

"넌 이미 많은 걸 숨겼잖아."

노블이 시선을 내리깔았다.

"네가 지금 오길 바라지 않은 이유가 있어. 네가 이해하지 못할 이유지." 노블이 천천히 숨을 들이마시며 어느 선까지 이야기할지 고심했다.

"모든 게 아주 복잡해졌어. 통제 불능 상태가 됐어. 튀니지를 떠나고 2주 뒤부터 정전이 시작됐고…. 난 우선 그것부터 고치려고 했어. 누구도 내가 해야 했던 선택을 이해하지 못할 거야. 이걸 해결한 뒤에 상황이 더 나빠지지 않으면 난 다시 떠나야 해."

"벌써?" 내가 물었다.

노블이 날 향해 눈썹을 들썩였다.

"조. 내 집 주방에 마피아 보스가 있어. 여긴 분명 위태로워질 거야." 노블이 씩씩거렸다.

"너무 많은 부분이 잘못됐어. 내가 전부 고쳐야 해. 계산은 이미 끝냈지만 어떻게 마무리할지 나도 모르겠어."

"수학은 잊어버려, 노블. 이건 네 잘못이 아니야. 팔레르모의 부하들이 이 사태의 원인이라고. 이 일을 해결하려는 사람은 너뿐만이 아니야."

"네가 잘못 알고 있어, 조." 그가 말했다.

"이건 내 잘못이야." 노블의 눈동자가 후회로 가득 찼다.

"모두가 위성 고장과 정전 사태에 내 탓을 하는 건 그들의 생각이 옳아서야. 팔레르모가 이 사태를 만드는 데 악용한 기술이 내 것이거든."

CHAPTER 41

∞

나사 티퍼를 탓하는 52개의 헤드라인이 머릿속에 떠올랐고, 지금 나는 그 기사들이 사실이라는 걸 깨달았다. 하지만 전부 다 사실일 리 없다. 노블은 사람을 해치는 물건을 만들지 않으니까.

"무슨 말이야?" 내가 물었다.

그가 자리에서 일어나서 다시 팔을 뻗었다.

"자, 내가 보여 줄게."

우리는 다시 집으로 돌아갔고, 옆문으로 들어가 이글루처럼 생긴 오로라 돔으로 향했다.

컴퓨터와 기기들이 즐비했고 다양한 망원경도 보였다. 책상에는 손으로 그린 도식, 청사진, 북극 지도와 석산호 조각이 아무렇게나 놓였다. 노블의 감시 프로그램과 안면 인식 소프트웨어가 두 대의 컴퓨터 화면에서 활발히 탐색 중이었다. 밝은 색상의 베개들이 놓인 요도 깔려 있었는데 누워서 하늘의 별을 올려다보기 딱 좋았다.

“이 건물의 핵심은 바로 이곳이야. 마법이 일어나는 곳.”

노블이 애써 미소를 지으려고 했다. 그리고 컴퓨터 앞에 앉아 자기 옆 의자로 오라고 손짓하고는 내가 해독한 암호의 등식, 방정식이 든 파일과 이미지를 불러오더니 모니터를 내 쪽으로 돌렸다.

자세히 들여다보다 난 상당히 익숙해 보이는 슈퍼 위성 설계 도면을 확인했다.

“보이지?” 노블이 말했다.

“우리가 한 번도 손댄 적 없던 영역인 많은 빛의 에너지를 변환해 연결하는 방법을 내가 알아냈어.”

그리고 새로운 거대한 접이식 태양열 패널 설계도를 화면에 띄웠다.

“어릴 적에 해가 밤에도, 가장 어두운 시간에도 사계절 내내 떠 있으면 좋겠다고 생각했어. 그 힘은 오로라라는 가장 아름다운 에너지 형태로 잘 드러나지만 아무도 연구하지 않았지. 그래서 그걸 활용해 보면 어떨까? 하고 생각했어.”

노블이 환하게 미소 지었다.

“현재 우리는 빛 파장의 일부만 사용할 수 있어. 하지만 이 설계를 적용하면 내가 오로라와 다른 별의 폭발로 인한 에너지를 활성화하고 결합할 수 있어. 가시 영역을 넘은 태양처럼 말이야. 거대한 태양과 별이 만들어 내는 모든 현상을 에너지로 변환해 패널에 담을 수 있다고 상상해 봐. 내 암호를 해독했으니까, 이미 좀 이쪽을 이해했다는 거 알아."

그는 눈동자에 고마움을 담아 말했다.

"어릴 때부터 이런 설계를 구상했는데 완성하지 못했어. 변환될 에너지를 담을 패널 소재나 그걸 땅으로 돌려보내게 하는 도체가 어떤 식으로 작용할지 파악하지 못했거든. 내 재능이 다시 돌아오고 주파수가 생겨나면서 나머지 부분을 완성할 수 있었어. 이제 우리가 지속 가능한 에너지를 북극에서도, 겨울 내내 심지어 밤에도 늘 쓸 수 있다고 생각해 봐."

난 그의 메모를 살피면서 설계의 핵심, 88번째 요소인 라듐을 보았다. 나라면 결코 저 수치까지 도달할 수 없을 것 같다.

감탄에 빠져 잠시 가만히 있었다.

"노블…. 이건 정말 근사해. 세상을 바꿀 거야."

"나도 그렇게 생각했어. 내 설계가 엉뚱한 곳에 들어갔고 에너지 결합이 무기로 변하기 전까진 말이야. 이렇게 팔레르모가 전력망과 위성을 없애버릴 거야. 오로라 에너지를 가정과 도시의 전력으로 쓰는 게 아니라 총처럼 전력망과 위성을 죽이는 용도로. 그들은 석 달 전에 자기들이 출시한 나노 위성으로 내 설계를 실험해 왔어. 지금까지는 그들이 원하는 만큼의 피해를 줄 정도에 이르지 못했지. 그래서 팔레르모의 과학자들이 내 기술을 슈퍼 위성에 접목한 거야. 다행히 무기의 프로그래밍은 아직 완성 전이야. 팔레르모가 인질로 잡은 마지막 과학자가 그 일을 끝내려 하고 있고."

"저들이 어떻게 네 설계를 입수한 거야?" 내가 물었다.

"네가 스케일 테크로 견학 갔을 때 알게 된 거야?"

"아니." 그가 고개를 저으며 힘든 표정을 지었다.

"오래전에 내 설계를 본 누군가에게서 입수한 거야." 노블의 얼굴에 고통이 드리웠다.

"그들이 무기를 완성하면 더 이상 지구상에 안전한 나라는 없어." 그의 온몸에 긴장이 들어갔고 그러다 뭔가를 발견했다.

"저길 봐." 노블이 손으로 가리켰다.

우리 위로 빛의 쇼가 펼쳐졌다. 밝은 초록과 빨강이 하늘에서 헤엄쳤다. 북극광이 왈츠를 추자, 내 숫자가 이 방과 우리 위 모든 종류의 주파수를 계산하느라 미친 듯 날뛰었다. 난 빛을 쳐다보는 걸 멈췄다. 자석처럼 내 눈길이 어쩔 수 없이 노블에게 향했다.

"이곳이 그리울 거야." 노블이 내 시선을 알아차리고 강렬한 눈길로 가까이 다가왔다.

"조, 난 계절이 바뀔 때마다 전 세계 곳곳의 피난처로 가. 이번에 떠날 때는 너랑 같이 가고 싶어."

"뭐라고?"

이유는 모르겠지만 속에서 충격의 파도가 일었다. 이 애는 노블이다. 복잡하고, 똑똑하고 신비로운 노블. 당연히 이렇게 될 수밖에 없다. 이것이 그의 삶이니까.

그의 제안이 우리 앞에 고드름처럼 날카롭고 부러질 듯 아슬아슬하게 매달려 있다. 격렬한 성운 저리 가라 할 정도로 노블의 눈빛에서 빛과 열기가 퍼져 나왔다. 내 일부는 땅과 연결된 이 줄을 끊어 버리고 그와 떠다니고 싶었다. 우리가 뭘 할 수 있는지, 우리가 뭘 가질 수 있는지, 우리가 어떤 사람이 될 수 있는지 알고 싶었다.

"난 진지해." 그가 내 두 손을 잡았다.

"이 일이 끝난 뒤에 너한테 말하려고 했어. 그런데 지금 네가 여기로 왔으니 더 기다릴 이유가 없잖아. 내일이 지나고 네가 준비된다면 당장 나랑 같이 떠났으면 좋겠어."

내 다른 일부는 계산 중이다. 위험한 요인, 책임, 수십억 개의 삶이 균형을 잡고 있고, 우리 아빠, 라파엘, 카이…. 내가 노블과 떠나면 내 안의 불길에 물을 끼얹는 꼴이 된다…. 마담이 자유롭게 돌아다니고 어둠이 승리하게 내버려두는 것과 같다. 하지만 내가 여기 온 이유는 노블이 아닌가? 내일 우리가 모든 걸 고친다면? 그런 다음에는 그와 함께 갈 수 있을까?

"네가 지금 준비가 됐다면…." 노블이 말했다.

"난 당장 오늘 밤에라도 떠날 수 있어."

그가 무한대 디자인으로 덮인 석산호를 집어서 내게 건넸다. 마치 노블이 내게 달과 별과 자기 심장을 건넨 것 같지만…. 밤의 입자 역시 우리 사이에 보이지 않고 어둡게 자리하고 있었다.

"조." 노블의 목소리는 다정했다.

우리의 주파수는 작은 번개처럼 타올랐고 튀니지에서 경험한 교감은 폭풍처럼 움직였다. 내가 원하는지 확신할 수 없는 수준까지 노블이 내 머릿속을 강타했다. 뭐라고 대답해야 할지 알 수 없었다.

노블이 아주 빨리 움직였고 내 머릿속은 생각으로 분주했다. 그의 손가락이 내 뺨을 어루만지고 눈길은 내 입술로 갔다. 내게 날아든 방정식이 판단을 흩트렸다. 해야 할 질문이 너무 많았다. 내가 이걸 바라나? 내가 그를 원하나? 카이의 얼굴과 헬싱키 터널 아래서 우리가 나눈 대화가 여전히 내 머리 뒤편에 살아 있었다. 모든 걸 파악하기까지 시간이 더 필요하다. 하지만 시간은 결코 우리 편이 아니었다. 튀니지에서도, 이곳에서도. 우리 머릿속에서 시계가 째깍거렸고 방정식이 행동을 지시하니 따라야 할 게 너무 많았으며, 무엇보다 나는 내가 이런 문제에서 바보 멍청이라는 걸 이미 알고 있었다.

노블의 코가 내 코에 닿았고 우리의 숨소리가 얽히면서 우리 사이 몇 센티미터 공간에서 숫자들이 춤을 췄다.

"키스하고 싶어." 그가 말했다.

"네가 원한다면."

노블이 거리를 좁힐 때 내 심장이 드럼을 치듯 갈비뼈를 두드렸다.

난 눈을 감았고, 그의 입술이 내 입술로 왔다.

CHAPTER 42

∞

키스는 번개처럼 빠르고 강하게 꽂혔다. 숫자와 주파수의 폭풍과 백만 가지 기억이 하룻밤 사이에 다 따라잡혔다. 혼란스럽고 아름다웠다…. 처음에는.

그러나 이내 키스가 녹은 눈송이처럼 변했다. 프랙털이 쪼개졌다. 매번 교차하고 숨을 쉴 때, 노블이 날 더 가까이 끌어당겼는데도 더 멀어지는 느낌이 들었다. 잠시 난 하늘의 오로라처럼 춤추는 그의 야성적인 주파수 안에서 길을 잃었지만, 다른 모든 것들은 봄에 녹는 눈과 겨울 노을처럼 끝없이 흘러내렸다. 그의 입술은 나에게 있었는데 그는 소중한 무언가를 숨기고 있었다. 나도 마찬가지일까? 확실히 모르겠지만 노블이 다른 무언가 혹은 다른 누군가를 생각한다는 느낌이 들었다. 그의 마음을 사로잡은 것이 무엇이든 더 강렬했다. 그래서 난 고개를 돌렸다.

노블도 물러섰다. 그렇지만 그의 따뜻한 손가락은 여전히 내 뺨에 머물렀다.

"열세 살 때부터 이 순간을 꿈꿨어."

다정한 목소리로 그가 말했다. 노블이 내게 미소 지었다. 그런데도 그가 여전히 마음속 무언가와 싸우고 있다는 걸 알 수 있었다.

"나도 마찬가지야." 대답은 했지만 난 혼란스러웠다.

머릿속에 더 많은 가능성이 펼쳐졌다. 키스를 즐기고 싶은 건 사실이다. 하지만 그럴 수 없었다. 뭔가가 막고 있었다.

"그래." 노블이 조용히 물었다.

"어떡할래? 나하고 전 세계를 돌며 지도를 만들고 책을 써 볼래?"

어린 시절 우리의 꿈을 언급하는 말이 날 아프게 찢어 놓았다.

감정의 눈사태에 파묻혀 있으니 맨델만 보였다. 내 숫자를 공유하고 오래전부터 나와 계획을 세웠던 소년…. 그러다 지난 며칠간의 사건이 떡하니 나타나 내 안의 현실을 일깨웠다. 난 그의 손을 꼭 잡았다.

"노블, 아직 대답할 수 없어. 내일 일이 끝나기 전까진. 사람들의 목숨이 우리한테 달려 있잖아."

노블의 눈꺼풀이 무겁게 내려앉았다. 실망이 입술로 흘러나왔다.

"알아. 폭풍 한가운데서 빌어 본 바보 같은 소원이라는 거."

그리고 그가 내 턱을 당겨 가볍게 입맞춤했다.

"알았어. 내일, 우리는 이 일을 해결할 거야."

"그러려고 내가 여기 왔는데…." 난 말끝을 흐렸다.

노블이 눈썹을 찡그렸다.

"그런데 왜?"

난 그의 손을 놓지 않고 더 꽉 잡았다.

"넌 여전히 뭔가를 숨기고 있어. 네 마음이 나에게 있지 않아. 노블, 무슨 일이야? 뭘 계획하고 있는 거야?"

"이래서 넌 여기 오지 말았어야 했어." 그가 고개를 돌렸다.

"내 기술이 모든 걸 망칠 거니까."

난 그의 별자리표 하나를 집어 들었다.

"아니, 그렇지 않아. 내 평생 이처럼 혁신적인 건 처음 봐. 노블, 넌 더 이상 세상으로부터 숨지 않아도 돼."

"조, 난 세상으로부터 숨는 게 아니야."

"그러면 넌 누구에게서 숨는 거야?" 내가 물었다.

"너희 부모님? 나?"

노블은 대답하지 않았다.

"국제 우주 협력체에서 PSS에 도움을 요청하러 왔을 때…." 내가 말했다.

"그 모든 천재 과학자가 널 만나고 너한테서 배우고 싶어 했어."

"아니면 날 체포하고 싶어 했겠지." 노블이 코웃음을 쳤다.

"그러니까 네가 진짜 어떤 사람인지 세상에 보여 줘." 내가 말했다.

"제대로 된 방식으로 널 드러내란 말이야."

"너처럼? 넌 PSS 뒤에 숨어 있잖아, 조…. 난 그들에게 내가 발견한 걸 보여 줬어." 노블이 말했다.

"최대한 모두에게 알렸어. 가능한 모든 걸 주었고. 그런데 어떻게 됐는지 봐." 그가 한숨을 쉬었다.

"솔직해질게. 난 돕고 싶은 의도였긴 하지만 사람들이 비난하는 것처럼 법을 어겼어. 어느 쪽이든 그들은 정전의 원인이 내 설계에 있다는 걸 알게 될 거야. 그리고 모조리 내 탓이 되겠지. 난 다른 사람이 시키는 대로 하는 노예가 되고 싶지 않아."

내가 고개를 저었다.

"넌 이해하지 못하고 있어. 그들은 우리에게 영향을 미치려는 게 아니야. 우리가 그들에게 영향을 끼치지. 빛은 규칙을 따르지 않아, 노블. 빛은 규칙을 파괴하고 새로운 규칙을 알려 줘. 누구도 네 암호를 해독할 수 없었지. 나만 빼고."

난 그를 똑바로 바라봤다.

"난 PSS에 숨어 있는 게 아니야, 지원받고 있어. 다른 세상이 있어. 여기 혼자 숨는 게 아니라 나에게는 날 보살펴 주고, 날 돕기 위해 장비를 만들어 주고, 내가 할 수 없는 일을 해 주는 팀이 있어. 그렇게 우리는 함께 세상을 돕는 거야. 너도 그 일부가 될 수 있어."

노블이 두통이 온 듯 이마를 비볐다.

"조, 내일이 지나면 네 생각이 바뀔지도 몰라."

그가 내 뺨에 손을 올렸고 눈빛 너머에서 흘러나오려는 계획을 더 옥죄려고 애썼다.

"늦었어. 너희 아버진 내가 잠들기 전까진 안 주무시겠다고 확실히 말씀하셨지. 우린 내일 새벽 일찍 떠나야 해." 노블의 얼굴로 슬픈 미소가 떠올랐다.

"노블…." 내가 말했다.

"부탁이야, 네가 무슨 일을 하는지 알려 줘."

"다 잘될 거야." 그가 말했고 그의 숫자가 우리 사이에 벽을 만들었다.

"약속할게."

"알았어."

대답은 그렇게 했지만 지금 나도 그에게 진실을 감추고 있었다. 노블을 믿어야 할지 잘 모르겠다.

CHAPTER 43

∞

거실로 돌아왔을 때, 노블이 아빠와 내게 오두막에 있는 손님방을 보여 주었다. 방 두 곳 모두 천장이 유리로 되어 있고 바닥에 난방이 깔렸으며 벽에는 오로라와 북극 야생 사진이 붙어 있었다.

내가 고른 침실에는 고향 집처럼 털이 풍성한 흰 카펫과 커다란 침대가 놓여 있었다. 침대 옆 통창으로 눈 내린 땅에 서 있는 수백 그루의 나무들이 한눈에 들어왔다. 방은 깜박이는 모닥불로 환히 빛났다.

노블의 오두막은 안팎으로 강인한 아름다움을 가졌다. 하늘에서 보면, 확실히 차가운 흰 나비넥타이를 맨 가장 포근한 겨울 둥지였다.

난 침대에 널브러져 머릿속에서 빙글빙글 도는 숫자를 멈춰 보려고 애썼지만 불가능했다. 그래서 해리슨에게 문자를 보내 챈에 관해 물었다. 마침내 답장이 왔다.

– 해리슨: 챈이 마피아들과 만나고 무사히 돌아왔어. 챈 덕분에 우리는 그 자리에 관한 정보와 정전으로 이득을 볼 팔레르모 소유의 수많은 회사를 알게 됐어. 넌 보물을 찾았어?

– 나: 응. 그리고 범죄 대마왕도.

그리고 체사레에게 들은 내용과 우리의 계획을 알렸다. 우리가 내일 스케일 테크 연구소로 갈 거고 노블이 슈퍼 위성을 해킹하고 정전을 무기로 쓰는 프로그램을 해체할 거라고. 발사는 성공할 거다. 체사레가 팔레르모와 그의 일당을 막을 테니까.

– 해리슨: 피바다가 될 것 같은데.

– 나: 뭐라고? 아니야. 그건 계획에 없어.

– 해리슨: 마피아라고, 조…. 네 수신기들 꼭 켜 놔.

– 나: 테일러 대표님이 나사 티퍼에 대해 얻은 정보는 없어?

– 해리슨: 아직은. 들어오는 대로 알려 줄게.

– 나: 챈은 어때?

– 해리슨: 놀라울 정도로 침착해.

– 나: 혹시 몸에 도청 장치가 있는지 확인했어? 그 자리에서 뭘 먹었다거나 마신 건?

– 해리슨: 그는 괜찮아 보였어. 마지막에 샴페인으로 건배했대.

팔레르모와의 만남이 너무 쉽게 풀린 것처럼 들렸다. 상당히 미심쩍다.

– 나: 알았어. 무슨 수를 쓰든 내일 그를 보호해 줘. 연락할게.

문자를 마쳤을 때, 아빠가 내 방으로 들어와 침대 귀퉁이에 앉았다. 아빠가 목청을 가다듬었다.

"너랑 노블이 한동안 나가 있었지. 괜찮아?"

우리가 나눈 대화와 키스는 구름 낀 하늘 속에 숨겨 두었다.

"잘 모르겠어요. 뭔가 잘못되었는데, 그는 내일까지 말해 주지 않을 것 같아요."

"아마도 그래서 너한테 오지 말라고 한 걸 거야." 아빠가 말했다.

"내일 일은 공원에 놀러 가는 것 같은 일이 아니잖니. 아마 그 애는 어떻게 할지 모를 수도 있단다. 노블이 너와 수학적 재능을 공유한다지만 네가 아니니까."

난 천천히 고개를 끄덕였다.

"아빠는 노블을 어떻게 생각하세요?"

"사물을 보는 방식이 특이하더구나. 그런 부분에선 너와 비슷해. 너처럼 빛의 속도로 계산하는 사람을 백만 년 안에 또 보리라고는 생각지 못했거든. 하지만 그 애는 중국에서 돌아온 너처럼 방어적이야. 아주 다른 경험을 가졌어, 조. 네가 어릴 때 알던 아이가 지금은 남자가 되었단다. 힘든 결정을 내릴 수밖에 없는 일도 있었겠지."

결정이라. 노블이 내게 같이 떠나자고 했다는 말은 하지 않았다. 그 말을 했다가는 아빠가 지금 당장 헬싱키로 돌아가자고 할 테니까. 그래서 난 이렇게 말했다.

"여기 와서 노블과 이야기하면 그에 대한 제 감정이 무엇인지 알 줄 알았는데 오히려 더 혼란스러워졌어요. 시간이 더 필요해요…. 헬싱키에서 카이를 본 것도 도움이 되지 않았고요."

내가 탄식했다.

"어쩜 전 두 사람한테 이렇게 강한 감정을 느끼는 걸까요?"

아빠의 손이 내 뺨을 감쌌다.

"사랑에는 여러 종류가 있단다. 가끔은 스스로가 어떤 감정인지 정확히 이해하기 힘들지. 나도 너희 엄마를 만나기 전에 다른 여자가 있었단다."

"네?" 난 충격을 받았다.

"그런 이야기는 한 번도 한 적 없잖아요."

"말할 필요가 없었어. 캔디스를 선택한 뒤로 다른 여자 생각은 하지 않았거든. 나한테 경험이란 주파수를 보거나 세상을 구하는 것처럼 대단하진 않지만, 두 여성 모두 똑똑하고 재능이 넘치고 아름다웠어."

"아빠는 어떻게 선택할 수 있었어요?" 내가 물었다.

"로키산맥 분수계로." 아빠가 씩 웃었다.

난 인상을 썼다.

"무슨 뜻이에요?"

"로키산맥 분수계가 지각이 어떤 강을 어느 바다로 흐르게 할지 정한단다. 산맥 서쪽의 모든 강줄기는 태평양으로 흘러가. 동쪽은 대서양으로 가고. 그 생각이 떠오르니 모든 게 맞아떨어졌어. 어느 길이 저항이 적은지에 관한 문제가 아니야. 양쪽 다 산맥과 계곡이 있어. 그렇지만 내 선택은 우리가 같은 길로 향하고 있는지와 누구와 그 산맥과 계곡을 볼 건지였지. 난 네 엄마에게 홀딱 빠졌을 뿐만 아니라 우리가 같은 걸 원한다는 걸 깨달았단다. 우리의 목적지는 분명했어. 우리는 같은 방향을 향하고 있었기에 우리 앞에 어떤 장애가 있다고 해도 난 우리가 바다로 나갈 걸 알았어."

아빠가 팔로 날 감싸며 가볍게 안아 주었다. 잠시 정적이 흘렀고 난 우리 둘 다 엄마 생각을 한다는 걸 알았다.

"넌 머릿속 숫자가 네게 교차로로 이끌어 준다고 계속 말했지. 네가 거기에 도달한다면 올바른 선택을 할 거라고 믿어야 해." 아빠가 몸을 구부려 내 이마에 입을 맞췄다.

"인내심을 가지렴. 내일 일부터 해결하자. 그런 다음에는 상황이 한층 분명해질 테니까. 게다가 비밀 구출 임무를 위해 몰래 움직이려면 우린 잠을 좀 자둬야 해. 이번이 아빠의 첫 임무이니만큼 망치고 싶지 않구나." 아빠가 씩 웃었다.

"저 문 너머에 있을 테니 필요한 게 있으면 알려 주렴."

"고마워요, 아빠." 내가 말했다.

"안녕히 주무세요."

난 침대에 올랐고 노블의 제안이 머릿속에서 계속 울렸다.

나랑 같이 떠나자.

난 방 안의 모든 걸 두 번, 네 번, 열 번 계산하면서 마음을 안정시키고 잠들려고 애썼다.

어딘가 멀리서 유령 주파수가 나타났고 방정식이 달을 향해 울부짖었다. 날 쫓고 있지만 이제 익숙해진 그 주파수를 들으니 안심되었다. 그렇게 난 빠르게 잠이 들었다.

CHAPTER 44

∞

꿈속에서의 빛은 현실에서의 그날보다 더 밝게, 황금 커튼처럼 창문을 통해 반짝였다.

상하이의 오후 3시, 햇살이 공장의 커다란 창문을 통해 쏟아졌다. 예전 X 소녀들이 위층에서 링 박사와 빨래하고 있었다. 난 뒤편 방, 갈색 가죽 소파에 앉아 일에 몰두하려 했고, 카이는 내 앞에서 매트를 깔고 운동 중이었다. 난 일을 그다지 많이 하지 못했다.

J.J 본드 마감 기한이 빠르게 다가오고 있었는데도 집중할 수 없었다. 내 앞에 있는 소년에게서 눈을 뗄 수 없었다. 그의 움직임을 살폈다. 무릎을 구부리는 방식, 샌드백을 칠 때 팔의 각도, 미묘하게 바뀌는 발놀림. 모든 각도가 완벽하게 균형을 이루었고 거기에 더한 게 있었다.

일련의 움직임을 바라보는데 깨지고 뒤틀린 창문으로 볕이 들어왔다. 공중의 먼지가 무지개 프리즘으로 반짝이며 마법의 빛으로 카이를 듬뿍 적셨다. 내 숫자가 말처럼 달리며 그의 황금빛 갈색 피부 위로 굴절된 부분을 수치로 살폈다. 난 빛과 숫자에 흠뻑 젖은 소년을 넋을 잃고 바라보았다.

햇살이 가진 어떤 힘이 그에게 연료가 된 듯 움직임이 빨라지고 발도 한결 날렵해졌다. 눈빛은 흔들리지 않았고 제대로 균형 잡힌 채 집중했다. 그 순간 난, 그는 불길에 내던져도 아무렇지 않게 걸어 나올 거라 믿었다. 폭풍이 찾아와도 침착할 거다. 카이는 빛이 방 안을 이리저리 밝히는 걸 전혀 알지 못한 듯했지만, 빛은 이미 그의 일부였다. 카이가 허공으로 팔과 다리를 움직일 때 무한대도 따라 움직였다.

카이가 꼭 레드 같다고 난 생각했다. 레드도 그렇게 프랫 안에서 버텼다. 자기 안에 빛을 품고서.

난 자주 레드를 어둠 속 내 빛이라고 언급했다. 첫날 본 그의 눈동자는 신호등처럼 날 어둠 밖으로 이끌어 주었다. 레드가 프랫에서 시작한 일을 카이가 이어가고 있었다.

온몸으로 온기가 밀려들었다. 내 앞에 있는 이 남자의 모든 걸 알아보고 싶었다. 그의 빛 속에 숨은 색상을 찾고 싶었다. 단단히 매어 둔 숫자의 고삐가 풀리고 내 방정식이 그를 차지했다.

방정식이 카이를 한 겹씩 벗기며 주변과 내부를 아름다우면서도 고통스럽게 드러냈다. 나는 보통 재능을 잘 제어했지만, 이번에는 숫자를 멈추지 않았다. 그럴 수가 없었다.

마치 시간이 멈춘 것처럼, 세상에 우리 둘만 있는 것처럼 방

안이 정지 상태가 되었다.

방정식이 계속 카이의 장벽을 무너뜨리고 파헤쳤다. 내 숫자가 모든 상처와 불안전함을 살피고 그의 눈과 입술의 형태를 비롯한 전부를 하나도 빠짐없이 내 의식 속으로 집어넣었다. 누군가를 이런 식으로 안다는 건 상당히 사적이었다. 너무 깊어서 계산하기 어려울 지경이었다.

하지만 난 계속 파고들었다. 숫자는 아주 공격적이고 제멋대로 날뛰었다. 카이의 사생활 같은 건 잊어버렸다.

내 눈길을 알아차렸는지 그가 운동을 멈추고 내 눈을 바라보았다. 그리고 역기를 내려놓고 가까이 다가왔다. 한 걸음 한 걸음이 내 가슴을 더욱 요동치게 했다.

걸어오면서도 그의 눈길은 날 계속 응시하면서 근사하게 반짝였다. 내 안에서 불꽃이 일어난 탓에 고개를 돌리려고 해도 그럴 수 없었다. 우리가 만난 날, 그의 표정은 아주 자신만만했지만, 그 눈은 지금처럼 날 속수무책으로 만든 눈길과는 달랐다.

카이가 땀을 흘린 채 내 앞에 섰다. 언제나처럼 아주 조심스럽게 내 손을 잡고 소파 옆자리에 앉았다.

"지금 네가 뭘 하는지 알아." 그의 손가락이 내 볼을 어루만졌다.

"아, 그래?" 내가 물었다. 이해할 수 없는 방정식이 방 안으로 튀어나왔다.

"네 머릿속에 있는 숫자들을 가지고 날 살피는 거잖아. 내 모든 움직임을 기록하면서. 모든 습관과 특징도. 모든 강점과…

모든 약점도." 그가 웃었다.

"이내 나한텐 아무 비밀도 남지 않겠지."

내 얼굴이 분홍색으로 변했다. 난 두 영혼이 함께 열어 봐야 하는, 신비로운 비밀이 가득 찬 장소로 몰래 들어가다 현장에서 딱 걸렸다.

카이의 말이 맞았다. 내가 그의 방어기제를 벗겼다. 내 머릿속 계산 방식은 한 사람에 관한 걸 너무 많이 드러낸다. 너무 파고들 때면 우리 자매들도 질색했다. 아빠조차 기함하며 불안해했다. 난 재능을 타인의 의사에 반하는 용도로 쓰길 원한 적이 없었다. 보통은 선을 넘기 전에 그만두었다. 난 그에게서 눈길을 돌렸다.

"미안해." 내가 말했다.

"일부러 그런 건 아니야. 나 때문에 사람들이 불편해한다는 거 알아. 그만둘게."

"아니. 그만두지 마." 카이가 고개를 저었다. 그리고 몸을 구부리고 내 귀에 입술을 댔다.

"난 좋거든…. 아주 많이."

그 말에 충격을 받아 고개를 들었다. 우리 집 혹은 내 인생에서 이런 말은 들어 본 적이 없다. 내 눈이 그의 눈동자를 쳐다보며 의미를 파악하려 했지만, 그의 얼굴은 그저 평화로울 뿐이었다.

"좋다고?" 믿을 수 없어서 물었다.

"어째서?"

카이가 날 쳐다보았고 갈색 눈동자가 쭉 뻗은 고속도로처럼,

내 발아래 무기를 내려놓은 군인처럼 숨김없이 날 바라보았다.

"난 너한테 알려지고 싶거든."

속삭임이었지만 내 심장을 요동치게 하는 천둥의 위력을 가졌다. 온몸으로 전율이 흐르며 내 안의 벽이 무너지는 걸 느꼈다. 햇살이 우리 주변을 잔뜩 밝히는 가운데 그가 두 손으로 내 얼굴을 감쌌다.

"네가 원하는 만큼 날 살펴, 조세핀. 내 모든 걸 기억에 남겨 줘. 난 너한테 아무것도 숨기는 게 없으니까."

∞

난 깜짝 놀라 잠에서 깼다. 유령 주파수의 부메랑이 숫자로 된 빛의 쇼처럼 방 안을 맴돌았다. 난 숨을 헐떡이며 자리에 앉았고 가슴 깊은 곳이 아팠다.

K2를 살피니 밤 열두 시였다. 다시 자려는데 뭔가 잘못된 기분이 들어 놀랐다. 가스 불을 끄는 걸 잊은 사람처럼 어딘가 찜찜한 구석이 있었다.

스케일 테크로 가기까지 아직 일곱 시간이 남았다. 잠을 좀 자 둬야 하지만 그럴 수가 없다. 머릿속이 내 꿈과 노블에 관련된 모든 질문의 잔재들로 빙빙 돌고 있기 때문이다. 창가로 갔다. 아름다운 녹색 빛의 쇼는 끝났다. 두꺼운 구름층이 하늘을 덮었고 달빛은 어둠에 자리를 내줬다. 눈이 내리기 시작했다.

난 스웨터를 걸치고 팔을 비비며 빠진 것이 무엇인지 알아내려고 했다. 눈을 감고 주파수를 살피고 뒷마당과 오두막을 다시 살폈다. 그러다 갑자기 멈췄고 등 뒤로 서늘함을 느꼈다. 이 집에 빈 곳이 있다. 노블이다. 그의 주파수가 더 이상 느껴지지 않았다.

얼른 온열 작업복과 양말을 챙기고 최대한 빨리 옷을 입었다. 가슴이 철렁했다. 어둠 속에서 그의 침실로 가봤다. 비었다. 노블이 없었고 아까 그가 착용했던 겨울 장비들도 마찬가지였다.

난 서둘러 오두막의 모든 방을 살피고 최대한 능력을 발산해 그의 주파수를 추적하려고 했다. 재빨리 복도를 지나 오로라 돔으로 갔다. 내가 들어가자 책상 위 램프가 깜박이며 켜졌지만, 그곳에도 그는 없었다. 책상 위에 있던 서류들은 다 치웠고 지직거리는 감시 카메라 옆으로, 석산호 아래 작은 메모가 놓여 있었다.

내가 감지할 수 없다는 건 그의 주파수가 이미 1.6킬로미터 밖으로 나갔다는 뜻이다.

노블이 사라졌다.

CHAPTER 45

석산호 아래 놓인 흰색 쪽지에 손을 대고 싶지 않았던 건 머릿속에서 *내가 숨기려고 엄청나게 노력 중이라는 걸 넌 알거라 확신해*라는 말이 계속 들려서였지만 어쨌든 그는 내게 다른 선택의 여지를 주지 않았다.

숫자야.

미안해. 날 찾지 말라고 했던 건 그래야만 했기 때문이었어. 날 용서해 줘. 결과가 어떻게 될지 확신할 수 없지만 다른 방법이 없었어. 그들이 어떻게 내 설계를 손에 넣었는지 물었지…. 모니터의 음성 녹음 파일을 들으면 이해가 갈 거야. 부탁인데 이번에는 날 쫓아오지 말아 줘. 체사레에게는 내가 라파엘을 도울 거라고 말해 줘.

이 일이 끝난 후에 우리의 다른 문제들을 해결해 보자. 내가 지킬 수 있는 약속을 한 가지 할게. 절대로 너한테 날 찾기 위해 암호를 해독하라고 하지 않을 거야.

맨델로부터

손가락이 떨렸다. 난 메모를 내려놓았다. 책상 위 두 개의 검은 평면 모니터에 음성 파일을 재생할 수 있는 창이 네 개 떠 있었다. 이어폰도 놓였다. 바탕화면에 깔아둔 튀니지 모래언덕에 앉아 있던 내 사진이 사라졌다는 점도 확실히 알게 됐다.

끔찍함과 호기심이 내 가슴을 휘젓는 걸 느끼면서 난 의자에 앉은 다음 재생 버튼을 눌렀다.

첫 번째 녹음 파일이 가슴에 충격파처럼 전해졌다. 내 목소리와… 카이의 목소리다.

– 나: 진짜, 넌 다른 사람을 위해 자신을 희생하는데 일가견이 있다니까….

– 카이: 널 위해서야….

튀니지 토죄르 안전 가옥에서 카이가 죽을 고비를 넘긴 뒤에 우리가 나눈 대화였다. 난 이 기억을 멀찌감치 치워뒀는데 지금 들으니, 기억이 다시 홍수처럼 밀려들었다.

……

– 카이: 골칫덩어리, 뭘 어떻게 한 거야? 방안이 빙글빙글 돌아.

– 나: 당연히 뭘 했지, 너한테 키스했잖아….

– 카이: (웃음소리) 그거네….

……

– 나: 뭐 하나 물어봐도 돼?

우리의 대화를 들으니 다시 그 방에 돌아가 있는 기분이 들었다. 목구멍이 바싹 타들어 갔다.

– 카이: 조, 넌 모르겠지만 선택해야 하는 쪽은 너야….

… 지금 날 사랑하지 않는다고 해도, 난 기다릴 거야….

난 침을 꿀꺽 삼켰다…. 이제 나온다…. 난 책상 위로 엎드렸다.

– 나: 사실 난 널 사랑해…. 아주 많이… 사랑해.

– 카이: 내가 정말로 듣고 싶은 말이었어….

녹음 파일은 거기까지였지만 난 그의 목소리에 잠식됐다. 화덕에서 노블이 던진 질문.

"카이를 잊었어?"

노블은 내가 고백하는 걸 들었다고 알려 주는 것이었다. 눈을 꼭 감았다. 노블은 대체 무슨 생각일까?

키보드 주변으로 손가락이 머뭇거리며 두 번째 음성 파일 재생 버튼을 누르지 않고 있었다. 앞으로 듣게 될 내용이 두려웠다. 하지만 낭비할 시간이 없어서 2초 뒤에 난 재생 버튼을 눌렀고 이번에는 단호하고 감정적인 남성의 저음이 흘러나왔다.

– 오디오 2: 아들? 듣고 있니? 몸은 괜찮니?

감정으로 떨리는 목소리였다. 그리고 마음의 평정심을 찾으려는 듯 긴 침묵이 이어졌다.

– 아주 오랜만이구나. 네 엄마와 난 네가 집에 돌아오길 바란단다…. 네가 살아있다는 거 알아. 나사 티퍼가 너일 수밖에 없으니. 난 내 아들을 알거든…. (긴 침묵) 내가 좋은 아버지가 아니

었지…. 많은 걸 후회하고 있어.

떨리는 숨소리와 크게 들이마시고 내쉬는 호흡이 들렸다.

– 내게 다시 기회를 주길 바라. 우리한테 연락하렴.

녹음을 다 듣기도 전에 난 숨이 막혀서 얼른 세 번째 메시지를 찾아 재생했다. 이번에는 울음을 억누르는 여성의 목소리였다.

– 오디오 3: 노블, 얘야? 엄마야…. 우린 네가 아주 그립구나….

눈물과 코를 훌쩍거리는 소리. 뒤에서 목이 메 흐느끼는 소리가 났다.

– 부디 집으로 돌아오렴, 아들아. 엄마가 다 잘못했어. 네 아빠와 난 널 사랑해…. 우리 아들이 보고 싶어. (더 많은 흐느낌)

녹음은 거기서 끝났다.

뜨거운 눈물이 내 뺨을 타고 흘러 눈 앞을 가렸다. 내가 더 들을 수 있을지 모르겠다. 하지만 노블이 음성 파일 네 개를 전부 들어달라고 했기에 그래야 한다. 자기 부모님의 메시지를 내게 들려주는 건 그에게는 쉽지 않은 일이었을 거다. 그런데도 그렇게 한 이유는 내가 이해해 줄 걸 알아서였다. 가슴이 조각조각 갈라졌다. 노블이 어떤 기분일지 짐작만 할 수 있을 뿐이다. 분노, 고통, 증오. 그래도 내가 아는 그라면 아마 아주 작은 용서, 더 나아가 가족에 대한 사랑도 느꼈을지 모른다. 나도 그런 경험이 있으니까. 마담한테 납치당한 뒤 사랑받지 못하고 누구도 원하지 않는 사람이 된 기분이 어떤지 알게 되었다. 그게 거짓이라고 할지라도. 또한 희망이 어떤 느낌인지, 새로운 시작이 가능하다는 점도 알았다. 속에서 뭔가가 올라왔다.

네 번째 음성 파일과 마주했다. 손가락으로 재생 버튼을 눌렀다. 다시 노블의 아버지 목소리가 흘러나왔다. 그런데 이번 메시지는 열 배 더 끔찍했고, 한마디 한마디가 칼처럼 매서웠다.

– 오디오 4: 노블….

마찬가지로 후회하는 목소리였는데 이번에는 뭔가 다른 것, 두려움과 끔찍함이 들었다.

– 아들아, 끔찍한 일이 벌어졌단다. 네 엄마와 난 위험에 처했어. 한참 전에 네 미완성 설계 중 일부를 팔았단다. 구매자가 연락해 왔고 동료와 내게 작업을 끝내 주면 많은 돈을 주겠다고 제안했어. 그런데 우리로서는 끝낼 수가 없었단다…. 내 동료들은 이미 죽….

그는 목이 멨다. 목소리가 떨렸다.

– 내가 끝내지 못하면 어떻게 될지 모르겠구나. 네 엄마와 난 쭉 위협을 받아 왔어. 미안하구나, 노블. 다시 시작할 수 있다면 난 널 선택할 거야….

음성은 그렇게 끝났다.

머릿속으로 숫자가 움직이며 파일과 기억과 신문 기사를 살폈다.

"저들이 어떻게 네 설계를 입수한 거야?" "오래전에 내 설계를 본 누군가에게서…."

안 돼. 모든 게 분명해지면서 난 고개를 떨궜다. 노블이 어디 있고 뭘 하려는지 알았다. 어째서 나한테 연락하지 않았는지, 왜 그의 키스가 멀게 느껴지고 슬펐는지 이해가 되었다. 그는 자신이 도와야 하는 부모님을 생각하고 있었다. 자기가 할 수 있는 선택을 계산하면서. 이미 엄청난 고통을 겪고 있으면서도

말이다.

K2가 내게 PSS에서 메시지가 왔다고 알려 주었다.

"당장 연락해 줘. 나사 티퍼에 관한 소식이 들어왔어. 참고로… 충격적이야."

난 K2에 곧바로 전화하라고 시켰다. 첫 신호음에 해리슨이 받았다.

"조?"

"전부 말해 봐." 무슨 말을 들을지 이미 알면서도 그렇게 말했다.

"나사 측에서 테일러 대표님에게 연락해 실종된 세 사람의 과학자에 관한 기밀 정보를 알려 줬어. 그중 한 사람이 전 국방안보국, 후에는 나사에서 근무한 제임스 애덤스 박사라는 사람이야. 75일 전 그 사람이 동료 세 명과 함께 실종됐어…."

해리슨이 말을 이었고 그의 목소리는 이미 떨리고 있었다.

"조…. 듣고도 믿기지 않을 거야. 우리는 그 사람이 노블의 아버지라고 99퍼센트 확신해."

노블 애덤스. 난 눈을 꼭 감고 억지로 침을 삼켰다. 노블이 열세 살 때, 그의 아빠가 국방안보국을 위한 공식을 완성하도록 강요했다. 일을 끝낼 때까지 방에 가둬 두고 그의 재능을 계속 이용해 먹었다…. 난 치를 떨었다.

침묵 속에서 숫자가 주변으로 활발하게 움직이며 계산해 나갔다. 팔레르모가 데리고 있는 마지막 남은 과학자가 바로 노블의 아버지였고, 이제 위험 상황이 분명해졌다. 체사레가 자기 입으로 말했다. 마지막 과학자가 무기를 작동시키지 못하면 그와 라파엘이 목숨을 잃게 될 거라고.

가슴이 두근거리는 소리가 너무 커서 제대로 생각할 수가 없었다. 노블의 부모님이 아무리 그를 끔찍하게 다루었다지만 당연히 그는 부모님을 구할 것이다. 착한 심성을 가졌으니까. 내 앞으로 예측이 펼쳐졌다. 노블이 자기 계획을 숨긴 이유와 인피니티 돔의 세부 사항을 혼자만 알고 있었던 이유, 날 밀어낸 이유가 전부 분명해졌다.

내일이 지나면 네 생각이 바뀔지도 몰라…. 노블의 계획은 분명했고 밤보다 어두웠다. 숨이 턱 막혔다. 자기 아버지가 끝내지 못한 일을 직접 마무리하려는 거다.

그가 실패한다면 살아서 나올 수 없을 테고 성공한다면…. 그가 세상에 미칠 영향을 생각하니 내 머릿속이 혼란의 도가니가 되었다. 결론이 도출되었고 확률은 분명했다.

노블은 정전을 막으려고 스케일 테크에 잠입하는 게 아니다. 그는 정전의 주범이 되려고 그리로 갔다.

CHAPTER 46

위기, 위험, 기회.

숫자가 날 어둠의 땅으로 이끌었다. 작전명 '어둠'. 하지만 실패하라고 숫자가 여기로 날 데려왔으리라고는 생각하지 않는다. 녹음 파일을 다 들은 지금도 눈앞에 반짝이는 작은 길이 보이고 이번 일을 해결할 수 있을 것 같다.

"조? 듣고 있어?" 해리슨이 소리쳤다.

통화 중이었던 걸 깜박했다. 난 정신을 차리고 대답했다.

"듣고 있어." 내가 말했다.

내가 알고 있는 정보를 해리슨에게 전달했다. 노블이 스케일테크로 가서 정전을 일으킬 무기를 완성하고 자기 아버지를 구할 거라고. 그가 성공하면 세상에 고통이 찾아올 거고, 실패하면 그의 아버지가 목숨을 잃을 거다. 정답은 없었다.

"우리가 어떻게 도와줄까?" 해리슨이 물었다.

머릿속에서 천 가지 가능성이 빙빙 돌 동안 손발이 미친 듯 바닥과 책상을 두드렸다. 노블을 막으러 난 스케일 테크로 가야 한다. 그 돔을 열어 체사레의 수하들이 들어갈 수 있게 해 줘야 한다. 우리가 정전 사태를 막고 ISC가 무사히 슈퍼 위성을 발사하고 위성이 안전하게 사용될 수 있게 해 주어야 한다.

그런데 내 길을 가로막는 가장 큰 장애물이 있었다. 인피니티 돔이다. 들어가는 방법을 아는 사람은 노블뿐이다.

안전하거나 쉬운 방식은 없어…. 상당히 많은 전력이 있어야 하거든….

그 지역의 경계가 삼엄하다는 점이 두 번째 장애물로 작용했다. 머릿속에 든 노블의 지도를 통해 난 숫자를 세고 다시 살피고, 세고, 또다시 살폈다.

“핀란드 학생들.” 내가 해리슨에게 말했다.

“인피니티 돔을 통과하는 방법을 아는 사람이 있다면 걔들일 거야. 헬싱키 대학교 STEM 팀에게 전화로 연락해 줘. 그리고 인피니티 돔의 약점을 찾아봐. 아, 해리슨, 오늘 밤에 날 잘 지켜봐 줘.”

난 전화를 끊고 내 방으로 돌아갔다. 작업복을 살피니 아직도 배터리가 50퍼센트였다. 전혀 충전이 되지 않았다. 이유를 알고 나니 눈이 돌아갔다. 전원이 뽑혀 있었다. 난 손바닥으로 바닥을 내리쳤다. 노블은 정말 약삭빨랐다. 내가 온열 작업복을 입고 따라올까 봐 코드를 뽑아 버렸다. 할 수 없이 다시 충전하면서 필요한 물품을 모조리 챙겼다.

30분 뒤 K2가 에디에게서 전화가 왔다고 알렸다.

"받아 봐."

"조, 우리가 약점을 찾았는데 노블의 말이 맞아. 안전하고 쉬운 방법은 없어. 특히 지금처럼 시간이 촉박할 때는." 에디는 억지로 침착한 목소리로 설명했다.

"많은 화력이 필요해. 우리는 그렇게 빨리 널 도와주러 갈 수 없어."

난 백업이 있다는 데 감사하며 목걸이를 만지작거렸다.

"에디, 네가 내 목에 걸어 둔 기기 하나를 잊어버리고 있구나."

"다람쥐의 도토리를 가져갔어?" 그가 놀라며 물었다.

"비상용으로, 기억 안 나?"

내 숫자가 무기 속, 총 에너지양과 인피니티 돔의 도식을 계산하다 방법 하나를 찾았다. 위험한 계획이지만 내가 생각한 모든 요인 사이에 작은 틈이 있었고 그게 바로 기회였다.

다만 계획대로 되면 아빠가 아주 싫어할 거다.

CHAPTER 47

새벽 한 시, 난 아빠와 체사레를 깨워 5분 내로 주방에서 만나자고 말했다. 얼른 방으로 돌아가 눈에 바이오 렌즈를 끼고, 귀걸이는 빼서 주머니에 넣고 돌아갔다.

주방에서 체사레가 푹신한 슬리퍼 차림으로 캐모마일차를 마시고 있었다. 눈이 충혈되고 머리가 부스스했다. 그 모습이 신경에 거슬렸다. 해리슨이 천재 같아 보이지 않는 것보다 더 심하게 그는 범죄 조직 우두머리와는 거리가 멀어 보였다. 체사레는 우리 아빠와 비슷했다. 피곤해서 자야 하는 남성, 아들을 위해 무슨 일이든 하려고 하는 남성. 한번은 레드가 내게 프랫에 있는 모든 재소자가 어린 시절이 있었고, 그들을 믿고 포옹해 줄 누군가를 필요로 했다고 말해 줬다. 그 점이 그들이 여전히 도움이 필요하고 이를 통해 바뀔 수 있는 사람들이라고 기억할 수 있게 해 준다고 말이다. 여기 예시인 사람이 한 명 더 있다.

내 바람이지만.

"본 조르노(Buon giorno 좋은 아침이에요)."

라파엘에게 배운 몇 안 되는 이탈리아어로 내가 인사했다.

체사레가 충혈된 눈을 비비고 시큰둥한 표정으로 날 쳐다봤다.

"조르노(아침)가 아니야, 밀라. 노테(notte 밤)지. 우릴 깨운 이유가 뭐니?"

아빠는 나갈 채비를 마친 상태로 주방으로 들어왔다.

"그래, 무슨 일이야?"

"계획이 바뀌었어요."

내 손안 노블의 쪽지가 얼음처럼 차갑게 느껴졌다. 그걸 주머니에 넣으며 눈이 가볍게 흩날리는 어두운 밤하늘을 쳐다보았다.

"노블이 사라졌어요. 대략 1시간 전에 떠났어요."

체사레가 찻잔을 내려놓았다.

"로 사페보(Lo sapevo 그럴 줄 알았어). 어찌 많이 불안해 보이더니."

아빠가 인상을 찌푸렸다.

"어디로, 왜 간 거야?"

"노블은 팔레르모와 스케일 테크를 돕고 있어요."

그가 숫자를 감춰 내가 더 빨리 이 결론에 도달하지 못하게 한 걸 떠올리니 속이 뒤틀렸다.

"팔레르모가 인질로 잡은 세 번째 과학자가 노블의 아버지예요. 팔레르모는 살로넨 박사의 아내에게 그랬던 것처럼 그의 엄마도 위협하고 있어요. 스케일 테크가 내내 노블의 연구 성과를 이용하고 있었고요. 노블의 아버지가 팔레르모에게 노블의 설계를 팔았는데 지금 그 무기가 작동되게 하지 않으면 죽이겠다고 위협했고, 그래서 노블이 일을 마무리하러 그곳에 간 거예요…."

아빠가 어깨를 툭 떨궜다.

"끔찍하구나." 아빠는 수심 가득한 얼굴로 변했다.

"확실히 상황이 달라졌어."

체사레가 손으로 테이블을 내리쳤다.

"내 아들은 어쩌고?" 화가 난 그의 입술이 실룩거렸다.

"노블에게는 라파엘을 도울 계획이 있댔어요." 내가 말했다. 그걸로 위안이 되지 않겠지만 체사레는 조금 누그러졌다.

"내가 어떻게 그 애를 탓하겠어? 부모를 구하기 위해 우릴 배신했다고? 마피아나 할 법한 행동이군." 체사레가 한숨을 쉬었다.

"하지만 지금 우리에겐 돔을 통과할 방법이 없어. 우리 계획은 망했어…." 체사레가 이마의 주름을 비볐다.

"아뇨." 내 결심은 단호했다.

"예정대로 계획을 진행할 거예요. 당신과 당신 부하들은 새벽에 남쪽 정문으로 오세요. 문이 열릴 테니까요."

"어떻게?" 아빠가 눈이 휘둥그레지며 물었다.

"노블은 거의 불가능하다고 했잖니."

"새로운 정보를 좀 입수했어요. 제가 돔을 해체할 거예요, 혼자."

난 아빠가 더 이상 캐묻지 않길 바라며 미안해하는 미소를 지었다. 에디가 인피니티 돔에 대해 해 준 말을 전하면 아빠가 더 걱정할 테니까.

"전 지금 가 봐야 해요."

"뭐라고?" 아빠가 경악했다.

"안 돼! 이건 아닌 것 같아."

체사레조차 두 손을 기도하듯 모으며 날 향해 흔들었다.

"밀라, 파 언 프레도 카네(fa un freddo cane 엄청 추워), 아주 어둡고 게다가 팔레르모의 부하들이 쫙 깔려 있잖니."

"그러니까 두 분은 오지 마세요. 야간 시야가 확보된 사람은 저뿐이고 숫자들이 위험을 피할 수 있게 이끌어 줄 거예요. 그리고 낮보다 이 시간에 위험이 더 적을 테죠. 그들은 제가 올 거라고 기대하지 않고요. 세 사람이 숲을 걸어 다니면 너무 튀잖아요. 전 이미 계산을 마쳤어요."

내가 두 사람에게 지도를 보여 주었다.

"아시겠죠? 이 지역 전체를 머릿속에 넣어뒀어요. 저한테 계획이 있어요. 인피니티 돔에는 약점이 있어요. 바로 여기, 전 이걸 망가뜨릴 거예요. 그런 다음 저기 라부가 있잖아요. 날이 샐 때까지 거기 숨어 있다가 당신과 만날 거예요. 저한텐 9시간이 있어요. 그 정도면 충분해요."

아빠가 고개를 저었다.

"마피아 무리가 어슬렁거리는 땅에 극한의 추위 속에서 딸을 혼자 보내면서 행운을 빌라고? 안 돼, 그럴 수 없어."

"아빠, 우리에겐 온열 작업복이 있어요. 필요한 장비도 다 가지고 있어요. 무기도요. 문제가 생길 것 같으면 돌아올게요. 약속해요."

"네가? 돌아온다고?" 아빠가 코웃음을 쳤다. 아빠는 카이처럼 말했다.

넌 싸움에서 물러서지 않잖아… . 어쩌면 그 말이 맞을지 모르겠다.

"이런 상황이 되게 해서 죄송해요, 아빠." 내가 말했다.

"너무 늦기 전에 노블을 막아야 해요. 슈퍼 위성 발사가 내일 아침이고 그게 무기가 되어 궤도를 돌게 놔둘 수 없잖아요."

내가 이마를 문질렀다. 노블에게는 분명 다른 꿍꿍이가 있을 거다. 내가 아는 그라면 추가적인 계획 없이 인명을 위험하게 만들거나 팔레르모를 돕지 않을 테니까. 자기 아빠를 구해야 하는 일이라고 해도. 그렇지만 내가 예측할 수 있는 부분에서 그의 계획에 허점은 없었다.

난 체사레에게 몸을 돌려 종이조각을 건넸다.

"스노모빌을 타고 부하들을 이 지점으로 보내세요. 스케일 테크의 북극 연구소에서 남쪽으로 1.6킬로미터 떨어진 곳이에요. 아빠, 테일러 대표님이 준 스마트워치 가지고 있죠?"

아빠가 손목을 보여주었다.

"좋아요. 제가 연락할게요. 동이 틀 때 남쪽 정문에서 봐요."

아빠의 얼굴이 지지와 걱정으로 뒤섞였다.

"정말 혼자 가도 괜찮겠니?" 난 고개를 끄덕였다. 아빠가 내게로 몸을 구부렸다.

"저 사람과 함께 가도 내가 괜찮겠니? 기분 나쁘게 듣지 말아요….” 아빠가 체사레를 쳐다봤다.

“당신은 좋은 사람 같지만… 팔레르모가 당신에게 우리와 당신 아들 중에 선택하라고 한다면, 우릴 배신할지도 모르잖아요.”

체사레는 싸우려는 수탉처럼 가슴을 잔뜩 부풀렸다.

“내 부하들과 난 한 가족이고 당신은 지금 우리의 보호 속에 있어요. 당신의 믿음을 배신하지 않을 겁니다. 확실히 내 아들의 목숨도 위태롭지 않게 할 거고요. 우리는 끝까지 함께 할 거예요. 비록 룰티모 페탈로(l'ultimo petalo) 해도.”

“룰티모 페탈로요?” 아빠가 물었다.

“마지막 꽃잎? 장미가 하얗게 변할 때까지? 이런 표현 들어본 적 없어요?”

체사레가 아빠를 쳐다봤다. 아빠가 고개를 저었다. 그러자 체사레가 한숨을 쉬었다.

“우리 가문에선 최후의 피 한 방울을 뜻해요.”

아빠가 날 향해 인상을 썼다.

“세상에! 최후의 피 한 방울이라니. 대단하군.”

“이런 말이 위안이 될지 모르겠지만 제 숫자가 체사레가 상당히 과장하고 있다고 알려줬어요. 물론 그의 말은 사실이고요.” 내가 말했다.

“노블과 전 둘 다 그를 평가했어요. 저 사람이 우릴 배신하지 않을 거라고요. 그러니 아빠는 무사할 거예요.”

“그래, 알았다.” 아빠가 말했다.

“아무리 힘들어도 널 믿지 않을 이유가 없지.” 두 사람이 날 문까지 배웅했다.

"밀라!" 체사레가 날 멈춰 세웠다.

"팔레르모와 테라 리베라타가 얽혀 있으니 무조건 조심해야 해. 거짓말은 드러나겠지만 그래도 명심해. 이 일의 여파가 있을 테니. 아주 신중하게 움직여야 한다."

분명한 경고였다. 하지만 그의 눈동자 속 이야기는 나와 비슷한 이야기를 하고 있었다. 우리 둘 다 그 여파에 대해 잘 알지만, 그래도 행동할 때가 언제인지도 아니까.

"이해했어요." 난 길게 숨을 들이마셨다.

"체사레, 팔레르모를 막는 일은 당신과 당신 부하들에게 달렸어요. 전 당신을 믿어요."

그가 퉁명스럽게 고개를 끄덕이고 행운을 빌어주었다.

"인 보카 알 루포(In bocca al lupo 행운을 빌게)."

난 안면 보호구를 쓰고 사악할 정도로 추운 공기 속으로 걸음을 옮기며 언제부터 내가 마피아 소속 남성을 믿었는지 궁금해했다.

내 머릿속 GPS가 경로를 설정했다. 앞에 뭐가 있는지 시야가 또렷하지 않았다. 하지만 걸어야만 하는 길이다. 최후의 피 한 방울이 남을 때까지.

CHAPTER 48

∞

스노모빌을 가지러 가는 길, 밤은 고요했다. 떨어지는 눈이 내게 좋은 쪽으로 작용했다. 숲속을 걷는 내 소리를 삼키고 시야를 모호하게 해 적의 눈을 가려 줬다.

구름이 머리 위를 덮어서 어두웠지만, 바이오 렌즈를 꼈기에 온 세상이 살아 움직였다. 렌즈의 빛 감지 능력이 상당히 뛰어나 아주 작은 불빛의 흔적까지 보여 주어 난 어둠 속에서 안정적인 속도로 움직일 수 있었다. 가문비나무와 소나무 사이를 요리조리 빠져나가며 나무의 높이, 너비, 가지의 흔들림까지 계산했다.

스노모빌 앞에 도착한 뒤, 숫자가 안전하다고 말한 8킬로미터 거리까지 달린 후 내렸다. 스케일 테크 건물이 아주 가까이 있었다. 나무에 열 동작 감지기가 달려 있어 난 근처에서 벌어지는 정교한 전기 활동을 느낄 수 있었다. 나머지 여정은 걸어서 진행해야 한다.

1.77킬로미터가 남았을 때 도착 예정 시간을 계산해 봤다. 눈이 없는 평범한 도로에서 걷는 속도라면 대략 15분이면 목적지에 도착하겠지만 이곳의 지형과 눈의 깊이, 무거운 부츠와 강한 바람, 추위로 인해 낮은 체내 에너지까지 고려하니 대략 30~35분이 걸린다는 예상이 나왔다.

아까 드론 팔찌를 재킷 소매 안에 넣어뒀다. 그걸 꺼내 드론 하나를 켜서 내가 걷는 동안 주변을 정찰하도록 지시했다. 아빠한테 내 안전을 우선시하겠다고 약속했거니와 추위에서 어떻게 작동하는지 확인해 보고 싶은 이유에서였다. 지금까지는 별 탈 없이 날고 있다.

이 지역을 관통하는 유일한 길이 내 오른쪽으로 97.53미터 지점에 있다. 난 나무가 서 있는 쪽으로만 쭉 따라갔다. 간혹 가지가 부스럭거리거나 작은 동물이 황급히 지나쳐 갔지만 숲속은 적막처럼 고요했다. 고맙게도 날 보호하는 데 필요한 모든 걸 대지와 야생 동물에게서 얻을 수 있었다. 온열 작업복의 배터리가 45퍼센트 남았으니 인피니티 돔까지 가기엔 충분하고, 그런 다음 라부로 가서 충전하면 된다. 아직까진 따뜻하고 젖은 데가 없었다.

장갑에 떨어지는 눈송이를 보니 노블의 프랙털과 그가 내린 선택이 떠올랐다. 또한 그로 인해 노블이 날 믿지 않기로 한 방식까지도. 곧장 두 시간 전에 꾼 꿈과 비교해 보았다. 카이는 내게 아무것도 숨기지 않았다. 로키산맥 분수계를 생각하다가 드론이 안정적이지 않다는 점을 파악했다.

반경 2.43미터에서 주변을 돌지 않고 위아래로 마구 움직였다. 극심한 추위가 끼치는 영향에 대해 에디가 한 말이 맞았다. 그래서 드론을 불러들여 다시 팔찌에 붙였다. 앞으로 있을 일을 대비해 드론을 따뜻하게 유지해야 한다.

머릿속으로 지도를 다시 계산했다. 인피니티 돔까지 북쪽으로 0.8킬로미터 더 가면 된다. 벌써 안테나, 망원경, 각종 감시 장비에서 뿜어져 나오는 주파수로 공기층이 빽빽하다. 카메라와 센서를 확실히 피할 수 있는 새 경로를 탐색했다.

7분 뒤, 인피니티 돔의 관제탑이 시야에 들어왔다. 관제탑 자체는 민투가 설명해 준 것처럼 평범했다. 어느 공항에서나 볼 수 있는 그저 그런 관제탑처럼 생겼다. 64미터 높이로 숲 위로 우뚝 솟아 있다. 하지만 탑은 내가 지금껏 감지한 것들과 차원이 다른 강도로 대기 중으로 전파를 쏘아 올렸다. 전기 불꽃이 튀는 에너지 입자가 이룬 돔이 회사 전체를 감쌌다. 내 계산이 맞다면 이 전자기장은 고체 물질인 미사일, 총알, 방사선까지 막아낼 수 있다. *맙소사.* 내 계획이 잘 먹혀야 할 텐데.

난 몸을 웅크리고 경계선까지 가까이 간 다음 한 나무에서 다른 나무로 몸을 숨기며 경계한 채 귀를 세우고 센서를 살폈다. 인간과 크기와 열 온도가 비슷한 야생 순록이 과거에 센서에 걸린 적이 있어 내 움직임을 비슷한 신호로 여겨 주길 바랐다. 바람이 거세게 내 몸을 때렸다.

마침내 앞에 도착해서 에디에게 전화를 걸었다.

"다 왔어."

"온열 작업복은 어때?" 그가 물었다.

슬쩍 눈금을 살폈다.

"그다지 좋지 않아. 32퍼센트 남았어." 내가 말했다.

"식진 않았는데 발열도 되지 않아."

물어봐서 한 말이지만 내 체온이 떨어졌다. 다리와 발도 살짝 얼얼했다.

"음. 배터리 잔량과 날씨는 내 예측보다 훨씬 영향을 많이 미치는구나." 에디가 걱정스러운 목소리로 말했다.

"체온 부분은 문제없어. 난 괜찮아. 라부를 찾아갈 거야." 일이 잘돼야 그럴 수 있었다.

"좋아, 준비됐어."

돔 60미터 반경 안으로 들어가니 스케일 테크 부지를 구성하는 건물들이 보였다. 난 실눈을 뜨고 살폈다. 관제탑에서 나오는 희미한 불빛이 내 바이오 렌즈에 너무 밝게 비쳤다. 슬그머니 전기 울타리로 가까이 다가갔다. 관제탑에서 30미터 반경까지 갔을 때 대기 중에 인간의 주파수가 느껴졌다. 가드 여섯 명이 주위를 순찰하고 있었다. 그중 세 사람이 헬싱키 지하 터널에서 날 쫓아오던 사람들과 동일 인물이란 걸 알고 난 멈췄다. 나쁜 의도가 술술 풍겨 왔다.

"좋았어, 에디. 한 번 더 계획을 살펴보자."

"알았어. 한 가지 약점이 있어. 바로 관제탑이야. 돔의 전력망으로 작동하지. 탑이 폭발하면 다람쥐의 도토리 안 EMP가 관제탑 전력망에 합선이 될 만큼 강한 파동을 만들어 낼 거야. 그래서 연구소를 보호하는 돔 자체 전력이 차단돼. 관제탑을 쓰러뜨리면 돔을 쓰러뜨릴 수 있어."

에디가 잠시 말을 멈췄다.

"공격을 시작할 때 돔에서 최소 30미터는 떨어져 있어야 하는 거 잊지 마. 폭발과 전자기 펄스가 어떻게 반응할지 우린 확신할 수 없으니까. 여진파가 있을지도 몰라."

"알았어." 내가 대답했다.

"내 목표 대상은 어디 있는데?"

"네 드론에 이 지점에서 도토리를 터트리라고 입력해."

K2 위로 돔과 연결된 전기 패널의 정확한 좌표가 떴다.

"알았어." 민투는 인피니티 돔이 작동 불능이 되면 재부팅까지 24시간이 걸릴 거라고 말했다. 내가 저 돔을 고장 낼 실질적인 방법이 없으니 피해라도 주는 쪽을 택해야 했다.

앞으로 다가갔다. 엄청난 볼트의 전기가 도식으로 나타났다. 난 재킷 지퍼를 내리고 작전의 꽃인 다람쥐의 도토리를 꺼냈다. 내 목걸이에서 총알 모양 금속 실린더를 떼어내고 드론 네 대와 도토리의 에너지를 계산했다. 내겐 기회가 한 번밖에 없다. 이 일에 변수가 상당히 많고 위험도 크다. 한 번의 실수로 나뿐만 아니라 노블, 그의 아버지… 세상에까지 영향을 미칠 수 있었다.

"에디, EMP 속의 에너지가 피해를 줄 정도가 되지 않으면 어떡하지?" 내가 물었다.

"그렇게 될 거야. 네 드론이 모조리 정확히 같은 시간에 패널을 때리면 돼. 그렇지 않으면 우린 망하는 거야." 에디가 휘파람을 불었다.

"게다가 전자기 펄스 폭탄은 최고 속도로 투하해야 해. 폭발이 인간을 다치게 하지 않겠지만 폭발 소리가 북극 전역의 모든 사람에게 울릴 수도 있어. 혹시 모르니 그 전에 미리 모든 기기 전원을 꺼 둬. 재작동하기까지 시간이 좀 걸릴 테니까."

"알았어."

난 드론의 궤적을 한 번 더 계산했다. 모든 방정식을 더해 보니 잘될 것 같았다. 공격을 실행한 다음 20분 안에 0.8킬로미터 떨어진 오두막으로 가야 한다. 온열 작업복의 배터리가 빠르게 닳고 있었다. 난 나무들이 늘어선 뒤편에 자리를 잡고 몸을 웅크렸다.

"그럼 에디, 행운을 빌어줘."

"조, 잘해 봐."

작업복 전원과 바이오 렌즈도 껐다. 그리고 드론을 날리는 순간 K2 전원이 꺼지도록 설정했다. 난 완전히 집중했다.

내 드론 안에 에너지가 충분해지길 기도하며 K2로 망가뜨릴 패널의 세부 정보를 입력했다. 그러고는 다람쥐의 도토리를 목표 지점으로 데려다줄 드론 네 대와 결합했다. 폭발이 번개처럼 일어나서 날 뒤로 날려 보낼 수도 있다. 하지만 내가 범위 안에 있지 않으면 계획이 실행될 수 없다. 드론의 에너지 수준이 이렇게 낮은 온도에서는 일정치 못하기 때문이다. 그래서 안전을 위해 근처 눈이 쌓인 공터로 자리를 옮겼다.

이제 드론이 하늘로 올라가 나무 꼭대기 사이를 날며 조용히 내 명령을 기다렸다. 드론은 12,000볼트의 에너지로 윙윙거렸지만, 평소보다 3배 느리게 비행 중이었다. 추위가 속도를 늦췄다. 공기의 밀도가 너무 높다. *빌어먹을 눈.* 에디의 계획이 성공하지 못할 수도 있다. 내가 더 가까이 가는 건 안전 범위를 위반하는 일이지만 대신 드론의 비행 거리와 정확도가 높아질 것이다.

그래서 돔 가장자리로 7.62미터 가까이 기어갔다. 눈에 잘 띄는 곳이지만 아무도 보이지 않았다. 난 다섯 번째 드론을 날려서 다시 3,000볼트의 에너지를 더해 관제탑에 제대로 한 방 먹일 수 있게 도왔다. 마침내 K2가 전부 한 번에 움직인다고 확인해 줬다. 총 12개의 드론 중 7개가 남았다.

드론이 패널로 가서 폭발할 준비를 마쳤다. 난 이를 악물고 K2에 지시했다.

"폭파해."

난 드론을 전속력으로 날린 뒤 숨을 곳을 향해 뛰었다.

드론이 미사일처럼 밤하늘을 뚫고 목표를 향해 날아갔다.

5초. 머릿속에서 카운트다운이 시작됐다.

K2가 드론의 시야를 보여 주었다. 목표 대상을 향해 제대로 가고 있다.

3초.

폭발을 계산했지만, 생각은 다른 곳에 가 있었다.

전자기 펄스가 노블의 계획에 어떤 영향을 끼칠까? 그는 내가 올 걸 알고 있을까?

부츠로 눈을 으깨며 뒤로 물러났다. 튀어 오르는 에너지가 내 감각을 자극했다. *제기랄!* 그만 동작 감지 센서를 건드리고 말았다. 찰나의 순간에 주파수가 나선형으로 차올랐고 경고음이 울렸다. 그렇지만 걱정하기에는 너무 늦었다.

1초.

에너지 주파수가 소리에 앞서 내게 달려들었다. 그리고 폭탄이 터지는 파열음이 났다. 귀가 종처럼 멍하게 울렸다.

다람쥐의 도토리가 완벽하게 작동했다. 에너지 쓰나미에 나무들이 넘어지고 가지가 흔들리며 바닥으로 눈을 세차게 떨어뜨리는 바람에 내 두 발이 공중에 떠서 15.54미터를 날아갔다. 그렇게 눈덩이에 부딪히고 잎사귀가 떨어져 뾰족한 가지들 사이를 지났다. 바닥으로 내동댕이쳐질 때 머리가 빙빙 돌았다. 가지가 눈을 찌르진 않았고 질긴 소재의 작업복이 날 보호해줬지만, 노출된 뺨과 이마는 긁히고 피가 났다. 안면 보호구는 산산조각 났다. 상처에서 흐르는 피는 얼굴에서 곧바로 얼어버렸다.

난 뺨을 눈 위에 대고 살짝 히스테릭하게 웃었다. 피는 전혀 신경 쓰이지 않았다. 내가 해냈어! 내가 인피니티 돔을 꺼트렸다. 공중에 분명하게 고동치던 에너지가 사라졌다.

난 등을 대고 누워 스스로를 살폈다. 3초간 모든 것이 암흑이었다. 귀가 먹먹하고 방향 감각을 살짝 잃었다. 균형 감각도 상실했고, 속이 메스꺼운 데다 몸이 욱신거렸다. 뇌진탕일 확률은 38퍼센트로 나왔다.

머리가 여전히 빙빙 돌았다. 나무들이 내 위로 춤을 추었다. 숫자조차 균형을 잡으려고 애썼다. 이 모든 상황에서도 난 움직여야 했다. 추우니까.

조세핀, 일어나.

난 옆으로 굴러 무릎을 세웠다. 머리에서 둥둥 소리가 났다.

두 발로 서서 걷기 시작했다. 그런 다음 뛰었다.

경고의 종소리처럼 음파가 내 주변으로 움직였다. 전기 장벽이 무너졌고 주변 감시 카메라도 사라졌지만, 돔이 24시간 동안 재부팅 할 수 없는 사이에도 단순한 기술은 다시 작동할 수 있다. 2분 뒤 K2의 전원을 켜 봤는데 K2가 기능 이상을 일으켰다. 내 드론도 마찬가지였다. 바이오 렌즈를 다시 켜려는데 오른쪽 렌즈가 사라졌다. 폭발 때 눈에서 빠졌나 보다. 그리고 온열 작업복의 배터리가 죽었다.

남은 시간을 계산할 정도의 체온 조절은 가능했지만, 그마저도 빠른 속도로 떨어지고 있었다. 내 예측은 괜찮아 보였는데, 그러다 나무를 지나치는 두 개의 엔진 소리에 계산이 달라졌다. 스노모빌이다. 여섯 사람의 주파수가 내가 건드린 감지기 쪽으로 향했다.

그들이 내가 여기 있다는 걸 알지 못했다면 라부까지 갈 시간이 충분했을 텐데. 하지만 악당들은 지금 빠르게 날 잡으러 오고 있었다.

CHAPTER 49

재빨리 나무 사이에 숨은 뒤 내 숫자가 길을 살폈다. 라부로 가는 건 이제 선택사항에서 빠졌다. 다음 가능성은 1.6킬로미터 떨어져 있다. 날 쫓는 자들에게서 벗어날 수만 있다면.

난 드론 BFG에 내 주변으로 움직이라고 명령했지만 아무 일도 일어나지 않았다. 그래서 장갑을 벗고 드론을 눌러 봤지만 얼어 있었다. 온열 작업복 주머니 안에 잘 보관했지만 내 체온이 이 금속을 따뜻하게 유지할 만큼 충분하게 높지 않았던 탓이다. 할 수 없이 소매 안으로 도로 집어넣은 뒤에 팔찌는 얼어 있지 않기를 바랐다. 지금 핑거팁스가 있다면 좋을 텐데. 손가락 폭탄은 사용할 수 있을 정도로 따뜻함을 유지했을 거다.

"K2!" 내가 다시 명령했다.

"드론을 출동시켜." 난 급히 보호막이 필요했다.

"4분에서 6분간 온도가 8도에서 10도 오르지 않으면 드론이

총력으로 작동하지 않습니다."

K2가 태평한 목소리로 지침을 알려 줬다.

"그런 다음에야 움직이게 됩니다."

4분에서 6분이라고? 이런 날씨에서는 불가능한 일이다. 내가 드론을 겨드랑이에 끼우지 않는 한. 게다가 도망치는 와중에 그러긴 힘들다. 지금 크고 투박한 차량이 내 뒤를 바짝 추격하고 있다. 그러나 속도는 나보다 시속 3.21킬로미터밖에 빠르지 않다. 분명 일종의 설상차일 것이다.

설상차의 방향을 예측하고 반대로 움직이려고 지그재그 패턴으로 달렸지만, 헤드라이트와 눈 위의 트랙이 있어서 그들은 내가 숲을 가로지르는 걸 볼 수 있었다. 내 유일한 이점은 크기였다. 설상차는 아주 커서 나무 주변으로만 움직여야 한다.

모퉁이에 스노모빌을 탄 세 남성이 눈 덮인 협곡으로 달려들어 내 주변으로 가까이 왔다. 그들의 헤드라이트가 너무 눈부셔 바이오 렌즈를 낀 내 눈으로 들어오는 빛이 급증했다. 플래시가 너무 강해서 왼쪽 눈을 다시 뜨니 스트로보를 켠 듯 얼룩덜룩한 색과 그림자가 져 보였다.

얼씨구. 이제 난 일시적으로 한쪽 눈밖에 보이지 않는다. 더 빨리, 더 열심히 달렸지만, 발가락도 얼기 시작해서 바늘 위로 뛰는 것처럼 아팠다.

내 숫자가 공격을 계획할 만한 위치가 필요했다. 저 남자들의 반응에 달렸지만, 내가 제때 주머니에서 꺼낼 수만 있다면 여전히 K2의 테이저건과 귀걸이를 쓸 수 있겠지.

눈이 목화 솜털처럼 내려 차원을 흩트렸다. 내가 엉뚱한 방향으로 가고 있는 걸까? 시간이 별로 없었고 저들에게 붙잡힐 생각도 없었다.

난 스케일 테크 연구소에서 멀리 얼어 있는 호숫가 동쪽으로 진로를 바꿔 달렸다. 머릿속에 곧장 열두 가지 가능성이 나타났다. 확률이 가장 높은 하나를 골랐다. 설상차가 언 호수 위로 운전하지 못할 확률이 56퍼센트고, 지도에서 숲은 동쪽이 더 무성하다고 나와 있었다. 그러니 그쪽으로 도망가서 숨어야 한다.

나무 사이로 내달렸다. 스노모빌은 가지에 걸리지 않도록 천천히 조심스럽게 움직였다. 그래도 나보다 빨랐다.

스노모빌이 숲을 가로지를 때 폭력적인 의도가 다분한 주파수가 울렸다. 팔레르모의 수하들이 내게 가까이 왔다. 늘 날 잡으러 온다고 느꼈던 사람들이다. 제네바에서, 헬싱키에서, 나미비아에서, 날 추격했던 건 그들이었다.

눈이 가득 쌓인 나무 군락 뒤로 가서 숨었다. 하지만 소용이 없다. 눈에 내 발자국이 남았으니까.

스노모빌 세 대에 이어서 또 다른 차량이 협곡으로 들어왔다. 여섯 쌍의 발이 내 뒤를 쫓아 걷고 움직였다. 언 호수까지 남은 0.8킬로미터를 계속 걸었지만, 확률은 내가 도착하지 못할 거로 예측했다. 두려움이 내 속을 가득 채웠다.

"K2!" 난 헐떡거리며 말했다.

"이제 드론을 작동할 수 있어?"

대답이 없다. 그리고 2초 뒤에 잡음 가득한 대답이 돌아왔다.

"불-가-합니다."

난 테이저를 준비했지만 실패했다. 팔레르모의 수하들이 숲을 뒤지며 내 주변을 에워쌌다.

내겐 19초가 있지만, 몸은 재빨리 실행에 들어갔다. 최후의 수단으로 수풀 뒤편에 납작 드러누워 눈으로 몸을 덮고 흰 작업복이 날 가려 주길 바랐지만, 너무 늦었다. 부츠 한 짝이 내 머리 옆을 밟았고 다른 한 짝은 내 발 위에 있었다. 들키는 건 시간문제였다.

여섯 개의 플래시 불빛이 내 주변으로 빛의 원을 그렸다. 내 드론은 작동하지 않았다. K2가 방전됐다. 난 장갑을 벗고 귀걸이를 찾으려 했다. 하지만 귀걸이가 주머니 너무 깊은 곳에 들어 있는 데다 손가락이 차갑게 얼어서 움직이기 힘들었다.

지하 터널에서 봤던 남성 중 한 사람이 팔로 날 잡아당기고 다른 남성 쪽으로 끌어냈다. 그들 사이로 눈송이가 떨어지고 그들의 입에서 용의 숨처럼 김이 새어 나왔다.

"다들 이야기하는 그 여자애야." 남성이 내 얼굴에 플래시 불빛을 비추며 웃었다.

"보스가 널 원하는 게 당연해. 어린 여자애가 돔을 무너뜨릴 거라고 누가 상상이나 했을까? 팔레르모는 기뻐하지 않겠지만, 우리가 마침내 널 잡았으니 아주 흡족해하겠지."

오른쪽 눈으로 난 그들을 슬쩍 살피고 계산했다. 아빠가 생각하는 최악의 악몽이 벌어지고 있었다. 난 또다시 납치당했다.

CHAPTER 50

∞

설상차의 뒷좌석은 불편했지만 적어도 따뜻했다. 내 머릿속에서 이루어진 계산된 계획에 꼭 필요한 요인이 이거였다.

억양으로 봐서 이탈리아 사람이 분명한 남성들이 나일론 끈으로 내 손목을 단단히 묶었다. 숫자가 아닌 본능으로 난 소리쳤다.

“아야! 아프잖아요. 내 손목은 거의 얼었다고요.”

내 말은 크고 시끄러웠고, 끈을 헐겁게 하려는 얕은 술책이었다. 난 떨기 시작했고 최대한 실감 나게 연기했다. 그러자 그들은 인상을 쓰고 끈을 살짝 느슨하게 해 줬다. 그들이 날 설상차 바닥 칸으로 데려갔을 때 난 몰래 미소 지었다. 여성으로의 이점이다.

등 뒤로 손이 결박당한 채 난 고무 매트 위에 앉았다. 난 설상차 운전석 뒷문에 기댔다. 고맙게도 그들은 내가 가진 장비 어느 것도 빼앗지 않았다. 그게 중요한 건 아니다…. 아직은. 추위 때문에 모든 게 제대로 작동하지 않으니까.

세 남성이 날 주시했다. 차가 엉뚱한 방향으로 눈을 밀어내면서 문이 잠겼다. 그들은 호수로 향하는 언덕으로 올랐다. 돔에서도 멀어지고 내가 7시간 안에 가야 하는 연구소에서도 멀어졌다. 이쪽으로 너무 멀리 날 데려가도록 놔둘 수 없다. 노블을 막아야 한다. 아빠와 체사레보다 먼저 그리로 가야 한다.

"날 어디로 데려가는 거예요?" 내가 불쌍한 목소리로 물었다.

"우리 두목이 여기 도착해 널 만나기 전까지 안전한 곳으로." 남성이 말하고 씩 웃었다.

팔레르모가 위성 발사 뒤에 이리로 올 거야. 정전 무기가 성공했는지 확인하려고. 체사레가 말했었다.

내가 이 설상차에서 빠져나가지 못하면 모든 걸 잃게 된다.

머릿속에서 지도를 펴니 지형적 특징이 나타났다. 호수, 오두막, 라부, 48.28킬로미터 떨어진 곳에 있는 또 다른 마을. 난 운전석을 살피며 주변 모든 요인을 방정식에 넣고 머릿속으로 곱하며 풀려날 방법을 계산했다.

곧바로 세 가지 대책이 나타났다. 첫 번째는 이 세 명을 심각하게 다치게 해야 가능했다. 킹이 나에게 끼친 어두운 영향력이 내 마음 뒤편에 자리 잡고 사이렌처럼 날 유혹했지만 그렇게 할 수는 없다. 레드가 허락하지 않을 것이다.

두 번째 계획은 날 심하게 다치게 하는 데다 제시간에 연구소에 도착할 수 없다. 그래서 내겐 세 번째 계획만이 남았다. 성공 확률은 50:50이다.

제대로 실행하지 않으면 내 목이 부러질 수 있다. 하지만 제대로만 하면 난 탈출할 수 있다. 확실하다. 그런 다음 내 확률은 주변 요인과 내가 얼마나 빨리 달릴지에 달렸다. 온열 작업복은 내가 원하는 만큼 멀리 갈 때까지 버티지 못하겠지. 그래도 해볼 만한 가치가 있다.

우선 K2의 사용 언어를 바꿔 저 사람들이 내가 내리는 명령을 알아듣지 못하게 해야 했다. 저들은 중국어를 못할 확률이 높았다.

난 슬쩍 창밖을 내다보며 낮은 목소리로 말했다.

"88-가이 위안-한위(88-gai yuyan Hanyu 该语言汉语 88번째 언어인 중국어로 바꿔)." K2가 명령을 알아듣고 사용 언어를 바꿨다.

"뭐라고 했어?" 한 남성이 사납게 물었다. 보디랭귀지를 통해 그가 짜증이 났지만, 평온하다고 알려 주었다. 그는 날 진짜 위험한 인물로 여기지 않았다. 남자들은 대부분 그랬다.

"아무것도 아니에요."

그러고는 난 중국어로 K2에 이 설상차의 엔진과 회로망의 청사진을 불러오라고 조용히 말했다.

"스메틸라(Smettila 그만해)!" 한 남성이 짙은 억양으로 소리쳤다.

"아니면 영어나 이탈리아어로 떠들라고."

"죄송해요." 난 이렇게 대꾸했다.

"불안하면 혼잣말하는 버릇이 있어서요."

고맙게도 난 시간 말고 필요한 게 없었다. 우선 아래 놓인 고무 매트를 이용해 손목을 꼼지락거리며 끈을 헐겁게 만들었다.

그리고 손목을 엉덩이로 가져가 K2에 표시된 엔진의 청사진을 살폈다. 그다음엔 드론을 확인했다. 여전히 차갑다. 데워지기까지 4분이 더 남았다.

“난 당신들이 찾는 사람이 아니에요.” 난 시간을 벌려고 말을 꺼냈다.

“퍽이나 그렇겠지.” 그들이 웃었다.

“그럼, 한밤중에 밖에 나와서 스케일 테크의 보안 돔을 날려버린 이유가 뭐지?”

“말했잖아요. 내가 아니라고요.” 난 남성을 노려봤다.

“난 한 사람을 찾고 있었어요. 그가 여전히 밖에 있다고요.”

손을 묶은 끈이 거의 풀렸다. 하지만 계획을 계속 진행하려면 창이 열려 있어야 한다. 내가 해야 할 일을 생각하니 부끄러워 치가 떨렸지만, 마음을 가라앉히고 불편한 신음 소리를 냈다.

“코자 에 수체소(Cosa é successo 또 뭔데)?” 파란 모자를 쓴 금발 머리 남성이 내게 땍땍거렸다.

“죄송하지만 창문을 조금 열 수 있을까요? 차멀미가 나요. 신선한 공기를 마시면 괜찮을 것 같아요.” 난 가여운 미소를 지었다.

그들은 이탈리아어로 탄식하면서도 운전석 창문을 살짝, 0.5인치 정도 열어줬다. 딱 필요한 만큼만.

“그라치에(Grazie 감사합니다).”

이제 그들이 말하게 하면 된다.

“저한테 뭘 원하는 거예요?”

우리는 북서쪽으로 향하는 중이고 경로에서 4.82킬로미터 벗어났다. 머릿속 내 지도가 다시 계산에 들어갔다. 언덕 꼭대기에 올라가면 난 준비가 끝난다. 하지만 아직 내 드론이 켜지지 않았다.

"너한테 몇 가지 질문을 한 다음 놓아줄 거야…. 큰 행사가 끝난 뒤에 말이야." 그들이 히죽거렸다. 날 놓아줄 계획 따윈 없었다. 노블이나 실종된 과학자와 마찬가지다.

이제 충격 요법을 쓸 때였다.

"팔레르모는 성공하지 못할 거예요." 내가 등 뒤로 끈을 풀면서 말했다.

덩치 큰 남성이 몸을 구부리고 인상을 썼다.

"넌 지금 네가 무슨 말을 하는지도 모르잖아."

내 다음 발언은 위험하지만 감수해야 했다. 연회 동안 그렇게 느꼈고, 체사레와 이야기를 나눈 뒤 확신이 생겼다. 내 이론을 검증해 봐야겠다.

"스케일 테크는 체사레 디 수사의 명의잖아요."

그들의 몸이 굳어지면서 고개를 돌렸다. 심지어 그들의 보디랭귀지조차 일련의 명령 체계가 있었고, 그들에게 체사레의 이름이 곧 두려움이라고 알려 주었다.

"네가 체사레를 알아?" 그들 중 한 명이 물었다.

난 고개를 끄덕였다.

"그가 당신들을 잡으러 오고 있어요. 충성하는 부하들을 불러들였고요. 아까 돔에서 일어난 사태는 그가 할 수 있는 일의 맛보기에 불과하죠. 그의 편인 사람만이 앞으로 있을 유혈사태를 피할 수 있어요. 날 그에게 도로 데려다주면 당신들의 안전은 내가 보장하죠."

조수석에 앉아 있던 몸집이 큰 남성이 고개를 뒤로 빼고 불안하게 웃었다.

"체사레의 유산은 오래전에 죽었어."

하지만 그는 자기 몸으로 흐르는 소름을 감추지 못했다. 다들 불편한 기색이 역력한 채 자리에서 꼼지락거렸다.

운전자가 전화기를 들어 누군가에게 이탈리아어로 소식을 알렸다. 소문을 퍼트려, 무슨 일이 있어도 전쟁이 벌어질 거라고. 이렇게 하면 체사레에게 돌아가는 사람이 생길지도 모른다.

내 안의 시계가 GPS와 같이 움직였다. 우리는 대략 3분 안에 얼어 있는 가장 큰 호수를 건너게 된다. 난 손목을 묶었던 노끈을 풀어서 소매를 당겼다.

그리고 숫자를 셌다. 내 드론이 다시 연결 상태로 나타나기까지 2분 남았다. 설상차가 언덕을 올랐고 내 몸에 힘이 들어갔다.

1분이 남았는데 여전히 드론은 소식이 없었다. *어서 깨어나라고.* 난 속으로 소리쳤다.

다행히 남성들은 아무 의심도 하지 않았다. 그들 눈에 난 그저 인질일 뿐이다. 하지만 그들이 틀렸다. 이번에는 내가 해야 하는 일에 안타까움이 느껴지지 않았다. 드론이 충전되면서 주파수가 살아났다. 드디어 합선 작전 2가 시작됐다.

남성들은 이탈리아어로 체사레에 관해 이야기하느라 바쁜 나머지 더 이상 날 신경 쓰지 않았다. 난 고개를 돌리고 턱을 어깨에 올린 채 조용히 중국어로 말했다. K2에 설상차의 엔진 도식을 드론으로 업로드하라고 시킨 다음 테이저 세 방을 두꺼비집,

메인 컴퓨터 칩, 시동 케이블에 맞추도록 프로그램했다. 테이저가 전류가 가장 강하게 흐르는 저 영역 중 어디라도 맞추면 차량이 합선될 것이다. 그러면 나한테는 드론이 4개 남고, 추운 밖에서 얼어 죽을 높은 확률 하나가 생긴다.

슬쩍 창밖을 살폈다. 언덕은 막 내린 눈으로 덮여 있었다. 대략 10~12센티미터 깊이로 쌓인 저 눈이 내 구원이 되어 주겠지. 카이가 이런 식으로 굴러 본 적이 있었다. 내 안에서 숫자 도식이 프로그램됐다. 차고에서 샌드백을 때릴 때처럼 내 몸이 머릿속 수학적 예시를 제대로 실행하는데 성패가 달렸다. 제대로 하면 낙법 방식에 따라 부상을 피할 수 있다. 그래봐야 두려움이 조금 줄어들 뿐이지만. 게다가 얼마나 아플지는 가늠할 수 없었다.

시간이 됐다. 이제 간다.

3.

2.

1.

드론이 내 팔찌에서 나와 창문 틈으로 쏜살같이 빠져나가 설상차 아래로 모였다. 2초 뒤 전기가 튀는 소리와 함께 차량이 펄쩍 뛰었다. 라디오가 터졌고 전기가 나갔다. 잠긴 문이 팍 열렸고 설상차가 굉음을 내며 멈췄다. 남성들이 모두 비명을 질렀다.

난 1초도 낭비할 수 없었다. 얼른 운전석 뒷문을 발로 차서 열었다. 숫자가 개입한다는 걸 알았지만 더 수월해지는 건 없었다.

여기서부터는 쭉 내리막이다.

난 생각조차 필요 없다. 무작정 뛰어내렸다.

CHAPTER 51

∞

쾅!

어깨가 눈에 쿵 하고 부딪혔고, 난 카이가 수없이 하던 걸 본대로 몸을 둥글게 말았다. 눈이 내 얼굴로 튀었고 몸이 언덕 아래로 두 번… 네 번… 다섯 번 굴러떨어졌다. 중력이 날 아래로 끌어당겼다. 머릿속 패턴을 단단히 붙잡았지만 내 등과 어깨가 언덕과 다른 잔해에 부딪혔다. 깊이 쌓인 눈이 어느 정도 쿠션이 되어 주었지만 그래도 몸 전체로 고통이 퍼졌다. 피 흘린 얼굴과 어울리게 몸에도 근사하게 멍이 들겠지.

굴러떨어지다 멈춘 뒤, 조심스럽게 일어나보려고 했다. 다시 어지러움이 밀려왔다. 숫자가 올가미 밧줄처럼 날 다시 중심으로 돌려놓았다. 세상이 한층 분명해졌다. 나와 설상차 사이의 거리는 대략 76.2미터, 나무 32그루가 있다. 그리고 내 앞으로 황무지를 지나는 길이 펼쳐졌다. 난 호수로 가야 한다. 호수에서 동쪽으로 0.4킬로미터 떨어진 곳에 라부가 있다.

내 위로 설상차 밖에서 남성들이 이탈리아어로 소리치고 야단법석을 떠는 걸 봐서 다른 드론이 그들을 쓰러뜨릴 만큼 충분한 에너지를 가지고 있지 못했던 것 같다.

처음에 난 다리를 살짝 절었지만 앞으로 걸었고 호수를 향해 빠르게 움직이자 이내 힘이 돌아왔다. 눈을 빠르게 헤치고 지나갈 때 내 몸이 자체적으로 상태를 평가했다. 난 심하게 다치지 않았다. 그냥 좀 뻐근하고 걸을 때마다 더 추워졌을 뿐이지. 내 온열 작업복은 더 이상 체온을 지켜주지 못했지만, 확실히 아드레날린은 높아졌다. 일단은.

머릿속 지도가 내가 알든 모르든, 호수가 가까이 있다고 경고해 줬다.

모든 호수마다 얼음은 달라…. 특정한 호수의 치수, 얼음의 두께, 호수의 깊이를 알지 못한 상태로 그 위를 걷는 건 칼날 위를 걷는 것처럼 조마조마한 일이다. 숫자가 내 편이라는 점만 빼면.

머릿속 지도가 이끄는 대로 눈앞에 있는 가장 큰 호수로 발을 내디뎠다. 숫자가 호수의 수면을 살피고 올해 평균 얼음 두께를 산출했다. 난 길을 찾았다. 내 숫자를 믿어야 할 때가 있다면 바로 지금이었다. 불행히도 바람이 불고 체온이 떨어지고 있었다. 어떤 숫자도 그 현실을 이길 수는 없었다.

얼음이 곧바로 말하기 시작했다. 크게 갈라지는 소리와 으스스하게 깨지는 소리 탓에 목구멍까지 두려움이 솟구쳤다. 머릿속으로는 얼음이 안전하다고 이해했지만 내 몸은 겁에 질렸다.

그래도 계산에 복종하고 발을 내디뎠다. 얼음의 본질이 원래 이런 거니까. 아무런 위협이 없이도 단단히 얼 수 있지만, 여전히 소리를 낸다. 난 작은 보폭으로 빨리 걷는 데 집중했다. 저 이탈리아 악당들이 얼음에 대해 잘 알지 못할 확률에 도박을 걸며 곧장 앞으로 향했다.

호수를 중간쯤 가로지르는데 한 남자가 날 따라오려고 했다. 난 속도를 높였다. 깨지는 소리가 더 자주 들렸다. 얼음이 얇았다면 체중을 분산하고 최대한 빨리 미끄러질 테지만 지금은 숫자를 믿어야 한다. 이렇게 낮은 온도에서 얼음은 무슨 소리를 내든지 단단할 거고 내가 베팅한 확률, 즉 팔레르모의 수하들이 이 점을 모른다는 부분은 이 얼음보다 더 얇았다. 팔레르모의 부하 중 가장 용감한 이가 날 향해 빠르게 움직였는데 그러다 그의 무게로 인해 얼음이 갈라지는 소리가 크게 났다. 그가 비명을 지르더니 무릎으로 주저앉아 반대편으로 기어가면서 욕을 해댔다.

"논 소노 파초(Non sono pazzo 난 미친 게 아니라고)!"

그가 강둑에 있던 남성들에게 소리쳤다. 난 숨을 쉬고 추위와 불안함에 떨면서 앞으로 나아갔다.

호수를 건너는 데 성공했다. 이제 우리 사이에 눈이 잔뜩 쌓여 그들은 날 볼 수 없었다. 악당들은 차를 몰고 움직여야 할 것이다. 설상차가 다시 작동하게 된다면 말이다. 하지만 날 찾을 방법은 없겠지. 내가 어디로 가는지 전혀 알 길이 없으니까.

난 천천히 걸으며 라부로 경로를 잡았다. 내 승리를 드러내고 싶었다. 내가 돔을 비활성화시켰다. 남성들에게서 도망쳤다. 하지만 자랑할 수가 없다. 너무 추웠다. 그래서 K2에 지시했다.

"아빠한테 전화해 줘."

"안정화 중입니다."

K2가 보고하고는 잠잠해졌다. 내 드론도 다시 힘을 잃었다. 다행히 귀걸이는 얼었지만 내 위치를 알려 줄 수 있었다. 내겐 아무것도 없었다. 기술 장비가 전혀 없다. 그래서 라부에 도달하는데 모든 정신력을 쏟아부었다.

빛이 있으면 좋겠다 싶어 바이오 렌즈를 비벼봤지만 희미하게 반짝일 뿐 작동하지 않았다.

에디가 영하 28도에서 45분간 체온을 유지할 수 있는 작업복을 주었는데 그게 15분 전이다. 지금 내 아드레날린은 다 떨어졌고, 그 대신 떨림이 자리했다. 다리가 욱신거렸다. 어쩌면 내가 이제 막 알아차린 것일 수도 있다. 부서진 안면 보호구로 드러난 입술이 갈라져 고통스럽고 눈썹은 거의 통째로 언 데다 난 꽤 멀리 벗어났고 지친 상태다. *멍청하긴.* 속에서 안 좋은 말이 날 공격했다. *어째서 기계에 의존한 거야? 더 나은 계획을 세우지 그랬어? 어째서….*

"K2!" 내가 다시 명령을 내렸다.

"아빠한테 내 위치를 알려."

하지만 내 메시지는 재킷 아래서 웅얼거렸고, K2는 반응하지 않았다. 바람이 너무 차고 손가락은 굳어서 장갑을 벗을 수가 없었다. 장갑을 잃어버리면 손가락도 잃어버리게 될 것이다.

눈이 더 거세게 내렸다. 앞이 거의 보이지 않았다. 저체온증이 오기 전에 오두막에 도착해야 한다. 비록 내 장비는 쓸모가 없지만, 머릿속 GPS는 아직 작동하고 있다. 숫자들이 길을 밝혀 주어도 내 다리는 더 이상 움직이는 게 힘들었고, 고통으로 욱신거렸다. 내 광대뼈도 마찬가지다.

유령 주파수가 이 지역 전역으로 다시 움직였다. 정체가 무엇이든 내가 혼자가 아니라는 희망을 주었다. 지친 걸음에 작지만 살짝 힘이 생겼다.

몸을 녹여야 해. 그 생각이 날 앞으로 나아가게 해 주었다. 해가 뜨기까지 6시간이 남았다.

난 이를 갈면서 한 걸음, 또 한 걸음 그렇게 36걸음, 이제 749걸음만 더 가면 된다. 그저 다음 한 걸음에만 집중했다. 라부에 가서 몸을 데우면 작업복을 고칠 수 있을 만큼 손가락이 움직이게 될 거고, 난 정전을 막을 수 있다. 그런데 어째서 쉬고 싶은 생각이 드는 걸까? 적어도 1분이라도.

눈은 단열재야. 속삭이듯 생각이 났다. 동물은 체온을 유지하려고 스스로 눈 속에 몸을 파묻는다. 소나무 가지가 사방에 있었다. 내가 여기에 피난처를 지으면 눈을 좀 붙이면서 몸을 데울 수 있다. 하지만 해가 뜨기 전까지 몇 시간이 남은 상태에서 그러는 건 죽음의 함정이라는 걸 알았다.

"K2!" 내가 소리쳤다. 아무 반응이 없다.

한 걸음 더 나갔다. 159미터 남았다.

머릿속이 깜깜해졌다. 내가 성공하지 못하면 라플란드의 숲 속 이곳에서 누군가 날 찾기까지 며칠이 걸리겠지. 에디나 아빠가 내가 위험에 처했다는 걸 알아차렸을 무렵에는 너무 늦었을 거다. 스케일 테크는 역사상 가장 중요한 국제적인 우주 협력을 망가뜨리고 팔레르모의 거대한 정전 계획이 유럽을 초토화하겠지. 라파엘에게 무슨 일이 벌어질지 누가 알까? 노블, 카이, 우리 아빠, 팀원들, 그리고 난? 아마도 죽게 될…. 얼굴에 감각이 없다. 숨을 쉴 수가 없다. 73.5미터 남았는데.

기진맥진한 상태로 난 눈 위에 쓰러져 나무 아래로 굴렀다. 바람이 내 턱을 마구 도려냈다. 전문가는 아니지만, 동상으로 인한 신경 손상은 바람에 노출된 몇 분 안에 발생한다는 걸 알았고, 내 얼굴은 너무 무뎌져 더 이상 신경 쓰기 힘들었다. 아니, 신경 써야 한다.

정신 차려, 조세핀.

난 나무 아래서 눈을 감고 에너지에 집중했다. 멍한 고통으로 다리가 쑤셨지만 그 덕분에 위안이 되었다. 고통이 사라지면 나도 사라지니까.

어쩌다 내가 여기 왔을까? 내가 뭘 할 수 있다고 생각했을까? 빛이 날 이끌어 줬어야 하는데. 이내 망상 같은 생각의 폭풍이 내게 갈고리를 걸었다.

겨울은 휴면기지. 너도 네 아래 대지처럼 이제 쉴 수 있어. 언프랙털의 바다만큼 잠자기에 좋은 장소가 있을까?

그 목소리는 매력적으로 들렸지만 동시에 그렇지 않았다. 프랙에서 날 어둠의 구덩이로 부르며 포기하라고 했던 바로 그 목소리라는 걸 알아차렸다. 듣지 않을 것이다. *안 들을 거야.*

그때, 내 바이오 렌즈가 다시 작동한 게 느껴졌다. 오로라 같은 빛이 내 주변으로 움직였기 때문이다. 공중에서 주파수가 이리저리 움직이고 파도를 탔다. 내가 빛에 싸여 있고 꿈속에서처럼 따뜻한 담요로 덮여 있다고 상상했다. 빛의 파장 한가운데 유령 주파수가 있었다. 따뜻하고 이상한 방정식이 빛보다 더 빨리 나타났다. 하지만 이내 모든 것이 함께 흐려졌다. 눈도, 빛도, 색도.

흰 후드를 쓴 숲의 침묵에 내 눈이 감겼고, 눈송이가 언 얼굴로 떨어졌다.

멀리서 눈이 뽀드득거리는 소리가 났다. 다리 두 개가 빠른 속도로 날 향해 다가왔다. 팔레르모의 수하들이 날 찾는다고 해도 상관없다. 이미 저체온증에 접어들었고 지금 난 환각을 보기 시작했으니. 레드가 철제 침대에 죽어 있고, 독방으로 눈이 멀 정도로 환한 빛이 아름다운 초신성처럼 쏟아지던 광경이 지금 재생되고 있다. 빛으로 반짝이는 그의 얼굴이 보이는 것 같다. 하지만 꿈은 거기서 끝나지 않았다.

저체온증에 걸리면 이상하게 침착해지고 동시에 정말로 덥다고 느낀다는 소리를 들었다. 지금 그런 일이 벌어지고 있는 게 확실했다. 환각이 불처럼 둥글게 떠오르는 태양처럼 강인한 주파수로 변했기 때문이다.

눈을 밟는 발걸음 소리가 내게서 4.8미터, 4.2미터, 3.6미터로 가까워졌다. 동물이 아니다. 적도 아니다. 뭔지는 몰라도 십억 개의 빛을 내뿜으며 모든 색으로 열을 발산했다.

따뜻한 손길이 내 입술에 닿아 호흡을 확인했다. 눈을 뜰 수 없었다. 몸이 완전히 기능을 멈췄다.

레드에 관한 꿈이 끝났고 익숙한 남성의 목소리가 들렸다. 열기가 내 몸으로 전해졌다.

"정신 놓지 마, 조. 내가 널 찾았어."

CHAPTER 52

∞

내 속눈썹은 얼어서 닫혔고 눈꺼풀은 무덤처럼 무거웠지만 지금 내 옆에 누가 있는지 아는 데에 눈은 필요 없었다. 한때 숲과 비와 산의 냄새를 풍기던 도시 소년이 이제는 그곳에 둘러싸여 있다. 하지만 내게는 낯설지 않은 데자뷔다. 위태로운 상황에서 내가 바닥에 누워 있을 때, 그가 짜잔, 하고 나타난 적이 이번이 처음은 아니니까. 온몸이 안도의 한숨을 내쉬었다. 그가 여기 있다면 난 안전하다.

"카이…." 입술을 덜덜 떨며 내가 겨우 말했다.

"그래, 조. 나야."

지하 터널에서처럼 거리감이 느껴지는 목소리는 아니지만 그렇다고 부드럽지도 않았다. 싸움에서 진 적이 없는 소년의 목소리다. 지금 내게 필요한 부분이 바로 이거다. 카이의 자신감이 내게 생명을 불어넣어 주었다.

“나… 움직일 수가… 없어.”

말은 하고 있지만, 입술에 전혀 감각이 없었다. 그가 듣고 있는지도 확실치 않았다.

“따뜻하게 해 줄게, 조금만 참아.”

카이가 몸을 구부릴 때 빛의 왕관처럼 강력한 주파수가 날 놀라게 하며 숫자가 마구 쏟아졌다. 두근거리는 그의 심장 박동이 내 주파수의 동력이 되었다. 감각이 없는 몸을 카이에게 완전히 맡기니 그가 날 들어 가슴팍으로 꼭 안았다.

카이가 익숙한 걸음으로 열심히 눈을 헤쳤다. 남쪽으로 방향을 잡고 나무 사이를 이리저리 피하며 눈 언덕을 오르락내리락하는 동안 난 몽롱한 상태에서 시야를 확보하려고 애썼다. 어디로 가냐고 묻고 싶었지만, 입이 움직이지 않았다. 졸다 깨기를 반복하느라 머릿속에서 계산식이 아무렇게나 희미하게 흘러나왔다. 노블의 오두막까지 54분 거리다. 우리가 거기 도착하기 전에 난 얼어 죽겠지. 다음 라부까지는 128.62미터가 남았다. 우리는 72.23미터, 105.1미터, 153.92미터를 걸었다. 라부를 지나칠 때 난 어디로 가냐고 물으려고 했지만 카이의 보폭은 일정했다. 그냥 마구잡이로 걷고 있는 게 아니었다. 그에겐 지금 목적지가 있었다.

온몸에 소름이 돋았다. 체온이 또 떨어졌다. 카이가 재킷 깃을 펼치고 얼어있는 내 얼굴을 자기의 따뜻한 목에 댔다. 온기가 총알처럼 내게 날아와 꽂혔다. 몸이 데워달라고 아우성쳤다.

카이가 팔을 움직여 내 몸을 자기 가슴 쪽으로 더욱 밀착시켰다. 분명 팔이 아플 텐데 집중력이 대단했다. 2분 51초 뒤 문이 열렸다. 날 데리고 안으로 들어가면서 카이가 양옆을 살폈다. 우리 뒤로 문이 쾅 닫혔다. 실내의 음향이 숫자로 튀어 작은 오두막의 형상을 보여 주었다. 여긴 어디지? 이런 곳에서 몸을 충분히 녹일 수 없을 텐데.

"카이…." 머리가 무겁고 안개가 낀 듯 흐릿해서 생각할 수 없었다.

그가 단단한 바닥에 날 내려놓았다. 다시 얼굴이 차가워졌다. 다시 그의 목에 얼굴을 비비고 싶다. 이곳은 바깥보다 조금 따뜻하고 바람과 눈만 피할 수 있을 정도다. 여기서 뭘 하는지 묻고 싶었다. 하지만 말할 기력이 없었다.

"불을 피울게. 가만히 있어."

카이가 오두막을 이리저리 다니며 물건을 찾았다. 금속 경첩이 삐걱거리며 열리고 여러 차례 밀도 있게 쿵 하는 소리가 났다. 난로 같은 곳으로 통나무를 집어 던졌나 보다. 성냥불 붙는 소리가 났다. 연기와 소나무와 돌 타는 냄새가 방 안을 채우고 쉬쉬거리는 소리와 탁탁 소리가 났다. 모닥불이다. 난 온기를 원했지만, 아무것도 느낄 수 없었다.

카이가 가까이 다가와 응급 치료사처럼 내 몸을 살피며 뼈가 부러진 곳이 없는지 찾았다. 난 거의 무감각한 상태로 가만히 있었다.

"어디 아픈 데 있어?" 이번에는 다정한 목소리로 그가 물었다.

대답하려고 기력을 쥐어짰다.

"불…로… 더 가까이."

눈을 뜨고 싶은데 여전히 얼어서 움직이지 않았다. 이제 더 심하게 몸이 떨렸고, 이 증상을 멈출 수 없고 생각도 제대로 할 수 없다는 걸 희미하게나마 깨달았다.

"충분히 가까이 있어. 아픈 데 없어?" 그가 다시 물었다.

입이 제멋대로 부들거려 대답할 수가 없었다.

카이의 주파수가 빠르게 뛰었다. 싸울 때 나오는 그의 아드레날린이 폭주했다. 카이가 난로에 장작을 두 개 더 넣은 다음 물건을 꺼내려고 부산하게 움직였다. 그가 손가락으로 내 맥을 짚었다. 그리고 뭔가를 이마에 댔다. *체온계인가?*

"네 체온은 32.7도야, 너무 낮아. 맥이 약해. 저체온증 1단계라 네가 자체적으로 열을 낼 수 없어. 기다려. 내가 따뜻하게 해 줄게."

카이가 재빨리 움직였다. 가방에서 뭔가를 꺼냈다. 지퍼 두 개가 열리는 소리가 났다. *내 건가? 그 애 건가?* 카이의 재킷이 바닥으로 떨어졌다. 내 온열 작업복이 몸에서 떨어져 나갔다. 부츠도 마찬가지다. 아주 조심스러운 손길로 그가 날 만졌다. 아빠는 진정한 남자란 여자를 물리적으로나 감정적으로 보호해야 한다고 입버릇처럼 말했다. 그 말을 카이에게 알려 줄 이유는 없었다. 그는 타고나길 그랬으니까.

이제 난 탱크톱에 레깅스 차림으로 몸을 가누지 못할 만큼 떨었다. 카이가 날 침낭 안에 들어가도록 했는데, 거긴 더 차가웠다. *도움이 되지 않아.* 그렇게 말하고 싶었다. 그런데 그가 침낭으로 들어오면서 내게 열이 확 몰렸다.

카이의 피부가 그 자체로 불길이 되었다. 따뜻한 팔이 날 감싸고 생명과 열기로 고동치는 맨 가슴이 날 안았다. 그는 긴장했지만 날 가까이 끌어당겨 담요처럼 감싸 주었다. 난 완전히 그의 품속으로 들어갔다. 카이가 손으로 내 팔과 등을 비비며 열을 내려고 했다. 난 얼굴을 그에게 파묻고 몇 달간 경험해 보지 못한 안정적인 상태에서 꾸벅꾸벅 졸았다.

"여기…가… 어디야?"

머릿속이 뒤죽박죽인 채 겨우 입을 뗐다.

"누군가의 호숫가 사우나 안이야. 걱정하지 마, 그 사람들은 집에 없으니까." 카이가 그렇게 말하고 날 더 꽉 안았다.

"라부는 너무 위험해. 이곳은 작고 온도도 더 빨리 올라가."

난 계속 눈을 감고 있었다. 카이 옆에 웅크리고 있으니 그의 심장 박동에서 흘러나오는 주파수와 그의 목소리가 연회장에서처럼 내게로 흘러왔다. 심한 추위로 머리가 아득해진 상태에서 난 해서는 안 될 말을 내뱉고 말았다.

"네가 날 찾았어…. 넌 항상 날 찾아…."

그의 주파수가 엄청나게 치솟았다. 좋은 쪽은 아니었다. 침묵이 흘렀다. 두 번의 긴 호흡, 그리고 카이가 목청을 가다듬었다.

"조, 말을 아껴. 그냥 쉬어."

날 꽉 안고 있어서 그의 팔에 힘이 들어가고 이를 악물었다는 걸 알 수 있었다.

카이의 말은 상처가 됐지만 난 섬망 상태라 이유를 알 수 없었다. 숫자가 그 안에서 이글거리는 깊은 좌절감을 감지했다. 그가 걱정하고 있거나 몹시 화가 났나 보다. 카이는 늘 내가 위험에 처한 모습을 보면 분노했다. 상황이 어쨌든 그가 여전히 날 보호하고 싶어 한다는 사실을 알고 나니 기분이 훨씬 나아졌다.

건식 사우나의 공기가 따뜻해졌다. 숫자만으로 그 점을 파악했다. 우리는 이 상태로 3분, 12분, 25분을 있었고 내 떨림은 차츰 멈추었다. 머리가 맑아졌다. 손을 그의 복부에 두었는데 살짝 감각이 돌아온 것 같았다. 내가 알아차리지 못했던 선들이 그의 피부에 있었다. 내 손가락이 그 선을 따랐다. 갈비뼈에서 하복근까지 상처가 나 있었다. 가슴이 두근거렸다. 튀니지에서 그를 찾았을 때 베인 상처다. 상처 부위는 내 예상보다 길었다. 계속 그 위에 손을 올리고 있으니 헬리콥터에서 본 그의 모습이 연달아 떠올랐다.

마침내 난 눈을 떴다. 고개를 살짝 기울여 그를 쳐다봤다. 숨이 막혔다. 카이의 검은 머리가 광대까지 내려왔다. 입은 굳게 다물었다. 얼굴의 모든 부분이 내가 빠져들고 싶은 기억으로 고동쳤다. 내가 읽고 싶은 이야기로. 그의 가슴에 기댄 내 심장이 두근거렸다. 입술이 나와 아주 가까이 있었다. 카이가 날 내려다봤고 그도 두근거리긴 마찬가지였다. 그의 눈길이 긴 1초간 내 입술에 머물렀다. 지금, 이 순간 그가 무슨 생각을 하는지 알 수 있다면 난 뭐든 할 것이다. 그러다 그가 고개를 돌렸다.

야구방망이로 머리를 얻어맞은 듯 현실이 되살아났다. *내가 지금 뭐 하는 거지?* 지금 이럴 때가 아니다. 내 안에서 벌어지는 전쟁을 끝내려고 여기 온 건데, 전쟁을 더 악화하려는 목적이 아니라.

내 안에서 방금 어떤 변화가 있었든 카이가 눈치챘다. 그래서 자세를 고치고 내 맥을 짚어보고 다시 체온을 쟀다. 그리고 안도의 한숨을 쉰 다음 침낭에서 나가려고 했다.

내가 나를 막기도 전에 해서는 안 될 말이 또 튀어나왔다.

“가지 마….”

그리고 내 어리석음에 스스로 당혹함을 느꼈다. 카이는 아랑곳하지 않고 나갔고, 커다란 공간만이 남았다. 침낭과 내 가슴 속에도.

“이제 네 체온은 자체적으로 올라가고 있어.”

그 말에 안도해야 하는데 어째서 터널에서 했던 대화가 떠오르는지 모르겠다.

‘더 이상 널 믿지 않아….’

그리고 그 말이 맞았다. 지금 카이를 보니 숫자가 고통스러울 정도로 명확하게 알려 주었다. 내 몸에 쑤시는 육체적 고통과 더불어 가슴 깊은 곳에서 고통이 배어 나왔다. 그래서 눈을 꼭 감았다. 카이가 여기 있어선 안 된다. 그에게는 할 일이 있다. 내가 물러나면서까지 바랐던 일. 다시 이렇게 됐다니.

라모스 요원의 경고가 혈관을 마구 찔렀다.

카이를 보게 되면 자리를 피해요. 과거를 들추지도 말아요. 그가 자기 일을 하게 내버려둬요.

내가 이해하지 못하는 아픔이 더 심해졌다. 카이가 할 일을 할 수 있도록 그를 밀어냈는데, 지금 그는 내게서 91미터 떨어진 곳에 있다. 어째서 난 그에게서 벗어날 수 없는 걸까?

카이가 셔츠를 찾았다. 난 고개를 돌려야 했지만 그러지 않았다. 대신 내 숫자가 자석처럼 그에게 달라붙었다. 셔츠를 걸치기 직전, 3개월 전에는 보지 못했던 그의 왼쪽 상복부의 표시가 내 눈길을 끌었다. 레이저처럼 얇은 검은색으로 된 무한대 상징이다. 난 다시 몸을 떨었는데 이번에는 추워서가 아니었다.

CHAPTER 53

∞

카이가 재킷을 여미고 후드와 안면 보호구를 썼다.

“금방 올게. 돌이 차츰 뜨거워지고 있는데 땔감이 더 필요해서.” 그리고 문을 닫고 나가 버렸다.

난 불빛을 통해 사우나를 살폈다. 벽과 바닥재, 벤치까지 짙은 소나무로 만들었다. 한 귀퉁이에 작은 나무 양동이와 국자가 놓여있었다. 1.5미터 거리에 핀란드식 돌난로가 있고 벽에는 둥근 온도계가 걸려 있었다. 열이 움직이면서 내는 주파수가 작은 파도처럼 공기 중에서 흔들렸다. 난 밖으로 나가는 연기를 떠올려 봤다. 다행히 이 정도로는 우리의 위치가 노출되지 않을 것이다. 극한의 추위에서는 기온 역전 현상 때문에 연기가 나지 않는다. 연기가 차가운 두 공기층 아래 갇혀 수평으로 떠다니기에 눈 폭풍 속에서는 감지하기 매우 어렵다.

카이가 돌아오길 기다리며 이런저런 생각이 나타났다 사라졌다.

난 얼어 죽을 뻔했어. 지금 노블에게는 무슨 일이 벌어졌을까? 아빠와 체사레는 무사할까? 카이가 여기 있어….

머릿속에서 쉬지 않고 계산하다가 차가운 공기가 무자비하게 밀어닥쳐서 고개를 돌리니 카이가 문을 열고 들어오고 있었다.

내 눈길이 그를 따랐다. 다시 심장이 빨라지는 걸 알았지만 이유를 확신할 수가 없었다. 카이는 더 많은 나무를 잔뜩 안고 왔다. 땔감을 내려놓고는 안면 보호구와 후드를 벗었다. 카이가 내 시선을 느꼈다. 진갈색 눈동자가 잠시 내 쪽으로 왔다가 사라졌다. 그는 전혀 즐겁지 않았고 오히려 경계 중임을 굳이 숨기지 않았다. 카이도 마찬가지로 앞으로 벌어질 일에 대해 계산하고 있었다.

"좀 나아졌어?"

예의 바르게 물었지만, 거리감이 느껴졌다. 난 고개를 끄덕였다. 다리에 감각이 돌아왔고 다시 팔을 움직일 수 있었다.

"알았어, 내가 상처를 봐줄 동안 좀 쉬어. 피범벅이었어. 입술이 터졌고 오른쪽 광대뼈를 많이 다치기도 했고."

호흡이 딸려 내 목소리에 숨소리가 섞여 나왔다.

"고마워…. 날 구해 줘서…."

카이는 대답하지 않았다. 당연히 그러지 않을 테지. 터널에서 봤듯이 내가 얼마나 큰 상처를 입혔는지 분명하니까. 그의 숫자가 증명해 주었다. 난 제대로 작별 인사도 하지 않고 그를 떠났다. 내가 카이의 도움을 받는 지금, 그는 PGF가 내린 명령과 정반대로 움직이고 있다.

그 애가 다시 망가지면… 일자리를 잃거나 목숨을 잃게 될 거야.

카이가 구급함을 들고 내 주변을 오갔다. 난 최대한 가만히 있으면서 시선을 피하며 젖은 장작이 타는 소리에 집중했고, 그는 빠르지만, 효과적으로 움직였다. 장갑을 벗은 손을 씻고 내 상처를 소독하고 내 눈 가장자리에 나비 모양 반창고를 붙여 줬다. 광대뼈에는 연고도 발라줬다. 내가 망상에 빠진 게 분명했지만, 고통은 빠르게 줄어들었다. 그리고 더 많은 감각이 돌아왔다. 카이의 손이 따뜻했다. 그가 더 가까이 와서 다시 날 안아줬으면 좋겠다고 생각했다. 물론 카이는 그러지 않았다. 더 끔찍한 건 매번 날 만질 때마다 카이가 이를 악문다는 점이다. 난 제대로 해명하고 싶었다. 내가 뭘 해야 하는지를 알기 위해 인생에서 두려움과 고통을 이미 충분히 겪었다.

"카이, 지금 넌 원래 어디 있어야 하는데?" 내 목소리가 돌아왔다.

"여긴 아니야." 그의 목소리는 낮고 단호했다.

"그러면 여기 있지 마." 내가 말했다. 라모스 요원의 경고가 내 귀에 비명을 질렀다.

"너 자신을 위험하게 만들고 있잖아. 지금 당장 떠나. 네 임무는 살아서 다른 사람들의 목숨을 구하는 거니까."

카이의 눈길은 깊고 고통스러웠다.

"지금 우리가 뭐를 하든, 난 네가 여기서 죽을지도 모른다는 걸 알면서 내 일을 할 수가 없어." 그의 목소리가 갈라졌다.

"팔레르모의 수하들이 돔을 날려 버린 소녀가 탈출했다고 경고를 발령했어. 누가 그랬는지 뻔하잖아. 그러니 내가 어떻게 할까? 네가 살아서 잘 도망치기만 빌까? 불행하게도 난 그러지 못했어." 그가 탄식했다.

반창고를 붙여 주던 손은 멈췄지만, 그의 손가락은 여전히 내 얼굴에 있었다. 그 손가락으로 작은 충격파가 고스란히 전해졌다.

"너한테 여기 오지 말라고 했잖아, 조. 그리고 우리 아버지도 이 일에서 빠달라고 부탁했는데 넌 어느 쪽도 듣지 않았어."

난 움직이는 그의 입술에 시선을 고정했다. 카이는 나와 눈을 마주치지 않을 테니까. 지금 카이는 활시위처럼 팽팽했다. 자기 아버지가 위험하다는 점을 알기에 제대로 일에 몰두할 수 없었고 그렇게 만든 장본인인 나를 혐오하고 있었다.

침묵이 흘렀다….

반발하지 않는 건 그의 말이 옳은 데다, 내게 입씨름할 기운이 없기 때문이다. 어째서 이 모든 게 다 잘못됐다고 느껴지는 걸까? 카이가 임무를 맡아서 행복해야 하는데.

우리는 계획을 비롯해 꼬인 이 사태를 해결할 방법을 이야기해야 한다. 하지만 카이는 지금 속상하고, 난 이 사우나 밖에서는 생각 자체를 할 수가 없다. 난 그에게 작별 인사를 하지 않았다. 내가 떠난 이유를 말해 주지 않았다. 어쩌면 이번이 기회인지도 몰랐다.

그래서 카이 쪽으로 몸을 굴렸다.

"미안해, 카이…. 전부 다."

내 말이 냉혹한 침묵과 숫자의 층과 만났다. 카이가 움찔했다.

그가 느끼는 감정은 상처 그 이상이다. 정말로 날 믿지 않고 있다. 그래서 더 죽을 맛이다.

카이가 밴드를 마저 붙여 주었다. 그리고 연회장에서처럼 확실하게 손을 뗐다. 그러나 나에게는 카이의 손길이 작별 편지를 쓴 이후로 묶어 둔 내 안의 야수를 풀어놓은 꼴이 되었다. 챈과 나누었던 대화까지 뒤섞이며 머릿속에서 재생됐다.

카이는 지루해하지 않았어…. 널 증오한 적이 없어….

헉. 내가 왜 이 일로 갈등하는 거지? 아무것도 달라지지 않는데. 카이는 엄밀히 말해 여전히 1~3년 동안 '사라져' 있던 사람이었고 난 노블을 찾아 우리 사이를 정의하러 이곳에 왔다. 난 물러나야 한다. 라모스 요원이 한 말이 일리가 있고, 카이는 확실히 내가 근처에 있으면 괜찮지 않았다. 어째서 모든 게 이처럼 엉망이 되었을까?

카이가 시계를 보았다.

"잠 좀 자, 조. 밝아지면 네가 원하는 곳에 데려다줄게. 그게 헬싱키면 좋고."

내 행선지를 카이가 싫어할 걸 알기에 한숨이 나왔다.

"원하는 곳은 스케일 테크 연구소 정문이야. 거기서 우리 아빠랑 체사레가 날 기다리고 있을 거니까."

"체사레와 너희 아버지라고?" 카이가 탄식하고 다시 손으로 머리를 쓸었다.

난 바닥에 놓인 내 장비를 얼른 쳐다봤다.

"두 사람을 만나려면 내 작업복을 충전해야 해. 저 안에 배터리로 작동하는 온열 패널이 내장되어 있어. 그런데 어딘가 고장이 났어….” 난 말꼬리를 흐렸다.

“한두 시간 동안 넌 아무 데도 못 가.” 그가 내 작업복 재킷을 집어 들었다.

“뭐가 문젠지 내가 고쳐 볼게.”

그가 자기 가방에서 장비를 꺼냈고 고치는 걸 좋아하는 그의 본모습이 돌아왔다.

작업하는 동안 카이는 날 전혀 쳐다보지 않았다. 그러나 내 시선은 그에게 고정되어 그의 뺨으로 반사되는 불꽃을 감상하는데 갑자기 내 재능이 커져 그만 비명을 지를 뻔했다.

카이의 주파수가 연회장에서처럼 반짝였다. 다만 이번에는 분명하고 2인용 자전거를 탄 것처럼 내 주파수와 나란히 움직였다. 전에는 이런 일을 경험해 보지 못했다. 하지만 주파수의 특징이 너무 익숙해서….

4분 28초간 침묵으로 날 고문한 뒤에 카이가 말했다.

“이제 충전이 될 거야. 내 배터리와 연결해 줄게.”

그리고 전원을 꽂은 다음 작업복이 마르도록 불가에 놓았다. 그러자 열기로 그의 얼굴이 벌겋게 달아올랐다. 그래서 카이는 옷을 한 꺼풀 벗고 브이넥 셔츠만 입었다. 우스웠다. 카이는 땀을 흘리기 시작했는데 난 이제야 몸이 따뜻해진다고 느끼게 되었으니. 카이가 물을 마시는 걸 보니 내가 자각하지 못했던 갈증이 갑자기 솟았다. 그걸 알아차리고 그가 내 옆으로 몸을 구부리고 물을 마시게 하고는 진지하게 물었다.

“여기 누구랑 같이 왔어?”

“아빠랑.”

카이가 신경질적인 눈으로 날 쳐다봤다.

"그게 다야? 경호원은?"

"없어."

그가 실제로도 날 쳐다봤고, 나도 그의 주파수에서 눈을 뗄 수가 없어서 계속 바라보았다. 게다가 얼어 죽을 뻔한 경험이 어떻게 작용한 건지 라모스 요원의 경고가 너무 흐릿해져 이제 거의 들리지 않았다.

카이가 좌절한 듯 한숨을 쉬었다.

"왜 그랬어?"

기억이 떠올라 난 그를 똑바로 바라봤다.

"경호원들과 끝냈어. 더 이상 그들이 필요하지 않아." 말할 때 가슴이 두근거리며 목소리가 갈라졌다.

"그중 누구도 나와 맞지 않아."

우리의 시선이 마주쳤다. 카이의 심박이 정상 범주에서 벗어났지만, 확실한 건 그는 내가 한 말을 좋아하지 않았다. 나도 마찬가지였다. 우리는 너무 사적인 이야기로 향했다. 여기서 멈춰야 하고, 내 혀를 물고서라도 말을 그만둬야 했다. 그런데 그의 주파수가 날 이상하게 만들었다.

내 숫자는 어쩔 수 없이 그를 더 깊이 계산했다. 숫자가 그를 살필 때 심박이 올라갔다. 그도 날 막지 않았지만 61센티미터 떨어져서 배낭에서 더 많은 장비를 꺼내 의도적으로 우리 사이에 거리를 두었다. 2.4×3.7미터 크기의 사우나에서는 그리 멀리 갈 수가 없었다. 하지만 난 알아차렸다. 카이는 날 위해 여기 있는 것이 아니었다. 지금 일을 하는 중이다. 그건 나도 마찬가지다. 생명이 걸린 문제고 무슨 일이 있더라도 한두 시간 뒤면 해가 떠오르겠지. 그런데 난 입을 다물지 못할 것 같다.

“카이, 여기 핀란드에 오기 전에 너와 이야기하고 싶었어.” 내 목소리가 갈라졌다.

“‘더 스트리트’에 갔더니 모든 게….”

내 말이 끝나기도 전에 그가 끼어들었다.

“우린 할 이야기가 없어, 조세핀. 내일 일 말고는.”

내 가슴이 블랙홀 속으로 무너져 내렸다.

“잘 게 아니라면 여기서 뭘 하는지 말해 줄래?”

난 고개를 끄덕이고 내 위에 보이는 나뭇결에 집중했다.

“체사레, 우리 아빠와 나는 라파엘을 찾아서 팔레르모를 막을 계획이야.” 내가 기계적으로 말했다.

“… 그리고 노블을 돕고.”

“노블이라, 흥.” 카이가 고개를 저었다.

“네 새 남친이 그들의 정전 무기를 만든 사람이라는 걸 지금쯤은 알고 있겠지.” 카이는 고개를 들지 않았지만 불길을 내뿜었다.

“그 녀석이 내 완벽한 계획을 망가뜨렸어. 더 나은 정의를 구현할 수 있었는데, 그를 의심하지 않아 난 대가를 치렀어. 그래서 어떻게 됐는지 보라고.”

내가 고개를 들었다.

“그는 내 남자 친구가 아니야.” 난 그 말을 하며 기운을 차렸다.

“그리고 노블이 네 계획을 망쳤다니 무슨 뜻이야?”

카이가 코웃음을 쳤다.

"너한테 말하지 않았다니 놀랍지도 않네." 카이가 낮은 목소리로 말했다.

"조, 체사레를 그에게 데려다준 사람이 나야. 체사레의 수하들이 스케일 테크로 들어가 팔레르모를 막는 계획을 세운 건 나라고."

CHAPTER 54

∞

이제 사우나가 한층 덥고 좁게 느껴졌다. 이번에는 멀리 도망갈 수 없는 쪽이 나였다. 노블에게 어떻게 체사레와 만났는지 물었는데 그는 대답해 주지 않았다.

카이가 통나무 하나를 불길 속으로 던졌다.

"그가 과학자와 함께 연구실에서 일하는 걸 봤어. 그 얼굴을 알아봤지. 그도 내 얼굴을 알아봤고." 카이가 굳게 입을 다물었다.

"그래서 그와 대면했어. 날 보더니 좋아하지 않더라고."

둘이 같은 공간에 있었다는 거야? 생각이 비틀거리며 어색한 길을 걸었다.

"그가 뭐라고 했는데?"

"내가 걱정하는 이상을 들었지." 카이의 주파수가 빠른 파장으로 바뀌었다. 그는 날 쳐다보지 않았다.

“그가 팔레르모를 위해 뭘 하는지 알아. 자신이 할 수 있다고 주장했고, 내가 방법을 알려 줬어. 라파엘이 거기 있었어. 체사레는 무슨 일이 있어도 라파엘을 구하러 올 거였고. 그저 돔만 통과할 수 있으면 되니까. 팔레르모의 계획을 막는 완벽한 방법이었어. 그런데 난 체사레를 돕는 쪽이 될 수 없었어. 내 위장 신분을 유지해야 하니.” 카이가 한숨을 쉬었다.

“결국 노블이 계획에 동의했지. 그런데 그가 물러났어. 아마 지금쯤 갇혀 있을 거야.”

난 옆으로 굴렀고 내 몸이 다시 명령에 순응했다.

“카이, 팔레르모가 인질로 잡은 과학자가 노블의 아버지야. 팔레르모는 그의 엄마도 위협하고 있어.” 난 노블이 쪽지에서 알려 준 모든 걸 설명했다.

카이가 길게 호흡을 골랐다.

“과이부더(Guaibude 怪不得 어쩐지). 노블이 과학자와 대화하는 걸 본 적이 없어. 하지만 그 사람이 있으면 불편해하고 긴장하고 힘들어하는 걸 봐서 둘이 무슨 사이인지 궁금했어.”

“노블한테는 절대 쉽지 않았을 거야.” 난 노블이 어떻게 그랬는지 궁금증이 생겼다.

“그는 나와 비슷한 재능을 가졌는데, 부모님은 재능을 키워 주지 않았어. 자기들 이익을 위해 이용하기만 했지. 어릴 때 우리는 서로를 이해하는 유일한 친구였어.”

난 미간을 찌푸렸다. 열세 살의 내가 주먹을 쥐고 싸울 준비를 했다. 난 그를 사랑했고 그가 두려워하고 인정받지 못하는 모습을 보기 싫었다. 노블이 도망칠 계획이라고 털어놓았을 때 난 기뻤다. 지금은 그가 억지로 여기 말려든 이 상황이 싫었다. 다시 그의 재능이 이용당하고 있으니까. 그래서 너무 화나고 당황스러웠다.

“그의 재능은 곧바로 알아봤어. 너의 그런 부분을 이해하는 누군가가 있다는 건 분명 근사하겠지.”

카이가 이를 악물고 생각에 잠겼다. 카이의 주파수가 요동쳤다.

“그런데 팔레르모는 멈추지 않을 거야. 그는 이미 애덤스 박사에게 다른 설계를 작업하라고 압박했고 그건 정전 무기처럼 위험한 거야. 이 일이 끝난 뒤, 팔레르모는 노블과 그의 아버지가 협조하지 않는다고 판단되면 가차 없이 둘을 없애 버릴 거야.”

“노블에게 다른 계획이 있어. 팔레르모를 막을 방법 말이야. 그가 막을 걸 난 알아. 하지만 내 숫자는 좋지 않은 결과를 내놨어. 어느 쪽이든 뭔가가 잘못될 거야. 노블도 알고 있어. 눈빛에서 알아봤거든. 그가 성공할지 난 확신이 없어.”

내 목소리가 떨렸다.

“그래서 내가 그 연구소로 들어가야 해. 노블에게 필요한 건….” 난 단어를 신중하게 골랐다.

“…내 재능이니까. 그를 도울 수 있는 사람은 나뿐이야.”

카이는 굳은 얼굴로 불길만 쳐다보더니 천천히 고개를 끄덕였다. 그의 숨소리가 잦아들어 깊고 질서 정연한 패턴으로 움직였다. 쿵후 스승들과 스파링하기 전 준비를 할 때와 같은 방식이다. 카이는 계획을 세우고 결정을 내리는 중이었다. 자신이 할 일을 알고 거기에 맞춰 마음을 가다듬었다.

"테라 리베라타는 단순히 팔레르모가 통신업계를 독점하는 계획 이상으로 더 큰 조직이야. 이 일이 어떻게 진행될지 조심스럽게 살펴야 해, 안 그러면 테라 리베라타가 준비하는 모든 걸 막을 수 없어." 카이가 주먹을 쥐었다.

"나한테 좋은 생각이 있어. 내가 널 스케일 테크로 잠입시켜 노블에게 데려다줄게. 우리가 이 일을 막자. 무슨 일이 있더라도."

노블의 이름을 말할 때 카이의 눈동자에서 거리감이 느껴졌지만 언제나처럼 자신감이 드러났다. 옳은 일을 하는 소년 카이는 자신의 감정마저 포기했다.

"알았어…. 네 계획이 뭐든 난 널 믿어." 내 목소리는 속삭임에 가까웠다.

그 말이 그를 안달 나게 했나 보다. 분명했다. 카이가 자리에서 일어나 통나무 땔감 하나를 불에 던져 넣자 사우나의 열기가 올랐다. 난 더운 열기가 내 몸을 말려 주도록 놔두었다. 그는 내 맞은편 벤치에 앉았다. 카이는 거리감이 느껴지는 단호한 표정을 지었으나 그의 숫자가 미친 듯이 요동쳤다.

난 기진맥진해 자야 했지만, 머리가 내 몸을 살피고 탈출했을 때와 극한에 노출됐을 때를 계속해서 살폈다. 숫자에 따르면 카이가 5분만 늦었더라도 난 손가락이나 발가락을 절단해야 했을 것이다. 그래서 놀랐다. 나는 카이 쪽으로 몸을 돌렸다.

"카이? 어떻게 날 찾았어?" 내가 물었다.

"난 나무 아래 숨어서 눈에 파묻힌 시체와 마찬가지였는데.

찾을 확률이 거의 불가능이었거든."

"야간 투시경을 썼는데 네 장비가 신호등처럼 반짝여서 널 찾는 걸 도와줬어. 헬싱키에서 말했잖아, 그거 고치라고." 카이가 말했다.

"수하 중 한 명의 휴대전화 위치를 추적했는데 그들이 널 호수에서 놓쳤지. 그래서 널 찾는데 10분도 채 걸리지 않았어. 적어도 15미터 밖에서 널 봤어. 팔레르모의 부하들이 널 그렇게 쉽게 찾은 것도 무리가 아니야."

난 어리둥절한 표정으로 카이를 쳐다봤다. 내 장비는 완전 심하게 방전돼서 그가 뭘 봤는지 알 수가 없었다. 분명 사양이 엄청 높은 야간 투시경인가 보다.

카이가 통나무로 문을 막고 낮은 사우나 벤치에 앉아 실내 온도를 살폈다. 그가 머리 위로 스웨터를 벗었다. 검은 머리카락이 얼굴로 흘러내렸다. 난 속으로 한숨을 쉬었다. 카이가 가까이 있으면서도 너무나 멀게 느껴졌다.

카이가 휴대전화를 꺼냈다. 화면에서 무언가 읽더니 표정이 부드러워졌다. 누구랑 대화하는지는 모르겠지만 엄지손가락으로 답장을 보내는 것 같았다. 그의 주파수가 갑자기 동요해서 믿을 만한 누군가라는 걸 알 수 있었다. 카이는 누구와도 연락해선 안 되는데. 그러다 헬싱키에서 본 여자애가 기억났다. 내 가슴이 쿵 내려앉으며 속이 메스꺼워졌다.

동시에 카이가 고개를 들었다.

"길을 나서기까지 대략 4시간이 남았어. 네 작업복이 충전될 동안 눈 좀 붙였다가 어두울 때 나서자."

카이가 한숨을 쉬고는 창밖 눈 폭풍을 바라봤다.

"너 먼저 자. 난 잠시 깨어 있으면서 불이 꺼지지 않도록 볼게."

"알았어." 난 누워 눈을 감았다.

아빠가 로키산맥 분수계에 대해 했던 말이 머릿속에 스며들었다.

"어느 길이 저항이 적은지에 관한 문제가 아니야. 양쪽 다 산맥과 계곡이 있어. 그렇지만 내가 해야 할 선택은 우리가 같은 길로 향하고 있는지와 누구와 그 산맥과 계곡을 볼 건지였지. 그리고 우리가 같은 방향으로 향하고 있었기에…, 우리 앞에 어떤 장애가 있다고 해도 난 우리가 바다로 나갈 걸 알았어."

머릿속에 교차로가 나타났고 날짜와 국가와 기억이, 과거와 미래가 마구 뒤섞였다. 모든 길이 날 핀란드로 이끌었다. 나는 그게 나와 같은 재능을 가졌고 누구보다 날 잘 이해하고 나와 같은 방향을 향한다고 믿었던 노블을 찾기 위해서라고 생각했다. 그런 내 생각이 틀렸다면?

내 머릿속이 허락하지 않은 카이에 대한 기억을 재생했다. 난 그에게서 나오는 주파수를 바라보았다. 그 주파수는 불길 아래서 나의 주파수와 함께 어울려 춤을 췄다. 내 시선이 고마움의 파장이 되어 그의 위로 돌아다니다 난 더 이상 눈을 뜨지 못할 상태에 도달했다.

그렇게 잠에 빠져들었다.

CHAPTER 55

꿈은 사우나 불길처럼 깜박거렸고, 또 다른 기억이 날 잡아끌었다.

시애틀로 돌아오고 두 달이 흘렀다. 카이가 세 번째로 날 보러 왔고 난 아빠와 자매들과 다시 잘 어울리고 있었지만, 그가 같이 있으니 다시 내 본모습으로 돌아간 기분이 들었다.

그날 오후, 시애틀 시내의 딱히 안전하지 않은 곳으로 데이트를 잡았다. 거긴 길거리조차 으스스하게 느껴지는 곳이었다.

진짜 미국 음식을 내놓는 좁고 허름한 미국 식당이다. 도착하고 우리를 맞이한 웨이터에게 '블루-플레이트 스페셜'을 주문했다. 그러고는 리놀륨 타일 위로 걸어 벽에 붙은 수십 개의 쪽지를 지나 기름 연기가 자욱한 한 부스에 자리 잡았다.

어제 내려둔 게 아닌지 의심이 가는 맹탕 커피를 한 모금 마시고 입을 버린 뒤 다 해진 푸른 부스 속 테이블에 기댄 카이를 향해 억지로 미소를 지었다.

카이가 기름진 고기 조각을 하나 더 힘겹게 삼켰고, 심지어 우리는 그게 무슨 고기인지도 몰랐다. 우리는 입을 닦고 포크를 내려놓았다.

"이제 괜찮은 척은 그만하고, 이 동네에 온 진짜 이유를 알려 줄래?"

난 놀라 눈을 크게 떴다.

"무슨 뜻이야?" 모르는 척 그에게 물었다.

카이가 눈썹을 들썩였다.

"왜 이래, 조. 인정해. 여기 왜 온 거야? 짐작 가는 부분이 있긴 하지만 네 입으로 듣고 싶어."

난 말없이 앞접시에 놓인 음식을 포크로 깨작거렸다. 거의 손대지 않았다.

"무슨 소리야? 이건 미국식 경험이고 난 이런 걸 그리워했거든. 게다가 네가 떠나기 전 함께 시간을 보내는 게 내 최우선 순위라고."

"그래…." 카이가 인상을 찌푸리더니 접시를 바라봤다.

"진짜 이유가 그거라면 우린 남은 시간 동안 후회할 것 같은데." 그러고는 토할 것처럼 배를 붙잡았다. 난 자리에서 꼼지락거렸다.

"그래. 날 비웃어, 챈 다오 카이." 난 그의 눈을 들여다보았다.

"넌 날 아주 잘 알잖아. 그러니 네가 말해 봐. 우리가 여기 왜 왔을까?"

"알았어."

도전이라면 무조건 응하는 카이가 소매를 걷어붙였다. 깊은 응시 속에 장난기가 가득 찼다.

"뉴스에 따르면 며칠 전 시애틀의 인신매매 조직이 이 거리에서 붙잡혔어. 그런데 조직의 오른팔이라는 남성 혹은 여성은 빠져나갔지."

카이가 테이블 위로 손가락을 두드리며 내 행동을 따라 했다.

"내 예상이 맞다면 우리의 점심 데이트는 상황을 알아보려는 네 방식이겠지."

우리는 거의 손대지 않은 그릇 위로 서로 팽팽하게 마주 보았다. 난 죄책감이 들어 살짝 아랫입술을 깨물었다. 카이가 씩 웃었다.

"내 머릿속에 수학은 없지만 그렇다고 널 계산하는 나만의 방식이 없는 건 아니야. 사실 난 너에 대해 충분히 기억하고 있으니 얼마 못 가 네가 입도 뻥긋하지 않아도 뭐가 필요한지 알아차리게 될 거야. 지금은 네 마음이 단서를 찾아 헤맨다는 점을 어렵지 않게 알 수 있어."

카이가 웃었다.

가슴이 벅차올랐다. 카이에게 한계란 없다는 생각이 들었다. 내가 그에게 느끼는 감정은 천천히 흐르는 작은 개울이나 그저 지나치는 강이 아니었다. 깊고 넓고 내 모든 해안가를 감싸는 바다와 같았다.

"내 말이 맞지?" 그가 물었다.

"혹시 틀렸다면 여기가 네 새로운 최애 식당이야? 그런 경우라면 제발 날 다시 여기 데리고 오지 말아 줘."

내 얼굴이 잔뜩 부어올랐다.

“진짜 별로지 않아?”

카이가 구겨진 계산서에 돈을 올려놓았다.

“맞아, 우리가 나중에 복수해 주자…. 다른 방식으로.” 그의 손가락이 내게로 다가와 날 일으켜 세웠다.

“하지만 이건 네게 달렸어. 네가 원하는 게 뭔데?”

손깍지를 낀 채로 우리는 식당을 나와 골든 앨리를 연상시키는 으스스한 거리를 걸었다.

“모르겠어. 뭔가 유용한 것을 보면 너나 바이 요원한테 알려야겠다고 생각했어. 어쩌면 내 재능이 돌아올지도 모르잖아.” 난 게임을 하듯 웃었다.

“시뮬레이션은 나한테 이상한 걸 시켜. 아무것도 안 하고 가만히 있을 순 없어. 넌 마담이나 킹이 이 세상 거리를 돌아다니지 못하게 하겠다고 맹세했잖아. 나도 그들이 그러길 바라지 않아.”

난 고개를 저었다. 내 속내가 뭔지 혹은 내 앞에 있는 선택지가 무엇인지 이해하지 못한 채로 말이다. 내 재능이 사라졌다. 그저 안전하게 집에서 가족들과 지냈다. 내가 아는 건 속에서 타오르는 무언가, 그게 뭔지 알아야 한다는 점뿐이었다.

카이가 길 한가운데서 날 멈춰 세웠다.

“그렇다고 왜 진작 말 안 했어?” 아주 꾹꾹 참는 눈빛이었다.

난 그를 유심히 살폈다.

“아빠한테 좀 쉬겠다고 약속했잖아, 기억 안 나? 그리고 넌 늘 날 골칫덩어리라고 부르지. 그게 이유야.”

카이가 웃었다.

"맞잖아. 커다란 골칫덩어리. 다른 식으로는 표현할 수가 없어."

그의 목소리가 내게 이상하게 와 닿았다.

"네가 하고 싶은 건 다 해 보자. 우리는 함께 있을 때 더 강해진다는 걸 배웠어, 내 말 맞지? 그리고 내가 제대로 기억하고 있다면, 난 네가 다시 또 다른 골목에 갇히길 바라지 않는다고 말한 적 있잖아."

난 한 손으로 튼튼한 그의 팔뚝을 쓸어내렸다. 카이의 눈빛은 모든 걸 확신하고 있었다. 그가 있다면 절대로 두렵지 않았다.

"뭐, 그 부분에선 안전하지."

내 숫자가 그의 눈동자에서 입술로 바쁘게 움직였다. 그의 팔에 닭살이 돋았다.

"내 개인 경호원이 나와 같이 있으니까."

카이가 팔을 내려 내 엉덩이를 감싸 가까이 당겼다. 우리의 몸이 부딪혔고 난 짜릿함을 느꼈다.

"너한테 난 그저 경호원이야?"

난 팔로 그의 허리를 감쌌고 속이 너무 벌렁거려 가만히 담아두기 힘들었다. 해 주고 싶은 수백 가지 말이 내 속에 갇혀 있었다. 하지만 어느 것도 입 밖으로 나오지 않아서 그저 웃기만 했다.

"어쩜 그럴지도 모르지. 왜, 뭐 문제 있어?"

카이가 몸을 구부리고 날 당겨 키스했다.

"전혀." 그가 숨을 쉬며 말했다.

"널 경호하는 게 내가 제일 좋아하는 일인 걸."

∞

카이의 목소리에 잠에서 깼을 때 밖은 여전히 어두웠다.

"조…."

퍼뜩 눈을 떴다. 91.44센티미터 거리에서 카이가 나와 문을 사이에 두고 누워 있었다. 왜 그러냐고 물으려는데 그의 눈이 감겨 있고 입술은 살짝 벌린 상태에 얼굴이 초조함과 기쁨으로 점철된 걸 봤다. 그는 자고 있었다. 어쩌면 내가 목소리를 들은 건 꿈일지도 모른다.

난 고작 3시간 22분을 잤다. 다시 머리를 누이고 몽롱한 상태에 빠졌다. 날 믿지 못한다고 한 그가 내 근처에서 자다니 놀랍다. 3분이 지났을 때 다시 소리를 들었다.

"조…."

난 2분을 기다리며 혹여나 옆에 있던 남자가 깨서 내게 뭔가 잘못됐다거나 나와 대화를 하고 싶다고 말할지도 모른다고 생각했지만 그런 일은 없었다. 카이는 잠결에 내 이름을 속삭이는 것이었다. 튀니지에서 노블이 들었다고 알려 준 그대로.

카이가 어디에 있든 넌 그의 마음속에 있어.

난 한숨을 쉬고는 K2를 확인했다. 다시 기능하고 있었다. 아빠와 체사레를 만나러 움직이기까지 50분이 남았다. 에디에게 문자를 보내 내가 살아 있고 예정대로 계획을 진행할 거라고 알려야 했다. 모든 게 엉망이긴 하지만. 노블이 연구소에 있다. ISC가 위성을 발사할 거다. 마피아 최후의 결전이 일어날 테고. 그리고… 위장 수사 중이고, 누구와도 연락해선 안 되는 카이가 지금 내게서 91.44센티미터 거리에 있다….

카이의 숨소리는 규칙적이고 차분했다. 가까이 기어가서 팔꿈치로 턱을 괴고 그를 쳐다봤다. 얼굴을 만지고 싶은 욕구를 참느라 죽는 줄 알았다. 석 달 동안 오로지 꿈속에서만 이 남자를 보았고 핀란드에 와서야 얼굴을 봤다. 도로 누운 나는 카이의 침낭 속에서 꼼지락거리며 그에게 다가갔다. 7.62센티미터까지 바짝 붙었다. 카이의 몸에서 열기가 뿜어져 나왔다. 난 눈을 감고 잠깐 있을 이 순간을 찰나도 놓치기 싫어서 만끽했다.

새로운 하루가 찾아오는 중이고 무슨 일이 벌어지든 맞서야 한다. 하지만 핀란드 북극 한가운데 혹한 속에서 따뜻하고 안전한 사우나의 단단한 나무 바닥에 누워 있는 지금, 이보다 더 좋은 곳이 떠오르지 않았다.

CHAPTER 56

31분 뒤, 유령 주파수가 내 몸에 진동했다. 난 눈을 깜박이며 떴다. 사우나 창밖은 여전히 어두웠다. 카이도 슬슬 일어났다. 우리가 자는 동안 그가 더 가까이 다가온 것인지, 우리는 서로 얼굴을 마주하고 있었다. 난 가만히 누워 기다렸다.

"자오, 좋은 아침이야."

그가 눈을 떴을 때 내가 속삭였다. 가까이서 날 보는 그의 부드러운 눈길을 보니 뺨이 달아올랐다. 그런데 카이가 인상을 찌푸리더니 의심하는 표정을 지었다. 그는 재빨리 몸을 움직여 자리에서 일어나 자신을 살폈다.

사우나 창문 너머 북극의 아침은 여전히 어두웠지만 흰 눈이 어둠을 중화시켜 주었다. 나도 앉아서 조용히 그를 관찰했다. 장작이 낮게 타고 있었고 사우나는 여전히 따뜻했다. 카이가 작은 나무 하나를 던져 넣은 다음 내 온열 작업복을 확인했다.

"100퍼센트 충전됐어." 카이가 플러그를 뽑고 내게 건네줬다.
"몸은 좀 괜찮아?"
"응. 괜찮아." 몸의 다른 부분도 움직여 봤는데 욱신거리긴 해도 이상이 없었다.
"그냥 배가 고파, 그리고 아빠한테 연락해야 해."
"자."
카이가 말린 육포 같은 것과 물 한 병을 주었다. 예의 바른 얼굴을 한 그가 내게서 멀어졌다. 그는 휴대전화로 무언가를 확인하더니 입술을 굳게 닫았다. 사색에 빠졌고 생각을 멈추지 않았다.
난 알았다. 정전을 멈추는 임무 말고도 챈이 팔레르모와 만났고 ISC의 위성 발사가 오늘 아침에 이루어진다. 내가 여기 있는 건 말할 것도 없다.
육포를 씹는 동안 K2가 아빠와 연결됐다. 벨이 두 번 울리자 아빠가 받았고, 배경에서 스노모빌 엔진이 멈추는 소리가 들렸다.
"넌 정말 이 늙은 아빠의 간을 졸이게 하는구나?" 아빠가 말했다.
"내가 보낸 문자 못 받았니?"
"죄송해요, K2의 배터리가 죽었어요." 나도 그렇게 될 뻔했다는 말은 하지 않았다. 지금은 때가 아니다.
"어디세요?"
"우린 이미 출발했고 연구소에서 30분가량 떨어진 곳 같아. 돔은 멈췄니?" 아빠가 물었다.

"최소 17시간 동안은요."

아빠가 메시지를 체사레에게 전달했고 그가 이탈리아어로 뭐라고 했다.

"체사레는 안으로 들어가고 싶어 안달이 났어. 자기 수하들을 만나는 일 말고 팔레르모파와 대면해 그가 도착하기 전에 그들을 설득해서 마음을 돌리게 하려고."

난 그 말을 속으로 계산해 봤다.

"우리가 도착할 때까지 거기 가만히 계세요." 내가 말했다.

"추격자들도 많고 감시가 삼엄해요. 그러니 주도로는 피하시고요. 그리고 그쪽에서 장비를 해킹하니 이름을 부르지 마세요." 난 카이를 쳐다봤다.

"우리도 몇 분 안에 출발할 거니 금방 도착할 거예요."

"우리라니?" 아빠가 살짝 걱정하는 목소리로 말했다.

"노블은 일찍 떠나서 연구소에 있다고 하지 않았어?"

"노블은 그렇죠."

나는 노블의 오두막을 떠난 뒤에 일어난 일에 대해 어느 정도까지 아빠에게 이야기해야 할지 고심했다.

"어젯밤, 일이 좀 있었고 다른 사람이 절 구해 줬어요. 지금 그와 같이 있어요…."

"그 사람이 남자야?" 아빠가 의구심 어린 목소리로 물었다.

"네…." 내가 속삭였다.

"그는 제가 목숨을 걸고 믿는 사람이에요."

카이가 고개를 돌려 창밖을 보더니 재킷을 여몄다. 자신의 정체가 드러날 위험을 감수하면서 날 돕는 게 늘 카이가 보이는 행동이었다.

“그렇구나.” 아빠가 안도하며 숨을 쉬었다.

“다행이야. 네가 밖에 홀로 있다는 게 마음에 걸렸는데…. 잠시만, 그 사람과 밤새 같이 있었니?”

난 침을 꾹 삼켰다.

“아빠. 이만 끊을게요. 곧 만나요.” 난 전화를 끊었다.

온열 작업복을 걸치고 눈금과 온도를 설정했다. 카이가 추가 단열이 되도록 전선과 패널을 덮어줬다. 부디 추위가 이 옷에 많은 영향을 끼치지 않으면 좋겠다. 난 작업복을 잠그고 부츠를 집었다. 옷을 다 입은 뒤 그가 준비하는 동안 움직임을 계산했다.

카이의 모든 부분이 소리를 냈다. 자신과 싸우고 있는지 소리가 안정적이진 않았다. 몇 시간 자고 나니 라모스 요원의 경고가 한층 급박하게 느껴졌다. 나 자신을 탓하고 싶었지만 국제 우주 협력체가 PSS로 온 일을 되새겨 보았다. 라모스 요원이 날 찾아왔다. 내 숫자가 여기로, 이 시간, 이 장소로 오라고 안내했다. 이유는 명확하지 않아도 이 안에서의 내 역할이 있다. 그걸 누구도 막을 수 없다.

2분간의 상대적인 적막 뒤에 카이가 안면 보호구를 쓰고 추가로 하나를 더 꺼냈다. 그리고 그걸 내게 내밀었다.

“자.” 그의 숨소리가 고르지 않았다.

“네 건 망가졌잖아.”

난 자리에서 일어나 카이의 손에서 보호구를 받아서 들었다. 우리의 눈길이 마주쳤고, 주파수가 서로를 감싸고 부풀어 오르며 움직였다. 어느 쪽이 내 것이고 어느 쪽이 그의 것인지 알 수 없었다. 우리 사이에 열기가 폭증했다. 카이는 내가 보는 걸 볼 수 없지만 어떤 감정도 잃지 않았다.

지금 카이를 보니 어째서 그런 편지를 썼는지, 왜 그를 놔주었는지 말하지 않고 오늘을 보내면 안 될 것 같았다. 여전히 노블과 내 사이에 뭐가 있는지 알 수 없지만 말이다. 아빠가 말했듯 때가 되면 올바른 결정을 내릴 거라고 스스로 믿어야 한다. 주저함을 치워 버리고 한 걸음 다가갔는데 그 순간 그가 재빨리 문으로 갔다. 그 몸에는 전에 없이 긴장이 들어갔다. 카이의 얼굴에 미묘하게 경계심이 나타났다.

“눈이 그쳤어.” 그가 조용히 말했다.

“그만 가자. 계획은 가는 길에 논의하고.” 카이가 장갑을 끼고 사우나의 문을 열었다.

내가 고개를 끄덕였다.

“알았어.”

카이의 주파수가 사방으로 튀었다. 밖으로 나간 그가 상쾌한 공기를 마시고 마음의 안정을 찾았다.

난 작업복 지퍼를 올리고 안면 보호구와 후드를 쓰고서 장갑도 꼈다. 마지막으로 사우나를 쳐다보고 모든 세세한 부분을 기억에 넣자, 내 숫자가 그걸 신성한 타임라인과 절대 삭제할 수 없는 기억 은행에 집어넣었다.

그러고는 밖으로 나가서 차가운 공기 속에 합류했다.

“준비됐어.”

CHAPTER 57

우리가 나무 사이를 헤치고 걷는데 고작 몇 밀리미터 노출된 피부 사이로 추위가 따끔하게 몰아쳤다. 방금 내린 눈을 밟고 걸으며 숨을 헉헉댔고 내 다리는 어제 일로 피곤하고 욱신거렸지만 적어도 이번에는 온열 작업복이 제대로 기능했다. 머리부터 발끝까지 따뜻했다. 카이도 그러길 바랐다. 그의 몸이 고드름처럼 굳어 있었기 때문이다.

눈은 카이의 몸이 빨리 녹지 않을 거라고 알려 주는 물리적인 징조 같았다. 별다른 의미 없이, 내 머릿속은 아들과 그 연구를 팔아치우고 아들보다 돈과 지위를 우선시하는 부모를 구하기 위해 노블이 어떤 계획을 세웠는지를 궁금해했다. 노블은 자신이 할 수 있는 일이 아닌, 있는 그대로의 모습으로 부모에게 사랑받고 싶어 했다. 그의 부모님은 절대로 아들을 이해하지 못했고 아마 지금까지도 그렇지 모른다. 그의 아버지가 남긴 음성 메시지가 생각났다.

"다시 시작할 수 있다면 널 선택할 거야."

그러나 이제 너무 늦었는지도 모른다. 오늘 벌어질 일에 따라 그의 부모는 노블의 진짜 모습을 절대로 보지 못할 수도 있다.

난 굳은 눈을 헤치며 걸었다. 어제는 프랙털로 세례를 받았는데 오늘은 암살범이 됐다. 하루 만에 엄청나게 변했다. 이곳에서 목숨을 잃을 뻔했지만 카이 덕분에 살았다. 그 순간이 쉽사리 잊히지 않았다. 몇 미터 앞서 있는 그를 빤히 쳐다봤다. 눈 속에서도 카이는 싸움할 때처럼 소리 없이 스르륵 유령처럼 움직였다.

그의 가슴에 머리를 댔던 어젯밤 일을 떠올려 보았다. 복부에 난 상처들, 카이가 날 찾았을 때의 순간들이 머릿속으로 스쳤다. 밝은 불빛과 주파수. 내 망상이 확실하지만 꿈을 꾸는 기분은 들지 않았다. 지금 그의 위로 내 숫자가 춤을 추며 새로운 정보를 계산했다. 눈 장비를 착용하거나 35.56센티미터 높이의 눈을 헤치고 걷는 카이의 모습을 본 적이 없었다. 이처럼 혹독한 추위에 함께 있어 본 경험이 전혀 없었다. 터무니없지만 이런 끔찍한 상황에서도 우리가 함께할 수 있다는 점에 감사했다.

나무를 헤치고 4.34킬로미터를 걸으며 "조심해, 저기 감지기가 있어."라고 한 걸 빼면 아무 대화도 오가지 않았다. 그러다 내 속에서 유치한 감정이 치밀어 올랐고 결국 굴복했다. 카이와 가볍게 대화를 주고받아야 남은 3.7킬로미터를 걷는 동안 솔직해질 수 있을 거라고 스스로 되뇌었다. 어쩌면 그보다 더 많은 걸 할 수 있을지도 모르겠다.

난 보송보송한 눈송이 아래를 파고 결정층을 한두 줌 집어 눈 뭉치를 만든 다음 카이에게 던졌다. 눈 뭉치는 정확히 등 중앙을 맞혔다.

카이가 걸음을 멈추고 천천히 몸을 돌리고 안면 보호구를 내렸다.

"방금 내가 생각한 걸 한 게 맞아?" 혼란스러운 표정으로 카이가 물었다.

난 고개를 저었다.

"뭘? 아니…." 난 모른 척했다.

"걷는 중에 가지에서 눈이 떨어졌나… 뭐 그런가 보지."

내가 손으로 가리켰다. 카이가 고개를 들었을 때 난 두 번째 눈 뭉치를 던졌지만, 몸에 맞기 전에 그가 바닥으로 쳐냈다.

"뭐 그런가 보네."

카이가 그 자리에 서서 나와 똑같이 속을 끓이고 있었다. 그의 숫자는 내가 잘 아는 노랫소리처럼 내 주변으로 날아왔지만, 그의 다른 부분들은 혼란과 미스터리가 뒤섞인 급류가 되었다. 나에 대한 카이의 생각이 급격하게 바뀌었다. 이기적이긴 하지만 지금 우리 사이가 어떻든 나는 예전의 카이가 돌아오길 바랐다.

카이에게 다가간 뒤 내 안면 보호구를 살짝 내렸다.

"미안해. 너랑 눈싸움한 적이 없어서 자연스럽게 내가 널 이길 수 있다는 점을 증명해야 했어."

그 말을 하며 그에게 생글거렸다. 그리고 한순간이었지만 카이도 미소를 지었다.

"아, 누가 눈싸움에서 이길지 넌 이미 알고 있구나."

날 놀릴 때 카이 특유의 매력적인 자신감이 다시 나타났다.

"사실, 어젯밤엔 내가 이겼다고 생각했는데." 카이는 자기가 했던 경고를 가뿐히 무시하고 내게로 다가왔다.

"네 말이 맞아." 난 그의 눈동자를 쳐다봤다.

"네가 이겼어. 난 포기할래." 그렇게 순간이 멈췄다. 우리의 숨에서 나온 열기가 작은 구름이 되었고 감정의 폭우가 주변으로 휘몰아쳤다.

"카이… 난…."

그때, K2의 비상 알람이 울리며 우리의 순간을 방해했다.

"해리슨에게서 걸려 온 긴급 전화입니다." K2가 알렸다.

카이가 최면 상태에서 벗어나려는 사람처럼 고개를 저으며 앞으로 걸었다. 그의 숫자가 다시 벽처럼 견고해졌다.

난 한숨을 쉬었다.

"받아."

"살아있구나! 정말 다행이야!" 해리슨이 외쳤다.

"어젯밤 사라진 네 센서 때문에 우리가 얼마나 걱정했는지 몰라. 날씨 때문에 기능 이상을 일으킨 건지 아니면 네가, 저기… 아무튼 우리는 또 네가 살아 있다는 신호를 포착했어. 무사한 거지?"

카이가 목표 지점으로 가는 구불구불한 길을 앞서서 걸었다. 내가 쫓아가자 그가 속도를 늦췄고 우리는 나란히 걸었다.

난 슬쩍 카이를 쳐다봤다.

"응. 그게…."

해리슨이 내 말을 잘랐다.

"장비에 관한 이야기는 잠시 접어 둬. 우리가 최대한 많은 라디오 주파수를 확보해 전화를 시도했는데, 전 지역이 엄중히 감시당하는 중이야. 최대한 널 베일할 거지만 군용등급 기기가 사방에 깔려 있어. 특히 돔이 고장 난 뒤에 더 심해졌어…."

해리슨이 잠시 말을 멈췄다.

"도착 예정 시간은?"

목표 지점까지 2.41킬로미터가 남았다. 주변 하늘이 탁한 파란빛이었다.

"지형에 달려 있지만 아마 30분 정도야. 오늘 일에 대해 나머지 헬싱키 팀에게도 알렸어?"

내가 라모스 요원을 지칭하며 물었다.

"당연하지."

"나한테 필요한 다른 정보를 입수했어?" 내가 물었다.

"네 스마트워치를 봐."

스케일 테크의 북극 연구소의 보안 도식이 화면에 나타났다. 중앙 통제 시스템이 있는 건물들과 마스터 위성 관제소, 창고가 보였다. 그들이 어떤 식으로 각 건물의 보안을 유지하는지를 디지털 도식이 알려 주었다. ID 카드, 내 주특기인 열쇠로 여는 입구, 거기다 음성 감지까지.

"좋았어."

우리는 울창한 숲을 지나 나무가 별로 없는 땅과 언 호수들이 늘어선 곳으로 나왔다. 카이가 휴대전화를 꺼냈다. 지도를 보는 줄 알았는데 그가 고개를 돌려 날 살폈다. 내 머릿속에 지도가 들어 있다는 걸 아니까. 내가 최적의 경로를 가리키자 다시 앞장섰다.

"기본적으로." 해리슨이 말을 이었다.

"네 숫자가 있으니 건물을 돌아다니는 데는 문제가 없을 거야. 지금 네가 해야 하는 일은 상당히 많은 가드에게 들키지 않고 지나가는 거지. 위성 발사와 정전 문제에 있어서는 네 남자를 찾아. 그가 우리의 유일한 희망이니까."

해리슨이 '네 남자'라고 하자 카이가 긴장했다. 그는 그게 노블을 지칭하는 말이라는 걸 분명 알았다. 난 화를 낼 뻔했지만, 해리슨은 카이가 나와 같이 있다는 사실을 몰랐다. 어쨌든 그편이 더 안전했다.

"고마워. 연락할게."

카이가 눈 속의 거친 길을 향해 속도를 높였다.

"저기…." 난 앞에 선 남자를 따라잡으려고 뛰다시피 했다.

"아까 우리가 하려던 이야기 말인데."

연구소에 도착하기 전에 말하지 못하면 다음 기회는 없을지 모른다. 난 이미 한 번 망친 전과가 있고 끔찍한 방식으로 그를 떠났다. 다시는 그러지 않을 거다.

"말했잖아. 우린 할 이야기가 없다고."

카이의 갈색 눈동자가 날 쏘아보았고 전기로 된 화살이 내게로 날아와 꽂혔다. 그는 잠시 움찔하더니 누그러졌다.

"있잖아. 난 지금 중요한 일에 집중하고 싶어. 너랑 있는 걸로 이미 일이 엉망이 되었다고. 끝날 때까지 이 일을 해야 해. 너도 알잖아. 오늘 일이 잘못되면 난 노력한 모든 걸 잃을 거고 수백만 명이 고통을 받겠지. 오늘 우리는 팔레르모를 멈추고 모두를 데리고 여기서 살아 나가는 데 집중해야 해. 내 정체가 드러나지 않은 상태에서. 알겠지?"

"물론이야. 네 말이 맞아."

카이는 위장 수사 중이다. 내가 아니라. 라모스 요원은 내가 가까이 있으면 그를 망칠 걸 알았고 그러면 카이는 제대로 수사할 수 없다.

"알았어, 그러면 네가 아는 걸 말해 줘."

CHAPTER 58

∞

카이가 길을 응시한 채 정보를 털어놓았다.

"수년 동안 계획을 세운 뒤 테라 리베라타는 마침내 수면 위로 부상했어. 팔레르모 리치와 대부분이 아주 성공한 사업가인 외국인 리더들로 이루어진 엘리트 집단이야. 그런 곳에 네가 지금 우리 아버지를 옮아맨 거지."

그가 잠시 입을 굳게 다물었다.

"아버지가 그 자리에 참석하면서 평생 표적이 되었다고 난 확신해. 팔레르모는 보험을 들어놓지 않고 사람을 봐주는 법이 없어. 심지어 백업 계획에도 보험을 들어두니까. 그는 항상 두 배로 준비해 두는 인물이라고."

우리는 다시 숲속으로 들어섰다. 카이가 내가 지나갈 수 있도록 가지를 잡아 주었다. 내 재능이 경고를 울리며 소리와 진동을 잡아냈다. 해가 떠오르자 더 많은 주파수가 나타났다. 센서를 파악하려고 잠시 멈췄는데 상당수가 멀리, 도롯가에 있었다.

"저기, 내 말을 듣지 않은 건 너희 아버지야. 그래서 우리는 최대한 안전하게 일을 진행했어. 무사히 돌아오셨고 아버지가 가져온 정보가 우리 쪽에 도움이 됐어."

이제 언덕길로 접어들어 내가 헐떡거리며 말했다.

"게다가 너희 아버진 그 모습을 네가 봤으면 좋았을 거라고도 하셨는걸. 네가 아주 자랑스러워할 거라고 말이야."

"난 늘 아버지를 자랑스럽게 생각해 왔어. 그렇지만 내가 돌아갔을 때 아버지가 살아계시길 바라."

카이가 나뭇가지를 치자 눈이 바닥으로 떨어졌다.

"체사레가 왕좌를 되찾으려고 왔고 내가 뒤를 봐줬어. 그런데 팔레르모는 천재 미치광이야. 네 남자가 만든 위성 무기를 발사하는 일이 그가 통신, 전력망, 심지어는 군대까지 제어하는 첫 단계지. 그렇게 되면 안전한 국가는 어디도 없어. 팔레르모가 슈퍼 위성을 써서 다른 위성을 하나씩 처리할 거고, 그 이후는 온 세상이 테라 리베라타에 의존하게 될 거니까. 우리가 정전을 막고 더 나아가 팔레르모까지 막을 수 있을지 몰라도 테라 리베라타를 쓰러뜨리려면 더 큰 노력이 필요해."

우리는 숲에서 커다란 공터와 비탈길로 접어들었다. 스케일테크의 부지가 한눈에 들어왔다. 밖에서 보니 꽤 평범했다. 하지만 민투의 말에 따르면, 눈과 나무 사이에 숨은 도시와 같다고 했다. 다른 많은 우주 시설처럼 이곳도 75퍼센트 이상이 표면 아래에 자리했다. 무선 기지국과 안테나만 노출되어 있고 급수탑처럼 보이는 곳은 확실히 더 많은 안테나를 감추고 있었다.

“우선 노블과 이야기를 하고 그의 계획을 이해한 다음….” 내가 말했다.

“우리가 이 정전 사태를 막을 수 있을 거야. 체사레가 팔레르모를 상대할 거고.”

카이가 날 흘깃 보더니 고개를 끄덕였다.

“좋아. 하지만 노블과 라파엘의 위치부터 파악해야 해. 스케일 테크 건물 일부는 지면에서 50층 아래에 있어. 난 그들이 어디에 붙잡혀 있는지 몰라. 팔레르모가 노블에게 위성이 궤도에 진입하면 프로그램을 주도하고 정전을 시작하라고 지시했고.”

카이가 냉랭한 표정을 지었다.

“알았어. ISC 발사는 30분 뒤야.” 내가 계산했다.

“체사레가 라파엘의 목숨값으로 스케일 테크를 넘겨주기로 한 마감 시한도 똑같아.” 카이가 앞으로 걸었다.

“연구소 안에 들어간 다음에 감시 카메라를 못 쓰게 만들어야 해. 거기서 난 어셔 밍이라고 불려. 무슨 일이 있어도 내 위장 신분을 지켜야 해.”

카이는 긴장하고 경계심을 바짝 세웠다. 난 견딜 수가 없었다. 우리 사이의 벽이 너무 높았다.

카이의 휴대전화가 진동했고 그가 전화를 받으려고 멈췄는데 태도가 한결 부드러워졌다. 날카로운 질투가 내 몸을 감쌌다. 지금 누구랑 통화하는지 궁금했다.

내 머리가 경고했지만, 입에서는 바보 같은 말이 쏟아져 나왔다.

“헬싱키에서 본 그 여자애…도 위장 수사 중이야, 아니면 다른 상대야?"

카이가 멈춰서 안면 보호구를 내렸다. 표정은 분명했다. 내가 선을 넘어 너무 많이 밀어붙였다. 라모스 요원이 하지 말라고 한 일을 그대로 해 버렸다.

"조, 지금 뭐 하는 거야?" 카이가 차가운 목소리로 물었다.

"네가 날 떠났잖아, 아니면 기억 못 하는 거야? 난 튀니지에서 임무를 마치고 집으로 돌아갔고 죽을 고비에서 완전히 회복한 상태도 아니었는데 너한테서 우리 사이가 끝났다는 편지를 받았어. 아무런 설명도 없었지. 내 전화도 받지 않고 그렇게 끝이었어. 우리 사이가 존재하지 않았던 것처럼. 그러니까 지금 그런 질문을 던지지 마."

카이에게 상처를 준 사람은 난데 고통의 산사태는 여전히 내게로 밀려들었다. 그렇지만 그의 말이 맞았다. 한 가지만 빼고.

난 희생한 거였다. 카이가 후회 없는 인생을 살 수 있도록 내가 그를 포기한 것이었다. 안전 가옥에서 그날 밤, 내가 한 고백에 대해 카이는 모른다. 내가 왜 떠났는지도 모르고. 그와 통화를 했더라면 난 마음을 바꿨을 테니까. 하지만 지금 카이가 더 이상 날 믿지 않는다는 점이 칼이 되어 내 속을 마구 도려내고 있었다. 그에게 모조리 말해야 한다. 오늘이 가기 전에 사태를 바로 잡아야 한다.

"카이…."

그가 죽을 뻔했던 날 밤을 떠올리자 사랑한다고 고백했던 때가 기억났다. 그러자 목소리가 떨렸다.

"설명해 주고 싶어."

이 말을 하면서도 내 머릿속에서는 라모스 요원의 고함 소리가 들렸다. 그리고 노블의 얼굴과 제안 역시 번뜩였다.

나랑 같이 떠나자. 난 교차로 앞에 섰다.

"정말이야? 지금 여기서? 석 달 전이 아니라?" 카이가 나무를 가리켰다.

"지금은 때가 아니야, 조."

"지금이 아니면, 언제인데?" 내가 물었다.

"널 여기서 보게 될지 몰랐고 지금 우리 사이가 마음에 들지 않아. 오늘이 지나면, 난…."

"더 이상 우리는 없어. 넌 여기 노블을 찾으러 왔다는 점을 잊었어? 네 입으로 그랬잖아."

그의 목소리에는 아무런 감정도 들어 있지 않았다.

난 슬쩍 숲을 쳐다봤다. 이제 빛이 밝아졌으나 그리 오래가지 않을 것이다. 도착하기까지 20분이 채 남지 않았다.

"인정할게. 난 노블을 보러 여기 왔어. 노블에 얽힌 내 과거가 복잡하니까. 그는 네가 임무를 제안받았을 때 내 앞에 나타났어. 난, 나와 재능을 공유하고 우리 사이에 풀지 못한 각종 감정을 이해할 시간이 필요했어."

난 카이에게 가까이 다가갔다. 그러자 그가 물러섰다.

"그리고 내가 잘못된 방법으로 널 떠났지. 그랬어. 상처를 줘서 미안해. 이유가 있었어. 그리고 너희 아버지 일도 미안해. 그래서 네가 날 믿지 못하는 거야?"

"아니." 카이가 고개를 저었다. 그의 눈이 이글거리며 날 뚫어지게 쳐다봤다.

"전부 이해하고 용서할 수 있어, 우리 아버지를 데려온 것까지. 문제는 그게 아니야."

목에 커다란 덩어리가 걸린 것처럼 카이가 힘겹게 침을 삼켰다.

"그렇다면 왜 날 못 믿는 거야?" 혼란에 빠져 내가 물었다.

"정말로 모르는 거야? 그게 더 끔찍하네."

그 말을 하는 카이의 얼굴이 무엇이 와도 맞서 싸울 준비가 되었을 때처럼 바뀌었다. 그리고 꽁꽁 싸매고 있던 걸 그는 이제 풀기 시작했다.

"네가 나한테 약을 먹이는 순간 널 믿지 않게 되었어."

난 숨이 멎었다. 얼굴에서 피가 빠져나갔다. 저체온증에 걸리는 편이 내가 만든 우리 사이의 차가운 틈보다 덜 추울 것 같았다.

카이가 스웨이에 대해 알고 있었다.

CHAPTER 59

진실이 내 얼굴에 드리웠다. 내가 오해했고 내 의도가 오해받았지만, 확실히 내 탓이다. EMP 충격파가 날 눈더미 위로 튕겨 보냈던 것처럼 카이가 한 말로 인한 충격에 숨이 턱 막혔다.

"카이…." 내가 헐떡이며 말했다.

"너한테 약을 먹이지 않았어."

카이가 이를 악물었다.

"조, 확실히 넌 그렇게 했어. 내 몸 안에 화학물질을 넣고 날 무력하게 만들었지. 난 스파이로 훈련받은 사람이야. 곧장 알아차릴 수 있어. 그 증상이며 느낌까지. 모든 PGF 요원이 뇌의 움직임을 변화시키는 다양한 화학물질에 익숙해. 나를 포함해서 일부는 거기에 면역을 갖게 됐지. 다른 사람도 아닌 네가 나한테 그렇게 한 걸 도저히 믿을 수가 없었어."

카이의 주파수가 너무 강하게 진동해 난 스스로를 안정시켜야 했다.

“조, 넌 나한테 무기를 썼어. 네가 떠난 직후 우리 쪽 사람들에게 확인해 달라고 하면서 모든 부분이 틀리길 기도했지. 네가 그 선까지 넘진 않을 거라고 믿었어.” 그때가 기억나는 듯 카이의 표정이 일그러졌다.

이윽고 카이가 고개를 저었다.

“그런데 검사 결과가 양성이었어. 내가 사랑했던 여자가 내게 약을 먹였지. 내가 모든 걸 걸고 믿었던 소녀가… 내 신뢰를 배신했어.”

카이가 분노와 한이 서린 눈빛으로 날 쳐다보았다.

“그런 짓을 한 사람과 어떻게 다시 함께 할 수 있을까? 난 전적으로 널 믿었는데 넌 그 점을 이용했지, 키스로.”

그의 눈빛 너머로 엄청난 고통과 배신의 산맥이 보였다. 그 무게를 감당하라며 날 억지로 세워 두기보다 차라리 그 산맥이 내게로 밀고 들어와 날 으스러뜨리는 편이 더 쉬울 것 같았다.

가슴이 산산이 부서졌다. 난 완전히 다른 방식으로 기억을 재생시켜 봤고 그가 옳았다. 내가 사랑과 희생에서 비롯된 행동이라고 여겼던 건 사실 어리석음에서 나온 것이었다. 카이가 내게 진실을 말하면 내게 상처 주지 않고 임무를 받아들일 수 있을 거로 믿었다. 하지만 난 그의 선택권을 앗아갔다. 그의 신뢰를 빼앗았다.

“카이….” 겨우 입을 열었다.

“내가 설명할게….”

그가 말을 잘랐다.

"사흘간 난 튀니지에서 내 여자 친구가 내게 약을 먹인 사실을 어떻게 받아들여야 할지 고민했어. 네가 소꿉친구와 같이 있는 모습을 본 것도 도움이 되지 않았지. 네가 해결해야 한다는 걸 알았지만 난 네가 완벽하길 바란 적이 전혀 없었어. 우리는 서로에게 진실을 말하는 것 이상으로 가까운 사이라고 믿었으니까.

난 널 위해 규칙을 어겼어. 너에 대한 내 순애보가 우선이니까. 우리 사이를 믿었어…. 그 순간이 오기 전까지.

그 이후 모든 게 흔들리기 시작했어. 너랑 직접 얼굴을 보고 이야기할 생각이었는데 그러다 네 편지를 받았어. 그 이후, 내가 아는 소녀가 사라졌어. 작별 인사도 없이. 우리 어머니처럼. 피닉스, 조, 밀라, 네가 누구든. 어쩌면 난 진짜 네 모습을 알지 못했던 걸지도 몰라…."

"아니." 눈물이 차오르는 걸 느끼며 난 고개를 저었다.

"진짜 날 아는 사람이 있다면 그건 너야."

"아니, 난 아무것도 알지 못해, 조." 카이가 화를 냈다.

"네가 나 몰래 우리 사이의 결과를 통제하려고 했으니 아니지."

에너지가 부스러질 수 있다면, 지금 그러고 있었다.

당신에 대한 그의 사랑은 위험해요, 라모스 요원은 그렇게 말했다.

그 애를 현장에서 죽게 만들 수도 있어요. 이것이 내가 입을 다물고 카이가 일을 하게 놔두어야 하는 또 다른 이유였다. 그러나 너무 늦었다. 모든 게 만천하에 드러났다.

"절대로 널 배신할 의도가 아니었어. 진실을 알고 싶었을 뿐이야. 넌 일을 원했잖아, 카이. 게다가 타고났지. 그러니 네게 선택의 기회를 줬어도 넌 선택할 필요가 없었어."

"어째서 너한테 솔직하게 말해 줄 거라고 믿지 못한 거야? 난 그렇게 했을 텐데."

카이가 눈을 찡그렸고 그의 입김이 구름이 되어 우리 사이에 머물렀다.

"그렇지만 넌 여전히 이해 못 하는 거지?"

"뭘?" 내가 물었다.

"네가 옳다고. 일 대신 널 선택할 거라고 말이야. 왜냐하면 사람은 서로에게 모든 걸 주면 그렇게 하니까." 카이가 이를 갈았다.

"난 더 이상 내 자신을 위한 결정을 내리고 싶지 않았어. 우리를 위한 결정을 내리고 싶었지. 그 부분에 관해 이야기하기로 했잖아. 우리가 좋은 방안을 찾을 거라고는 생각하지 못했어? 함께할 방법 말이야."

카이가 우리 앞에 있는 연구소로 가는 길로 시선을 돌리고 장갑 낀 손을 비볐다.

"어차피 다 끝난 일이야. 넌 노블을 찾으러 여기 왔잖아. 거기에만 집중해. 어쩌면 너희 둘이 유일하게 서로를 이해하는 사람들일지도 모르니까. 난 늘 네 모든 걸 이해하진 못했지만 널 믿었지. 그런데 이제 더는 그럴 수가 없어. 나한테 신뢰가 없는 관계는 가치가 없으니까. 그 말은 우리에게 미래는 없다는 뜻이야."

카이에게 편지를 보내고 난 뒤로 날 아프게 한 건 그의 고통이었다. 지금은 모든 것이 천배 더 끔찍해졌다. 진실이 공개된 상황에서 우리의 주파수는 감정이라는 늪에서 익사하지 않으려고 마구 허우적거렸다.

이 아픔을 몰아내기 위해 지금 할 수 있는 말은 아무것도 없었다.

교차로 한가운데서 내 가슴이 얼어 버렸다. 선택이 각 방면에서 날 괴롭혔다. 한쪽에서는 나와 같은 재능을 가졌고 어린 시절 내가 사랑했던 소년 노블이 위험에 처해 있다. 다른 쪽에서는 프랫을 탈출한 뒤 날 어둠 속에서 끄집어내 주고 내가 사랑한다고 말했던… 그런데 내가 약물을 먹여 잃어버리고 만 소년 카이가 자리했다. 전부 뒤죽박죽이다. 너무 혼란스럽다. 카이에게 사랑한다고 했을 때 그 말은 진심이었다. 진짜였다. 우리 둘 다 느꼈다. 그런데 지금….

난 카이에게 다가갔다. 그는 움직이지 않았다. 바람이 우리 사이로 언 프랙털을 날려 보냈다. 그의 뺨 위로 눈송이가 떨어졌다.

"튀니지에서 내가 했던 말을 하나도 기억하지 못하는구나." 차가운 공기에 숨을 헐떡이며 내가 말했다.

"당연하지. 그게 중요해?" 그는 차가운 얼음 조각처럼 미동도 하지 않았다.

"중요해…."

내 안에서 바다가 부풀어 오르듯 가슴이 솟았다가 꺼졌다. 한 걸음 더 다가갔다. 난 그의 눈을 들여다보고는 입술로 시선을 옮겼다. 내가 처음 키스한 입술이다. 난 카이에게 1인치 앞까지 다가갔고 너무 가까워지자 꿈속에서처럼 우리 둘 말고 아무것도 없는 것 같았다.

밤에 허기져 우는 늑대 무리처럼 그의 상처가 진동했지만, 그에게서 고동치는 사랑이 더 강했다. 거의 눈에 보일 정도였다. 그가 가진 모든 근육과 힘줄에서 요동쳤다. 그의 목숨을 살린 아드레날린 속에도 가득 들어 있을 뿐 아니라 그의 중심이자 모든 보물을 담고 있는 신성한 장소에도 있었다. 그는 나에게 숨지 않았다. 심지어 지금도 있는 그대로를 보여 주었고 난 사랑과 고통을 모두 느낄 수 있었다.

"분명 그런가 보네." 상처받은 목소리로 그가 빈정댔다.

"난…."

난 숨을 참았다. 내 기분이 어떤지 카이는 알 자격이 있지만… 그에게 말하고 싶었던 게 다른 때처럼 목구멍에 걸려서 나오지 않았다. 난 수문 앞에 있다. 문을 열면 쏟아져 나오는 걸 내 힘으로 막을 수 있을지 모르겠다.

스웨이를 썼을 때처럼, 지금은 왜 그렇게 하지 못하는 거지? 나한테 대체 무슨 문제가 있는 걸까?

카이의 심장이 요동쳤다. 그는 대답을 기다리고 오랫동안 듣고 싶은 설명을 내게서 찾았다. 카이의 안에서 나오는 소리가 엄청난 사랑과 함께 방사되어 온 숲에 불을 지를 것 같았다.

카이의 단단한 껍질이 아주 잠시 깨졌다.

"뭐가 그렇게 중요한데?"

교차로의 방정식이 그 어느 때보다 밝게 불을 켰지만 선택하기 전까지 난 어둠 속에 갇혀 있었다. 유령 주파수가 아주 가까이서 울려, 내 안에 답이 있다고 확신했다. 그걸로 날 감싸고 올가미로 잡아채 가면 좋겠다.

눈을 꼭 감았다. 지금 뭐 하는 거지? 카이가 지금 이 말을 들으면 머릿속이 더 엉망이 되지 않을까? 그러면 절대로 임무를 완수하지 못할 텐데. 자신이 살고 다른 사람도 구하려면 카이가 집중해야 한다. 그런데 난 또다시 처음 카이를 고통스럽게 만든 때와 같은 실수를 저지르고 말았다.

그렇지만 어떻게 말하지 않을 수 있을까?

내 스마트워치가 울렸다. 1초라는 망설임은 너무 길었다. K2의 비상 연락망이 불규칙한 소리로 요동쳤다. 아빠의 급박한 목소리에 난 현실로 돌아왔다.

"조!" 아빠가 외쳤다.

"문제가 생겼어. 빨리 와 줘!"

CHAPTER 60

핀란드, 라플란드, 스케일 테크 북극 연구소

달리는 소리, 고함, 헐떡거림.

아빠의 목소리에서 두려움이 묻어났다.

“우리가 수적으로 열세야!”

“아빠! 거기 몇 명이나 있어요?” K2에 대고 내가 소리쳤다. 난 계산할 숫자가 필요하다.

“어디예요?” 웅성거리는 소음 때문에 제대로 듣지 못했지만, 아빠의 회선은 아직 살아 있었다.

“확실치 않아.” 지직거리는 소리를 뚫고 아빠가 외쳤다.

“남쪽 건물 송신탑….”

연결이 끊어졌다.

카이가 곧바로 행동에 들어갔고 몸을 꼿꼿하게 세웠다. 그가 안면 보호구를 올리며 후회하는 눈빛을 보였다.

"말했잖아, 지금은 이야기할 타이밍이 아니라고."

난 고개를 끄덕이며 보호구를 올렸다.

"어서 가자."

카이와 나는 서둘러 언덕을 내려갔고 우리 몸으로 아드레날린이 퍼졌다. 내리막이라 가속도가 붙어 우리의 달리는 속도가 시속 6.43킬로미터에서 9.65킬로미터로 빨라졌다. 이곳은 눈이 더 두껍게 쌓여 있었다. 헤치고 걸으려니 다리 근육이 타들어 가듯 아팠다.

난 연구소에 시야를 고정하고 아빠를 찾았다. 언덕을 내려올 때 방정식도 나와 함께 했다. 에너지 레벨을 310퍼센트로 확장했다. 덩어리의 수와 가속도를 내 중력에 입력했다. 눈은 45.72센티미터 깊이로 쌓였다. 6분간 더 달리면 스케일 테크의 남쪽 건물에 닿을 수 있다. 우리가 너무 늦을지도 모른다. 그때쯤이면 다들 죽어 있을 수도 있다. 난 그 확률을 무시했다.

달려가는 동안 해리슨이 보내준 도식을 머릿속에 펼쳐 보았다. 건물들, 연구소, 동작 감지기, 가드들, 카메라. 싸움을 최소한으로 줄이고 남쪽 정문에 있는 아빠에게 가는 길을 계산했다. 열다섯 명으로 이루어진 순찰대가 돔 관제탑에 있었다. 어젯밤 일로 생긴 보너스다. 열두 명의 다른 가드들이 감지됐고 그들은 우리 앞 다른 건물을 순찰하고 있었다. 머릿속으로 일련의 시나리오가 펼쳐졌는데…, 절반 이상이 카이를 가리켰다. 그의 정체가 드러나선 안 된다.

건물 입구에 접근하면서 속도를 늦췄다. 카이가 나를 바라보며 내 눈을 응시했다.

“전략적으로 움직일 거지? 머릿속 지도가 뭐라고 하는데?”

이 작지만, 가치 있는 신뢰는 그저 내 재능에 대한 것일 뿐이지만, 내게 원동력이 되었다. 난 가드들의 움직임과 패턴을 살피고 잡힐 위험이 현저히 낮은 길을 찾아냈다.

“이쪽이야.”

내가 말하고 미로 같은 건물 틈으로 앞장섰다. 해가 솟았다. 그림자도 마찬가지다.

길은 텅 비어 있지만, 그리 길지는 않을 거다. 요령껏 움직이지 않으면 들킬 게 확실했다.

우리는 수십 곳의 건물과 안테나 사이로 요리조리 다녔다. 전기 주파수가 빠르게 우리를 향해 움직였다. 차량이다. 눈덩이 뒤로 숨을 수 있는 2초가 있다. 얼른 카이를 잡아 몸을 숙이자 곧장 SUV가 지나갔다. 차가 사라진 뒤에 우리는 다시 일어나 계속 움직였다.

“저기야!” 남쪽 연구소가 눈에 들어오자 카이가 외쳤다.

커다란 창고 세 곳이 일렬로 자리했다. 우리 시야에 아직 아빠나 체사레가 들어오지 않았지만, 말아 올리는 산업용 차고문 뒤편으로 사람의 주파수가 과하게 모여 있었고 그 안에서 나는 시끄러운 소리가 우리에게 그들이 저 안에 있다고 알려주었다.

머릿속에서 숫자들이 날아다녀 난 탄식했다.

“우리도 없이 안으로 진입하다니 믿기지 않아.” 우리는 그쪽으로 향했다.

"그분은 너희 아버지야. 어쩌면 네 골칫거리인 부분은 아버지를 닮은 게 아닐까?" 카이가 주먹 관절을 풀며 말했다.

우리는 벽에 등을 붙인 채 창고 앞에 주차된 검은 밴들 뒤에 숨어서 몰래 지나갔다.

"저기, 너희 아버지는 마피아에게 효과적으로 침투하셨거든." 내가 대꾸하고는 스스로 멍청함에 혀를 깨물었다.

카이가 씩씩거렸다.

"그렇다면 우리에게 기회가 있겠네. 준비됐어?"

난 고개를 끄덕였다.

건물 입구로 가니 문이 열려 있었다. 저층에서 부서지는 큰 소리가 올라왔다. 재빨리 금속 계단 쪽으로 가니 소리가 한층 커졌다. 10.36미터 거리에서 사람들이 옥신각신했다. 부수고 깨지고 신음하고 쾅 하는 소리가 점차 커졌다. 난 몸을 움츠렸다.

계단 맨 위에서 우리는 컨테이너로 가득한 저장실을 내려다보았다. 큰 싸움판이 벌어졌다. 가드 여섯 명이 주먹을 날렸다. 남자들이 선반과 금속관에 부딪혔다. 유리 케이스가 바닥으로 떨어져 산산조각이 났다. 체사레와 아빠가 그 싸움 한복판에 있었다. 그러나 두 사람이 무사한지 볼 수 있을 만큼 거리가 가깝지 않았다.

카이가 안도의 한숨을 쉬었다.

"다행이야…. 저들은 팔레르모의 부하가 아니야. 스케일 테크 보안팀이지. 날 알아보지 못할 거야." 카이가 날 쳐다봤다.

"팔레르모가 여기 오기 전에 네가 카메라를 꺼트리지 않으면 난 붙잡히지 않길 바라면서 양쪽으로 움직여야 해."

“알았어.”

우리와 동시에 가드 다섯 명이 추가로 현장에 도착했다. 난 얼른 카이를 쳐다봤다.

“네가 내려가야 할 것 같아!”

카이의 얼굴에 잘난 척하는 미소가 퍼졌다.

“기꺼이 그래야지.”

CHAPTER 61

카이가 안면 보호구를 착용하고 저장고로 내려가서 전속력으로 상자들 위로 올라갔다. 우리의 계획이 성공할 확률이 한 자리 숫자로 막 떨어졌다고 말할 틈도 없이 나도 그의 뒤를 쫓았다.

카이는 우선 가드 다섯 명을 목표로 삼았다. 난 용품 선반 뒤로 살금살금 움직여 아빠를 찾았다가 놀라 입이 턱 벌어졌다. 체사레와 아빠가 다른 남성 네 명을 상대로 주먹질하고 있었다. 두 사람 다 싸우고 있었는데… 나쁘지 않았다.

아빠의 다리와 팔이 재빨리 허공을 갈랐고 그 움직임은 강인하고 정확했다. 카이처럼 우아하진 않아도 그가 가르쳐 줬던 모든 쿵후 동작을 실행하며 제대로 훈련받은 가드를 상대로 자신만의 방식으로 맞섰다. 엄밀히 말해 이번이 아빠의 첫 진짜 싸움이었다. 난 감동했다.

모퉁이를 돌아 나올 때 아빠가 날 보면서 시선이 흐트러졌다. 난 앞으로 일어날 일을 알고 몸을 움츠렸다. 쾅! 아빠가 온몸으로 태클을 받아 넘어졌다. 아빠는 뒤로 날아가 등을 세게 부딪쳤지만, 어찌 된 일인지 공격한 사람의 가속도를 받은 덕분에 벌떡 일어나 두 발로 섰다. 아빠가 집중해 움직이며 다가오는 험한 주먹을 막았다. 막느라 확실히 팔이 아프겠지만 아빠가 아픔을 억눌렀다는 점은 칭찬할 만했다. 아빠의 발놀림은 깔끔했다. 상대 가까이 움직이면서 엉덩이를 움직이고 자신에게 달려오는 다른 가드에게 강한 주먹을 세 방 날렸다. 으스러지고 탄식하는 소리와 함께 가드가 쓰러졌다. 그 사람이 곧 일어날 거라 확신하지만 분명 엄청나게 머리가 아플 거다.

카이가 아빠를 너무 잘 가르쳤다. 난 할 말을 잃었다.

내 시선이 체사레로 향했다. 이미 피범벅인 그의 얼굴 속에서 야만적인 결단력이 드러났다. 체사레의 이마에 생긴 보라색 멍이 옆에 누워 있는 남자를 꼼짝 못 하게 하는데 머리를 썼다고 알려 주었다.

남성 두 사람이 그에게 달려들었다. 체사레가 욕을 하더니 바닥에 침을 뱉었다. 그가 턱을 당기고 그들에게 돌진했다. 움직임이 맹렬하고 거침없고 더러웠다. 그는 길거리 싸움꾼으로 잔뼈가 굵었다. 고환을 걷어찼다. 무릎으로 얼굴을, 팔꿈치로 목을 가격했다. 그는 금속관 하나를 잡아서 한 남성의 가슴팍을 때렸다. 난 움찔했다. 아야. 그래, 확실히 마피아 훈련을 받은 사람이구나.

카이의 주파수가 내 옆에서 춤을 추자 난 선반 뒤로 숨어 몸을 웅크리고 해리슨에게 문자를 보냈다.

– 나: 펠리시아에게 스케일 테크의 보안 시스템에 들어가게 해달라고 말해 줘. 모든 카메라를 내가 조정할 수 있도록 하고 메인 컴퓨터 시스템의 접근 권한도 필요해.

– 해리슨: 펠리시아가 지금 작업 중이야. 조금만 버텨. 모든 뉴스 채널에서 지금 위성 발사를 보여주고 있어. 넌 못 보고 있겠지?

– 나: 유럽의 정전 사태를 막느라 정신이 없거든. 챈은 어때?

– 해리슨: 완전 안전해. 우리 경호원들이 24시간 쉬지 않고 지키고 있어. 펜즈는 지금 그가 준 정보를 가지고 작업 중이야.

난 안도의 한숨을 내쉬었다. PSS가 함께 있으니 챈에게는 아무 일도 일어나지 않을 것이다.

– 해리슨: 거긴 어떻게 돼 가?

난 눈앞에서 때려 부수는 광경을 보며 이마를 긁적였다.

– 나: 예상보다는 괜찮은 정도? 체사레가 말 그대로 머리를 쓰기 시작했어.

난 다시 싸움으로 몸을 돌렸다. 아빠와 체사레가 걱정스럽지만 강인하게 버텨 주고 있는데, 가드 한 명이 내가 헬싱키의 터널에서 봤던 바통 같은 걸 꺼냈다. 카이는 무기를 싫어한다. 무기를 쓰는 건 약하다는 뜻이라고. 바통을 본 카이의 표정이 굳었다.

카이는 거의 숨도 쉬지 않고서 두 상대를 쓰러뜨리고, 바통을 들고 체사레와 아빠에게 다가가는 남성을 향해 뛰었다. 카이는 싸움 중간에 들어가 가드의 다리 사이를 넓게 벌렸다. 그와 동시에 자기 다리를 브레이크 댄서처럼 움직여 빙 돌면서 가드를 쓰러뜨렸다. 팔꿈치로 재빨리 복부를 가격하자 큰 신음과 함께 남성이 나가떨어졌다. 자기 발로 일어선 카이가 아빠를 보고 멈춰 합류했다. 카이가 아빠의 팔을 잡고 몸을 돌려 또 다른 공격을 막았다. 아빠가 가속도를 이용해 다음 움직임으로 넘어갔다. 이제 두 사람은 등을 대고 스승과 제자로서 싸우고 있었다.

"안녕하세요, 리버스 씨." 카이가 어깨 너머로 인사했다.

"지금 내가 들은 목소리가 카…?"

카이의 목소리에 아빠가 안도하려는데 시간이 없었다. 거대한 발차기가 이어졌다. 주로 카이가 개입했고 아빠와 체사레가 상대한 남성의 곱절을 카이가 쓰러뜨렸다.

오른쪽으로 훅, 재빠른 발차기, 펀치와 잽. 내가 상상한 적이 없는 모습이 눈앞에서 펼쳐졌다. 우리 아빠와 전 남친이 같은 편이 되어 싸우고 있다니. 두 사람이 체사레 디 수사의 팀을 위해 싸우고 있는 건 말할 것도 없었고, 그래서 내 방정식이 더 믿을 수 없게 느껴졌다.

싸움이 계속되며 피와 용맹함이 관절과 입술에서 흘러나왔다. 놈들이 카이가 엉뚱한 쪽에서 싸우고 있다는 점을 발견하기 전에 우선 감시 카메라부터 꺼야 했다. 노블과 라파엘을 찾으려면 우리가 여길 들키지 않고 누빌 수 있어야 하니까.

난 눈을 감고 근처에서 노블의 주파수를 느낄 수 있는지 살펴봤다. 그러나 아무것도 없었다. 스케일 테크는 엄청 넓으니 노블과 라파엘이 있을 만한 건물을 살필 수 있도록 카메라 접근

권한이 필요하다, 최대한 빨리.

1초 뒤 펠리시아의 목소리가 내 귀에 들렸다.

"네 시야를 확보했어. 창고의 남동쪽으로 와. 뒷벽에 보안 패널이 있어. 거기에 K2를 꽂아. 아니면 내가 카메라를 끄지 못할 거고 넌 어딜 가든 감지기에 걸릴 거야."

"알았어."

펠리시아가 시킨 대로 벽의 패널에 K2를 연결했다. 곧바로 패널이 내 스마트워치를 위협으로 인식해 차단하려고 했지만 이미 펠리시아가 내부에 있었다.

"됐어, 조." 펠리시아가 말했다.

"이제 접근할 수 있을 거야. 통제권을 얻어야 하니 1분만 기다려."

펠리시아가 카메라 피드를 K2와 우리 시스템으로 돌리는 동안 난 재빨리 K2의 작은 모니터를 통해 스케일 테크의 각 방을 스캔하며 두 사람을 찾았다. 5초 뒤, 항공 역학 연구실이라는 간판이 달린 5번 연구동의 작은 라운지를 걷고 있는 라파엘의 익숙한 형체가 등장했다. 라운지 밖 복도의 카메라가 문 앞에 보안요원 세 사람이 지키고 있다고 알려 주었다. 찾았다.

23초간 감시 카메라 데이터베이스로 각 연구소를 살핀 뒤, 난 노블의 위치를 찾았고 가슴이 욱신거렸다. 노블은 네 개의 모니터 앞에 웅크리고선 무언가에 맹렬히 집중하고 있었다. 그의 보디랭귀지는 그 어느 때보다 긴장되어 있었고 막 연소하려는 반응성 물질 두 가지의 균형을 잡으려는 듯 아슬아슬해 보였다.

커다란 검은 머리의 남성이 양손에 머리를 대고 노블의 뒤 접이식 의자에 앉아 있었다. 옷에 주름이 졌고 몸에서는 불안한 주파수가 엉망으로 흘러나오고 있었다. 그는 매초 노블을 올려다봤고, 그의 얼굴은 나이만 들었을 뿐 앞에 있는 소년과 똑같았다. 눈 주변으로 퍼진 다크서클과 후회로 가득 찬 표정을 보니 가슴이 철렁했다. 제임스 애덤스 박사다.

노블의 아빠야.

하지만 노블의 아빠는 내 계산이 치솟고 우리의 확률을 곤두박질치게 한 대상이 아니었다.

다시 펠리시아가 내 귀에 나타났고 그녀의 목소리가 떨리기 시작했다.

"스케일 테크의 카메라는 이제 우리 손에 있어. K2가 전적으로 관리할 수 있지. 그런데 내가 폐쇄하지 못한 건물이 한 곳 있어…." 펠리시아가 말을 꺼렸다.

"마스터 위성 관제 센터야. 완전히 다른 전기와 보안 시스템을 쓰고 있어. 모든 면에서 조작된 곳이야. 그 건물에 가까이 가지 말라고 하고 싶지만 그건 불가능할 것 같아…."

난 크게 숨을 들이마시며 속에서 숫자가 폭발하지 못하도록 저지했다. 노블이 마스터 위성 관제 센터에 있고 펠리시아가 말한 '조작'이란 사소한 부분이 아니다. 주변 전기 주파수가 급등한 걸로 봐서 단순히 보안 감지기가 아니다. 건물 전체가 폭탄과 연결됐고 시간이 가고 있었다.

CHAPTER 62

마스터 위성 관제 센터에서 흘러나오는 전력은 건물 전체와 연결된 연구소까지 쓸어버릴 정도로 강력했다. 팔레르모는 어떤 기회도 주지 않았다. 그가 모든 길을 막았으니 나는 저 관제 센터에 꼭 가야 했다.

보안 감지기가 꺼졌고 내가 카메라를 움직일 수 있으니 다시 싸움 상황을 살피러 뛰었다. 승리자 세 사람이 땀을 흘리고 숨을 헐떡이며 터벅터벅 걸음을 옮기고 있었다. 가드들은 전부 쓰러져 손을 결박당했다.

난 카이와 눈을 마주했다.

"카메라를 전부 껐어."

"잘했어."

카이가 안면 보호구를 내리고 아빠에게 돌아서서 감명받은 표정으로 인정한다는 듯 고개를 끄덕였다.

"움직임이 나쁘지 않던걸요."

"좋은 스승을 뒀으니까."

아빠는 퍼렇게 멍이 들었는데도 반짝반짝 빛났다. 카이의 어깨에 아빠가 팔을 둘렀다.

체사레는 입에 묻은 피를 닦고 목을 좌우로 꺾었다. 그리고 카이를 향해 두 팔을 벌렸다.

"아, 진정한 카포(capo 리더). 그라치에(고마워)."

"체사레."

카이가 그의 등을 두드렸다. 둘 사이 오가는 눈빛을 난 놓치지 않았다. 생각보다 둘은 서로를 훨씬 더 잘 알았다. 카이와 내가 헤어진 석 달 동안 무슨 일이 있었던 거지?

"정확히 플랜 A는 아니죠?" 카이가 체사레에게 경각심 어린 목소리로 물었다.

"당신 부하들은요?"

"곧 남쪽 정문에 도착할 거야. 그런 다음 팔레르모의 수하들을 상대하고 있는 날 지원하러 오라고 해야지."

그가 끙, 하고는 어깨 너머로 열린 문을 보았다. 이마의 베인 상처에서 피가 흘렀지만, 그는 아무렇지 않은 듯 머리를 뒤로 쓸어 넘겼다. 그리고 한숨을 쉬었다.

"그런데 우선은 내 아들을 찾아야 해. 그 애는 어디에 있어?"

"라파엘과 노블을 찾았어요." 내가 대답했다.

"그럼 어서 가야지?" 체사레가 말했다.

"가서 라파엘을 구해 오자."

내 머릿속 시계가 그를 말리라고 알렸다.

"아니요. 그는 무사해요. 아직은 위험하지 않아요. 그렇지만 팔레르모를 막고 노블을 돕지 못하면 우리 모두 위험해져요."

난 카이를 쳐다봤다.

"라파엘은 안전해, 당분간은. 그런데 저들이 노블을 잡아둔 북쪽 공간에는 폭발물이 설치돼 있어. 안 좋아 보였어. 다른 구체적인 상황은 몰라."

"내 아들을 찾아야 해." 체사레가 맹렬하게 말했다.

카이가 그를 진정시켰다.

"조의 말이 맞아요. 그러면 소용이 없어요, 시간도 안 맞고. 지금 위성을 발사하고 있어요. 당신은 우선 수하들을 모아서 준비해 주세요. 정전 무기가 준비되었는지 확인하러 팔레르모가 거의 다 왔을 겁니다. 그가 도착하기 전에 부하들을 보고 싶다면 지금이 기회예요. 아니면 당신이 더 위험해지고 라파엘도 마찬가지 신세가 돼요."

카이가 턱으로 북쪽을 가리켰다.

"그들은 건물 북쪽에 있는 마스터 위성 관제 센터에 있어요. 곧 팔레르모가 도착할 거예요. 보안을 더 강화할 준비도 마쳤을 거고요."

"체사레, 당신 마음에 들지 않겠지만…." 내가 말했다.

"제가 라파엘을 구해서 당신에게 데려다줄게요. 부하들을 태양열 발전 연구소로 데려오세요. 거기서 다시 만나요."

배경의 주파수가 움직이면서 발소리와 목소리가 다가오는 걸 알려 주었다. 난 긴장하고 카이를 쳐다봤다.

"우린 시간이 별로 없어. 더 많은 가드가 이리로 오는 중이야."

"혼자 갈 건 아니지?" 아빠가 물었다.

카이가 날 쳐다봤다. 그의 주파수가 맹렬한 따뜻함으로 날 감쌌다. 몸이 부르르 떨렸다.

"라파엘의 문 앞에 가드들이 있을 거야." 카이가 말했다.

"내가 가드들을 처리한 다음 너희 아버지를 보낼게, 알겠지?"

난 아빠를 쳐다보고 카이에게 고개를 돌렸다.

"난 괜찮아. 테이저건도 있고 머리에 지도도 있으니까. 우리에겐 백업이 필요해. 수적으로 밀리잖아."

어쩔 수 없이 다들 동의했다.

난 체사레를 쳐다봤다.

"당신 부하들이 충성심이 강하길 바라요."

CHAPTER 63

∞

난 머릿속 평면도를 따라 몰래 복도를 걸어서 라파엘이 갇혀 있는 라운지로 갔다. 모든 종류의 주파수가 프라이팬의 기름처럼 튀었지만 전부 인간의 것이 아니었다. 그러다 모퉁이를 돌아서 라파엘이 있는 방문을 몰래 쳐다보았다.

카이의 말이 맞았다. 문 앞에 가드 세 명이 서 있었다. 난 팔찌를 꺼내 드론 하나를 살폈다. 가동력은 65퍼센트였지만 그 정도면 라파엘을 구출하는 임무를 충분히 수행할 수 있다.

복도 모퉁이 뒤에 숨어서 드론을 준비했다. 네 개가 남았다. 가드까지의 거리는 7.3미터. 인피니티 돔과 마찬가지로 남성들을 쓰러트릴 정도로 위력이 강해지려면 최대 3.65미터 가까이 가야 한다. 그들이 날 보겠지만 혼란을 일으키는 건 늘 시간을 벌게 해 줬다.

난 손가락을 꼼지락거리며 드론에 프로그램을 입력했다. 내 주변 무게를 계산하는데 노블이 폭발물에 둘러싸인 모습이 떠올랐다. 지금만큼은 그 생각에 빠져 있어선 안 됐다. 후드를 벗고 긴 금발 머리를 아래로 내렸다. 숫자가 꼭 내 편은 아니지만 늘 낮은 확률에도 잘 해왔다. 난 얼굴에 미소를 짓고 잘 보이게 모퉁이를 돌아 나왔다.

"므와(Moi 저기요)." 난 단어 책에서 본 인사말을 활용했다.

가드들이 날 보고 몸을 세우더니 핀란드어로 뭐라 말을 쏟아냈다.

2.1미터 남았다. 난 고개를 들었다. 자신 있게 그들에게 말을 걸었다.

"죄송해요. 전 핀란드어를 못 해요." 내가 말했다.

"추진력 연구 시설을 찾는데요?" 지도에 따르면 연구소는 복도 아래쪽에 있다.

"그 자리에 멈춰요." 그들이 손을 내보였다.

"당신의 보안등급을 확인해야 합니다."

"뭐라고요?" 난 모르는 척 물었다.

61센티미터 더 가야 한다. 계속 걸었다. 그들이 앞으로 나와 길을 막았다. 그렇지만 너무 늦었고 드론 세 대가 날아올랐다. 드론이 말벌처럼 윙윙거리며 내게서 나와 가드들이 알지도 못하는 사이에 목을 가격했다. 다들 전기 충격을 받고 쓰러졌다.

난 움찔했지만 쉽게 저들을 제압할 수 있어 기뻤다. 불가능하다는 건 알지만 오늘은 더 이상 피를 보고 싶지 않았다.

"미안해요." 내가 그들을 넘어 걸어가며 웅얼거렸다.

문에 걸린 자물쇠는 단순한 구조가 아니었다. 초음파 음성 인식 열쇠다. 아직 세상에 나오지도 않은 시제품으로 목소리 속 음파를 암호로 인식한다. 난 탄식했다. 다행히 이런 장비는 아직 엄청 복잡한 수준은 아니다. 그저 귀찮은 일이 늘어나 싫을 뿐이지.

"K2!" 내가 명령했다.

"녹음해."

난 잠시 기절한 가드 앞으로 가서 무릎으로 그의 복부 위에 앉았다. 남성에게서 고통스러운 탄식이 흘러나왔다. 그 목소리 녹음본을 들고 문으로 가서 재생하니 열렸다.

천장 높이가 6미터도 넘는 또 다른 연구소로 들어갔다. 작업 공간과 라운지가 잘 정리된 깔끔한 곳이다. 공용 공간에는 주방이 있고 벽에 텔레비전도 달려 있었다. 그 가운데, 갈색 곱슬머리 청년이 소파에 앉아 ISC 로켓이 슈퍼 위성을 하늘로 올리는 장면을 지켜보고 있었다.

문이 열리는 소리에 그가 불안하게 돌아보았다. 그러다 금발과 방설 장비를 보고는 커다란 녹색 눈동자가 반짝였다. 그가 놀라서 자리에서 벌떡 일어났다.

"밀라? 진짜 너야?"

2초간 우리는 서로를 가만히 바라봤다. 라파엘은 조금 더 성숙해졌고 턱선도 날렵해졌다. 어깨도 한층 넓어졌다. 안 좋은 일을 겪었지만 그에게서 물결치는 주파수는 침착했다. 그러다 기억났다. 그가 범죄 두목의 아들이라는 사실을.

"네가 걸어 들어올 거라고는 상상도 못 했어."

익숙한 억양이 음악처럼 방 안에서 흘러 어둠과 빛을 모두 담고 있는 프랫에 대한 기억과 함께 내게로 쏟아졌다.

"네 메시지를 받았거든." 난 어깨를 으쓱였다.

"널 보니 반가워." 그가 말했다.

"그런데 네가 여기 있다는 건 우리가 큰 위험에 처했단 뜻이겠지?"

"어째서 다들 내가 나타나면 그렇게 생각하는 거야?" 난 인상을 찌푸렸다.

"하지만 불행히도 네 말이 맞아. 너희 아버지도 여기 계셔. 너희 아버지와 팔레르모 사이에 전쟁이 벌어질 거야. 거기다 우리는 거대한 정전 사태와 ISC 위성 파괴 계획도 막아야 해."

라파엘이 한숨을 쉬었다.

"그래, 알아. 무기는 이미 하늘에 떠 있지." 그가 내 쪽으로 성큼 다가와 양 볼에 입을 맞추고 꽉 안았다.

"아무튼 와 줘서 고마워."

아빠가 헐떡이며 안으로 들어왔다. 카이가 보냈나 보다. 이번에는 또 다른 남자의 품에 있는 날 보고 아빠가 눈썹을 들어 올렸다. 진짜 타이밍 한번 기막히다.

"내가 또…." 아빠가 천천히 입을 열었다.

난 라파엘의 포옹에서 빠져나와 아빠에게 손을 흔들었다.

"아빠, 이쪽은 체사레의 아들 라파엘이에요."

아빠가 특유의 제이슨 리버스의 눈빛으로 라파엘을 쳐다봤다.

"그러니까 프랫에서 사귀던 네 남친이구나?"

"남친 아니라니까요."

노블의 집에서 있었던 민망한 사태를 떠올리며 내가 짜증을 냈다.

"뭐라고?" 라파엘이 말했다.

"우리 사이에 뭔가 있었는데… 아니야? 네가 카이를 만나기 전까지."

어이가 없어서 눈을 굴렸지만, 컨테이너선에서 라파엘이 익사할까 봐, 그를 구하기 위해 프랫을 탈출할 기회를 포기한 걸 생각해 보니 우리 사이에 뭔가 있긴 했었다.

"그래, 맞아…. 우정이었지."

라파엘이 날 쏘아봤다가 아빠를 보고서는 자세를 고쳤다.

"그래, 완전히 순수했지. 내가 중국을 떠난 뒤로 우린 서로 보지 못했잖아. 지금까지." 그가 손을 내밀었다.

"살베(Salve 안녕하세요). 라파엘 디 수사예요. 생각하시는 그런 인간은 아닙니다." 라파엘이 특유의 매력적인 억양으로 아빠에게 인사했다.

아빠가 손을 내밀었다.

"제이슨이라고 불러. 자네 아버지와 알고 지내는 사이가 됐거든. 얼른 재킷 챙기고."

"아, 아버지와 딸이 같이 일하는군요." 라파엘이 놀란 눈빛으로 바라보며 겨울옷과 부츠를 걸쳤다.

"가족 경영이란 게 늘 쉽진 않죠?"

"최근에 깨닫게 됐지."

아빠가 내게 우스꽝스러운 눈빛을 보냈다. 난 어쩌겠냐는 뜻으로 어깨를 으쓱이곤 말했다.

"죄송해요."

"서두르자. 너희 가업이랑 네 아버지는 오래 기다려 주지 않을 거야."

우리가 한 사람씩 가드들을 넘어 지날 때 내 숫자가 우리를 건물 뒤편 출구로 안내했다.

"저희 아버지는 어떠세요?" 라파엘이 코트의 지퍼를 올리며 물었다.

"아직 잘하고 있어." 아빠가 대답했다.

"어서 가자고."

우리는 침입자들을 막기 위해 미로처럼 설계된 좁고 긴 복도를 걸었다. 내 머릿속에 지도가 있으니 눈을 가리고서도 이 구불구불한 길을 지나갈 수 있었다.

걸어가면서 라파엘이 아빠와 이야기를 나누었다.

"따님이 제 목숨을 구해 줬어요. 그것도 두어 차례나." 라파엘이 말했다.

"그래서 제가 메시지를 보냈어요. 팔레르모는 파초(pazzo 미친 사람)예요. 테라 리베라타는 사방에 깊숙이 침투해 있어요. 그런데 밀라가 킹을 쓰러뜨렸죠. 팔레르모를 막을 사람이 있다면 바로 밀라예요."

아빠가 빠른 걸음을 유지하며 능글맞게 웃었다.

"내 말 믿어." 아빠가 말했다.

"밀라는 규칙적으로 자신이 누구고, 뭘 할 수 있는지 날 놀라게 하니까."

라파엘이 내게 바짝 다가와 낮은 목소리로 말했다.

"어셔 밍이 팔레르모와 함께 일하고 있어. 그를 봤어? 그도 여기 있는 거야?"

라파엘은 카이에 대해 알고 있었다.

"응." 난 시선을 피했다.

"그도 여기 있어."

"그럴 거라고 생각했어. 네가 여기 있으니까." 라파엘이 말했다.

난 라파엘에게 어색한 미소를 지었다.

우리는 뒤편 출구에 도착했다. 문을 여니 차가운 바람이 얼굴의 신경을 모조리 앗아가고 추위가 사지로 퍼졌지만, 정신만은 맑게 해 주었다.

내 숫자가 스케일 테크의 북측 부지까지 대략 332미터 거리라고 계산했다. 축구 경기장 세 개 길이다. 눈 내린 건물의 미로 속에서라면 15분은 걸릴 것 같았다.

우리 세 사람은 건물 옆쪽을 따라 한 줄로 서서 눈이 치워진 길을 따라 걸었다. 이 구역에는 가드가 별로 없었다. 다들 북측에 모여 있는 게 틀림없다. 아빠가 차가운 바람을 깨며 앞장섰다. 그래서 난 라파엘과 이야기할 기회가 생겼다.

"라파엘." 내가 안면 보호구를 통해 말했다.

"도착하면 난 팔레르모가 과학자를 잡아 둔 곳으로 가야 해. 정전을 막을 거야."

그가 고개를 저었다.

"쉽지 않을 텐데. 팔레르모가 대비해 뒀어. 협박을 받았거나 돈을 받고 입을 다물기로 한 사람들 말고 위성과 그의 연결을 추적할 수 있는 사람은 아무도 없거든."

난 힘들게 숨을 내쉬며 구름 덩어리를 만들었다.

"네가 아는 걸 말해 줘."

라파엘은 앞만 쳐다본 상태로 낮은 목소리로 이야기했다.

"테라 리베라타는 아주 많은 산업 분야에 침투했어. 이를테면 에너지, 의료, 통신 등등. 그런데 우리 아버지가 팔레르모한테 스케일 테크의 주식을 팔지 않겠다고 하니 그가 시내에 있는 날 찾아내서 제안과 협박을 같이 하더라고. 난 여자 친구를 도우려고."

라파엘이 말을 이었다.

"여자 친구가 있었어?" 내가 물었다. 놀라진 않았다. 그의 보조개는 어떤 소녀라도 매력을 느끼기 충분하니까.

라파엘이 과장해서 어깨를 들어 올렸다.

"스페로(Spero 그랬으면 좋겠어). 이 카지노, 아니 이 사태를 겪은 뒤에도 날 아직 기다리고 있다면."

그가 희망 어린 얼굴로 말했다. 그러나 이내 인상을 썼다.

"내 여자 친구는 희소 질환에 걸렸어. 내가 자신에게 충성하는 조건으로 팔레르모가 여자 친구를 치료해 주겠다고 했어. 난 솔깃했지만 결국 거절했어. 그때 그가 거래 조건을 바꿨지. 스케일 테크와 내 목숨을 바꾸는 걸로."

"그런데 팔레르모한테는 다른 통신 회사가 있잖아." 내가 말했다.

"여기 같지는 않아." 라파엘이 설명해 주었다.

"테라 리베라타는 위성 통신을 제어하기 위해 스케일 테크가 필요해. 슈퍼 위성이 있으면 그걸 이용해서 경쟁사의 위성을 해킹하거나 파괴할 수 있거든. 팔레르모가 스케일 테크를 수중에 넣으면 ISC는 끝이야. 팔레르모는 항상 백업 계획을 세워두고 자신을 배신하는 자들이 어떤 대가를 치르는지 확실하게 보여줘. 밀라, 그는 자길 막는 사람은 누구든 없애 버릴 거야."

우리는 1분간 말없이 걸었다.

어떤 대가를 치른다. 그 말이 머릿속에서 사이렌처럼 울렸다. 마음에 안 들었다. 체사레도 같은 말을 했다. 그들은 팔레르모가 어떤 능력이 있는지 잘 알았다. 난 옆에 있는 아빠에게 몸을 돌려 장갑 낀 손을 잡았다.

"안면 보호구는 계속 착용하고 계세요. 아무도 아빠를 보지 못하게, 아셨죠?"

아빠가 고개를 끄덕였다. 연구소가 시야에 들어왔다.

우리는 몸을 웅크리고 주변을 살폈다. 건물 밖으로 차량 여러 대가 주차돼 있었다. 눈이나 얼음이 쌓이지 않고 깨끗하며 살짝 김이 나는 걸로 봐서 팔레르모와 부하들이 이제 막 도착한 것이 틀림없었다.

라파엘이 몸을 구부렸다.

"카이는 테라 리베라타에 침투하려고 무진장 애썼어. 그런데 넌 괜찮아?"

난 표정이 굳었다. 길게 숨을 들이마셨다. 대답은 복잡했다.

그가 위험에 처하는 걸 내가 좋아할까? 아니, 그가 성공할 거라고 믿나? 그렇다. 내가 떠밀어서 그가 여기 왔을까? 그럴 가능성이 크다. 그렇지만 난 그냥 이렇게 말했다.

"사실 우린 헤어졌어. 사연이 길어."

"논 시 크레도(Non ci credo 믿기지 않아)." 라파엘이 놀라며 말했다.

"두 사람이 상하이에서 같이 있는 모습을 봤을 때, 그 어디서도 보지 못한 끌림이 느껴졌어. 시(Si 그래), 살짝 질투가 나긴 해도 결코 이기지 못할 걸 알았지."

라파엘이 날 향해 손을 흔들어 보였다.

"밀라, 페르케(perché 왜 그랬어)? 그는 내가 아는 최고의 남자야."

그 말에 난 라파엘에게 눈살을 찌푸렸다.

"넌 고작 몇 주 알고 지낸 사이잖아." 그런데 그의 눈빛이 전혀 다른 이야기를 하고 있었다.

"그 말이 아니구나?"

라파엘이 고개를 끄덕였다.

"고스트 마커스 프로그램으로 아버지와 내가 크로아티아에 갔을 때 엄청 스트레스를 받았어. PGF가 우리 사건을 담당했지. 우리를 보러 온 담당자가 카이였어. 그는 자기가 할 수 있는 범위를 넘어서 우리를 도와줬지. 그렇게 친구가 되었어."

난 침을 삼켰다. 카이가 나랑 있는 시간을 지겨워한다고 느끼던 그 시절 동안 그는 사실 레드의 역사를 찾아다니고 라파엘을 도운 것이다. 그런 일들이 날 행복하게 만들 걸 알았으니까. 카이는 멀리 보고 있었는데 난 하루하루만을 걱정했다.

"몰랐어." 속이 뒤집히는 느낌이 들었다.

우리는 연구소 부지의 북쪽에 도착했다. 태양열 발전 연구소에서 나오는 주파수가 이루는 거미줄이 마스터 위성 관제 센터에 붙어 있었다. 노블의 주파수가 내 레이더에 포착되어 불편함을 고조시켰다.

"카이는 너한테 말하고 싶어 했어." 라파엘이 속삭였다.

"하지만 증인 보호 프로그램은 극비잖아." 라파엘이 입술로 손가락을 가져가며 '쉿' 하는 제스처를 보였다.

우리는 아무도 지키고 있지 않은 수상한 뒷문에 도착했다. 그리고 숫자로 된 키보드에 손을 대고 몇 초 안에 암호를 풀려고 했다. 주파수의 급류가 건물 안에서 움직였다. 몰래 잠입했고 아빠는 이상하게 입을 다문 채 뒤편을 맡았다.

태양열 발전 연구소는 커다란 무균실로, 6×6 크기의 푸른 태양광 전지가 22줄로 들어서 있고 금속 장치와 틀을 조립하는 장비들이 즐비했다. 뒤편 모퉁이 작업대에는 온몸을 감싸는 무균복이 걸려 있었다. 우리는 슬그머니 안으로 들어가 태양 전지판 뒤에 숨었다.

팔레르모는 여기 없었지만, 그의 부하 다섯이 이 시설의 한쪽에 서 있었다. 그들 중에서는 연회에서 봤던 남성과 어젯밤 날 쫓던 사람도 있었다. 그들은 마당 건너편에서 자신들을 노려보는 인물들을 보고 눈이 휘둥그레졌고 화를 냈다.

체사레의 부하 스물한 명이 철책선처럼 줄을 지어 팔레르모의 무리와 마주 섰다. 대부분이 체사레처럼 나이가 들었지만, 자녀로 보이는 일부 강인한 젊은이도 있었다.

그리고 연구소의 다른 쪽에서 스물네 명이 나타났다.

"에 우시토 디 프리지오네(È uscito di prigione 그가 감옥에서 나왔잖아).”

그들이 체사레를 보고 이탈리아어로 속삭이며 웅얼거리는 소리가 실내를 채웠다.

“알로라, 레 보치 케 지라바노 에라노 베레(Allor, le voci che giravano erano vere 소문이 사실이었어). 에 토르나토(È tornato 그가 돌아왔어).”

저 사람들은 체사레가 자기들을 배신했다고 믿었다. 그들의 몸이 굳어지면서 싸울 준비를 했다. 체사레가 따로 준비한 오랜 마피아의 수법이 없었다면 또 다른 피바다가 일어날 참이었다.

CHAPTER 64

∞

긴장감이 끓어올랐으나 누구도 움직이지 않았다. 이내 난 이유를 알았다. 그들은 체사레가 먼저 입을 열어 스스로 변호할 기회를 주었다. 분명 라 파밀리아(la famiglia 가족)끼리의 약속이겠지.

카이는 팔레르모의 수하들과 같이 서 있지 않았지만, 그의 주파수가 가까이 있었다. 노블도 마찬가지다. 두 사람이 함께 근처에 있으니 혼란스러웠다. 난 노블을 구해야 하고 지금이 좋은 때인 것 같지만 아직 자리를 뜰 수 없었다. 그래서 다시 라파엘과 아빠가 있는 어둠 속으로 들어가 상황을 계산하며 카이를 찾았다.

또한 해리슨에게 문자를 보냈다.

– 50명이 넘는 마피아 단원들이 싸움을 벌이기 일보 직전이야. 지원군을 보내줘.

체사레가 몇 걸음 앞으로 나와 가슴을 당당히 펴고 고개를 높이 들었다.

"에 베로(È vero 사실입니다)." 그가 입을 열었고 이탈리아어로 하는 말이 연구실을 울렸다.

"이 분열 사태를 끝내기 위해 제가 돌아왔습니다. 누군가는 제가 가족과 제 역할을 내팽개쳤다고 말하겠죠. 그러나 전 맹세를 어긴 적이 한 번도 없습니다. 수사-리치의 유산은 피와 명예 그리고 충성심입니다."

체사레가 목청을 가다듬자 강인한 주파수가 급증했다.

"테라 리베라타의 권력은 팔레르모를 한참 넘어섰습니다. 그는 우리 가문의 맹세를 어기고 있습니다. 우리는 목표 대상에서 늘 민간인을 제외해 왔었지요. 그러나 팔레르모의 계획은 수십억 명을 파괴할 겁니다. 그것은 우리 가문의 방식이 아닙니다."

그가 말을 멈추고 자리에 모인 이들을 살폈다.

체사레가 그들에게 다가갈 때 엄청난 자신감이 뿜어져 나왔다.

"할아버지가 제게 이 유산을 남긴 건 제 리더십을 믿었기 때문입니다." 그가 으르렁거리듯 말했다.

"전 수년간 그 사실을 믿지 못하다가 진정한 리더는 자신만의 유산을 만든다는 점을 이해하게 되었습니다. 가족의 믿음을 대표하는 것으로요. 지금 전 그 믿음을 위해 싸울 준비가 됐습니다."

그가 더 우뚝 서서 그들에게 외쳤다.

"여러분은 한때 날 카포로서 믿었습니다. 다시 그래 주길 바랍니다."

모인 이들 사이에서 낮게 수군거리는 소리가 들렸다. 내 옆에 있던 라파엘의 에너지가 씽씽 울렸다.

마치 체사레가 나한테 이야기하듯 온몸에 전율이 흘렀다. 그의 말은 강하고 이상하리만치 친숙했다. 확실히 그의 안에서 변화가 일어났다. 그리고 그의 연설에는… 진실과 가르침이 들어 있다는 점을 난 깨달았다. 전에 들어봤던 이야기처럼 느껴졌다.

카이가 슬그머니 내 옆으로 오는 통에 피부에 열기로 인한 닭살이 돋았다. 그가 방패처럼 내 앞에 서더니 손가락을 입에 가져다 댔다.

"쉿."

체사레의 목소리가 이제 호령에 나섰다.

"제가 바로 정당한 우두머리, 테라 리베라타의 유산을 계승한 사람입니다. 여러분이 다시 충성과 피, 명예로 돌아오길 촉구하는 바입니다. 누가 나와 함께하겠습니까?"

그가 재킷을 찢고 소매를 걷어붙이며 팔에 새긴 가문의 문장을 보여 주었다.

"나와 함께하면 새로운 유산을 써 나갈 수 있습니다."

그가 문신에 입을 맞추고 하늘을 향해 주먹을 들어 올렸다.

라파엘이 몸을 구부리고 말했다.

"고마워, 밀라."

그러고는 그가 재킷을 벗자 똑같은 문신이 팔뚝에 나타났다. 라파엘이 날 지나쳐 성큼성큼 걸어 아버지 옆에 서서 문신에 입을 맞추고 하늘을 향해 주먹을 들어 올렸다.

체사레에게 충성했던 두 남성이 팔레르모의 부하 쪽에서 나와 체사레에게 갔다. 그는 그들에게 고개를 숙여 인사했다.

"카포."

그들은 모든 세월이 흐른 뒤에도 체사레를 존경했다. 그가 배신한 뒤에도 그에게 두 번째 기회를 주었다.

"인시에메 시아모 퓨 포르테(Insieme siamo più forte 우리는 함께 있을 때 더 강합니다)!" 체사레가 남성들에게 소리쳤다.

"나와 함께 팔레르모를 무찌릅시다!"

다섯 명이 더 그의 편으로 갔다. 그러나 인원을 알 수 없는 가드들이 더 있기에 그들만으로 충분하지 않았다.

아빠는 체사레가 이탈리아어로 하는 말을 나만큼 알아듣지 못했지만 이미 오늘 밤이 어떻게 될지 감을 잡았다. 반짝이는 아빠의 눈빛을 보니 물러서지 않을 걸 알 수 있었다. 아빠가 카이에게 몸을 구부려 물었다.

"그러니까 우리가 다시 싸우는 거지?"

카이가 눈썹을 찡그렸다.

"리버스 씨, 전 이 싸움에 참여할 수 없습니다. 제 정체가 탄로 날 테니까요. 팔레르모가 어서 밍을 기다리고 있을 겁니다. 그가 거의 다 왔어요." 카이가 말했다.

"그리고 제이슨, 두 번째 라운드는 아주 치열할 겁니다."

아빠가 코를 만지고는 뺨에 새로 생긴 멍을 살폈다.

"체사레 편으로 옮긴 인원이 충분하지 않아. 하지만 저 연설을 들으니 난 그의 편에 서야겠어. 우리의 성공이 거기에 달린 거지?" 그러더니 아빠가 날 쳐다봤다.

"내 확률은 어떠니?"

난 상황을 살폈지만 확률은 분명하지 않았는데, 모든 게 체사레와 팔레르모의 수하들에게 달려 있기 때문이다. 일부는 아직 어느 편에 설지 결정하지 못했다. 내가 대답하기 전에 아빠가 양손을 들어 보였다.

"말하지 않아도 돼. 그냥 진실을 따르게. 행운을 빌어 주렴, 딸아." 그리고 아빠가 카이를 쳐다봤다.

"이 애의 안전을 부탁하네."

카이가 고개를 끄덕였다.

"네, 그럴게요."

아빠가 당당하게 걸어서 체사레 옆에 서는 걸 지켜보는 내 마음이 조마조마했다. 대체 이번 여정에서 몇 번이나 내가 할 말을 잃었던가? 숫자가 눈앞에 펼쳐졌다. 이곳의 에너지가 어두워졌고 교차로가 거의 내 앞에 다가왔다.

난 카이에게 몸을 돌렸다.

"지금 노블을 찾아야겠어."

양 진영에 선 남성들이 다음 움직임을 생각하며 힘을 모을 때 부정적인 방정식이 폭발했다. 그들의 숨소리, 심박수, 요동치는 주파수를 통해 쉽게 느낄 수 있었다. 아빠가 걱정됐다. 전면전은 불가피했고 그 말은 지금 우리가 떠날 때라는 뜻이었다.

카이가 날 쳐다보며 고통스러운 눈빛으로 말했다.

"네 남자를 찾으러 가자."

CHAPTER 65

태양열 발전 연구소를 나서면서 우리는 안면 보호구를 착용하고 마스터 위성 통제 센터로 향하는 뒷길로 우회했다. 우리 너머 마피아 전쟁의 긴장감이 너무 엄청나서 가드가 지금 카이를 알아볼 확률이 낮아졌다. 그렇지만 내 두뇌의 55퍼센트 이상이 그를 안전하게 지킬 방법을 계산하고 있었다. 나머지 부분은 노블을 걱정했다.

밖으로 나오니 북극의 겨울 태양이 이미 지기 시작했고 구름 아래로 오늘 하루가 다시 흐려졌다. 내 작업복의 전력은 90퍼센트로 제대로 작동 중이었고 끊임없이 내 체온에 맞춰 조정됐다. 날씨가 카이에게 영향을 끼쳤냐고 묻는다면 그렇다고 할 수 없는데, 그는 주변에 몹시 집중하고 계속해서 잠재적인 위험 요인이 없는지 살폈기 때문이다.

정전이 일어나기까지 한 시간이 남았다. 그리고 노블을 찾고 카이가 다시 어셔 밍으로서 팔레르모에게 돌아가는 데는 26분이 남았다. 슈퍼 위성은 이미 하늘에 떠 있고 우리가 정전 무기를 없애지 못하면 너무나 많은 사람이 고통을 받게 될 것이다.

입구에서 카이가 보호구를 내리고 힘차게 계단을 올라갔다. 어깨에 힘이 잔뜩 든 채 접속 암호를 입력했다. 그는 사무적으로 빠르게 걸었다. 우리는 같이 일해도 다른 세상에 있었다.

그렇게 마스터 위성 관제 센터 로비로 들어갔다. 천장에는 로켓과 위성 모델이 매달려 있었다. 외벽에는 핀란드의 국토 외형이 별과 방사하는 햇빛에 둘러싸인 형상을 한 스케일 테크의 상징이 있었다.

노블의 주파수와 내 머릿속 지도를 따라 내가 앞장서서 양쪽으로 문이 있는, 흰 타일이 깔린 복도를 걸었다.

카이는 여전히 임무에 집중했다.

"노블이 정전을 막을 수 있다고 해도 팔레르모는 백업 계획이 있기로 유명해."

"멈출 방법이 있을 거야." 난 노블이 이곳에 정전을 일으키러 온 게 아니라고 신뢰하며 말했다.

"노블과 난 이런 일들을 예측했어. 우리도 마찬가지로 백업 계획 없이 움직이지 않아. 노블은 위성을 해킹해서 프로그램을 바꾸는 법을 알아."

"자기 아버지의 목숨이 걸린 상황에서도?" 카이가 물었다.

튀니지에서 콰다가 '죽음'을 당하려던 광경을 목격한 노블의 모습이 떠올랐다. 그때 노블은 제대로 생각하지 못했다. 그러나 이번에는 다르다. 이 일을 몇 달 전부터 알고 있었으니까.

"그도 나와 같아, 카이. 모든 걸 생각했을 거야. 난 확신해." 내가 입을 쭉 내밀었다.

"그저 도움이 필요할 뿐이지."

모퉁이가 보이지 않는 곳에서 또 다른 남성이 재빨리 우리 쪽으로 오고 있다는 걸 내 재능이 감지했다.

"가드야."

우리는 얼른 문 뒤로 달렸다.

"내게 맡겨." 카이가 말하고 주먹을 쥐었다.

내가 그를 말렸다.

"단 한 사람이라도 네가 우릴 돕는 모습을 봐선 안 돼. 나한테 테이저건이 남았어." 내가 말했다.

카이가 반대하려 했지만, 너무 늦었다. 내가 드론을 날렸다. 긴 포니테일을 한 남성이 바닥으로 쓰러져 경련을 일으켰고 그의 눈이 찰나보다는 조금 길게 카이를 쳐다보다가 기절했다.

남성이 잠잠해지자 카이가 고개를 갸우뚱거렸다.

"가드가 아니야. 그는 팔레르모의 부하 중 한 사람이야. 날 모르나 봐."

카이가 커다란 유압식 테이블이 있는 열린 방으로 남성을 데려간 다음 문을 잠갔다. 그러나 내 계산은 다른 예측을 했다.

"네가 틀렸을지도 몰라." 난 안 좋은 느낌으로 말했다.

"저 사람이 널 알아보는 것 같았어."

내 말에 카이가 이를 갈았다.

"지금 와서 우리가 할 수 있는 건 없잖아."

복도 끝에 관제 센터의 핵심 사무실로 이어지는 이중문이 있었다. 노블의 주파수가 그 너머에서 요동쳤다.

머릿속에서 나노초 동안 숫자가 반짝였다가 숫자의 교차로가 내 앞에서 빛과 어둠의 길로 나뉘었다. 눈을 깜박이니 사라졌다. 난 숨을 참고 카이를 쳐다봤다. 단호한 눈빛이다.

“여기야.” 카이가 울분이 느껴지는 낮은 목소리로 말했다.

“여기서 그들이 위성을 제어하고 노블이 마지막 정전을 실행할 거야.”

난 카이에게 문 뒤로 노블을 감지할 수 있다거나 폭탄이 인피니티 돔에 들어가는 전기량과 같은 에너지를 생산한다고 말하지 않았다.

심장에 감정의 폭설이 내렸다. 감정은 한순간 눈처럼 아름다운 경이로움으로 채웠다가 그다음에는 고통스럽게 날 죽였다. 카이와 노블의 주파수가 내게 다른 방식으로 진동했다. 그러나 지금 우리에겐 시간이 없으니 한 가지에만 집중해야 했다. 난 감정을 털어 버리고 문을 열었다.

순간 심장이 멈췄다. 노블이 책상 앞에 웅크리고 있었다. 그의 주변으로 숫자가 먹구름을 드리우며 거대한 폭풍을 만들었다. 그와 주고받은 이메일, 채팅, 모든 기억이 증폭됐다.

“어서 와, 숫자야.” 노블이 돌아보지도 않고 말했다.

“카이….” 그가 심호흡을 하더니 책상에서 몸을 떼고 일어나 우리 쪽으로 섰다.

노블이 내 얼굴을 보고는 날뛰는 감정과 후회가 담긴 눈빛으로 달려왔다. 난 카이가 가만히 있으려고 하면서도 동요하는 걸 감지할 수 있었다.

"여긴 왜 왔어?"

노블이 슬프게 물었고 목소리의 주파수가 내 가슴에 구멍을 냈다.

난 대답하지 않았다. 그의 눈빛은 모든 감정의 무게를 다 짊어지고 거기다 세상의 운명까지 떠안은 사람처럼 무거워 보였다. 그는 말할 필요가 없었다. 뭔가 잘못됐다. 우리가 계산하지 못한 무언가가 있었다. 그런데 내 침묵의 순간이 카이에게 말할 기회를 주었다.

"조가 여기 온 건…." 카이가 앞으로 걸어갔다.

"네가 완벽한 계획을 망가뜨렸기 때문이야."

노블이 영악한 자각으로 카이를 곰곰이 살폈다. 둘의 주파수가 높이 튀었다.

"나한테도 이유가 있었어." 노블이 침착하게 말했다.

카이가 고개를 치켜들었다.

"네 이유 때문에 어젯밤 조가 죽을 뻔했지." 그의 목소리가 에너지로 진동했다.

노블의 몸이 굳어졌지만, 움직이거나 카이에게서 물러서지 않았다. 노블은 나처럼 카이를 읽을 수 있었다. 카이는 강하지만 확실히 절제하고 있었고 그가 노블을 해칠 일은 없었다. 그저 화가 났을 뿐이다.

"조는 날 따라와선 안 됐어." 노블이 말했다.

"저 애가 스케일 테크 안으로 들어오려고 인피니티 돔을 날려버릴 거라고는 예상 못 했거든."

카이가 웃으며 살짝 고개를 흔들었다. 그리고 노블에게 평소의 모습보다 더 무례하게 굴었다.

“확실히, 넌 조를 잘 알지 못하는구나.”

노블이 도전적인 눈빛으로 카이에게 가까이 다가섰다.

“어제 내 입에 닿았던 조의 입술은 그렇지 않던데.”

활화산의 에너지가 폭발했고, 그 열기가 날 완전히 태워 버렸다.

지금 가장 필요 없는 행동이지만 노블은 마치 내가 자신을 선택한 것처럼 가까이 다가왔다. 내가 여기 온 게 그런 뜻이 되는 걸까? 카이의 말이 내 머릿속을 울렸다.

넌 여기 노블을 찾아왔어. 거기에만 집중해. 어쩌면 너희 둘이 유일하게 서로를 이해하는 사람들일지도 모르니까.

내 시선이 카이에게 향했지만, 그는 날 쳐다보길 거부했다.

실망스럽게도 카이는 뒤로 물러서며 긴장감을 없애 버렸다.

“너희 둘이 천생연분이라는데 내가 뭐라고 하겠어?” 그의 목소리는 단검처럼 날카로웠다.

“하지만 지금 우리에겐 더 큰 문제가 있어. 팔레르모가 방금 도착했지. 난 그에게 가 봐야 해. 우리 아버지들이 모조리 이 일에 얽혀 있어. 그리고 온 세상이 오늘 밤 벌어질 일을 기다리고 있지. 조는 네가 이 일을 막을 다른 방법을 가지고 있다고 하던데, 맞아?”

난 어릴 때부터 그에게 가졌던 믿음으로 노블을 쳐다봤다. 별에서 무한대를, 혼돈 속에서 침착함을, 나무에서 엄지손가락 지문을 찾던 소년이다. 당연히 계획이 있겠지.

노블이 한숨을 쉬었다.

"있었어." 그가 이를 악물었다.

"그런데 지금 상황이 좀 복잡해졌어."

노블이 컴퓨터로 걸어갔다.

"무기를 완성했는데 위성 안에 브레이커도 장착했어. 공격을 취소하도록 만든 자동안전장치야. 거대한 정전 사태가 벌어지도록 놔두지 않으려고."

그가 자기 아버지를 돌아보았다.

"그런데 팔레르모에게도 백업 계획이 있었지. 그가 무선 장치를 통해 무기를 활성화할 수 있도록 변경했고 그래서 시스템 안에 만든 브레이커를 무시할 수 있게 됐어. 따라서 팔레르모가 무기를 사용하는 걸 막으려면 무선 제어 장치를 무용지물로 만들어야 해. 그 무선 장치가 작동되는 한, 팔레르모는 브레이커가 있어도 공격을 실행할 수 있으니까."

노블의 머리가 가능성으로 빙빙 돌았다.

"우리 아버지와 나는 해결책을 알아봤지만 결국 무선 제어 장치를 찾아야 했어. 그래서 모든 걸 해킹해 봤지만, 그 장치는 팔레르모에게도 없고 이 건물 어디에도 없어."

"그렇다면 팔레르모에게 그게 어디 있는지 내게 말하도록 만들게." 카이가 이를 악물었다.

내 숫자가 흐리게 나타났다 사라졌다. 계산이 두 방향에서 소리쳤다. 무슨 일이 일어나든 카이의 정체가 탄로 나선 안 된다. 전체 임무와 미래가 거기 달려 있다. 내가 어떻게 아는지 모르겠지만 아무튼 알았다. 내 숫자가 내 본능과 일치했다.

"안 돼."

내가 카이를 향해 팔을 뻗었다. 그가 내 손길에 닿지 않으려고 몸을 움직일 때 난 움찔하지 않으려고 했다.

"팔레르모에게 아무 말도 하지 마. 그냥 우리에게 시간만 벌어 줘." 내가 말했다.

"체사레 쪽이 이 마피아 전쟁에서 승리하게 해 주고. 이 일은 우리가 해결할게."

어찌 된 영문인지 이 방조차 조작된 것 같았다.

카이가 날 쳐다보며 고개를 저었다. 우리의 눈이 마주쳤고, 그러자 주파수가 솟아오르며 가슴이 두근거렸다. 이 일에 날 믿어야 하는지를 두고 그의 얼굴에 의구심이 서렸다. 카이가 먼저 시선을 피하더니 시계를 확인했다.

"오래 끌 순 없어."

그는 문을 향해 걸었다.

난 노블을 쳐다보고 입 모양으로 "잠시만."이라고 했다. 그리고 카이를 뒤쫓아가면서 그의 배신당한 기분을 더 끔찍하게 만든 마지막 몇 분을 지울 수 있으면 좋겠다고 빌었다.

"미안해." 우리가 충분히 멀리 왔을 때 내가 말했다.

"미안해할 건 아무것도 없어, 조." 카이는 체념한 목소리였다.

"이 위기를 막아내는 데 집중하자."

"있잖아, 네가 노출되면 작전 전체가 실패할 거라고 내 숫자가 예측했어."

유압실에 묶여 있을 긴 머리 남성이 생각났다.

"네가 정체를 드러내면, 테라 리베라타를 쓰러뜨릴 수 없어."

카이는 아무 말도 하지 않았지만, 몸에 힘이 들어갔다. 예전에는 내 재능을 믿었던 그가 지금은 내가 한 말을 두고 논쟁을 벌이고 있다. 그러면서도 보호받지 못한 상태로 날 여기 두고 떠나길 꺼리는 중이다.

"내가 돌아오기 전까지 이 문을 열지 마."

그의 눈빛은 정말 진지했다. 라모스 요원이 옳았다. 카이는 팔레르모나 테라 리베라타를 우선순위에 두고 있지 않았다. 날 생각했다. 그는 그래야 한다면 날 위해 이번 임무를 희생할 것이다. 그런 일이 벌어지면 테라 리베라타는 성공하게 된다. 그리고 카이는 목숨을 잃겠지.

"어떤 상황에서든 네 정체를 드러내지 않는다고 약속하면." 내가 그의 시선을 응시했다.

"난 그런 사람이야, 조. 지키지 못할 약속은 하지 않아."

그는 노블을 쳐다본 다음 날 쳐다봤다. 그에게 약속을 저버린 두 사람을.

카이가 문을 닫고 나갈 때 내 가슴이 산산조각 났다.

그의 주파수가 연구실 안에서 멀어지자 내 재능이 아드레날린으로 윙윙거렸다. 숫자가 점점 커져서 내게서 날아간 다음 3초, 4초, 5초간 희미해졌다. 이번에는 더 심하게 몸이 떨렸다. 노블이 말했던 폭발…. 그리고 교차로다. 무엇이 오든, 금방이겠지.

난 거칠게 숨을 쉬고 있는 노블을 향해 몸을 돌렸다.

"타이밍 한번 기막히지, 안 그래?" 노블이 말하며 자기 아버지를 가리켰다.

나이 든 노블 버전 같은 남성이 뒤편 의자에 구부정하게 앉아 있었다.

"우선, 난 네 아버지를 만났으니 이제 너한테 우리 아버지를 소개할게. 조세핀, 이쪽은 우리 아버지인 제임스 애덤스 박사님이야."

CHAPTER 66

다시 시작할 수 있다면 난 널 선택할 거야.

한때 내가 혐오했던 노블의 아버지가 한 말이 머릿속에서 필터처럼 작용했다. 마침내 그 얼굴을 봤을 때 내가 무슨 행동을 할지, 혹은 어떤 말을 던질지 나도 몰랐기 때문에 다행이었다. 무엇보다 노블의 아버지가 아니었더라면 우린 이런 상황에 부닥치지 않았을 테니까. 그러나 그가 아들에게 한 짓이 여전히 내 기억 속에서 요동쳐 가슴이 아렸다. 내 안의 피닉스는 어린 시절 친구를 지켜 주길 원했다.

애덤스 박사 옆에서 노블은 힘들어하는 소년의 얼굴을 하고 있었다. 카이가 나 때문에 집중할 수 없듯 노블 안에서도 다른 무언가가 일어나고 있었다. 엄청난 어둠이 찾아와도 이길 수 있다는, 사랑이라고 불리는 어리석고 터무니없고 고집 센 감정이 다시 일어나서 자리를 잡고 모든 걸 빛나게 하려는 참이었다.

애덤스 박사가 두 발로 섰다. 키와 체구가 탱크와 흡사했다. 그렇지만 세월이 얼굴에 주름으로 남아 그가 해 온 일의 그림자를 드리웠다. 또한 빗소리에 묻혀 버린 슬픈 멜로디처럼 나지막이 후회가 흘러나왔다.

박사는 애써 미소를 지었다.

"이런 식으로 만나게 되어 유감이구나. 네가 누군지도, 내 아들에게 얼마나 중요한 사람인지도 안단다."

내 아들. 콰다가 얻은 것처럼 타이틀 하나는 얻었네. 깊은 감정이 내 몸 전체로 퍼졌다. 이 사람에게 화를 내고 싶었으나 참았다. 후회와 변화가 어떤 기분인지 잘 아니까. 우리는 얼마나 간절하게 두 번째 기회를 바라나. 이 여정에서조차 난 스스로 바뀔 수 있다는 점을 입증한 사람들에게 둘러싸여 있다. 체사레, 챈, 우리 아빠가 그랬다. 레드가 여기 있었다면 나더러 위선자라고 하겠지. 가끔 두 번째 기회가 필요하지 않은 사람이 세상에 존재하긴 할까. 나도 카이에게 돌이킬 수 없는 행동을 하기 전으로 돌아가고 싶다고 바라지 않았나? 그에게 스웨이를 쓰지 않는 쪽으로? 날 다시 믿게 만들기 위해서? 심장이 마구 요동쳤다.

문제와 대면하기 전까진 아무것도 고칠 수 없다는 듯 노블은 내가 뭐라고 말해 주길 기다렸다. 그리고 그의 표정이 전부 알려 주었다. 자기 아버지에게 두 번째 기회를 주고 싶고 내 도움이 필요하다고. 그래서 내가 행동을 개시했다.

먼저 손을 내밀며 악수를 청했다.

"안녕하세요, 애덤스 박사님." 내가 말했다.

"누구신지 압니다. 박사님과 부인 일은 유감이에요." 그의 손이 내 손을 잡았다. 따뜻하지만 떨리고 있었다.

"어렸을 적 노블이 에너지를 이용하는 새로운 방법을 고안했을 때…." 박사가 조용히 말했다.

"난 이것이 무기가 될 거라고는 생각도 못 했어. 저 애가 나와 함께 작업하다가… 떠났지. 난 화가 났단다. 그리고 아들의 천재성을 믿었어. 분명 항공 우주 기술을 비약적으로 발전시킬 거라… 그래서 이 기술을 팔았단다. 그로 인한 결과를 이해하지 못한 채."

그가 자신을 혐오하듯 고개를 저은 다음 노블에게 다가섰다.

"난 끔찍한 아버지일지 모르지만, 살인자나 테러리스트는 아니란다. 실수를 만회할 수 있다면 무엇이든 할 거야. 무엇이든."

박사가 노블을 쳐다봤다. 다음 생까지 거뜬히 이어질 것 같은 책임감이 눈동자에 실렸다. 그에게서 흘러나오는 사랑과 고통에 내 가슴이 저렸다. 내게 너무나 익숙한 감정이었다.

난 길게 호흡을 골랐다.

"저희는 정전 무기를 막을 겁니다, 애덤스 박사님. 저도 노블을 믿거든요."

박사가 날 향해 고개를 끄덕인 다음 내가 중국에서 돌아왔을 때 우리 아빠가 날 보던 때와 같은 방식으로 노블을 살폈다. 노블의 달라진 부분을 곰곰이 파악했다.

난 노블을 한 귀퉁이로 데려왔다.

"어째서 더 일찍 말하지 않았어?"

그의 아름다운 얼굴이 백만 가지 작은 방정식으로 부서져 내렸다.

“미안해.” 노블이 한숨을 쉬었다.

“이 상황에 네가 개입하길 절대로 원하지 않았거든.”

부담감을 감당할 수 없다는 듯 노블의 몸이 내 쪽으로 기울었다.

“팔레르모는 내가 무기를 완성해 정전을 일으키지 않으면 아버지를 죽이고 어머니를 의식불명 상태로 만들겠다고 위협했어. 난 백번씩 계산해 봤어. 아버지가 여기 있다면 100퍼센트는 아니지만 확률이 좋았지. 세 가지 대응책을 생각해 냈어. 라파엘까지 도울 수 있도록 말이야.” 노블이 한숨을 쉬었다.

“글리치 기억나?”

내가 고개를 끄덕였다.

“아주 빠른 복사 명령 프로그램으로 슈퍼 위성이 발사될 동안 라디오 위성을 약화하도록 설계했어. 명령 코드의 배경에서 버그처럼 움직이며 내게 완전한 통제권을 주어 몰래 위성을 해킹할 수 있지. 그런데 팔레르모의 네트워크 범위가 내 계산보다 넓었고 그가 데리고 있는 백 명도 넘는 해커와 과학자들이 내가 해킹할 수 없는 뭔가를 사용해서 내게 맞서고 있어.”

테라 리베라타의 손길에 난 몸서리를 쳤지만, 다시 지금 이 자리로 생각을 돌렸다.

노블의 손을 잡았다.

“널 탓하지 않아.” 내가 말했다.

“그리고 이해해. 난 지금 널 도와주러 여기 온 거니 정전이 벌어지지 않도록 막는 방법을 알아보자.”

노블이 날 책상으로 데리고 가서 작업 중인 현재 상황을 보여줬다.

“팔레르모는 무선 제어 장치로 무기를 완전히 조작할 수 있어. 장치는 어디에든 있을 수 있지만 찾을 시간이 부족해.”

내 머리가 작업에 들어가 내부적으로 파일을 살피고 가능성을 도출했다.

“알겠어. 그런데 우리가 그 장치가 어디 있는지 알아내서 못 쓰게 만들면 네가 정전을 막을 수 있는 거야?”

“응. 하지만 여기에 다음 문제가 있어. 네가 여기 와선 안 되는 주된 이유야.”

그가 슈퍼 위성 모니터를 당겼다. 그리고 침을 꿀꺽 삼켰다.

“계속해 봐.”

내 숫자는 그가 무슨 말을 할지 이미 알고 있었지만 난 그렇게 말했다.

“모든 위성은 A/B와 가끔 A/B/C 체계에 자동 전환 방식으로 이루어져. 시스템 A가 제대로 반응하지 않으면 위성이 B나 C로 옮기는 거지. 팔레르모의 팀이 그렇게 프로그램해서 슈퍼 위성의 어떤 부분이 변경되면 다음 백업 시스템으로 넘어가. 그래서 난 이걸 모조리 해킹한 다음 코드를 업로드해야 하는데, 시간이 꽤 걸릴 테고 이 방에서만 할 수 있어. 그런데 팔레르모한테는 네 번째 백업 계획이 있었어….”

노블이 다시 자기 아버지를 쳐다봤다.

“위성이 무기 프로그램에서 벗어나면 이 건물은 폭파돼. 따라서 우리는 정전이 벌어지도록 놔두든지 아니면 이 건물에 있는 모든 사람을 죽게 할 거야. 알겠지, 숫자야? 그래서 내가 널 놔두고 온 거야."

온몸의 피가 차갑게 얼어붙는 느낌이다. 노블은 자신이 죽을 수도 있다는 걸 알면서도 아버지를 살리려고 여기에 왔다.

"아니."

내 숫자와 계산이 머릿속에서 빠르게 고동치며 아는 모든 부분을 파헤쳤다. 팔레르모 같은 사람을 쓰러뜨리는 방법을 배우지 않고 내가 킹과 마담과 같은 인물들 사이에서 살아남았을 리 없다. 팔레르모는 무선 제어 장치를 어디에 숨겼을까? 어떤 재앙도 벌어지지 않도록 하며 정전을 막으려면 어떻게 해야 할까?

"분명 다른 방법이 있어. 누구도 남겨 두지 않을 거야. 위성 제어권을 다른 건물에 있는 다른 시스템으로 옮길 순 없을까?"

"그 생각도 해 봤지만 조, 시간이 부족해." 노블이 말했고 그의 아버지가 바짝 뒤에서 움직이고 있었다.

"나만큼 빨리 위성을 해킹하고 브레이커에 코드를 업로드할 사람은 몇 명 되지 않아. 네가 그 일을 하게 놔둘 수 없어."

난 고개를 저었다.

"노블, 그만해. 항상 다른 방법이 있기 마련이야."

내게서 계산이 흘러나왔다. 이 문제를 논리적으로 생각해야 하지만 그 경계가 흐릿했다. 모든 방정식이 수십억 명의 목숨과 세상에서 내가 가장 아끼는 사람들과 관련되어 있으니 난 어디에라도 앉아야 했다.

헬싱키에서 기록한 모든 숫자를 다시 배열해 보았다. 퍼즐의 빠진 조각을 찾듯 하나씩 자리를 채웠다. 원로원 광장의 치수,

카이와 팔레르모 일당들이 출입할 수 있는 제한구역인 지하 터널 바로 위라는 축하 로켓 발사 무대의 이상한 위치, 연회장에서 본 빛의 쇼….

슈퍼 위성은 거대한 정전을 일으키는 하나의 특정 순간에 대한 카운트다운이었다. 그러다 생각났다. 팔레르모는 제대로 된 쇼를 좋아한다는 걸. 그것이 그의 약점이 될 테다.

난 고개를 들었다. 비록 가능성은 희박했지만, 숫자가 이 상황을 해결할 수 있는 대책을 내놓았다.

"이 문제를 해결할 방법을 알아." 난 그 어느 때보다 머릿속이 또렷하고 예리해졌다.

"팔레르모가 전에 나노 위성으로 정전을 일으켰다고 했었지? 그 위성에 접속할 수 있어?"

"응. 시간이 걸리지만 내가 통제권을 얻을 수 있어." 노블이 내게서 시선을 떼지 않고 말했다.

"무슨 생각이야?"

머릿속에서 마치 어제 일처럼 기억이 생생하게 펼쳐졌다. 마담, 경제 위기, 쿠데타, 나미비아, 인피니티 돔. 내 시선이 곧바로 목숨을 바쳐 혼돈 속에서 침착함을 찾으려고 하는 소년에게로 향했다. 난 다리를 떨기 시작했다. 중국에서부터 난 인생을 바쳐 문제를 해결하고 골칫거리들을 막았다.

그런데 지금은 우리가 문제를 일으키는 쪽이 될 차례다.

난 노블에게 단호한 표정을 지었다.

"팔레르모의 정전을 막을 수 없다면 우리 스스로 정전을 일으키면 돼."

CHAPTER 67

내 말을 듣고 노블의 아버지는 날 제정신이 아닌 사람으로 여기며 말문이 막힌 듯했다. 하지만 아무렇게나 한 생각이 아니다. 엄청 진지하다는 점을 노블도 알았다.

노블이 책처럼 내 숫자를 읽었다.

"무선 제어 장치가 어디 있는지 아는 거지?" 그가 물었다.

"응." 내가 노블의 눈을 쳐다봤다.

"축하용 로켓 안에 있어."

이제 내 머릿속이 완벽하게 정리됐다. 원로원 광장이 축하용 로켓 무대의 위치인 것은 전략적인 배치였다. 카이가 날 데리고 터널을 지나갈 때 난 그 밑에 있었다. 그 말은 팔레르모의 부하들은 도시 아래로 다닐 수 있다는 뜻이다. 팔레르모한테는 완벽한 게임이다. 축하용 로켓은 슈퍼 위성이 궤도에 오르면 카운트다운에 들어간다. 로켓이 발사되면 무선 제어 장치가 작동해 정전이 시작될 거고 그런 다음 로켓은 해체되어 무선 장치가 있었다는 모든 증거를 인멸할 테니까. 이것이 팔레르모가 보여 주는 마지막 쇼이자 자신의 계략을 덮은 천재적인 방식이었다.

하지만 우리가 움직이면 그렇게 못하겠지.

난 노블과 가장 가까이에 있는 의자를 잡았다.

“팔레르모는 타인에 의해 정전이 일어날 거라고 예상하지 못할 거야. 그렇게 되면 자신의 쇼를 망치고 전체 계획이 지연되겠지. 그 사이 우리는 무선 제어 장치를 파괴하고 슈퍼 위성으로 네 코드를 업로드할 시간을 벌 수 있어. 폭파 시 나노 위성에 어떤 전기 조종 장치든 일시적으로 작동하지 못하게 할 정도의 충분한 에너지가 있을 확률이 40퍼센트야. 그러니 우리한테 시간을 더 벌어 주겠지.”

노블의 계산 능력이 이 새로운 계획을 확인해 주었다. 그의 아버지 역시 기대감으로 우리에게 다가왔다.

“통할 수도 있겠어. 그런데 ISC는 우리를 도와줄 수 없을 거란다.” 박사는 오로지 자신의 NSA 지식에만 갇혀 있었다.

“해체하는 방법을 알고 재빨리 그리로 가줄 우리 쪽 누군가가 헬싱키에 있을까?”

“사실 제가 아는 사람이 있어요.” 상황이 우습지 않았지만 난 미소를 지었다.

“펜즈와 PSS요.”

“펜즈?” 노블이 혼란스러워하며 물었다.

“노블, 이래서 네가 더 자주 밖으로 나와야 하는 거야.” 내가 말했다.

"헬싱키 대학교 STEM 팀이 살로넨 박사를 도와 축하용 로켓을 만드는 일에 참여했어. 너도 좋아할 거야."

내가 해체하는 과정에 관한 내 계획의 나머지 부분을 설명했다. 노블은 여전히 가능한 시나리오를 살폈다.

"그러니까 우리가 제약된 정전을 일으켜 팀이 무선 제어 장치를 찾으러 갈 시간을 벌어다 준다…."

그가 머리를 긁적였다. 그는 내가 보지 못한 뭔가를 봤다.

"뭔데 그래?" 내가 물었다.

"한 가지 문제가 있어. 나노 위성의 기술은 불완전해서 팔레르모가 슈퍼 위성을 대신 쓰는 거야. 우리가 나노 위성을 쓸 거라면 주의해야 해." 노블이 말했다.

"네가 말하는 정전의 범위는 어느 정도야?"

난 좌우로 고개를 흔들며 계산이 살피고 문제가 있는 부분은 제외했다.

"그냥 핀란드 전역이면 되겠어."

"핀란드 전체라고?" 애덤 박사가 겁에 질려 말했다.

"지금은 겨울이야!"

노블이 날 쳐다봤다.

"아버지의 말이 맞아. 다들 두려움에 빠질 거야. 그리고 내가 결함이 있는 나노 위성을 제대로 제어하지 못할 가능성도 있어. 내가 다시 전력을 복구하지 못하면? 혹은 제대로 시간을 맞추지 못하면? 그러면 핀란드의 전력망이 파괴될 위험까지 있어. 그렇게 되면 우리가 악당이 되는 거야."

노블이 내 아이디어를 마음에 들어 하지 않는 점은 이해가 갔다. 그는 천재고 자기 방식으론 나름 거칠게 살았다. 세상 어디에서든 살아남는 법을 배웠으니까. 그렇지만 노블의 내면은 해마의 꼬리와 산호에서 프랙털을 발견하고 별빛을 이용하는 정도지 사악한 악당을 쓰러뜨릴 만큼 독하지 못하다.

"어느 쪽이든 정전은 일어나게 돼 있어." 내가 강하게 말했다. "하지만 이 계획이면 우리가 팔레르모를 막을 기회가 생겨."

지금 난 내 계획이 성공하는 걸 볼 수 있지만, 노블의 말도 맞았다. 성공할 거라는 보장은 없다. 우리는 사람들, 전력망, 각 가정의 안정성의 여부와 같은 다양한 변수들을 살펴야 한다. 시간이 얼마나 필요할까? 1시간? 24시간? 일주일?

노블의 계산이 나보다 빨랐다.

"알 것 같아. 60초만 줘."

그가 작업할 동안 난 PSS 팀에 연락했다.

"해리슨? 팀원들을 전부 온라인으로 연결해 줘."

내가 계획을 설명하고 각자 해야 할 일을 알려 주는 4분 동안 팀원들은 냉철한 자세로 귀를 기울였다. 그리고 곧바로 작업에 착수했다.

"지금 핀란드 팀에게 연락할게." 해리슨이 말했다.

"다시 연락해 줄게." 통화가 그렇게 끝났다.

내가 이 여정을 시작했을 때는 예술의 경지에 오른 위성을 해킹해서 정전을 일으키고 마피아의 결투를 목격할 거라고는 상상조차 못 했다. 그러나 지금 난 이곳에서 우리 아빠와 전 남친과 노블과 함께 그러고 있었다.

K2가 진동하며 팔레르모가 움직인다고 알려 주었다. 난 얼른

모니터를 넘겨 보았고 팔레르모 일당이 이 건물 북쪽 연구소 외부를 가득 에워싼 광경을 보았다. 카이도 그의 편에 있었다. 팔레르모의 수하들 역시 같이 있었고, 그 말은 그들이 체사레의 편이 아니라는 의미였다. 살로넨 박사도 그 자리에 있었다. 분명 자기 의지로 여기 온 게 아니었다. 한 폭력배가 살로넨 박사를 뒤에서 밀치며 더 빨리 걸으라고 재촉했다. 그들은 체사레가 있는 태양열 발전 연구소로 향하고 있었고, 이내 이 관제실로 들이닥칠 거다.

스마트워치로 다른 구역을 살피는데 체사레와 그의 마피아 조직원들이 시야에 들어왔다. 그들은 싸움을 준비하고 마스터 위성 관제 센터의 입구에 저지선을 형성했다. 우리를 지켜 주려는 것이다.

난 키보드로 열심히 작업 중인 노블에게 몸을 돌렸다.

"저들이 시간을 벌어주고 있어." 내가 알렸다.

"알았어." 노블이 이를 악물었다.

"혹시 잘 안 될 경우를 대비해서 최악의 사태를 준비해야 해."

"네 말이 맞아." 난 날카롭게 말하고 다른 아이디어를 떠올렸다.

최선은 이번 일이 국가 비상사태가 되는 것이다.

"우리가 공표해야 해. 어느 쪽이든 정전으로 상황이 끔찍해질 테니 국가에 미리 알려야지."

그러나 그게 내 유일한 이유는 아니었다. 누군가 팔레르모와 그의 엘리트 마피아에게 메시지를 보낼 때가 되었다.

"우리는 테라 리베라타에게 이 게임에 참여한 사람이 자신들만이 아니라는 걸 보여줘야 해.” 난 프랫에 살 때처럼 단호한 목소리로 말했다.

“뭐라고? 테라 리베라타를 위협하는 건 더 위험한 일이야, 조.” 노블은 그의 숫자가 자동 조종 모드로 들어간 것처럼 기계적으로 말했다.

“그럴지도 모르지.” 난 입을 굳게 다물었다.

“하지만 그들은 무슨 뜻인지 똑똑히 알아들을 거야.”

노블이 날 빤히 쳐다봤다. 프랙털이 그의 눈에서 흘러나오는 듯했지만, 그 너머로 그는 결론을 도출하고 있었다. 노블이 내게 긴장한 미소를 지어 보였다.

“카이의 말이 맞았어. 난 너에 대해 모르는 게 많아.” 그는 내게 가까이 기댔고 우리의 숫자가 나란히 울렸다.

“하지만 여전히 난 네 숫자를 읽을 수 있어. 네 계획에 다른 부분이 있잖아, 그건 뭐야?”

밝은 흐릿함이 다시 생겨났다. 방정식이 내게서 쏜살같이 빠져나갔고 주변 모든 주파수가 커졌다. 내게 뭘 말하려는 건지 모르겠지만, 우리에게 시간이 별로 없는 관계로 잠시 치워 버렸다. 난 얼른 고개를 들었다.

“우리에겐 내부고발자가 필요해.” 그리고 내가 K2를 봤다.

“누구한테 연락해야 할지 알았어.”

“누군데?” 노블의 숫자가 행동에 들어갈 준비를 마쳤다.

그녀의 얼굴에 생긴 주름이 내 머릿속에 떠올랐다.

“일생일대의 사연을 좇는 사람.”

CHAPTER 68

국제적인 상을 탄 저널리스트 캐리 마인즈는 이야기를 포착하는 데 아무 문제가 없었다. 뉴스에 다 나와 있으니까. 우리가 증거를 충분히 흘리자 국방정보국이 확인차 대략적인 성명서를 보냈다.

15분이 채 되지 않아 전 세계 뉴스 기관들이 앞다투어 보도를 시작했다.

뉴스 속보

테러리스트들이 전력망을 노리다: 핀란드에 대규모 정전 발생 예정 - 국가적인 준비 상황. ISC가 축하 로켓 발사 연기.

핀란드 관계 기관에서 국가 비상사태를 선포해 모든 비행을 금지하고 핀란드로 오는 비행기를 회항시켰다. 사람들은 집 안에 머물며 대비하라는 지시를 받았다.

마인즈는 DIA가 승인해 줄 때까지 익명의 조언을 잘 보호했다. 정부 기관에서 발표한 내용에는 위장 수사 작전을 통해 계획이 발각되었다고, 우리가 말한 정보가 포함됐다. 마인즈의 기사 마지막 줄은 이렇게 적혔다.

"핀란드에는 이 위기를 막기 위해 최고의 팀이 몰두하고 있다."

내 얼굴이 반은 웃고 반은 찡그린 상태가 되었다. 그녀가 지칭하는 '최고의 팀'은 한 무리의 십 대들, 비밀 요원들과 마피아 조직원으로 이루어져 있다. 우리가 막지 못한다면, 팔레르모의 정전 사태까지는 20분이 남았다. 그녀의 말이 진실이라고 입증이 되길 바랐다.

K2가 PSS에서 전화가 왔다고 알려 주었다. 해리슨이다.

"STEM 팀이 우리를 돕겠다고 승낙했어. 그렇지만 조, 광장에 가드가 엄청나게 많아. 현재 국가 비상 상태잖아. 그들이 우릴 축하 로켓 근처에도 가지 못하게 할 거야. 어떻게 출입 허가를 받지?"

"그 아래로 가면 돼."

내 기억 속으로 발사대가 선명하게 떠올랐다. 헬싱키 대학교 아래 터널로 들어가는 길을 줄줄 읊으며 경도 60.169716과 위도 24.95 좌표까지 쭉 말하는데 해리슨이 끼어들었다.

"잠깐만." 그가 말했다.

"펠리시아가 찾은 터널 청사진을 가지고 있어. 그러니 네가 우리한테 정확한 지점을 알려 줘. 뉴스가 퍼졌으니 우리가 불리해."

"맞아." 펠리시아가 K2로 지도를 보내줘서 내가 지점을 표시했다.

"제한구역이니 들어가려면 PSS 기술을 써야 할 거야."

"알았어." 해리슨이 대답했다.

"지금 갈게. 도착한 뒤 무선 제어 장치 해체에 노블의 도움이 필요할 때 연락할게."

"시간이 별로 없어." 내가 다시 상기시켰다.

"손전등을 가지고 가는 편이 좋을 거야. 앞으로 일고여덟 시간은 깜깜한 곳에 있을 테니까. 팔레르모 부하들의 경비가 삼엄할 테니 탱크와 마일스도 데려가."

"완전 멋진데. 불가능에 가까운 확률에 도전하는 우리만의 〈미션 임파서블〉이라니." 해리슨이 해설자 톤으로 말했다.

"전부 검은 옷으로 맞출까?"

대답하기 전에 펜즈가 얼른 전화를 끊어 버렸고, 그녀가 해리슨에게 잔소리를 늘어놓는 모습이 눈에 선하게 그려졌다.

노블이 책상에 앉아 나노 위성의 무기 접속 코드를 해킹했다.

"이제 들어갔어." 그가 말했다.

"그런데 팔레르모의 과학자들이 코딩에 손을 봐 뒀어. 그래도 우린 여전히 정전을 일으킬 수 있어. 우리 손으로 끌 수 있길 바랄 뿐이야."

"이미 밖이 어두워졌구나." 애덤스 박사가 알려줬다.

"내 동료들과 난 이 방에 묶였으니 정전 영향을 받지 않겠지만 스케일 테크 부지에 있는 다른 모든 이들은 완전한 어둠에 갇힐 거야. 체사레와의 싸움은 어떻게 되는 거지?"
난 애덤스 박사를 쳐다보며 더 많은 계산을 해봤다.
"밖에 충분한 빛이 있어요."
노블이 어깨 너머로 쳐다봤다.
"이런 상황에서 어쩜 그렇게 평정심을 유지할 수가 있어? 심지어 튀니지에서 후계자의 건물에 잠입했을 때도 넌 아주 자연스럽게 행동했지. 손가락에 폭탄이 있는데도 차분했고."
"내가 그랬어?"
기억이 나지 않았다. 그 순간에는 카이를 구하고 후계자를 쓰러뜨려야겠다는 생각뿐이었으니까.
"그래, 넌 그랬어."
노블이 심란하게 말했지만 목소리에 이해한다는 뉘앙스가 들어 있었다.
"시간이 얼마나 남았어?" 내가 물었다.
노블이 날 쳐다봤다.
"지금이라도 정전을 일으킬 수 있지만, 무기를 확실히 끌 수 있을지 확인할 몇 분이 필요해. 우리가 종료하지 못할 때를 대비해서 킬 스위치를 업로드 중이야. 내가 못 하면 우리가 전력을 복구할 수 있을 거라 장담할 수 없어."
"알았어." 난 다시 모니터를 쳐다봤다.
갑자기 내 주변으로 주파수가 폭발하고 실내 전체로 퍼지며 정신을 흐트러뜨렸다. 뇌가 빛의 속도로 작동하는 느낌이었다. 숫자, 파장, 패턴이 내 주변으로 구부러지며 끓어올랐다.
"무슨 일이 벌어지는 거야?" 난 스스로에게 웅얼거렸다.

내 일부는 교차로가 나타나고 재능이 끓는점에 도달했다고 알려 주었다. *부탁인데 지금은 안 돼.* 그러나 내 재능은 내가 켜거나 끌 수 있는 사물이 아니었다. 나는 재능이 데려다주는 곳으로 가야 한다는 점을 충분히 배웠다.

K2가 울렸다. PSS에서 상황 업데이트를 해 왔다.

우린 지금 터널이야. 무대 플랫폼 아래로 들어왔어. 마일스와 탱크가 팔레르모의 부하들을 쓰러뜨렸어. 무선 제어 장치를 찾을 테니 5분만 기다려.

난 답장한 다음 K2의 감시 카메라로 체사레가 팔레르모를 향해 걸어가는 모습을 지켜보았다. 재빨리 오디오를 찾아서 볼륨을 올렸다.

"내 것을 회수하러 왔어." 체사레가 말했다.

"스케일 테크는 내 거야. 이 정전을 네가 멈추지 않으면 우리가 널 멈출 거야."

난 확신할 수 없었지만 체사레는 여전히 시간을 벌려고 애쓰는 듯 보였다.

"내 파티를 망칠 작정이야?" 그 소식에 팔레르모가 웃었다.

"이봐, 사촌. 네가 뭘 착각했나 봐. 정전 계획이 드러난다고 내게 타격이 생기지 않아. 내 계획이 망가지지도 않고. 난 우리 가업에 종사하는 이들보다 더 많은 인력을 보유하고 있어. 내가 시작한 건 멈출 수 없지."

"그럼 여기서 결정해." 체사레가 말했다.

"지금 이 자리에서."

이 싸움으로 그들은 전멸하게 될 것이다. 체사레의 부하들과 같은 편에 서 있는 우리 아빠도 그럴지 모른다. 라파엘은 말할 것도 없다. 그렇게 되도록 놔둘 수 없다. 내 피가 전보다 더 끓어올랐다.

카이는 최악의 기로에 있었다. 그는 너무 많은 위험을 감수했다. 싸움이 시작되면 자신이 아끼는 사람들이 다치게 놔둘 수 없겠지. 우리 아빠를 보호할 테고 심지어는 체사레와 라파엘까지 보호할 거다. 그 과정에서 스파이라는 점이 탄로 날 것이다.

그때 K2에서 다른 감시 카메라에 움직임이 잡혔다고 알려 주었다. 난 작은 창으로 확대해 봤다. 카이가 날 돕던 모습을 봤던 포니테일 남성이 깨어났다. 우리가 그를 놔둔 방 창문 밖으로 탈출하는 모습을 난 지켜보았다. 그가 건물 주변을 비틀거리며 걸으며 팔레르모 쪽으로 향했다. 가슴이 빨리 뛰었다. 저자가 카이의 정체를 폭로할 것이다.

내 숫자가 머릿속에서 끔찍한 시나리오를 내놨다. 카이가 노출되면 오늘 있을 정전보다 더 심각한 결과가 생긴다.

“서둘러!” 난 노블에게 소리를 질렀다.

“정전을 실행해! 지금 당장!”

카이가 팔레르모 옆에 서 있고 그의 얼굴을 본 남성이 주차장을 향해 비틀거리며 걸었다. 그가 태양열 발전 연구소 창고 문 앞에 도착했고… 팔레르모에게 가기까지 4분 남았다.

“노블!”

난 소리치며 그를 향해 몸을 돌렸다. 1,000분의 1초가 빨리 움직였고 매초 치명적인 위험이 너무 가까이 다가오고 있었다. 우리 아빠, 라파엘, 카이. 이 모든 걸 긴 머리 남성이 망칠 거다.

"정전을 일으켜, 노블. 지금!"

"그럴 수 없어…. 아직 모르는 게 너무 많아. 6분만 기다려 줘. 킬 스위치가 아직 로딩 중이야. 정전 사태를 우리가 끝낼 수 없다면 위험을 무릅쓸 가치가 없잖아. 무슨 일이 벌어질지 알 수가 없다고."

"카이한테는 6분이 없어!"

내 머릿속에서 여러 요인이 기하급수적으로 늘어났다. 이것이 유일한 선택이다.

2분 남았다. 애덤스 박사는 노블의 곁을 떠나지 않았다. 그는 분주하게 노블을 도우려고 애썼다. 이 순간 그는 노블을 위해 뭐든 할 것임이 분명했다.

"네 킬 스위치는 항상 작동했잖니, 얘야."

유령 주파수가 내 안에서 울렸다. 더 단단하고 더 강하게 내 안 깊은 곳에서 무언가를 끄집어 올렸다. 난 시선을 모니터에 고정했다. 카이가 싸울 준비를 했다. 부정적인 방정식이 내게 날아왔다. 우리가 성공할 기회가 곤두박질치고 있다.

눈밭에서 저체온증으로 죽어갈 때 내가 경험한 그 밝은 주파수가 햇살처럼 실내로 쏟아졌다.

카이가 가짜라고 알려 줄 긴 머리 남성이 문에서 3미터 거리에 있다.

내 머릿속에서 폭발이 일어났다. 난 자리에서 일어나 작업복 안에서 땀을 흘렸다.

자기 아버지의 목숨이 위험에 처하자 노블이 팔레르모의 계획을 순순히 받아들인 이유가 이제야 이해가 갔다. 똑같은 감정이 지금 내 안에서 끓어올랐다. 카이를 보호하기 위해서라면 난 무엇이든 할 수 있다.

K2가 PSS의 소식을 알려 주었다.

우리가 축하용 로켓을 확보했어. 무선 제어 장치를 뽑아내는 중이야.

지금 하지 않으면 모든 일이 실패할 거다.

"노블, 어서 해!" 내 고함이 사방으로 울렸다.

주파수가 내게서 날아가 폭발하는 빛의 수문을 개방했다. 가만히 속에 담고 있을 수 없었다. 갑자기 불어난 홍수처럼 계산이 날 덮쳤고, 난 거기에 휩쓸렸다. 벽에 몸을 기대고 균형을 잡았다. *무슨 일이 벌어지는 걸까?*

계산에 압도당했지만 난 이미 문을 향해 달렸다. 모니터를 통해 두 남성 집단의 에너지가 방출되고 실내에는 대혼란이 벌어졌다. 난 복도를 달렸다.

피부가 얼얼했다. 급증한 에너지가 실내로 들어왔다. 그리고 모든 것이 갑자기 검게 변했다….

그러나 난 더 이상 어둠 속에 있지 않았다.

CHAPTER 69

정전이 신호였다.

주파수가 빛의 속도로 달렸다. 숫자가 고속 열차처럼 날 지나쳤고 너무 빨라서 셀 수 없었다. 내 재능이 넘쳐흘렀다. 노블이 말했던 것처럼.

교차로가 날 이곳으로 안내했다. 이 시간, 바로 이 순간으로. 숫자는 내가 여기서 답을 찾을 거라는 사실을 나보다 빨리 알았다.

백 개가 넘는 에너지의 실타래가 쏟아져 나오는 걸 휘둥그런 눈으로 바라보았다. 복도는 어둡지만 내 세상은 더욱 밝게 빛났다. 재능이 정점, 절정에 도달해 새로운 렌즈가 탄생했다. 끝없는 입자, 빛, 주파수가 생명의 불꽃을 일으키고 한밤의 무지개처럼 약동했다. 하나씩 밝은 색상으로 나타나 어둠을 몰아냈다. 난 더 이상 측정치만 보는 게 아니었다. 그것들도 볼 수 있었다.

이 순간 어둠은 내게 빛이다.

분출과 싸우는 대신 난 그 안으로 들어갔다. 눈이 항상 보던 것인 듯 자연스럽게 적응했다. 내가 복도를 지나 창고로 돌아가는 동안 몸은 숫자로 호흡했다. 주파수가 잔물결을 치며 날 지나치고 각각은 다른 파장과 패턴을 지니고 오로라처럼 부풀었다.

난 조폭들의 싸움으로 난장판이 된 연구소의 창고에 도착했다. 안으로 들어가니 예상한 장면과 달랐다. 양 진영의 모든 사람이 반짝였다. 그들 안에서 나오는 열기, 눈동자에서 불타는 빛, 내가 보는 건 적외선 파장이지만 그 이상이었다. 힘이다. 생명이다. 제아무리 어머니의 자궁 안 어둠 속에 있었다고 해도 우리는 원래 빛으로 하나가 된다는 증거였다. 어둠은 결코 그 점을 없애지 못한다. 빛이 우리 혈관을 타고 흐르고 있으니까.

이제 내 안에서 불타고 있는 것이 무엇인지 알았다. 인간이 서로 싸운다는 게 얼마나 잘못된 일인지 분명히 알았다. 우리의 유일한 적은 힘없는 어둠이다. 주파수도 없고 빛에 대항할 방법도 없는 그저 무기력한 어둠.

나는 내 눈앞에 펼쳐진 숫자 방정식을 보고 어둠 속에서 길을 잃은 끔찍하고 아름다운 이들에게 다가갔다. 주파수의 물결이 내게로 밀어닥쳤다. 난 모조리 들었다. 목소리들이 노래하고 비명을 질렀다. 무기가 파괴되고 회수됐다. 국가가 생기고 몰락했다. 별이 태어나고 죽었다. 어둠이 몸을 웅크렸다. 태양이 새로운 날 위로 나타났다. 이 세상의 잘못을 바로잡겠다는 내 맹세도.

빛은 너무 빨라서 주변 모든 사물을 느린 속도로 보여 주었다. 포니테일 남성이 문을 쾅 열고 들어와 달이 뜬 하늘을 드러냈다. 눈에 반사된 흰 빛이 실내로 들어왔다. 탄력을 되살리기 충분했고 싸움은 격렬해졌다.

그림자가 튀어 올라 그림자와 싸웠다. 몸들이 빛의 윤곽 안에서 충돌했다.

카이의 정체를 폭로하러 온 남성이 장면에 등장했다. 그는 싸움을 예상했지만, 정전은 아니었다. 그는 다음 발걸음을 내디디며 어느 쪽이 자기 편이고 어느 쪽이 팔레르모의 부하인지 알아내려고 했다. 덕분에 난 시간을 벌었다. 아홉 명의 경호원에게 둘러싸인 팔레르모의 위치를 그자가 알아냈을 때 내 재능이 곧바로 행동에 들어갔다. 주먹과 다리를 휘두르는 춤을 가르쳐 주었다. 땀과 피, 방정식과 빛의 주파수도.

난 어둠 속 유령처럼 그를 노렸다. 남성이 싸움에 참여하려고 달릴 때 내가 조용히 더 빨리 달려가 한 번의 재빠른 움직임으로 호신용 귀걸이를 그의 목에 발사해 팔레르모에게 가지 못하게 막았다. 남성은 조용히 바닥으로 쓰러져 또다시 잠에 빠졌다.

난 다시 싸움으로 복귀했다. 예상대로 팔레르모의 부하들이 이제 밖으로 나갔다. 체사레가 모두에게 뒤쫓으라고 명령했다. 그러나 난 움직이지 않았다.

이 창고 안에 유령 주파수가 있다. 심지어 지금도 내 재능이 가는 쪽으로 빛보다 빠르게 계속 따라오고 있다. 이제 분명하게 보였다. 나와 다른 사람 사이에서 튕기고 있다. 쉽게 싸우고 있는 누군가다.

그리고 난 의심 없이 알아차렸다…. 모든 길이 날 이리로 이끌었다. 카이에게로.

유령 주파수가 우리 사이에서 생명선처럼 오갔다. 무한대처럼 아름다운 심포니로, 한 번에 같이 나는 두 마리 새처럼 우리가 얽혔다.

난 그 아니, 우리를 감탄하며 지켜봤다. 우리의 주파수가 타올랐다. 그는 보지 못하지만 싸우면서 느낄 수 있었고, 남성이 쓰러졌을 때 카이는 내가 여기 있다는 걸 알아차리고 몸을 움직였다. 그의 존재 자체가 주파수에 반응했다. 그가 내 쪽을 돌아봤다. 실내가 어두웠지만 나와 마주 보았다.

가까이 다가가니 유령 주파수 이상을 볼 수 있었다. 카이의 목소리, 심장 박동, 그의 모든 부분이 단순한 하나의 주파수가 아니라 수백 개로 우리 사이에 오갔고 각자가 침착하게 내 폭풍에 대응했다. 이전에는 보지 못했지만, 지금은 모든 게 또렷하다.

난 중국에서 카이와 있을 때 재능을 잃었다. 튀니지에서 내 재능은 헬리콥터에서 카이와 있을 때 돌아왔다. 연회장에서 재능이 갑자기 분출했을 때도 카이와 있었고, 심지어 지금은 그가 이 분출을 나와 공유하고 있다.

번개는 결코 내가 바라던 게 아니었다. 카이의 주파수가 솟아오르는 태양이고 하루를 여는 새벽이며 시간마다 불타며 위로 올라갈수록 더 강렬하게 빛났다. 날마다, 매년 구름이 있어도, 비가 오나 바람이 불어도 충실하게 떠올랐다…. 밤이 찾아와도 그랬다. 늘 그렇게 나타났다. 절대 끝나지 않았다.

카이는 혼돈 속 내 계산이다.

난 그를 사랑한다.

그가 없는 모든 선택은 실패에 지나지 않았다. 체사레가 연설에서 말한 것처럼 우리는 함께 있을 때 더 강하다…. 함께 있을 때 더 밝게 빛난다.

분출이 정점에 이르자 이제 난 어째서 내 숫자가 어둠으로 이끄는 길을 좇았는지 이해했다. 레드가 옳았다. 빛을 좇는 건 위험하다. 어두운 모퉁이로 우리를 이끌고 가는데 보이든 보이지 않든 멈출 수가 없다. 밤에도, 바다 밑바닥에서도, 우리 안에서도.

하지만 우리가 빛을 좇아가면 어둠을 물러나게 할 수 있다.

난 교차로에 섰다. 어느 쪽으로 가야 할지 알았다. 이번에는 무엇도 날 막을 수 없다.

CHAPTER 70

∞

밝은 달과 북극광이 눈에 반사되어 충분히 밝았다. 녹색과 흰색 빛의 자국을 따라 충성과 유산을 얻기 위한 싸움에 가속도가 붙었다. 집중한 쪽은 체사레였다. 그는 자기 몫을 되찾으려고 했다.

난 10초 안에 상황을 자세히 파악했다. 남성들의 몸에 흐르는 아드레날린이 그들을 완전히 점령했다. 얼어 죽을 것 같은 추운 날씨에도 주먹이 오갔다. 으스스한 북극의 침묵 속에서 흰 땅 위로 몸이 쓰러졌다. 이제 혼돈이 자리를 잡았고 살로넨 박사까지 팔레르모를 상대로 하는 싸움에 참여했다.

바로 왼편에서 카이가 체사레의 남성 두 명과 싸웠다. 라파엘은 학교 운동장에서 싸우는 허접한 소년처럼 주먹을 휘둘렀고 우리 아빠는 아직 페이스를 잃지 않은 채 체사레의 뒤를 지켰다.

팔레르모는 왕처럼 주변의 엄호를 받았다.

“저것들을 끝장내!” 그가 자기 부하들에게 명령하고는 주차장으로 움직였다.

체사레가 알아차리고 부하들에게 소리쳤다.

“팔레르모가 밴으로 가지 못하게 막아!”

부하들이 맹렬하게 쫓아갔지만, 팔레르모의 수하들이 다가오는 이들과 충돌했다. 양쪽이 미식축구 경기의 라인맨처럼 서로 들이박았다. 눈이 흩날렸다.

카이가 팔레르모를 지키려고 체사레에게 충성하는 집단을 향해 측면에서 달려들었다. 영웅적인 행동처럼 보였지만 덕분에 팔레르모는 무방비 상태로, 성난 황소 앞의 투우사 꼴이 되었다.

체사레가 남은 마피아 조직원들을 끌어모아 팔레르모에게 달려들었다. 달빛의 반짝임이 체사레를 비췄고 그의 눈빛이 어둠에 뒤틀린 팔레르모에게 향했다. 체사레가 앞으로 걸었다.

팔레르모는 주변에 무리가 싸우고 있어도 냉철함을 유지했다.

“이봐, 사촌. 내가 이길 거야.” 팔레르모가 사악하게 웃으며 구름처럼 숨을 내뱉었다. 그가 주먹을 꽉 쥐었다.

“넌 절대로 테라 리베라타를 굴복시킬 수 없어.”

“난 지금 테라 리베라타를 무너뜨리려고 여기 온 게 아니야.” 체사레가 얼굴에 묻은 피를 닦으며 말했다.

“널 쓰러뜨리려고 온 거지.” 그리고 그가 돌진했다.

두 마피아는 중세 검투장에서 맞붙은 전사들처럼 충돌했다.

둘 다 맹렬했다. 타격이 이어지고 살과 뼈가 부딪혔다. 눈 덮인 땅 위에 적셔진 묵직한 쿵 소리와 고통의 탄식이 차가운 공기를 채웠지만 싸움은 이상하리만치 고요한 비명의 향연이었다.

뜨거운 입김이 공기를 채웠고 두 사람은 이 싸움에 전부를 쏟아부었다. 몸집이 더 큰 팔레르모가 체사레를 내려다보았다. 하지만 체사레는 피와 에너지와 땀으로 똘똘 뭉쳤다. 각자가 풍기는 기운이 자부심, 역사, 고통이라는 서사를 전달했다.

체사레가 팔레르모의 목을 조르고 그를 바닥으로 쓰러뜨리려는데 팔레르모가 팔꿈치로 체사레의 복부를 가격하며 빠져나와 그의 머리를 쳤다. 체사레가 비틀거리며 무릎을 꿇었고 균형을 잃지 않으려고 팔을 쭉 뻗었지만 결국 눈 위로 쓰러졌다. 팔레르모는 쓰러진 사촌을 비웃으며 기회를 낚아챘다. 그가 다가와 주먹으로 두 번, 세 번, 네 번 체사레의 얼굴을 가격했고 마지막 한 방을 날렸다. 체사레의 턱이 가슴팍으로 말렸다. 팔레르모의 손이 체사레의 두개골 가장 단단한 부분에 닿았을 때 끔찍하게 깨지는 소리와 고통이 울렸다.

그런데 체사레가 예상치 못한 저력으로 두 발로 일어났다. 그는 강인한 주도력으로 공기를 가르고 걸었다. 그의 왼쪽 어깨가 팔레르모의 횡격막을 때리자 몸이 반으로 접혔다. 두 사람은 눈 폭풍 속에서 바닥으로 넘어졌다.

팔레르모가 쌕쌕거리며 숨을 고르려고 애썼다. 몸을 옆으로 굴려 두 발로 일어나려고 바둥거렸다. 체사레는 신음하며 어깨를 붙잡았지만, 아드레날린이 용솟음쳐서 고통이 그의 속도를 늦추지 못했다. 팔레르모는 제대로 숨을 쉬지 못하는 상태로 천천히 자기 밴을 향해 걸었다.

"코다르도(Codardo 비겁한 놈)!"

체사레의 함성이 밤을 고요하게 만들었다. 팔레르모가 멈추고 추격자 쪽으로 몸을 돌렸다. 너무 늦었다.

이미 엉덩이 근육부터 준비를 마친 체사레는 한 번의 가격으로 팔레르모의 두 발이 붕 떠서 등으로 눈밭에 떨어지게 했다.

체사레가 재빨리 그 위로 달려들었다. 그는 몸을 구부리고 팔레르모의 재킷 깃을 잡은 채 그의 얼굴을 자기 쪽으로 들어 올렸다. 그의 말이 날씨를 호령하듯 사방으로 울렸다.

"체 운 솔로 카포(C'è un solo capo 리더는 한 명뿐이야)."

체사레가 주먹을 들어 또다시 한 방을 날리자 팔레르모는 축 늘어졌다.

∞

난 얼른 노블에게 달려가면서 K2에 PSS로 연락하라고 지시했다. 50초도 채 되지 않아 노블이 로켓에서 무선 제어 장치를 제거 중인 민투와 펠리시아와 이야기를 나누었다.

애덤스 박사가 NSA 전투력을 충분히 발휘해 활약에 나섰다.

"아버지…." 노블이 침착하게 말했다.

"제가 전원을 다시 켤 동안 그들과 통화를 계속해 주세요."

노블의 아버지가 이어받아 계속 이야기를 나누었다.

"맞아요. 그다음에 그걸 완전히 해체합시다."

애덤스 박사가 전화로 그들에게 다음 단계를 설명했다.

"마지막 단계가 남았어요…. 잘했어요."

난 여전히 가쁜 숨을 몰아쉬며 노블의 뒤로 다가갔다.

"고마워."

노블이 어깨 너머로 쳐다봤다.

"이제 나노 위성의 킬 스위치를 작동해서 이 나라의 전력을 복귀시킬 거야." 노블이 단호한 표정으로 작업에 들어갔다.

난 애덤스 박사와 눈길을 마주했고 그가 고개를 끄덕였다.

"그들이 해냈어." 박사는 기쁨과 믿을 수 없다는 반응을 보이며 목소리를 떨었다.

K2로 PSS의 문자가 연달아 들어오며 그들의 승리를 축하했지만, 노블의 얼굴이 어두워졌다. 그가 고개를 들었고 모니터의 모호한 빛이 노블의 주변으로 푸른 그림자를 만들었다.

"왜 그래?" 노블의 숫자를 읽으며 내가 물었다.

"나노 위성의 킬 스위치가 로딩 중이야." 노블이 말하고 입술을 한 일자로 모았다.

"시간이 걸리겠지만 전력은 돌아올 거고 이곳의 정전은 끝나겠지." 노블이 내 시선을 사로잡았다.

"그런데 어째서 속상한 얼굴이야?" 내가 물었다. 그의 아버지가 노블 뒤로 왔다.

노블이 양손을 비볐다.

"왜냐면 팔레르모의 네 번째 백업 계획이 이미 실행에 들어갔거든." 그가 침통하게 말했다.

"그게 무슨 소리야?" 내가 물었다.

"난 이제 슈퍼 위성 시스템으로 브레이커 코드를 업로드할 수 있어.” 그가 고개를 저었다.

“그렇지만 브레이커를 작동하는 유일한 방법은 이곳에서만 가능해. 그 말은 곧 이 건물이 폭파될 거란 소리야.”

CHAPTER 71

불이 깜박거리며 들어왔지만, 그 순간은 죽음보다 더 어두웠다.

우리가 움직이지 않으면 팔레르모의 긴 정전 사태로 수천 명이 고통을 받거나 죽게 될 것이다. 그들은 몇 달 동안 전기를 쓸 수 없다. 머릿속에서 어머니들이 밤에 어린아이를 따뜻하게 해주려고 애쓰고 노인들이 추운 집 안에 갇혀 있는 모습이 펼쳐졌다. 식량이 부족하고, 사회가 폐쇄되고, 혼돈이 생겨나겠지. 하지만 우리가 움직이면….

노블이 자리에서 일어나더니 나와 자기 아버지를 문으로 밀쳤다.

"두 사람 다 여기서 나가요. 그리고 모두에게 이 건물에서 피신하라고 말해요. 팔레르모의 정전을 막기까지 6분이라는 시간이 있어요." 노블의 숫자가 망치처럼 그를 두드렸다.

"내가 해야만 해." 노블이 내 눈을 바라보고 양손을 내 뺨에 올렸다.

"미안해."

"안 돼." 난 겁에 질려 고개를 저었다.

"우리가 로켓에 숨겨 둔 무선 제어 장치를 알아차린 것처럼 분명 다른 방법이 있을 거야. 모두 밖으로 피신시킨 다음 해결책을 찾아보자."

노블이 재빨리 책상으로 가서 슈퍼 위성을 해킹하기 시작했다. 벽에 연결된 폭탄에서 나오는 에너지가 기하급수적으로 증가했다. 째깍거리는 끔찍한 소리와 함께 카운트다운이 속도를 높였다.

애덤스 박사가 움직이길 거부하며 노블 뒤에 섰다. 그도 나처럼 노블이 이 일을 제대로 끝내기 위해서 각 위성 시스템에 브레이커 코드를 심어야 한다는 걸 알았다.

난 체사레와 아빠에게 폭탄에 대해 알리고 모두를 마스터 위성 관제 센터에서 최대한 멀리 피신시키라고 말했다. 카이에 관해서도 물었지만 아무도 그를 보지 못했다. 그의 주파수도 느껴지지 않았다. 다행히 카이는 이 건물 안에 있지 않았다.

노블에게 몸을 돌리니 그가 자기 아버지에게 소리치고 있었다.

"아버지, 여기서 나가세요! 이걸 끝내려면 5분이 필요한데 그걸로 충분한지조차 몰라요."

그는 마음을 정했고 체념한 표정이었다.

"아니야!" 내 목소리가 공기를 울렸다. 그리고는 재빨리 노블에게 다가갔다.

"다른 방법이 있어."

"난 계산을 끝냈어, 조. 다른 방법은 없어." 노블이 자리에서 일어났다.

"내가 할 수 있어. 하지만 부탁이야. 두 사람 다 나가 줘. 이 시스템을 해킹하고 최대한 빨리 암호를 입력할 만큼 내 설계를 잘 아는 사람은 아무도 없거든."

노블의 아버지가 애정 어린 손길로 아들의 팔을 만지자 노블의 주파수가 천 개의 가닥으로 폭발했다.

"넌 한 사람을 잊어버렸구나."

애덤스 박사가 아들을 쳐다봤고, 그의 손이 노블의 목뒤에 놓였다.

"내가 하마."

그리고 노블이 얘기했던 NSA 남성이 주도했다. 그는 의자에서 아들을 밀어냈다.

"뭐 하시는 거예요, 아버지?" 노블이 소리쳤다.

"네가 태어난 뒤로 내가 해야 했던 일이란다, 노블."

박사의 목소리 속 에너지가 연구실 안에 쩌렁쩌렁 울렸다.

"널 사랑하고 날마다 널 위해 희생해야 했어. 과거를 되돌릴 수는 없지만, 이 일은 할 수 있지. 자 이제 그만 나가."

박사의 표정은 냉철하고 심각해졌다. 박사는 이미 팔로 노블을 잡았다. 그의 눈빛 속 결단력은 내가 물러설 정도로 강인했다.

아버지의 희생이 무엇을 의미하는지 이해한 노블의 얼굴이 고통으로 일그러졌다.

"안 돼요. 아버지!"

내 머리가 계산으로 빙글빙글 돌았지만, 그의 아버지 말이 맞았다. 다른 방법이 없었다. 우리 모두 이곳에 머문다면 다 죽을 것이다. 하지만 난 노블을 두고 떠날 수 없었다. 난 모든 숫자에 다시 계산해 우리에게 해결책을 알려 달라고 애원했다.

"아들아…." 박사가 말했다.

"나 때문에 더 많은 사람이 목숨을 잃을 수도 있어. 내가 한 일을 만회할 정도로 시간이 많지 않구나. 그렇지만 내가 가장 걱정하는 건 그게 아니란다."

박사의 목소리는 강한 주파수로 실내를 흔들어 놓았다.

"널 죽게 놔둘 수 없어. 사랑한다, 아들아. 그리고 네가 너무 자랑스럽구나. 너희 엄마한테도 사랑한다고 전해 주렴."

그러더니 박사가 아들을 말 그대로 질질 끌어 문으로 보냈다. 노블은 박사의 가슴을 때렸다. 애덤스 박사가 아주 맹렬한 눈길로 날 쏘아봐서 나도 본능적으로 따랐다. 우리가 밖으로 나가자 그가 문을 닫고 안에서 잠갔다.

노블이 문을 두드리고 비명을 지르자 난 가슴이 찢어지는 고통을 느꼈다.

3분 남았다. 딱 우리가 외부 문까지 도달하는 데 걸리는 시간이다.

노블 때문에 난 가슴이 무너졌다. 이 상황에 건넬 수 있는 말이 없었다. 그렇지만 우리는 당장 달려 이곳을 벗어나야 했다.

"지금 가야 해!"

입에서 나오는 말이 배신자처럼 느껴졌지만 내가 소리쳤다. 노블은 꿈쩍도 하지 않았다. 그래서 그의 스웨터를 붙잡았다. 그리고 팔로 노블을 잡아끌었다. 그의 목숨을 구하려고 그러는 것이었지만 내가 노블의 가슴에 총을 쏘는 기분이 들었다.

"부탁이야, 노블. 어서 가자!"

노블이 내 팔을 뿌리쳤고 이제 막 찾은 소중한 걸 다시 잃을 수 없다는 듯 아버지를 향해 문을 두드렸다.

"아버지, 부탁이에요! 이러지 마세요!" 노블이 소리쳤다.

"노블, 날 쳐다봐!" 내가 외쳤다.

"난 널 두고 떠나지 않을 거야. 그러니 네가 여기 있을 거면 나도 있을래."

그가 이성을 잃은 눈빛으로 날 쳐다봤다. 그러나 내 모습과 내가 한 말을 듣고 정신을 차렸다. 노블이 내 손을 잡았고 우리는 추운 공기를 향해 뛰었다.

마스터 위성 관제 센터에서 나와서 우리는 팔레르모의 수하들을 근처 연구소로 끌고 가는 체사레의 동료들과 만났다.

"아빠!"

난 소리쳤고, 아빠와 카이를 찾으려고 분주하게 사방을 살폈다. 근처 건물 모퉁이에 웅크리고 있는 카이를 봤는데 끔찍하게도 그 순간 노블이 내 손을 놓고 다시 관제 센터로 뛰어갔다.

"안 돼!"

내가 소리쳤다. 난 전력 질주했지만, 라파엘과 아빠가 날 막아섰다.

"날 놔둬요! 노블이 자기 아버지한테 돌아갔어요! 건물이 폭발할 거라고요! 우리가 그를 막아야 해요! 부탁이에요!"

소리쳤지만 난 그들에게서 벗어날 수 없었다. 그들은 너무 강했다.

카이가 날 보았고, 노블을 쫓아갔다.

내 머릿속으로 카운트다운이 시작됐다. 10 - 9 - 8 … 이 순간만큼 숫자가 끔찍한 적이 없었다. 내가 끝을 향해 갔을 때…, 2 - 1 … 어둠이 주황색 불길로 폭발하고 델 정도로 뜨거운 열이 피어 나왔다.

모든 변수를 보지 못했지만 내 숫자는 두 사람 모두를 잃을 수 있다고 예측했다.

CHAPTER 72

스케일 테크 북극 연구소, 마스터 위성 관제 센터

눈 위에 누워 있지만 춥지 않았다. 연구소의 나머지 부분이 불타고 있다. 북극에서 불꽃 축제가 일어났다. 빛의 원천으로. 에너지와 열 파장이 어마어마해 다른 주파수를 식별하기 힘들었다. 5분이 흘렀고, 여전히 두 사람의 징조가 보이지 않았다. 둘 다 잃었으면 어쩌지?

각기 다른 방향에서 멀리 차량이 접근해 왔다. 헬리콥터의 날갯소리가 수 킬로미터 떨어진 하늘에서 들렸다. 라모스 요원이 오는 중이다. 너무 늦었다. 또 다른 집단이 도착하고 있다. 난 주파수를 느끼고 속으로 이를 갈았다.

전기가 다시 들어왔고, K2로 뉴스에 관한 PSS의 메시지가 쏟아졌다.

K2로 링크가 왔다. 핀란드 방송국과 주요 미국 신문 기사 속 보였다.

"핀란드의 전력 복구."

"미국 정부 DIA와 핀란드 국제 안보회가 전력망에 대한 테러리스트의 정전 공격을 막다."

폭발의 여파에 몸을 떨며 아빠가 날 부축해 앉혀 줬다.

"다행이야. 괜찮니?"

난 건물에서 눈을 뗄 수가 없었다.

"네. 다만 카이와 노블이… 두 사람이 저기 있었는지 알고 싶어요."

머리가 어질어질했고 북극의 차가운 공기가 다시 내 뺨을 따끔하게 만들었다.

"아빠가 찾아볼게."

아빠가 다른 건물에서 비틀거리며 나오는 체사레의 수하들이 있는 쪽으로 뛰어갔다.

그때, 연기 틈으로 한 형체가 나타났다. 라파엘이 손가락으로 가리키며 내게 외쳤다.

"밀라!"

난 얼른 두 발로 일어나다 균형을 잃을 뻔했다. 연기가 자욱했지만 카이의 형상은 놓칠 수가 없었다. 그는 비틀거리며 앞으로 걸었고 축 처진 몸 하나를 데리고 있었다. 그 몸은 카이의 강인한 어깨에 웅크리고 움직이지 않았는데 아무리 희미하고 제

약되어 있어도 어디서든 난 그 주파수를 알아볼 수 있다. 노블이다. 난 안도의 한숨을 내쉬며 그를 향해 달렸다.

카이는 힘든 숨을 내쉬며 내 앞에 노블을 내려다 놓았다. 먼지와 피로 얼룩진 눈 위로 난 무릎을 꿇었다. 노블은 화상을 입고 피를 흘리고 있었다. 이마의 크게 베인 상처에서 피가 마구 쏟아졌다. 난 재킷으로 상처를 덮으려고 했다.

상충하는 주파수를 무시하며 카이와 노블을 번갈아 보았다. 카이가 목숨을 걸고 노블을 구했다. 그런데 내가 고맙다고 말하고 괜찮냐고 묻기 전에 그는 아빠에게 구급함을 찾아달라고 말했다.

"노블?"

난 일단 노블의 얼굴을 만졌다. 숫자가 그를 스캔했다. 내 시선이 카이에게 향했다.

"괜찮을까?"

"응. 그냥 쓰러진 거야. 폭발물에 근접하기 전에 내가 막았어. 노블의 아버지는… 빠져나오지 못했어." 카이가 거기서 뭘 봤는지 모르지만, 악몽을 피하려는 듯 고개를 저으며 눈을 감았다.

"그럴 수가…."

추워서 숨이 목소리에 새어 나왔다. 뜨거운 눈물에 눈이 따끔거렸고 차가운 온도가 열기와 두드러지게 대조를 이루었다. 노블이 아버지를 잃고 말았다. 그들이 두 번째 기회를 얻고, 신뢰를 회복하고, 사랑을 되돌릴 길이… 이제 영영 사라졌다. 인생은 너무 짧고, 예측할 수 없다. 많은 위험이 있기에 우리는 물러설 수가 없다. 난 노블의 얼굴을 만졌고 눈물이 뺨을 타고 흘러

내리며 그 자리에 언 자국을 남겼다. 노블의 주근깨 난 코가 검은 재와 작게 불탄 자국으로 덮였다. 그의 이마에 난 상처를 살폈다. 여전히 출혈이 심했다.

"유감이야." 카이가 말했다.

"두 사람 다 구할 수 없었어."

난 눈을 감았다. 양방향에서 고통이 강처럼 흘렀다.

난 카이를 향해 몸을 돌렸다. 내 숫자가 이미 그가 다음 움직임을 계획하고 있다고 알려 주었다. 여전히 위장 수사 중이니. 그래도 난 카이와 이야기를 나눌 기회를 잃고 싶지 않았다.

"고마워." 내가 말했다.

"넌 목숨을 걸고 노블을 구해 줬어."

"널 위해서야." 그가 말하자 주파수가 마구 뒤엉키며 엉망이 되었다.

"네가 행복했으면 좋겠거든." 카이가 고개를 돌렸다.

"노블은 치료가 필요해. 몸 안에는 무슨 일이 일어났는지 모르고 지금 당장 살펴볼 도구도 없어. 하지만 이건 고칠 수 있어."

카이가 주머니를 뒤지더니 작은 관을 꺼냈다. 그리고 엄지에 연고를 묻히더니 노블의 상처를 다른 손으로 꽉 잡은 다음 이마에 연고를 두껍게 발랐다. 그러자 10초가 채 되지 않아서 상처가 봉합됐다.

난 놀라서 숨이 턱 막혔다.

"뭘 바른 거야?"

내 숫자가 방금 본 것의 가능성을 계산했다. 그리고 카이가 내 광대뼈에 발라준 약이 기억났다.

카이는 대답하지 않았다. 그냥 가만히 쳐다보고 눈길 너머로 계획을 세웠다. 사우나에서 그가 내게 생명을 나눠 줬던 일이 떠올랐다. 그에게 말해야 한다.

"카이, 난…."

움직임이 그의 시선을 끌어갔다. 너무 많은 사람이 우리 쪽으로 오고 있었다.

난 인상을 찌푸렸다.

"라모스 요원이야. 거의 다 왔어. 13분 남았어."

"팔레르모의 부하들이 날 보기 전에 가 봐야겠어." 카이가 고개를 숙였다.

"라모스 요원이 여기 올 때쯤 내가 사라지지 않고 있으면 난 임무에 실패한 거야. 네가 아는 것보다 더 많은 일이 걸려 있거든."

"우리 팀에게 스캐너를 지우고 상황을 정리하라고 할게. 널 추적할 수 있는 건 아무것도 없을 거야. 필요하다면 우리가 증거를 바꿀게."

난 빠르게 말을 내뱉었지만 이건 내가 하고 싶은 말이 아니었다. 그렇게 난 바보처럼 앉아서 내 눈빛이 그에게 모든 걸 말해 주길 바랐다. 하지만 인생은 그런 식으로 진행되지 않는다.

"우리 아버지를 중국으로 보내 줘, 알겠지?"

카이가 날 좀 더 쳐다보더니 팔레르모를 잡아둔 건물 쪽으로 뛰어갔다.

아빠가 와서 상처와 멍은 무시한 채, 들것을 펼쳤다.

"저 사람들이 이걸 찾았어." 아빠가 들것을 쓸고 노블을 감싼 다음 들것 위에 올렸다.

난 손으로 무릎을 두드렸다.

"어디로 데려가는 거예요? 저도 갈래요." 내가 불쑥 말했다.

"3번 연구동 안으로. 라모스 요원이 여기 올 때까지."

노블이 들것에 실렸다. 체사레의 부하 중 한 명이 아빠를 도와 그를 데려갔고, 그사이 라파엘이 팔레르모의 수하들이 갇혀 있는 연구소를 지켰다. 카이를 본 긴 머리 남성이 거기 있다. 라모스 요원이 그를 해결할 것이다.

체사레의 부하 상당수가 경찰이 도착하기 전 벌써 자리를 떴다. 아무래도 내가 면제를 위해 더 많은 거래를 협상할 수 있도록 도와줘야 할 것 같다. 많은 증언이 나오겠지.

그들이 시야에서 사라질 때까지 난 멍하니 눈 위에 앉아 있었다. 눈을 감고 카이의 주파수를 찾으려고 했는데 대신 부정적인 주파수가 나타났다.

팔레르모가 뒤편 주차장 쪽으로 이동하고 있었다. 난 두 발로 일어나려고 애쓰며 체사레에게 알리려다가 입을 다물고 가만히 있었다. 그와 함께 있는 사람의 주파수를 알아차렸기 때문이다.

CHAPTER 73

카이가 자기 뒤로 걸어온 날 알아차렸다.

그는 의식을 잃은 팔레르모를 끌고 앞에 있는 SUV로 향했다.

"이 상황을 이해할 수 있는 사람은 너밖에 없겠지."

"그를 어쩌려고?" 내가 물었다.

체사레가 그를 가뒀을 때만 해도 팔레르모는 의식불명까지는 아니었다. 그의 상태가 부자연스럽다는 걸 난 지금 알아차렸다.

"몇 시간 동안 쓰러져 있게 해 주는 무언가를 주입했어."

카이가 팔레르모를 안전하게 SUV에 싣고 문을 닫았다. 그리고 내게로 몸을 돌렸으나 그늘에 얼굴이 가려 보이지 않았다.

"날 믿어 주길 바라. 내가 그를 여기서 빼내지 않는 한 팔레르모는 절대 날 믿지 않을 거야. 내가 살아서 이 과제를 완수하려면 팔레르모를 데리고 있어야 해." 카이가 입을 굳게 다물었다.

"거의 다 왔어. 지금 와서 멈출 수가 없어. 테라 리베라타는 팔레르모 리치로 끝나지 않아. 그리고 내가 도와야 하는 다른 사람들이 있어."

카이가 날 문이 열려 있는 연구소 근처 비상 출구로 데리고 갔다. 우리는 열기가 뿜어져 나오는 입구에 섰다.

내가 팔레르모를 놔준 이유를 테일러 대표와 DIA에 설명하려면 우습겠지만, 그러지 않으면 카이의 작전 전체가 망가질 것이고 심하면 카이의 목숨과 수많은 다른 이들의 목숨이 사라질 것이다. 여러 가지 가능성이 나타났다. 오늘 밤 다른 방법은 없다. 그의 정체가 탄로 나면 모든 걸 잃게 될 테니.

난 고개를 끄덕였다.

"항상 널 믿어." 내 목소리는 낮게 떨렸다. 그는 가슴에 채찍을 맞은 것처럼 내 말에 움찔했다.

"그러면 이걸 받아." 카이가 동전처럼 생긴 걸 건넸다.

"테라 리베라타를 위해 일하는 '네임리스'라는 해커가 있어. PGF에선 이걸 해킹하지 못해. 뭐가 들어 있는지 알아보고 바이에게 정보를 줘. 내가 헬싱키의 메신저에서 가로챈 거야. 팔레르모의 눈으로만 볼 수 있어. 그가 요구한 중요한 정보가 있을 거야."

"내가 알아볼게."

동전 장치를 받을 때 우리의 손가락이 닿았다. 그러자 그의 주파수가 내 주파수와 어우러졌다. 내 손길이 그를 어떻게 하는지 혼자 아는 건 불공평했다. 그가 내 주파수를 보지 못한다고 해도 나한테는 어떤 느낌이 들었고… 카이도 그걸 알았다. 하지만 그의 숫자는 변하지 않았다. 그는 마음을 정했다. 그는 떠나려고 한다.

“몸조심해.” 카이가 조용히 말했다.

“난 무사하다고 아버지한테 알려 줘. 나 대신 아버지를 보살펴 줘.” 카이가 걷기 시작했다.

이번에는 내가 진짜 느끼는 감정이 무엇인지 말하지 않고 떠나보내지 않을 것이다.

“카이, 잠시만…!” 내가 소리쳤다. 내가 그의 손을 잡았고 그는 뿌리치지 않았다.

“내가 틀렸어. 미안해.”

“행복을 선택한 걸로 미안해하지 마.”

그의 목소리가 태양 천 개의 주파수처럼 사방으로 퍼졌다. 그의 빛이 우리가 서로를 붙잡고 있듯 내 주변으로 움직였다. 그러나 그는 여전히 내가 노블을 선택했다고 생각하고 있었다.

우리의 자력이 너무 강해서 그가 몸을 돌리기 전에 내가 그에게 갔고 내 손이 그의 가슴에 닿았다. 그는 움직이지 않았지만, 숨소리가 커지고 인상을 썼다.

“아니, 카이. 넌 이해하지 못했어. 내가 원하는 사람은 너야.”

우리는 서로를 쳐다보았고 이제 하늘이 오로라로 채워지면서 밝은색으로 흔들렸다.

난 무한대 문신을 새긴 자리를 덮은 그의 재킷 위에 손을 대고 가만히 있었다. 그러자 그의 심장 박동이 빨라졌다. 잠시 우리는 서로의 눈빛 속에서 길을 잃었다.

“넌 늘 말했지. 우리가 확률을 이길 수 있다면 절대로 날 떠나지 않겠다고. 난 계산을 마쳤어. 우리가 확률을 이길 수 있어.”

내가 그의 재킷을 잡고 가까이 끌어당겼다. 그가 무슨 말을 듣고 싶어 하는지 알았다. 이번에는 우리 사이에 스웨이나 다른 어떤 도구도 필요하지 않았다.

"난 전보다 더 확실하게 널 볼 수 있어. 네가 라부 근처에서 날 찾을 수 있었던 건 빛 때문이야. 터널에서도 마찬가지였고. 네가 본 건 내 장비가 아니야. 우리의 주파수지. 그게 우리야. 내가 하는 말을 알아듣겠어?"

카이가 고개를 저었다.

"그게 우리 둘 사이의 차이일지도 몰라, 조. 난 너에 대한 내 감정을 아는 데 절대로 주파수나 확률이 필요하지 않아."

그가 내 손을 치우고 걸음을 옮겼다. 마음이 단단한 돌처럼 굳었고 라모스 요원이 말했던 것처럼 그래야 했다. 바이는 그를 11월의 로미오라고 불렀다. 어쩌면 그 말이 맞을지도 모르겠다. 하지만 난 여전히 카이가 듣고 싶어 한다고 생각하는 말을 하지 못했다.

"내가 안전 가옥에서 했던 말이 왜 그렇게 중요한지 물었지."

내 가슴이 마구 방망이질 쳤다. 그 말이 내 목구멍으로 올라와 입으로 솟아서 마침내 밖으로 나왔다.

"난 너한테 사랑한다고 말했어."

그가 침을 삼켰다. 연회장에서 그랬던 것처럼 그의 몸이 전력으로 울렸지만, 집중력은 흐트러지지 않았다.

"내가 기억하지 못할 걸 알고 사랑한다고 말해 놓고 날 떠났다고? 그것도 포함해야 하는 거야?"

"나한테 한 거야." 난 그에게 다가가며 속삭였다.

"그래야 내가 널 놓아줄 수 있으니까. 미안해. 네가 해야 할 일의 걸림돌이 되고 싶지 않았어. 그런데 모든 것이 날 다시 너에게로 돌려놨어. 카이, 널 사랑해. 네가 어디를 가든 어디에 있든 알아줬으면 좋겠어. 네가 내 유일한 사랑이야. 내 모든 것이 널 향하고 있어."

난 카이의 얼굴을 향해 손을 뻗었고 이번에 그는 허락해 줬다. 난 카이를 향해 턱을 기울였고 그도 날 쳐다봤다. 우리의 숫자가 증폭되고 빛이 반짝였다. 지금 내가 아는 방정식은 우리의 교감이 산불처럼 강렬하다고 알려 주었다. 진짜 내 감정을 숨기지 않게 된 이후로 그에게 느끼는 마음이 더욱 뜨겁고 밝고 짜릿했다. 풀하우스에서 처음 만난 날 이후로 우리가 나눈 교감, 그는 내가 안전하고 사랑받는다는 느낌이 들게 해 주었다. 그는 항상 날 위해 나섰다. 늘 보여 주었다. 왜냐하면 사랑은 보여 주는 거니까.

우리의 눈동자가 하나로 합쳐졌다. 내겐 오로지 한 길밖에 없었다. 그에게로 가는 길. 그도 그렇게 느꼈고 잠시 난 그의 손이 날 가까이 끌어당기는 상상을 했다. 그가 숨을 참았고 온몸에 힘이 들어갔다.

카이의 모든 근육이 내게서 벗어나려고 비명을 질렀지만, 그는 움직이지 않았다.

"넌 석 달 전에 이미 선택했어. 나도 마찬가지고. 그런데 지금 난 끝내야 할 일이 있고 사람들이 날 믿고 있어. 미안하지만 조, 너무 늦었어."

그의 말이 날 마구 난도질했다. 그런데 그는 움직이지 않았다.

우리의 얼굴이 거의 닿을 정도로 가까웠다. 그의 눈길이 내 입술로 향했다. 날카로운 칼을 보듯 경계하며 입술을 쳐다봤지만, 몸을 앞으로 구부리는 방식이 목숨을 대가로 치러야 한다고 해도 입술에 닿고 싶다고 말했다. 카이의 굳은살이 박인 손이 내 입술을 만지자 심장 박동이 미친 듯 빨라졌다.

"네 입술…. 너의 아름다운 입술…은 내게 배신을 떠올리게 하지 말았어야 해."

우리 사이에 벽이 생겼다. 내 선택으로 내가 만든 벽.

"잘 있어, 조세핀."

카이의 말은 속삭임에 가까웠고 떠나는 그의 뒤로 차가운 바람만 씽씽 불었다.

발걸음은 먹구름이 되어 문을 향해 어둡고 조용히 몰아쳤다.

"난 기다릴 거야."

내 말에 카이가 걷다 말고 멈췄다.

그 말은 무방비 상태인 내 안에서, 상처받기 쉽고 사랑에 빠져 있는 연약한 곳에서 튀어나왔다.

이번에는 내가 그의 발아래에 무기를 내려놓고 투항했다.

체사레, 아빠와 챈의 두 번째 기회가 내 머릿속에서 성가처럼 흘러나왔다. 난 튀니지의 안전 가옥에서 카이가 내게 그 말을 했을 때 어떤 느낌이었는지 이제야 이해가 되었다…. 기다릴 가치가 있는 보물을 찾았고 그걸 얻기 위해 뭐든 하겠다는. 그도 그만큼의 가치가 있다.

카이가 몸을 돌렸을 때, 그의 얼굴 윤곽만 보였다. 꽉 다문 입술에 턱선이 두드러졌고 심장 박동의 주파수가 불규칙했다. 그가 입을 열 확률이 97퍼센트다. 그 순간 뒤편 골목에서 주파수 세 개가 흘러나왔다.

“물러서.” 카이가 내게 경고했다.

“눈에 띄지 마.”

확실히 남자는 아닌, 가벼운 발소리가 골목을 뛰었다. 한 소녀의 목소리가 밖에서 부드럽게 소리쳤다.

“어셔! 어디 있어요? 우리가 여기 왔어요!”

소녀의 목소리가 헬싱키 지하 터널에서 느꼈던 주파수와 일치했다. 진지하고 다정한 목소리에 내 속이 울렁거렸다. 특히 거기에 반응하는 카이의 주파수 때문에. 그가 저 여자애를 믿고 있다.

핀란드 경찰이 주변에 쫙 깔렸다. 라모스 요원이 막 모퉁이를 돌아 나타났다. 또 다른 차가 뒤편 골목에 정차했다.

난 뒤로 숨었고 카이는 내가 숨어 있는 비상구를 향해 마지막으로 눈길을 보냈다.

“어셔! 어디 있어요?” 소녀가 다시 소리쳤다.

“레인!” 카이가 나와 비슷한 흰 눈옷을 입은 소녀를 향해 달려가면서 소리쳤다.

“나 여기 있어요!”

소녀가 카이를 보고 자신의 안식처인 듯 그의 품으로 달려들었다. 소녀의 포옹에 카이가 보호하듯 반응했다.

“당신이 죽었거나 붙잡힌 줄 알았잖아요.” 소녀가 걱정 가득한 목소리로 말했다.

“어떻게 해야 할지 몰랐어요.” 소녀는 카이가 무사한지 살폈다. 내 숫자가 광분했고 열이 끓어올랐다.

이번에는 소녀를 제대로 볼 수 있었다. 아름답고 나보다 살짝 나이가 있으며 머리가 영민해 보였다. 내 숫자가 재빨리 그녀를 파악하고 특징, 불완전한 부분을 비롯한 전부를 기억에 저장했다. 서로에게 의지할 만큼 잘 아는 사이가 분명했지만 카이를 어셔라고 부르는 걸 보니 저 여자애는 카이의 새로운 위장 세상 속 팔레르모의 편이다. 그의 윤곽이 흐려지기 시작한 걸까?

온열 작업복의 전기가 나가면서 내 온몸이 얼음처럼 차가워졌다. 카이가 소녀와 함께 SUV에 올라타고 떠났다.

진짜 세상에서 날 찾은 소년은 레드가 시작한 일을 계속하고 내가 밤에 편히 잘 수 있도록 싸웠다. 카이, 내가 사랑한 사람이 다른 여자의 품에서 불확실한 운명을 향해 달아났다.

난 광대를 만지며 노블의 이마에 있던 상처에서 나오는 피를 연고로 멈춰 준 그의 방식을 기억했다. 불현듯 소름이 쫙 끼쳐 헉하고 신음을 뱉었다.

카이가 소녀를 레인이라고 불렀다.

CHAPTER 74

노블을 태운 헬리콥터가 하늘로 올라 시야에서 멀어지는 모습을 지켜보았다. 그는 헬싱키에 있는 병원으로 가서 경찰에 구금된다. 노블의 아버지와 있었던 일이 머릿속에서 재생될 때면 난 처참함을 느꼈다. 다만 위안이 되는 점은 노블이 의식이 없어서 한동안은 아버지 생각에서 자유로울 수 있다는 것이다. 그가 깨어났을 때 내가 그 자리에 있어야 한다.

우리를 헬싱키로 데려다줄 비행기가 로바니에미에서 기다리고 있었다. 우리는 숲을 지나 달렸다. 돌아가는 길은 북극광처럼 고요했다. 아빠는 라모스 요원과 앞좌석에 앉았다. 체사레와 라파엘은 중간 줄에 자리했다.

모두 팔레르모와 카이가 도망친 이야기를 하며 다음 단계에 대해 논의했다. 난 홀로 맨 뒷자리에 앉아 창밖을 내다보았다. 하늘에서 별이 반짝이고 오로라가 플래시처럼 머리 위로 빛났다.

내 재능이 잠잠해졌다. 사방으로 퍼지는 빛은 사라졌고 노블이 말했던 것처럼 주파수와 숫자만 남아 안정적인 균형을 이루었다. 이 순간 난 아무것도 느끼지 못했지만 평화로웠다.

우리는 헬싱키행 비행기에 올랐다. 체사레가 내 옆에 앉았다. 비행기가 이륙하자 멍투성이인 그의 에너지가 그제야 서서히 줄어들었다.

체사레가 날 유심히 살폈다.

"사람들이 떠나게 놔두는 것도 괜찮아." 그가 말했다.

"누군가는 잠깐만 인생에 들어올 인연이지. 다른 이들은 평생 같이할 인연이고." 그가 내 어깨에 손을 올렸다.

"프랫에서 라파엘을 쳐다보던 네 눈길은 사랑의 일종이었어. 당시에는 중요했지. 덕분에 넌 성장했지만 이제 계절이 바뀌었단다. 넌 같은 방식으로 노블을 보지만, 카이를 보는 것과는 달라."

그 말에 얼굴로 열이 올랐다.

"당신이 프랫에서 절 그렇게 주의 깊게 살폈는지 몰랐어요."

"음, 우린 너무 대놓고 그러지 않으려고 노력하니까." 그가 말하고는 과장해서 어깨를 으쓱였다.

"우리 부모들은 완벽함과는 거리가 멀고 날마다 실수를 저지르지만, 자녀를 사랑한단다. 다행히 두 번째 기회가 있잖니?"

그가 내 등을 토닥이고 라파엘의 옆자리로 돌아갔다.

헬싱키 공항에 도착하니 게이트 밖으로 많은 사람이 기다리고 있었다. 챈은 탱크와 마일스와 함께였다. 그리고 사람 무리 사이에서 번뜩이는 또 다른 주파수에 난 속으로 탄식했다. 두 번은 피할 수 없는 골칫거리다.

마인즈와 카메라맨이 우리 비행기가 착륙하길 기다리고 있었다. 이번에 그녀는 매의 눈으로, 모든 이의 얼굴을 살폈다. 그녀가 날 포착하더니 좀 우쭐한, 의기양양한 미소를 지었다.

“조세핀 리버스.” 그녀가 고개를 저었다.

“이곳 헬싱키에서 당신을 만나니 좋군요. 알고 보니 이것이 일생일대의 사연이었어요. 당신의 작은 팀이 개입한 거 맞죠? 테일러 대표는 어디 있나요?”

내 계산이 움직였지만, 너무 지쳐 말할 기력이 없었다. PSS가 노출될 것이다. 그러면 테일러 대표는 망하겠지. 노블에겐 어떤 일이 벌어질까? 카이는?

난 힘들게 한숨을 쉬었다. 마인즈가 찾아낼 가능성은 처음부터 높았다. 그때 어깨 너머로 내 뒤를 이어 나오는, 마찬가지로 지친, 세 명의 아버지가 보였다.

그리고 챈이 내 앞으로 오더니 단호한 표정과 목소리로 말했다.

“이처럼 극악무도한 범죄자의 공격에 어떻게 십 대가 개입했다고 생각할 수 있죠?” 그렇게 말하는 그의 존재감은 꽤 압도적이었다.

기자들이 한 걸음 물러났고 우리 아빠가 빈자리를 채웠다.

“당신은 진짜 사연을 들려주는 사람이 아닌 것 같군요. 내 동료와 난 ISC 연회에서 위장 수사를 요청받았고 거기서 우리는….”

"여기 서서 시간 낭비할 거 없어요." 체사레가 이렇게 덧붙이며 끼어들었다.

라모스 요원이 배지를 번쩍이며 나섰다.

"지금 수사가 진행 중입니다. 저희가 여기 있는 남성분들에게 큰 신세를 졌고 그들의 아이들이 무사하다는데 감사하다는 점 말고는 더 이상 드릴 말씀이 없습니다. 여기까지 하겠습니다."

라모스 요원의 말이 끝나자 기자들이 특종을 위해 세 남성의 사진을 찍기 시작했다. 그렇게 PSS와 나는 살아남았다. 챈과 우리 아빠가 팔로 날 감싸 데리고 나갔고, 체사레와 라파엘도 우리 옆에 섰다. 우리는 정말로 함께할 때 더욱 강했다. 그 생각에 놀라면서도 기분이 좋아졌다.

마인즈는 부끄럽고 심란한지 우리가 지나칠 때 슬쩍 날 쳐다봤다. 그녀는 자신이 원하는 스토리를 얻었다. 그렇지만 모든 스토리가 실제 일어난 일을 그대로 이야기하는 건 아니다.

CHAPTER 75

헬싱키, 원로원 광장

다음 날 저녁, 원로원 광장에 있는 무대 위로 세 남성이 올라갈 때 그들을 보호하던 인터폴을 향해 기자들이 벌떼처럼 몰려들었다. 챈황롱, 제이슨 리버스, 체사레 디 수사가 주인공이었다.

마인즈가 이야기한 뒤 ISC가 그날의 영웅들을 초청해 개인적으로 감사의 인사를 전하고 연회에서 그들의 명예를 기렸다.

이제 모두가 이런 헤드라인 기사를 보았다.

사업가 리버스, 챈, 전 마피아인 디 수사가 ISC와 유럽을 대상으로 한 테러리스트 공격에 위장 수사를 하다.

정전을 일으키려던 테러리스트들이 스케일 테크에 인질 억류!

나사 티퍼가 테러리스트의 공격을 막음. 현재 수감 중.

슈퍼 위성의 성공적인 발사와 정전의 종식을 기념하고자 ISC가 헬싱키에서 새로운 '축하 로켓'을 발사할 예정이었다. 이 로켓은 승리의 상징인 불꽃놀이를 보여 주게 되어 있었다. 이벤트는 더 많은 세계적인 구경꾼을 끌어모았고 수천 명이 도시로 모여들었다.

원로원 광장은 밝은 달빛과 막 내린 눈으로 반짝였다. 수백 년의 산증인으로 역사와 함께 나이가 든 대성당이 근사해 보였다.

PSS 팀과 나는 대학교 계단에 모여서 관중들의 소란을 들으며 축하연이 시작되길 기다렸다. 에디가 이해가 간다는 표정으로 날 쳐다봤다. 창고에서 카이와 내 유령 주파수에 관한 이야기를 털어놓은 뒤로 에디는 그 부분에 대해 곰곰이 생각했다.

"왜 그러는데?" 내가 물었다.

에디가 고개를 저었다.

"내가 그걸 놓치다니 믿기지 않아." 자기 바로 코앞에 내내 있었다는 식으로 그가 말했다.

"두 개의 입자가 시간과 공간으로 연결되면 서로 간에 빛보다 더 빨리 움직일 수 있다는 점이 입증되었어. 지구 양극에 있어도 여전히 서로를 느낄 수 있지. 그게 바로 양자 얽힘이야. 멋지지 않아?" 에디가 내 등을 두드렸다.

난 미소를 짓고 고개를 끄덕였다. 에디는 카이와 내가 영원히 저주받은 사이라고 말할 수도 있었지만 그렇다고 해도 전혀 달라지지 않을 거다.

“고마워, 에디.”

엄청나게 큰 스피커가 국제 우주 협력체 대표자의 목소리를 관중들에게 전해 주면서 무대에 오른 세 남성의 이름을 발표했다.

세 사람은 이후에 미칠 파급력에도 불구하고 공을 받아들였다. 챈과 아빠는 당연히 날 보호하고 싶어 했고, 그들과 체사레의 동맹은 모두에게 팔레르모의 추락이 외압에 의한 것이지 조직 내의 누군가가 저지른 일이 아니라고 생각하게 해 주었다. 이렇게 하면서 누구도 카이가 관련되었다고 의심하지 못하게 했다.

우리 아빠는 또한 PSS와 테일러 대표를 보호하고 싶어 했고, 아빠를 비롯해 천재들이 전부 무사한 걸 보고 그녀는 아주 기뻐했다. 체사레는 자기만의 이유로 스포트라이트를 받았다. 그는 자신의 리더십과 승리를 공표하길 원했다.

아빠들이 각자의 순간을 가지기 전에 ISC 대표자가 관객으로 온 모두에게 잠시 묵념을 통해 인질로 붙잡혀 있으면서 기꺼이 자신을 희생해 몇 달에 걸친 정전을 예방하고 공격을 막은 제임스 애덤스 박사를 추모하는 시간을 갖자고 말했다. 모인 사람들 모두가 그의 영웅적인 죽음을 애도했지만, 사실을 아는 우리가 가장 안타까워했다.

그리고 DIA 대변인이 마이크를 잡았다.

“우리는 테러리스트를 막기 위해서 내부에 능력 있는 사람들이 필요하다는 점을 깨달았습니다. 다행히 이 용감한 남성분들이 나서 주었고 지금 우리는 그들 덕분에 이 자리에 있을 수 있습니다."

무대에 있던 ISC 대변인인 메리 엘로 부인도 앞으로 나왔다.

"이분들의 용기를 기리고 싶습니다."

아버지들은 내 손바닥만 한 크기의 황금 위성 동상을 각각 선물로 받았다.

"감사합니다."

세 사람이 대답하고 고개를 숙이자 관중들이 박수갈채를 보냈다.

마인즈 또한 이 사건을 취재한 영예로운 기자로 무대에 올라 그들에게 곧장 질문을 던졌다.

"아무런 훈련도 받지 않은 사업가들이 이런 무자비한 사람들과 함께 잠입 수사를 한다니, 그런 위험한 일을 하게 된 계기가 있을까요?"

챈과 아빠가 서로를 바라보며 미소 지었다.

"우리 아이들을 위해섭니다."

챈이 목청을 가다듬고 마이크를 잡았다.

"우리는 ISC와 스케일 테크가 이룩한 성과를 믿었습니다. 그리고 맞습니다. 우리는 사업가일 뿐이죠." 챈이 대답했다.

"그러나 사업 이전에 우리는 아버지입니다. 우리 아이들을 위해 세상을 더 안전한 곳으로 만들어야겠다고 생각했습니다."

그는 우리 아빠에게 마이크를 넘겼다. 아빠가 몸을 구부리고 입가에 배려심 어린 미소를 지었다.

"올해 ISC의 테마는 젊은 세대에게 길을 열어 주는 것이었고 이번에 위험을 감수하면서 우리는 위기를 막았을 뿐 아니라 아이들에게 새로운 기회를 줄 수 있게 되었습니다. 아빠가 된다는 건 위험한 일입니다. 하지만 매 순간 그만큼의 가치가 있지요."

관중들 틈에서 환호와 박수가 터져 나왔다.

"근사한 기사가 되겠어."

펜즈와 에디가 내 등을 쿡쿡 찔렀다. 해리슨과 펠리시아도 웃었다. 나도 웃음이 터져 나왔지만, 그 아래로는 맹렬한 자신감과 저들에 대한 고마움이 깊은 곳에서 요동쳤다. 다들 사랑하는 사람, 배우자, 돈, 자녀를 잃었지만 물러서지 않았다.

테일러 대표가 우리 뒤편에 서서 만족하며 숨을 내쉬었다. 이번 일에 대한 공로로 무대에 서야 마땅하지만 그건 그녀가 바라는 바가 아니었다.

하지만 그렇게 될지도 모른다. 그녀가 레인 카터에 대해 안다면.

심지어 지금도 레인의 얼굴과 그녀가 카이를 어루만지던 손길이 내 기억 속에 검은 구덩이를 만들고 내가 경험해 보지 못한 방식으로 속을 뒤집어 놓았다. 영 마음이 좋지 않았다.

마인즈가 테일러 대표에게 반감을 표시하는 이유는 레인의 활동 때문이다. 전 PSS 소녀가 알고 보니 죽은 게 아니라는 걸 저 기자가 알면 어떤 기사를 쓸까? 무엇보다 테일러 대표는 이 소식에 어떻게 반응할까? 이번 사태가 PSS에 어떤 영향을 줄까?

그 모든 질문을 난 다른 날에 하기로 했다.

지금은 주변에서 윙윙거리는 주파수, 소음을 무시하고 이 밤에 자리 잡으며 순간을 즐길 것이다.

항상 전쟁과 위기가 있었고 어둠의 시대에는 늘 올바름과 선을 위해 앞장서는 인물이 있었다. 그건 바로 위험 속에서 기회를 볼 줄 아는 사람이다. 레드가 이름이 알려지지 않은 수천 명의 영웅에 대해 이야기해 준 적이 있었다. 그들은 레드처럼 밤을 밝히고 어둠을 두려워하지 않았다. 자기 혈관에 무엇이 흐르는지 알고 있었기 때문이다.

나도 이 순간을 카이와 나누고 싶다는 생각이 들었고… 어쩌면 그럴 수도 있었다. 광장에서 은은하게 부메랑이 오갔고 공기가 달아올랐다. 그가 여기 어딘가에서 지켜보고 있을 거라는 증거는 없었으나 이번에는 증거가 필요하지 않다.

내가 느낄 수 있고, 그거면 충분하니까.

CHAPTER 76

헬싱키 병원, 경찰 감호 병동

프랙털과 번개의 소년이 살아서 의식을 회복했다. 난 그를 보려고 아침 내내 기다렸다. 병실에 들어가도 된다는 허락을 받은 지금, 긴장한 탓에 속이 떨렸다.

밤새 난 이 순간을 머릿속으로 준비하며 골치를 앓았다. 눈송이와 산호가 꿈속에 나타났다. 아버지를 찾던 노블의 절규가, 그러다 날 몰래 도망치게 하려고 위협하던 튀니지의 기억이 떠오르며 깨어났다. 내게 노블은 살아 있는 소중한 영혼 중 한 명이다. 그를 놔주고 싶지 않다. 그래야 한다는 건 알지만 여전히 마음이 아팠다. 특히나 지금은.

경찰이 병실 문을 열어 주어 난 안으로 들어갔다.

"좋은 아침이야, 맨델."

들어가면서 부드러운 목소리로 인사했다. 노블은 평상복 차림으로 침대 끄트머리에 앉아 있었다.

"안녕, 숫자야." 그의 목소리가 흘러나와 내 주파수와 어우러졌다. 그 안에는 아름다운 유형의 사랑이 있지만, 지금은 달라졌다.

우리 주변 흰 벽에는 카메라가 달렸다. 경찰이 그에게 헬싱키 병원 내 독방을 주었다. 형식적인 체포라지만 간수 두 명이 복도에 앉아 있었다. 그들이 노블에게 일종의 거래를 제안했다고 라모스 요원이 나한테 알려 줬다.

가까이 다가가 보니 노블의 눈은 충혈됐고 코는 벌겠으며 얼굴은 주근깨와 상처로 뒤섞여 있었다. 그러나 이마에 깊이 벤 자국은 찾아볼 수 없었다. 그의 슬픈 미소 속에 숨은 애도가 머릿속이 복잡하다고 알려 주었다. 가슴이 너무 아팠다.

노블이 날 창가의 작은 테이블로 데리고 갔고 빛이 안으로 들어와 우리 주변을 밝혔다. 튀니지 이후 처음으로 우리가 목전에 닥친 위험 없이 한방에 있었다. 우리의 숫자는 서로를 살피는 행동을 멈추지 않았지만, 전처럼 서로를 파고들지 않았다. 어딘가 새롭고, 침착하게 자리했다.

그가 내게 차를 건넸고 과일 향이 올라오면서 말린 블루베리 냄새가 났다.

"우리가 만날 때는 좀 더 건강한 패턴을 구축할 필요가 있을 것 같아." 노블이 부드럽게 내 뺨을 만졌다.

내게서 작은 웃음이 터져 나왔다.

"우리한테 평범한 일은 절대 일어나지 않잖아, 노블. 억지로 노력하지 않는 쪽이 최선이야."

난 잠시 말을 멈췄고 그의 숫자를 알아차리자 목구멍이 조여 왔다. 북극에서처럼 노블의 생각은 다른 곳에 가 있었다. 난 그의 콧등에 생긴 작은 화상 자국을 세어 보았다.

"너희 아버지 일은 정말로 유감이야. 그분은 널 사랑하셨어."

노블이 말을 잇지 못했다.

"맞아." 그가 이를 악물고 훌쩍였다.

"내 신원을 보증해 줘서 고마워. 테일러 대표님은 심지어 성명서도 적어 주셨어." 그의 눈이 내 눈을 바라보았다.

"콰다 삼촌이 이리로 오고 있어. 우리 어머니와 함께."

난 노블을 향해 손을 뻗었다.

"어머니를 만날 준비가 됐어?"

그가 천천히 고개를 끄덕였다.

"응. 이제 때가 됐어." 난 노블의 손을 꼭 잡았다.

"어머니는 지금 날 필요로 해…. 나도 마찬가지고." 노블은 가슴이 메어 다음 말을 잇지 못했다.

"그럼 넌 PSS의 제안을 받아들이지 않을 거구나?" 난 살짝 희망을 놓지 않고 물었다.

"네가 들어오면 우리 팀이 미친 듯이 기뻐할 텐데."

노블이 전적으로 거절하는 의미로 고개를 저었다.

"불가능한 일이야."

"어째서?"

"네가 거기 있으면 난 어떤 일도 마무리 지을 수 없을 테니까."

노블이 씩 웃고는 이마를 긁적였다. 우리는 하고 싶지 않은 말을 피하고 있었다.

“솔직히, PSS는 내가 원하는 일자리가 아니기도 해. 난 나사의 제안을 받아들여 내 설계를 가지고 새로운 개발팀의 일원이 될 거야. 누가 알겠어? 언젠가 내가 별에 가 보게 될지?”

중력도 내 기쁨을 잡아 끌어내릴 수 없을 것이다. 아주 오랫동안 노블은 자유를 얻지 못했다. 내 눈에 눈물이 그렁그렁 맺혔다.

“넌 네 꿈을 찾아가는구나. 새로운 방법으로 빛을 연구하고 별들 속에서 살면서. 네가 세상을 바꿀 거야, 노블. 너무 자랑스러워.”

“고마워, 하지만….” 그가 코를 찡긋하며 부끄러운 표정을 지었다.

“거기 아니면 교도소행이었거든.”

노블이 뺨으로 흘러내린 머리카락을 뒤로 넘기고 내게 법원 서류를 보여줬다.

“내가 한 행동의 결과야. 난 하늘에 있는 거의 모든 위성을 해킹했지. 일부는 재미 삼아 그랬어. 다행히 52곳의 기관이 내가 그들의 정보를 오용하지 않고 무료로 그들을 위해 일했다고 증언해 줬어. 하지만 올바른 방식이 아니었지. 명예가 없으면 상황은 잘못되는 거야. 이제 난 두 번째 기회를 얻었고 아버지가 시작한 일을 끝내고 싶어. 아버지는 내 설계에 실현할 가치가 있다는 점을 아셨어. 그저 올바른 방식대로 하지 않았을 뿐이지.”

아버지를 생각하면서 그의 눈에 눈물이 맺혔다.

“이제 내가 상황을 올바르게 고칠 때가 됐어. 우선은 어머니부터 시작할 거야. 우리는 튀니지에서 같이 살기로 했어."

2분 동안 우리는 가만히 앉아 우리 사이에 넘쳐나는 숫자를 지켜보았다. 내 깊은 고통과 기쁨 사이에서 심장이 요요처럼 움직이는 걸 그가 볼 수 있을지 궁금했다. 서로를 바라볼 때 슬프고 아름다운 자각이 흘러나왔다. 우리는 반대로 흐르는 두 강은 아니지만, 바다로 향하는 각자의 길이 있다는 점이 분명했다.

"다 괜찮을 거야." 내가 다시 입을 열었다.

"나사와의 거래 기간은 얼마야?"

"5년 계약이지만 마음에 들 것 같아. 우선은 기관에 보고하는 습관을 들여야겠지." 그가 장난스럽게 웃었다.

"난 항상 그들보다 한 수 앞설 수 있지만, 이번에는 그렇게 하지 않으려고."

"잘됐다." 내가 말했다.

"드디어 팀의 일부가 됐구나."

그는 창 너머 병원 안마당에 있는 척박한 나무 한 그루를 쳐다보았고 그의 숫자는 모든 가지를 자세히 살폈다.

"튀니지의 아이들 기억나?" 노블아 물었다.

"당연하지." 내가 말했다.

"그 애들을 어떻게 잊을 수 있겠어?"

"난 그들을 위해 이 일을 해야 해. 우리 어머니를 위해서도. 난 아주 오랫동안 두려웠기 때문에 숨어야 했어. 하지만 더는 그렇지 않아. 5년이 흐른 뒤엔 난 뭐든 할 수 있을 거야. 튀니지에 우주 프로그램을 세울 수도 있고… 살로넨 박사와… ISC를 돕고. 어쩌면 체사레를 도울지도 몰라."

노블이 웃었다.

"가능성은 무궁무진해."

"넌 하늘을 빛낼 거야, 노블." 그를 빤히 쳐다보니 가슴이 쓰렸다.

"꼭 놀러 갈게."

그가 고개를 숙였고 주파수가 빠르게 뛰었다.

"그건 내 제안에 대한 '거절'이야?" 노블이 한숨을 쉬며 손가락으로 내 손을 쓸어내렸다.

나랑 같이 떠나자.

내가 아무 말을 하지 않아도 우리 사이의 숫자가 분명하기에 그는 슬픈 미소를 지었다.

노블이 내 손을 꽉 잡았다.

"알았어."

"내 일부는 그러고 싶어 해." 내가 대답했다.

내 안의 어린아이는 그러길 바랐다. 한때 엄청 간절했던 꿈이 가슴속에서 나와 산산이 깨졌다. 노블과 함께 떠나서 절대로 돌아오지 않기. 그렇지만 그 열세 살 소녀는 자기 미래가 어떻게 펼쳐질지 몰랐다.

"우리가 어렸을 때 넌 내 전부였어, 맨델. 네가 없었더라면 난 자라면서 무슨 짓을 저질렀을지 몰라. 그렇지만 우린 더 이상 철부지가 아니고…."

서로의 눈을 바라보니 방정식이 우리 사이를 가로막았다. 이제 서로를 탐색하려는 행동을 그만둔 숫자들이 평생지기처럼 소통했다. 편안했다. 그는 늘 내 가슴속 특별한 곳에 자리 잡고 있을 걸 난 알았다.

노블이 내 손을 꽉 잡았다.

"마음에 들진 않지만 네 말이 옳아, 숫자야." 그가 조용히 말했다.

"우린 더 이상 어린애가 아니고 어쩌면 난 어제까지 그 점을 깨닫지 못했을 수도 있어. 몇 년 동안 너 때문에 들떠 있었지. 그런데 우리 부모님이… 아버지가…." 노블이 이를 악물었다.

"…내게 연락했고 마침내 내가 거부해 왔던 방식으로 치료가 필요하다는 점을 이해했어. 네가 아니었다면 여기까지 오지 못했을 거야. 날 찾아 주고 믿어 줘서 고마워."

노블이 날 끌어당겨 포옹했다. 그를 놓아주고 싶지 않아서 꽉 껴안았다. 그의 목소리, 피부, 카르다몸 향기가 내 기억 속 안전한 곳에 자리 잡았다. 그의 번개가 세게 내리치며 내 평생에 기억될 자국을 남겼다.

노블이 헛기침했다.

"카이와의 일이 꼬여 유감이야." 그가 몸을 떼고 삐져나온 내 금발 머리를 귀 뒤로 넘겨주었다.

"넌 숫자를 알잖아. 항상 더하기만 하는 건 아니야. 너희 두 사람이 서로를 얼마나 신경 쓰는지 내가 알아차렸을 땐 너무 늦었어. 그는 좋은 사람이야. 네가 나랑 있지 않는다면 그의 옆에 있으면 좋겠어. 그가 내 목숨을 구했잖아. 하지만 일이 잘 안 되면…."

노블이 수줍게 미소를 지었다가 진지해졌다.

"네 계산이 이미 알아차렸겠지만, 이제부터 그에게 테라 리베라타는 만만하지 않을 거야. 그들이 내부에 있는 스파이를 색출하려고 할 테니까."

내가 진지하게 고개를 끄덕였다.

K2가 울렸다.

"난 그만 공항으로 가야 해."

마지막으로 노블을 한참을 쳐다보았다. 숫자가 내 머릿속에 영원히 각인될 그의 모습을 담았다.

"항상 널 사랑할 거야, 맨델. 절대로 널 잊지 않을 거야."

노블의 주파수가 치솟았다.

"넌 지금 우리가 작별하는 것처럼 굴고 있어." 그가 말했다.

"난 작별을 믿지 않아. 너와 같이 있지 않아도."

"무슨 말이 하고 싶은 거야? 내가 모르는 뭔가를 알고 있어?"

난 그의 얼굴에서 숫자로 된 단서를 찾았지만, 노블은 그저 웃기만 했다.

"난 항상 그러지 않았어?" 노블이 말했다.

"넌 확률이 어떤지 알잖아. 그저 네 생각보다 더 일찍 만나게 될지도 모른다는 말이야."

그가 자리에서 일어나서 나와 함께 문으로 걸었다.

노블이 다시 포옹할 때 난 훌쩍였다. 우리의 포옹에는 감정과 에너지가 가득 담겼다. 어린아이로서 서로를 감싸 주는 일이 우리가 바랐던 전부였던 것처럼.

가슴속에서 희망과 슬픔이 이상하게 뒤섞였다. 노블은 자기 부모에게 두 번째 기회를 주었다. 우리도 두 번째 기회를 가졌다. 이제 난 카이가 내게 두 번째 기회를 줄지 궁금해졌다.

우리는 마지막으로 서로를 바라보았다.

"또 봐, 맨델."

"또 보자, 숫자야."

겨울이 끝나고 나무에 새순이 돋듯 프랙털, 번개, 눈송이의 소년은 또다시 과거가 되었다.

나의 밤이 끝났다. 나의 아침의 동이 트고 있다. 내 앞에는 장애물로 가득한 새로운 길이 펼쳐졌다. 쉽지 않겠지만 적어도 빛이 가득한 길이다.

CHAPTER 77

핀란드, 반타, 헬싱키 국제 공항

작별은 힘들다.

내가 본 가장 깨끗하고 조용한 공항의 매끄러운 바닥을 걸어 커다란 창문을 지난 뒤 라파엘과 체사레, 챈, 아빠와 나는 갈림길에 도착했다. 별도의 게이트 세 곳. 한 곳은 이탈리아로, 다른 한 곳은 중국으로, 또 다른 한 곳은 미국으로 향한다. 우리 모두 각기 다른 비행기를 타고 일상으로 돌아가면서도 언제 서로 다시 만날지 기약이 없다. 숫자도 이 세상을 작게 만들 수 없으니.

난 먼저 라파엘에게 다가갔다.

“밀라.” 그가 내게 몸을 구부리고 뺨에 입을 맞췄다. 녹색 눈동자가 전에 없이 희망차게 반짝였다.

우리는 서로를 쳐다봤다. 이런 식으로 만나고 난 뒤에 무슨 말을 할 수 있을까? 다시 봐서 즐거웠다고? 대학살의 현장에서 네가 죽지 않아 다행이라고?

라파엘이 미소를 지었다.

"고마워. 전부 다. 이제 새로운 계절이 왔어. 난 느낄 수 있어. 하지만 너에게 전화하는 것 이상은 바라지 않아. 바 베네(va bene 알지)? 다음에는 한번 신호가 울리면 바로 받아 줘." 그가 윙크했다.

"바 베네. 호 카피토(Ho capito 알았어)." 난 그의 손을 잡았다.

"네 이탈리아어는 갈수록 느네." 라파엘이 말했다.

"다음번엔 이탈리아로 와 줘, 알겠지?"

난 팔레르모가 생각났고, 카이가 어디에 있는지 궁금했다.

"봐서." 그리고 그의 기대하는 표정을 알아차리고 웃었다.

"네 여자 친구가 기다리고 있지?"

난 카이가 연고를 발라 준 내 광대뼈를 만지며 라파엘의 여자 친구를 고쳐 주겠다는 팔레르모의 제안이 떠올랐다. 머릿속에 새로운 계산이 가득 들어섰다.

"맞아." 라파엘이 웃으며 대답했다.

"두 번째 기적인 셈이지."

"그렇다면 짧게 끝낼게." 내가 말했다.

"우린 다시 만날 거야. 아리베르데르치(Arriverderci 잘 가)."

"미 라코만도(Mi raccomando 부디)." 라파엘이 대답했다.

"필요한 게 있으면 내가 여기 있다는 사실을 잊지 마." 그가 다시 내 뺨에 입을 맞추고서 자기 아버지에게로 걸어갔다.

체사레가 뒤에서 어슬렁거리며 작별 인사를 하려고 기다리고 있었다. 얼굴에 붕대를 감았고 여전히 뇌진탕을 앓고 있었지만, 그는 병원에 입원하길 거부했다.

"저 애가 행복한 모습을 보니 좋아." 라파엘이 아빠와 챈에게 인사하러 가는 걸 보면서 체사레가 말했다.

"다행히 저 애 여자 친구가 아직 기다려 주고 있어. 중국 생활 이후 난 라파엘이 절대 널 못 잊을 거로 생각했거든." 그가 웃음을 터트렸다.

"저도 라파엘을 보니 기뻐요." 내가 말했다.

"그리고 당신도요."

내 앞에 있는 남성은 4일 전과 완전히 다른 모습이었고 중국에서 만난 이후로 근본적으로 달라졌다.

"밀라, 천 개의 비밀을 가진 소녀. 내 아들이 너에게 딱 맞는 이름을 지어 줬구나." 그가 웃었다.

"날 믿어 줘서 고마워. 너와 카이, 너희 아버지도. 가끔 우리가 되고 싶은 사람이 되는 과정은 시간이 걸린단다. 그런 우리에게 두 번째 기회를 준 사람이 그 자리에 갈 수 있게 도와주지."

"당신은 괜찮은 사람이 되었잖아요. 전 당신 아들 때문에 당신을 돕겠다고 했어요. 그런데 지금 보니 제가 높이 사는 많은 라파엘의 자질은 당신한테서 물려받은 것 같네요."

난 잠시 말을 멈추고 그가 이미 물심양면으로 라모스 요원을 도와주는 걸 생각했다.

"새로운 보스가 돼서 뭘 할 생각인가요?"

그가 벨트를 튕기며 자랑스럽게 말했다.

"조직원들에게 성실하게 일을 시킬 생각이야. 그들에게 우리가 누구고 실제로 뭘 이룩할 수 있는지 보여 줄 거거든. 우리 할아버지의 유산이 내게 가르쳐 준 것이 있다면 작은 결심이 빛을 발한다는 거지. 또 누가 알겠어, 어쩌면 내가 스케일 테크를 얻어 노블의 설계에 투자할지. 난 그 회사 주식을 제법 가지고 있거든."

그가 미간을 좁혔다.

"그 부분에 대해 더 많이 배워야 할 것 같아. 그게 뭐든 돌려줄 때가 되었으니까."

그 말을 들으니 창고에서 그가 팔레르모의 부하들에게 했던 말이 떠올랐다.

"그건 당신이 스케일 테크에서 했던 연설이었죠. 당신은 그 말을 믿는 거죠?"

"어." 그가 진지하게 대답했다. 그의 눈동자가 먼 기억 속으로 날아갔다.

"오래전에 심은 씨앗이 마침내 싹을 틔웠어. 그 씨앗이 내 속에 있었는지 믿지 못했거든."

"그런 말은 다 어디서 온 거에요?" 난 그의 얼굴을 살피며 물었다.

그가 별거 아니라는 듯 어깨를 으쓱였다.

"말해 줘도 넌 못 믿을걸."

"해 보세요." 난 이미 짐작하고 있었다.

그가 길게 숨을 내쉬고 어깨를 편안하게 내렸다. 그가 말하는 순간 불길이 내게로 번졌다.

"어느 날 프랫에서 킹이 바쁘게 일하고 있을 때, 한 노인이 내게 말을 걸었어. 그리고 내가 결코 잊지 못할 말을 해 줬지.

'넌 리더의 심장을 가지고 있구나. 그런데 어째서 노예가 되었지?' 그리고 그가 날 쳐다보더니 이렇게 말했어, '아들아, 순금은 불을 두려워하지 않는단다.'"

CHAPTER 78

내 마지막이자 가장 힘든 작별은 챈과의 이별이었다.

두 명의 사설 경호원이 그를 비행기까지 데려가려고 기다리고 있었고 그의 집까지 동행할 예정이었다. PSS와 라모스 요원이 카이를 위해 챈이 팔레르모와 테라 리베라타에게서 안전하다는 걸 확신할 때까지 추가 경호를 약속했다. 그러나 지금도 공항에는 위험이 도사리고 있었고, 내 마음에 들지 않는 어떤 기류가 흐르고 있었다.

난 그에게 다가갔다. 그의 얼굴에 생긴 모든 주름이 그가 어디에 있었고 누구인지를 보여 주는 지도와 같았다. 아버지이자 사업가, 친구이자 보호자. 내 심장이 요동쳤다. 진실로 남성을 대단하게 만드는 건 내면에 자리한 사랑이다. 난 벌써 그가 그리워졌다.

“아빠, 잠시 자리 좀 비켜 주실래요?” 아빠가 고개를 끄덕이고 탱크와 마일스와 함께 커피 가판으로 갔다.

“어린 피닉스.” 챈이 내 어깨에 손을 올렸다.

“전부 다 고마워요, 챈.” 내 눈에 눈물이 가득 맺혔다.

“당신이 아니었다면 이번 일을 끝낼 수 없었어요.”

그가 고개를 끄덕이고 웃었다.

“돈을 많이 벌어 주고 네 모든 공을 가져갈 사람이 필요하다면 또 불러 주렴.” 그가 장난스럽게 웃었다.

난 그가 이렇게 유머러스한 사람이었는지 몰랐다. 링 박사가 확실히 그의 인생을 화사하게 만들었다. 그 점이 너무 좋다.

“저기, 너무 신경 쓰지 마세요. 경호원들이 앞으로 한두 달간 감시할 거예요. 체사레가 우리 모두에게 반격이 있을지도 모른다고 제게 알려줬어요.”

“반격이 있다면 네가 그것도 해결해 줄 거라고 믿어. 두렵지 않단다.” 그가 진지해졌다.

“우린 훌륭한 팀을 이루었어, 어린 피닉스. 늘 그랬지. 어쩌면 언젠가 카이도 돌아올 거고 그 점을 보게 될 거야.”

난 그를 데리고 한 귀퉁이로 갔다. 사람들이 우리에게 다가오지 못하게 경호원들이 경계를 서 주었다.

“아셔야 할 게 있어요. 카이가 이곳 헬싱키에 있었어요. 북극에서도요. 카이의 임무는 팔레르모와 테라 리베라타를 살피는 거예요.”

난 목소리를 낮추었고 숫자가 듣는 귀가 없다고 알려 주었다.

챈이 고개를 끄덕였다. 그의 얼굴에 놀란 기색이 없었다.

“알아.”

"그래요?" 난 헉 소리를 냈다.

"어떻게요?"

"아버지는 늘 아들의 기척을 느끼지." 챈이 흥얼거렸다.

"그리고 모두가 무언가를 가리려고 아주 열심히 노력하는 걸 알았어. 언제 계획대로 해야 하는지 알 정도의 머리는 있거든. 그게 아니면 내가 어떻게 성공할 수 있었겠니?"

난 미소를 지었다. 챈의 말이 맞았다. 그는 말을 하든 안 하든 쉽게 알아차렸다. 나는 아랫입술을 깨물었다.

"더 있어요. 카이가 위장 수사 업무를 원해서 절 떠난 게 아니에요. 사실 그는 그 임무를 거절하려고 했어요. 근데 제가 억지로 하게 했어요. 제가 우리 관계를 끊어 내면 그가 절 떠나는 죄책감을 느끼지 않고 일을 맡을 수 있을 거로 생각했거든요. 그게 카이를 위한 옳은 결정이라고 생각했어요. 근데 제가 틀렸어요."

"어허." 그가 한숨을 쉬면서 머리를 끄덕였다.

"그래서 떠날 때 그 애가 그렇게 속이 상해 있었구나. 아주 상심했었거든."

"전 카이를 사랑해요."

챈에게 내 감정을 털어놓으니 부끄러워 얼굴에 열이 올랐다. 하지만 상관없었다.

"카이를 잃고 싶지 않아요. 지금 그는, 그러니까 절 그리 믿지 않아요. 그를 되찾을 수 있을지 모르겠어요."

나 때문에 카이가 더 큰 위험에 처했다는 말은 하지 않았다. 챈이 고개를 까닥였다.

"챈가 남자들은 그렇게 쉽게 여자를 잊어버리지 않아. 너도 알다시피 그 애는 나랑 비슷하잖니." 챈이 잠시 말을 멈췄다.

"나한테 알려 줘서 고맙구나."

"화나지 않으세요?" 내가 물었다.

그가 고개를 저었다.

"몰리가 이런 말을 했어. 분명 레드가 해 준 말이겠지. *제 아무리 어두운 폭풍우도 솟아오르는 태양을 막을 수 없다.* 뭐가 됐든 햇살은 다시 반짝일 거야." 그가 말했다.

"다들 실수를 만회할 기회가 있다는 거 알잖니."

"그러면 당신이 허락했으니…." 내가 말했다.

"전 카이를 다시 찾을래요."

챈이 의구심 어린 표정으로 날 쳐다봤다.

"어떻게 하려고?"

"아직 잘 모르겠어요."

이미 내 머릿속에는 계획이 섰지만 그렇게 말했다. 누구도 그 계획을 좋아하지 않을 테지만 그게 내가 가진 전부다. 내가 카이와 함께 결정을 내려야 할 때가 됐다.

"성급하게 움직이지 않겠다고 약속해 주렴. 물론 그건 너한테 숨을 쉬지 말라는 말과도 같겠지만." 그가 웃었다.

"네가 카이를 집에 데려와도 난 상관없단다. 대신 온전한 상태로 데려와 주면 좋겠구나."

그리고 마치 레드가 그를 통해 말하듯 그가 눈빛에 깊은 이해심을 담아 미소를 지었다.

"내가 축복해 줄게."

CHAPTER 79

∞

워싱턴 주 웨스트 시애틀, 리버스 가족의 집

핀란드 임무 2주 뒤.

"레인 카터가 살아 있어요."

내 앞 소파에 앉은 마리골드와 아빠는 말이 없었다. 우리는 레드의 일기장에 대해서 즐겁게 이야기를 나누었다. 난 모든 수업, 모든 말을 기억했고 마음이 아프지만 카이가 쓴 시가 담긴 노트도 가지고 있었다. 그러다 이 뉴스를 터트렸다.

난 2주간 어떤 식으로 이야기를 꺼낼지 고민했고 또한 확신이 필요했다. 조사해 보니 틀림없었다. 모든 숫자와 증거들이 확인해 줬다. 그녀는 살아있을 뿐 아니라 카이와 같이 있고 팔레르모 밑에서 일하고 있었다.

나는 모래사장 위로 회색 파도가 일렁이는 창가에서 몸을 돌려, 놀라 검은 눈동자가 휘둥그레진 마리골드를 쳐다봤다.

"핀란드에서 그녀를 봤어요."

난 터널에서 있었던 일부터 카이가 그 여자애와 함께 차로 달아난 것, 카이가 노블과 내게 쓴 엄청나게 효과가 잘 듣는 약에 대해 전부 설명했다. 그러자 마리골드의 얼굴이 창백해지고 그녀의 주파수가 수많은 진동으로 부서져 방 안으로 무너져 내렸다. 그렇지만 그녀는 내가 아는 평소의 강인한 여성으로 남았다. 단지 이번에 그녀는 손이 하얘질 때까지 아빠의 팔을 잡은 모습이었다.

눈빛 너머로 어머니의 고통과 사랑이 반짝였다. 지난 몇 주간 내가 느낀 테마와도 같았다. 말을 끝내자 마리골드가 자신의 감정을 억눌렀다. 그녀는 어떤 해결책도, 생각도 제시하지 않았다. 마리골드에게는 정리할 시간이 필요했다. 나도 마찬가지였다.

복잡한 조각들이 레인과 너무 많이 얽혀 있었다. 카이, 팔레르모, PSS. 마리골드가 한때 그 애를 자기 딸로 생각했다는 점, 어쩌면 그녀가 내 자매들이나 나를 최근에 바라보는 모습과 별반 다르지 않을 것이다. 내 일부는 이제 그 점이 바뀔 것인지 궁금했다.

마리골드가 다가와서 날 안아주었다. 난 질식할 뻔했다. 그녀가 나에게 감정을 드러낼 줄은 몰랐다. 그저 일주일 전부터 PSS 사무실 밖에서 그녀를 마리골드라고 부르기 시작했을 뿐인데. 어쨌든 그녀의 품은 포근했다.

"고마워, 조세핀." 그녀가 낮고 고요한 목소리로 말했다. 그리고 자리에서 일어나 두꺼운 회색 오버코트를 집었다.

"몇 분 동안 해변을 산책해야겠어요. 금방 올게요." 그녀가 설명하고는 뒤쪽 현관 슬라이딩 도어를 열고 나갔다.

아빠는 잠시 기다렸다가 그녀가 시야에서 사라지자 내게 몸을 돌렸다.

"있잖아, 조." 아빠가 말했다.

"더 일찍 우리한테 말해 줬어도 됐잖니."

난 손에 머그잔을 들고 아랫입술을 깨물었다. 아빠의 말이 맞지만 레인 카터는 내 머릿속에서 빙빙 도는 것 그 이상이 있었다. 카이와 그녀가 떠나는 걸 본 뒤로 내 머릿속에서 계산이 멈추지 않았다.

벽난로에서 장작 타는 소리가 났다. 불을 가만히 쳐다보니 소나무와 돌 타는 냄새가 북극의 사우나를 연상시켰다.

아빠는 내가 더 이상 레인 이야기를 하고 싶어 하지 않는다는 것을 알아차렸다. 그래서 다리를 움직이며 내게 차를 더 따라 주었다.

"그래, 카이랑 노블과 무슨 일이 있었던 거니?"

아빠가 적극적으로 물었다. 아빠는 내가 말을 꺼낼 때까지 참고 기다렸지만 아빠로서는 힘들었을 걸 난 알았다.

"지금쯤이면 네가 말해 줄 거라고 생각했단다…. 아빠가 다 들어 줄게."

"죄송해요, 아빠." 내가 아빠의 무릎을 감쌌다.

"아빠 말이 맞았어요. 저와 같은 방향으로 가는 사람을 찾아야 했어요. 무엇이든 같이 해결할 수 있는 사람, 그리고 그런 사람을 찾았어요."

난 잠시 말을 멈추고 창고에서 내 주파수를 감싸던 카이의 주파수를 생각했다. 우리 보트 아래 있던 고래처럼 나도 그를 느낄 수 있다. 어디를 가든 난 절대 그에게서 벗어나지 못할 것이다.

"카이가 바로 그 상대예요…."

"좋았어! 그럴 줄 알았어!"

아빠가 자리에서 들썩이고 팔꿈치를 옆으로 날린 다음 다시 자세를 잡았다.

"미안하구나. 아빠가 좀 흥분해서. 아빠는 노블도 정말 좋지만 카이가 보고 싶어…. 음, 계속하렴. 그래서 너희는 다시 만나기로 했니?"

"그런 건 아니에요." 내가 컵을 내려놓았다.

"제가 한 행동 때문에 카이가 정말 속이 많이 상했어요."

아빠가 인상을 썼다.

"네가 헤어지자고 해서?"

"그 부분이 아니에요." 난 아랫입술을 깨물고 불편한 표정을 지었다.

"제가 그에게 약을 먹였어요."

"뭐라고?" 아빠가 비명을 질렀다.

"조!"

난 어깨를 으쓱였다.

"당시에는 좋은 생각 같았어요. 말하자면 길어요." 내가 고개를 저었다.

"카이는 더 이상 절 믿지 않아요. 그래서 다 끝났어요."

난 그걸 뒤집을 계획이 내 머릿속에 있다는 점을 언급하지 않았다.

아빠는 눈이 휘둥그레져서 '약을 먹인' 부분에 있어서 카이의 입장에 동의한다는 점을 분명히 보여 주었지만, 결국 내 손을 잡았다.

"아니야, 얘야. 난 서로에게 감정이 깊은 두 사람을 보면 알 수 있어. 사람들이 괜히 아빠한테 연애 박사라고 하는 게 아니란다. 그 애는 다시 돌아올 거야. 언젠가 둘이 함께하겠지."

언젠가. 나한테는 구체적이지 않아 충분하지 않은 숫자다.

아무튼 난 아빠에게 미소를 지어 보였다.

"고마워요, 아빠. 아빠가 막 희망을 품은 건 알지만 그보다 더 많은 게 필요할 거예요. 다음에 올 것이 뭐든 힘든 일이 될 거예요. 느낄 수 있어요."

K2가 중국에서 전화가 왔다고 알려 주었다. 난 얼른 일어나 핸드백을 뒤지며 휴대전화를 찾았다. 매주 챈과 이야기하는 시간이 돌아왔다.

"죄송해요, 아빠. 이 전화를 받아야 해요. 오늘은 시간이 별로 없거든요." 내가 전화를 받았다.

"자오(Zao 좋은 아침이에요). 오늘 일찍 일어나셨군요." 난 갑자기 말을 멈췄다.

"아, 안녕하세요. 링 박사님."

그녀는 겁에 질린 목소리였다.

"천천히요. 무슨 일이에요?"

내 미소가 사라졌다. 혈관으로 피가 들끓기 시작했다. 난 떨지 않으려고 단호한 목소리로 말했다.

"그는 지금 어디 있어요?"

난 눈을 감았다. 언제 이런 일이 일어날지 궁금했다. *반격이다.*

난 링 박사가 하는 말을 다 듣고 몸이 뻣뻣해져서 중국으로 가는 첫 비행기에 오르려는 충동을 억눌렀다.

"제가 해결할게요." 난 낮고 안정적인 목소리로 말했다.

"약속해요."

나중에 다시 전화하겠다고 약속한 뒤, 난 휴대전화를 떨어뜨렸다. 머릿속에서 방정식 천 개가 요동쳤다.

아빠가 자리에서 안절부절못하며 기다리고 있었다.

"무슨 일이니?"

"챈이…." 난 창가로 걸어갔다. 파도 위 서쪽을 쳐다보자 내 계산이 조류처럼 솟구쳤다.

"혼수상태래요."

CHAPTER 80

워싱턴 주 시애틀, 워싱턴 대학교 PSS 본사

2주 뒤….

가장 안전한 길이 늘 옳은 길은 아니다.

내 다리 사이에서 오토바이 엔진이 최대 8,000rpm의 주파수로 달렸다. 도로의 각이 45도고 바람이 가슴으로 부딪혀 폭풍우에 갇힌 연처럼 날 핸들에서 떨어뜨리려고 했지만 내가 느끼는 거라고는 본능 속에서 솟구치는 새로운 가능성뿐이었다.

햇살이 아주 강렬하게 빛났다. 주파수가 사방에서 윙윙거렸다. 숫자가 길거리로 쏟아졌다. 내 앞의 속도와 방향을 계산하는데 계속 수정해 왔던 계획이 자리를 잡고 굽어졌다. 겁이 났다. 하지만 물러서지 않을 것이다. 어떤 도전이 앞에 있든 맞설 것이다. 챈, 카이, 레인을 위해서. 내 뒤를 따르는 이들을 위해서.

내 두카티는 소음이 거의 나지 않도록 에디가 손봐줬다. 난 항상 은밀하게 움직이는 걸 좋아하지만 고요함 또한 생각할 시간을 주었다. 그런데 지금 이 바보 같은 오토바이는 정서적으로 날 고문했다. 카이가 도로의 커브마다 나타났고 드릉거리는 엔진소리와 자유로운 분위기까지 고스란히 느껴졌다. 오토바이를 타면 그에게 한층 가까이 있음을 느낀다.

K2로 급한 연락이 왔고 팀원들이 이미 집합해 날 기다리고 있다고 알려 주었다. 테일러 대표가 오늘 아침에 긴급회의를 소집했다. 에디와 펠리시아가 마침내 카이가 준 코인을 해킹했다.

“네가 이리 빨리 오는 게 중요해.” 아까 에디가 전화했을 때 말했다.

“너한테 알려 줄 다른 중요한 소식도 있어.”

“나도 전할 소식이 있어.” 내가 대답했다.

내 앞에 뭐가 있는지 마침내 그들에게 말해 줄 때가 되었다.

대학으로 들어가 오토바이를 세우는데 캠퍼스가 컴퓨터 게임 속 수학 그래프처럼 내가 피하면 포인트를 얻는 장애물을 보여 주었지만, 위험을 피하는 건 다음 게임에 이기는 내 방식이 아니었다. 난 결승선을 넘을 때까지 거기서 눈을 떼지 않을 것이다.

테라 리베라타가 이번 일을 사적으로 만들었다. 난 이미 정전을 통해서 그들에게 한번 메시지를 보냈다. 그리고 다른 메시지가 이제 막 보내지려는 참이다. 이 게임을 하는 사람은 그들뿐만이 아니며, 그 끝은 그들이 생각하는 것보다 가까이 다가왔다.

문제는 그러려면 테일러 대표가 우리에게 내린 모든 지침을 어겨야 한다는 데 있었다. 한편으로 내 마음을 바꾸게 한 한가지 PSS 프로토콜이 있는데 그건 경호원 부분이다. 난 한 명을 원한다. 아주 특정한 경호원. 그리고 그를 얻을 것이다. 그 말은 내가 하고 싶지 않아도 해야 하는 일이 있다는 뜻이다.

난 PSS를 관둬야 했다.

∞

내가 들어가니 대강당이 조용해졌다.

난 자리에 앉아 실내의 모두와 눈빛을 교환했다. 우리 사이에는 이 세상에서 보기 드문 신뢰가 쌓여 있었다. 우리가 함께 넘은 많은 선을 생각했다. 함께 생사를 오갔고 승리했다. 그들은 내 팀이다. 그래서 그들을 떠나기가 아주 힘들 것 같다.

하지만 이제 날 위한 선택을 내리는 건 멈추고 카이와 날 위한 선택을 해야 한다. 그건 챈에게 줄 해독제를 확보하는 일에서부터 시작한다. 카이가 자기 아버지 일에 대해 알면 절대로 날 용서하지 않을 테지만 난 치료제를 구하려고 노력해야 한다. 챈이 한 말이 지금도 내 귀에 생생하다.

반격이 있다면 네가 그것도 해결해 줄 거라고 믿어.

카이가 내게 두 번째 기회를 주든 안 주든 난 그를 집으로 데리고 올 거고 내 개인적인 감정과는 상관없이 레인 카터도 데려 올 것이다.

마침내 테일러 대표가 아빠와 함께 들어왔고, 뒤로 라모스 요원이 따라왔다. *아 이런, 저 사람이 왜 여기 있는 거야?* 라모스가 다른 일로 여기 왔다면 그는 확실히 실망할 것이다.

"다들 와 줘서 고마워요." 테일러 대표가 나무 테이블에 앉아 양손을 포갰다.

"우리에게 몇 가지 발표할 사항이 있어요."

에디가 어색하게 내게 미소를 지었고 나머지 팀원들도 과도한 표정으로 날 쳐다봤다. 모두 내가 모르는 뭔가를 확실히 알고 있었다.

난 의자에 깊숙이 기댔다.

"일단 여러분의 소식부터 듣고 싶군요."

몹시 초조해하는 테일러 대표와 침착하고 냉정한 라모스 요원이 기자 회견 때처럼 붉은 머리를 쭉 편 펜즈를 향해 고개를 끄덕였다.

"공식적인 통보입니다." 그녀가 발표했다.

"PSS가 임무를 받았습니다."

"무슨 임무?" 내가 물었다.

라모스 요원이 내게 정부 기관에서 받은 법적 문서를 건넸고 목청을 가다듬었다.

"특별팀이 공식적으로 재개됐습니다."

실내가 조용해지고 모두가 내 반응을 기다렸다. 내 숫자가 급속도로 서른 가지의 다른 방향으로 피어올랐다. 테일러 대표는 내가 그 팀을 이끄는 경우에만 부서를 다시 열겠다고 말했다. 분명 이건 사실이 아니다. 이런 상황에서 지금 떠날 거라고 난 어떻게 말해야 하지?

"어때?" 해리슨이 함박 미소를 지으며 물었다.

"신나지 않아?"

난 긴장한 미소를 지은 뒤 목으로 올라오는 말을 힘겹게 내뱉었다.

"신났을 거예요…. 내가 오늘 이 자리에 일을 그만두겠다고 온 게 아니라면."

팀원들이 고개를 이리저리 움직이고 서로 눈길을 주고받았다. 그들의 숫자가 내게 놀랍지 않다고 알려 주었다. 내가 속은 거다.

"이유를 설명해 주겠어요, 조?"

테일러 대표는 이 대화를 대비했다. 이런 식으로 알게 되어서는 안 되는 우리 아빠도 마찬가지고.

할 수 없지. 난 기대에 부합하려고 가방에서 파일 뭉치를 꺼내 전 PSS 소녀의 얼굴이 커버에 나와 있는 파일을 내려놓았다. 난 인상을 썼다. 그녀의 아름다운 얼굴조차 내겐 짜증스러우니까. 지금쯤 그들은 카이와 레인에 관한 이야기를 들었을 테고 당연히 챈이 의식불명이라는 소식도 알 것이다.

난 다리를 꼬고 단호한 표정을 지었다.

"제가 해야 할 일이 있어요."

라모스 요원이 내 파일을 집었다.

"놀랍군요." 그가 서류 가방을 열고 작은 코인 장치를 꺼냈다.

지금은 반으로 갈라져 작은 칩이 드러나 있다.

"그런데 당신은 아직 내 파일을 보지 못했나 봐요. 아니면 코인 안에 든 게 뭔지 못 봤거나. 난 이것을 당신이 몹시 보고 싶어 할 거라고 장담합니다."

그는 모두가 볼 수 있도록 정보를 스크린 위에 띄웠다.

"카이가 네임리스로 알려진 해커를 통해 테라 리베라타를 위해 만든 이 작은 칩을 가로챘어요." 그가 말했다.

라모스 요원이 내게 인내 어린 미소를 짓고 내 파일 옆 책상으로 갈색 봉투를 내려놓았다.

"펠리시아가 네임리스를 추적한 지 몇 주째가 되던 어제 아침, 우리는 해커의 위치를 찾았습니다. 그는 지금 수감 중입니다."

"그래서요? 저더러 해커와 대화하라는 건가요?" 내가 물었다.

"그건 아니에요." 테일러 대표가 길게 숨을 들이마셨다.

"조, 우린 이제 조짐을 읽을 정도로 당신에 대해 잘 알아요. 당신이 왜 쉬지 못하는지 이해해요. 팀원들과 라모스 요원이 내게 이 아이디어를 가지고 왔을 때 좀 걱정됐지만, 당신을 위해 몇 가지 규칙을 기꺼이 깨도록 하죠."

"무슨 뜻인가요?" 내가 물었다.

라모스 요원이 책상에 손을 올려놓았다.

"당신이 원하는 일을 하면서 PSS에 계속 있을 방법을 알고 있어요. 당신이 듣고 싶어 한다면 말이죠."

그가 내게 코인 안에 뭐가 있는지 보여 주었고 내가 본 것들이 숫자를 불타오르게 했다.

라모스 요원을 만나고 처음으로, 그리고 그가 제안한 모든 임무를 거절한 뒤로 마침내 난 갈등하게 됐다.

난 좌석에 등을 기대고 양손을 무릎에 올렸다.

"계속해 보세요. 들어볼 테니."

에필로그

아제르바이잔, 바쿠, 아제르바이잔 교도소

두 달 뒤….

시간 말고 셀 수 있는 게 더 남지 않았다.

이 카드 게임은 예측 가능하며, 이 조합으로 하는 어떤 카드 게임이라도 그럴 것이다. 내가 카드를 셀 필요가 없는 건 모두가 너무 뻔해서다. 자면서 아이들과 게임을 하는 것과 같다. 다만 그들이 나보다 나이가 많고 땀에 찌든 교활한 남성과 여성으로 시간이 무지 많다는 점만 빼면.

난 젊은 아제르바이잔 남성 앞에 카드 하나를 내려놨다.

"라킨." 내가 씩 웃었다.

"내가 또 이겼어. 빚을 갚아요."

남성이 신경질을 내며 가슴팍을 긁적이고 성난 입술을 굳게 다물더니 날 내려다봤다. 난 그가 긴장을 풀고 웃음을 터트릴 때까지 노려봤다.

"넌 정말 대단해." 그가 배를 잡고 말했다.

"알았어, 오늘 밤 유시프를 이길 수 있게 다른 것도 가르쳐 줘."

난 몸을 구부리고 그의 손에서 카드를 낚아챈 다음 단호한 표정을 지었다.

"당신 애들을 부르기 전까진 어림없어요."

그가 긴 콧수염을 쓰다듬고 투덜거렸다.

"넌 별로 변한 게 없구나. 금방 올게. 내 자리 따뜻하게 데워 놔."

라킨이 서둘러 복도를 나선 뒤 빛바랜 전투복을 입은 간수와 함께 남성과 여성 감방에서 뽑힌 일부 재소자들이 간수를 돕는 일을 하는 교도소 공동 작업장으로 들어왔다. 휴식 시간이었다.

간수가 내게 연기에 찌든 미소를 지었다. 아주 활짝 웃고 있어서 그게 무슨 의미인지 파악할 수 있었다. *면회가 있다.* 마침내. 난 이 교정 시설에서 콘크리트 베개를 베고 자고 기름진 밥을 먹으며 벌써 48일을 보냈다. 이제 끝낼 준비가 됐다.

간수가 자길 따라오라고 손짓했을 때 답례로 내가 웃었다. 아직 내 짧은 머리에 적응이 안 됐고 턱도 계속 아팠다. 펜즈와 에디가 감지되지 않는 새로운 장비를 고안해 내 치아에 숨겨 뒀다. 아주 편리하다거나 편하진 않다.

우리는 창문이 없는 복도를 따라 여성 감방으로 이어지는 길을 걸었다. 난 기다리라는 이야기를 듣고 대기 장소에 머물렀다.

1분 뒤 무장한 간수 두 명이 정문을 통해 들어왔다. 백인 한 명과 중앙아시아 여성 한 명이 날 찾을 때까지 독방 문을 열어젖혔다. 피부가 밝은 여성이 내 감방을 열고 팔로 날 잡아 앞으로 끌어냈다.

"날 어디로 데려가는 거예요?"

난 따져 물으며 그들의 움직임을 계산하고 메모했다. 그들의 주파수가 내 주변으로 떠다니다가 갑자기 내 몸으로 온기가 퍼졌다. 난 모든 걸 차단하고 한 가지에만 집중했다. *그가 가까이 있다.* 느낄 수 있었다.

"보스한테로."

난 지식을 치워 버리고 목청을 가다듬었다.

"나한텐 보스가 없는데요."

"넌 전에 그를 위해 일했잖아. 팔레르모 리치. 이제 알아듣겠어?" 여성이 날 여성 구역 밖으로 끌어냈다.

"그에게 빚을 졌지." 내가 씩씩거렸다.

"난 그가 원하는 걸 줬어요, 두 번이나. 중간에 누가 가로챈 건 내 탓이 아니라고요."

"그래서 그가 널 풀어 주는 거야. 너한테 기회를 한 번 더 주려고." 여성이 말했다.

"그러니 감사하도록 해."

내 머리 위로 자루가 씌워졌고 톡 쏘는 곰팡내에 구역질이 났다. 한 번도 씻지 않은 자루다. 확률을 계산할 필요조차 없다. 그러나 별로 신경 쓰지 않았다. 그에게 가까이 다가갈수록 심장이 더 빨리 뛰었기 때문이다.

우리는 교도소의 다른 쪽으로 이동했고 공기가 따뜻한 밖으로 나갔다. 이제부터는 내 머릿속 지도가 주도했다. 우리는 지금 감옥 외부 정문 근처에 있고, 제한구역인 남쪽으로 가고 있다. 난 어느 방 안으로 떠밀려 들어갔고 머리에 씌워져 있던 자루도 벗겨졌다. 숨을 쉬려고 헐떡거렸으나, 자루를 썼을 때와 별반 다르지 않았다. 방 안은 담배 연기로 자욱하고 톡 쏘는 술 냄새로 질식할 것 같았다. 간수 다섯 명이 잔뜩 흠집이 난 테이블 주변에 앉아서 날 노려보았다. 다 처음 보는 얼굴들이다. 그리고 그는 방 안에 없었다.

다시 나더러 기다리라고 했다. 난 대들지 않았다. 1분 뒤, 밖에 차량이 도착했다.

기억해, 넌 네임리스로 가장한 거야. 그녀에 대해 내가 읽은 모든 것이 지금 되살아났다. 그녀는 사람의 마음을 가지고 놀며 게임 이론, 퍼즐을 활용하고 천재 수학자인 존 내쉬의 광팬이다.

마침내 공기가 진동하고 따끔거렸다. 난 이 순간을 위해 스스로 단련했다. 온기가 방 안으로 들어와 내 숨을 앗아가겠다고 위협했지만 이를 악물었다. 그리고 3초 뒤 그가 걸어 들어왔다.

카이가 어깨를 뒤로 폈고 그의 몸은 내가 마지막으로 봤을 때보다 살짝 커져 있었다. 그가 한 번 날 쳐다보곤 멈췄다. 우리의 주파수가 한밤의 경기장보다 더 밝게 반짝였다. 그렇지만 헬싱키 때와 마찬가지로 그의 눈빛에는 아무것도 없었다. 누구도 우리가 서로 아는 사이라고 상상할 수 없을 거다. 우리를 결합하는 주파수를 볼 수 있지 않는 한.

내 뺨에 있는 마흔두 개의 근육이 미소 짓게 하지 않으려고, 내 뱃속에서 시속 161만 킬로미터로 588마리의 나비가 요동치는 걸 잠재우려고 사력을 다했다. 뒷배경에서 치명적인 무기 6개와 가능한 위협 13개를 알아차렸음에도 말이다.

여성이 카이를 향해 말했다.

“저 애를 묶어, 어셔.”

“누군데요?” 그가 퉁명하게 말했다.

“우리가 찾는 해커일 리 없어요.”

“여자라서 놀랐어?” 여성이 말하고 날 향해 검은 눈동자를 번뜩였다.

“저 애가 물진 않을 거야. 팔레르모가 저 애한테서 대답을 듣고 싶어 해. 협조하지 않으면 다른 이들처럼 잠들게 되겠지.”

여성의 위협에 카이가 이를 악물었고, 그의 주변으로 숫자가 이 안의 모든 걸 없애 버리겠다고 위협했다. 그렇지만 그는 시키는 대로 내 쪽으로 걸어왔다. 카이의 시선이 나와 마주치고 불길이 타올랐다. 그는 확실히 속이 상했지만 더한 무언가가 있었다. 무슨 생각을 하는지 해석할 수가 없다. 내가 다시 스스로를 위험에 빠트린 걸까? 또다시 그의 임무를 방해한 걸까? 그의 작별 인사가 최종 통보였을까?

지금은 상관없다. 난 최악의 장소에서, 나쁜 확률과 더 나쁜 음식과 함께일지 몰라도 그와 함께한다면 내가 있어야 하는 곳이 맞다.

카이가 내 손목을 묶고 교도소 외부 정문을 지나 400미터 거리에 있는 검은색 밴으로 데려갔다. 그 안에서 주파수 세 개가 흘러나왔고, 팔레르모의 것은 없었다. 그가 직접 날 데리러 올 거라 기대하진 않았다. 차 문이 스르륵 열렸다.

날렵하고 유창한 목소리가 차 안에서 들렸다.

“아, 우리가 마르고 닳도록 들었던 그 유명한 해커구나. 네임리스.”

여성의 새까만 검은 눈동자가 내 시선을 마주했다.

“일을 완수한 소녀, 드디어 얼굴을 보는군. 그래, 우리가 널 풀어 줬으니 진짜 이름을 말해 줄래?”

난 옷 아래 숨겨 둔, 피부에 검은 잉크로 낸 새로운 자국을 떠올리며 교활한 미소를 지었다. 정말로 다 제자리로 돌아오는가 보다.

“난 이름이 없어요.” 내가 목을 꺾으며 말했다.

“숫자가 있지.”

CALCULATED
SEQUELS
SIMULATED
ACTIVATED
LIBERATED

감사의 말

《액터베이티드》는 가장 짧은 시간 안에 써야 했던 가장 힘든 책이었기에 제대로 나올 수 있게 도와주신 모든 분에게 감사를 전하고 싶다.

출판 담당자 레이첼 델 그로소(Rachel Del Grosso), 제이크 브레이(Jake Bray), 크리스틴 야너(Kristin Yahner)를 비롯해 보이지 않는 곳에서 묵묵히 일해 준 와이즈 울프사의 모든 직원에게 감사한다. 이 책을 제대로 만들 수 있도록 내게 시간을 주고 다시금 이 시리즈를 세상에 내놓을 수 있다고 믿어 줘서 감사하다.

내 에이전트 에이미 제임슨(Amy Jameson)에게 감사한다. 가장 까다로운 비평가이자 다재다능한 코치로 내 책과 내가 성공할 수 있도록 최선을 다해 도와주었다. 책 쓰는 일이 올림픽 종목이라면 당신 덕분에 내가 금메달을 딸 수 있었다.

《캘큐레이티드》 필름 프랜차이즈의 프로듀서인 존 리 주니어(John Lee Jr.), 제이 브렌츠(Kay Brents), 스티븐 울워스(Steven Wollwerth). 조 리버스에 대한 여러분의 믿음이 내 세상을 바꿔 놓았다. 여러분이 없었다면 이 시리즈는 여기까지 오지 못했을 것이다. 특히 전문성과 열정, 지원을 아끼지 않은 마르코 셰퍼드(Marco Shepherd)와 테이 센티네오(Tay Centineo)에게 감사한다.

내 멋진 비평가 파트너이자 충실한 베타 독자이자 편집자들에게 감사한다. 엘렌 맥긴티(Ellen McGinty), 첼시 보불스키(Chelsea Bobulski), 타마라 지라디(Tamara Girardi), 캔디스 케이드(Candace Kade), 레베카 알렉산드루(Rebecca Alexandru), 베키 딘(Becky Dean),

레베카 우-크라우스(Rebecca Woo-Krauss), 힐러리 매그너슨(Hilary Magnuson), 사라 장(Sara Zhang), 케이티 왕(Katie Wong), 미셸 창(Michelle Tsang), 제니 클라(Jenni Claar), 케이틀린 원넬(Katylin Wonnell), 에린 험프리(Erin Humphrey), 이라 맥비(Ira McBee)에게 감사한다. 키드릿넷의 숙녀들에게도 감사한다! 여러분이 내게 준 지혜와 피드백, 지지를 말로 다 표현할 길이 없다. 나와 내 책을 사랑해 줘서 고맙다.

아끼는 내 친구이자 핀란드어와 문화에 대해 조언해 준 메리 타키넨(Meri Takkinen)에게 고마움을 전한다. 당신의 시간, 통찰, 배려가 이 책의 진정성을 더 빛나게 해 주었다. 특별히 제시카 태미넌(Jessica Tamminen)에게 감사한다.

엔지니어, 광학, 위성, 로켓, 해커, 기술적 조언을 해 준 여러분에게 엄청나게 감사한다. 저스틴 가드너(Justin Gardner), 아서(Arthur)와 캐슬린 프리먼(Kathleen Freeman), 폴 프리먼(Paul Freeman), 크레이그 팬넬(Craig Pannell), 글렌 플라이시먼(Glenn Fleishman). 여러분의 정신력과 열정은 대단하다!

책을 쓰는 동안 날 격려해 준 친구들에게 고맙다고 말하고 싶다. 내 토요일 친구들, 사자자리 친구들, 중국 친구들에게 감사한다. 여러분은 자기 일처럼 내 꿈에 끊임없이 생명력과 에너지를 불어넣어 주었다. 너무너무 감사한다. 크리스 럼리(Chris Lumry), 어맨다 웬저드(Amanda Wengerd), 애니 수(Annie Su), 웨인 로(Wayne Lo), 커스틴 마운트(Kirsten Mount). 여러분의 적절한 단어 선택이 내가 다시 집중하고 용기를 얻을 수 있게끔 해 주었다. 우리 스트리트 팀 특히 이 시리즈를 사랑하고 살펴봐 준 메건

윌브우드(Megan Walvoord), 해너 오네게르(Hannah Honegger), 밸러리 노테스(Valerie Notess), 마리엘 헤닝(Marielle Henning), 다코타 포스터(Dakota Foster)에게 감사한다. 내가 책을 쓸 수 있게 수없이 많이 오두막을 빌려준 뎁 림(Deb Limb)에게 엄청난 고마움을 느낀다. 이건 어마어마한 축복이었고 당신의 우정, 기도, 지원이 내게 진정한 선물이 되었다.

내 책을 미리 주문하고 메시지를 보내 깊은 애정을 나누고 이 시리즈에 대한 통찰을 전해 준 모든 독자에게 감사한다! 등장인물에 대한 여러분의 애정에 몸 둘 바를 모르겠다. 이 책은 여러분의 것이다!

전폭적으로 지원해 준 가족들과 그 배우자들, 테리(Terry)와 다이앤 맥비(Diane McBee), 아이작 슈미드(Isaac Schmid), 올리비아 라모스(Olivia Ramos), 린 슈미드(Leanne Schmid). 항상 내 기분을 북돋아 줘서 고맙다!

우리 부모님 리처드(Richard)와 헬렌 슈미드(Hellen Schmid)에게 감사한다. 이 책을 두 분에게 바치는 이유가 있다. 두 분이 자녀에게 주신 사랑, 믿음과 다정함은 금처럼 귀중하다. 책과 글쓰기, 도전에 대한 열정을 내게 물려준 아버지에게 감사한다. 우리의 핀란드 뿌리, 언어, 문화, 전 세계적인 모험에 대한 애정을 물려준 어머니에게 감사한다.

굉장한 내 세 자녀에게도 고맙게 생각한다. 날 책보다 더 도전적으로 만들고 늘 살아 있게 해 주었다. 언젠가 너희가 쓴 글을 읽을 날이 빨리 왔으면 좋겠다.

내 남편 이라 맥비(Ira McBee). 당신에게 1,000권을 바쳐도 부족하다는 걸 잘 알고 있다. 당신이 내게 준 호의와 계속 이어지는 그 감정이 정말로 대단하다고 느낀다. 당신은 내 아래를 스치는 바람과도 같은 — 아, 잠시만, 내가 너무 뻔한 비유를 들면 당신이 화내겠지! 사랑해요.

늘 하느님에게 감사드립니다. 당신이 제 어둠을 밝혀 주셨습니다.

《액터베이티드》에 쏟아진 호평들

"《캘큐레이티드》 시리즈의 세 번째 책 《액터베이티드》에서 조 리버스가 그 어느 때보다 근사한 모습으로 우리에게 돌아왔다. 매혹적이고 실감 나는 묘사, 아슬아슬한 액션, 탄탄하고 박진감 넘치는 전개, 사람의 마음을 파고드는 사랑 이야기까지 담은 이 책은 스릴러 장르에서 기대하는 모든 요소를 뛰어넘고도 남는다. 영 어덜트 장르에서 단연 최고로 꼽을 수 있는 걸작이다. 절대 놓치지 말길."

– 《더 우드(원제: The Wood)》와 《리멤버 미(원제: Remember Me)》,
《내가 바라는 크리스마스(원제: All I Want For Christmas)》 시리즈의 저자
첼시 보불스키(Chelsea Bobulski)

"손에 땀을 쥐게 하는 스릴러면서도 인생의 의미를 되새기게 해 주는 특별한 책이다. 독특한 소재의 《액터베이티드》는 독자의 가슴을 갈기갈기 찢어 놓기도, 마음을 뭉클하게 만들기도 한다. 사상 최대의 위험에 맞서는 조 리버스가 우리의 상상력을 자극한다. 장르를 넘나드는 시리즈의 대장정은 쭉 계속된다!"

– 《그리고 디즈니의 악당들은 행복하게 살지 못했습니다
(원제: Disney Villains Happily Never After)》 시리즈와
《올리비아 트위스트(원제: Olivia Twist)》의 저자 로리 랭던(Lorie Langdon)

"더 이상 전개할 이야기가 없다고 생각했던 책이 세 번째

시리즈로 돌아왔다. 핀란드 극지방의 눈 덮인 설원을 배경으로 그만큼 짜릿하게. 작가는 액션, 모험, 로맨스를 정교하게 버무리면서도 기존 시리즈에서 우리가 사랑했던 모든 요소까지 빼놓지 않고 담았다. 덕분에 독자들은 마음껏 즐길 수 있을 것이다."

—《미식 축구를 하는 소녀(원제: Gridiron Girl)》의 저자
타마라 지라디(Tamara Girardi)

"눈밭에서 시작하는 이 책은 수년간 여러분 곁을 지킬《캘큐레이티드》시리즈의 매력 넘치는 속편이다. 날것 그대로의 긴박함이 두드러지는 조 리버스의 이야기가 최고조에 달아 독자를 즐겁게 해 준다. 곳곳에 담겨있는 위트 넘치는 대사, 불가능한 확률, 가슴 아픈 결정에 울고 웃으며 빨리 책장을 넘겨 결말을 알고 싶게 만든다. 정말 제대로 된 스릴러물이다!"

—《업그레이드(원제: Enhanced)》의 저자 캔디스 케이드(Candace Kade)

"아드레날린, 미스터리, 로맨스의 삼박자가 딱 들어맞았다! 맥비는 다시 근사한 서사를 완성했다. 전작과 마찬가지로 품격 있는 작품이다! 근사하고, 몹시 재미있고 희망까지 선사한다."

—《바다를 사랑하는 아이(원제: The Water Child)》의 저자
엘렌 맥긴티(Ellen McGinty)

"또 다른 스릴 넘치는 모험과 함께 조 리버스가 돌아왔다. 잠

시도 긴장을 놓을 수 없는 액션, 가슴 저미는 로맨스, 얽히고설킨 전개가 책 속으로 순식간에 빠져들게 한다. 한 치 앞도 짐작할 수 없는 시리즈물이다.”

–《사랑과 다른 큰 기대들(원제: Love And Other Great Expectations)》의 저자

베키 딘(Becky Dean)

옮긴이 | 공민희

부산외국어대학교를 졸업하고 영국 노팅엄 트렌트 대학교에서 문화유산학으로 석사학위를 받았다. 현재 번역가로 활동 중이다.
옮긴 책으로는 《상속 게임》, 《제인 오스틴, 19세기 영국에서 보낸 편지》, 《난민, 세 아이 이야기》, 《미스터리 살인 사건 7+1》, 《음탕한 늙은이의 비망록》, 《죽음 앞에서 선택한 완벽한 삶》, 《천의 얼굴을 가진 사나이, 조니 뎁》, 《우리는 거인이다》, 《유대인 수용소의 두 자매 이야기》 등 다수가 있다.

액터베이티드

발행일 | 2024년 8월 1일 초판 1쇄
지은이 | 노바 맥비
옮긴이 | 공민희
펴낸이 | 장영훈
펴낸곳 | (주)이츠북스
편집 | 고은경, 임승경
마케팅 | 남선희, 박성연
디자인 | 디자인글앤그림
인쇄 | 영신사
용지 | 월드페이퍼

출판등록 | 2015년 4월 2일 제2021-000111호
주소 | 서울특별시 강서구 화곡로 416, 1715~1720호
대표전화 | 02-6951-4603
팩스 | 02-3143-2743
이메일 | 4un0-pub@naver.com

홈페이지 | www.4un0-pub.co.kr
SNS 주소 | 페이스북 www.facebook.com/saungonggam
인스타그램 www.instagram.com/saungonggam_pub
블로그 blog.naver.com/4un0-pub

ISBN | 979-11-988388-0-3 03840

사유와공감은 (주)이츠북스의 출판 브랜드입니다.